【养斋文存】

唐诗别解

王志清◎著

黄山书社

图书在版编目(CIP)数据

三养斋文存 / 王志清著.—合肥:黄山书社, 2017.11
ISBN 978-7-5461-6948-4

Ⅰ.①三…　Ⅱ.①王…　Ⅲ.①中国文学-当代文学-作品综合集
Ⅳ.①I217.2

中国版本图书馆 CIP 数据核字(2017)第 283034 号

三养斋文存
SANYANGZHAI WENCUN
王志清　著

出品人　王晓光
策　划　汤吟菲
项目统筹　朱莉莉
责任编辑　郑　程　常舒雅
装帧设计　尹　晨
出版发行　时代出版传媒股份有限公司(http://www.press-mart.com)
　　　　　黄山书社(http://www.hspress.cn)
地址邮编　安徽省合肥市蜀山区翡翠路 1118 号出版传媒广场 7 层 230071
印　刷　安徽国文彩印有限公司
版　次　2017 年 11 月第 1 版
印　次　2017 年 11 月第 1 次印刷
开　本　700mm×1000mm　1/16
字　数　640 千
印　张　39.75
书　号　ISBN 978-7-5461-6948-4
定　价　78.00 元

服务热线　0551-63533706
销售热线　0551-63533761
官方直营书店(http://hsssbook.taobao.com)

三养斋文存·总序

“三养斋”，乃笔者之书房名。三养者，养志养心养身也。三养，取博采众长、广为汲取之意。

《三养斋文存》共两卷：《唐诗别解》卷、《审美阅读》卷。《唐诗别解》里的论文，乃唐代诗人、唐代诗歌及唐诗专家的研究；而《审美阅读》里的“书评类”文章（包括几篇序跋），所研究者则不仅有古代文学，也有现当代文学，且多为散文笔法的论文，真实地反映了笔者的文学交往，也是笔者文学观、美学观乃至人生观的纪实。

笔者性好文字，尤喜诗歌，曾自戏言为“诗的人”。未及弱冠，便有诗作发表，新诗、旧诗、散文诗散见于《诗刊》《中华辞赋》等刊物。写诗、读诗与论诗、授诗，成为我生存的主要方式，亦几为我生命的全部，不敢妄称“诗人”，而自诩为“诗的人”也。

新世纪初调入高校，开始了“专业研究”，进入学术“体制内”，然读书写作仍然多凭直觉情性，逸意孤行而亦古亦今，述作勉强规范，然终难入“科研”门槛而忝列“学院派”也。本来就智不及中人，而愈恨出非名校而从无名师焉。艾略特曾言：批评是文明人的本能行为。而笔者所自我感觉良好的是，似乎还有点批评“本能”，也“本能”地长于批评。

笔者的批评或谓之研究，当分为三个阶段：其一（1990—2000）初发期；其二（2000—2010）佳境期；其三（2010—　）高潮期。笔者所比较自珍而不忍轻弃的这些文章，也基本上发表于2000年后。虽然，笔者在1980年前后，就于《昆明师院学报》（现为《云南师大学报》）、《美育》、《语文学习》等刊物发表过一些论文，但自以为，真正的学术研究自1990年始，此前文章，皆忽略不计也。

收入文存的文章，原载刊物如《文学评论》《文学遗产》《中国比较文学》《文艺理论与批评》《河北学刊》《南方论坛》《宁夏社会科学》《扬子江评论》《文史知识》《古典文学知识》《名作欣赏》《葡萄园诗刊》《中国诗歌》《中国诗人》及《唐代文学年鉴》《唐代文学研究》等等；高校学报则有北京大学、东北师大、东南大学、安徽大学、深圳大学、宁夏大学、北京理工大学与南通大学等数十家。笔者的第一篇为人大复印资料转载的文章，发表于1990年的《宁夏社会科学》；而发表于《南京理工大学学报（社哲版）》的书评，竟为人大复印资料《美学》全文转载。此编，于每篇文章前，均加上百字左右的“按”，意在作一些背景说明。虽然笔者改文成癖，总感到没有表达好，总感到还有更好的表达，但还是决定保留历史原貌而不妄加改动。

笔者之著文立论，基本上多由问题发动，始终坚守自出机杼的原则，虽为陋见浅识，抑或个人好恶，而羞学鹦舌、耻拾牙慧也。然而，所选文字即便当时并非矮人看戏，毕竟时过境迁，而有明日黄花之虞。苏轼于其诗其词中曾反复用“明日黄花蝶也愁”句，非常耐人寻味。黄花即便是明日开放，尚且有好景不长之惋惜也。笔者直面这些“明日黄花”，亦愁深而胆怯，深恐其中错讹百出矣。唯恳请读者不吝赐教矣。

《三养斋文存》出版之际，笔者最想要表达的是“谢谢”！借此积集出版的机会，向所有为我作嫁的编辑朋友及亲人，再致谢忱！

是为总序。

目录

CONTENTS

C 辑

唐诗别解·前言

按学界的所谓“行规”，论文集不算“学术著作”，甚至不能以科研成果计。

然而，从某种意义上说，论文比论著还要难写。论文要求非常精粹，格局比较精致，创新性要求似乎也更高。一篇好论文，其价值与影响，远不在一本平庸著作之下。

这并不是说此中之论文就如何高明。笔者之为文，观点也许不无偏激，论证可能亦不够周密，甚至还有芒刺棱角，但是，都试图解决一些问题，试图提出一些新见，甚至试图颠覆一些旧说。虽不敢说有多少真知灼见，却敢保绝对的亲知独见。

真不知对焉错焉，笔者为文，多因疑而生议，生成研究与论述之冲动，进而形之于文字。而笔者于细读与阐释上似亦易于生疑，也多“另类”之见，见人之所未见也。故而，此集取名“唐诗别解”矣。

笔者甚至有一种谬论：没有偏激便没有学术进步。笔者欣赏偏激。偏激在某种意义上即是一种突破。然而，笔者还是属于谨小慎微的那种，翼翼小心而不敢偏激。尽管这些论文难免偏激，而作文初衷绝非刻意偏激也。

二十余年来，笔者主攻唐代，但兴趣不局限于有唐一代；主治诗歌，但对骈文辞赋也有所涉猎。故而，论文也就不仅仅是唐代诗歌方面的研究，即还有一些魏晋六朝骈赋与宋代诗文的研究。限于篇幅，所收论文皆集中于唐诗研究。

集中收入论文25篇，分为三辑。虽说是“唐诗别解”，其实主要集中在盛唐，而又主要集中于王维、李白、李商隐等几个重要诗人。简言之，所选论文研究的皆唐代第一流的诗人、第一流的诗。而这些诗人与诗作，千百年来的研究文字真可谓汗牛充栋，而要想有一点点新意就很不容易了，遑论有什么突破！

这些“别解”唐诗之拙文，虽不能说见解深刻而论析透辟，却也轻松洒脱，行止自然，个性异常鲜明，比较真实地反映了本人文学研究方面的“实况”，包括学术观点、学术手段与学术动态。笔者追求这种充满活力的论文表述，而甘愿承受“学院派”之不甚规范的呵斥，抑或是嗤之以鼻的蔑视。

“因疑生议”的论文著述，应该是以解决有价值的问题为目的、以研究的有效性为原则的。然而，因笔者拙于细枝末节的甄考，短于文献资料的实证，而不少疑窦只能成为无证据或证据不足的悬想。司法改革，将“疑罪从无”作为刑事诉讼制度中一项重要的司法原则。即在不能证明被告人有罪又不能证明被告人无罪的情况下，便判定被告人无罪。而笔者研究，则多“疑案从有”的思路。即一时拿不出否定意见而又无法证实的，便推定其有。故而，笔者的这种持论也自然颇具争议性了。事实上，此中有些文章未发表前，在研讨会上就引起了争议，乃至非议。

笔者非常看重争议。如今集腋成裘，即将这些散见于各学刊的文章结集出版，自然做好了再度引起争议甚至是非议的思想准备。

笔者渴望在争议与非议中走向成熟，也期待着读者的严苛批评。

A 辑

现代语境下的王维研究[①]

［按］　商务印书馆策划出版“古代诗词典藏本丛书”，由著名学者袁行霈、刘跃进主编。作为丛书之一的《王维诗选》，自己觉得很多要说的话没有说出来，说出来的话又没有说到位。于是便以最快速度做成了《王维诗传》[②]以弥补纠结于心的缺憾。此乃《王维诗选》之“前言”，似还有点学术性，还算是理性思考，故而也编入论文集。

受商务印书馆之邀，做成了这一部《王维诗选》。蓦然间，我发现自己一下子改变了许多，甚至感到走近了王维，虽然我一直以为王维是走不近的。我常对研究生们说：读过了王维，又读过李杜，然后再读其他，就会有一种“一览众山”或“曾经沧海”的感觉。顾随先生说：“欲了解唐诗、盛唐诗，当参考王维、老杜二人。几时参出二人异同，则于中国之旧诗懂过半矣。”[③]此得珠之论，让我们越发感到：真应该好好来读王维。

一、为什么说“盛世读王维”？

王维是盛唐文化的特产。王维“独步于当时，染翰之后，人皆讽诵”（《册府元龟》）。作为京城诗人与贵族诗人的王维，被那个时代的上层社会尊为“天下文宗”。马克思在《德意志意识形态》中这样说：“统治阶级的思想在每一个时代都是占统治地位的思想。这就是说，一个阶级是社会上占统治地位的物质力量，同时也是社会上占统治地位的精神力量。支配着物质生产资料的阶级，同时也支配着精神生产的资料……”[④]盛唐占统治地位的王公贵

---

① 《王维诗选》，商务印书馆2015年4月版，2016年4月第二次印刷。此乃前言，题目是编辑时加上去的。

② 《王维诗传》，河北人民出版社2016年12月版。

③ 顾随讲，叶嘉莹笔记《顾随诗词讲记》，中国人民大学出版社2009年版，第90—91页。

④ 《马克思恩格斯选集》第一卷，人民出版社1972年版，第52页。

族，支配着物质生产资料，也支配着精神生产资料，自然就支配着唐诗的价值取向与审美趣味了。王维属于全盛的开元天宝时代，他是他那个时代的馈赠，他在他那个时代受到了最为崇高的礼遇和推崇，有一大批的王公贵族做他的“粉丝”。相对而言，李白、杜甫则是“草根诗人”。用“草根”这个当下时髦的、反精英意识的话语，是还原历史，意在通过对比反衬，强调一个盛世造就王维的事实。

盛唐之后，王维的地位开始走低。然而，王维也还是一直与地位飙升了的杜甫和李白，鼎足而三。只是在新中国成立后的十七年，王维高度降至谷底，王维研究降至冰点。王维被定性成“反现实主义的诗人”，其诗被诬为表现“贵族、地主的闲逸心情”①的样板。在关于如何研究杜诗的问题上，著名学者叶嘉莹认为，要看到杜诗“写现实而超越现实”的特色，方可真正体会到杜甫的“更可注意的成就”②。意谓：如果按照现实主义的路子来读现实性极强的杜诗，杜甫也只能被曲解，其诗的意义也只能被贬低。因此，在那种以“现实主义”取决诗歌优劣的“历史语境”中，特别是在文学研究被充当阶级斗争工具的年代，王维以及其诗被妖魔化的悲剧发生则是极其正常不过的事了。新时期以来的王维研究虽然有了长足的发展，然而，我们依然不敢说庸俗社会学的干扰就已经完全被排除了，更不敢说我们的研究就已经完全挣脱了政治比附的惯性。

中国古代诗歌的发展似乎有着这么一个基本规律：越是社会不安定时期，诗歌的济用精神就越会被极端强化，而诗歌也就越得去担负那些主要不应是由诗歌来担负的责任。王维的意义，在于完成了中国诗歌由质实向空灵的趣味转变，使中国诗的审美从此以逸品为高、以韵味为上。闻一多先生曾经说过：“王维替中国诗定下了地道的中国诗的传统，后代的中国人对诗的观念大半以此为标准，即调理性情，静赏自然，其长处短处都在这里。”③ 这是非常有意味的。也就是说，即便是在诗歌的济用精神被充分强化的历史阶段，人们对于诗歌艺术精神的需求，骨子里仍然是王维的趣味。“唯有王维的那种既有

---

① 北京大学中文系155级集体编著《中国文学史》，人民文学出版社1958年版。

② 叶嘉莹《迦陵论诗丛稿》，中华书局1984年版，第98页。

③ 郑临川《闻一多先生说唐诗》（下），《社会科学辑刊》1979年第5期。

情又有景，外面干枯，而内部丰腴的五言绝句是别国的文学中再也找不出来再也作不出来的诗。它们是中国特有的意笔之画与印度哲学化孕出的骄子，它们是中国一个富于想象的老人的肖像，它们是中国文化所有而他国文化所无的特产。”①

王维是中国文化的特产，是盛世社会的特产。“从诗歌发生的角度看，社会兴而山水文学兴，政治越是稳定，诗人的心性也越是稳定而富足，文学所反映社会的形态也就愈少激烈写实的直接性。”② 故而，我们考察研究而得出了这样的结论：“盛世读王维。”政治越是稳定、社会越是昌盛、经济越是繁荣，王维的读者就越多，王维的研究也就越火。

当下之我们，已经进入了读王维的时代。

二、为什么把王维诗定性为“诗的哲学”？

我们一直有这样的想法：王维的诗，是诗的哲学，是诗的哲学化，是哲学化的诗。

闻一多先生说：“中国伟大的诗人可举三位作代表，一是庄子，一是阮籍，一是陈子昂，因为他们的诗都含有深邃哲理的缘故。”③ 把庄子定性为诗人，真可谓石破天惊之论。虽然出人意料却又在情理之中。闻一多对庄子的评价，给我们的王维研究以深刻启发。庄子是以哲学来表现诗的意蕴，而王维则是以诗来表现哲学的内涵。庄子是诗人型的哲学家。王维是哲学家型的诗人。王维的诗是哲学的诗，是诗的哲学。

在世界文明进程中，几乎所有的哲人都十分关切人类自我救赎的问题。王维诗中思考与表现的最多的就是，关于人生的终极关怀。王维最喜欢描写自然山水的自然状态（不管什么题材的诗中都喜欢出现景物描写），最喜欢描写落日（介于光明与黑暗之间），最喜欢描写秋天（介于夏天的热烈与冬天的肃杀

---

① 朱湘《中书集·王维的诗》，王彬主编，中国文联出版社1998年版，第121页。

② 王志清《东亚三国文化语境下的王维接受》，《中国比较文学》2012年第1期，第112—125页。

③ 闻一多《唐诗杂论》，中华书局2009年版，第246页。

之间），他正是通过这些描写来演示或验证佛义禅理，探索宇宙人生与世态人情，表现人类所特有的超越有限而追求无限以达到永恒的一种精神渴望，寻求人类精神生活的最高寄托以化解生存和死亡、有限和无限的尖锐对立的紧张状态。他诗中所讨论与反映的哲学命题包括：现象与本质，规律与超验，个别与一般，宏观与微观，瞬间与永恒，以及有无生灭，动静变常等等。王维十年师事道光禅师的功夫，以及嵩山、终南、辋川寻求证果的经历，让他获得了佛教禅宗的“空”观之助，使其能够比较容易地入定凝神，真正体验到自然山水之禅机，从而生成自性、物性、佛性融合为一的体验，实现精神上的解脱与超越而进入禅寂境界，给予人生种种实践以终极性的价值和意义根据，从而诞生了许多既富有哲理深意而又无比优美的艺术意境。

哲学的起点便是文学的核心。读王维的诗，特别强烈的感受就是，其诗中所有的一切都是变动不居的，都是空幻不实的，都是美不胜收的。诗人凝神于景，心入于境，心似乎消失了，只有大自然的缤纷绚烂。诗中的那些时明时灭的彩翠，合而复开的绿萍，转瞬即逝的夕阳，若隐若现的烟岚，都在契合刹那永恒这一本真之美，而让人于其中领悟到的不仅是大自然的物态天趣，而且是一种宇宙、人生、生命的哲理，是一种哲理化的禅悦的诗性情感。古人评赏王维的诗，常用禅喻，如“字字入禅”，读后使人“名言两忘，色相俱泯”（胡应麟语）；又如“妙谛微言，与世尊拈花，迦叶微笑，等无差别”（王士祯语）；再如“不用禅语，时得禅理”（沈德潜语）等。这些评赏，其实不是将王维的诗神秘化，更不是认为其迷幻而不可解，或以其诗来直接对应佛教的空幻寂灭，而是将其诗哲学化、妙悟化。著名美学家宗白华先生说：“禅是动中的极静，也是静中的极动。寂而常照，照而常寂，动静不二，直探生命的本原。禅是中国人接触佛教大乘义后体认到自己心灵的深处而灿烂地发挥到哲学境界与艺术境界，静穆的观照与飞跃的生命构成艺术的两元，也是构成‘禅’的心灵状态。”[①] 同样著名的美学家李泽厚也认为：“禅正是诗的哲学或哲学的诗。”[②]古来以禅喻诗的思维与观点，源自司空图的“言外”“象外”与严沧浪的“镜花水月”的理论。李泽厚指出司空图《诗品》与严沧浪《沧浪诗

① 《宗白华全集》（第二卷），安徽教育出版社1994年版，第364页。

② 《李泽厚十年集》（第一卷），安徽文艺出版社1994年版，第371页。

话》，相对于刘勰《文心雕龙》与钟嵘《诗品》来说，是“更为纯粹更为标准的美学了”[①]。禅宗非常喜欢与大自然打交道，王维的诗与之同；禅宗往往出以“妙悟”思维，王维的诗亦与之同。王维以禅入诗，诗禅不辨，其所关注的已经不仅是自然人世，而是以心理本体的建设为目的，建设一种超时间的形上主体。从表面上看，王维似乎只对山水感兴趣，甚至只对禅坐佛事感兴趣，而对现实漠不关心，诗多写无心、写偶然、写无思无虑的直觉印象，多创设恬淡静适、清空幽谧的意境，而从胜义谛角度看，参证了“凡所有相，皆是虚空”（《金刚般若经》）的禅宗要义；从哲学的层面上看，即极重向内心深度开掘，向“空”而生，创造出一个哲学化的“空”观境界，契合也演绎了山水自然中所蕴含的禅机与哲理。

王维的出现，实现了中国诗歌由质实向空灵的美丽转身，强化了中国诗歌的形上性，也使中国诗学开始以意境为上。宗白华先生在谈论意境诞生时指出：“中国艺术意境的创成，既须得屈原的缠绵悱恻，又须得庄子的超旷空灵。缠绵悱恻，才能一往情深，深入万物的核心，所谓‘得其环中’。超旷空灵，才能如镜中花、水中月，羚羊挂角，无迹可寻，所谓‘超以象外’。色即是空，空即是色，色不异空，空不异色，这不但是盛唐人的诗境，也是宋元人的画境。”[②]王维心空则深得禅悦，兴象深微，外物湛然空明，即便是在万籁声中，也能寻找到自己所需要的声音和自己的声音，其笔下的自然界，花开草长，鸢飞鱼跃，活泼而富有生命韵味，这是审美意境，也是人生境界，是其“空”观思维所致生的心理世界。李泽厚认为：“具有禅味的诗实际上比许多禅诗更真正接近于禅。”[③]他认为，王维的那些“充满禅意的作品”，“比起庄、屈来，更具有一种充满机巧的智慧美。它们以似乎顿时参悟某种奥秘，而启迪人心，并且是在普通人和普通的景物，境遇的直感中，为非常一般的风花雪月所提供、所启悟”[④]。读其诗，让我们染上了一身静气，让浮躁之心获得了一种恬静的安顿。

---

① 《李泽厚十年集》（第一卷），安徽文艺出版社1994年版，第153页。
② 《宗白华全集》（第二卷），安徽教育出版社1994年版，第364页。
③ 《李泽厚十年集》（第一卷），安徽文艺出版社1994年版，第368页。
④ 《李泽厚十年集》（第一卷），安徽文艺出版社1994年版，第369页。

王维的诗歌，在于使中国人在回归山水自然的同时，从现实山水自然走向了形上的山水自然，其深入空寂而兴会神到的创作机缘，表面上是以自然山水之空来“空诸所有”，而本质上则是以“空”为内在精神与自然物质来表达其关于宇宙、人生与生命的哲学思考。李泽厚认为，读这样的诗需要一种“非理知思辨”的妙悟，以期进入“悦神”层次的审美愉悦。而这种“悦神”愉悦，“是感性的，并停留、徘徊在感性之中，然而同时却又超越了感性。将来或许可以从心理学对它作出科学的分析说明；现在从哲学说，它便正是由于感性的超升和理性向感性的深沉积淀所造成的对人生哲理的直接感受”[①]。因此，我们读王维，对王维的这种镜花水月之空幻美的阅读，需要改变我们的阅读思维，尤其需要一种妙悟感受。

三、为什么此选本要重在技术层面上读？

曾经不止一个青年教师对我说：您能不能写一本怎么写诗的书？

也许是因为我也写点旧体诗赋，这些青年学者们也想练笔古诗赋，抑或是也想在教学与研究中从技术的层面来解读诗赋。

朱光潜先生说：“要养成纯正的文学趣味，我们最好从读诗入手。”王维诗歌的技术含量很高，乃盛唐诗之正宗。要对诗歌创作有探骊得珠之会心，最好从王维的诗入手。

从技术层面上讲，王维诗歌大致可从两大方面说：一在意境营造，二在词采声律。宗白华先生在谈“禅境的表现”时说：“中国艺术家何以不满于纯客观的机械式的模写？因为艺术意境不是一个单层的平面的自然的再现，而是一个境界层深的创构。从直观感相的模写，活跃生命的传达，到最高灵境的启示，可以有三个层次。”[②] 也就是说，像王维诗歌的解读，绝不能是平面的，进入其艺术境界也不是轻而易举的。李从军认为：“在王维的诗歌中，存在着双重意境。画面的和谐与美感构成了他诗歌的‘第一意境’；而在‘第一意境’的后面，是更为高级的、充满空灵和神韵的‘第二意境’。在‘第二意

① 《李泽厚十年集》（第一卷），安徽文艺出版社1994年版，第364页。

② 《宗白华全集》（第二卷），安徽教育出版社1994年版，第362页。

境'中，人们被无形的线索牵引着，进行再创造，去体会、感应美、情和哲理所升华的境界。在迷离的想象中，各种情丝缠绕交织在一起，或是满足，或是怅惘，或是超忽，在若有所失的迷惘中，去追寻某种永恒的存在和对人生真谛的感悟。"[①] 这种二重意境的说法，其实就是皎然所说的"两重意以上，皆文外之旨"（《诗式》）；就是司空图所说的"象外之象，景外之景"（《与极浦谈诗书》）。殷璠早就说王维诗"一句一字，皆出常境"（《河岳英灵集》）。王维诗歌的出现，标志着中国诗歌"意境"的成熟。而"意境"的成熟，使中国古代诗歌进入到艺术哲学的层面。王夫之在评论王维创造意境的手法时比较杜甫说："工部之工，在即物深致，无细不章。右丞之妙，在广摄四旁，圜中自显。"他认为："右丞妙手能使在远者近，抟虚成实，则心自旁灵，形自当位。"[②] 他十分欣赏王维于空虚中创现生命而气韵氤氲的造境手法。罗宗强先生亦指出："王维山水田园诗在艺术上也达到了这一类诗前所未有的高度成就。他把抒情与写景融为一体，创造出玲珑淡泊、无迹可寻的意境来。……其实，在意境中表现氛围和绘画美，实在是盛唐诗人意境创造的共同成就，不过王维达到极致，足可为典型罢了。"[③] 因此，我们选诗非常重视王维诗的意境美，并在解读中注重其兴会神到的创作机缘和意境生成机制。

再说词采声律。王维的诗含蓄蕴藉，神清而韵远，语淡而意深，诚可谓"和平而不累气，深厚而不伤格，秾丽而不乏情，几于色相俱空，风雅备极"，乃"千古绝技"[④]。因此，那种"表达了什么""歌颂了什么"与"鞭挞了什么"之类的思想评判与意义揭示，而不管具体诗歌是何特殊的艺术表现方法的解读，是读不了王维，也不能真正读懂王维的。我们选本中的评赏，想在切入视角上多取巧，特别是想远离附会政治的古代正统的解释诗歌的方法，也特别不愿意从原则、概念出发，而去千方百计地寻找寄托、象征或影射。此选中的评赏部分，侧重于作法，譬如取景、剪裁、刻画、结构、措辞、悬念、衬托，以及格律上的粘对平仄、对仗等。这样的评赏，属于细读吧。虽然是评

① 李从军《唐代文学演变史》，人民文学出版社2006年版，第165页。
② 王夫之《唐诗评选》，上海古籍出版社2011年版，第108页。
③ 罗宗强《唐诗小史》，百花文艺出版社2008年版，第51页。
④ 胡应麟《诗薮》（内编卷五），上海古籍出版社1979年版，第83页、第103页。

赏，绝不比写论文、做著述来得容易。选注与评赏前，笔者信心十足，誓师超越自己，力图每一首都能够读出新意，读出人人心中所有而笔下所无的“这一个”。这显然是难度写作，是挑战自我。因此，在评赏前，收集了能够收到的注本与选本，尽可能多地参阅与汲取。评赏时，则每每将一首诗翻来覆去地读，就像一个玉雕匠处理一块上好材料，反复琢磨，寻找角度，且不断变化评赏写法，而不敢轻易下手也。

即便如此，缴此答卷时的我，还是非常忐忑的。虽然以1993年《人文杂志》发第一篇论文为标志算起，我在王维研究上的投入已逾二十载；虽然二十年来在《文学遗产》《中国比较文学》《东北师大学报》等诸多学刊发表王维研究论文已逾四十篇，还出版了专著《纵横论王维》，然而，真不敢说，在王维的研究上已登堂入室。甚至不敢说，读懂了王维。不过，在做此选本的过程中，我则发现自己变化了好多，也提升了好多。我的变化，主要表现在解读的思维与方法上。也因为这样的变化，而让我读出了大欢喜，读出了新感受。

四、此选本为什么这么选？

袁枚《选诗》云：“消夏闲无事，将人诗卷看。选诗如选色，总觉动心难。”[①] 袁枚选诗犯难，是因为好诗太少。我们选王维诗犯难，是因为好诗太多。王维诗歌的题材极其广泛，且又各体兼擅，无论什么题材或体式，均佳制夥夥。而我们此选本所选王维诗仅百余首，占其存诗总数的四分之一，实在是遗珠太多也。

王维诗之今存最早刻本乃宋代蜀刻本十卷，诗文混编，且诗不分体。钱氏述古堂影宋抄本、元刊刘须溪校本等，不易见到。通行的历代编注集中，最早的是明代的两种，即顾起经《类笺唐王右丞诗集》（1556年），顾可久《唐王右丞诗集注说》（1559年）。清赵殿成的《王右丞集笺注》，是第一部完整的王维诗文注本，也是王维诗文古注本的集大成本。王维存诗的数目一般沿用赵本统计的说法，即存诗421首。今人陈铁民在赵本基础上，纠谬补缺，探微抉

① 袁枚《小仓山房诗集》卷三十二。

奥，成功地出版了《王维集校注》（中华书局1997年版）。陈本在王维研究上具有里程碑的意义，也为读者提供了一个权威性的校订本。陈本认为，王维可信的存诗仅“三百零八目、三百七十六首”。

20世纪80年代以来，王维诗选本如雨后春笋，选者如陈贻焮[①]、陈铁民、董乃斌、杨义、陶文鹏等，都是当今一流学者；新秀如胡遂、刘宁等，也出版了王维与孟浩然的合选本。要想在选评上突破，而做出自己的面貌来，难上加难。李东阳说“选诗诚难”（《麓堂诗话》）。选什么不选什么，反映了选者的美学趣味。选者往往借操选之机，裁量诗人诗歌，表达自己的诗美主张，选本因此而承担了批评的功能，也反映了时代的审美接受意志。王维存诗四百，挑来选去，大同小异，我选何为?

一般而言，文学史对王维诗歌的分期比较粗，以张九龄罢相为界，分为前期与后期。根据王维的人生道路，我们以为分四个时段比较合适。早期（少年宦游到被出济州前后）、中期（官擢右拾遗到出塞前后）、后期（辋川的半官半隐至安史之乱前）与晚期（安史之乱后）。此四个时段的诗，阶段性印记十分鲜明，而阶段与阶段之间的渐变也是非常细腻可感的。王维早期的诗歌社会性比较强，诗人谪被济州，蒙羞取辱，风流才子一下子灰头土脸，诗中多不遇之慨，多不平之气，真实地反映了诗人的正义感与功名心，简直就是个慷慨任侠的“愤青”形象。晚年的王维，英雄气短，多写寺庙与佛事，诗多暮气，柔弱颓靡。其中间时段，前面的诗偏于慷慨，以行游与边塞生活为主，其大批的边塞诗、送别诗杰作就写于此时期，诗风壮阔飞动，慷慨激越；而后面的诗则偏于灵动，这是王维创作的高峰期，诗歌艺术炉火纯青，以山水田园诗与寺庙描写为主，多脍炙人口的作品。因此，我们选诗，虽然不是平均分配，但还是自觉地考虑到了王维诗的各时段分布。

鲁迅先生说：“选本所显示的，往往并非作者的特色，倒是选者的眼光。”（《“题未定”草（九）》）因此，选本“最好是顾及全篇，并且顾及作者的全人”（《“题未定”草（七）》）。选诗不仅需要考虑各创作时段，同时也要兼顾各种题材、体式乃至风格，一本在手，可识其全诗，也可

---

① 陈贻焮《王维诗选》，河北教育出版社1959年7月第一版；1983年4月第二次印刷。

识其全人。王维的诗，从题材上说，最本色当行的是山水诗；从体式上看，最擅长五言；从创作时段看，其再擢右拾遗到安史之乱前这一时段最成熟，也最具艺术高度。据此而确定了我们的选诗原则：五言诗偏多，近体诗偏多，山水诗偏多，风格幽寂含蓄的诗偏多，中年时期的诗偏多。

香港学者邓中龙认为，王维诗“有一个最大的缺点，那就是，缺乏一种背景，一种令读者深刻感染的背景”[①]。王维的诗，的确不像李杜的诗那样具有深刻的纪实性。但就诗而言，这未必不是个优点。王维诗注重心灵描写，其实心理也是一种背景。我们在细读王维诗时发现，这种心理背景还是很能够获得一种“深刻感染”的。我们将这百余首诗，按照时间顺序编排，意在强化这种心理背景的“感染”性，并在评赏时有意识地突出其诗作的阶段性特点，让读者清晰地感受其不同时期诗歌的不同面目，而深入肌理，读出会心。诗选排列的先后顺序，基本上参照陈铁民先生的王维年谱，其中也有根据我们的考辨与理解做适当调整的。譬如赵本陈本编在“未编年诗”中的几首诗，我们分别将其插入我们认为比较合适的时段。以《鸟鸣涧》诗为例，当下有研究者把其前置至王维江浙之行时。寻绎诗意，我们认为是王维后期的作品。又譬如《偶然作六首》，赵本将六首诗放在一起，因为赵本不是按照时间顺序排列的。而陈本将其中的其六（“老来懒赋诗，惟有老相随”）拆开调整到王维后期，因为按照时间排列明显不能放在早期。我们以为，《偶然作六首》其四（“陶潜任天真，其性颇耽酒”）也似为晚年作，而拆开移至后面，虽然诗中没有晚年的字眼。这样的例子，涉及十余诗，不一而足。应该说，王维每一个时期里的诗风，都有鲜明的阶段性印记，其诗歌的总体特征大致是这样的一个走向：越写越短，越写越淡，越写越平和空灵。

著名学者胡明先生说过：王维是唐代话题最多的诗人。王维，让我有说不完的话题。然而，近几年来，我的研究文字日少。不是我没有了想法，也不是我失去了研究的冲动，而是丧失了勇气，越是进入到深水区，便越是不敢前行。（略去部分内容）然而，殊不知，读王维，真是一种莫大的享受。我读王维，故我享受，我灵秀，我超越。

---

① 邓中龙《唐代诗歌演变》，岳麓书社2005年版，第99页。

东亚生态里的王维接受①

［按］ 中日韩之东亚三国，同属一个相容与共的文化语境。文化的同源同根性，使三国的王维接受表现出排异反应甚微的相容性。然而，由于民族不同而分处于各异的文化氛围之中，审美接受必然形成各不相同的审美期待与审美价值取向。不同的社会文化环境和心理结构，决定了异国接受具有显明的异域接受反应，形成了异国读者积极与否的期待视野和阅读态度。

接受美学认为：任何文学的接受，都有其文化的背景因素。不同的文化背景，导致同一作家作品在接受视野中呈现出不尽相同的面目。而以比较文学观，阅读接受最需要研究的不是读者而是文化语境，是语言文化的历史背景。由于民族不同而分处于各异的文化氛围之中，审美接受必然形成各不相同的审美期待与审美价值取向。不同的社会文化环境和心理结构，决定了异国接受具有鲜明的异域接受反应，形成了异国读者积极与否的期待视野和阅读态度。而我们所要讨论的是文化语境相近的中日韩三国的王维接受，也就是说，中日韩三国对于王维的接受，是否也具有鲜明的异域接受反应呢？

中国、日本与韩国之东亚三国，是一衣带水的邻邦，地缘相近、人缘相亲、文缘相通。地理上位于东亚的中日韩三国，在经济、政治、社会和文化形态上具有悠久的历史根源和深厚的现实联系，在文化上也具有独特的东亚文化之特质，即在此区域内长期的文化传播与传承中所积淀下来的在知识、信仰、艺术、道德、法律、习惯等方面的文化共性，特别是汉字文化圈国家所拥有的文化亲密性，形成了一个东亚文化大背景，一个深刻内在而相容与共的文化语境。文化的同源性和同根性，使三国的王维接受表现出排异反应甚微的相容性。同时，我们也可以从日韩两国对王维的接受事实，来印证中日韩文学交往的源远流长，也验证三国文化的“源”和文学的“根”同出一宗。

---

① 原题为《东亚三国文化语境下的王维接受》，《中国比较文学》2012年第1期，第112—125页。

一、禅诗同境的接受机制

儒、释文化影响形成的诸观念，形成了东亚文化的基本特质，也推动了东亚文化的多元发展。相对而言，儒学主要作用于被接受国家的政治理念与意识形态，首先为异国统治者所用，形成政治理念以及政治文化传统；禅学则成为一种抵达艺术与人生至境的独特修持的方法。而东亚人的哲学思维则具有一种禅化了的过程，也具有十分鲜明的禅化特征。禅宗的自见本性、直指本心的超验意识，形成了东亚文化圈内人的超知性的“直觉之智”，而严格区别于西方人所见长的“知性之智”。新儒学大师牟宗三把东方人的“直觉之智”称为“圆智或神智”，并认为“人心之超知性一层，则彼（西方文化）不能通透，是固其文化生命中本源处之憾事也”①。这种以禅宗文化为本体的超知性的“直觉之智”，成为东方所特有的哲学智慧，也成为东方文化的深层底蕴。

禅宗是佛教中国化的产物，是中国传统文化的精髓。佛教起源于公元前6至前5世纪的古印度，“魏晋以后，中国人的审美经验经历了一个禅化的过程。不过，当这种影响强大到一定程度，尤其是中国文人在禅的空观大力薰染之下，不期而然地，就有一种逆向的过程发生，那就是禅的诗化，即意境化，或人文化。……当禅宗渐次趋于文人化，禅的经验也就被赋予更多的诗的性质。禅化与诗化成为一种双向的过程，互相渗透，互为因果”②。佛教的中国化过程形成了禅宗，形成了诗与思及自然一体的活参特点，诗人作诗如参禅抵达般若妙境之“妙悟”，通过对思维定势的消解而超越对立，在情尘意垢的遣除后获得洞见自性本心而创设诗境。“王维是整个盛唐时代佛学修养最高的诗人”③，陈允吉教授更是看好王维的禅修，认为他精通内学，深谙“苦空无我”之理谛，“纵观唐代以前的文人诗，没有看到谁的作品通过具体的艺术形象来触涉禅宗理旨……看来必定借鉴过佛教的说法手段或通俗佛理诗之叙事技

① 牟宗三《历史哲学》，台湾学生书局1988年版，第179页。

② 张节末《禅宗美学》，北京大学出版社2006年版，第242页。

③ 胡遂《佛教禅宗与唐代诗风之发展演变》，中华书局2007年版，第87页。

巧”[①]。王维生活在禅宗五祖过渡到六祖的时期，分别受到南北两宗的思想影响，其思想不只具有北宗渐修的修持，同时也表现出南宗顿悟的机智。佛禅不藉文字、否弃概念的妙悟，在艺术上给他以极大启悟，使其达到了一种超知性、超功利的精神高度，诗禅妙悟圆融会通而生成艺术化境，王维也成为中国古代诗人中表现无穷禅意的第一高人。

严羽首开“以禅喻诗”之风，他在《沧浪诗话》中提出了“禅道惟在妙悟，诗道亦在妙悟”[②]的著名命题，已经到达诗禅妙悟互解的自觉了。锡兰的文化学者J·A·贝克则更是对这种东方特有的创作思维与经验激赏有加，他在《东方哲学简史》中由衷地赞叹：“中国人认识到佛教的关于精神寄托的学说，就是艺术哲学的一切秘密的根源。……一切都是神，都拥有神性。艺术的最高使命就是使这种神性、这种美妙的心灵感应、生命的产物，都表现出来，使其成为可见之物。艺术永远不能仅停留在模仿上，它必须像宗教一样是人的所思所想，所行所为，而在最深邃的意义上所想与所为是同一的。”[③]可见，中国人禅诗互通的发现太重要了，其移禅入诗的运用也太关键了，太具有划时代的意义了。

因此，禅宗自然会对日韩文化人产生巨大的吸引力。叶渭渠的《日本文化史》里认为，佛禅传入日本约在五六世纪时，到了十世纪“禅宗最盛时拥有24个宗派”。叶先生指出：“镰仓时代是中日两国以禅宗为代表的佛教文化的交流最密切、日本禅宗发展最迅速、用和文著佛书最多的时期。在这一时期，日本人开始进行独立的宗教哲学思辨，在思想表达上实现本土化，使外来佛教走向日本化，并在日本文化史上留下了重要的一页。”[④]禅宗被移入日本后，“对于当时尚未完全进入封建文明全盛期的日本来说，那不啻是普罗米修斯盗来了神界的天火”[⑤]。日本人“是在很低的民族部落时代，硬用人为的功

---

① 陈允吉《王维〈辋川集〉之〈孟城坳〉佛理发微》，《王维研究（第二辑）》，三秦出版社1996年版，第55—56页。

② 严羽《沧浪诗话校释》，郭绍虞校释，人民文学出版社1983年版，第12页。

③ ［锡兰］J·A·贝克《东方哲学简史》，赵增越译，中国友谊出版公司2006年版，第280—281页。

④ 叶渭渠《日本文化史》，北京理工大学出版社2010年版，第153页。

⑤ 金丹元《比较禅意在中日文化中的影响》，《文艺研究》，1999年第6期，第53—62页。

夫，模仿中国最统一最发达的盛唐文化”[①]。因此，锡兰哲学学者J·A·贝克指出：“禅宗被移植到日本，是异乎寻常的努力的结果。禅宗同样对日本的艺术产生了巨大影响，而且对日本人的性格和品质也产生了根本性影响。毫无疑问，禅宗加强了日本民族的某些性格倾向，强化了他们的同情心，并且增强了他们对自然美的沉思。因为，禅宗认为，自然的节律与人的心灵的韵律是同步的。”[②]虽然日本的国教是神道教，以神话与自然崇拜为基础，其哲学也深受神道教的影响，“然而，在日本神道教与佛教、儒教相互交织在一起，完全融成了一个整体；它们对日本人思想的影响就像是一根由三股拧起的绳，每一股都有自己的颜色，三种颜色又合成一个整体，形成一种全新的、美丽的颜色，而这种复合的颜色才是那根绳子的颜色”[③]。禅宗从中国传入日本之后，仿作禅趣汉诗便为日本僧人所乐此不疲了，马歌东在《日本五山禅僧汉诗研究》中认为：以五山禅僧为主体的汉诗人通过禅宗接受了中国诗歌，“已经初步建立了汉诗文受容机制的日本文化在受容新的中国禅文化的同时，更多地受容中国多方面的优秀文化，特别是受容令其最为倾心向慕的中国诗歌”[④]，或者可以说是为了准确地阐释和表达中国化的禅学思想和见解而热衷于仿作汉诗。

韩国釜山大学教授金世焕在“中国唐代文学第十五届年会暨唐代文学国际学术研讨会”上提交的论文题为《高丽文人对王维的接受》[⑤]，他在文章中指出：“高丽朝以佛为国教，是韩国崇佛最盛的时代。”论者把崇佛视为一种文化语境，认为在此一点上“王维与高丽文人深深的渊源与因缘联系”是明摆着的。“历来羡慕王摩诘的不会限于中国，影响到韩国也是必然的。可惜的是早期文献记载不多，三国时期难以找到，高丽时期也很少，到了朝鲜时代就很多了。这只是说文献的保存状况到后来比较好，不一定表示三国时代少有唐诗

---

① 戴季陶《日本论》，九州出版社2005年版，第154页。

② ［锡兰］J·A·贝克《东方哲学简史》，赵增越译，中国友谊出版公司2006年版，第284页。

③ ［锡兰］J·A·贝克《东方哲学简史》，赵增越译，中国友谊出版公司2006年版，第287页。

④ 马歌东《日本汉诗溯源比较研究》，中国社会科学出版社2004年版，第150—151页。

⑤ “中国唐代文学第十五届年会暨唐代文学国际学术研讨会”2010年11月15至18日在天津南开大学举行。金世焕教授文章见论文集第390—399页。

的影响。”关于禅宗传入韩国的历史，韩国著名汉学家、王维研究学者柳晟俊在《王维诗比较研究》的导言中说：“韩国汉文学，与中国文学相表里，其历史已近两千年，然写作汉诗者始于新罗崔致远（857—　）入唐游学。此后千余年间，韩国汉诗直隶于唐风，流风所至，蔚为风尚。至高丽时代（918—1392），尊文崇佛，尤近于唐，所谓‘文法汉，而诗法唐’，文风极盛，始终如一，故文学思潮与儒佛融合。李朝壬辰乱后（1592年），有如唐室遭安史之乱，文士皆饱受兵乱之苦，厌恶官场生活，遁入山川溪谷，追求闲静之生活，以隐逸为高，养成脱俗之人生观。其为诗也，或远祖陶渊明，或近取王维，或直接出入于清代神韵派诗人，歌咏自然，以此自适。故诗坛流风所致，以自然清闲、虚幻空灵为尚也。”① 柳晟俊进一步考证说：“新罗时代，唐古诗传来之滥觞也，新罗真平王四十三年（621年）初与唐国建交，初受唐文化，新罗国亦遣子弟留学长安，文化交流，益趋频繁。今《全唐诗》载有金真德、崔致远、金立之、金可纪等诗，由此可见大唐、新罗两国文化之交流，已较前朝为盛。”② 柳先生认为，唐诗于新罗时期就在韩国广为流传，韩国的汉文学发轫于崔致远。他在比较王维与申纬之诸多异同之后，总结何以申纬逊于王维远矣的原因时说：“王维于作诗上善取道佛两教观念，提高诗之悟境，申纬又可及其境界，是其当李朝第一诗人而无逊色之故也，然申纬不精于禅理，对诗内在世界之追求，使诗禅融合为一，不及王维，而唯于诗语表现上显示其意趣，则可及也。如‘诗禅入定紫云房’（《紫云庵》）、‘禅心诗思病相侵’（《次韵荷裳落叶诗苔庭叶》）等是也。然申纬以东方李朝诗人能表现其诗世界之真景，而近于王维诗风，亦难能可贵矣。”③ 我们从此论中获得的信息是，申纬深受禅宗影响，深受王维的影响，尤其酷爱具有禅悦禅趣与禅境的王维诗歌，他也力图在诗歌禅境的实验上取得成功；但是，由于其“不精于禅理”，其诗与禅不能圆融，故而，其诗歌艺术没有达到应有的高度，尤其是与王维比逊色了不少。因此，极其欣赏王维诗的“穷幽极玄”、也很推崇严沧浪“以禅喻

---

① ［韩］柳晟俊《王维诗比较研究》，京华出版社1999年版，第2页。

② ［韩］柳晟俊《王维诗比较研究》，京华出版社1999年版，第199—200页。

③ ［韩］柳晟俊《王维诗比较研究》，京华出版社1999年版，第290—291页。

诗”的胡应麟说：“禅必深造而后能语。”[①]

因为禅宗的本质是通过自省而明心见性，也就是使人挣脱现实的樊笼，从有限走向无限。日本当代禅学大师铃木大拙就说过：“从本质上看，禅是见性的方法，并指出我们挣脱桎梏走向自由的道路。由于它使我们啜饮生命的泉源，使我们摆脱一切束缚，而这些束缚是使我们有限生命时常在这个世界上受苦的，因此我们可以说，禅释出那适当而自然地藏在每个人内心的一切活力，在普通情况下，这些活力是被阻挡和歪曲因而找不到适当的活动机会的。”[②]故而，禅宗在日本被演化为文化修养极高之人的哲学。“无论在中国还是在日本……对那些极为罕见的极具天赋的人而言，需要经过严酷的苦修和训练——集中意念，沉思默想，省察体悟。瑜伽中最严酷的一种——在印度被称为jnana，在中国被称为禅宗，在日本被称为真宗——并在远东留下了永恒的痕迹。”[③] 禅宗中的禅法和由此升华的禅意几乎成了日本人之性格和人格模式方面的象征，且禅在日本国民心灵深处已越出了宗教的界面，而成为一种自强不息的民族精神，这种精神闪现出禅的沉思的活用及超验思维方法和不屈的自信心。同样，“禅的思想，不仅作为宗教，而且作为文学艺术思想乃至整个文化思想而被日本社会所接受。正如日本学者加藤周一所说的：‘室町时代的文化，不是有禅宗的影响，而是禅宗成了室町时代的文化。’由于禅宗文化思想的深刻影响，到了这一时期，连审美意识也都完全禅宗化”[④]。禅宗思想与文学思想在精神层面的相同，禅的风骨意趣在日本的文学艺术中得到了广泛而深刻的体现，极大地促进了日本和歌、物语、书画等艺术样式走向成熟。特别是日本的诗类文学，与禅之关系更加密切，很注重对于中国诗的“诗中有禅”的效仿，也形成了平淡朴实、顺乎自然的审美取向。而作为日本特产的俳句，自然是这种禅宗思想表现的一种极致，其形式极短小，以最简约的、含蓄的、暗示性的浓缩语言，最大限度地表达出丰富情感与深厚意蕴，充分体现了以禅

① 胡应麟《诗薮·内编》（卷二），上海古籍出版社1979年版，第25页。

② ［日］铃木大拙《禅与日本文化》，陶刚译，三联书店1989年版，第23页。

③ ［锡兰］J·A·贝克《东方哲学简史》，赵增越译，中国友谊出版公司2006年版，第281页。

④ 转引自叶渭渠《日本文化史》，北京理工大学出版社2010年版，第181—182页。

喻诗的“言有尽而意无穷”的中国美学特征。

贝克认为：中国人在佛教禅宗的启迪下，发现了一条最重要的艺术规则就是，“艺术要与生命韵律或精神活力合拍”。这是艺术哲学的最高级形式，也是诗歌创作所应该遵循的最高原则。因此，“在中国的艺术哲学中，存在着某种神灵的支配——遵循着一种无法预测的轨道，但可以触摸到其有形的、永恒的实体。有这样一些人，他们在其艺术生涯的某些阶段，体验到自己站在难以言喻的肖像之前或风景当中。如果对此进行分析，这种体验已经表现了他们的哲学，这种哲学已经足以说明为什么伴随着与佛教的融会的完成，出现了这样的艺术效果，而事实却依然如故，与过去并无二致”①。如果要验证这位外国人立论的确切性，用王维来做代表是最合适不过了的。日本的王维研究专家入谷仙介（1933—2003）也认为，王维之成为王维，佛禅对他的作用太大了，他说：“发掘山水美的审美心理的形成过程中，佛教的刺激是必要的。然而这并不等于说，山水美本身就是佛教内容，或描写自然的艺术就是佛教艺术。无论如何，自然美都不是佛教本来固有的、或佛教带到中国的东西，而是中国文化土壤所固有的，它受佛教刺激趋于丰富。……王维的情形是，一旦在自然中发现了美，就会用汲自这个文化土壤的营养，创造出他自己独有的境界。”② 韩国的柳晟俊也是这样的看法：“诗须妙悟，不借助于才学或议论。从禅味中悟入，则重先天真性情之流露，以清新机巧出之，是诗中禅悟之要也。诗人能以禅入诗，使诗禅合一。然唯心论上，不止于诗禅之相合，于诗学上，则得化境，是乃为学诗之于禅悟之最高标的也。……而以禅入诗，使诗境空灵超越，以诗中之禅趣、禅理、禅境，尤为奥妙，是乃王维诗为神韵派之所宗也。所谓禅趣者，状物明理，托物起兴，以有限见无限，使恍惚之禅机，著迹如见也。”③ 诗禅相互通融而相互生发，这便是王维诗的突出特征，是其诗学提供给我们的突出经验，也是中日韩三国诗人所特别推崇的审美发生的途径，并作出了积极的接受反应。闻一多先生说的很中肯：王维替中国诗定下了地道的中

---

① ［锡兰］J·A·贝克《东方哲学简史》，赵增越译，中国友谊出版公司2006年版，第280—281页。

② ［日］入谷仙介《王维研究》，卢燕平译，中华书局2005年版，第186—187页。

③ ［韩］柳晟俊《王维诗比较研究》，京华出版社1999年版，第319—320页。

国诗的传统，后代的中国人对诗的观念大半以此为标准，即调理性情、静赏自然，其长处短处都在这里。笔者曾对此阐发说：“奠定中国诗传统的是王维而不是李白或杜甫，是因为王维诗风与中国农业文化背景和天人合一哲学思想具有高度融洽的表里关系，成为民族趣尚最为典型而传神的艺术反映。王维山水诗的虚静空灵精神，强化了中国文化的‘尚静’精神，深入到民族的肌理和骨髓，内化为中国美学稳定的艺术趣味和心理结构。”[①] 而中日韩三国在王维接受上的现实，以及由此而表现出来的美学趣尚和审美心理结构上的相似性，正表明东亚文化语境之背景的共融与宽容的特点。

二、“盛世读王维”的接受反应

曾经有一个西方学者问我云：当下欧美王维诗歌的译本趋多，甚至多过李杜。而且，王士祯也深受热捧。是什么原因呢？我答曰：“盛世读王维。”不仅如此，笔者又补充曰：“盛世出王维。”

一般而言，出王维与读王维，有两个重要条件：一是社会的平静安定，民生富足；二是个人的淡泊虚静，自然为上。从诗歌发生的角度看，社会兴而山水文学兴，政治越是稳定，诗人的心性也愈是稳定而富足，文学所反映社会的形态也就愈少激烈写实的直接性。盛唐社会的经济、文化的繁荣鼎盛，不仅形成了诗人的休闲状态及自然情怀，也形成了对于王维诗的特殊需求。王维所生活的时代，是中国封建社会最鼎盛的时代，自七世纪开始，到了八世纪，大唐隆甚盛极，经济异常繁荣，政治非常开明，社会充满自信，文化也因此特别发达。马克思恩格斯在《德意志意识形态》中指出：“统治阶级的思想在每一个时代都是占统治地位的思想。这就是说，一个阶级是社会上占统治地位的物质力量，同时也是社会上占统治地位的精神力量。支配着物质生产资料的阶级，同时也支配着精神生产资料。因此，那些没有精神生产资料的人的思想，一般地是受统治阶级支配的。”[②] 因此，盛唐出现王维，乃情理之中的必然。从诸

① 王志清《纵横论王维》（修订版），齐鲁书社2008年版，第4页。

② 马克思、恩格斯《德意志意识形态》，《马克思恩格斯选集》（第一卷），人民出版社1972年版，第98页。

多文献中可以看出，王维的诗歌拥有诸如宁王、岐王、薛王、太平公主、玉真公主以及代宗皇帝等等的一大批特殊读者。换言之，王维诗歌最容易为上层社会所接受，主要在上层社会圈子内流行和传播，这是盛世诗歌发生的现象与事实。从接受的角度看，以大历为例，笔者将此时期命名为“后王维时期”①。大历是动乱之后的社会稳定期和中兴期，“中兴”是其时代的本质特征，是其社会的主导气象。因此，这个时期的审美价值取向也是由“支配着精神生产资料”的统治阶级所支配的。安史之乱虽然结束了贵族化的文学环境，但贵族中也还在延续着贵族化的接受趣味。宝应中，代宗皇帝手敕王维诗稿曰：“卿之伯氏，天下文宗，位历先朝，名高希代。抗行周雅，长揖楚辞。调六气于终编，正五音于逸韵。泉飞藻思，云散襟情。诗家者流，时论归美。诵于人口，久郁文房。歌以国风，宜登乐府。”②代宗皇帝绝非普通读者，他对王维诗歌的高度评价和阅读期待，不仅反映了盛唐时代贵族阶层审美接受的标准和趣味，也反映了最高统治者对文学创作的政治态度。一代统治者的嗜好肯定会影响一个时代的审美趋向，左右一个时期的审美崇尚。孙明君发表论文指出：“代宗对王维的评价不是一个普通读者对一位普通诗人的看法，其评价折射了当时最高统治者对文学创作的政治态度和审美情趣。从朝廷政治的角度看，典雅平和的王维诗歌是代宗眼里的新经典。从日常生活的角度看，王维诗歌反映了盛唐时代贵族阶层的审美标准和艺术趣味。在盛唐诗人中，只有王维才最符合封建帝王及其政权对文学的政治要求和审美期待。”③孙论中用“最”字来评价王维诗歌的贵族接受，笔者深同此感。

日本学者入谷仙介在评论王维诗的美学特质时，也非常重视这“贵族趣味”，认为王维特别擅长在贵族圈子里充分展示自己的才艺，他“在辋川诞生的美丽诗歌、画作大为贵族社会所欢迎，结果王维被贵族社会更牢地绑缚去了”④。入谷仙介先生认为：虽然王维诗歌中“有浓厚牧歌情调的农民观与劳

---

① 王志清《“后王维”时期的王维接受》，《唐都学刊》，2007年第6期，第97—102页。

② 代宗皇帝批答手敕，转引自赵殿成《王右丞集笺注》，上海古籍出版社1984年版，第494—495页。

③ 孙明君《天下文宗，名高希代——唐代宗期待视野中的王维诗歌》，《陕西师范大学学报》，2007年第5期，第98—103页。

④ ［日］入谷仙介《王维研究》，卢燕平译，中华书局2005年版，第255页。

动观”，但是王维只能是王维而不可能成为杜甫，其“外在原因是，建国以来一个世纪的安定，带来了农业生产的发展，以及农民生活的相对改善。……农村的内部矛盾尚未尖锐化，农民尚能讴歌‘太平’。王维意识里的农村，是这种开元时期比较安定的农村，而非安史之乱后荒败的农村”。入谷仙介指出：“王维最活跃的时代，即他创作这些诗的天宝时代，被表面的盛世假象掩盖着的以贵族和士族为中心的唐朝统治阶级内部矛盾还没有激化。”[①] 故而，“王维笔下的农村，在取材上是现实的，但是加进了他超现实的创造。其中，虽能看到贵族与士族的对立，而对包含贵族、士族在内的统治阶级和以农民为中心的被统治阶级的对立，却极少见。而且，推翻贵族势力，创立新的以新兴地主阶层为主体的政权这一历史使命，还没有被他意识到”[②]。入谷仙介先生的王维研究“知人论世”，很注重作品发生的当下环境，因此很看重时代的因素。他的这些论断集中到一点就是：王维所以成为王维，乃是他那个时代使然。此论无疑佐证了笔者“盛世出王维”的观点。

关于这一现象，韩国的柳晟俊先生也看得明明白白。他在《王维对李朝诗人之启示与影响》中说：“李朝诗坛之中，盛唐王维之田园诗，风行于壬辰乱后，可与盛唐安史之乱后所特出之王维自然诗，其风极为相似。盖韩人饱受壬辰兵乱指痛苦，厌恶现实社会、官吏生活，于是遁入山川溪谷，追求闲静之生活，以隐逸浪漫为高，养成脱俗之人生观，其风格皆远祖陶渊明，近取王维，而直接出入于清代神韵派诗人。”[③] 柳晟俊又说：“自壬辰乱后，社会安定，民生富足，是李朝太平之世也。于是文学思潮趋于性情之流露，作品高华。至穆庙之世，文士蔚起，学唐者渐多。……如此诗才之盛，加以文物粲然大备，形成李朝学盛唐之诗风复开，遂有三唐派之出现，其诗近于王维。”[④] 柳晟俊还说：“大抵战乱之后，诗坛趋向以自然闲适与虚幻空灵为主，兹简述壬辰乱前后诗人与王维诗之关系，以明王维诗在李朝诗坛之影响。”柳晟俊还举例说明这个时期也出现了金时习（1435—1493）等仿佛于王维的诗人与作品，譬如

① ［日］入谷仙介《王维研究》，卢燕平译，中华书局2005年版，第198页。

② ［日］入谷仙介《王维研究》，卢燕平译，中华书局2005年版，第203页。

③ ［韩］柳晟俊《王维诗比较研究》，京华出版社1999年版，第201页。

④ ［韩］柳晟俊《王维诗比较研究》，京华出版社1999年版，第207页。

金时习的闲适诗《梅月堂集》："自少无关意，而今惬素心。种花莲竹坞，莳药避棠阴。苔藓人踪少，琴书书影深。从来樗散质，更与病侵寻。"柳评曰："诗中有忘我之境，第三联暗示禅趣，可谓得王维诗之真传。"[①] 柳晟俊的论述，无非说明了两点：其一，王维接受的最佳时期是大乱之后，是社会安定、民生富足的太平之世；其二，太平时期的审美期待是"以自然闲适与虚幻空灵为主"的。因此，在社会不安定的朝代或时期，在文学的工具性作用被极端夸大的年代，王维接受则必然会走向边缘。譬如说王维研究吧，势必会因为庸俗社会学的狭隘观念，导致了学术偏见，导致古典文学研究上的失误和失衡，导致文学史的写作出现了抑王的偏颇。以中国学界研究王维为例，我们提供一张近三十年王维研究的动态图以供研究：

年代	1979	1980	1981	1982	1983	1984	1985	1986	1987	1989
数量	3	8	10	19	14	22	12	16	13	26
年代	1990	1991	1992	1993	1994	1995	1996	1997	1998	1999
数量	15	22	19	28	32	40	42	41	39	53
年代	2000	2001	2002	2003	2004	2005	2006	2007	2008	2009
数量	65	58	77	91	101	89	125	151	140	164

从这些不完全的统计数据中可见，1993年之前的王维研究，还处于相对冷淡的状态，2002年才迅速热起，尤其是近几年来，王维研究文章每年都以逾越百篇的发表势头增长（2010年所发表的文章约134篇）。这些数据应该可以这样反证：王维接受之趋热，证明当今社会已渐入盛世。

三、橘枳异同的接受现象

比较文学接受所研究的是，读者对域外那些非母语作家与作品接受时的反应。王维的东亚接受，因为共同的语言文化历史背景，便形成一种相对稳定的

① ［韩］柳晟俊《王维诗比较研究》，京华出版社1999年版，第203页。

判断体系。而又因为接受者同属于一种文化传统之中，几乎不因为历史变迁与地域异样的原因而存在着某种接受的排异。本部分以日本的松尾芭蕉和韩国的申纬为个案。

日本民族特色最明显、历史最悠久的诗，乃是和歌和俳句。产生于15世纪的俳句，是日本韵文学的传统形式。这种由五、七、五共三句十七个音组成的短诗，在日本文学史上的重要地位，犹如唐诗之于中国文学史。俳句的形成得益于禅宗哲学和中国绝句，是中日研究者的同见。俳句的意境与汉诗有很多相通之处，都是将大自然的绮风丽景与诗人的玄想妙思对应起来而刹那永恒，生成一种隽永的幽情和禅味。而王维诗中的这种意境则是中国古典诗歌中最经典的。日本近代俳句和短歌的先驱正冈子规（1867—1902）就曾说过，“俳句、和歌、汉诗形式虽异，志趣却相同、其中俳句与汉诗相似之处尤多，盖因俳句得力于汉诗之故”。日本的“俳圣”松尾芭蕉（1644—1694）的作品则是极好的范例。松尾芭蕉所创立的“蕉风俳谐”，成为日本诗歌史上的里程碑。据说以他的俳句刻成的“句碑”耸立在日本各地的就有三百余处。芭蕉一生贫病，40岁后开始旅行，以自然造化为友，属于未出家的僧人。他以“四时为友”，使身心“劳于花鸟之中”。芭蕉称“自古以来，其风雅之情者，担负书籍，足磨草鞋，头戴破笠，不避霜露，自宁心静志，洞见物情，故愉愉然”；“身处闲寂，阴于山林，心地陶陶然”（《苦寂》）。芭蕉继承了日本感物伤情的美学传统，提出了“闲寂”“余情”的美学理念，并以出色的创作实践，使俳句成为典雅清新、情景浑融的艺术形式。松尾芭蕉最出名的俳句《古池》，也是日本俳句最合适的代表：

古池碧水深
青蛙扑通跃其身
突发一清音

松尾芭蕉摄取青蛙跳入古池塘中的瞬间动态，表示出六合闲寂幽玄的意境。“扑通一声响”，因蛙入水而不经意间有声响起，旋即又恢复到无边的寂寞。极短小的篇幅，极简约的语言，传达出刹那间爆发的灵感，以及作者内心的无比激情。俳句表面上无休无止的静寂，内里却蕴含着大自然的生命律动与无穷奥妙，千年静寂弥漫开来，荡漾起微妙的情韵漪沦，久久挥之不去，传达出一种不可言传的禅意，使人瞬间顿悟，仿佛于禅宗机锋。俳句追求的就是这种禅宗机趣，用以点化读者内心的情思。“本来无一物，何处惹尘埃”，《古池》之意境同于此禅境。

申纬（1769—1845）是韩国李朝著名诗人，官至大司谏。嘉庆壬申之岁（1812年），44岁的申纬，以书状官的身份赴燕京，得翁方纲等清代名家之诗传。柳晟俊评价申纬有“天纵之才，具有诗书画三绝，堪与盛唐王维相媲美”，而且是“李朝五百年之大家，称为东方之‘诗佛’”[①]。柳晟俊说王士祯“私淑”王维，是远隔千年的精神心仪；而翁方纲私淑王士祯，则是同时代的学术交往。申纬私淑翁方纲，“亦于翁方纲处学得王维诗画之风”[②]。他认为：“王维对申纬的影响，乃经由中唐、宋、清朝而承继于翁方纲，由于翁、申二人论交，故申纬远承王维之诗，近法翁方纲之诗，有线索可寻。”[③]可见，申纬与王维也是血缘一脉相承，是衣钵相传的真传。申纬归国后，自愧其早年诗作未窥门径，而尽弃之，因此其40岁前之作，是以罕见[④]。申纬对王维简直是敬若神明，特爱有加，他的不少作品是对王维诗的仿作，如王维有《鱼山神女歌》，亦赋《冠岳迎送神辞》；王维有《辋川集》二十首组诗，专写一地风景，而申纬仿作以《象山》，共四十咏，也是五绝咏自然风景。下面这四首诗，写于申纬47岁，时任谷山府使。

幽寻意何极，惆怅有余情。远色苍然至，落晖下古城。

——《达云古城》

柳浪亦佳村，绿荫人更静。小舟为一缆，黄鸟纷相请。

——《柳浪》

无物隔纤尘，栖神澄百虑。一点破明瑟，翠鸟衔鱼去。

——《明瑟园池》

---

① ［韩］柳晟俊《王维诗比较研究》，京华出版社1999年版，第2页。
② ［韩］柳晟俊《王维诗比较研究》，京华出版社1999年版，第322页。
③ ［韩］柳晟俊《王维诗比较研究》，京华出版社1999年版，第233页。
④ ［韩］柳晟俊《王维诗比较研究》，京华出版社1999年版，第216页。

花暖鸡鸣屋，江明犬吠园。有村皆锦浪，无处不桃源。

——《桃花洞》

这些诗还有《银心岭》《柏松亭》《梧桐岛》《候月台》《兰濑桥》等等，无论是从题目上看，还是取材、构图、设色、情调、立意等，都有鲜明的仿作王维诗的痕迹。诗人讲究言无尽而意无限，讲究味外之味、景外之景、象外之象，这在精神实质上是与王维相通的。故而，柳晟俊评论说：大抵王维与申纬处境相仿，都追求“闲静”而获得心灵的解脱，“故王、申虽异时异地之诗人，其心灵之共感，却一致也”①。

王维和松尾芭蕉、申纬，虽然处于不同国度和不同民族乃至不同时代，但他们的审美对象和艺术风格却极其相似，不仅具有相近的美学观，而且形成了相似的艺术精神、审美情趣和艺术品格。

第一，静观寂照的审美态度。禅宗悟道，忘却心机，追求“能所皆忘”“能所同一”的境界，给予诗人的启悟是在对山水静观默赏中而“吾丧我”地幻化为一，从而在诗歌艺术上开创了一个新局面。王维诗云：“空山不见人，但闻人语响。返景入深林，复照青苔上。”（《鹿柴》）山林空寂冷静，夕阳柔和弥漫，归根返照，豁然开朗，阳光淡淡，藓苔青青，色彩两相叠加，于幽暗清冷中融入暖色调子，又因为“人语响”而划破千古宁静，意境愈加闲淡而空灵。诗人澄怀静观，对境无心，花自开落，不惊动，不纷扰，也不感想与抒发，完全融入大自然，主体精神与自然生机同样地潜滋暗长，全然是一种恬淡清雅的天籁纯美。宗白华先生说：“禅是动中的极静，也是静中的极动，寂而常照，照而常寂，动静不二，直探生命的本原。禅是中国人接触佛教大乘义后体认到自己心灵的深处而灿烂地发挥到哲学境界与艺术境界。”② 应该说，作为同为禅学高人的芭蕉、申纬，得禅学之精髓，其生活与艺术活动与禅的关系也极为密切，都是在恒静中体味、把握人生，并将主观之情融入客观之境中，使主体与客体能够达到互相映照、两相契合，因此，他们对王维必然生成自觉而自然的接受，像王维那样对山水田园情有独钟，对人生与对自然也

① ［韩］柳晟俊《王维诗比较研究》，京华出版社1999年版，第304页。

② 宗白华《美学散步》，上海人民出版社1981年版，第65页。

都擅长静观默照的审美态度与方式，也善于捕捉顷刻的景物，表现出察看天然的详尽，创制出幽寂的意境。应该说，从融入自然的程度来看，似乎芭蕉更胜一筹。芭蕉远离名利社会中心，采取隐居和旅行的生活方式回归自然，流连山水自然，将自然作为精神复归之所而与自然"通神会性"，在自然中追求自我精神解脱。譬如其《古池》，水声之有，复归空寂，天道无常，无常归于闲寂，入水之跃与落水之声只是一线锋机，无形无相却足以包含大千世界，作者深深契合于大自然，遁入禅寂之空境。申纬有诗云："真谛密不示，妙悟心独知。"（《追和彝齐在北藩时题黄山所寄疏松短壑图韵》）申纬也是通过大自然来陶冶情性，是在禅修中反省人生的意义的。他澄静观照宇宙万物，感悟清寂而灵动的生命，山水自然给了他获取不尽的诗意与禅趣，也消解了他现实中的不遇之苦恼，其观照往往脱俗入禅，也像王维以及芭蕉那样，善用声，善取色，善借境。虽然其诗中稍带轻愁，反而添增了诗意美感，呈现出不作明言的淡泊之境。柳晟俊评价说其诗"亦得'丧我入神'之诗发，写其禅境，由脱俗而避世，由避世而合自然，终乃与自然冥合。其表现虽不及诗佛王维之高妙，已有所自得，至于丧我境界，最具脱俗之真"①。

皎然诗云："古磬清霜下，寒山晓月中。诗情缘境发，法性寄筌空。"（《秋日遥和卢使君游何山寺宿扬上人房论涅槃经义》）无论王维的"归隐"，芭蕉的"归田"，还是申纬的"归乡"，他们皆能用心之静去应物之静，而物之静也便呼应了心之静。"空山无人，水流花开"，自然界的声光影响构成了禅的直观之境，被诗人们视为纯粹现象，禅境与诗境得以互相发明，净寂闲静的主体人格诗化而获得了诗的品格。因此，贝克总结说："他们洞悉了艺术的奥秘，就在于他们从主体一方进入作为自己的艺术对象（不管是什么东西，从一片草叶到人的脸面）的客体的一方；并且因为他们掌握了生命的基本韵律，这些艺术家就变成了大师。"② 也就是说，在面对大自然客体时，诗人以静观默照的方式融入主体心境，与大自然生命呼吸与共，生成与万物同春的生命永恒，于是兴象琳琅，胜景纷呈，最终使他们获得了巨大成功。

第二，"不言言之"的表达方式。禅宗对诗歌创作的启发是"明心见

① ［韩］柳晟俊《王维诗比较研究》，京华出版社1999年版，第290页。

② ［锡兰］J·A·贝克《东方哲学简史》，赵增越译，中国友谊出版公司2006版，第281页。

性”，“不立文字”的表现方法，犹如迦叶尊者于灵山心有妙语的破颜一笑。王维深谙其道，得益于禅，深得佛禅不藉文字、否弃概念的启悟，很自然地融入“禅法”且掘出禅趣，使其诗达到了一种超知性、超功利的精神体验的高度。因为禅意佛理需要巧妙地、不着痕迹地糅合在山水诗中，所以王维往往运用直觉、顿悟、暗示、隐喻、感应等手段来营构，通过寓虚于实的手法寄情景中，创设出自然清幽、静谧肃穆的诗境。故而，其诗中不着禅语却禅趣活泼，具有含蓄蕴藉的意味深长之美，呈现出“可解而不可解”的意蕴，生发出“弦外之音”“象外之象”，使人感到言有尽而意无穷了。而作为同样是习禅诗人的松尾芭蕉和申纬，与王维同处于东方文化背景下，共同接受禅道文化的浸染，又有着相似的生活经历和生活方式，形成了相近的美学趣尚。禅宗思想陶冶了他们的精神生活，也对他的艺术思维产生了深刻的影响，他们的身心个体在禅修悟境之中得以超越、解脱而自在随缘。“寂有声”，“空无迹”，禅宗智慧给予了这些耽禅诗人们一种崭新的启悟，从而让他们能够从大自然中取来静美精神，再用最朴质疏淡的语言表现出“景外之景”来，生成可让读者充分想象的艺术空间。据铃木大拙说，芭蕉的《古池》写作其实是在佛顶和尚学参禅时的对答，佛顶和尚问：“最近如何度日？”芭蕉答曰：“雨过青苔湿。”佛顶又问：“青苔未生之时，佛法如何？”芭蕉复答曰：“青蛙跳入水中声。”禅机一动而出此俳句，禅诗不分，直接将“得句”与“悟道”一体了，呈示出直觉之空观。故而，日本禅宗大师铃木大拙对此评论说：“俳句的意图，是在于创造出最适当的表象去唤醒他人心中本有的直觉。”[①] 比较而言，芭蕉的俳句更加简约素洁，平淡朴实，顺乎自然，禅境与诗境在他的笔下达到了美学层次上的统一。这分明已不是人咏自然，而是自然之自咏。

第三，神韵天然的诗境。“王维对诗歌美学的最重大贡献，应该说是在‘意境’的创造上。王维也是中国古代诗歌意境创造的登峰造极的第一高人。”[②]王维诗云：“人闲桂花落，夜静春山空。月出惊山鸟，时鸣春涧

---

① ［日］铃木大拙《禅与日本文化》，陶刚译，三联书店1989年版，第163—169页。

② 王志清《长安文化的精髓与王维诗歌的经典性》，《长安学术》（第一辑），商务印书馆2010年版，第152页。

中。”（《鸟鸣涧》）人闲无事，视听天开，不仅仅月出、鸟惊全然动心，就连桂花之偶落，都能够听到扑簌簌的声响。诗中以人心之空寂安闲，而契景色之静穆飒朗，人在其中而又超然物外，这种物我合一的静到极致的意境，诚如日本文学史专家铃木虎雄所言：“境的领悟，也就是禅学与诗学的相通之处。”[①]王维和芭蕉、申纬，都是以山水田园为其共同的审美对象的，佛禅以及老庄道家思想的影响，形成了他们相近的世界观和美学观，他们在对自然的描写中，诗禅不分，诗禅互相渗透且互相发明，往往以有形的客体来表现宇宙无声的静谧本质和个人内心的空寂虚无，最终都形成了含蓄清逸、空灵幽玄的诗境。芭蕉的俳句，追求幽玄、闲寂的境界。其《古池》所最终呈示的还是“扑通一声响”过后的千年静寂，实际上是诗人闲寂幽幻心境的物化反映。申纬的《明瑟园池》《柳浪》等，也是以静观自然的心情静观人生，以简洁明快的笔触赞美山川自然，并通过对自然景物的赞美、感悟来表达对幽美田园生活的向往，从而形成“韵外之致”的静美境界。在这一点上，芭蕉比申纬更加接近王维。尽管他们生活经历、生活方式与时代背景的差别很大，但是他们在所用的手法和创造的意境，乃至表现风格上却异常相近。所细微区别的是王维往往多牧歌之恬，而芭蕉则常常具苦寒之色。王维的诗境和融典雅，洒脱超然，而芭蕉的作品则在超脱尘世外又融进了一些世俗生活场景，呈现出融清逸与卑俗为一体的意境。申纬的诗也多于山光水色中寻求精神安逸，企图从世俗中的超越，追求心灵与农村风物的融合，及由此而生的怡然之乐。申纬的《小杉榻》诗云：“盘膝宜弹琴，横肱可挂笏。元龙空百穴，于此寄傲兀。”从意象上看，也是王维的印记，但是，其意境不是着力表现自然美和人生美之意趣的，也不重在表现大自然中的恬静之美，而是表现一种与静穆和平相悖的“骚人之兴”，因为情绪化太过强烈，以至于将情感强加给外物，诗中山水包含了强烈的人生意识的内容。

韩国的柳晟俊认为：虽然韩国汉文学已具独立性，“然其文学，源出于中国文学，而这个文学之价值辉煌优雅，愈久愈澹，故至今醉心于中国诗文者，以为如欲使韩国汉文学繁盛，即当以中国文学为宗”[②]。柳先生所表现出来的

---

① ［日］铃木虎雄《中国诗论史》，广西人民出版社1989年版，第162页。

② ［韩］柳晟俊《王维诗比较研究》，京华出版社1999年版，第196页。

对中国古典文学的拳拳服膺之情，让我们中国学者读来感到尤其自豪与感动。于世界文化走出各自分割的历史阶段的当下，中国的国学与国外中国学，共同构成了世界学术的中国观，而又各属不同的学术体系，发挥着不同的文化功能。因此，我们对异国文学作比较研究，首先要做的就是通过与异质文化的接触与探究，不断地反省自身的文化，吸收异域不同的文化要素，扩大自身文化的宽度和深度而最终走向世界。

长安文化中的王维表现①

［按］ 此乃长安文化学术研讨会开幕式上的发言。会议由《文学评论》《文学遗产》《人文杂志》与陕西师大、陕西省文史馆联合主办。笔者认为：和谐是盛唐盛世最突出的社会风貌。长安文化的本质就是和谐文化。王维诗最能够反映盛唐和谐与长安文化精髓。因此，王维与其诗也成为盛唐盛世最杰出的代表。观点引起了与会代表的热议。

此命题中隐含着一系列的追问，其追问的核心问题是长安文化的内涵。何为中国文化？何为长安文化？何为长安文化的特征和精髓？

追问之一：何为长安文化？

盛世最突出的社会风貌是和谐。如果此论无可厚非，那么，中国古代文化的特定时空便是长安，便是盛唐时期的长安。

古代长安为中国人最值得追怀的历史时空。中国有长安、洛阳、金陵、开封、杭州、北京等六大古都，其中长安（西安）建都时间最早，建都朝代最

① 原题为《长安文化的精髓与王维诗歌的经典性》，《长安学术》（第一辑），陕西师大文学院主编，商务印书馆2010年版，第142—153页。

多（共有13个朝代），建都年代最长（1062年），还是中国历史上最早的百万人口的大都市。在六大古都中可以与长安并称的只有洛阳。洛阳是东周、东汉、曹魏、武周、西晋、北魏、后梁、后唐、后晋等九朝古都，建都历史近千年，仅次于西安。而从世界范围来横比，与此同时，西安与雅典、开罗、罗马、伊斯坦布尔齐名，是世界著名的五大古都之一。其中建都于金陵、开封、杭州的王朝，或是弱势王朝，或是短命王朝，或是割据政权。虽然，北京是元明清王朝的故都，也保留有许多重要的历史文化遗产。但元明清时期，我国传统文化和民族精神的主体已经形成，而其文化基因，正是汉唐所定型了的。有人从开放性和创造性的视角作论，提出了盛世标准说："汉唐雄风代表着中国传统文化中开拓创新、锐意进取的文化价值取向，汉文化的自由精神及其铺张扬厉的恢宏气度，唐文化的宏阔开放和雍容豪迈的精神风韵构成了中国传统文化的精魂。张扬其文化精神，活化其文化资源，无疑会增添中国人民的文化自豪感；提升其文化品格……"[①] 中国人民大学历史系的刘后滨也以"贞观之治"为个案讨论治世和盛世之区别，他认为："所谓治世，指国家治理的一种理想形态，侧重于国家治理的水平，强调行帝道王道，主要特征是政治风气良好，社会秩序稳定，百姓对国家政权充满信心。所谓盛世，指社会发展的一种理想状态，侧重于国家治理的成果，主要特征是在国家统一和社会稳定的基础上达到经济发达和文化繁荣的局面。"进而，他归纳了五条标准：即国家统一，社会稳定，经济发展，文化繁荣，吏治清明。"盛世在历史时代意义上的含义不是很清晰，如果严格按照以上五个标准来衡量，则中国历史上称得上盛世的时代，大抵只有称为'天汉雄风'的汉武帝时期，称为'盛唐气象'的唐玄宗时期，以及清朝的康雍乾盛世，有时人们还以汉唐盛世与康雍乾盛世并称。"[②]

笔者认同康乾盛世的观点，虽然当下有异议之论。"康乾"之世，长达百余年之治，从经济增长和城镇繁荣上看，在当时世界上的国力也自然在大国之列；从文化的建设上看，以《四库全书》等为代表的中国传统文化也达

---

① 张德丽《汉唐文化的文化表征及其特质》，《理论建设》2008年第1期，第56页。

② 刘后滨《从贞观之治看中国古代政治传统中的治世与盛世》，北京联合大学学报2003年第2期，第65—66页。

到了高峰。我们且不必去考虑英国产业革命与乾隆朝几乎同步，清帝国的经济实力、科技先进与世界的差距也正迅速拉开；也不要追究《四库全书》编纂是以对人们思想进行一次大清理为意图。但是，从人性角度看，康乾时代是中国历史上迫害士人最黑暗的时代，这是这个“盛世”的最大缺憾。清统治者把臣民当“奴才”，严重扼杀人性，康雍乾三帝长达百年的“文字狱”，士人地位卑微，恐怖政治，人人自危，命不保夕，更无和谐可言。士人为了逃避现实，钻入了故纸堆，考据学兴焉。台湾学者、作家李敖在2005年“神州文化之旅”的公开场合曾说过这样的话，“今天的大陆，是自汉唐以来没有过的盛世”。因此，康乾从国力上看，也许是盛世，但从“和谐”上看，以盛世冠之似乎不能众望所归。衡量一个社会是否强盛，不外乎政治、经济、文化，还有一点最重要的是人性自由，是社会的和谐程度，是人能否“诗意地居住”的环境。

汉唐盛世“以民为本”，天下升平，人民安居乐业，是封建社会中和谐社会的样板。《易大传·贲第二十二》：“观乎天文，以察时变。观乎人文，以化成天下。”人文化成的理想模式源于陕西关中的西周文化，这是汉唐文化最深厚的渊源。汉唐建都长安，西周的礼乐文化、典章制度已成遗址废墟，虽然存者无多，但流风余韵，泽被盛世。汉高祖刘邦建立汉朝之初，准备建都洛阳，但终于还是选择了长安。汉之“文景”推行休养生息政策，在君民为谐、君臣和睦、民族和睦等方面获得了重大的治国经验。公元7世纪前后，在人文化成的理想中建立起来的唐朝，突出了礼乐教化的精神和形式，在物质和文化两大文明上高踞世界之巅。美国学者谢弗在他的55万字的学术专著《唐代的外来文明》一书中说：唐代“八世纪是一个神奇魔幻、无所不能的时代”；“唐朝统治的万花筒般的三个世纪”；他又考证说“长安城的纳税人口将近二百万人”，等等。当时长安面积约有84平方公里，约有罗马六个大，整个长安城充满了包容和谐的氛围。宫廷和民间女士流行穿的波斯低胸、薄质的服装，住的拜占庭式的建筑房屋，豪门雇用着黑人奴仆，除特别盛行的佛教，信仰的还有景教、拜火教。谢弗描绘说：“唐朝境内人文荟萃，奇货云集，突厥王子仔细揣摩着来自阿曼的珠宝商的神情举止；而日本的参拜者则以惊奇的目光凝视着粟特商队的商人。难怪他们会感到诧异，因为当时的确没有任何可以想象得到的东西能够与这些民族和职业联系起来。……

”[①] 盛唐的物质丰富与文化繁荣已经到了令人叹为观止的全盛和鼎盛地步。对大唐繁荣的规模、气势的论述，范文澜编著的《中国通史》第三编第一册其中第二章“封建经济繁荣疆域大扩时期——唐”，也可以见到具体描述。真个是：“九天阊阖开宫殿，万国衣冠拜冕旒。”（王维《和贾舍人早朝大明宫之作》）王维通过伟丽的意象、堂皇的辞彩、高阔的境界、谐和的格调，表现出早朝场面的宏伟庄严和盛世帝国之君王的尊贵，突出了大唐帝国的威仪，勾勒出气势非凡的“大明宫早朝图”。而这个“早朝图”，则可以视为气象高华、声势威赫的大唐面影，是一种光明璀璨、仪态万千的时代折光，艺术地反映了真实的历史背景，给人一种亲临其境的现场感。王维还有一首题为《奉和圣制从蓬莱向兴庆阁道中留春雨中春望之作应制》的诗：

渭水自萦秦塞曲，黄山旧绕汉宫斜。銮舆迥出千门柳，阁道回看上苑花。云里帝城双凤阙，雨中春树万人家。为乘阳气行时令，不是宸游重物华。

此为唐玄宗由阁道出游时赋诗的一首和作。诗篇先出以广阔的背景，写由阁道中向西北眺望所见的景象。颈联“云里帝城双凤阙，雨中春树万人家”乃“盛大”之景。帝城宏伟，街市繁盛，风调雨顺，百姓安居，百业昌盛。诗人以壮观明丽的构图，正面描写盛唐气象，展示出盛世帝都的长安神采，境界阔大，寓意深远，艺术地反映了典型的8世纪中期的大唐气象。

618至907年间的两个世纪，世界文明之巅在盛唐。（盛唐者，盛世大唐也，大唐盛世也）盛唐之盛，盛在心态；盛唐之盛，盛在和谐。长安文化历经周秦汉隋唐，形成了它特有的文化内涵、精神特质，当下研究者概括如：开拓创新，锐意进取的文化价值取向；汉唐特有的“大美”气象和精神气质；代表了大国气度、展示了开放胸襟的民族自信；善于吸纳，也更有兼容的气量和创造激情；意气风发、昂扬自由的民族心态；勇于开拓、探求进取的高远情怀；等等。魅力无穷的长安文化，博大精深，聚焦于一点：和谐。我们以为：长安

① ［美］谢弗《唐代的外来文明》第一章《大唐盛世》，中国社会科学出版社1995年版，第7—66页。

文化最核心的要素是和谐，最本质的内容是和谐，最高的境界也是和谐，最有特色的地方还是和谐，这是其他文化所不能比拟的和谐。借一个不一定妥帖的比喻来说吧，譬如西方现代比较流行的文学本体论。“本体”原本是一个哲学概念，本体论在西方是德意志哲学家郭克兰纽（1547—1628）等人提出来的，后来康德哲学中也继承了这个概念，把存在分成本体与现象两个范畴。所谓“本体”，即存在自身最真实、最根本的实体，而“现象”只是本体的表现，不是本体本身。[①] 我们以为，内涵博大众彩的长安文化，只是一种外在的形态，或者说，是体现和表现“和谐”的诸多“现象”，而“和谐”则是盛世所特有的“存在自身最真实、最根本的实体”。长安文化，其实就是盛唐文化。体现和创造了长安文化的盛唐，在本质上追求和谐对话的生存方式，这也是盛唐所以高出其他盛世的突出之处。盛唐是中国历史上为数不多的几大盛世中最辉煌的一个时期。而盛唐盛世不仅仅表现在国力强盛上，其最不同于其他盛世的一个突出特点，即社会的全面和谐。我们以为，盛唐的和谐社会主要表现为人与文化的和谐、人与人的和谐、人与自然的全面和谐，因此而形成了盛唐经济、文化的繁荣鼎盛。“从人类社会学的和谐观来看，盛唐的政治开明和社会和谐，才孕育了盛唐文化的和谐；而盛唐文化的宽容，又强有力地促进了盛唐的政治开明和社会和谐。”[②]

因此，我们追怀长安，研究长安文化，主要还不是因为长安乃周丰镐、秦咸阳、汉长安和唐长安等古代的都城遗址，而是一种民族精神，是一种承载了我国传统文化、特色文化的历史遗产，是一种覆盖了差不多整个东方的唐代文化。盛世最突出的社会风貌是和谐，长安文化创造了中国历史上经济文化全盛和鼎盛的最佳时空，长安文化即盛唐文化，其精髓、核心和极境即和谐。如果长安文化的精髓乃和谐文化这一命题能够成立，那么创作出体现这种文化精髓的诗歌经典的人是谁呢？我们把目光投向了王维。

① 成中英主编《本体与诠释》，三联书店2000年版。

② 王志清《中国诗学的德本精神》，齐鲁书社2007年版，第117页。

追问之二：王维与李杜谁更适合代表长安文化?

帝都长安，尤其是唐长安，更是士人最向往、最留恋、也给人以最大机遇的地方。唐长安士人的客流量也最大，每年至少有二三万文士客居于此。《唐诗大辞典》统计唐代诗人有3800多人，几乎所有的诗人都到过长安；《全唐诗》中存诗一卷以上的诗人，都留有与长安有关的诗歌；与长安有关的唐诗约在4000首以上，盛唐面影在唐诗中得到广泛、深刻而辉煌的反映。

说到唐诗，特别是盛唐诗，人们自然会首先想到李白和杜甫。

李白的诗歌属于“缘情放言”[①]的一种，“兴酣落笔摇五岳，诗成笑傲凌沧州”，每每酒酣情热，兴高采烈，于是诗兴大发，放言无忌，恣意挥洒，抒叙生风，自由奔突，志之所之，所向披靡，不可一世，具有一种横冲直撞的内在张力，表现出人的极度自由的解放感。李白诗歌境界博大，气势恢宏，主要是以情感的高度率真和语言的极富个性来感染人，其中表现出来的酒神精神，洋溢着生命的自由和激情。应该说，也是盛唐精神，是长安文化的杰出代表。

然而，我们在其诗中听出了类似西方艺术中的那种撕裂之痛，诗人以古乐府辞调所表现出来的感伤的归思之情，也制造了无数快感和眩目幻象，其灵魂之舞具有极端自由的维度，大自然的酒神激情在诗人的醉舞中幻化成绚丽景象。“谁挥鞭策驱四运？”其中有一种谁主沉浮的意思。谁呢？我！“吾将囊括大块，浩然与悻溟同科。”（李白《日出入行》）诗人把万物的兴歇当作宇宙本体的游戏，而诗人则常居于这宇宙游戏的醉舞中心，表现出大喜大悲的豪迈狂情。杜甫在《赠李白》中对他的刻画十分逼真而传神：“痛饮狂歌空度日，飞扬跋扈为谁雄。”诗人独来独往，我行我素，笑傲万物，与时间、死亡对立和对抗，如《日出入行》；与礼法、世俗对立和对抗，如《将进酒》；与忧愁、功名对立和对抗，如《宣州谢朓楼饯别校书叔云》；与天地、自然山水对立和对抗，如《访戴天山道士不遇》；与格律、形式、节奏等对立和对抗，如《蜀道难》，用宇文所安的话来说，其“所用的句法形式甚至在优美的散文

---

① 权德舆《送张仆射朝觐毕归徐州序》，《全唐文》卷491，第5020页。

中也会被认为是散漫的”[①]。其不规则的对抗性，是“在李白之前，没有一位诗人敢于像他采用极端杂乱的句式”[②]。因此，其诗最主要的特征是：因为与天地社会的强烈对立和对抗性而呈现出来的错综美、矛盾美甚至是杂乱美。即便是他的表现适意自然的山水诗，也主要不是表现其与天地自然的和谐，不是与大地和天空存在着永恒的亲切对话。譬如《访戴天山道士不遇》：“犬吠水声中，桃花带露浓飞。树深时见鹿，溪午不闻钟。野竹分青霭，飞泉挂碧峰。无人知所去，愁倚两三松。”以“惊异”起笔，打破了诗歌的秩序和规则，其“犬吠”之音也打破了深山幽境的寂静和平衡。

李白也写过一些“和顺”的诗。唐玄宗天宝元年，四十二岁的李白来到了他朝思暮想的皇城长安，充满着政治渴望的李白获得了他一生中唯一的一次政治机遇。李白创作了不少作品来记录这段任职翰林供奉期间的生活，如《从驾温泉宫醉后赠杨山人》《温泉侍从归逢故人》《朝下过卢郎中叙旧游》等诗，热情地赞美朝廷，赞美如同太阳一样伟大的玄宗圣君，洋溢着入朝的骄傲和癫狂。他还在日后的许多时间里不无夸张地回忆这段值得炫耀的“辉煌”经历：“是时仆在金门里，待诏公车谒天子。长揖蒙垂国士恩，壮心剖出酬知己”（《走笔赠独孤驸马》）；“当时待诏承明里，皆道扬雄才可观。敕赐飞龙二天马，黄金络头白玉鞍”（《答杜秀才五松见赠》）。他的三首《清平乐》，则太过肉麻，宇文所安说：“它所阐述的旨意只是‘杨贵妃像花和女神’，几乎没有比这更陈腐的赞美女性美的话了。”[③]因此，“无论在宫廷内外，李白的狂诞行为是其所选择的角色的组成部分，而不是如同某些传记作者所说的，是蔑视权位的真实表示。李白渴望被赏用，表示乐于进入宫廷，当他被迫离开时，发出了激烈的抱怨。狂野本是对他的期待，他并非有意地要对皇帝挑战”[④]。因为，被迫离开长安，赐金放还，被推到社会的对立面去了，理想与现实的处境之间的巨大落差，内心极度不平衡的郁闷，其诗中也多了些恼羞成怒式的反讽，于是便有了“安能摧眉折腰事权贵，使我不得开心颜”的对抗性。

---

① ［美］宇文所安《盛唐诗》，贾晋华译，三联书店2004年版，第147页。

② ［美］宇文所安《盛唐诗》，贾晋华译，三联书店2004年版，第151页。

③ ［美］宇文所安《盛唐诗》，贾晋华译，三联书店2004年版，第138—139页。

④ ［美］宇文所安《盛唐诗》，贾晋华译，三联书店2004年版，第139页。

盛唐文化本质上是一种乐感文化，它贯穿着积极、乐观的统一风格，有一个从和谐温馨的中心四处弥漫，进而演变为高昂浑厚的过程。如果说李白诗歌也属于乐感文化的范畴，那么，我们感到，在其酒精麻痹和幻想麻痹的深处，有一种强烈的痛感、深刻的痛感，反而更接近于希腊艺术的那种痛感文化，是那种受了酒神魔力驱使生成的痛感。诗人作为痛苦的个体，成为社会和大自然的一个不和谐之音，在一种强烈的不和谐的震颤中表现出强烈痛苦的类似悲剧性的快意。

从思想倾向上来讲，杜甫是向后转的诗人，恪守着诗教的经典写作。杜甫的诗歌中最出色的是那部分批判现实主义的作品，多缘情类事，遭际兴会，触物兴怀，充满着实用理性。杜甫始终坚持的是正统儒家“诗言志”的原则，以抒写诗人在社会人际中的哀乐之情。诗于杜甫，与其说当成一种获取被现世认可的工具，不如说有着一种政治失败情感记录的自觉。政治世界的失败，使杜甫原本干预社会的意识和欲望更加强烈，他的《兵车行》《丽人行》《悲青坂》《北征》《自京赴奉先县咏怀五百字》及组诗“三吏”“三别”等，充满了无与伦比的人道主义精神，而其鞭挞的力度和揭露的深度，则使其诗歌具有了浓烈的对抗性色彩。宇文所安认为，其诗取材与构思往往在“悲喜剧对立冲力的结合点”。而且，“杜甫总是喜好复杂化，进入对立范围，‘完成’对事物和体验的认识”[①]。即便是山水诗，“在所有的中国诗人中，杜甫或许是最不愿意让自然以本色呈露的一位，在他的笔下，自然现象极少看来是随意的或偶然的”[②]。诗人观物而起情，往往是以既定之“我”而改变外物自身的性质和意义，“感时花溅泪，恨别鸟惊心”，作为自然现象的花开鸟鸣，也没有了它们自身的客观存在和价值，其物我一如的实质是“我”融“物”而非“物”融“我”，或者物我相融。杜甫晚年的这类诗篇，往往被明清诗论家誉为表现盛唐气象的佳作，如《阁夜》、《江汉》、《秋野》、《秋兴》（八首）等，以《对雪》为例，诗云：“战哭多新鬼，愁吟独老翁。乱云低薄暮，急雪舞回风。瓢弃樽无绿，炉存火似红。数州消息断，愁坐正书空。”诗中雪白对夜黑、酒绿对火红、乱云对舞风、多鬼对独翁……构成了一个充满了对立和对抗的世界，构成了一个杂乱而又有秩序的空间，构成了一个恐怖而惊悚的情境，

---

① ［美］宇文所安《盛唐诗》，贾晋华译，三联书店2004年版，第232页。

② ［美］宇文所安《盛唐诗》，贾晋华译，三联书店2004年版，第232页。

突现了诗人与外部世界的对立和对抗的心理图画，对雪，即对冬天，对死亡，对孤独，对冷酷，对不能容身于其中的社会。

清人王夫之对杜甫以诗为史的说法颇有微词，甚至对杜甫诗品人格产生了质疑。他在评杜甫《漫成》一诗时说：“杜又有一种门面摊子句，往往取惊俗目，如‘水流心不竞，云在意俱迟’，装名理名腔壳；如‘致君尧舜上，再使风俗淳’，摆忠孝为局面：皆此老人品心术学问器量大败阙处。或加以不虞之誉，则紫之夺朱，其来久矣。《七月》《东山》《大明》《小毖》，何尝如此哉！”（《唐诗评选》卷三）王夫之认为杜诗在批判现实时，“直刺而无照耀，为讼为诅而已”。这种“开口便见”讥刺的做法，缺少了深度。他在评《古诗十九首·上山采蘼芜》时写道：“诗有叙事叙语者，较史尤不易，史才固以隐括生色，而从实著笔自易。诗则既事生情，即语绘状，一用史法，则相感不在永言和声之中，诗道废矣。此‘上山采蘼芜’一诗所以巧夺天工也。杜子美仿之作《石壕吏》，亦将酷肖。而每于刻画处犹以逼写见真，终觉于史有余，于诗不足。论者乃以‘诗史’誉杜，见驼则恨马背之不肿，是则名为可怜悯者。”（《古诗评选》卷四）他认为杜甫的《野老》“境语蕴藉，波势平远”，其《九日蓝田宴崔氏庄》“宽于用意则尺幅万里矣”（《唐诗评选》卷四）。杜甫《初月》诗云：“四更山吐月，残夜水明楼。尘匣元开镜，风帘自上钩。兔应疑鹤发，蟾亦恋貂裘。斟酌姮娥寡，天寒耐九秋。”王夫之称颂此诗说：“就当境一直写出，而远近正旁情无不届。……笔欲放而仍留，思不奢而自富，方名诗品。”（《唐诗评选》卷三）可见王夫之论诗，以含蓄蕴藉、超以象外为要，“合化无迹者谓之灵，通远得意者谓之灵”（《唐诗评选》卷三，孙逖《江行有怀》评语）。

杜甫也写过一批台阁诗、应景诗，表达一种感恩心情，表现一种闲逸状态。虽然“杜甫在朝任职（左拾遗）的时间极短，大约仅乾元元年（758年）春夏间三五个月，但他却写了《宣政殿退朝晚出左掖》《紫宸殿退朝口号》《春宿左省》《晚出左掖》等诗，来记叙这段生活，其中油然流露出一种满足和感恩心情”[①]。我们从社会学、心理学上来解读杜甫，境宜则气顺，气顺

① 程蔷、董乃斌《唐帝国的精神文明——民俗与文学》，中国社会科学出版社1996年版，第144页。

则情胜，情胜则诗温婉馨丽，即如“退朝花底散，归院柳边迷”（《晚出左掖》）；“穿花蛱蝶深深见，点水蜻蜓款款飞”（《曲江二题》之二）；“桃花细逐杨花落，黄鸟时兼白鸟飞”（《曲江对酒》）；“林花著雨燕脂落，水荇牵风翠带长”（《曲江对雨》）；“落花游丝白日静，鸣鸠乳燕青春深”（《题省中院壁》）；“香飘合殿春风转，花覆千官淑景移”（《紫宸殿退朝口号》）等。宠臣贾至写了一首《早朝大明宫呈两省僚友》诗，和者中有王维、岑参和杜甫，杜甫《和贾舍人早朝》诗云：“五夜漏声催晓箭，九重春色醉仙桃。旌旗日暖龙蛇动，宫殿风微燕雀高。朝罢香烟携满袖，诗成珠玉在挥毫。欲知世掌丝纶美，池上于今有凤毛。”通篇歌功颂德，诗分为两部分，前半部分是歌颂，写宫廷场面和气势；后半部分还是歌颂，说贾至与其父成就辉煌。这比起同样是和诗的王维、岑参诗来，无论是立意、境界还是气魄，显见的逊色（论略）。

宇文所安说：“李白和杜甫确实是很不相同的诗人，并列在一起时尤为引人注目，但从中国诗歌的标准看，他们之间的差别并未构成一些批评家所指出的基本对立。杜甫有相当的理由看到自己作为一位诗人，正与李白处于同一传统，而在李杜作品所代表的诗歌类型与王维作品所代表的京城诗歌传统之间，存在着更为重要的差别。”[①] 这是从诗歌“传统”上看的，而从创作“形态”上看，李杜二者都属于社会派诗人，社会干预型的诗人，以抒写社会人情为主，主倡诗歌反映并干预现实社会，是以“诗言志”“诗缘情”的诗歌观念为背景、为原则的作家。所以文天祥说：“子美非能自为诗，诗句自是人性情中语，烦子美道耳。”[②] 李杜二诗人的性情中语，多痛苦之心声，呈痛苦之心迹，其痛苦之源，乃主要产生于二诗人的政治失意及天道失和也。故而，李白、杜甫和王维，三者分为两种类型，即和谐型与不和谐型。李杜是不和谐型的，知其不可为而为之，人与外界是冲突的，人的自身也是矛盾体，其以美学观，乃冲突美；王维则是和谐型的，天如何人亦如何，人与社会、人与自然、人与人，特别是人的自身的自我和谐，其以美学观，乃和谐美。

社会发展的最高境界，时代强盛的最重要标志，就是社会的高度和谐。从

---

① 宇文所安《盛唐诗》，贾晋华译，三联书店2004年版，第216页。

② 文天祥《集杜诗自序》，《文山先生全集》卷十六。

和谐美与对抗美来考察，王维诗歌似乎更适合成为长安文化的文学经典。“社会的高度和谐，是人与社会关系中和的最高境界，以盛唐观，和谐社会不是没有冲突，而是能够容纳冲突、缓和冲突，盛唐诗歌不是没有包含愤世嫉俗傲气的，也不是没有遗世独立的决绝性格的，而只是此非时代的主流和主导人格。儒家的中和思想，佛禅的自性精义以及老庄的人格理想，在盛唐被转化为亲亲中和的社会格局，转化为清高妙远的休闲状态和山水趣味，也形成了具有浓厚伦理色彩的和谐社会的文化体系。”[①] 盛唐的具有盛大气象的诗歌常常以阔大浑厚论，一般而言，王维诗歌中被视为此类的主要是他的应制诗和边塞诗以及山水诗的一部分，而这些诗歌从表现的外露上观，从数量上算，比不上李杜。但是，如果从含蓄观，从高华静穆观，从诗歌美学本体要素和境界观，从对社会本质、时代精神的把握和反映观，王维诗歌未必不如李杜。在人与自然的生命秩序的建立与调整的过程中，王维与社会、自然的高度和谐的那种生态智慧，表现在审美理想上就是服从自然的意志和规则，就是反映人对自然顺从与契合的过程与状态，以此而形成的与万物冥合的社会感应与契合的诗歌，如《山居秋暝》《汉江临泛》《归辋川作》《辋川别业》《渭川田家》等等，其中所反映出来的和顺、和靖、和乐、和融、和谐的情氛和意境，是盛唐时代的最本质反映，是盛世社会心理的最深刻的示现。从哲学角度上看，这种诗的视野比写照性的言志诗要宽广得多，也使制造幻象性的诗越加阈限，而将读者的目光和思想引向无限的自然，促使人在自然面前去“机心”而求“神遇”、摒功利而持静观，觉醒审美意识，以达到一种“与天地精神相往来”的“物化”境界，使心神融化于自然无垠的怀抱之中，这是社会人际交往之外的一种全新的感受，而这正是以王维为代表的山水诗人为诗歌所开辟的一个全新的领域。

我们强调说王维的诗歌更适合作为长安文化的经典表征，并非说李白杜甫就不是这种文化的杰出代表。还有一点需要特别强调的是，王维作为“第一代京城诗人的核心人物”[②]，其诗歌成熟期的诗人活动几乎都在长安，自然要比非京城诗人的李杜，更能够也更应该成为长安京城文化的代表也。

① 王志清《中国诗学的德本精神》，齐鲁书社2007年版，第118—119页。

② ［美］宇文所安《盛唐诗》，贾晋华译，三联书店2004年版，第65页。

追问之三：王维诗歌凭什么是长安文化精髓的艺术表征？

从长安文化的物质遗产里看，最具有代表性的文化现象还是唐诗。而唐诗中最能够反映盛唐和谐、长安文化精髓的似乎首推王维的诗。

从诗歌发展的走向和态势看，"唐诗是在玄宗开元期间才发展成跃进的形势"[①]。诗到唐代高度成熟，而其成熟的最突出标志、也是唐诗区别于其他时期诗歌的最重要的特点就是它的"和谐"性，从诗歌文本来看，主要是意境的生成和意境的范型。而"意境"上的成熟，则使中国古代诗歌进入到艺术哲学的层面。罗宗强在《唐诗小史》中指出："盛唐诗人艺术上的一个重要成就，便是创造了兴象玲珑的意象。"而且，他们"几乎已经解决了意境这一诗歌美学范畴所要解决的一切问题"[②]。陈良运在其《中国诗学批评史》里也这样写道"唐代诗人和诗论家，远绍道家的'见无外之境'说，近承佛家'境'由心造之论，创立了独特的诗境理论，这是中国诗学批评史上一件划时代的大事，它标志着中国古典诗歌艺术走向成熟"[③]，"这是古典诗歌艺术走向高峰时获得的另一重要成果"，"这是唐代诗人和诗论家对中国诗学也是对世界诗学的一大贡献"[④]。自王昌龄以降，皎然、司空图，诗歌境界理论基本确立了，此后，严羽、王夫之、王渔洋等等，一直把意境作为诗歌的重要美学命题进行着很有建设性意义的理论性阐释。意境也一直作为中国诗歌的一种艺术形态，作为中国诗歌传统的优劣评判的一条重要标准，渗透到几乎所有的艺术门类中。

诗歌的最高境界是意境的成熟，是意境的生成。如果此论成立，那么，王维的地位则是至高无上的，其作为最合适代表之资格也是确信无疑的。笔者在拙著《纵横论王维》（修订版）的结论中说：王维在美学上的重大贡献就是，"澄怀味道的观照方式与兴会神到的创作机缘"。"王维怀着宁静澄澈的心境来观照大自然，那种类似入禅的'心冥空无'的状态，心空则深得禅悦，兴象

---

① 王国璎《中国山水诗研究》，中华书局2007年版，第190页。

② 罗宗强《唐诗小史》，百花文艺出版社2008年版，第91页。

③ 陈良运《中国诗学批评史》，江西人民出版社2007年版，第217页。

④ 陈良运《中国诗学批评史》，江西人民出版社2007年版，第234页。

深微，外物湛然空明，进入了忘情尘俗的境界。于是，天眼开通，一无挂碍，感类联翩，兴发无穷，使其在瞬间中领悟永恒的虚空，超神得逸，因而，即便是在‘万籁’声中，也能寻找到自己所需要的声音和自己的声音，触发独特的心境，生成兴会神到的创作机缘。”[①]这是从意境的生成机制和契机上论的，稍后于王维，刘禹锡也有“静得天和兴自浓，不缘宦达性灵慵”（《和仆射牛相公见示长句》，《全唐诗》卷361）的感悟。刘禹锡曾夸赞一位和尚的诗写得好，认为这与僧人的禅定有密切关系，即所谓“因定而得境”“能离欲，则方寸地虚，虚而万景入”（《秋日过鸿举法师便送归江陵引》，《全唐文》卷319）。再后来著名的是苏轼说的“欲令诗语妙，无厌空且静。静故了群动，空故纳万境”（《送参寥师》）。心空，且静，才可容纳万种境界，才能了结世事的纷扰和喧嚣，也才有好诗诞生。也就是说，首先是自我的和谐，是虚心静我而成“天地之鉴”，而作文思之陶钧，而意与境偕。李杜则心躁意烦，心理的生成机制使之“和谐”不起来，多苦痛之声，多讥刺之语，多景情意趣失谐之构建。当代学者对意境的阐释，认为意境论有三种类型，即情景交融说、典型形象说、超以象外说[②]；意境又被分为三个层次，即有形层、未形层、无形层[③]。我们以为，所谓“意境”，说白了就是“和谐”：物与我和谐，景与情和谐，道与艺和谐，义与言和谐，意与境和谐。如王维者也，澄怀味道，息心观象，心入于境，意行身随，义得而言丧，境生于象外，“语须天海之内，皆入纳于方寸”（王昌龄《论文意》）。

王维的山水诗孕育了中国艺术最纯正的和谐精神，王维对诗歌美学的最重大贡献，应该说是在“意境”的创造上。王维也是中国古代诗歌意境创造登峰造极的第一高人。王夫之在评论王维创造意境的手法时比较王维和杜甫说：“工部之工在即物深致，无细不章。右丞之妙，在广摄四旁，圜中自显。”认为“右丞妙手能使在远者近，抟虚成实，则心自旁灵，形自当位”（《唐诗评选》卷三）。宗白华在《中国艺术意境之诞生》一文里引用了这段话并且评论说：“这话极有意思。”“心自旁灵”表现于“墨气所射，四表无穷”，

① 王志清《纵横论王维》（修订版），齐鲁书社2008年版，第429—430页。

② 蒲震元《中国艺术意境论》，北京大学出版社1999年版，第5—9页。

③ 胡经之《文艺美学》，北京大学出版社1989年版，第247页。

“形自当位”，是“咫尺有万里之势”。“广摄四旁，圜中自显”，“使在远者近，抟虚成实”，这正是大画家大诗人王维创造意境的手法，代表着中国人于空虚中创现生命的流行，絪缊的气韵。[①]显然，古今论者以意境为上者，以有意境为上者，以王维诗歌中的意境为上者。因此，罗宗强认为：“王维是唐代诗坛上差可与李白和杜甫媲美的大家。”[②]而这种可比性，又主要表现在“王维山水田园诗在艺术上也达到了这一类诗前所未有的高度成就。他把抒情与写景融为一体，创造出玲珑淡泊、无迹可寻的意境来。他创造的意境，在情思和景物上，弥漫着一重浓烈的氛围，一切都在这氛围里融和”。罗先生所论侧重在王维的意境创造上，他归纳性地说：“其实，在意境中表现氛围和绘画美，实在是盛唐诗人意境创造的共同成就，不过王维达到极致，足可为典型罢了。”[③]我们可以这么说，即便是王维诗歌中的人文关怀之热烈程度不如李杜，然而，他在意境创造上的才华和贡献，他山水意象上的浑融和完美，则可说是众口一词的古今独尊，诚非李杜可比也。境外学者王国璎把王维的《汉江临泛》与简文帝“玩汉水”的诗相比，说一则雄伟壮丽，一则纤细靡丽，“完全是两种不同的境界，这正足以说明盛唐与萧梁诗风的差异”[④]。这应该说也是从意境上着眼的，既是时代的问题，也是诗歌发展的自身问题。王维诗歌所张扬出来的盛唐美学风标，特别是他将生命精神与外在对象浑化无迹的境界，代表了中国人的宇宙意识，也代表了中国的美学精神，肯定也是长安文化精髓的最本质体现。

和谐之美，是王维诗美的最高表现形式；其诗也是和谐美的最生动标本。在王维的诗里，我们最熟悉的景象就是静穆与安详，说明诗人心灵世界已经另有一个世界，或者说是先验地存在一个非现实世界的世界。用宗白华的话说，“从直观感相的模写，活跃生命的传达，到最高灵境的启示，可以有三个层次”。而此三个层次则是诗人“生气远出”的生命风采和人格精神的外溢。[⑤]

---

① 宗白华《美学散步》，上海人民出版社1981年版，第71页。

② 罗宗强《唐诗小史》，百花文艺出版社2008年版，第47页。

③ 罗宗强《唐诗小史》，百花文艺出版社2008年版，第51页。

④ 王国璎《中国山水诗研究》，中华书局2007年版，第193页。

⑤ 宗白华《美学散步》，上海人民出版社1981年版，第63—64页。

王维在充分肯定个别事物的生态价值的同时，更强调自然生命在相互的协调中的整体关系，突出自然生命之间的高度和谐，在生态伦理的层面上达到“天人合一”的最佳状态。胡应麟赞王维的诗：“读之身世两忘，万念俱寂”（《诗薮内编·绝句》），即是从意境高度和谐的欣赏角度上来说明美感体验的性质，既说的是诗人在观物时所发生的美感体验，也说的是读者在阅读过程中的美感体验，可以获得同样的感受，而发生悠然冥会的境遇。其诗具有高度的“融”人入境的和谐美，即是王维诗歌的特殊魔力和魅力，是王维诗歌和谐本质和表征的最高境界。王维在物我为一的和谐之境里，对现实以直觉把握，超越了摹写的界限，也超越了纯粹个人的情感，折射出盛世的时代面影，辉映出盛唐文化最本质的光彩，并蕴含了诗人对生活和人生思考的深意。我们以为，这样的表现，才真正是盛唐表现；而这样表现的内容，才是盛唐文化即长安文化本质的内容。

后王维时期的王维影响[①]

［**按**］ 笔者曾撰文将中唐的过渡时期称为“后王维时期”[②]。《中兴间气集》乃唐代盛、中之交时的诗选，选家高仲武心仪王维而以王维趣味为趣味，客观上反映了盛、中唐过渡时期的王维接受状况。从此选本探入，可窥盛、中之交时王维的影响，而证“后王维时期”之说也。

高仲武《中兴间气集》是唐代盛、中之交的诗选，选录肃宗至德初（756年）到代宗大历末（779年）其间20多年的作家作品，客观地反映了盛、中唐过渡时期以王维趣味为趣味的接受史实。

① 原题为《从〈中兴间气集〉看盛、中唐过渡期的王维接受》，《文学遗产》2008年第6期，第132—134页。

② 原文题为《“后王维”时期的王维接受》，《唐都学刊》2007年第6期。

《中兴间气集》书名冠以“中兴”，昭然标示出选家服务政治的文学自觉，标示出其入选之诗均具有“中兴”时代的共同特征。生活于此时期（肃宗、代宗、德宗）的高仲武，自然会深切感受到这一时期的时代特点，他在《中兴间气集序》中概括说：“唐兴一百七十载，属方隅叛援，戎事纷纭，业文之人，述作中废。粤若肃宗先帝以殷忧启圣，反正中兴，伏惟皇帝以出震继明，保安区宇，国风雅颂，蔚然复兴。”（傅璇琮编撰《唐人选唐诗新编》，陕西人民教育出版社1996年版）意思是，因为安史之乱的社会动乱而“述作中废”，而又因为乱后“反正中兴”，而“蔚然复兴”。选家把诗歌的兴废与时代直接因果，这也鲜明地突出了高仲武选诗的背景和起因。而且，选家意欲实现“文明御时，上以化下”的编辑意图。如此陈述选诗的背景和起因，充分反映了选家依然坚持诗歌服务政治的社会实用精神，也反映出选家的诗歌与社会生活互为关系的创作思想，表现出诗歌因为社会中兴而振兴的繁荣局面。

大历作为盛唐到中唐的过渡期，旧史家将之定性为乱后的“中兴”期，也许是没有多少争议的。然而问题是，高氏公然标举“风雅”，序云“言合典谟，则列于风雅”，序又云“著王政之兴衰，表国风之善否”，但是，其选本中真正能够体现传统“风雅”意义的作品却选得很少，而如最具深刻社会内容的杜甫、元结的诗竟然一首不选。何况“起自至德元载（756年），终于大历暮年（779年）”之时期，正是杜甫的活跃期，是其反映社会现实的创作高潮期。故而，“理致清新”好理解，“体格风雅”则多少有些费解。原先研究者把原因归结在杜甫生前地位不高、影响不大上，其实，并非如此。我们以为，高仲武不选杜甫，涉及“风雅”的时代读解，涉及中兴时代的诗歌主流趣味的认识，涉及选家对时代精神的把握和体现。结合《中兴间气集》选本序中宗旨的申言，结合入选的作品内容，我们可归纳出以下三点：

其一，《中兴间气集》选本出现时期社会的主要特点是中兴，或者说统治阶级和知识分子所向往的是中兴，是升平，是和谐，而不是动乱、凋敝和冲突。

其二，反映中兴时代的诗歌，虽然不能够像盛唐诗以理想主义为基调，表现乐观豪迈、意气风发的主旋律，也要求体现以颂歌为主、以休闲为主、以和谐为主的时代特点，而不是以批判见长，不是以揭露为尚。

其三，高仲武心仪的“风雅”是钱、郎，而非杜、元，这样的趣尚和选诗标准，反映了一个时代的意志和要求，符合安史乱后之“中兴”时代的和谐特征，也基本符合当时诗风清雅婉丽的美学特点。同时，其所选显示出鲜明的批评个性，这一点与前代选本更倾向于总结和汇编不一样，已经表现出根据时代要求选择的自觉。

《中兴间气集》之所选与不选，反映出来的是高氏的“风雅”观，是高氏对于时代“中兴”本质的理解。选本分上、下两卷，共选诗人二十六位。皇甫冉入选最多，为十三首，钱起、郎士元各十二首，崔峒、刘长卿各九首，李嘉祐八首，朱湾、韩翃各七首，戴叔伦、李季兰各六首等。该选本的上卷与下卷，分别以王维衣钵的继承者——钱起、郎士元为卷首开端。于当时的口碑，此二人为诗坛领袖。高氏视为大历第一人的钱起，乃王维的学生，曾与王维、裴迪等人均多唱和，诗风大类王维。高氏以为王维殁后而钱起为诗坛之雄，这也许是当时的公论。诗选中入选诗人皆附短评，这些短评正好证明了高氏对王维的推崇。高仲武评钱起云：“体格新奇，理致清赡。越从登第。挺冠词林。文宗右丞，许以高格。右丞殁后，员外为雄。芟齐宋之浮游，削梁陈之靡嫚。迥然独立，莫之与群。且如‘鸟道挂疏雨，人家残夕阳’……皆特出意表，标准古今。”评郎士元云：“员外河岳英奇，人伦秀异，自家形国，遂拥大名。右丞以往，与钱更长。自丞相以下，更出作牧。二公无诗祖饯，时论鄙之。两君体调，大体若同，就中郎公稍更闲雅，近于康乐。如‘荒城背流水，远雁入寒云’，‘去鸟不知倦，远帆生暮愁’……可以齐衡古人，掩映时辈。”可见高仲武选诗，明显以王维及王维派诗风为取舍标准，符合清新、淡远的即是好诗，即可多选。

《中兴间气集》选本左一个“文宗右丞，许以高格”，右一个“右丞以往，与钱更长”，既是在鼎举钱、郎，也是在顶礼王维。选本中所表现出来的对“钱郎”的心仪，其实就是对王维的心仪。那么，高氏这样选诗，是否符合大历诗歌的主流趣味？是否能够体现大历时期的“大众接受”意志？我们亦可以从三点来推论：

一是以王维趣味为趣味，首先是上层社会的意志。我们虽然没有找到代宗皇帝对入选此集的诗人和诗作的优劣评判，但是，他对王维作品十分喜好，也评价甚高：

代宗时，缙为宰相。代宗好文，常谓缙曰：“卿之伯氏，天宝中诗名冠代，朕尝于诸王座闻其乐章。今有多少文集，卿可进来。”缙曰：“臣兄开元中诗百千余篇，天宝事后，十不存一。比于中外亲故间相与编缀，都得四百余篇。”翌日上之，帝优诏褒赏。缙自有传。——《旧唐书》

卿之伯氏，天下文宗。位历先朝，名高希代。抗行周雅，长揖楚辞。调六气于终篇，正五音于逸韵。泉飞藻思，云散襟情。诗家者流，时论归美。诵于人口，久郁文房。歌以国风，宜登乐府。——赵殿成《王右丞集笺注》卷末附录《代宗皇帝批答手敕》

代宗的推崇，足以代表上流社会对王维趣味的推崇，亦可见王维趣味是大历时期上层社会的主流趣味。

二是大历诗歌群体的主流诗风。此时最活跃、最成气候、最有规模也最有成就的，是两支创作群体，集中在长安和江南的两大诗人群落，一是以“大历十才子”为代表的京城群落，一是以刘长卿、张继、李嘉祐为代表的江南诗人群落。此两大诗群创作的题材多写景吟物，风格清雅婉丽，均表现出追步王维的自觉。《中兴间气集》并非编于长安，亦非限于一隅，更不是编者个人交游的圈子，显示出“朝野通取，格律兼收”的选诗宽度，而从选本所反映出来的趣味上，我们可以推知王维趣味的普泛性，成为一种时代的接受意志。

三是选本互证。胡震亨《唐音癸签》卷三十一评价《河岳英灵集》选诗“独取风骨”，而《中兴间气集》选诗“专主韵调”。这是因美学观差异造成的选择上的侧重，是否也可以看成是时代的倾向呢？《中兴间气集》与《极玄集》《御览诗》三选本，几乎出现于同时。三个选本在选诗趣味上具有惊人的相似性。与《中兴间气集》一样，《极玄集》《御览诗》也是以王维趣味为趣味，风格上取清雅雍丽，形式上以五言为主，创作主体上也是以京城和江南两大诗歌群落为主。王运熙、顾易生的《中国文学批评史》① 中指出：“姚合编选《极玄集》，以王维诗居首，称为‘诗家射雕手’，后面选的大抵都是王维一派诗人的作品。”冯至也在《“诗史”浅论》（《文学评论》1962年4期）一文中比较《中兴间气集》和《极玄集》说：从选者的态度看，足以“说

① 王运熙、顾易生《中国文学批评史》，上海古籍出版社 1985 年版，第 330 页。

明选者对于王维的推崇”，并可证明“选者认为足以代表诗的正统的，是王维一派的山水诗”。姚合的《极玄集》除了中唐诗人，还选入盛唐王维与祖咏，更显示出以王维趣味为趣味的选诗标准。其中入选诗歌大多数是唱和、应制之作，歌颂升平，吟咏山水，以隐逸为基本主题，很少反映社会的动乱和人民疾苦的篇什。其入选诗歌最多的是司空曙、耿沣、钱起、郎士元、皇甫冉（各八首），刘长卿、戴叔伦（各七首），都是两大诗群的主将。令狐楚的《御览诗》选本在三个本子中出现最晚，据卢纶墓碑云：“元和中，章武皇帝命侍丞采诗第名家，得三百一十篇。”此选乃受命当朝皇帝，是皇帝需要了解当下诗坛的动态。令狐楚乃雅正派诗人，当时之文宗，时为中书舍人、承旨学士之高官，其选诗最多的是李益（三十六首）和卢纶（三十二首），内容上多写山水林泉，情调逸致闲雅、风格雍容婉约，而真没有多少苦寒之吟、不平之鸣。因此，邹云湖在《中国选本批评》（上海三联书店2002年版，第43页）里概括说：“中唐的三部选本《中兴间气集》《御览诗》《极玄集》虽编选宗旨或目的各不相同，但三书所选的诗人与作品风格也与整个中唐的诗歌主流十分合拍。经历了安史之乱的唐王朝到大历、元和之时，似乎又升平渐回。”此三个选本对这个时代的诗美趣味的集中反映，客观地标示出王维趣味的旗帜。三者互证，使我们对中兴时代特点、意志和文学需求的认识，更加充满自信。

那么，高仲武选唐诗，是如何来体现他以王维趣味为趣味的美学主张的呢？

第一，在诗歌题材上的“正声”倾向。高仲武在序中说：“诗人之所作本诸心，心有所感而形于言，言合典谟，则列于风雅。暨乎梁昭明，载述已往，撰集者数家，榷其风流，正声最备。”他认为其所选乃诗人“本诸心”的作品，认为所选皆具有“言合典谟，则列于风雅”的原则，而且认为此为“正声”，这正反映了服务于中兴政治的独特审美取向和诗坛风貌，不仅仅是选家对中兴时代本质的认识，也是其对诗歌本质的认识。安史之乱后形成了新的政治局面，战乱已过，颂歌时代的特征已经形成。诗人本诸心而形于言的作品，即肯定了这些诗歌反映社会主流和本质的客观性。高氏的选诗趣味，以王维诗歌境界为标尺，来取舍当代诗歌，推崇诗歌对心灵陶冶的功能和意义，而轻忽了直接干预政治、服务现实的吟唱，其所谓“正声”的认识，与王维一致。

其次，在诗歌形式上以五言为主体。高氏序文中自言其选诗的标准是“朝野通取，格律兼收”。从上下文的文意揣测，“格”与“律”绝非一个概念，意思是凡是“格”与“律”之高者均可入选。从所收格式上表现出选家的宽容性。施蛰存在《唐诗百话》[①]里在论及格诗律诗时这样说：

《文镜秘府论·论文意》云：“凡作诗之体，意是格，声是律。意高则格高，声辩则律清。格律全，然后始有调。”可知古诗重在内容，故称格诗，格是风格。近体诗重在声韵的美，故称律诗，律是音律。古诗意高而声韵不美，近体诗声韵美而意不高，都还不够，因此要求格律全。格高律清的诗，才可以称为有调的诗。调是风调，也就是现在我们所谓格调或风格。

虽说是“兼收”，但在体式上高仲武还是有所偏重的。高仲武自序谓：选诗“起自至德元年首，终于大历末年，作者数千，选者二十六人。五言诗一百四十首，七言诗附之，列为两卷”。其中“七言附之”一句，极可注意。一则可见大历时犹以五言诗为正宗，大历诗人都擅长五言近体，七言诗只是附庸而已。再则，高仲武推崇五言，不能排除与他的王维崇拜有关。苏轼有诗云：“欲觅王右丞，还从五字求。诗人与画手，兰菊芳春秋。”（《次韵黄鲁直书李伯时画王摩诘》）明高棅《唐诗品汇》中以王维诗为五言最正宗。王维写作最多成就也非常突出的是五言诗。王维有五古百余首，其古诗重气格，以文气浑厚、辞意秀朗为主，自魏晋入而呈盛唐风韵。沈德潜认为：“五言用长易，用短难，右丞工于用短。”（《唐诗别裁》）王维的五古多趋于短，百首五古中，十二句以下的就有五十六首，而且有三十三首在八句以内，追求结构的精致，以有限的载体容量，表达尽可能多的情景蕴涵。钱起他们正是以清新的五言诗继承王维传统的。高仲武在序文里公然表明以五言为主的美学趣尚，不仅仅反映了他对王维的推崇，反映了盛中唐过渡时期的王维接受，而且符合盛中唐过渡的诗歌走向。

再次，在艺术上追求清雅逸远之境。《中兴间气集》中之短评，多“闲雅”“清雅”“清远”“清赡”“清迥”“清新”“清洁”等字眼，以此美学

---

① 施蛰存《唐诗百话》，上海古籍出版社 1987 年版。

范畴来评价大历诗人诗风，反映了大历时期诗风的时代特点，也自然是选家对王维诗歌趣味的本质认同，标示出选家对王、孟清远幽雅美学观的传承和发扬。如评李嘉祐的诗“中兴高流，与钱、郎别为一体。往往涉于齐梁，绮靡婉丽，盖吴均、何逊之敌也。如‘野渡花争发，春塘谁乱流’，又‘朝霞晴作雨，湿气晚生寒’，文华之冠冕也”；说张继的诗是“诗体清迥，有道者风”；认为皇甫冉的诗“发调新奇，远出情外”，“可以雄视潘、张，平揖沈、谢”；论朱湾的诗“诗体清远，兴用弘深，因词写意，穷理尽性。于咏物尤工，如‘受气何曾异，开花独自迟’，所谓哀而不伤，国风之深也”；评于良史的诗“清雅”，“工于形似。如‘风兼残雪起，河带断冰流’，吟之未终，皎然在目”……《中兴间气集》里这些附于诗人名下的短评，集中反映了高仲武选诗、评诗着眼于王维清远一路。大历十才子以及活跃在京城以外的刘长卿等诗人，善写自然景物及乡情旅思，语词优美，音律谐和。我们试以刘长卿为个案分析。高氏对刘长卿的评价似乎比较一般，曰其人“刚而犯上，而遭迁谪”，认为他的“诗体虽不新奇，甚能炼饰，大抵十首已上，语意稍同，于落句尤甚，思锐才窄也”。然而从其所选诗中可见，亦不失风神韵致。刘长卿最为后人所激赏的《逢雪宿芙蓉山主人》，为《刘随州集》开宗明卷第一首，然高仲武居然没有选入，而其所选，基本上是奉和赠答之作：

细音和角暮，疏影上阶寒。（《奉和郭参谋题崔令公庭竹》）

草色无征路，松声傍逐臣。（《复谴后登于越亭作》）

门径苍苔合，窗阴绿筱低。（《奉陪郑中丞自宣州解印与诸子侄宴余于林园》）

汀洲芳草绿，日暮更氤氛。（《送骆三少府西上应制》）

我们在这些诗里，不难发现刘长卿追步王维的自觉和高效，造境幽远，含意委曲。其实，刘长卿的纪行游历之作，更显示出仿佛王维的面目，不仅仅表现在“青山”“白云”的意象在其诗中频繁出现，更体现在其对禅宗理趣的热衷、对空灵幽寂意境的创造上，如：

石横晚濑急，水落寒沙广。（《湘中纪行十首·浮石濑》）

云峰向高枕，渔钓入前轩。（《留题李明府霅溪水堂》）
白云依静渚，春草闭闲门。（《寻南溪常山道人隐居》）
孤峰夕阳后，翠岭秋天外。（《秋云岭》）

这些诗歌尽管没有被高氏选入，而其风格与王维诗简直一脉相承。细味之下，较之王维，刘长卿的诗少了点灵动，而多了些僵滞；少了点清远，而多了些苍茫；少了点温润，而多了些冷涩。特别是，具有了程式化的缺憾。这种差异性，表现出二人的社会历史感、人生价值取向与艺术才能的差别，也客观反映了盛中唐两个时代诗歌的不同特点。

总之，高仲武的《中兴间气集》作为探视一个时代美学趣尚的标本，顺应时代的要求，迎合大众接受的意志，全面展示出大历时期清雅雍容的诗风主流，生动地标示出高氏的“风雅”观，表现了选家心仪王维而以王维趣味为趣味所做出的美学选择，客观上反映了盛、中唐过渡时期的王维接受状况。

李白精神深处的吴地引力①

［按］ 吴地对李白有着不可抗拒的诱惑力。长期行居于吴地的李白，深“合”六朝“明艳”，深受吴地山水人文的熏陶与浸渍，获得了自由天放之精神气质的重塑，也强化了诗人风流倜傥的风度，形成了李白所特有的壮美与优美两兼的诗歌风格。

吴地对李白来说似乎有着与生俱来的特别好感，有着不可抗拒的诱惑力。而长期行居吴地的李白，也深受吴地山水人文的熏陶与浸渍，获得了精神重塑和气质改造，也强化了诗人风流倜傥的风度。李白深“合”六朝的

---

① 原题为《吴地对李白的精神重塑与诗歌造就》，《东南大学学报》2013年第6期，第75—81页。

“明艳”，汲取吴地山水人文之营养，创造性地形成了特有的壮美与优美两兼的诗歌风格。

一、吴地山水人文对李白漫游的引力

李白一生漫游天下，大半辈子在吴地。依据詹锳先生《李白诗文系年》[①]统计，李白曾七至金陵，五至淮海，三至溧阳，二至润州。李白还去过苏州、无锡，也去过宝应、句容等。唐代的吴地，即当时的淮南道、江南东道和江南西道，包括今天湖北、安徽之中南部，江苏之中南部及湖南、江西、浙江三省之沿江地区。《汉书·地理志》将吴越之地统归为吴地。唐陆广微撰《吴地记》云：“按《史记》及《吴越春秋》，自禹治水已后，分定九州。《禹贡》扬州之域，吴国四至：东亘沧溟，西连荆郢，南括越表，北临大江，盖吴国之本界也。”[②]注“扬州”，扬州，古九州之一。《尔雅·释地》：“江南曰扬州。”李巡注：“江南其气躁劲，厥性轻扬。”即指今江苏、安徽、江西、浙江、福建等地。又注“吴国”，周初泰伯居吴，在江苏无锡县境，至十九世孙寿梦始兴盛称王。至二十一孙光使子胥筑城而都之，即今苏州。复注“吴国”：吴据有今江苏省淮水、泗水以南到浙江省湖州、嘉兴一带地方。[③]李白出蜀后的活动范围为吴楚地域，大体上是指今武汉以东直至南京以西的沿长江一线地带，所谓“吴头楚尾”，主要是在湖北东部、江西北部、安徽南部和江苏南部的沿江流域。

李白出蜀时为25岁，开始了其仗剑漫游的游历。作为一个政治极其自负与政治期望值极高的诗人，李白没有先去唐代的政治中心都城长安，却先朝吴越方向来，经由楚地沿江而下。显然，吴地对诗人具有不可抗拒的引力。诗人下荆门，过江陵，经江夏，穿鄂东，沿江而下，直达金陵、扬州，并进而在越中一带漫游。著名李白研究专家郁贤皓先生考证说：“李白出蜀前后的主要事迹大致是这样：开元六、七年间隐于戴天大匡山，从赵蕤学；开元九、十年间

---

① 詹锳《李白诗文系年》，人民文学出版社1984年版。

② 陆广微撰、曹林娣校注《吴地记》，江苏古籍出版社1999年版，第1页。

③ 陆广微撰、曹林娣校注《吴地记》，江苏古籍出版社1999年版，第4页。

谒见苏颋，游成都，游峨眉山；开元十二年秋天‘仗剑去国，辞亲远游’，从峨眉山出发，经渝州、‘向三峡’‘下荆门’‘游洞庭’‘南穷苍梧’；开元十三年夏吴‘指南死于洞庭之上’，李白将他‘权殡于湖侧，便之金陵’；开元十四年春由金陵到广陵，夏赴越中，‘东涉冥海’；开元十五年春经苏州回扬州，‘散金三十万’，然后回舟西上，游三梦，‘远客汝海’，途经襄阳，结识孟浩然，不久返安陆，与许圉师孙女结婚；开元十六年春在江夏，送孟浩然之广陵，再游洞庭……于开元十八年春夏间离安陆往长安。”[①] 这是李白出蜀后的漫游经历，是李白第一次游吴地，足迹多在“吴头楚尾”。

李白第二次游吴地，是在开元二十七年（739年）前后。据郭沫若先生判断，李白入长安为开元十八年（730年），李白生于武后长安元年（701年），当时正好三十岁。天宝初奉诏再入长安已经四十二岁。

第三次，约在天宝六载至九载（747—750），李白第三次游吴地，是在“赐金放还”后，大部分时间住在金陵，游历到扬州、宣城等处。

第四次、第五次乃至更多次，是安史之乱爆发前后，天宝十二载到十五载（753—756），李白游历往返之地，如金陵、南陵、秋浦、溧阳、杭州、宣城、当涂等。天宝十三载，李白与魏万泛舟秦淮，以诗文稿相托，后编为《李翰林集》。天宝十四载，安史之乱起，黄河中下游的地主阶级仓皇南奔，第二年，李白应永王之邀泊舟金陵城下，有《永王东巡歌》，建议其以金陵为根据地，出师北伐。李白获“从逆”罪被救，写了一篇《为宋中丞请都金陵表》，建议把国都迁到金陵。唐肃宗乾元元年（758年），李白又因“从逆”罪重新发落，流放夜郎。不久遇赦，旋复返江夏，往得阳、上庐山、居豫章，最终前往金陵。上元二年（761年），史朝义作乱，李白决计再度从军，不料半道得病，在金陵写成《留别金陵崔侍御》，感叹时日不多，便去当涂依当涂县令从叔李阳冰，直至因病而逝。

概言之，李白与吴地真有不解之缘。从其25岁出蜀到61岁逝世，大部分时间是在“吴头楚尾”之地度过的。李白在其余地方作较长时间停留的有长安、安陆、鲁中等地，时间细加计算：长安三年（两次相加）、东鲁任城（相加约

---

① 郁贤皓《李白与唐代文史考论》，南京师范大学出版社2008年版，第14—15页。

四年时间），齐鲁、梁宋之间的漫游，短暂的北游太原和幽州的游历（约两年时间），以安陆为中心的安居日子（算足了也最多十年，开元十五年到开元二十五年，在安陆结婚、生子，后移家东鲁）。因此，满打满算，李白有将近二十年的时间在吴楚游居。李白自出山（出蜀）起即直奔吴地，暮年（55岁之后）几乎全是在“吴头楚尾”居游，最后还是流落和病逝于吴地。

吴地为什么对李白具有如此不可抗拒的强烈引力呢?

李白对于吴地的特殊感情，似乎是与生俱来的，与其出生有关。李白的祖籍在今之甘肃秦安县，是江南迁移过去的。按照目前学界的一种说法，他是汉朝飞将军李广的后裔，南北朝时期的凉武昭王李高的九世孙。历史上著名的“五胡乱华”时期，黄河流域遭匈奴、鲜卑、羌等族铁骑的蹂躏，中原汉人四处逃难。汉人后来定晋都金陵，还有部分汉人则向西迁徙，到达今甘肃一带，建立了西凉小朝廷。李白自言为西凉国主之后。而西北边陲的汉人政权，始终奉东晋及南朝为正宗，一直非常向往和崇拜南方的汉文化。南方经济、文化发达，以金陵为代表的吴地，被视为南方文化的中心，成为唐人心中的圣域。也就是说，吴地对李白的引力，与其江南血脉有密切的关系。

吴地的特殊引力，又与李白的生性密切相关。自东吴以来，以金陵为中心的吴地，更是十代繁华，六朝金粉，隋唐鼎盛，商贾云集。以李白最想去也去得最多的金陵为例。“江南佳丽地，金陵帝王州。逶迤带绿水，迢递起朱楼”（谢朓《入朝曲》）；“地拥金陵势，城回江水流。当时百万户，夹道起朱楼”（李白《金陵三首》之二）。秦淮更是亭台鳞次，楼阁栉比，画舫凌波，柔橹桨声，笙歌达旦。苏州、扬州、润州等地，也是小桥流水，杏花春雨，翠岭朱阁，吴侬软语。李白生性风流倜傥，喜好豪华繁荣，崇尚物质享受，花天酒地，挥金如土。魏颢在《李翰林集序》中说：“间携昭阳、金陵之妓，迹类谢康乐（按，应为谢安之误），世号为李东山，骏马美妾，所适二千石郊迎，饮数斗醉。”

吴地具有令人神往的引力，还是因为吴地有着李白崇拜的许多精神偶像。在许多精神偶像中，李白毕生常以赞美和自比的是“三谢”：谢安、谢灵运、谢朓。谢安先隐居会稽东山，后来居住金陵，筑土山以比拟东山，常携妓纵情游赏。谢安在金陵的遗迹很多。王士祯《论诗绝句》说：“青莲才笔九州横，六代淫哇总废声。白拧青山魂魄在，一生低首谢宣城。”李白折腰谢朓，视为知音。如《金陵城西楼月下吟》：“金陵夜寂凉风发，独上高楼望吴越。白云映水摇空城，白露垂珠滴秋月。月下沉吟久不归，古来相接眼中稀。解道澄江净如练，令人长忆谢玄晖。”“孙楚楼”因西晋诗人孙楚在此登高吟咏而得名。楼在金陵城西北覆舟山上，为观景的胜地，蜿蜒的城垣，浩渺的长江，都在其脚下。诗人夜上城西楼，“望吴越”而盼“古来相接”，然唯有月下空城与水影摇荡的幻觉。诗人慨叹人世混浊，知音难遇，只有“澄江净如练”（《晚登三山还望京邑》）的谢朓能够接通其精神。

对李白来说，还有一种引力就是吴地的佳丽好友。李白在金陵既有“倒屣相逢迎”的官员，又有像崔宗之这样的道友和像魏万这样的“粉丝”，还有不少红粉知己。李白游金陵，倾心于金陵子。其《示金陵子》写初到金陵对金陵美色的赞美：“金陵城东谁家子，窃听琴声碧窗里。落花一片天上来，随人直渡西江水。楚歌吴语娇不成，似能未能最有情。谢公正要东山妓，携手林泉处处行。”金陵妓太迷人了，且善弹古琴，人如花美，天仙下凡，随人渡江而来金陵。楚歌吴语，娇软滴滴而未成腔调先有情。最后两句用谢安之典，诗人自比谢安，喻写自己的意愿。《出妓金陵子呈卢六四首》（其一）又云：“安石东山三十春，傲然携妓出风尘。楼中见我金陵子，何似阳台云雨人？”

李白与吴地之关系，从其一生经历与创作看，至为密切。李白热衷于在吴地行走，有其生性原因，也是其精神、物质和美学的追求之需。

二、吴地山水人文对李白精神的重塑

李白25岁出蜀，正是风华正茂的时候，也正是求知欲最强烈、接受新事物最敏感的时期，吴地特别优越的自然和人文环境，吴地士人的风流洒脱，吴地诗歌的清新秀丽，对神往已久而后来长期活动于斯的李白来说，无疑具有精神孕育和重塑的作用。

1. 吴地山水人文强化了李白的风流气度。李白的气质风度，与两晋风骨和六朝风流一拍即合，或者说，李白的自家性情，离隋唐的主流文化更远，反倒离魏晋风骨更近一些。李白的一生，最艳羡的就是东晋时代的文人风度。以金陵为中心的吴地，是南朝的政治文化中心，也是六朝文人风度的诞生地。六朝时期是一个人性觉醒的时代。六朝风度的最突出特征是“越名教而任自然”。六朝文人重精神自由而任性自然，游山玩水真正成为士人精神生活的内在需要，素以放浪山水相标榜，显示其自我人格和风度。最能代表六朝文人作风的“任诞”这一行为方式，也最合李白的生性，合乎其生命精神。李白看好六朝文人的那种背叛礼教、违时绝俗的行为，以狂傲放荡的叛逆姿态，蔑视一切外在的礼法律令、成规时俗，超越一切虚伪的伦理道德、纲常名教，让生命回归自然。李白是个狂人，杜甫说其“痛饮狂歌空度日，飞扬跋扈为谁雄”（《赠李白》），高度概括了李白狂放的性格特点。李白轻尧舜而笑孔丘，奢望长揖天子而平交诸侯。“我本楚狂人，风歌笑孔丘”（《庐山谣寄卢侍御虚舟》）。他自视谪仙，草芥王侯，诚如苏轼所评论的“戏万乘若僚友，视俦列如草芥”（《李太白碑阴记》）。诗人在精神乐园里建构起自己放纵狂野的非常人形象，表现出对时代精神的反叛，表现出为追求理想而奋不顾身的特殊气格。李白从叔李阳冰说李白“咏歌之间，屡称东山”（《草堂集序》）。东山谢安是李白的一大精神偶像。谢安是杰出的政治家，是著名战役淝水之战的指挥者，也是魏晋风流的代表人物。《晋书》本传说谢安：“虽放情丘壑，然每游赏，必以妓女从。既累辟不就，简文帝时为相，曰：‘安石既与人同乐，必不得不与人同忧，召之必至。’及万黜废，安始有仕进志，时年已四十余矣。”以写六朝士人风流为主的《世说新语·赏誉》中记载：“王戎云：‘太尉神姿高彻，如瑶林琼树，自然是风尘外物。’”李白在吴地常常寻访谢安遗迹，触景生情，如同与谢安同归：“我乘素舸同康乐，朗咏清川飞夜霜”（《劳劳亭歌》）；“谢公终一起，相与济苍生”（《送裴十八图南归嵩山》）。他还自比谢安，“东山高卧时起来，欲济苍生未应晚”（《梁园吟》）；“但用东山谢安石，为君谈笑净胡沙”（《永王东巡歌》）。李白除了钦佩谢安“谈笑安黎元”的从容，还有就是艳羡他“携妓东山门”（《书情赠蔡舍人雄》）的风度。而谢安的政治才干李白没有学到，却实现了整天和金陵妓女泡在一起的风流，做得半个谢安。吴地的六朝遗迹太多了，六朝风度太让李白陶醉了：“北堂见明月，更忆陆平原”（《金陵王处士水亭》）；“想象东山姿，缅怀右军言”（《登金陵冶城西北谢安墩》）；“兴从剡溪起，思绕梁园发”（《淮海对雪赠傅霭》）；“开吴食东溟，陆氏世英髦”（《叙旧赠江阳宰陆调》）等。由于身受六朝文化的熏陶和洗礼，李白的生活理想和生命精神中，与六朝风度所深深契合的部分得以彰显和强化，其为人更加放旷清狂，优游林泉风流，偏好山水清音，衣着飘逸，谈吐洒脱，行为放纵，思想自由，生活放荡。南朝文化强化了李白骨子里的风流倜傥的内质和元素，形成了他特殊的唐人气质。应该说，吴地对于李白精神上的创塑，首先是吴地的士人风度，或者说就是魏晋风度。

2. 吴地山水人文加剧了李白的“金陵情结”。“金陵情结”，其实就是政治情结。李白的政治期望值特别高，无端地夸大了自己的政治才能，认为自己的真正才能在政治，因而开口闭口都是自比谢安、姜尚的狂言。他毫不掩饰地表达对功名事业的向往，显示出李白式的近于疯狂的政治执着。不懂政治的李白，把政治简单化，往往以诗人之心观察政治和人情世态，常常陶醉于一夜卿相的美梦中。他“常欲一鸣惊人，一飞冲天，彼渐陆乔迁，皆不能也”（范传正《唐左拾遗翰林学士李公新墓碑序》）。李白这么看好金陵，固然有很多方面因素，但最主要的还是应该从“政治因素”方面来解读。金陵有着6000多年文明史和2400多年建城史，自公元229年东吴孙权迁都金陵以来，先后有10个朝代在此建都。诸葛亮出使东吴，曾有“真乃帝王之宅也”[①] 之惊叹。李白《金陵三首》（之一）：“晋家南渡日，此地旧长安。地即帝王宅，山为龙虎盘。”唐代诗人唐尧臣也有诗云：“金陵实形胜，关山固重复。巨壑隍北壖，长江堑西隩。”[②] 金陵形势险要，北控长江，南阻秦淮，钟山龙蟠，西城虎踞。以政治为终身追求的李白，金陵“王气”最能引发其精神的兴奋点。除了长安，他最钟情的地方就是金陵。即便他到其他地方出游，金陵也是联系其漫游的“中心点”。他除了751年和752年因南下访元丹丘、北上探幽州而不在金陵外，从747年秋由会稽到达金陵开始，一直到安史之乱爆发后的756年，近10年时间，常在金陵出入。李白对金陵情有独钟，曾游览和歌咏过的金陵名胜就有紫金山、玄武湖、凤凰台、劳劳亭、长干里、板桥浦等等，据粗略统计，李白写金陵的诗有近百首之多，金陵对李白来说具有格外的亲切感，李白对金陵也具有特强的依赖性。特别是安史之乱后，李白越发感到唐王朝应该迁都金陵，757年，在李白被崔涣和宋若思从狱中救出后，他在《为宋中丞请都金陵表》中依然对金陵推崇备至，向唐肃宗推销他的金陵“王气说”，建议迁国都于金陵。其表奏曰：“臣伏见金陵旧都，地称天险。龙盘虎踞，开扃自然。”

---

① 《太平御览·州郡部·叙京都》引晋张勃《吴录》。

② 唐尧臣《金陵怀古》，《全唐诗》第776卷017首。

因此他强调说：“伏惟陛下因万人之荡析，乘六合之诪张，去扶风万有一危之近邦，就金陵太山必安之成策。”他始终认为，迁都金陵才是万全之策。在他的眼中，金陵王气犹存，“六代皇居，五福斯在，雄图霸迹，隐轸尤存”。因此李白深深为金陵被闲置而感到遗憾：“苍苍金陵月，空悬帝王州。”（《月夜金陵怀古》）因此，李白一生始终没有减淡其金陵的寄情与热心，这种对金陵的特殊感情，形成其终身不可解扣的“金陵情结”。而这种政治情结，使陶醉型思维的李白愈加政治偏执，仕途迷狂，大类于《离骚》中所表现出来的“虽九死其犹未悔”“岂余心之可惩”的政治执着。

3. 吴地山水人文培养了李白的吴地情怀。李白生性狂放不羁，霸悍豪猛，独立意识很强，富于反抗精神。据陈寅恪先生《李白氏族之疑问》考证，李白血管里流的是胡人的血。这与他生在西域，长在巴蜀有关。李白自5到25岁所居住的地方，自古民风强悍，任侠习武，不太受正统思想的束缚。历史上巴蜀多次成为野心家称雄割据的最佳选择。巴蜀文化的特殊性，加之李白自小深受巴蜀文化中的巫祝之风、纵横说、道家的神秘学说的影响，形成了他重然诺而轻生死的侠义精神，形成了他尚气使才、豪饮好剑的行事方式，形成了他铺陈其事、危言耸听的思维特点，以及放纵享乐、醉生梦死的思想倾向。李白初到吴地，就深深爱上了吴地的风土人情，很快就培养起吴地的生活习惯，因而他特别难以割舍吴地情感，经常出入和长期生活于吴地，生成了李白的吴地情怀。李白最好吴地的歌舞，最嗜吴地的美酒（“兰陵美酒”“老春”），也最钟情吴地的美女（“吴姬”）。李白有一首诗叫《登梅岗望金陵赠族侄高座寺僧中孚》：“钟山抱金陵，霸气昔腾发。天开帝王居，海色照宫阙。群峰如逐鹿，奔走相驰突。江水九道来，云端遥明没。时迁大运去，龙虎势休歇。我来属天清，登览穷楚越。吾宗挺禅伯，特秀鸾凤骨。众星罗青天，明者独有月。冥居顺生理，草木不翦伐。烟窗引蔷薇，石壁老野蕨。吴风谢安屐，白足傲履袜。几宿一下山，萧然忘干谒。谈经演金偈，降鹤舞海雪。时闻天香来，了与世事绝。佳游不可得，春去惜远别。”此诗似乎可以看成是李白金陵漫游之体验的总结，诗的前半部分（前十句）写景，从“我来属天清”开始写感悟，写体会，写来游金陵的目的，写游金陵的得益，因为深受金陵影响而脱胎换骨，成为独有其月的“明者”，于是，“几宿一下山，萧然忘干谒”；因而，“时闻天香来，了与世事绝”。崔宗之《赠李十二白》写真李白曰：“清论既抵掌，玄谈又绝倒。分明楚汉事，历历王霸道。”而此诗中的李白自写，则是另一个李白，是拥有吴地情怀的李白，是智清神朗的李白，是风度消闲的李白，而没有了原先的那种野性和霸气。对“吴地”有着深厚感情的李白，混同于吴人，从不自称吴客。“朝别朱雀门，暮栖白鹭洲”（《宿白鹭洲寄杨江宁》）；“昨玩西城月。青天垂玉钩。朝沽金陵酒。歌吹孙楚楼”（《玩月金陵城西孙楚酒楼达曙歌吹》）；“同舟入秦淮，建业龙盘处。楚歌对吴酒，借问承恩初”（《金陵酬翰林谪仙子魏万》）。在李白眼中，金陵到处都可以凭吊，他也沉浸其中，“金陵夜寂凉风发，独上高楼望吴越”（《金陵城西月下吟》）。

吴地山水人文环境清丽柔美的特殊性，改变了李白性格中的豪放粗犷的一面，或者说，对在西域文化和巴蜀文化中已经形成傲岸轻狂个性的李白，起到了“矫枉过正”的改造和重塑。

三、吴地山水人文对李白诗歌的孕育

李白自巴蜀来，又曾经在东鲁及燕赵等地游览，“忆昔作少年，结交赵与燕。金羁络骏马，锦带横龙泉”（《留别广陵诸公》）。而吴地山水人文对他的意义，不仅丰富了他的创作题材和诗美经验，左右了他的美学取向，而在其雄奇壮美的诗风中加入了灵秀清婉的美学元素，形成了他特有的壮美与优美两兼的诗歌风格。

李白在吴地创作了大量赠别酬寄诗，也写下了许多描绘吴楚风物和民情风俗的作品。如写于金陵的诗有《金陵城西月下吟》《金陵白杨十字巷》《题金陵王处士水亭》《月夜金陵怀古》《金陵新亭》《游溧阳北湖亭怀古赠同旅》《秋夜板桥浦泛月独酌怀谢朓》《东山吟》《劳劳亭歌》《春日陪杨江宁及诸官宴北湖感古作》《登金陵冶城西北谢安墩》《月夜金陵怀古》《夜泊牛诸怀古》《金陵三首》《登金陵凤凰台》《金陵凤凰台置酒》《出妓金陵子呈卢六四首》《长干行》《宿白鹭洲寄杨江宁》《金陵送张时一再游东屋》《金陵酒肆留别》《留别金陵诸公》《金陵与诸贤送权十一序》《金陵白下亭留别》《乌栖曲》《留别金陵崔侍御十九韵》《自金陵泝流过白壁山玩月》《金陵歌送别范宣》《金陵酬翰林谪仙子魏万》等等。还有写扬州、润州等地的诗如：《留别广陵诸公》《广陵赠别》《苏台览古》《白毫子歌》《淮南卧病书怀寄蜀中赵徵君蕤》《寄弄月溪吴山人》《寄淮南友人》《题瓜州新河饯族舒舍人贲》《月夜江行寄崔员外宗之》《别储邕之剡中》《淮海对雪赠傅靄》《赠崔咨议》《赠丹阳横山周处士惟长》《酬崔五郎中》《赠崔郎中宗之》《送友人游梅湖》《送纪秀才游月》《醉后赠别从孙高镇》《赠别从孙高五》《答族侄僧中孚赠玉泉先人掌茶并序》《叙旧赠江阳宰陆调》《新临浦阻风寄友人》《送赵判官赴黔府中丞叔幕》《戏赠郑溧阳》《赠僧崖公》《送王屋山人魏万还王屋》《赠武十七谔并序》《赠溧阳宋少府陟》《送韩侍御之广德》《赠昇州王使君忠臣》《对酒忆贺监二首》《重忆》《越女词五首》《采莲曲》《醉后赠从甥高镇》《寄东鲁二稚子》《雪谗诗赠友人》诸作。据统计，李白有近半数的诗文作于吴楚之地，其中有相当多的是他的代表作，与吴楚文化有着紧密的关联。

其一，吴地的温山软水，对李白诗歌的积极补给。

吴地的自然条件极其优越，以金陵、广陵、苏州、润州等为主要地段的吴地，山水绝胜，雨水丰沛，土地肥沃，文人荟萃，山水与城邑浑然一体。吴地乃温润多水的环境，乃“三江五湖”之地，河湖纵横，水网密织，水婀娜而不凶猛，水多渡就多，扬子渡、瓜州渡、秦淮河、太湖、古运河。水多桥就多，朱雀桥、枫桥、乌鹊桥等。吴地山也多，山俊秀而不惊险，以金陵为例，就有紫金山、白石山、清凉山、栖霞山等。吴地很著名的山还有灵岩山、虎丘山、惠山、金山、焦山、东山、虞山等。山多寺庙就多，著名的寺庙有栖霞寺、灵岩寺、寒山寺、金山寺、西灵寺、栖灵寺、惠山寺、兴福寺等。李白笔下的金陵山水：“群峰如逐鹿，奔走相驰突。江水九道来，云端遥明没。”又譬如常在李白诗中出现的溧阳，也是个优山美水的环境，山有浮山、东庐山、回峰山、芳山、秋湖山等，连绵环绕；水有秦淮河与石湖等六条河流纵横，北由秦淮河入长江，南经石臼湖抵当涂。李白的《月夜江行寄崔员外宗之》诗云：

飘飘江风起，萧飒海树秋。登舻美清夜，挂席移轻舟。月随碧山转，水合青天流。杳如星河上，但觉云林幽。归路方浩浩，徂川去悠悠。徒悲蕙草歇，复听菱歌愁。岸曲迷后浦，沙明瞰前洲。怀君不可见，望远增离忧。

天宝六载（747年）春，李白由扬州、金陵溯江而上，漂流往当涂方向，江风飘飘，海树瑟瑟，沿途景色奇佳，明月多情而随碧山转，绿水着意而合青天流。人行其中，感觉如在天上的星河中，又如置身云林之幽里。蕙草菱歌，徒添悲哀，江岸沙明，后浦前洲，频增离忧。越是好山好水，越是惦念好友，欲与好友共享，因此，好友不见，便平添出许多忧愁来。李白还有一首《宿白鹭洲寄杨江宁》，也是寄人的，也写置身美景如在梦中的幻觉：

朝别朱雀门，暮栖白鹭洲。波光摇海月，星影入城楼。望美金陵宰，如思琼树忧。徒令魂入梦，翻觉夜成秋。绿水解人意，为余西北流。因声玉琴里，荡漾寄君愁。

诗人朝朝暮暮都沉浸于吴地的美色中，诗中也写到月亮，吴地的月亮比什么地方都要圆，令人魂牵梦绕。诗中的白鹭洲的水更是深解人意，而有“为余西北流”的情愫。收束句也写怀人的忧愁。吴地山水明瑟的自然风光，不仅使李白的寄赠诗有了景衬，大大地丰富了李白诗歌的意象，其笔下山水呈现出鲜明的地域色彩，而且使李白的审美触觉更加丰富细腻，诗人将山水的清空之美与怀人的人情之美融为一体，诗境愈加灵性生动，形成了他意清境远、辞婉调柔的诗美形态。

李白吴地诗，频繁出现吴地名物，多以日常可见的江南景物，取其明秀清新的一面，表现山水人文环境的柔美性与丰富性，着重表现江南水乡特有的烟水朦胧和清润活泼，这与李白诗中的雄奇壮美相与和谐补充。

其二，吴地丰富而灿烂的诗歌遗产，对李白诗歌的饱满灌注。

李白诗与六朝文化明显具有血肉的关联。李白有“自从建安来，绮丽不足珍”（《古风》）的诗句，古人说：“白尝谓：建安以来，绮丽非珍，盖亦大概言之。至其间表表诸人，何尝不历阃入室，相与周旋出入乎？特才实迈古，故大而化之，其渊源有自来矣。杜甫亦如是，词人落笔往往过当。”他对六朝诗歌多持批判态度，文学由质朴而华美的过程，被李白看作“宪章亦已沦”的历史性退步。李白不是一个学者，而是一个诗人，他那种文学主张有其片面而偏激的一面，其实，他对《诗经》以后的诗歌不愿宽容的原因，是出于对《诗经》的认同感与回归感，就六朝诗歌而言，其中自然朴质的诗美元素，李白也是充分肯定的，甚至热情追捧和积极汲取的。罗宗强先生认为：杜甫“是下了很大的功夫学六朝的”[①]。应该说，李白在学六朝上，功夫也不在杜甫之下，且表现出心悦诚服的恭谨。今人根据王琦注本，对李白诗中引用历代诗人作品（语典）的次数作了如下统计[②]：鲍照133次，谢灵运110次，江淹106次，《诗经》93次，屈原87次，曹植70次，谢朓62次，陆机60次，张衡52次，《古诗十九首》47次，陶潜47次，沈约42次，宋玉41次，左思35次，萧纲35次，司马相如34次，颜延年31次，潘岳30次，吴均28次，班固、扬雄、郭璞各25次，陈子昂24次，苏李诗22次，木华22次，庾信20次，阮籍19次，张协19次，嵇康、傅玄、王粲14次，曹操、江总13次，刘琨、谢庄12次，梁元帝、宋之问11次，王褒、枚乘、曹丕、刘桢10次，张华、孙绰、谢惠连、任昉9次，贾谊、张载、何逊、徐陵、刘孝绰8次，刘安、王融、谢瞻7次，马融、陈琳、卢思道、王勃、沈佺期、刘孝威6次，陆云、卢照邻、张景阳、刘铄5次，王逸、孔融、丘迟、王僧达、薛道衡、骆宾王、欧阳建、殷仲文、王筠、班婕妤4次（以下不录）。从这个统计数字中看，六朝文化和诗歌对李白的影响比哪一个时代都要深刻。俞平伯先生就曾指出：“太白诗的风格，还有齐、梁的成分在内。”[③] 李白诗中不仅具有大量的反映其追寻南朝诗人遗踪的内容，而且反复表达了对六朝江左才子与才华顶礼膜拜的崇敬，还继承了以小谢为代表的齐梁清丽天然一脉的诗风，“我吟谢朓诗上语，朔风飒飒吹飞雨”（《酬殷明佐见赠五云裘歌》）。胡应麟的《诗薮》曾指出：“供奉之癖宣城也，以明艳合也。”[④] 王夫之点评谢朓《晚登三山还望京邑》说：“佳句率成，故足动供奉知赏。”[⑤]李白心折谢朓，其追慕之作甚多，如：《三山望金陵寄殷淑》《自梁园至敬亭山见会公谈陵阳山水兼期同游因有此赠》《独坐敬亭山》《游敬亭寄崔侍御》《谢公亭》《谢公宅》《酬殷明佐见赠五云裘歌》《秋登宣城谢朓北楼》《秋夜板桥浦泛月独酌怀谢朓》《宣州谢朓楼饯别校书叔云》，还有《淮南卧病书怀寄蜀中赵徵君蕤》《安陆白兆山桃花岩寄刘侍御绾》《经乱后

① 罗宗强《隋唐五代文学思想史》，中华书局2005年版，第88页。

② 茆家培、李子农《谢朓与李白研究》，人民文学出版社1995年版，第420页。

③ 俞平伯《俞平伯全集》第三卷，花山文艺出版社1997年版，第282页。

④ 胡应麟《诗薮》，上海古籍出版社1979年版，第152页。

⑤ 王夫之《古诗评选》，上海古籍出版社2011年版，第231页。

将避地刻中留赠崔宣城》等诗中也写到谢朓。李白不仅怀念谢朓，而且化用谢朓，甚至照搬谢朓，仿写谢朓，把谢朓诗作为法帖来“临摹”。谢朓有诗《玉阶怨》：“夕殿下珠帘，流萤飞复息。长夜缝罗衣，思君此何极？”李白也仿写《玉阶怨》：“玉阶生白露，夜久侵罗袜。却下水晶帘，玲珑望秋月。”王船山在评论谢朓《玉阶怨》时说：“虚实迭用，以为章法。太白之所得于玄晖者，亦惟此许有法可步故也。”[①] 谢朓作《鼓吹入朝曲》：“江南佳丽地，金陵帝王州。逶迤带绿水，迢递起朱楼。飞甍夹驰道，垂杨荫御沟。凝笳翼高盖，叠鼓送华辀。献纳云台表，功名良可收。”李白也作《鼓吹入朝曲》：“金陵控海浦，渌水带吴京，饶歌列骑吹，飒沓引公卿。搥钟速严妆，伐鼓启重城。天子凭玉几，剑履若云行。日出照万户，簪裾烂明星。朝罢沐浴闲，遨游阆风亭。济济双阙下，欢娱乐恩荣。”诗之仿写，不仅语言，而且格调都与小谢近似。还有一些同题诗作，如《邯郸才人嫁为厮养卒妇》等。

李白大量吸收齐梁诗歌的营养，特别是契合谢朓之“明艳”，而创造性地将齐梁词彩和汉魏风骨完美交融，灌注进自身的精神气质，而以其李白印记的“兴象风骨”诠释了盛唐风范。

其三，吴地清音天然的民歌，给予李白诗歌的直接营养。

王运熙先生研究认为：“李白诗歌语言的最大特色是自然真率，不加雕琢而精光逼人。‘清水出芙蓉，天然去雕饰。’李白通过生动的比喻，提出了自己认为良好的诗歌语言的原则。他的全部创作努力实践着这一原则，并且获得辉煌的成就。自然真率是民歌语言的本色。六朝《大子夜歌》道：‘歌谣数百种，子夜最可怜。慷慨吐清音，明转出天然。’这虽然只是赞美《子夜歌》的话，但‘清音’‘天然’的评语，实际上可以概括绝大多数民歌语言的特色。我们念李白的诗歌，常常体会到在语言的朴素性、明朗性、音节的和谐流畅性上，经常散发着民歌的气息。”[②] 此乃得珠之评也。

金陵，是六朝乐府民歌西曲歌和吴声歌曲的发源地。初游吴地，李白就被吴地民歌所深深打动，而经常在金陵出没的李白，陶醉于吴地歌舞，其诗中就反复说起“子夜吴歌动君心”（《白丝辞》），“吴歌白经飞梁尘”（《猛虎

---

① 王夫之《古诗评选》，上海古籍出版社2011年版，第118页。

② 王运熙《李白研究》，作家出版社1962年版，第187页。

行》），“吴歌赵舞香风吹”（《扶风豪士歌》），“醉客回挠去，吴歌且自欢”（《金陵三首》之二）。李白受六朝民歌的影响，特别是其绝句出于六朝乐府民歌“吴声”和“西曲”。其五言绝句，乃唐初变六朝子夜体也。王运熙说：“李白写了各种体裁的诗篇，其中以乐府歌行和绝句写得最好。这两种体裁都是渊源于民歌，这是大家所公认的。”李白的五绝、七绝，民歌风味极浓，明显地是在六朝民歌中吸取了有益的艺术营养。王运熙甚至认为：读李白的这些小诗，如《静夜思》《赠汪伦》《早发白帝城》和《哭宣城善酿纪叟》等，“以致不容易使人分辨哪是民歌，哪是作家作品”①。

李白有许多的吴歌仿作，如《长干行》（其一）、《杨叛儿》、《子夜吴歌四首》、《秋浦歌十七首》、《白纻辞》、《乌栖曲》等。《杨叛儿》本六朝乐府《西曲歌》曲调名，源于南朝齐代故事，本为情歌：“暂出白门前，杨柳可藏乌。欢作沉香水，侬作博山炉。”李白仿作《杨叛儿》：“君歌杨叛儿，妾劝新丰酒。何许最关人？乌啼白门柳。乌啼隐杨花，君醉留妾家。博山炉中沉香火，双烟一气凌紫霞。”他的《子夜吴歌》由六朝乐府《吴声歌曲》中《子夜歌》《子夜四时歌》改作而来。

李白爱写乐府诗，他的乐府诗就有四卷之多。李白深得乐府民歌之益，或拟古乐府，或仿写民歌，或绝句或歌行，六朝民歌的“这种影响表现在李白诗歌的许多方面，表现在各种不同体裁的诗作中”；而“其中的乐府诗大都采用古乐府旧题，在主题、题材、体裁、语言等方面，都受到古乐府民歌很大的影响”②。李白深受六朝民歌影响，倒不在于他仿写了多少民歌，而在于李白改造了民歌而民歌改变了李白，改变了他的诗风，在其喜好庄骚扬马的浪漫奇崛中，平添了几分清丽缠绵、天真轻盈的情调，丁龙友说：“李白绝句从六朝清商小乐府来，至其气概挥斥，迴飚掣电，且令人缥缈天际。”③

吴地对李白的影响是极其深刻的，不仅仅使他大量而积极地汲取吴地山水人文营养而创造性地形成了其诗歌所特有的壮美与优美两兼的诗歌风格，而且在于对其自由天放之精神的重塑，对其风流倜傥之风度气质的强化。

---

① 王运熙《李白研究》，作家出版社1962年版，第185—187页。

② 王运熙《李白研究》，作家出版社1962年版，第174页。

③ 王琦注《李太白全集》卷三四引。

李白金陵怀古的原型意义①

［按］　李白最先大量创作金陵怀古的诗歌，引发了金陵怀古之风气。而李白的金陵怀古，也超越了它本身，由一般意义上的吊古伤今、即景起兴的怀古篇什，变成了一种具有特殊美学意义和价值指向的意象。文学上这种同类经验的不断复制，用荣格的理论来解释就是所谓的“集体无意识”。

李白，堪为金陵怀古的第一个圣手。李白最先大量创作金陵怀古的诗歌，引发了金陵怀古之风气。此后，写有金陵怀古名篇的诗人便有刘禹锡、司空曙、杜牧、李商隐、韩偓、许浑、韦庄等等。唐代之后，金陵怀古题材由诗进一步发展到词、曲、戏剧以及小说中，宋代的王安石、周邦彦、辛弃疾、文天祥，元代的白朴、卢挚、萨都剌，明代的高启，以及明清之际的黄周星、屈大钧、钱谦益，清代的朱彝尊、黄景仁、纳兰性德等等，都有著名的金陵怀古之作。

文学上这种同类经验的不断复制，用荣格的理论来解释就是所谓的“集体无意识”。李白的金陵怀古诗的创作，李白之后金陵怀古诗写作的蔚成风气现象，都是很典型的一种“集体无意识”。换言之，这种“金陵怀古”的心结与激发，作为一种典型的群体心理现象是无处不在的，并一直在默默而深刻地影响着文学的创作和阅读。而李白的金陵怀古诗作，作为一种新生的“原型”，又积极唤起和强化着文学参与者的集体无意识。

一、李白的金陵活动与金陵歌咏

人道是：李白不走出四川，不成其为李白。笔者云：李白不走进金陵，亦不成其为李白。

金陵是李白一生活动最多的地方，也是李白诗中写得最多的一个地方。李

---

① 原题为《李白与“金陵怀古”的集体无意识》，《南师大文学院学报》2011年第3期，第72—78页。

白从四川出来以后，很快就对金陵产生了浓厚的兴趣，结下了不解之缘。据詹锳先生《李白诗文系年》统计，李白曾七至金陵，五至淮海，三至溧阳，二至润州。特别是，李白45岁（745年）被“赐金放还”而离开长安后，就更是把金陵视为其精神家园了。虽然他自己说：“一朝去京国，十载客梁园。”意思是，他自从离开长安后，行踪就在淮南道、江南东道和江南西道一带出没了（即今天的江苏、浙江、安徽和江西等省）。其实，六朝故都金陵才是他漫游的“中心点”，是最让他流连忘返的地方。李白除了751年和752年因北上访元丹丘、探幽州而不在金陵外，从747年秋由会稽到达金陵开始，直到安史之乱爆发后的756年，这近十年的时间里，他几乎每年都或多或少要在金陵活动一段时间，这有他自己金陵吟咏为证。

天宝十四年（755年），安史之乱起，李白应永王之邀泊舟金陵城下，并写下了著名的《永王东巡歌》十一首。这组诗是李白存诗中与当时政治形势联系最直接的诗歌，诗中含有建议以金陵为根据地再出师北伐的意思。组诗写得神采飞扬，踌躇满志。诗中还自比谢安，表达了要平定安史之乱的豪情。后来，李白因追随永王李麟，成为政治犯而锒铛入狱，757年被崔涣和宋若思从狱中救出，即有《为宋中丞请都金陵表》，对金陵更是推崇备至，建议迁国都于金陵。上元二年（761年）史朝义作乱，李白决计再度从军，也是行到金陵而半道病还，他在诗中长叹道：“天夺壮士心，长吁别吴京。”（《闻李太尉大举秦兵百万出征东南懦夫请缨翼申一割之用半道病还留别金陵崔侍御十九韵》）诗人依然壮心激烈，死而有憾呵。

李白才华横溢，诗文雄奇，金陵的山川风物与历史遗迹对其有着很重要的滋养作用。“江南佳丽地，金陵帝王州”，有着6000多年文明史和2400多年建城史的金陵，自公元229年东吴孙权迁都金陵以来，先后有10个朝代在此建都。李白曾游览和歌咏过的金陵名胜就有紫金山、玄武湖、凤凰台、劳劳亭、长干里、板桥浦等等，据粗略统计，李白写金陵的诗有近百首之多，如《金陵城西月下吟》《金陵白杨十字巷》《题金陵王处士水亭》《月夜金陵怀古》《金陵新亭》《游溧阳北湖亭怀古赠同旅》《秋夜板桥浦泛月独酌怀谢朓》《东山吟》《劳劳亭歌》《春日陪杨江宁及诸官宴北湖感古作》《登金陵冶城西北谢安墩》《月夜金陵怀古》《金陵三首》《登金陵凤凰台》《金陵凤凰台置酒》《出妓金陵子呈卢六四首》《苏台览古》《自金陵溯流过白壁山玩月达天门寄句容王主簿》《留别金陵诸公》《登金陵冶城西北谢安墩》等等。

李白的金陵诗歌，虽然不少是描写金陵的自然风光与民情风俗的，而其中却多感慨世事变迁，常常借金陵而咏史怀古，倾诉黎元之忧。在李白眼中，金陵到处都是可以凭吊的。“朝别朱雀门，暮栖白鹭洲”（《宿白鹭洲寄杨江宁》）；“苍苍金陵月，空悬帝王州”（《月夜金陵怀古》）；“空余后湖月，波上对瀛洲”（《金陵》）；“北堂见明月，更忆陆平原”（《金陵王处士水亭》）；“钟山抱金陵，霸气昔腾发。天开帝王居，海色照宫阙”（《登梅岗望金陵赠族侄高座寺僧中孚》）；“金陵夜寂凉风发，独上高楼望吴越。白云映水摇空城，白露垂珠滴秋月”（《金陵城西月下吟》）等。无论是对历代遗迹的登临览胜，还是呼朋唤友的追游聚散，李白游历金陵的诗歌里总是离不开酒杯的，如“风吹柳花满店香，吴姬压酒唤客尝。金陵子弟来相送，欲行不行各尽觞”（《金陵酒肆留别》）；“朝沽金陵酒，歌吹孙楚楼”，“酒客十数公，崩腾醉中流”，“月下一见君，三杯便回桡”（《玩月金陵城西孙楚酒楼》）；“东风吹山花，安可不尽杯”（《金陵凤凰台置酒》）；“感此劝一觞，愿君覆瓢壶”（《春日陪杨江宁及诸官宴北湖感古作》）等。《金陵江上遇蓬池隐者》记有他喝酒的趣事“解我紫绮裘，且换金陵酒。酒来笑复歌，兴酣乐事多”。说他在金陵江边落星冈喝酒，将玄宗所赐的紫绮裘拿来换了酒；《醉后赠从甥高镇》说他遇见从甥高镇，就把多年悬在腰间的宝剑换酒请吃，诗云：“匣中盘剑装醋鱼，闲在腰间未用渠。且将换酒与君醉，醉归托宿吴专诸。”还有著名的《长干行》，是他在城南长干里听到委婉幽怨的西曲歌即兴所作。从这些诗句里所提到的城西（石头城）、大中桥（古白下亭）、玄武湖（古名北湖）、花露冈（古凤凰台）以及长干里等，可见金陵胜景没有一处李白没有游历过。

无论醉与醒，李白始终没有放弃对政治的痴情，因此，也便不会减淡对金陵的寄情与热心。“伏惟陛下因万人之荡析，乘六合之诪张，去护风万有一危之近邦，就金陵太山必安之成策”（《为宋中丞请都金陵表》），他始终认为，迁都金陵才是万全之策。李白对金陵怀有这样的特殊感情，形成了终身不可解扣的金陵情结，以“集体无意识”的心理分析是能够获得最合适的解释的。

二、李白金陵怀古的“集体无意识”

集体无意识，是瑞士心理学家，分析心理学的创始人荣格理论的最重要核心。荣格说：“或多或少属于表层的无意识无疑含有个人特性，作者愿将其称为‘个人无意识’。但这种个人无意识却有赖于更深的一层，它并非来源于个人经验、并非从后天获得，而是先天就存在的。我把这更深的一层定名为‘集体无意识’。选择‘集体’一词是因为这部分无意识不是个别的，而是普遍的。它与个性心理相反，具备了所有地方和所有个人皆有的大体相似的内容和行为方式。换言之，由于它在所有人身上都是相同的，它便组成了一种超个性的心理基础，并且普遍地存在于我们每个人的身上。”① 按照荣格的理论，集体无意识的内容不是由个体习得的，而是通过遗传而存在的。我们在研究李白的金陵怀古之创作时，发现其中有着一种代代相传的无数同类经验，有着一种与此“经验”相应的集体无意识的心理基础。换言之，李白的金陵怀古“原型”是有其心理经验的先在的决定因素，是“普遍地存在于我们每个人的身上”的集体无意识所决定的。我们可以从三个方面来考察。

一是民族尚古的文化心理。“前事不忘，后事之师”的古谚，是尚古的中华民族的特殊文化心理的形象反映。华夏民族的这种重经验、重传统、重实证的文化特性，这种对于自身纵向比较的思维习惯，其价值取向是“过去式”的，即偏爱于回溯与复原古老而神秘的记忆。这种固守传统的民族心理，恰恰可以用荣格的集体无意识理论来解释。尤其是，作为血缘关系高于一切的华夏民族，其文化的关联性思维，特别讲究人际关系、讲究亲情等集体主义的特点，使这个民族也特别容易产生集体无意识。“殷鉴不远，在夏后之世。”（《诗·大雅·荡》）华夏民族重史的倾向，养成了人们往往喜欢利用历史来诠释时代现象和社会发展的自觉。故而，中国历朝历代的历史性著作也就特别的浩瀚。唐代更是一个重修史的社会历史时期，李世民的“览前王之得失，为在身之龟镜”（《册府元龟》卷554引）思想，奠定了有唐一代的重史政治的倾向，唐代曾经

① ［瑞］荣格《心理学与文学》，冯川、苏克译，三联书店1987年版，第52—53页。

先后修史《梁书》《陈书》《北齐书》《周书》等，而《南史》《北史》虽然为私家所撰，却竟然是高宗为序的。生活在这个重史的社会历史氛围中，李白的无意识被激发与唤起而有金陵咏史之发唱，则显得十分的自然了。

“咏史”诗自生民的原始歌唱就开始了，《诗经》中如《公刘》《生民》《大明》《玄鸟》《殷武》《文王有声》等，内容涉及祖宗的文治武功，包括民族起源、部落迁徙等内容。屈原的《离骚》和《天问》，也是咏史诗的滥觞。《文选》中特设“咏史”类，共选9作家21首咏史诗。魏晋以来，王粲、左思、鲍照都有《咏史》，而曹植的《怨歌行》、阮籍的《咏怀》以及陶潜的《咏荆轲》等，均为严格意义上的咏史诗。初唐以来的咏史诗如魏征《赋西汉》、王珪《咏汉高祖》、卢照邻《咏史四首》、骆宾王《于易水送人一绝》，还有陈子昂《燕昭王》以及王维《夷门歌》等。粗览《全唐诗》，及其辑佚，唐代有咏史诗1500首。[①] 而李白凭借金陵这个地理与文化的实体来怀古，是一种首创，开一种风气，也在众多的咏史诗中更加的影响深远。

二是金陵自身的文化条件。作为历史故都的金陵，山川秀丽，遗迹灿烂，人物风流，具有很浓郁的传奇色彩和文化底蕴。李白在《金陵歌送别范宣》中写道：“钟山龙蟠走势来，秀色横分历阳树。”他的《永王东巡歌》其四亦云：“龙蟠虎踞帝王州，帝子金陵访古丘。春风试暖昭阳殿，明月还过鳷鹊楼。”作为旧时古都的金陵，已成为王气黯然的伤感旧地。也就是说，李白经常光顾的金陵，已是经历了六朝繁华而被隋军一把大火烧掉了的“废都”。但是，立都于北方的隋、唐两朝的中央政权，对这个南方的前朝旧都的影响还是不敢小视的，且不断地降低其行政级别来压低和控制，使金陵古城备受冷落，“六代豪华春去也”。诚如李白的七言古风《劳劳亭歌》中开头四句所写的：“金陵劳劳送客堂，蔓草离离生道傍。古情不尽东流水，此地悲风愁白杨。”那么，金陵为什么能够频频引发李白眷顾之特殊情感呢？

以荣格的观点看，“金陵”已经是一种远古精神的遗留物，自战国以来世代的普遍性的心理经验的长期积累，形成了一种集体无意识，成为一种先天精神的遗存，它的内容可能在一切人的心中找到，带有普遍性。而这种集体无意

---

① 杨恩成《论唐代咏史诗》，《陕西师大学报》1990年第1期，统计为1500首；雷恩海、吴定泫《明丽青春的追求与迷惘——盛唐咏史诗述论》，《复旦大学学报》1999年第2期，统计为1600首。

识的内容，在一定条件下又往往能够被唤醒和激活。历代政治集团倚重金陵或抑制金陵（包括李白以及李白之后诗人的金陵咏叹风气），正是集体无意识的现象。前333年，楚国灭越后，楚威王因其“地有王气”，埋金以镇之，取名为“金陵”；秦始皇时，望气者仍言金陵有天子气，秦始皇东游以压之，并改名为“秣陵”；西蜀诸葛亮出使东吴游说孙权，在石头城旁的驻马坡驻马论形势，也盛赞金陵曰：“钟阜龙蟠，石城虎踞，真帝王之宅。”南北朝时期金陵乃帝都，在近三百年的时间里尤受特殊照顾。也就是说，金陵此前的辉煌历史以及此在的黍离败象，以一种不明确的记忆形式积淀在人的大脑组织结构之中，在一定条件下是可以被唤醒和激活的。通览李白的《为宋中丞请都金陵表》可见，李白眼中的金陵依然具有天下无与伦比的得天独厚的区位优势：其一地势险要：“地称天险，龙盘虎踞，开扃自然”，“咽喉控带，萦错如绣”，“有虞则北闭剑阁，南扃瞿塘。蚩尤共工，五兵莫向”。其二交通便利：“往复巴峡，朝发白帝，暮宿江陵，首尾相应，率然之举，不胜屏营瞻云望日之至。”三则物产丰富：“苟利于物，断在宸衷，况齿革羽毛之所生，楩楠豫章之所出。元龟大贝，充牣其中；银坑铁冶，连绵相属。划铜陵为金穴，煮海水为盐山。以征则兵强，以守则国富。”第四是人杰荟萃：“金陵昔时何壮哉，席卷英豪天下来”，“天下衣冠士庶，避地东吴。永嘉南迁，未盛于此”。第五点，也是李白最看重的一点，即金陵王气依然，“六代皇居，五福斯在，雄图霸迹，隐轸尤存”。李白特别强调“天下衣冠士庶，避地东吴”这一点，似乎更可以说明李白已经预见到了经济重心南移的大趋势。而李白如此特别强调金陵优势，是金陵自身条件所决定的，也有世代积累的普遍性心理经验的作用，是一种集体无意识的先天精神的唤起。

其三，李白的个体特质。荣格认为，个体人格的发展并不完全取决于个人的成长经历，而个人所处的生活背景，如文化传统、国家、种族的历史等，同时也对个体的人格发展产生影响，那是整个民族经验的总和，在漫长的历史进化过程中逐步沉淀下来的部分。这些内容成为个体先验的无意识，这就是所谓的集体无意识。[①] 在荣格看来，个体人格的形成也具有“集体无意识”的心

① ［瑞］荣格《荣格文集》，冯川译，改革出版社1997年版，第39页。

理基础，具有先天的、本能的、代代相传性的因素。综观李白一生，“金陵情结”是贯之于始终的，由此而派生出他的南北朝情结和谢安情结。我们在对李白进行综合考察后发现，李白的精神气质距离魏晋风度更近一些，相反距离隋唐的主流文化却要远得多。以六朝文化为主要内容的金陵文化，成为李白心理活动的必不可少的先天要素，成为最易于激活其心理“集体无意识”直觉的一种审美情境。李白的童年，是在今中亚一带贝加尔湖畔渡过的，成年前，又一直定居在四川。从其反复在诗文中自白的家族文化基因看，边地文化与蜀楚文化对其有深入骨髓和灵魂的影响。边地文化比起中原文化、庙堂文化来，更有其野性活力，也更多自由精神，这也就使李白的天才中渗透了少有的泼野成分，也平添了许多的魏晋风度。李白的《上安州裴长史书》里说：“故知大丈夫必有四方之志，乃仗剑去国，辞亲远游。”李白放任自由，刻意也快意周游，漂三峡、闯江陵、游洞庭、客金陵、走广陵，又涉足苏杭，东至溟海，复至扬州，沿江西上，观云梦，过襄阳。李白一生仿效纵横家功成身退的风度，始终以为自己有朝一日能实现他为自己所设计的“功成、名遂、身退”道家式人生理想，“申管晏之谈，谋帝王之术”（《代寿山答孟少府移文书》），然后“功成拂衣去，摇曳沧州旁”（《玉真公主馆苦雨》）。即便是在其晚年，在其一生毫无政治建树的情况下，他还是自命不凡地过高评估自己：“怀经济之才，抗巢由之节。文可以变风俗，学可以究天人。一命不沾，四海称屈。”（《为宋中丞自荐表》）因此，他一生最推崇谢安，其中也含有他何以如此特别看重金陵古都的原因。在李白眼里，谢安是他心目中至高无上的大英雄，谢安式的人生和成功，成为他所格外心仪的人生楷模，谢安自然也就成了李白诗歌中频繁吟诵的对象（诚然，也便包括了像谢安一样的功成身退的英雄如鲁仲连、范蠡、张良等也是李白所顶礼膜拜的对象）。李白常常拿自己与谢安相比，在谈及自己的王霸之略，或者感叹一事无成时，常常会提及谢安，如《与贾少公书》《登金陵冶城西北谢安墩》《永王东巡歌》等。

综观李白一生，大部分时间的活动范围是在长江流域。他虽然二入长安，也有过北方的游历，但他还是把长江中下游地区作为其退守安身之处。因此，当他远离当时的政治中心长安，或漫游或退守金陵时，自然生成怀古之情，激发了他对金陵的特强的依赖性。此时，金陵也就使李白产生了格外的亲切感，金陵意象也就最容易激活李白，成为他人性中的一个特殊的层次，甚至成为他人格的一部分，成为他“智慧最深之本源”。现实与历史的巨大反差，为李白提供了充分的情感刺激，也赋予了他敏锐的审美触觉。故而，“安史之乱”爆发后，李白肯定以为他一展雄才霸略的机会到了，金陵给予他的幻想也就越发活跃。

以政治为终身追求的李白，其眼中的金陵，政治意味最为浓厚。拥有“帝王之气”的古都金陵，成为李白的政治幻觉，与其一生所追求的“辅弼”理想紧紧连接。而体现了“集体无意识”的金陵原型，在李白的心中成为了一种特殊精神的构成部分，对其审美直觉的产生起到了激发与唤起的决定性的影响。

三、李白金陵怀古原型的意义

“原型”，是荣格用来对集体无意识作出说明的一个重要概念。个体潜意识的内容大部分是情结，集体无意识的内容则主要是原型。在荣格看来，原型与“本能”一样，是集体无意识的基本结构。没有原型的集体无意识是无法想象的。原型是集体无意识构成的重要内容。而原型则又是一切心理反映的普遍形式。[①] 原型批评的重要人物、加拿大学者诺斯洛普·弗莱在其1957年写的《批评的剖析》中认为，所谓原型（archetype），即诗歌中象征的可以交流的单位，“它是一种典型的或重复出现的意象。我用原型指一种象征，它把一首诗和别的诗联系起来从而有助于统一和整合我们的文学经验。而且鉴于原型是可交流的象征，原型批评主要关注于作为社会事实和交流模式的文学。通过研究程式和文类，这种批评试图把个别的诗篇纳入作为整体的诗歌体”[②]。以荣格“集体无意识”学说和原型理论为理论内涵，同时又吸收了弗雷泽人类学理论的弗莱的原型学说，把心理学或人类学意义上的原型移到了文学领域，赋予原型以文学的含义，建立了“以文学原型”为核心的原型批评理论，原型成了文学意象，一个原型就是“一个象征通常是一个意象”。从本质上来说，李白是一个政治诗人、社会诗人。李白最出色的诗、最有代表性的诗，也是他的社会诗、政治诗，或者说是社会性、政治性特强的诗。根据原型批评原理，李

① 冯川《荣格的精神》，海南出版社2006年版，第58—59页。

② ［加］诺斯洛普·弗莱《批评的剖析》，陈慧等译，百花文艺出版社2002年版，第99页。

白尤其是在其经过无数次的政治挫折而依然找不到实现政治或人生理想的途径时，这个执着政治而至死不懈的政治狂，不得不走离政治中心长安，而只能游闲于这个十朝古都金陵时，其理想与现实的处境之间的巨大落差，内心极度不平衡的郁闷，就难免不激荡起浓烈的怀古之情。金陵原型，作为一种代代相传的无数同类经验，便成为诗人精神结构中最深层、最真实、最本质、最稳固的部分，而成为“一个象征”“一个意象”的金陵，则让李白于其中寄予了异常多的感慨与幻想。

晋室昔横溃，永嘉遂南奔。沙尘何茫茫，龙虎斗朝昏。胡马风汉草，天骄蹙中原。哲匠感颓运，云鹏忽飞翻。组练照楚国，旌旗连海门。西秦百万众，戈甲如云屯。投鞭可填江，一扫不足论。皇运有返正，丑虏无遗魂。谈笑遏横流，苍生望斯存。冶城访古迹，犹有谢安墩。凭览周地险，高标绝人喧。想象东山姿，缅怀右军言。梧桐识嘉树，蕙草留芳根。白鹭映春洲，青龙见朝暾。地古云物在，台倾禾黍繁。我来酌清波，于此树名园。功成拂衣去，归入武陵源。

——《登金陵冶城西北谢安墩》

晋家南渡日，此地旧长安。地即帝王宅，山为龙虎盘。金陵空壮观，天堑净波澜。醉客回桡去，吴歌且自欢。

地拥金陵势，城回江水流。当时百万户，夹道起朱楼。亡国生春草，王宫没古丘。空余后湖月，波上对瀛洲。

六代兴亡国，三杯为尔歌。苑方秦地少，山似洛阳多。古殿吴花草，深宫晋绮罗。并随人事灭，东逝与沧波。

——《金陵三首》

凤凰台上凤凰游，凤去台空江自流。吴宫花草埋幽径，晋代衣冠成古丘。三山半落青天外，一水中分白鹭洲。总为浮云能蔽日，长安不见使人愁。

——《登金陵凤凰台》

李白这些诗一般都有三个共同的内容：一、昔日烜赫，今朝破败；二、比附政治，寄情高远；三、哀怨如缕，憾意绵长。从原型批评的观点看，诗人所创造的形象是某种文化原型以集体无意识的方式世代相传的结果，是重复了千百万次的心理体验的凝缩和结晶。金陵昔日繁华的历史，金陵“帝王宅”“龙虎盘”的形势，激活了李白丰富的历史经验和心灵结构，而其诗中的“原型”，虽然并非先天预成于诗人的心理结构中，但是，这种像语言符号那样的文化信息的载体形式，却借助于诗人的语言意象重建起来，表现出情感经验重构的意义。李白由于执着政治，也由于他远离政治中心而不能政治得意，又永不甘心政治失败而耽于政治幻想中，当他置身金陵这个南朝旧都时，其集体无意识比谁都要易于被激活。因此，他总是试图把自己与谢安联系起来，把金陵与帝都联系起来，于其中注入过多的政治因素。然而，当其一旦对历史与政治进行理性审视之后，自然也就愁随景生，往往总是流露出盛时难再、人生无常的千古兴叹，生成“总为浮云能蔽日，长安不见使人愁”的哀鸣。古人评价说“古今题咏，惟谪仙为绝唱”，也主要是看重这些诗中的悲剧性的意蕴。

荣格说：“一旦原型情景发生，我们会突然获得一种不寻常的轻松感，仿佛被一种强大的力量运载或超度。在这一瞬间，我们不再是个人，而是整个人类，全人类的声音一起在我们心中回响。”①李白写作《金陵城西楼月下吟》时似乎就是获取了那样的体验，当他为此在之境所唤起，一种审美定势引起他联想的生发，他也已经不是他个人，此在的经验也非其个体经验，而成为千百万年来所积淀的集体无意识的“原型直觉”，其诗云：

金陵夜寂凉风发，独上高楼望吴越。白云映水摇空城，白露垂珠滴秋月。月下沉吟久不归，古来相接眼中稀。解道“澄江净如练”，令人长忆谢玄晖。

金陵城西北覆舟山上的“孙楚楼”，为观景的胜地。然而，金陵壮美的景色却只能引发诗人的孤独不遇之愁，这种经验仿佛于谢朓当年晚登三山。谢李

① ［瑞］容格《容格文集》，冯川译，改革出版社1997年版，第208页。

二者，遭遇与情境极其酷似，所激活的体验也酷似，因此，李白便很自然地对谢朓笔下的江景发出会心的感慨："解道'澄江净如练'，令人长忆谢玄晖。"其言外之意是，我与谢朓的精神超越时空而古今相通，也唯有我能够"解道"他的诗，能够"长忆"他的人。

原型批评原理认为，艺术创作的心理动机不仅以艺术家的个体发生史为基础，更重要的是以人类的种系发生史为宏大而坚实的基础。因此，只有当一个艺术家成为一个"集体的人"，才能真正窥见人类最深刻的内在律动。也因此，一切伟大的艺术并不是个人意识的产物，而恰恰是集体无意识的造化。从这个意义上说，是华夏民族精神造就了李白。与其说是李白创造了彪炳史册的不朽作品，还不如说是某种冥冥之中的集体无意识成全了李白的艺术悟性，使他有可能为艺术历史的长廊里添加个性独特的艺术瑰宝。

四、李白金陵怀古意象的激发效应

诺斯洛普·弗莱说："原型是联合的群体（clusters），它与符号之不同在于复杂的可变性。"在既定的语境中，它们常常有大量的特定的已知联想物可以用来交际，"因为在特定的文化中的好些人都很熟悉它们"[①]。以原型批评看，金陵原型构成了诗人个体精神世界中最核心的内容。因为它为人们都熟悉的原因，很容易成为一种象征符号，成为一种归属于集体无意识的意象。金陵怀古的创作过程，便并不完全受作者自觉意识控制，倒反而常常受一种积淀在作家无意识深处的集体心理经验的影响，在不同的情境中通过无意识激活为艺术形象，这些形象不断地以本原的形成而反复出现在诗歌以及其他艺术中。这种反复出现的金陵意象，即具有了一种集体无意识的"种族的记忆"的原型意义，也是李白以及李白之后金陵怀古所以蔚成风气的深刻原因。

因此，我们所说的金陵意象原型便具有了两层意思：其一，金陵是历史文化的金陵；其二，金陵怀古是文学的金陵。也就是说，金陵本身对诗人具有激发与唤起的原型意义，而李白所创造的金陵怀古的文学形态也对历代诗人有激

---

① ［加］诺斯洛普·弗莱《批评的剖析》，陈慧等译，百花文艺出版社2002年版，第104页。

发与唤起的原型意义。换言之，由历史文化名城到古代诗歌意象，“金陵”则由先前的地域与文化概念，转化为具有浓郁政治文化色彩的艺术符号，转化成为一种艺术象征，一种意象原型。

自李白首开金陵怀古的风气始，“金陵”意象便频繁地出现，盛唐就有储光羲、祖咏、吴筠等，此后又出现了杜甫、刘禹锡、杜牧、李商隐、韩偓等众多唐代诗人，据统计，《全唐诗》中已有关于金陵的怀古诗90余首。唐代以后，王安石的《桂枝香·金陵怀古》与周邦彦的《西河·金陵怀古》，乃词中的顶级吟咏。再以后的诗、词、曲、戏剧乃至小说中，都可以看到以金陵为题材的怀古人，如南宋的辛弃疾、文天祥，元代的白朴、卢挚、萨都剌，明代的高启及明清之际的黄周星、屈大钧、钱谦益，清代的朱彝尊、黄景仁、纳兰性德等等。这些作家都喜凭吊金陵，即地为咏，以金陵为凭吊的对象，借六朝兴亡感怀今昔，发思古之幽情，寄兴废之感慨，是集体无意识原型的激发，包括金陵自身以及李白的金陵怀古。金陵，已成为诗人历史兴废感的策源地和集散地，而李白的金陵怀古的广漠深沉的唱叹，则成为此类题材作品大量写作的范式，也成为这种写作的诱因，而且深刻影响了金陵怀古题材中的主体性情感倾向。

以荣格的观点看，“集体无意识”中积淀着的原始意象是艺术的创作源泉，作家能够于其中看到或听到人类原始意识的原始意象或遥远回声，并形成顿悟，产生美感，因此，一个象征性的作品，其根源只能在“集体无意识”领域中找到。金陵怀古，成为怀古题材的最佳承的情感载体，不仅仅易于表现诗人们沉重广漠的感伤情绪，也适合寄托他们强烈而明确的政治主张和历史意识。因此，即便是由于作者的历史识见、价值观念、审美趣味及当下情境的差异，金陵怀古之所怀因人而异，其立意题旨与艺术品级也千差万别，而且同一原型也可能在细部或含义上发生变化，但是，金陵怀古意象的核心意义却是基本相同的，是稳定不变的，因为它们所面临的是深邃无底的集体无意识。另一方面，金陵怀古，也在诗人的反复咏叹中，获得了非常稳定的情理内涵和美学取向，强化了集体无意识唤起的灵敏度。

从以集体无意识为心理学核心的原型批评看，金陵已超越了它自身，由一个单纯的地理文化的名称，变成了一个象征意味强烈的意象；而李白的金陵怀古，也超越了它本身，由一般意义上的吊古伤今、即景起兴的怀古篇什，变成了一种具有特殊美学意义和价值指向的意象。由李白开启的金陵怀古，反过来加深加厚了金陵本身的历史文化积淀。因而，今昔巨大落差的金陵，以及金陵怀古历代不绝如缕的咏叹，不仅仅积淀为诗人心理结构中的深层记忆，也生成了类似经验性的审美刺激和特有的审美指向。因而，李白首先创造的文学金陵意象，便也因有了特殊地位与特殊意义而更加耐人寻味。

李白谪仙自我的精神偏执[①]

［按］ 谪仙自我，是李白蓄谋深远的一种“政治”策略。谪仙自我的自我设计和角色错位，则助长了李白的精神偏执和人性扭曲，让其始终感到自己有一种超人的伟力，而进入了仿佛一夜卿相的政治迷幻，也使他的诗人的浪漫天真具有了悲剧性的美学意义。为尊者讳者未必认同拙见也。

谪仙自我，是李白蓄谋深远的一种“政治”策略。这种自我设计与仙化造作，特别符合李白其人的精神偏执的性格特点。以医学病理学的解释，李白自身的个性特点，原本就极易产生精神偏执的病症。命运则以悖论的形式捉弄着李白：越是在政治上走不通时越是偏执地走；离政治越远而其政治之心也越强烈；政治之心越强烈而遭政治打击便越惨，则离政治也越远。然而，这就是李白，是精神偏执的李白，是自我定位的意识错位的李白，他的这种“谪仙”角色的设计与担当，则又加重了其偏执的程度，造成其认知迷失和人性扭曲，衍化为其人生悲剧性的生存和终极。

一、李白“谪仙”自我的认知迷失

李白一生最大的失误就是人生定位，他原本是个纯粹的诗人，而硬要往政

① 原题为《“谪仙”自我：李白的认知错位和精神偏执》，《宁夏大学学报》2010年第6期，第102—108页。

治上发展。对于李白来说，他心中一直有一个政治神话，他认为自己不只是超一流的天才大诗人，而且主要是超一流的大政治家。自我谪仙，其实即是李白偏执政治而自我设计的一种策略。而这种设计，其实是其认知上的迷失和错位，而又加重了李白精神偏执的程度。

在讨论李白自我仙化的认识错位时，有必要首先弄清楚其“谪仙”的缘来。

“谪仙”何来？以李白的自述是贺知章所首呼。李白在《金陵与诸贤送权十一序》云：“吾稀风广成，荡漾浮世，素受宝诀，为三十六帝之外臣。即四明逸老贺知章呼余为谪仙人，盖实录耳。”（《全唐文》第349卷）李白《对酒忆贺监二首》诗其一亦自况曰：“四明有狂客，风流贺季真。长安一相见，呼为谪仙人。”此诗写于贺知章仙逝道山后，诗前序曰：“太子宾客贺公于长安紫极宫一见余，呼余为‘谪仙人’，因解金龟换酒为乐。怅然有怀，而作是诗。”李白把此事说得有鼻子有眼睛的，而且，他怕贺知章的“谪仙人”之目为人所不信，还信誓旦旦地加上了此并非虚言而“盖实录耳”，予以强调。

这里涉及三个疑点：其一，为什么李白被贺知章呼为“谪仙”却是由李白自己转述的？其二，为什么这些转述又都是在贺知章仙逝之后？其三，为什么没有一个在场的可以作证的“第三者”？

笔者除了能够从李白的转述中得知谪仙乃贺知章所首呼之外，不能找到其他的根据。《旧唐书·文苑列传下》云：天宝元年（742年），李白应诏来长安，与贺知章在紫极宫相见，贺观其人赏其文，赞叹曰“此天上谪仙人也”。唐人的孟棨《本事诗·高逸》、李阳冰《唐李翰林草堂集序》、范传正《赠左拾遗翰林学士李公新墓碑》、裴敬《翰林学士李公墓碑》、五代王定保所撰《唐摭言》，以及成书于宋代的《新唐书·艺文志》，元人辛文房所撰《唐才子传》，均说到贺知章呼其“谪仙”在先。然而，这些记载，乃李白身后所为，将其作为他人（贺知章）始呼而非自家编撰的凭证，诚不足为训。

另外，早在李白生前，就有以“谪仙”呼李白的，如杜甫《寄李十二白二十韵》中的“昔年有狂客，号尔谪仙人”；魏万《金陵酬李翰林谪仙子》中的“谪仙游梁园，爱子在邹鲁”；崔成甫《赠李十二白》中的“天外常求太白老，金陵捉得酒仙人”。然而，这些材料从时间上来说，也并不能作为贺知章呼其“谪仙”在先的凭证。

关于贺知章呼李白为“谪仙”的传说，笔者始终存疑。换言之，笔者以为，李白是借贺知章之口说事。

其实，我们在杜甫诗中就读出了李白“自我谪仙”的信息。有过与李白携手漫游经历，且对李白的精神和诗歌有其深刻认识的杜甫，以诗对李白的精神气度和思维形式有过这样的描绘：“李白一斗诗百篇，长安市上酒家眠，天子呼来不上船，自称臣是酒中仙。”（《饮中八仙歌》）这是杜甫早年对李白的印象，杜甫晚年又在怀念李白的诗中写道：“昔年有狂客，号尔谪仙人。笔落惊风雨，诗成泣鬼神。”（《寄李十二白二十韵》）似乎杜甫早就发现了“谪仙”的来历：是李白“自称臣是酒中仙”，也是李白“号尔谪仙人”。杜甫用“谪仙”一词赋予李白的人格特征，不仅对其精神和形象上有逼肖的描摹，而且也揭示出了其“自号”的事实。

而李白自身的思想和行为，也为我们提供了认定李白“自我谪仙”的事实材料。日本李白研究专家松浦友久也认为：“对李白来说，‘谪仙’这一称呼乃是涉及诗人本质的令人满意的赞辞。”[①] 李白在其诗文中频频以“谪仙”来仙化自我，大肆张扬，如“朝天数换飞龙马，敕赐珊瑚白玉鞭。世人不识东方朔，大隐金门是谪仙”（《玉壶吟》）；如“青莲居士谪仙人，酒肆藏名三十春，湖州司马何须问，金粟如来是后身”（《答湖州迦叶司马问白是何人》）。李白在《大鹏赋》序言中还有这样的追忆：“余昔于江陵见天台司马子微，谓余有仙风道骨，可与神游八极之表，因著《大鹏遇希有鸟赋》以自广。”诗人记下司马承祯当年给自己作“鉴定”的内容和经过，在引以为自豪的同时，不无缺憾之意。那时刚刚“仗剑去国，辞亲远游”，还不懂得此“评价”可大势炒作而没有把握住时机，多年以后回忆这段往事，“悔其少作，未穷宏达之旨”，于是便将“已传于世，往往人间见之”的《大鹏遇希有鸟赋》改为《大鹏赋》。李白完全不加掩饰地以“谪仙”自我炫耀，在不少的诗文中居然以佛以神期许后身，如《酬崔侍御》写道：“严陵不从万乘游，归卧空山钓碧流。自是客星归帝座，元非太白醉扬州。”又如《留别西河刘少府》则说：“谓我是方朔，人间落岁星。”李白对传说为客星转世的严子陵和岁星转世的东方朔极为崇拜，不仅引为同调，有时则干脆自比。“东方朔把自己的

① ［日］松浦友久《李白的客寓意识及其诗思——李白评传》，刘维治等译，中华书局2001年版，第175页。

‘狂’看作‘避世于朝廷间’，并且据地而歌‘陆沉于俗，避世金马门’。李白出入于神仙传说和历史，在‘谪仙’二字使自己的生命形态与汉代东方朔的生命形态相重叠、转借。”①从其认知的错位来看，李白确实是角色错位了。其实，李白二十岁前就曾以得道者自炫，他在《上安州裴长史书》中自荐“养奇禽千计，呼皆就掌取食，了无惊猜”，意思是说自己在深山老林里养了许多鸟，只要他巴掌一伸，那些奇禽们便停在他手上。这是庄子“入兽不乱群，入鸟不乱行”（《庄子·山木》）境界的写意，托言孔子隐于野薮沼泽，鸟兽与之友善相处，意在说明他也已是得道高人，也可与鸟兽为伍并融洽。

李白还大写特写游仙诗，其多达百余首的“游仙诗”中，常常出现煞有介事的游仙之想，做起了重归仙乡的美梦。如《古风》第十九首诗云：

西上莲花山，迢迢见明星。素手把芙蓉，虚步蹑太清。霓裳曳广带，飘拂升天行。邀我登云台，高揖卫叔卿。恍恍与之去，驾鸿凌紫冥。

诗人自写在莲花峰遇见华山神的经历，但见山神手捧莲花，身着霓裳，凌空飘然而来，并且引领着他同登云台，会见仙人，诗人恍兮惚兮中已经完全把自己当作了神仙。

如《古风》其五：

太白何苍苍，星辰上森列。去天三百里，邈尔与世绝。中有绿发翁，披发卧松雪。不笑亦不语，冥栖在岩穴。我来逢真人，长跪问宝诀。粲然启玉齿，授以炼药说。铭骨传其语，竦身已电灭。仰望不可及，苍然五情热。吾将营丹砂，永与世人别。

每当他登上太白峰时，总有一种回归老家的幸福感，完全沉浸在仙界与仙人友朋相交的惬意中，这是他特别不同于其他诗人的地方。

李白的《登峨嵋山》诗：

① 杨义《李杜诗学》，北京出版社2001年版，第100页。

蜀国多仙山，峨嵋邈难匹。周流试登览，绝怪安可悉！青冥倚天开，彩错如画出。冷然紫霞赏，果得锦囊术。云间吟琼萧，石上弄宝瑟。平生有微尚，欢笑自此毕。烟容如在颜，尘累忽相失。倘逢骑羊子，携手凌白日。

峨嵋山在李白的笔下更是仙境般的缥缈幻渺，李白想象着自己于山中已得“锦囊术”，进入神秘的仙界，且与仙人一同飞升“倘逢骑羊子，携手凌白日”，诗人用《列仙传》中仙人葛由刻羊骑以入蜀的传说。

李白对仙道用情之深，有唐无两，他曾两度受箓为道士，成为有高级文凭的道人。李白的《登峨嵋山》诗写作在二十刚刚出头时，说明在其尚未邂逅贺知章时早就有着强烈的游仙渴望，其动力和灵感深深地扎根在他的“谪仙”意识之上，建筑在他自小形成的自己是谪落凡尘之仙人的坚定意识上。

因此，姑且承认“谪仙”首出于贺知章之口吧，怎么随便一句话就让李白如此当真？据考，李白与贺知章相识并相知的时间是在天宝元年（742年）。贺知章是个“老去近仙方”的典型，《新唐书》卷一九六《贺知章传》载曰：“天宝初，（贺）病，梦游帝居，数日寤，乃请为道士，还乡里，诏许之，以宅为‘千秋观’而居。”次年，八十六岁的贺知章奄然而逝于家观中。即便贺知章真有“谪仙”之誉，顶多也是耄耋老者的一句幽默戏言，并非什么正式场合的鉴定。而李白却如斯当真，不仅欣然接受，而且反复自号，这不需要洞察之目力，就可以了然见出其中“奥妙”来的。

我们以为，李白斗酒百篇、诗泣鬼神的超群才情，自由潇散的精神意趣，以及傲视群物的性格气度等，如斯综合因素，又适逢神道崇拜的时代氛围，其被呼为“谪仙”而引起世人对此称谓的认同，均有十分的可能。然而，李白自以为真，且反复炒作性自号，也并非因其蒙昧，而是一种睿智，是一种策略。与其说是人呼其为“谪仙人”，不如说是李白借别人之口来实现仙化的炒作，达到其政治上自我发展的企图。而这种策略，助长了诗人的精神偏执，也造成其认知迷失和角色错位。

二、李白“谪仙”自我的政治蓄意

以擅长自我炒作观，古来著名诗人中，无出李白之右者。五代王仁裕《开元天宝遗事·粲花之论》说李白“与人谈论，皆成句读，如春葩丽藻，粲于齿牙之下，时人号曰：‘李白粲花之论’”[①]。

意思是说，李白有“粲花之舌”，什么事经他一说就天花乱坠了。关于这一点，真是你不说还不注意，你一说还真是那么回事呢。而且，李白不仅具有自吹自炫的资本和技巧，也具有这方面的本能和自觉。而其自我炒作的根本目的，又在于“声闻于天”的政治功利。

李白心中有一个长明不灭的政治神话，他的期望值极高，且始终没有彻底失望过。为了要走上跨越式发展的政治道路，他主要采取的方式是干谒，在岷山干谒广汉太守，在成都干谒益州长史苏颋，在蜀中干谒渝州长史李邕，在安州干谒都督马正会、长史李京之、长史裴宽等，在襄阳干谒荆州长史韩朝宗等等，真可谓踏破权贵达官门槛，以其自己的话来说是“遍干诸侯”“历抵卿相”。李白的干谒，靠的就是自我炒作的方式，其标榜自我的内容不外有这样几个方面：

以凉武昭王后代自荐。李白《赠张相镐》诗云“本家陇西人，先为汉边将”，自称是陇西汉将李光之后，凉武昭王的九世孙，而皇帝李渊“其先陇西狄道人，凉武昭王七代孙也”（《旧唐书·高祖本纪》）。李白在《与韩荆州书》里也说到自己是“陇西布衣，流落楚汉”。李阳冰《唐李翰林草堂集序》云：“李白，字太白，陇西成纪人，凉武昭王暠九世孙。蝉联圭组，世为显著。中叶非罪，谪居条支，易姓为名，然自穷蝉至舜，七世为庶，累世不大曜，亦可叹焉。神龙之始，逃归于蜀，复指李树而生伯阳。惊姜之夕，长庚入梦，故生而名白，以太白字之。”范传正《唐左拾遗翰林学士李公新墓碑并序》亦有此云。李、范之述，乃李白身世最权威的记载，后世所有涉及李白身世问题的，皆依据于此。李白坚称自己乃李唐之后，无非是要世人确认他乃皇室宗亲，容易走上政治顺途。

以文学天才自许。李白在《上安州裴长史书》里自夸说：“前礼部尚书苏公出为益州长史，白于路中投刺，待以布衣之礼。因谓群僚曰‘此子天才英丽，下笔不休，虽风力未成，且见专车之骨。若广之以学，可与相如比肩

① 王仁裕等《开元天宝遗事十种》，丁如明辑校，上海古籍出版社1985年版，第102页。

也’。”在《与韩荆州书》声称“日试万言，倚马可待”；在《赠张相镐》炫耀“十五观奇书，作赋凌相如”；在《江上吟》诗里向朋友标榜自己“兴酣落笔摇五岳，诗成啸傲凌沧海” 等。

以重然诺、轻生死的侠客自诩。李白在干谒中夸耀自己的乐善好施，仗义助人：“曩昔东游维扬，不逾一年，散金三十余万，有落魄公子，悉皆济之。此则是白之轻财好施也。”（《上安州裴长史书》）他还在诗歌中大量歌颂抗暴安良、重然诺、轻生死的侠义行为。

还有一个极重要的炒作内容，就是以“谪仙”自居。这是李白在万般施展而求仕无济之后所采用的最自我得意的一招，于是，李白选择了仙道自我的策略，坚定了他的道教神仙依赖。恩斯特·卡西尔说：“哲学家和人类学家们常常告诉我们，宗教真正的最终根源在于人的依赖感。”[①] 以此论观李白自我仙化的言行，我们以为是很合适的。

而从李白谪仙自我的策略看，在当时应该说是十分睿智的。唐朝开国初始便道教风炽，皇帝即认老子为始祖，追尊老子为玄元皇帝。高宗迎道士潘师正、刘道合、叶法善于侧近，以礼相待。玄宗更是醉心于道教，亲自注释《道德经》。开元九年玄宗迎茅山派第十二代传人司马承祯于宫中，亲受法箓，成为道家皇帝，并为司马承祯在天台上建桐柏观，王屋山建阳台观。玄宗的两个妹妹——西宁公主和玉真公主，宰相李林甫的女儿李腾空，都以贵族身份出家做道士。司马承祯回天台，玄宗以《答司马承祯上剑镜》《王屋山送道士司马承祯还天台》等诗相送。司马承祯在当时文坛也十分活跃，朝廷高官如沈佺期、宋之问、张说、张九龄等都与其有诗歌赠答。沈佺期《同工部李侍郎适访司马子微》诗把其尊为紫微仙人，“紫微降天仙，丹地投云藻”。玄宗还任命道士尹小音为谏议大夫，不少有名的道士纷纷到朝廷做官。玄宗时代，两京及各州设崇玄学（即“道学”），其学生与国子学、府学同等对待，考试合格的学生按中举及第者同等对待，时称“道举”。因为道士的地位和待遇特高，又因为道教成了平步青云的“终南捷径”，这自然是李白谪仙炒作的社会、时代原因。而李白自小生活于一个“道风未沦落”（《题嵩山逸人元丹丘山居》）

① ［德］恩斯特·卡西尔《人论》，甘阳译，上海译文出版社1985年版，第177页。

的乡风和“蜀国多仙山”（《登峨嵋山》）的地理、人文环境中，从其名字即可见其父母的期许，可见来自家庭和社会的角色期待。他“五岁诵六甲，十岁观百家”（《上安州裴长史书》），即包含了道教典籍及各派的学说。而且小小年纪便有“游仙”的实践，“十五游神仙，仙游未曾歇”（《感兴八首》之五）。李白在出川前就漫游过青城、峨眉等山，有过与东岩子隐于岷山之阳的经历。人文环境和自然环境合力的影响，致生了李白的谪仙意识。

费尔巴哈在谈到宗教感情的本质时说：“感情所知觉的属神的本质，事实上不外就是感情之为自己所迷乱和蛊惑了的本质——狂欢的、自得其乐的感情。”① 李白“谪仙”自我，即是从宗教里获得情感力量的支撑，获得感情安慰，希望人们以神仙视之，把他奉作具有神异特性的“超人”，渴望在自己实现近乎不可能的“兼济”理想时得到神助，或者具有神仙的力量。我们以为，谪仙自我，是李白自我欣赏、自我认真、自命不凡的结果，也是其在精神上自我超越的方式，更是其感情上神仙依赖的深刻需要。李白仿佛深有体会地吟道：“清斋三千日，裂素写道经。吟诵有所得，众神卫我形。”（《游太山》六首其四）

事实上李白得以“仰天大笑出门去”，即主要是凭仗了道教神仙的巨力。应该说，李白谪仙自我还是在政治上获得了些许成功的，魏颢《李翰林集序》云：“白久居峨眉，与丹丘因持盈法师达。”李白通过元丹丘的关系得以拜见司马承祯，进而通过司马承祯的关系干谒玉真公主，李白曾经几入长安，数谒玉真公主，还通过写诗来奉承和接近玉真公主，其《玉真仙人词》云：“玉真之仙人，时往太华峰。清晨鸣天鼓，飙欻腾双龙。弄电不辍手，行云本无踪。几时入少室，王母应相逢。”李白终于在天宝元年（742年）42岁的时候，奉诏入京。主要是道教的原因，李白被招致长安，同时被招致的还有道士吴筠、元丹丘，自然被李白视为政治的胜利了。而赐金放还，肯定被自视为政治的失败。“明主倘见收，烟霞路非赊。时命若不会，归应炼丹砂。”（《早秋赠裴十七仲堪》）离开京都，四顾无出路，他首先还是想到了道教神仙。杨义认为：“贺知章读到李白的《蜀道难》，曾欣然称赏他是‘谪仙人’，这种称誉

① ［德］费尔巴哈《基督教的本质》，荣震华译，商务印书馆1984年版，第38页。

在李白的《玉壶吟》中当仁不让地接受了。但《玉壶吟》大概作于天宝三载供奉翰林的后期和赐金还山的前夕，其间散发着对政治生活的许多勃郁不平之气。”他因为仕途失意自然心情不好，在被放还山时，诗人急中生智而以“谪仙人”造型，是其把自我仙化作为最寄希望的政治一搏。

总之，李白“谪仙”自我，是其对当下站位和角色的重新认定，是一种谪仙自我的宗教依赖。“谪仙”既是文化定位，又是格调的定位，同时更是性格和命运的定位。而从其“谪仙”的自我炒作考，我们发现，其不仅仅是蓄意的刻意的，是有目的有准备也有目标的，而且还是有其自我炒作的个性化风格的。“谪仙”造型，让他不仅总感到自己有一种更高级的超人力量的存在，而且还可以作为一种超然的力量来让世人体认和崇拜，最根本的意图是在政治上。李白选择“谪仙”来自我炒作，主要还是政治功利。

三、李白“谪仙”自我的精神偏执

“谪仙”意识害苦了李白一生，使天才变成了傻蛋，不仅使他一生没有找到属于自己的仙山，而且造成了严重的人性扭曲和精神偏执，进而也造成了其人生悲剧性的生存和终极，用杜甫的诗来概括即“痛饮狂歌空度日，飞扬跋扈为谁雄”（《赠李白》）。

莎士比亚有“天才是人类的病态”的名言，从某种意义上说李白病态，也应该是成立的。李白得了一种精神偏执的病。医学病理学对这种病态的解释说：以牢固的妄想为临床特征，以逐渐发展的按逻辑构筑的系统化妄想为特征。最常见的是夸大、被害或有关躯体异常的妄想，并伴有幻觉或分裂症样的思维紊乱。病人特殊的个性缺陷是主观固执、敏感多疑、易生激动、自我中心、自命不凡、自视过高、喜好幻想等。按巴甫洛夫的意见，偏执狂的发生机理，是强而不可遏制型的人所发生的，这类人的神经系统具有抑制过程不足，兴奋过程占优势的特点。当他们受到挫折时，神经系统的兴奋过程便过度紧张，在大脑皮质形成了病理性惰性兴奋灶，这个“孤立性病灶”，与异常牢固的情感体验和意图有关，并且由于它的兴奋性异常强烈，通过负诱导机理在其周围出现广泛的抑制，阻滞了大脑皮质其他部分对它的影响，因而患者对自己的状态缺乏控制。病人常感到自命不凡、才华出众、精力充沛，逐渐发展到自己是什么“伟人”之类等，还会产生别人对其嫉妒甚至迫害的心理。《离骚》中所表现出来的“虽九死其犹未悔”“岂余心之可惩”的政治执着，按照现代心理学或精神病学来分析，也是一例典型的偏执症。李白的政治执着，与屈原同。所不同的是，屈原是贵族意识，而李白是“谪仙”意识。考量李白一生，我们发现，其本身的个性特点就很容易产生精神偏执的病症，而“谪仙”意识和角色错位，则又加重了其偏执的病情。杨义在论述李白的醉态精神巅峰时指出：“人生有限性的认知，可能造成困惑和颓丧，也可能刺激着把生命的全部潜能，集中在时不我待的短暂中猛然爆发的欲望，刺激着以生命的强度弥补长度不足的缺陷。既然承认生命体验的一种方式是醉态，那么它也就具有这样两重性。它既是对世俗龌龊人生的某种逃避，又是在更深刻的层面上，以变幻或变态的形式对人生的执著。”[①] 诸如其《日出入行》一诗云“谁挥鞭策驱四运？万物兴歇皆自然”之类，“诗人把万物的兴歇当作宇宙本体的游戏，而诗人则常居这宇宙游戏的醉舞中心，表现出大喜大悲的豪迈狂情”[②]。概括起来说，李白醉态显著症状就是：政治偏执，至死不悟。命运则以悖论的形式捉弄着李白：离政治越远而其政治之心也越强烈，其政治之心越强烈而其离政治也越远。也因为如此，李白身上的偏执症状便更具有极致表现：打击越惨，追求越烈；越是无望，越感到希望。

“谪仙”设计，使李白越发自命清高。宋人王谠撰《唐语林》载：“李白开元中谒宰相，封一板，上题‘海上钓鳌客李白’，宰相问曰：‘先生临沧海，钓巨鳌，以何物为钩线？’白曰：‘风波逸其情，乾坤纵其志。以虹霓为线，明月为钩。’又曰：‘何物为饵？’白曰：‘以天下无义气丈夫为饵。’宰相悚然。”[③] 此故事虽属杜撰，然而，用来写照李白却很逼真。李白自命不凡，心比天高，目空一切，错估了自己，特别是无端地夸大了自己的政治才能，认为自己的真正才能在于政治。而且由于其精神上的偏执，也形成了他的思维定势，形成了他一成不变的价值观念。李白一生的最大失误，就是自估

① 杨义《李杜诗学》，北京出版社2001年版，第115页。

② 王志清《盛世和谐的诗歌经典》，《南通大学学报（社会科学版）》，2009年第5期，第57—62页。

③ 王谠《唐语林校证》，周勋初校证，中华书局1987年版，第492页。

的失误，错误地定位人生，他常常自比姜尚、管仲、诸葛亮、谢安等许多大政治家，“怀经济之才，抗巢、由之节，文可以变风俗，学可以究天人”，他认为他总有一天也能够“申管晏之谈，谋帝王之术”。因此，他毕生追求的境界是：“奋其智能，愿为辅弼，使寰区大定，海县清一，事君之道成，荣亲之义毕，然后与陶朱留侯，浮五湖，戏沧洲，不足为难矣。”（《代寿山答孟少府移文书》）而“谪仙”意识，似乎可以帮助他派生出超人的伟力：“激三千以崛起，向九万而迅征”、“怒无所搏，雄无所争”（《大鹏赋》）；“丈夫赌命报天子，当斩胡头衣锦回”（《送外甥郑灌从军》）；“乘风破浪会有时，直挂云帆济沧海”（《行路难三首》其二）。自视“谪仙”之后，让李白把什么事情都看得轻而易举，把政治也简单化，仿佛可以一夜卿相，“但用东山谢安石，为君谈笑静胡沙”（《永王东巡歌》其二）。他在政治上一筹莫展时仍高唱：“大鹏一日同风起，扶摇直上九万里。假令风歇时下来，犹能簸却沧溟水。时人见我恒殊调，见余大言皆冷笑。宣父犹能畏后生，丈夫未可轻年少。”（《上李邕》）大鹏在李白的诗文中出现了近十次，成为诗人精神气质的标志性物化。直至临终绝笔，虽已“中天摧兮力不济”，却依然坚信“余风激兮万世”“后人得之传此，仲尼亡兮谁为出涕”。人之将死，其言也壮，虽作悲声，而不失雄豪，其精神之偏执，真正是至死不悔也不悟也。

谪仙设计，使李白的幻觉也越发活跃。李白一生始终沉醉于酒精麻痹、神仙麻痹和政治麻痹之中。因为自视“谪仙”，其诗中也多了许多非理性的东西，他真的以为身在界外而不处人间，“出入于《楚辞》与神仙传说，以天公、玉女、麻姑探讨着天上人间的时间运行的形态差异。……诗人以屈原式的想象，驾六龙而回车到达东方日出之地扶桑，他不是去扣帝阍、访佚女，而是从西方拿来北斗，酌美酒与诸龙痛饮，以整个天宇作为行酒的厅堂”。李白一生何以求仙访道贯穿始终？他自己解释说：“吁咄哉！仆书室坐愁，亦已久矣！每思欲遐登蓬莱，极目四海，手弄白日，顶摩青穹，挥斥幽愤，不可得也！”（《暮春江夏送张祖监丞之东都序》）唐人也说他“好神仙非慕其轻举，将不可求之事求之，欲耗壮心，遗余年也”（范传正《李公新墓碑》）。虽然他的这些诗中也的确表现了李白性格中愤世嫉俗的一面，表现了他政途失意与隐逸之念，流露出诗人的自然本真，但是，他的游仙诗并非都是“挥斥幽愤”的情感。宋人葛立方在《韵语阳秋》卷十一云：“李太白《古风》两卷，近七十篇，身欲为神仙者，殆十三四：或欲把芙蓉而蹑太清，或欲挟两龙而凌倒景，或欲留玉舄而上蓬山，或欲折若木而游八极，或欲结交王子晋，或欲高挹卫叔卿，或欲借白鹿于赤松子，或欲餐金光于安期生。岂非因贺季真有谪仙之目，而固为是以信其说邪？抑身不用，郁郁不得志，而思高举远引邪？”李白何以如斯热衷于仙化而多作游仙诗呢？葛立方推断有一种可能，即是李白被贺知章甜蜜蜜的“谪仙”说灌晕了而笃信自己就是神仙。“谪仙”意识，是李白好仙道的原初动力。他宁可信其有，不愿疑其无。他宁可活在梦中，活在自己虚设的神仙境界里，活在“谪仙”的自我良好的感觉上。可谓“独用天地心，浮云乃吾身”（《对雪奉饯任城六父秩满归京》）。郭沫若在其《李白与杜甫》著作里就说：“（范传正）辩护得煞费苦心，但李白有知，恐怕连自己也不会同意。李白本人倒是很认真的，他想做官——说得冠冕一点，便是‘兼济天下’，很认真；饮酒，很认真；作诗，很认真；好神仙，也很认真。”[①]确实，李白也有其游历仙境“很认真”的一面，游仙境仿佛回归故地，遇仙人恰似重逢故友，“仙人好歌望我来，应攀绿树常相待”（《怀仙歌》）。“道教存思者把幻觉中的幻景幻象作为真实存在加以肯定和感知；诗人艺术家则明知这种想象是对外部世界的偏离和变形，却有意识地不去调整，甚至有意识加强这种偏离和变形，从而达到艺术的真实。”[②]自视“谪仙”，让李白的幻觉特别发达，他把现实生活中的几乎所有内容都自然而然地与仙境联系起来。对李白来说，求仙与求仕，游仙与游山，真个难辩彼此。“处在宗教文艺情境中的人时而呈现宗教心灵状态，时而呈现文艺心灵状态，其情感在宗教心理与文艺心理之间跳跃性互动乃至频繁转换，这种跳跃和转换使得一种十分复杂的心理浑存事态产生并物化显现为特定的宗教文艺作品。”[③]这种由谪仙意识所助长的幻想幻觉，使李白胡思乱想，不切实际，获得了一种精神上的放纵和满足。但是，这种宗教心灵，也给李白安上了精骛八极、神游四方的想象翅膀，助长了他丰富的想象力，使他的诗歌增加了恍惚飘逸、光怪陆离的神异

① 郭沫若《郭沫若全集·历史编》，人民出版社1982年版，第305页。

② 石云涛《建安唐宋文学考论》，学苑出版社2003年版，第212页。

③ 王列生《宗教文艺论的可能与不可能》，《深圳大学学报（社会科学版）》，2009年第2期，第116页。

浪漫色彩。

谪仙设计，使李白的桀骜个性越发张扬。杜甫写李白的诗，有两句极其传神，“天子呼来不上船，自称臣是酒中仙”（《饮中八仙歌》），这抓住了李白的精神本质，也描绘出典型的自视谪仙的精神状态，是很生动的李白式的谪仙思维。李白仗着“谪仙”的大胆，放纵自己的桀骜与狂放，借不上船来证明自己是谪仙。我是“谪仙”我怕谁？这里有一种将错就错的意味。松浦友久也说：“由于对‘谪仙人’的自我认同，导致李白在朝期间的言论行动在谪仙性的恣肆、放纵方向得到发展。”[①]自己定位为“谪仙”的人，是非凡人的超人，不仅仅“才力犹可倚，不惭世上雄”（《东武吟》），而且是“不屈己，不干人”（《代寿山答孟少府移文书》）。谪仙站位，形成了李白作茧自缚的错位坚守。

严陵高揖汉天子，何必长剑拄颐事玉阶。（《答王十二寒夜独酌有怀》）

黄金白璧卖歌笑，一醉累月轻王侯。（《忆旧游寄谯郡元参军》）

我本楚狂人，凤歌笑孔丘。（《庐山谣寄卢侍御虚舟》）

安能摧眉折腰事权贵，使我不得开心颜！（《梦游天姥吟留别》）

李白轻尧舜、笑孔丘、长揖天子、平交诸侯，自视谪仙之后，天子王侯，视如草芥！诚如后人所评论的“戏万乘若僚友，视俦列如草芥”（苏轼《李太白碑阴记》）。道家愤世嫉俗、返归自然的理念与游侠精神，深层契合了李白的叛逆个性，而其“谪仙”设计，更助长了诗人放浪不羁、愤世嫉俗的个性和气质，诗人在自我的精神乐园里建构起自己的放纵、狂野的非常人的形象，表现出对时代精神的反叛，表现出为追求理想而奋不顾身的特殊气格，也显示出李白式的近于疯狂的政治执着。

“谪仙”设计，使李白也越发天马行空。李白诗云“五岳寻仙不辞远，一生好入名山游”（《庐山谣寄卢侍御虚舟》）；“余尝学道穷冥签，梦中往

---

① ［日］松浦友久《李白的客寓意识及其诗思——李白评传》，刘维治等译，中华书局2001年版，第175页。

往游仙山”（《下途归石门旧居》）。李白生性喜欢走动，独来独往，漂寓无定，而谪仙意识则愈加强化了他的寓居欲，生成了一种很强烈的“客寓意识”。既然是谪仙，就应该自由往来于浩瀚宇宙之中，即他在《赠嵩山焦炼师》里所描绘的境界：“八极恣游憩，九垓长周旋。下瓢酌颍水，舞鹤来伊川。”李白的“谪仙”角色的设计，使行游、访仙、客寓，成为其生活的三大主要内容。因此，他以天下为家，在漫长的行旅路上没有一个归宿。李白自二十六岁离开蜀中，“仗剑去国，辞亲远游”，一生都在奔走中，一生就是一个漫漫长途。开元十六年（728年），李白即便在安陆“安家”，此十多年间也多隐居山林，多漫游访道的生活。开元二十二年（734年），他又和道士元丹丘一道隐居嵩山。开元二十四年（736年），他去山东，和孔巢父等六人隐居徂徕山西北的竹溪。这里还不包括被迫的行游。漫漫长途，李白毫无厌倦远行的情绪，相反却在“客寓”生活的非常态里获得了其自由人性的充分释放，获得了呼星引月的快感。他之所以选择了为一般士人所黯然销魂的行旅漂游形态，这与其渴望自由、狂放不羁的性格有关，但主要还是为其“奋其智能，愿为辅弼”的理想人格所支配。他漫游也好，交友也好，甚至隐居也好，都是为了表现自己，做大自我，而求取惊天动地的政治突破，实现扬誉朝野、耸动人主的理想。“谪仙”自视，给了他很大的动力和坚韧，而他又自觉以天马行空的狷狂、独来独往的漂寓，来确证着自己“谪仙”的身份。

李白自我仙化的策划，大类于当下时兴的“错位发展”。错位发展，是一个被广泛使用的术语，就是行为主体根据自身的条件，有意识地选择一种与众不同的方式和路径来谋求发展。错位发展体现了一种求异思维和差异化战略，其目的就是为了摆脱困境或培育优势。但是，错位发展的前提条件是定位精准。而始终存有政治角色期待的李白，在其政治神话不能成为现实的时候，借助“谪仙”自我来炒作，表现出急于求成的睿智，也表现出近于癫狂的精神偏执，使其诗人的浪漫和天真具有了悲剧性的美学意义。

刘禹锡文化性格形成的吴地元素[①]

［按］ 吴地的山水人文培育了刘禹锡热爱自然、崇尚雅趣的文化性格，铸造了他偏爱南朝名士与诗人诗风的情感与趣尚。而刘禹锡所养成的吴地文化自觉，也规范了他的诗美取向与题材撷取，形成了宏放而清绮的诗风。

刘禹锡是中唐诗坛翘楚，“三十年来天下名”[②]，享有“诗豪”与“国手”的赞誉，堪与“韩孟”“元白”相颉颃。刘禹锡的一生与吴地有着密切的关联，吴地生活是其生命旅程中的重要组成部分，对其有刻骨铭心的影响。吴地的山水人文创塑了他的文化性格，形成了他非常牢靠的吴地文化自觉，也规范了他的诗美取向、题材撷取，形成了他个性鲜明的诗歌风格与诗歌理论。

一、刘禹锡的吴地行迹与文化浸渍

吴地乃江南之核心地段，自古自然条件优越，人文环境非常富裕，才人辈出，艺术璀璨。唐代宗大历七年（772年），刘禹锡出生于苏州嘉兴，“在唐时，苏之繁雄，固为浙右第一矣”[③]，又有“浙右列城，吴郡为大，地广人庶”[④]的盛誉。吴地自然环境钟灵毓秀，社会稳定，经济富饶，文化发达，较少受到战乱的破坏，特别是安史乱后北人大量涌入。他十九岁始北游长安，贞元九年（793年），一举及第，后又连中三科，即“擢进士第，登博学宏辞科”[⑤]。此后随着昙花一现的永贞革新而经受着“二十三年弃置身”的“巴山楚水凄凉地”的放逐，这之间，也有为官吴地的经历。吴地对刘禹锡有着刻骨铭心的影响，刘禹锡对吴地也有着极其深厚的感情，而让他以“江南客”自

---

① 原题为《吴文化对刘禹锡情性与诗歌的塑造》，《安徽大学学报》2015年第1期，第53—61页。文中的图表与部分文献注释为研究生黄旦怡所制作，故文章以二人名义发表。

② 姚合著、吴河清校注《姚合诗集校注》，上海古籍出版社2012年版，第8页。

③ 范成大撰、陆振岳校点《吴郡志》，江苏古籍出版社1986年版，第660页。

④ 朱金城笺校《白居易集笺校》，上海古籍出版社1988年版，第3171页。

⑤ 欧阳修、宋祁撰《新唐书》，中华书局1975年版，第5128页。

许。而他在吴地的岁月，也是他一生中最惬意的时光。刘禹锡在日后还常常深情回忆其青少年时期快乐的日子，其《送裴处士应制举》中写道："忆得童年识君处，嘉禾驿后联墙住。垂钩斗得王余鱼，踏芳共登苏小墓。此事今同梦想间，相看一笑且开颜。"王余鱼即比目鱼，是当时江南地区方言。

刘禹锡"家本儒素，业在艺文"[①]，自小熟读经典，广泛涉猎，含英咀华。《刘氏集略说》云："始余为童儿，居江湖间，喜与属词者游，谬以为可教，视长者所行止，必操觚从之。"[②] 权德舆对刘禹锡很是赏识。《献权舍人书》云："禹锡在儿童时已蒙见器，终荷荐宠，始见知名。"[③] 他自幼熟读儒家经典，涉猎诸子百家，"纷吾本孤贱，世业在逢掖。九流宗指归，百氏旁捃摭"[④]。而他与当时极负盛名的二诗僧的游从，对于诗人刘禹锡来说，则是极其难能可贵的机缘。他早年随父寓居嘉兴，常去吴兴拜访江南著名诗僧皎然与灵澈，亲得二诗僧的精心调教，此后几十年的往来酬唱，更是深得灵澈诗法之精粹与精髓。诗僧灵澈是大历江南诗人中唯一经历中唐前后期的，对于衔接大历和贞元诗坛，尤对元和诗风的开启有重要影响，刘禹锡取其清丽放逸。灵澈圆寂十七年后，刘禹锡在为其诗集写的《澈上人文集纪》中回忆幼年与诗僧游从的情景说："初，上人在吴兴，居何山，与昼公为侣。时予方以两髦执笔砚，陪其吟咏，皆曰孺子可教。"[⑤] 吴中文化可谓他们的中间枢纽。尤其影响深远的是，皎然、灵澈善于撷取民歌的养分来写诗，刘禹锡亦取法乎此；诗学上皎然讲取境，灵澈讲意静，刘禹锡亦同此理念。

吴地的温山软水，以及吴地的文化传统与人文精神，培养出刘禹锡崇尚清绮明丽的诗学趣味。吴地的经历，也自然使刘禹锡在情感上偏爱南朝名士与诗人诗风，譬如南朝的"三谢"（谢安、谢灵运、谢朓）就让他崇拜至极，也对其影响甚深，具有终生精神相伴的不解情缘。诗中直言："恩华辞北第，潇洒爱东山。"（《和李相公以平泉新墅获方外之名因为诗以报洛中士君子兼见寄

① 陶敏、陶红雨校注《刘禹锡全集编年校注》，岳麓书社2003年版，第1063页。

② 陶敏、陶红雨校注《刘禹锡全集编年校注》，岳麓书社2003年版，第1179页。

③ 陶敏、陶红雨校注《刘禹锡全集编年校注》，岳麓书社2003年版，第816页。

④ 陶敏、陶红雨校注《刘禹锡全集编年校注》，岳麓书社2003年版，第170页。

⑤ 陶敏、陶红雨校注《刘禹锡全集编年校注》，岳麓书社2003年版，第1183页。

之什》）东山位于今浙江省上虞西南，东晋谢安隐居处，紧挨着刘禹锡幼时的居住地。《晋书·谢安传》：“安虽放情丘壑，然每游赏，必以妓女从。”[①]诗文典故上，东山即是谢安的指代，即是功成名就、潇洒风流的代名词。刘禹锡在扬州期间，最爱去法云寺游观。这里原为东晋谢安的居第，其姑母出家，以此旧宅建寺名法云。寺内两株大桧树，相传就是谢安种的。刘禹锡曾有诗《谢寺双桧》云此：“双桧苍然古貌奇，含烟吐雾郁参差。晚依禅客当金殿，初对将军映画旗。龙象界中成宝盖，鸳鸯瓦上出高枝。长明灯是前朝焰，曾照青青年少时。”那日夜常明的灯，还是曾经照耀谢安的前朝点燃的火焰，这与“古人不识今时月，今月曾经照古人”同妙。诗人怀古思今，生成念及此生的感慨。谢安成为刘禹锡的精神高标，其诗作屡屡以“东山”提及，如“从此东山非昔游”（《伤秦姝行》）；“东山旧路独行迟”（《窦夔州见寄寒食日忆故姬小红吹笙因和之》）；“谢公莫道东山去”（《庙庭偃松诗》）；“请向东山为近邻”（《将赴汝州途出浚下留辞李相公》）；“东山与东阁，终冀再经过”（《将之官留辞裴令公留守》）；“更接东山文酒会，始知江左未风流”（《自左冯归洛下酬乐天兼呈裴令公》）；“天下苍生望不休，东山虽有但时游”（《奉和裴令公夜宴》）等，诗人大量用此典事，表现了深深的惊羡与自况之情。

刘禹锡的诗中还频繁出现“大谢小谢”的典事。用大谢诗典的如：“海峤新辞永嘉守”（《酬令狐相公赠别》）；“谢墅阅池塘”（《和乐天洛城春齐梁体八韵》）；“兴发春塘草”（《浙西李大夫示述梦四十韵并浙东元相公酬和斐然继声》）；“何必池塘春草生”（《裴侍郎大尹雪中遗酒一壶兼示喜眼疾初平一绝有闲行把酒之句斐然仰酬》）；“蕙草芳未歇，绿槐阴已成”（《酬令狐相公首夏闲居书怀见寄》）；“自言买笑掷黄金，月堕云中从此始”（《泰娘歌》）等。

刘禹锡诗中提及谢朓的更多，如“谢守工为诗”（《和河南裴尹侍郎宿斋太平寺诣九龙祠祈雨二十韵》）；“谢公高斋吟激楚”（《和浙西李大夫霜夜对月听小童吹觱篥歌》）；“谢守瑶华赠”（《和州送钱侍御自宣州幕拜官便

① 房玄龄等撰《晋书》，中华书局2000年版，第1379页。

于华州觐省》）；“谢守何烦晓镜悲”（《苏州白舍人寄新诗有叹早白无儿之句因以赠之》）；“沙浦王浑镇，沧州谢朓城”（《历阳书事七十四韵》）；“更报明朝池上酌，人知太守字玄晖”（《酬窦员外旬休早凉见示诗》）等。刘禹锡诗《九华山歌》：“君不见敬亭之山黄索漠，兀如断岸无棱角。宣城谢守一首诗，遂使声名齐五岳。”按：《元和郡县图志》卷二八宣州宣城县：“敬亭山在州北十二里，即谢朓赋诗之所。”谢朓为宣城太守时有诗《游敬亭山》。谢宣城有诗“寒城一以眺，平楚正苍然”（《宣城郡内登望》），古人说刘禹锡《汉寿城春望》“此篇从之出也”（卞孝萱《刘禹锡诗何焯批语考订》）。刘禹锡的诗中常常自觉不自觉地就跳出了谢朓的名句，活用谢朓诗典，如刘诗《和令狐相公晚泛汉江书怀寄洋州崔侍郎阆州高舍人二曹长》中的“江澄暮霞生”。按：谢朓《晚登三山还望京邑》：“余霞散成绮，澄江静如练。”刘诗《答柳子厚》“会待休车骑，相随出罻罗”。按：谢朓《休沐重还道中》：“还邛歌赋似，休汝车骑非。”谢朓《暂使下都夜发新林至京邑赠西府同僚》：“寄言罻罗者，寥廓已高翔。”刘诗《河南王少尹宅宴张常侍二十六兄白舍人大监兼呈卢郎中李员外二副使》“礼成同把故人杯”。按：谢朓《离夜》：“山川不可梦，况乃故人杯。”刘诗《窦朗州见示与澧州元郎中早秋赠答命同作》“芷江兰浦限无梁”。按：谢朓《暂使下都夜发新林至京邑赠西府同僚》：“风云有鸟道，江汉限无梁。”刘诗《历阳书事七十四韵》“远岫低屏列”，刘诗《重送浙西李相公顷廉问江南已经七载后历滑台剑南两镇遂入相今复领旧地新加旌旄》“窗中远岫列三茅”。按：谢朓《郡内高斋闲坐答吕法曹》：“窗中列远岫，庭际俯乔林。”

刘禹锡生于吴地，长于吴地，学于吴地，日后也为官于吴地。吴地对刘禹锡有着刻骨铭心的影响，刘禹锡的“三谢”崇拜，即是其深受吴文化熏染的明证，也反映了他在青少年时期的阅读内容与欣赏趣味，并且铸成其热爱自然、崇尚雅趣的文化性格。刘禹锡的个性、才华、思想都打上了吴地的烙印，形成了吴地的文化自觉，吴地也一直牵引着刘禹锡的情思，进而也规范了他的诗歌美学取向、内容题材、风格旨趣。刘禹锡诗歌中大量的作品也写作于吴地（见表1）：

表1　刘禹锡作于吴地诗统计

地点	诗题
扬州	《扬州春夜李端公益张侍御登段侍御平仲密县李少府暘秘书张正字复元同会于水馆对酒联句追刻烛击铜钵故事迟辄举觥以饮之逮夜艾群公沾醉纷然就枕余偶独醒因题诗于段君枕上以志其事》《晚步扬子游南塘望沙尾》《柳絮》《酬乐天扬州初逢席上见赠》《同乐天登栖灵寺塔》《谢寺双桧》《酬淮南牛相公述旧见贻》
润州	《题招隐寺》
金陵	《罢和州游建康》《台城怀古》《金陵怀古》
楚州	《楚州开元寺北院枸杞临井繁茂可观群贤赋诗因以继和》《罢郡归洛途次山阳留辞郭中丞使君》《韩信庙》《岁杪将发楚州呈乐天》
苏州	《到郡未浃日登西楼见乐天题诗因即事以寄》《令狐相公自天平移镇太原以诗申贺》《重酬前寄》《忆春草》《寄赠小樊》《和白侍郎送令狐相公镇太原》《早夏郡中书事》《乐天寄忆旧游因作报白君以答》《秋夕不寐寄乐天》《酬乐天见寄》《酬令狐相公秋怀见寄》《酬令狐相公六言见寄》《和西川李尚书伤韦令孔雀及薛涛之什》《令狐相公自太原累示新诗因以酬寄》《冬日晨兴寄乐天》《虎丘寺见元相公二年前题名怆然有咏》《西川李尚书知愚与元武昌有旧远示二篇吟之泫然因以继和二首》《答乐天见忆》《和乐天诮失婢牓者》《和杨师皋给事伤小姬英英》《乐天寄重和晚达冬青一篇因成再答》《河南白尹有喜崔宾客归洛兼见怀长句因而继和》《郡斋书怀寄河南白尹兼简分司崔宾客》《和乐天洛下醉吟寄太原令狐相公兼见怀长句》《送宗密上人归南山草堂寺因诣河南尹白侍郎》《酬太原令狐相公见寄》《寄毗陵杨给事三首》《酬乐天七月一日夜即事见寄》《八月十五日夜半云开然后玩月因书一时之景寄呈乐天》《秋日书怀寄白宾客》《乐天见示伤微之敦诗晦叔三君子皆有深分因成是诗以寄》《题于家公主旧宅》《酬乐天初冬早寒见寄》《酬令狐相公岁暮远怀见寄》《酬乐天见贻贺金紫之什》《吟乐天自问怆然有作》《酬令狐相公亲仁郭家花下即事见寄》《酬浙东李侍郎越州春晚即事长句》《和浙西王尚书闻常州杨给事制新楼因寄之作》《吴兴敬郎中见惠斑竹杖兼示一绝聊以酬之》《松江送处州奚使君》《酬朗州崔员外与任十四兄侍御同过鄙人旧居见怀之什》《送霄韵上人游天台》《送元简上人适越》《西山兰若试茶歌》《馆娃宫在郡西南砚石山上前瞰姑苏台傍有采香径梁天监中置佛寺曰灵岩即故宫也信为绝境因赋二章》《姑苏台》《题报恩寺》《杨柳枝词八首》《杨柳枝词二首》《杨柳枝》《浪淘沙词九首》《寻汪道士不遇》《别苏州二首》《发苏州后登武丘寺望海楼》

吴地山水人文，不仅从精神的层面创塑了刘禹锡，而且为其提供了取之不尽、用之不竭的创作源泉，生成了不断激发的创作灵感，以及清丽放逸的美学取向。

二、刘禹锡的吴地文化自觉与其诗的吴地印记

吴地生活成为刘禹锡创作的不竭源泉与灵感。一方面，由于以吴地为中心的江南对其刻骨铭心的浸渍，使他自觉地在创作中大量地撷入吴地物象，极大地丰富与充实其创作内容；另一方面，其诗歌中频繁出现的吴地情怀与意象，以及遗古故苑、风土民情等其他吴地元素，也使其诗歌凸显出鲜明的吴地印记。

其一，刘禹锡诗中大量的吴地物象

吴地自古就是江南文采风流地，山有灵岩虎丘之胜，水有五湖三江之饶。陆机的《吴趋行》诗对吴地大加赞美说“山泽多藏育，土风清且嘉”；“属城咸有士，吴邑最为多”①。刘禹锡自小在这种山水人文环境中浸润，其对吴地的草木有着难以割舍的深情。吴地的生态环境中，水是其特别滋润的元素。因此，“水”意象在刘禹锡的诗中频繁出现，“水”的字眼高达200处。其他的吴地风物也触目皆是，我们将之统计为表2：

表2　刘禹锡诗歌吴地物象一览表

写作时间	写作地	吴地物象（包括地名）
贞元十六七年左右、宝历二年冬	扬州	扬子、南塘、沙尾、淮海、广陵郡、江城、隋河、古江津、栖灵寺塔、谢寺、双桧
贞元十七年左右	润州	招隐寺、楚野、南禽
贞元中、大和二至四年间	长安	华亭、仙禽、稽山、平湖、华亭鹤、镜湖、南徐、白蘋、东山
永贞九年	赴连州途中	西州
元和二年、七年至九年间	朗州	吴宫、东山、赤堇、阊门、皋桥、越江、越岭、《桃叶》

① 金涛声点校《陆机集》，中华书局1982年版，第72页。

续表

元和十一年至十二年间	连州	白蘋、剡中、东山
长庆三年至四年间	夔州	隋宫、女妓（苏小小）、嘉禾驿、苏小墓、王余鱼、方山、真娘墓、吴女墓、扬州、扬子津
长庆四年	西塞山	金陵、石头
长庆四年秋	江州	《白符鸠》
宝历元年、二年间	和州	五湖、海门双青、吴门、山阴、土山、京口、铁瓮、北固山、临江亭、帝王州、隋宫、海门、海西门、二八城门、山寺、虹桥、白蘋、石头城、淮水、乌衣巷、朱雀桥、台城、生公讲堂、江令宅、秦淮、江家宅
宝历二年秋	金陵	寒山、南朝寺、台城、冶城、征虏亭、蔡州、幕府
宝历二年冬	楚州	开元寺、山阳、清淮、韩信庙
大和元年、二年、五年	洛阳	骆驼桥、蘋风、箬下春、妓、（贡）茶、双鹤、华亭、吴苑、北固山、吴侬、吴宫、新燕、长洲
大和六年至八年间	苏州	西楼、湖（太湖）、洞庭、吴苑、馆娃宫、姑苏台、故宫、三百七十桥、吴娃、苏小小、虎丘山、吴趋、鹤、华亭、故苑、西楼、吴宫、秦望、禹穴、古堤、若邪溪、阖闾城、松江、吴门、好寺、稽岭、西山、茶、顾渚春、娇娃、椒壁、采香径、震泽、支硎寺（报恩寺）、虎丘、牛头（峰）、马迹（石）、扬子江、阊门、武丘寺（虎丘寺）、望海楼、珍木、碧池（剑池）
大和八年	赴汝州道中	金山寺
大和八年秋	汴州	东山
大和八年至九年间	汝州	华亭、鹤、景阳楼、三茅、朱方、吴米
大和九年冬、开成元年至四年间、开成二年至会昌元年	洛阳	东山、五湖、建业、京口、会稽、白莲、吴门、震泽、奇石、御亭、太湖、怪石、扬州
未编年	未详	丹徒、淮南、扬州、鲈鱼

此表可以说明的问题：1.刘禹锡的吴地物象异常丰富；2.刘禹锡在吴地的创作多用吴地物象；3.刘禹锡不在吴地的创作（如洛阳、长安、汴州等地）也常常用吴地物象；4.刘禹锡各个时期的创作都有吴地物象出现。因此，我们得出了一个简单的结论：吴地的物候景象对刘禹锡的浸渍极其深刻与牢靠，已经进入且流动于其血脉，而当其命笔时则自然奔涌而出，这已经成为一种自觉而非自觉的潜意识。

其二，刘禹锡诗中的软语吴吟

自小生活于吴地，可以肯定的是刘禹锡的方言自然是吴侬软语，也可以推断他必然熟悉吴声，深受吴歌的熏陶。而这些推论，在其日后完成的诗歌创作中也得到验证，可见其汲取乐府民歌营养的自觉，也可见诗中吴歌影响的深刻。

刘禹锡诗中使用“侬”之口语的现象特别醒目。“侬”乃吴语中最突出的人称指代词，吴人常被称为“吴侬”。至今苏州话中，依然是以“吴侬软语”称之。吴人自称“我侬”，称人则“渠侬”“个侬”“他侬”。唐代嘉定隶属苏州的，有所谓“三侬之地”。高德基《平江记事》记道：“嘉定州，去平江一百六十里，乡音与吴城尤异，其并海去处，号三侬之地，盖以乡人自称曰吾侬、我侬，称他人曰渠侬、你侬，问人曰谁侬。”[①] 刘禹锡诗中如“才子从今一分散，便将诗咏向吴侬”（《福先寺雪中酬别乐天》）；“花红易衰似郎意，水流无限似侬愁”（《竹枝词九首》其二）；“何物令侬羡，羡郎船尾燕”（《淮阴行五首》其四）；“君家侬定谙”“侬入无度数”（《插田歌》）等。吴语中还常在称谓或人名前加“阿”来表亲切的语气。“阿”在刘禹锡的诗中也频繁出现，如“映叶疑开阿母桃”（《吐绶鸟词》）、“春深阿母家”（《同乐天和微之深春二十首》其二）、“阿母种桃云海际”（《步虚词二首》其一）、“合在增城阿姥家”（《思黯南墅赏牡丹花》）等。刘禹锡在诗中还常用吴方言“伊”来表示第三人称。如《送李策秀才还湖南因寄幕中亲故兼简衡州吕八郎中》诗中连连出现“伊”字：如“岂伊山水异，适与人事并”“惟昔与伊人，交欢在夙龄”等。此外，刘禹锡的《何卜赋》中也用

① 高德基撰《平江记事》，中华书局1985年版，第3页。

“伊”：“人莫不塞，有时而通，伊我兮久而愈穷。人莫不病，有时而间，伊我兮久而滋蔓。”《伤往赋》中还多次用“伊”，如“叹独处之邑邑兮，愤伊人之我遗”等。这些都表明，吴语的语汇已经渗透到刘禹锡的血脉之中，形成了他的文化肌理。刘诗中多运用温软、婉转、甜美的吴语。比如“为问中华学道者，几人雄猛得宁馨”（《赠日本僧智藏》）中的“宁馨”在至今吴中人语言中表示“若何”或“如此”之意。

刘禹锡生活在被誉为“一唱值千金”之民歌盛行的吴地，即便是放逐，也多在朗、连、夔、和等江南地域，对江南民歌似乎有特殊的好感，也善于撷取民歌的养分来写诗。其《杨柳枝词八首》其一：“塞北梅花羌笛吹，淮南桂树小山词。请君莫奏前朝曲，听唱新翻杨柳枝。”诗人明言乃是新翻。《和乐天洛下醉吟寄太原令狐相公兼见怀长句》云：“旧相临戎非称意，词人作尹本多情。从容自使边尘静，谈笑不闻桴鼓声。章句新添塞下曲，风流旧占洛阳城。昨来亦有吴趋咏，唯寄东都与北京。”诗中“昨来亦有吴趋咏”，直言自己的诗亦乃吴咏。吴趋，即吴地，或即吴门，至今苏州还有“吴趋坊”的地名，如陆机的《吴趋行》。吴趋，还是一种曲子，即为“吴趋曲”，又叫“吴吟”，是吴地特有的音调，晋人崔豹《古今注·音乐》：“《吴趋曲》，吴人以歌其地也。”陆机的《吴趋行》诗，早就有“四坐并清听，听我歌《吴趋》”[①]的描写。李白诗中也频繁出现吴趋吴吟，如“我有吴趋曲，无人知此音”（《赠薛校书》）；“试发清秋兴，因为吴会吟”（《送鞠十少府》）；“昨夜谁为吴会吟，风生万壑振空林”（《夜泊黄山闻殷十四吴吟》）。刘禹锡将自己的唱咏直接说成是“吴趋咏”，是其对吴地乐府歌谣自觉接受并主动仿作的确认。其《竹枝词》《浪淘沙词》《踏歌词》《堤上行》《采菱行》《杨柳枝词》等都深得南朝江南民歌的韵味，受吴声、楚歌的影响极其显著。

刘禹锡还用吴声写乐府《三阁辞四首》等，或者是把诗歌写成吴声的民歌味，如其《堤上行三首》等。《堤上行三首》诗云：

---

① 金涛声点校《陆机集》，中华书局1982年版，第72页。

酒旗相望大堤头，堤下连樯堤上楼。日暮行人争渡急，桨声幽轧满中流。

江南江北望烟波，入夜行人相应歌。桃叶传情竹枝怨，水流无限月明多。

长堤缭绕水裴徊，酒舍旗亭次第开。日晚上帘招估客，轲峨大艑落帆来。

是诗大约写于任夔州刺史到和州刺史时，即公元822年（长庆二年）到公元824年（长庆四年），明显可见吴地民歌对他的影响。诗人很善于捕捉生活形象：酒旗、楼台、樯橹、争渡的人群、幽轧的桨声，《桃叶》与《竹枝》的民歌吟唱，画面感极强，生动而逼真地展示了江南水乡的风俗画，有着浓厚的乡土味和浓郁的生活气息。尤其是诗人兼用音响效果，江边堤上歌声四起，相和相应，而作为江南民歌代表的《桃叶》与《竹枝》插入，成为一种特殊符号，成为一种鲜明的地方特色，也足以明证吴歌吴吟对刘禹锡的吸魂慑魄的魔力。刘禹锡不仅将诗情与画意揉在一起，而且把诗当作有声画来描绘。身处巴蜀而有被弃置感的诗人，吴地民歌对其具有抚慰心灵创伤的精神魔力。特别是当他身处异地而听到极其熟悉的南方民歌时，自然而惹动身世之感的“情”与“怨”。“一曲南音此地闻，长安北望三千里”（《采菱行》），《采菱行》原本就是江南民歌，属相和歌辞。诗人灵心善感，远在流地，听到南音而情动于衷。“一吟相思曲，惆怅江南春”（《酬令狐相公亲仁郭家花下即事见寄》），“相思曲”原名《懊侬歌》，属乐府清商曲辞中吴声歌。“南人上来歌一曲，北人莫上动乡情”（《竹枝词九首》其一）。一曲南音，令其驻足而听，心为之怦然，神为之飞越。南音无限感染力，一个“动”字，异乡北人之神色全出矣。

大历、贞元时期在吴中诗人中已形成一股学习民间杂言令曲的新风，从而直接地影响了与吴中文化有深刻渊源的刘禹锡。因为自小熟悉吴声，对吴吟特别敏感，能从其他地方音乐中，辨认出吴声来。《历阳书事七十韵》称和州“本吴风俗剽，兼楚语音伧”，即刘禹锡识辨出和州兼具吴楚两地特征。他在

《竹枝词九首》并引中提到："聆其音，中黄钟之羽，其卒章激讦如吴声。"著名曲学家任半塘在《唐声诗》中指出："唐刘禹锡在建平，追踪屈原，亦留意民间歌舞，采其声容，广其情志，作《竹枝》九篇，远近传唱。"[①] 刘禹锡以《竹枝词》为题，新制其词，别开生面，被东坡誉为"奔轶绝尘，不可追也"[②]。黄庭坚也评论说："刘梦得《竹枝》九章，词意高妙，元和间诚可以独步。"[③] 翁方纲甚至说刘禹锡"以竹枝歌谣之调，而造老杜诗史之地位"[④]。

其三，刘禹锡借吴地说事的自觉

香港学者邓中龙说"唐代的七绝诗，发展到中唐，或者也可以说是发展到刘禹锡手上，七言绝句这个工具，才说得上是开始找到了适合的题材。这题材，如果用最简单的字眼来说明，那就是'咏史'"[⑤]。尚永亮说："在元和贬谪诗人中以咏史、怀古而独占鳌头的，不是韩愈、白居易，也不是柳宗元，而是'以气为主''用意深远'的刘禹锡。刘的咏史、怀古之作，不仅数量多，而且写得好，意悲境远，感慨无端，调响词练，高华深稳，在中唐诗坛洵为大家。"[⑥] 刘禹锡的咏史作品为"三十七题，四十三首，在主题开掘、深化以及艺术表现上都呈现出独特的风貌"[⑦]。其中大半是借吴地说事的，重要作品如：《金陵五题》（《石头城》《乌衣巷》《台城》《生公讲堂》《江令宅》）《金陵怀古》《台城怀古》《姑苏台》《西塞山怀古》《韩信庙》等。他这些怀古诗，巧用吴地物景，借古鉴今，将地志与咏史完美结合，从纯粹单一的咏史转变为对古迹的凭吊，反映了他对历史兴盛衰败的独特而深刻的体悟，发人深省而震灼古今，其《石头城》甚至被沈德潜评为唐人七绝的压卷之作。"山围故国"一诗"气象稍殊，亦堪接武"[⑧] 前贤。

---

① 任半塘著《唐声诗·总说》，上海古籍出版社1982年版，第4页、第5页。
② 刘琳等校点《黄庭坚全集·跋刘梦得竹枝歌》，四川大学出版社2001年版，第657页。
③ 刘琳等校点《黄庭坚全集·跋刘梦得竹枝歌》，四川大学出版社2001年版，第657页。
④ 郭绍虞编选《清诗话续编·石洲诗话》，上海古籍出版社1983年版，第1385页。
⑤ 邓中龙《唐代诗歌演变》，岳麓书社2004年版，第245页。
⑥ 尚永亮《唐五代逐臣与贬谪文学研究》，武汉大学出版社2007年版，第400页。
⑦ 赵望秦、张焕玲著《古代咏史诗通论》，中国社会科学出版社2010年版，第81页。
⑧ 沈德潜《说诗晬语》，见丁福保辑《清诗话》，上海古籍出版社1978年版，第543页。

宝历二年（826年）冬，刘禹锡由和州返回洛阳，途经金陵，寻访东吴当年冶铸之地的冶城遗迹，拿金陵说事而成《金陵怀古》：“潮满冶城渚，日斜征虏亭。蔡洲新草绿，幕府旧烟青。兴废由人事，山川空地形。后庭花一曲，幽怨不堪听。”《瀛奎律髓汇评》中纪昀评说：“叠用四地名，妙在安于前四句，如四峰相矗，特有奇气。若安于中二联，即重复碍格。”[①]“冶城”“征虏亭”“蔡州”“幕府山”是四个有特殊意义的地名，四个著名的可以用来说事的历史陈迹，诗人借此形象地表达了对兴废盛衰的古今变化的感慨，揭示了六朝兴亡的秘密以示警当世，提出了“兴废由人事”的卓越见解。组诗《金陵五题》，则分别吟咏石头城、乌衣巷、台城、生公讲堂和江令宅，从不同角度、不同侧面着笔，反复表现“兴亡”这一核心主题。借古喻今，借题发挥，情景事理融为一体。正如吴汝煜、胡振龙所说：“由于作者是一个精通历史的哲匠，他当然会把过去、现在和将来用历史的线索贯串起来，借助历史的外衣，把自己暂时受挫的强烈的时代使命感包裹起来。透过诗中，读者仍可触摸到诗人那颗孤愤激烈之心的律动。”[②]

写于长庆四年（824年）的《西塞山怀古》被誉为“金陵怀古之冠”。此诗颇受历代评家好评，堪称唐人怀古诗中的经典绝唱，“似议非议，有论无论，笔著纸上，神来天际，气魄法律，无不精到，洵是此老一生杰作，自然压倒元、白”[③]。刘禹锡由夔州刺史调任和州刺史，乘舟东下，途经西塞山，即景抒怀。俞陛云说：“余谓刘诗与崔颢《黄鹤楼》诗异曲同工。崔诗从黄鹤仙人着想，前四句皆言仙人乘鹤事，一气贯注。刘诗从西塞山铁锁横江着想，前四句皆言王濬平吴事，亦一气贯注。非但切定本题，且七律能四句专咏一事，而劲气直达者，在盛唐时，沈佺期龙池篇、李太白鹦鹉篇外，罕有能手。”[④]前四句“王濬楼船下益州，金陵王气黯然收。千寻铁锁沉江底，一片降幡出石头”中有三句写到金陵，铁锁与石头，更是诗人借以说事的吴地物象、历史遗迹。诗的前四句，交代了这场战争的指挥者、进军路线、作战方式、突破江防

① 方回选评、李庆甲集评校点《瀛奎律髓汇评》，上海古籍出版社1986年版，第80页。

② 王元明主编《刘禹锡诗文赏析集》，巴蜀书社1989年版，第13页。

③ 薛雪《一瓢诗话》，见《清诗话》，上海古籍出版社1978年版，第710页。

④ 俞陛云《诗境浅说》，中华书局2010年版，第68—69页。

的经过及吴主出降的情形，在怀古的内容中寓有深意：一个政权的巩固，靠的不是地形的险要，而是人心；失去人心，任何其他防御工事都形同虚设。为后四句的议论张目设势，笔调嘲弄，锋芒直指。“人世几回伤往事，山形依旧枕寒流。今逢四海为家日，故垒萧萧芦荻秋。”后四句描写与议论结合，亦事亦议，典事物象与议论抒发并行。山形依旧，寒流常枕，然往日的军事堡垒，却已荒芜在一片秋风芦荻之中，英雄霸业，荡然无存。格意奇高，骨气端翔。落句情语，尤堪叫绝。诗人婉言规劝，情感沉郁感伤，既精警动人又蕴含无穷的美学效果。

刘禹锡的金陵怀古是继李太白之后的又一个高潮，既将咏史诗发展到一个崭新的高度，也奠定了刘禹锡的诗坛地位。他将实地、古迹、现实与此在情感杂糅融合，触景生情，抚今思古，借史咏怀。这种以生命短暂、天地永恒、历史无情为主题的怀古，把个人命运的感喟转变为沧桑之叹，以历史之感代替一己之忧，使怀古诗的诗美与哲理和谐一体，对后世产生了极大的影响。

总之，吴地为刘禹锡的创作提供了取之不尽、用之不竭的源泉，并给其很多的创作灵感，其诗也烙下了深深的吴地印记。

三、吴地对刘禹锡诗美取向形成的意义

瞿蜕园先生认为：刘禹锡的诗歌“早年纵迹足以决定后来之成就也”[①]。我们以为，此论除了说其深受江南自然环境的影响，同时是说其此时期幸得皎然、灵澈等人的点拨。刘禹锡的“早年纵迹”也决定了他日后诗歌创作的美学取向。而刘禹锡的诗美取向，可以从两个方面来考察，一是其俊爽诗风，一是其取境的诗论，这两个方面也可以用以反观其深受吴地刻骨铭心的文化浸渍的事实。

刘勰曰：“若乃山林皋壤，实文思之奥府，略语则阙，详说则繁。然屈平所以能洞监风骚之情者，抑亦江山之助乎。”[②] 地域在文学风格形成过程中有着重要的作用。罗宗强先生说：“不同的景色，事实上是一次次地在记忆里印

---

① 瞿蜕园笺证《刘禹锡集笺证》，上海古籍出版社1989年版，第1556页。

② 刘勰著、范文澜注《文心雕龙注》，人民文学出版社 1962 年版，第 694 页、第 695 页。

上画面，长期的积淀，自然画面的美的类型便在记忆里形成了一种讯息定向。这种信息定向在审美过程中以经验的形式出现，成为审美判断的基础。换句话说，左右着审美趣味。”[①] 可见，自然环境对诗人的审美取向有着重要的影响。“吴地山清水秀，风光明丽，影响到艺术上，表现为秀美细腻，与北方的粗犷豪健、中原的淳朴敦厚，殊为不同。”[②] 刘禹锡《刘氏集略说》中也说：“及谪于沅、湘间，为江山风物之所荡，往往指事成歌诗；或读书有所感，辄立评议。穷愁著书，古儒者之大同，非高冠长剑之比耳。”[③] 吴地山水，以及六朝对吴地山水描写的美学形态以及诗美趣尚，对刘禹锡产生了深刻的影响，影响到他的艺术表现，形成了他诗歌中蕴含六朝美学元素的风格特征。于頔《吴兴昼上人集序》曾评价刘禹锡早年的诗学导师皎然的诗作“极于缘情绮靡，故词多芳泽”[④]，我们从中可以看到皎然既讲究风雅又追求绮丽的美学主张，代表了中唐前期的诗观。皎然公开为齐梁诗歌辩护，反驳陈子昂的“道弊五百年”论，表现出肯定齐梁绮丽诗风的态度，他指出齐梁诗“格虽弱，气犹正，远比建安，可言体变，不可言道丧”[⑤]。其《诗式》中提出了“四不”“四深”“二要”的风雅观，即“气高而不怒，怒则失于风流；力劲而不露，露则伤于斤斧；情多而不暗，暗则蹶于拙钝；才赡而不疏，疏则损于筋脉”；“气象氤氲，由深于体势；意度盘礴，由深于作用；用律不滞，由深于声对；用事不直，由深于义类”；“要力全而不苦涩，要气足而不怒张”。[⑥] 皎然所提出的这些风骨兴象同兼的创作原则，是对盛唐诗歌的总结，是按照盛唐诗歌总结出来的诗学理论。真正的盛唐诗歌，非常重视六朝的精华汲取，即便是口口声声讨伐齐梁绮靡的李白，其诗中却表现出积极汲取齐梁营养的种种迹象。而自小长成于吴地的刘禹锡，受江南文化的浸渍而趋向于趣尚清俊绮丽，则是再正常不过的事了。刘禹锡《董氏武陵集纪》中说：“自建安距永明已还，词人比肩，唱和相发。有以‘朔风’‘零雨’高视天下，‘蝉噪’‘鸟

① 罗宗强《魏晋南北朝文学思想史》，中华书局 1996 年版，第 138 页。

② 李学勤著、张耀南编《李学勤讲中国文化》，东方出版社 2008 年版，第 196 页。

③ 刘禹锡著，陶敏、陶红雨校注《刘禹锡全集编年校注》，岳麓书社2003年版，第1180页。

④ 于頔《吴兴昼上人集序》，李壮鹰校注《诗式校注》附录一，人民文学出版社，第370页。

⑤ 皎然著、李壮鹰校注《诗式校注》，人民文学出版社2003年版，第273页。

⑥ 皎然著、李壮鹰校注《诗式校注》，人民文学出版社2003年版，第17页、第18页、第20页。

鸣'蔚在史策。国朝因之，粲然复兴。由篇章以跻贵仕者，相踵而起。兵兴已还，右武尚功，公卿大夫以忧济为任，不暇器人于文什之间，故其风浸息。乐府协律，不能足新词以度曲，夜讽之职，寂寥无纪。"[①] 刘禹锡以安史之乱前后作比较，乱前"因之"，而乱后"不暇"；"国朝因之，粲然复兴"，而"不暇器人于文什之间，故其风寖息"。因此，他对董侹能够"因故沿浊，协为新声"特别欣赏。这里"因之"的"之"，即指代建安以来的诗歌传统，应该是包括齐梁诗风的。事实上，古人早就认为刘禹锡的诗风酷似六朝。譬如方回称刘禹锡的《柳絮》"流丽可喜"（《瀛奎律髓》卷二七）；谢榛说刘禹锡《竹枝词二首》（其一）"东边日出西边雨，道是无晴还有晴"二句"措辞流丽，酷似六朝"（《四溟诗话》卷二）；钟惺说他自创新题乐府《淮阴行五首》"极似六朝清商曲，的是音响质直"（《唐诗归》卷二八）；贺裳更是直截了当地说刘禹锡"五言古诗，多学南北朝"（《载酒园诗话又编》）；陆艺香说"梦得诗如《棼丝瀑》、《秋萤引》、《生公讲堂》、乐府绝句《杜司空席上》诸作，宛有六朝风致"（《问花楼诗话》）等。刘禹锡诗清俊明丽，明眼者见出其学齐梁的迹象。王夫之说刘禹锡的七绝"宏放出于天然"[②]。瞿蜕园则认为此论"亦实足以概其全体"[③]。意思是，刘禹锡的宏放，不仅仅是他的七绝，而是其诗的全部，是其诗歌的主流风格。天然中见宏放，是吴地赋予刘禹锡的特有精神气质与诗歌美色。"天然"是其诗之本色，是其诗的清新一面，也是其描摹景物的清丽可人的长处与特征；而"宏放"，则是一种豪健高扬的人文力量，是一种"雄浑老苍，沈著痛快，小家数不能及也"[④] 的艺术特质，源自于诗人坚毅高洁而饶有豪猛之气的人格内蕴，源自于诗人傲视忧患而理性沉思的批判精神，源自于诗人迎接苦难、超越凡俗的乐观精神。因此，即便是《竹枝词》民歌吟唱，也有"长恨人心不如水，等闲平地起波澜"的怨恚。一方面是俊爽清新、绮丽婉转，一方面是雄浑老苍、骨力豪健，二者合兼，合气骨、情致为一体，熔清丽、含蕴为一炉，形成彼此相关的通融，才是

① 陶敏、陶红雨校注《刘禹锡全集编年校注》，岳麓书社2003年版，第918页。

② 王夫之著、戴鸿森笺注《姜斋诗话笺注》，上海古籍出版社2012年版，第133页。

③ 瞿蜕园《刘禹锡集笺证》附录四，上海古籍出版社1989年版，第1788页。

④ 刘克庄撰、王秀梅点校《后村诗话》，中华书局1983年版，第14页。

刘禹锡诗歌的真正面目。因而，“其诗气该今古，词总华实。运用似无甚过人，却都惬人意，语语可歌，真才情之最豪者”[①]。因而其“发为歌咏，形之诗什，感慨沉郁，跌荡诙诡，上追杜陵，近媲昌陵，可惊可喜，可歌可泣，承风气之已开，而健笔有凌云意焉”[②]。这种评论亦非过实之词，他的不少作品，写得昂扬高举，格调宏放，风情俊爽，极富艺术张力和雄直气势，具有一种振衰起废、催人向上的力量。

黄庭坚《豫章黄先生文集》卷二十六《跋刘梦得〈三阁辞〉》：“大概刘梦得乐府小章优于大篇，诗优于它文耳。”[③] 吴乔《围炉诗话》卷三说：“梦得佳诗，多在朗、连、夔、和时。”[④] 乐府小章优于大篇，是事实；佳作多成于流地，也是事实。刘禹锡在贬谪地的诗作，新鲜活泼，清新优美，真实地反映民俗，倾注了他浓烈的吴地恋情，而这种美学趣尚也正反映了吴地山水和文学传统对他的深刻影响。

《董氏武陵集纪》是中唐乃至唐代文艺思想发展史上很重要的一篇诗学文献，刘禹锡在其中提出了著名的“境生于象外”的诗学命题。文中有两段话很精彩：

> 片言可以明百意，坐驰可以役万景，工于诗者能之。风雅体变而兴同，古今调殊而理冥，达于诗者能之。
>
> 诗者，其文章之蕴邪！义得而言丧，故微而难能。境生于象外，故精而寡和。

刘禹锡论诗取境、以有境为高的诗学思想，明显地深受皎然诗学思想的影响，是皎然诗学思想的延续。刘禹锡深得诗人、诗歌理论家皎然的真传，深刻顿悟到诗歌言与意、词与旨的关系，继承和发展了皎然的取境说。以佛家哲学为基础，至唐代才勃然兴起“诗境”说。皎然最大的贡献即是诗歌的取境

---

① 胡震亨著《唐音癸签》卷七，古典文学出版社1957年版，第59页、第60页。

② 钱基博《中国文学史》，东方出版中心2008年版，第319页。

③ 刘琳等校点《黄庭坚全集·跋刘梦得三阁辞》，四川大学出版社2001年版，第658页。

④ 吴乔《围炉诗话》，郭绍虞主编《清诗话续编》，上海古籍出版社1983年版，第565页。

说，其《诗式》云："取境偏高，则一首举体便高；取境偏逸，则一首举体便逸。"[①]他在《答俞校书冬夜》亦曰："真思在杳冥，浮念寄形影。"[②]皎然非常重视这种来自创作主体的心境，认为创作中最重要的是诗人的主观心境与审美观念。刘禹锡在此"纪"以及其他文字中所表现出来的诗学理念，与皎然《诗式》中的"采奇于象外""情在言外""旨冥句中"以及"有时意静神王，佳句纵横，若不可遏，宛如神助"等观点一脉相承，是其诗从皎然的结果。刘禹锡的《秋日过鸿举法师寺院便送归江陵》[③]并引中还提出"因定而得境"论，诗人云："能离欲则方寸地虚，虚而万景入，入必有所泄，乃形乎词。……因定而得境，故翛然以清；由慧而遣词，故粹然以丽。"刘禹锡的文章中也多次提到"境"字，他的意境说，拓展了中国传统诗歌审美的广度与深度，也成为皎然与司空图诗歌理论的中间桥梁。司空图则对诗歌审美特质作出了超越前人的理论升华："思与境偕，乃诗家之所尚者"（《与王驾评诗书》）；"味外之旨""韵外之致"（《与李生论诗书》）；"象外之象，景外之景"（《与极浦书》）；"超以象外，得其环中""不着一字，尽得风流"（署名为司空图《二十四诗品》）等等，以中华民族传统思维的独特方式，对文学艺术的特殊审美规律的理论概括，标志着中国古代"意境"说的确立和理论的成熟。而在"意境"说的形成过程中，刘禹锡成为从王昌龄到司空图的重要过渡。

刘禹锡是吴文化创塑的一个重要个例，此个案告诉我们：自然环境的地域因素在文学风格形成过程中有着极其重要的作用，同时也说明，一个人早年所接受的教育、所受到的文化熏染，对一个人的思想形成与趣尚培养具有决定性的意义。

---

① 皎然著、李壮鹰校注《诗式校注》，人民文学出版社2003年版，第69页。

② 彭定求等修纂《全唐诗》卷八百十五，中华书局1964年版，第9173页。

③ 陶敏、陶红雨校注《刘禹锡全集编年校注》，岳麓书社2003年版，第144页。

韩愈追踪摩诘而自成面目①

［按］　王维的《辋川集》魅力无穷，历代仿者无数。号称“文人之雄”的韩愈也有仿作。韩愈《奉和虢州刘给事使君三堂新题二十一咏》组诗，以搏牛之力，于方寸之地经营，清绮而不失奇险，淡泊而隐以焦躁，偏于理性，情多于韵，形成了貌似而质异的自家面貌。

韩愈的《奉和虢州刘给事使君三堂新题二十一咏》诗，模仿王维的《辋川集》，其题材、作法、结构乃至风格均多雷同，这是非常难得而极有探讨价值的现象。我们之比较研究，并非轩轾二者，而意在追究韩愈仿作之缘由，进而讨论其仿作的自家面目与美学意义。

一、韩愈竟然也仿《辋川集》

韩愈模仿《辋川集》，这是让人感到非常意外的。

人们但知，韩愈追踪李杜。赵翼《瓯北诗话》说：“韩昌黎生平，所心摹力追者，惟李、杜二公。顾李、杜之前，未有李、杜；故二公才气横恣，各开生面，遂独有千古。至昌黎时，李、杜已在前，纵极力变化，终不能再辟一径。惟少陵奇险处，尚有可推扩，故一眼觑定，欲从此辟山开道，自成一家。此昌黎注意所在也。然奇险处亦自有得失。盖少陵才思所到，偶然得之；而昌黎则专以此求胜，故时见斧凿痕迹。有心与无心异也。”② 韩愈“一眼觑定”了的是“少陵奇险处”。《新唐书·杜甫传》中也指出：“昌黎韩愈于文章慎许可，至歌诗，独推曰：‘李杜文章在，光焰万丈长’诚可信云。”其实，韩愈是很难欣赏人的。即便是他所说的“李杜文章在，光焰万丈长”，也属于“有为而作”，乃出于对同时代元、白苛责李杜诗的反击。白居易在《与元九书》中颇有“李杜交

---

① 原文题为《韩愈模仿〈辋川集〉刍论》，《铜仁学院学报》（2014年第4期）“梵净国学研究”栏，著名学者范子烨主持。

② 赵翼著，霍松林、胡主佑校点《瓯北诗话》，人民文学出版社1981年版，第28页。

讪”之倾向，认为李杜诗缺乏风雅比兴。白居易的密友元稹也在《杜工部墓志铭》之中“扬杜贬李”。韩愈“不平则鸣”，遂作此诗以抵排。诗题为《调张籍》，是借对韩门弟子张籍的“启发调教”。不妨全诗照登：

李杜文章在，光焰万丈长。不知群儿愚，那用故谤伤。蚍蜉撼大树，可笑不自量。伊我生其后，举颈遥相望。夜梦多见之，昼思反微茫。徒观斧凿痕，不瞩治水航。想当施手时，巨刃磨天扬。垠崖划崩豁，乾坤摆雷硠。惟此两夫子，家居率荒凉。帝欲长吟哦，故遣起且僵。翦翎送笼中，使看百鸟翔。平生千万篇，金薤垂琳琅。仙官敕六丁，雷电下取将。流落人间者，太山一毫芒。我愿生两翅，捕逐出八荒。精诚忽交通，百怪入我肠。刺手拔鲸牙，举瓢酌天浆。腾身跨汗漫，不著织女襄。顾语地上友，经营无太忙。乞君飞霞佩，与我高颉颃。

全篇四十句，自述能与李杜之精神相感通，在推崇李杜的同时而隐含有自比李杜的意思。韩愈提及杜甫的诗还有其他五首，分别为《醉留东野》、《感春四首》之二、《荐士》、《石鼓歌》、《酬司门卢四兄云夫院长望秋作》。杜甫成为韩愈最崇拜的唐代先贤。韩愈心气特高，极端自信，他信奉他自己，不是什么人都看得上眼的，也没有几个人是他看得上眼的，即便是对李杜的赞美也是事出有因。但是，倒是有两个同时代诗人让韩愈特别推许，一个是孟郊，另一个是贾岛。贞元十四年（798年）春，孟郊离开汴州，临行赋诗作别，韩愈作《醉留东野》以酬之。其中有四句云：“昔年因读李白杜甫诗，长恨二人不相从。吾与东野生并世，如何复蹑二子踪。”在韩愈的眼中，孟郊甚至超过了李、杜，与孟郊游而无憾也。韩愈有《赠贾岛》诗：“孟郊死葬北邙山，从此风云得暂闲。天恐文章浑断绝，更生贾岛著人间。”真可谓五体投地之佩服。韩愈为什么这么看重孟郊与贾岛呢？赵翼的分析非常令人信服：韩愈“所心折者，惟孟东野一人”。又说：“其心折东野，可谓至矣。盖昌黎本好为奇崛矞皇，而东野盘空硬语，妥帖排奡，趣尚略同，才力又相等；一旦相遇，遂不觉胶之投漆，相得无间，宜其倾倒之至也。今观诸联句诗，凡昌黎与东野联句，必字字争胜，不肯稍让；与他人联句，则平易近人。可知昌黎之于东野，实有资其相长之功。宋人疑联句诗多系韩改孟，黄山谷则谓韩何能改孟，乃孟改韩耳。此语虽未免过当，要之二人工力悉敌，实未易优劣。”[①] 韩愈自己也说：“唐之有天下，陈子昂、苏源明、元结、李白、杜甫、李观，皆以其所能鸣。其存而在下者，孟郊东野始以其诗鸣，其高出魏晋，不懈而及于古，其他浸淫乎汉氏矣。”（《送孟东野序》）他推崇李杜等，是推崇李杜等人的“不平则鸣”的发生形态，是李杜等人与他英雄同其所见，是借誉郊、岛而自誉，以策应他不平则鸣的发生学与美学观。

然而，韩愈的二十一首诗咏“虢州三堂”，描绘了当时“虢州三堂”的大致景色。这明摆着是仿写王维的《辋川集》，题材相似，作法相类，结构方式相同，不妨以诗为证：

《新亭》：湖上新亭好，公来日出初。水文浮枕簟，瓦影荫龟鱼。
《流水》：汩汩几时休，从春复到秋。只言池未满，池满强交流。
《竹洞》：竹洞何年有，公初斫竹开。洞门无锁钥，俗客不曾来。
《月台》：南馆城阴阔，东湖水气多。直须台上看，始奈月明何。
《渚亭》：自有人知处，那无步往踪。莫教安四壁，面面看芙蓉。
《竹溪》：蔼蔼溪流慢，梢梢岸筱长。穿沙碧簳净，落水紫苞香。
《北湖》：闻说游湖棹，寻常到此回。应留醒心处，准拟醉时来。
《花岛》：蜂蝶去纷纷，香风隔岸闻。欲知花岛处，水上觅红云。
《柳溪》：柳树谁人种，行行夹岸高。莫将条系缆，著处有蝉号。
《西山》：新月迎宵挂，晴云到晚留。为遮西望眼，终是懒回头。
《竹径》：无尘从不扫，有鸟莫令弹。若要添风月，应除数百竿。
《荷池》：风雨秋池上，高荷盖水繁。未谙鸣摵摵，那似卷翻翻。
《稻畦》：罫布畦堪数，枝分水莫寻。鱼肥知已秀，鹤没觉初深。
《柳巷》：柳巷还飞絮，春余几许时。吏人休报事，公作送春诗。
《花源》：源上花初发，公应日日来。丁宁红与紫，慎莫一时开。
《北楼》：郡楼乘晓上，尽日不能回。晚色将秋至，长风送月来。
《镜潭》：非铸复非熔，泓澄忽此逢。鱼虾不用避，只是照蛟龙。

① 赵翼著，霍松林、胡主佑校点《瓯北诗话》，人民文学出版社1981年版，第29页。

《孤屿》：朝游孤屿南，暮戏孤屿北。所以孤屿鸟，与公尽相识。

《方桥》：非阁复非船，可居兼可过。君欲问方桥，方桥如此作。

《梯桥》：乍似上青冥，初疑蹑菡萏。自无飞仙骨，欲度何由敢。

《月池》：寒池月下明，新月池边曲。若不妒清妍，却成相映烛。①

此组诗可谓韩愈清新平淡风格之代表，首首清新，以小见大，读来清新可餐。组诗中写有北湖、月池、竹林、流水、孤屿、花岛、渚亭、柳巷、稻畦、荷池、方桥、梯桥、月台、镜潭、北楼等诸胜，规模相当宏伟开阔，如同王维所开创的《辋川集》那样，二十首一首写一个景点。

诚如赵翼所说："其实昌黎自有本色，仍在文从字顺中，自然雄厚博大，不可捉摸，不专以奇险见长。恐昌黎亦不自知，后人平心读之自见。若徒以奇险求昌黎，转失之矣。"② 韩愈诗以奇险见长，奇险也是其鲜明"本色"。但是，韩愈诗不仅仅是奇险，像《奉和虢州刘给事使君三堂新题二十一咏》以及《晚春》《春雪》《早春呈水部张十八员外》等作品，状物灵性，草木传神，仿佛脱口而出，了无造作之痕迹，却情思深远，情趣盎然，韵味十足，于常景中翻出新意，独具风采。因此，"若徒以奇险求昌黎，转失之矣"，《奉和虢州刘给事使君三堂新题二十一咏》即是特例。而且，若徒以追踪李杜评昌黎，亦转失之矣，还有追踪王维的明证。

二、韩愈何以要仿《辋川集》

韩愈何以要模仿《辋川集》？这是很有意义的探讨。韩愈自序曰："虢州刺史宅连水池竹林，往往为亭台岛渚，目其处为三堂。刘兄自给事中出刺此州，在任逾岁，职修人治，州中称无事。颇复增饰，从子弟而游其间，又作二十一诗以咏其事，流行京师，文士争和之。余与刘善，故亦同作。"《奉和虢州刘给事使君三堂新题二十一咏》题目告诉我们，韩愈是用别人的题材乃至诗韵写诗。所"奉和"的刘伯刍，因与宰相李吉甫不和，元和七年以给事中为

① 《全唐诗》卷343。

② 赵翼《瓯北诗话》，人民文学出版社1981年版，第28页。

虢州刺史，次年修三堂，作诗二十一首，传入京师，韩愈便有是和作。韩愈为什么要奉和？或者说其奉和有什么深意？

其一，韩愈诗仿《辋川集》，与其江南经历和时风影响有关。韩愈生于大历三年（768年），出生于北方的破落世族。而其青少年时期基本上是在江南度过的。其在江南的时间分为两段：第一段约为3至8岁，因为其父大历五年去世，随其兄寄寓江南生活了五六年，后随其兄去长安；第二段时间约为13至19岁，韩愈再次到江南的时间是建中二年（781年），来宣城避乱，其兄也已经去世，直至贞元二年（786年）才离开江南而去长安应进士试。江南文化洒脱清逸的精髓，以及温山软水的自然环境，对他一生的行举与创作产生了潜在影响。中唐自大历始，进入了后王维时期，清绮温丽的诗风盛行，其中成就最高、也最为活跃的诗人如韦应物、刘长卿、钱起等。皎然《诗式》卷四云："大历中，词人多在江外。皇甫冉、严维、张继、刘长卿、李嘉祐、朱放，窃占青山白云，春风芳草，以为已有。吾知诗道初丧，正在于此。……迄今余波尚寝，后生相效，没溺者多。"皎然生卒年不详，约为720年至约800年，活动于大历、贞元年间。可以肯定的是，韩愈也生活于皎然所说的"余波尚寖，后生相效"的诗美趣味的风行时。中唐还有两个重要的唐诗选本可以明证，以王维趣味为趣味，乃时风也。其一是高仲武的《中兴间气集》，选录肃宗至德初（756年）到代宗大历末（779年）20多年间作家作品，计26人，诗130多首。编选者选的是钱起、郎士元等人的诗，而却左一个"文宗右丞，许以高格"，右一个"右丞以往，与钱更长"，实际上是在顶礼王维，所选诗在艺术上多为清逸幽远之境。高仲武《自序》中提出"体状风雅，理致清新"的选取标准，基本符合当时诗风的特点。其二是姚合的《极玄集》，选录王维等21人诗，也以钱起、郎士元等人为主，今本实录99首，其序中称"此皆诗家射雕之手也"[①]。非常耐人寻味的是，其中只有王维一个是盛唐诗人。王运熙、顾易生《中国文学批评史》中指出："姚合编选《极玄集》，以王维诗居首，称为'诗家射雕手'，后面选的大抵都是王维一派诗人的作品。"[②] 故而，刘大杰认为："李肇《唐国史补》云：'大历之风尚浮，贞元之风尚荡。'韩愈的诗

① 傅璇琮主编《唐人选唐诗新编》，陕西人民教育出版社1996年版，第532页。

② 王远熙、顾易生《中国文学批评史》，上海古籍出版社1979年版，第330页。

歌，在反对当日流行的轻浮靡荡的诗风上，是起了很大的作用的。”[①] 韩愈处于大历、贞元之后，走的是“元和之风尚怪”的一路，然其《奉和虢州刘给事使君三堂新题二十一咏》诗，则显现出他诗歌奇险之外的清绮一面，是其顺应清逸幽远之时风而表现出来的一种审美自觉，与其江南经历和美感积淀有关。

其二，韩愈诗仿《辋川集》，乃为了投好刘伯刍。韩愈于宪宗元和元年掾江陵，担任法曹参军时所作。宪宗即位，虽使韩愈自郴州移官江陵，却仍受到朝中政敌之制压，心中之抑郁，自不待言。韩愈的这组诗，作于唐宪宗元和八年（813年），是年韩愈四十六岁，宦海浮沉，饱经世故，在长安任国子学博士，教授生徒，属于投闲置散的状态。著名的《进学解》也作于同时。从《进学解》可见，韩愈此时，牢骚满腹，借勉励生徒刻苦学习，求取进步为名，而发话正说，发泄不满。因此，其奉和诗也不可能如王维那样息心静气。

韩愈所奉和的刘伯刍，据新旧《唐书》载，其为朝廷要员，出为虢州刺史前，曾任考功郎中，集贤院学士，给事中，是能够在皇帝面前说得上话的人。《旧唐书·刘伯刍传》卷一五三载云：

> 伯刍，字素芝，登进士第，志行修谨。淮南杜佑辟为从事，府罢，屏居吴中。久之，征拜右补阙，迁主客员外郎。以过从友人饮噱，为韦执谊密奏，贬虔州掾曹，复为考功员外郎。裴垍善其应对机捷，迁考功郎中、集贤院学士，转给事中。裴垍罢相，为太子宾客，未几而卒。李吉甫复入相，与垍宿嫌，不加赠官；伯刍上疏论之，赠垍太子少傅。伯刍妻，垍从姨也。或谗于吉甫，以此论奏。伯刍惧，亟请散地，因出为虢州刺史。吉甫卒，裴度擢为刑部侍郎，俄知吏部选事。元和十年，以左常侍致仕，卒，年六十一，赠工部尚书。伯刍风姿古雅，涉学，善谈笑，而动与时适，论者稍薄之。

据史载，唐宪宗时，罽宾僧人般若来华译经，刘伯刍与归登、孟简、萧俛等人奉诏就礼泉寺译出佛经八卷《大乘本生心地观经》。士大夫受朝廷的指

① 刘大杰《中国文学发展史》，中册，上海古籍出版社1982年版，第512页。

派，参与佛教界的译经活动，在唐代是一种极高的待遇，表明其地位与影响。玄奘译经时，唐高宗敕令大臣于志宁、来济、许敬宗、薛元超、杜正伦、李义府和学士范颙等人，监共译经，随时润色。唐中宗、唐睿宗时，南天竺僧人菩提流志在长安译经，译场中有润文官卢粲、学士徐坚、中书舍人苏晋，给事中崔璩、同中书门下三品陆象先、尚书郭元振、中书令张说、侍中魏知古等参与译事。时有评价说，儒释双方"皆一时英秀，当代象龙"（《宋高僧传》卷四《唐淄州慧沼传》）；所谓"儒释二家，构成全美"（《宋高僧传》卷三《唐洛京长寿寺菩提流志传》）。中书侍郎崔湜因为行香来到翻经院，由于自己没被指派来译经，竟然感叹道："清流尽在此矣，岂应见隔？"（《宋高僧传》卷四《唐淄州慧沼传》）因此，刘伯刍能够奉诏参与译经，可见其当时的地位，另一方面也说明了他精通佛理。

还有一则信息也是很应该值得注意的，"刘宾客嘉话录"唐人韦绚撰：

> 刑部侍郎从伯伯刍尝言：某所居安邑里巷口有鬻饼者，早过户，未尝不闻讴歌而当垆，兴甚早。一旦，召之与语，贫窘可怜。因与万钱，令多其本，日取饼以偿之。欣然持镪而去。后过其户，则寂然不闻讴歌之声。谓其逝矣。及呼，乃至，谓曰："尔何辍歌之遽乎？"曰："本流既大，心计转粗，不暇唱《渭城》矣。"从伯曰："吾思官徒亦然。"因成大噱。①

《类说》卷五四引《刘禹锡佳话》中也有类似的记载。刘伯刍给钱，是因为卖饼者之讴歌。卖饼者所讴者何？乃《渭城曲》。此记录，是否可以说明刘伯刍是酷好王维诗的呢？如果此论成立，韩愈放弃奇险怪异的追求与套路而仿《辋川集》以赠刘伯刍，则具有投好刘伯刍的成分，不仅有悖辟佛而奉道的信仰，而且背离了他的主流诗风与审美趣味。

其三，韩愈诗仿《辋川集》，反映了他性格上极强的争强斗胜的一面。韩愈的这种争强好胜的个性，决定了韩愈诗文上的表现，"惟陈言之务去，戛戛

① 丁如明、阳羡生等校点《唐五代笔记小说大观》"刘宾客嘉话录"，上海古籍出版社2000年版，第794页。

乎其难哉”（《答李翊书》）。其诗最显著的特点是诡怪盘硬，豪放雄奇，以险怪取胜，力主以笔法摧破历代诗法规律，突破诗的一般音节，蓄意以古文章法为诗，而自成一家。郑振铎先生认为：韩愈的诗“虽然同样的持着反对浓艳与对偶的态度，却有意的要求险，求深，求不平凡。而他的才情的弘灏，又足以肆应不穷。其结果，便树立了诗坛上的一个奇帜，一个独创出来的奇帜”[①]。韩愈的山水诗也多五、七言长篇古诗，多铺排写景和记事。我们以为，韩愈诗仿《辋川集》，具有与王维一比高下的意思。这样的推想也不是一点道理也没有的。日本学者川合康三的《终南山的变容——由盛唐到中唐》，比较王维的《终南山》与韩愈的《南山》，从二诗写作上的差异来看两个时代的差异，认为王维是用有限的语言把握整体，而韩愈则纤毫无遗地记录了构成终南山的多样地形地貌，描写了四季晨昏发生的景象变化，以及自身在不同情态中的不同感受。[②] 因此，韩愈模仿王维的《辋川集》，却写了二十一首，硬是要超出一首，与其好胜性格有关。

于此三者，推想韩愈仿学《辋川集》的创作意图，绝非凭虚公子之臆想也。

三、韩愈仿《辋川集》而自成面貌

韩愈与王维的诗歌，孰优孰劣？朱彝尊《批韩诗》早就比较说：“（韩愈）首首出新意，与王、裴《辋川》诸诗颇相似，音调却不如彼之高雅。”[③] 今人金学智在《中国园林美学》中也指出：“唐代诗人咏园，爱写组诗以唱酬（这也颇受王维影响），于是，也有系列景观题名之出现，如韩愈有《奉和虢州刘给事使君三堂新题二十一咏》，其中，‘镜潭’‘柳溪’‘月池’等，颇有诗意，但也颇多凑成的、随意的，如‘流水’‘北楼’‘北湖’‘西山’‘荷池’‘稻畦’……可见未经深思熟虑，还是‘散文化’的。”[④] 金先

① 郑振铎《插图本中国文学史》，北京出版社2001年版，第356页。

② ［日］川合康三《终南山的变容》，上海古籍出版社2007年版，张剑译。转见《唐诗二十讲》，胡晓明选编，华夏出版社2009年版，第344—349页。

③ 转引自卞孝萱、张清华编选《韩愈集》，凤凰出版社2006年版，第21页。

④ 金学智《中国园林美学》，中国建筑工业出版社2005年版，第59页。

生还认为：“他（韩愈）对景题亦即诗题并没有严加选择，因而有二十一个之多；更没有对景题深入细致地推敲、加工，因而各题之间重复之字极多。其实，他只是应邀即兴地、随机地咏了二十一首。这种个人行为的结果，就导致了松散组合类型的诞生，当然，还应肯定其组诗特别是其中有些作品的艺术价值。”① 我们不想讨论韩愈诗与王维诗的优劣，而只是为了呈现二者的美学风貌，以说明诗歌创作中时代背景与诗人个性之差异。

韩愈的组诗中有一首叫《渚亭》的诗，已经有人感到与王维《临湖亭》颇相类，其诗云：“自有人知处，那无步往踪。莫教安四壁，面面看芙蓉。”王维的《临湖亭》诗云：“轻舸迎上客，悠悠湖上来。当轩对樽酒，四面芙蓉开。”我们不妨就二诗之比较，以见各自美学形态。

诗人诗歌	图景成像	构图技巧	心情意态	旨趣含蕴
王维《临湖亭》 轻舸迎上客， 悠悠湖上来。 当轩对樽酒， 四面芙蓉开。	偏于写景。 亭中迎宾，湖心畅饮，轻舸悠然，四面荷莲。	偏于自然的呈示。以景写人，人在景中；以人衬景，景人不分。以景美凸现闲情，以人和具象生意。	平和安然，恬淡雅适，与山水同气相求，与友朋同声相应，自由而通脱，纯粹是一种“寄畅山水”的心态。	无欲声色，无碍行止，水流花开，天然成趣，属于典型的山水审美的状态与精神享受的境界。
韩愈《渚亭》 自有人知处， 那无步往踪。 莫教安四壁， 面面看芙蓉。	偏于议论。 直写心中之景，景在遥想里，情寄理想中。	偏于心理的描画。以议论夹杂想象，以想象示现情态，意中带景，无中生有，于奢想中获得超越。	祈望无碍，渴望自在，故而瞻前顾后，执意得失，进而生成深度遗憾，相当于一种“寄傲林丘”的情绪。	暗示其现实中并不通顺，悖隔而有阻。然而，因为面面可观之欲，而生成强行介入之愿。

① 金学智《风景园林品题美学——品题系列的研究、鉴赏与设计》，中国建筑工业出版社2011年版。

王、韩二诗的题材乃至意象皆同，然情味判然。他们笔下的景象，有自己的影子，是诗人各自人格的写照。王维的诗写迎客与赏景的心情，无心樽酒，也无心壁隔，沉浸景中，陶醉美色，湖与天一色，湖与心也一色，举手投足而听凭自然，意念心性而皆合天道，是“水流花开”的一种禅境与禅悦。韩愈着眼“人知”，不忘尘世，虽欲任运自在，却担心有壁之相隔，不是顺其自然而无论有壁还是无壁，刻意追求“无壁”的境界，整个诗中充满了有壁而不能“面面观”的忧心，显示出矻矻奢求的精神沉重。故而，王维的诗飘逸恬淡；韩愈的诗滞谨深切。

认真阅读韩愈与王维的组诗，便可清晰发现，韩愈仿写只是貌似，实质上全是他自家面目。

作者	诗歌举例	心理动作指向	景象特征
王维	檀栾映空曲，青翠漾涟漪。 暗入商山路，樵人不可知。（《斤竹岭》）	多“顺应性”的心理动作指向。心舍于有无，眼界于色空，诗多“空”“无”措辞，也是空无的造境，诗人摆脱了外在人事的种种纷扰，内心充满了愉悦与安宁的禅悦。因此，其生活情状则是人应天道的随缘，无求无欲、随心闲心，诗意存在。	景象特点：迷离空幻、明灭缥缈。 审美表现：境随心转，花自开落。 艺术效果：深契禅理而多风神。
	吹箫凌极浦，日暮送夫君。 湖上一回首，青山卷白云。（《欹湖》）		
	秋山敛余照，飞鸟逐前侣。 彩翠时分明，夕岚无处所。（《木兰柴》）		
	木末芙蓉花，山中发红萼。 涧户寂无人，纷纷开且落。（《辛夷坞》）		
	独坐幽篁里，弹琴复长啸。 深林人不知，明月来相照。（《竹里馆》）		
	飒飒秋雨中，浅浅石溜泻。 跳波自相溅，白鹭惊复下。（《栾家濑》）		
	空山不见人，但闻人语响。 返景入深林，复照青苔上。（《鹿柴》）		
	北垞湖水北，杂树映朱栏。 逶迤南川水，明灭青林端。（《北垞》）		

<table>
<tr><td rowspan="8">韩愈</td><td>无尘从不扫，有鸟莫令弹。
若要添风月，应除数百竿。（《竹径》）</td><td rowspan="8">多“使令性”的心理动作指向。诗中重复使用“莫”，外加诸如“欲”“应”等意动词，表现出士人难以消解的内心焦虑，虽也充满了家的自由与天真，却因为意欲太盛，而诗中让人读出了多心、存心、戒心、惊心、焦心、揪心。</td><td rowspan="8">景象特点：明丽洁净、华彩庄严。
审美表现：心随物动，匠心刻画。
艺术效果：哲味隽永而尽理趣。</td></tr>
<tr><td>源上花初发，公应日日来。
丁宁红与紫，慎莫一时开。（《花源》）</td></tr>
<tr><td>闻说游湖棹，寻常到此回。
应留醒心处，准拟醉时来。（《北湖》）</td></tr>
<tr><td>非阁复非船，可居兼可过。
君欲问方桥，方桥如此作。（《方桥》）</td></tr>
<tr><td>乍似上青冥，初疑蹑菡萏。
自无飞仙骨，欲度何由敢。（《梯桥》）</td></tr>
<tr><td>寒池月下明，新月池边曲。
若不妒清妍，却成相映烛。（《月池》）</td></tr>
<tr><td>蜂蝶去纷纷，香风隔岸闻。
欲知花岛处，水上觅红云。（《花岛》）</td></tr>
<tr><td>柳树谁人种，行行夹岸高。
莫将条系缆，著处有蝉号。（《柳溪》）</td></tr>
</table>

王、韩组诗之比较阐释：

张戒《岁寒堂诗话》卷上有云：“退之诗，大抵才气有余，故能擒能纵，颠倒崛奇，无施不可。放之则如长江大河，澜翻汹涌，滚滚不穷；收之则藏形匿影，乍出乍没，姿态横生，变怪百出，可喜可愕，可畏可服也。”[①] 方东树《昭昧詹言》卷八云：“杜、韩尽读万卷书，其志气以稷、契、周、孔为心，又于古人诗文变态万方，无不融会于胸中，而以其不世出之笔力，变化出之，此岂寻常龌龊之士所能辨哉！”[②] 历来对韩愈本人的评价是：“力大思雄。”对其诗的评价是：“颠倒崛奇。”或者可以说，韩愈是以“颠倒崛奇”诗而闻名于世的，也擅长诗的“颠倒崛奇”。其诗长于概括，偏于理性，多铺叙排比，议论风生，情多于韵，往往显示出“不平则鸣”的心绪波痕，表现出“干

① 张戒《岁寒堂诗话》，转引自吴文治编《韩愈资料汇编》第一册，北京中华书局1983年版，第258页。

② 方东树著、汪绍楹校点《昭昧詹言》，北京人民文学出版社1961年版，第212页。

预生活”的强烈情感。其哲学上的道教信仰，以及其美学上“笔补造化”的美不自美的趣味，将审美物象对象化，而以搏牛之力，在方寸之地经营，总感到左冲右突的拘束。从其诗中频繁出现“莫”“欲”等使令词，可以想见韩愈创作时的审美状态，受干扰于现实处境的他，自觉不自觉地表现出不能平静的焦躁，流露出无可奈何的感慨。诗中议论似乎含有许多故事，唤起读者的许多联想，也因此而表现出相应的理性深度和感人力量。

《旧唐书·王维传》云：“在辋口，辋水周于舍下，别涨竹洲花坞，与道友裴迪浮舟往来，弹琴赋诗，啸咏终日。”耽于禅学的王维，净以解脱，心清性净则眼界清净，他在《谒璇上人并序》里夫子自道地说：“上人外人内天，不定不乱，舍法而渊泊，无心而云动。色空无碍，不物物也，默语无际，不言言也。”意谓自觉地放弃一切目的，由人复天，以人合天，以天的规律为人的目的。诗人并不注重于实际意义上的自然人世，而着重于心理主体的建设，站到了终极的意义和审美超越的高度，其诗中常常以“闲”的形象以呈现其“独与天地精神相往来”的境界。《辋川集·漆园》诗云：“古人非傲吏，自阙经世务。偶寄一微官，婆娑数株树。”王维眼中的庄子之“偶寄”智慧，打破了主客对峙、以我役物的态度，破除自我中心优越而混同于物，不拘于物，不累于心，顺性而为，游心于物之初，心灵高度自由，获得摆脱所有感官的牵累的解放。已悟寂为乐，此生闲有余。这既是王维的人生观，也是他的美学观，美在自美，追求原始幽寂而纤尘不染的境界，一切都在本然中。故而，其写诗时多处于心平气和、闲适满足的精神状态，也最易生成“温柔敦厚”的诗观，生成虚静空默、渊泊恬淡的意境。

黑格尔认为：“在这类艺术作品中形成内容核心的毕竟不是这些题材本身，而是艺术家主体方面的构思和创作加工所灌注的生气和灵魂，是反映在作品里的艺术家的心灵，这个心灵所提供的不仅是外在事物的复写，而是它自己和它的内心生活。”[①] 在阐明心与外界自然的关系上，这与中国古代美学的精髓相一致。王维与韩愈的处境全然不同，故而心境肯定也不一样了，以“内心生活”观王维与韩愈诗歌的差异，诗歌作为各自心灵的映像，无疑是生动而可

① 黑格尔《美学》第三卷上册，朱光潜译，商务印书馆出版1979年版，第229页。

信的。诗人的思想文化信仰深刻影响了诗人的审美观照与创造。王维“境随心转”，韩愈则是“心随物动”，二者观照世界的思维与方法论的显著不同，导致了二者美学趣尚与诗歌文本的极大差异。

结论：韩愈仿写《辋川集》，虽然也以王维山水诗美为圭臬，追求空灵澄澈的清远品格，甚至同样获得了自静自净人性的充分自现，但毕竟不可能像王维那样以寂然之心观照万物的寂然本质，而生成“寄畅山水”的审美状态，其诗中更多的是表现其无限的思想空间和无拘的创造活力，反映了他本质上积极事功的人性精神，具有“寄傲林丘”的文本特征，形成了貌似而质异的全然不同于王维的自家美学面目。

白居易以俗为美的诗歌策略[①]

［**按**］ 白居易以俗为美，乃是一种刻意为之的艺术表达与美学追求，也是一种创作智慧与艺术勇气。他将诗歌俗化，将诗实用性地工具化，甚至也游戏化了。这种以俗为美的审美价值取向，适应了中唐社会的俗化走向，也获得了广泛流传的特别成功。

白居易（772—846），是个具有世界影响的中唐诗人，曾几何时，他与李白、杜甫并称为唐诗三大家。白居易嗜诗如命，自号“诗魔”，存诗约三千首，为唐人之冠。白居易的诗歌创作，以其44岁流贬江州为界分为前后期。其前期大量创作的新乐府诗，以“救济人病，裨补时阙”为旨意，批判色彩极其强烈，反映社会现实的深广度可谓前无古人。而其后期乐天顺命，知足保和，耽于纵情自娱，多感伤诗与闲适诗。白居易诗风平易浅切，擅出旷达语，而以白俗为美，深刻影响了后世文学的发展。

---

① 王志清《白居易诗选》，商务印书馆2016年版。

一、“以俗为美”是一种勇气与智慧

元和尚怪，白居易乃元和之诸怪中的一怪。

元轻白俗，白居易之怪，怪就怪在俗，将诗俗化。

白居易之诗，既白又俗，以白而显俗。其本有好尽之癖，语言本来就再浅近不过了，还唯恐读者读不懂，不仅喜在诗下加注，还常在行文中夹注，而其诗的题目，又常把某年某月遇某人游某地等信息写得明明白白。① 如果是赠人怀人，则要写明对方的名字，包括写给自家声伎的诗，或赠给官伎与朋友家伎的诗，或代妓女所作的诗，甚至赠给小女尼与小女冠的诗，都不避不讳。所有的这些，成为白诗形式上的特征，成为白诗的特别印记。白氏以俗为美之怪，乃是刻意为怪也。

我们敢于肯定，白居易之俗，乃是一种美学追求，是刻意为之的一种艺术表达。据说宋人张文潜看到过白居易诗的手稿，其上“真迹点窜，多与初作不侔”（胡震亨《唐音癸签》）。白居易作诗也非随便落笔、轻率为之的。早期的白氏，对诗就有着一种特别的期待。“非求宫律高，不务文字奇。惟歌生民病，愿得天子知。未得天子知，甘受时人嗤。”他以“不惧权豪怒，亦任亲朋讥”（《寄唐生》）的勇气，坚持做到“篇篇无空文，句句必尽规”（《寄唐生》）。白居易之为俗，是相当自觉的，也是相当艰难的，需要承受不小的外在压力，饱受世人嗤笑。其中年写成的《自吟拙什因有所怀》诗云：“诗成淡无味，多被众人嗤。上怪落声韵，下怪拙言词。”但他依然很自信，也很坚持：“时时自吟咏，吟罢有所思。苏州及彭泽，与我不同时。此外复谁爱，唯有元微之。”白氏也为其俗而不被人所理解，感到苦闷，感到烦恼。因此，像

① 其诗之长题如《自河南经乱，关内阻饥，兄弟离散各在一处，因望月有感，聊书所怀，寄上浮梁大兄，於潜七兄，乌江十五兄，兼示符离及下邽弟妹》；又如《十年三月三十日，别微之于沣上。十四年三月十一日夜，遇微之于峡中。停舟夷陵，三宿而别；言不尽者，以诗终之。因赋七言十七韵以赠，且欲记所遇之地，与相见之时，为他年会话张本也》；再如七律酬元稹《微之到通州日，授馆未安，见尘壁间有数行字，即仆旧诗。其落句云；禄水红莲一朵开，千花百草无颜色。然不知题者何人也。微之吟叹不足，因缀一章，兼录仆本诗同寄，省其诗，乃是十五年前初及第时，赠长安妓人阿软绝句。缅思往事，杳若梦中。怀旧感今，因酬长句》等。

白氏这样以俗为美，将诗歌俚俗化，也真是要有点思想，有点勇气的。

应该说，以俗为美，还是一种创作的智慧。“酒狂又引诗魔发，日午悲吟到日西。”（《醉吟二首》其二）白氏爱诗，不是一般的爱，超过了“癖”的层次，而达到“魔”的境界。于白居易而言，诗就是生活，生活就是诗。概观其一生，我们不能说诗是其生活的全部，而诗是其生活的极其重要的部分则是无疑的。他将诗歌俗化，或者是被他俗化了的诗，最能够贴近生活，最适合表现生活，最能够成为他的一种“生活”。他用诗来交游，用诗来日记，用诗来泄怒解愁，用诗来感悟人生，用诗来为自己赚取名声等等。概言之，他将诗实用性地工具化了，甚至也游戏化了。他特别热衷于酬唱，酬唱也成为他的高品格的游戏。与之唱和的人很多，尤以元白唱和最多。白居易在《祭微之》文中说“死生契阔者三十载，歌诗唱和者九百章”。白氏晚年与刘禹锡之酬唱，还合编为《刘白唱和集》。白居易以《东南行一百韵寄通州元九侍御澧州李十一》赠，既而，元稹则有《酬乐天东南行诗一百韵》酬，他们将次韵排律扩展到极致。他与元稹的唱和，“自衣冠士子，至闾阎下俚，悉传讽之”（《旧唐书·元稹传》），也形成了中唐酬唱的高潮，形成了诗歌俗化的走向。

白居易以俗为美的审美价值取向，适应了中唐社会的俗化走向。中唐商业经济发达，城市繁荣，市民阶层迅速勃兴，促进了中唐都市文学的迅速发达。“贞元尚侈”之风弥满了整个社会，诗歌也成为满足人们追求感官声色刺激的娱乐方式。而以白诗流传的无与伦比的深广度来验证，白氏俗化的策略是高明的，也是极其成功的。这种新的诗体和新的风格，尤其是因其内容的激切，而获得了广泛流传的特别成功。元稹说白诗，“禁省、观寺、邮候、墙壁之上无不书，王公、妾妇、牛童、马走之口无不道……自篇章以来，未有如是流传之广者”（《白氏长庆集序》）。白氏自己也说：“自长安抵江西三四千里，凡乡校、佛寺、逆旅、行舟之中，往往有题仆诗者。”（《与元九书》）其《白氏长庆集后序》中还提到，他的作品当时就传到了日本、新罗。诗人生前其诗就这样流行，这在中国古代文学史上是罕有其匹的。古人叹曰：“是古来诗人，及身得名，未有如是之速且广者！”[①] 白氏“以俗为美”之策略大获全胜矣。

---

① 赵翼《瓯北诗话》，人民文学出版社1981年版，第37页。

二、从讽喻到感伤再到闲适

白居易一生经历了九个皇帝，代宗、德宗、顺宗、宪宗、穆宗、敬宗、文宗、武宗与宣宗皇帝[①]。他前后历官二十任，从政四十年，自校书郎始，以刑部尚书致仕。纵观其一生，粗略分为两个时期。一是思想激进期。简单地说即是其40岁以前，白氏自其36岁任左拾遗、充翰林学士后，“有阙必规，有违必谏，朝廷得失无不察，天下利害无不言”（《初授拾遗献书》），甚至与宪宗当面论执强鲠而“上颇不悦”。一是知足保和期。此时期当从811年白氏丁忧退位渭上算起，随后的飘蓬行踪是：江州—忠州—杭州—苏州。白氏50岁（穆宗长庆元年）起，直至其70岁（会昌二年）请罢太子少傅，以刑部尚书致仕，20年时间，官运亨通，养尊处优，其生活内容不外嗜酒、耽琴、吟诗与悠游，率性便去，兴尽而返。

白居易的诗歌创作，与其仕途顺舛、命运起落相关，但不绝对同步。我们以为分三个时期为好：

一是讽喻诗时期（787—810）。白氏有讽喻诗170余首，基本上都写于此时期。早期的白居易属于政治理想主义者，大量创作反映民生疾苦的讽喻诗，以期裨补时阙，其讽喻诗让“权豪贵近者相目而变色矣”“执政柄者扼腕矣”“握军要者切齿矣”（《与元九书》）。这些讽喻诗，冷峻犀利，怒鞭狠笞。

二是感伤诗时期（811—819）。丁母忧退位渭上，诗人除了丧亲之痛外，还有仕途失意的烦恼。他似乎为此前的仗义直谏、面折廷争而感到不安和后悔。诗人非常伤感：“我生来几时，万有四千日。自省于期间，非忧即有疾。”（《首夏病间》）丁忧超期一年有余，才被朝廷召回，且转授太子左赞善大夫之闲职。元和十年（815），因“武元衡”事件而被贬江州司马。江州时白氏写成著名的《与元九书》。他在其中自述道：“大丈夫所守者道，所得者时，时之来也，为云龙，为风鹏，勃然突然，陈力以出。时之不来，为雾豹，为冥鸿，寂兮寥兮，奉身而退。进退出处，何往而不自得哉！”流贬江州

---

① 一般而言，白居易一生经历了八个皇帝，不包括宣宗。宣宗846年4月22日即位，而白居易于846年9月8日去世。

后，白氏感伤之极，理想似彻底破灭，此期间多感伤诗，诗风凄婉深曲。

三是闲适诗时期（820—846）。白氏彻底放弃了理想追求，借助佛老思想来排遣苦闷与寂寥，彻底转向闲适诗写作。白氏是个玩家，生活品位高，也非常懂得享受生活，喜欢骑马，种树植竹，诗酒琴玩。阮阅《诗话总龟》云：“白乐天洛中高退十余年，度日娱情，惟诗与酒，追游唱和，著在文集。”白氏大和八年（834年）作《序洛诗》，自评近期诗作说：“实本之于省分知足，济之以家给身闲，文之以觞咏弦歌，饰之以山水风月。”其晚年的诗，“知足保和，吟玩性情”，多朴拙平和风，多旷达安逸语。

这样的划分，也只是大致如此耳。线条再粗些可以流贬江州为界分期。流贬江州，让他好不伤心而哭湿了青衫。“元、白背弃的是以贬官为引爆点的，以元稹被贬江陵、白居易被贬江州为明显的分水线。他们早先以诗干时，表现了诗人一定的正直感和良心感，但很大程度上是‘以酬恩奖’。当诗人的个人利益遭到损害时，早年的信念彻底崩溃。在文学史上，像这样前后迥异的变化，是少有的。”[①] 白居易甚至发誓“宦途自此心长别，世事从今不开口”（《重题》其五）。讽喻诗也从此夭折，“‘新乐府运动’在当时只不过是昙花一现，之后不久，元、白等人就背离了自己的诗歌理论和创作思想，由一个企图补裨时政、干预教化的倡导者，成为滥制‘淫言媟语’的‘轻薄之徒’。……使人吃惊的并不是元、白等人后来背离了他们原来的创作道路，而是他们实在是走得太远了，完全走到自己早先的对立面上去了。后期的元、白以自己的创作实践打倒以前的自身，非理性主义击溃了理性主义的最后一道防线，背弃在那里表现得是那样鲜明、彻底”[②]。大和九年，唐王朝发生了历史上有名的“甘露之变”，遇害的宰相中有两个是白居易的好友。时白居易64岁，其早年的上书请捕国贼的血性之勇完全没有了，甚至并未对此事件的是非曲直作出任何评价。其诗《九年十一月二十一日感事而作》云：“祸福茫茫不可知，大都早退似先知。当君白首同归日，是我青山独往时。”他只是庆幸自己全身远祸而逃过一劫。其“宦情衰落，无意于出处，唯以逍遥自得，吟咏情性为事”（《旧唐书》本传）。因其“吏隐”智慧，晚年升迁不断，由八品至

① 李从军《唐代文学演变史》，人民文学出版社2006年第二次印刷，第398页。

② 李从军《唐代文学演变史》，人民文学出版社2006年第二次印刷，第398页。

从二品，由月俸一万六至月俸十万。李从军指出：“在元、白身上，我们看到了典型的背弃过程。在他们那里，表现了儒家正统观念的崩溃，从文学的角度来说，这又是功利主义的崩溃。崩溃的原因，并不单单是个人宦海浮沉所造成的结果，它还有更深的原因。这种背弃，是时代的必然，是理性在这个时代的地位所决定的。”①

白居易一生两大转折点：44岁贬谪江州由“兼济”急转为“独善”；55岁以太子宾客分司东都的职位，成为了“月俸百千官二品”（《从同州刺史改授太子少傅分司》）的闲人，自称“闲居泰适之叟”“醉吟先生”。白氏因为政治受挫，其人生态度迅速转向，其儒家正统观念也彻底崩溃，佛老思想占了绝对主导，生成非理性的虚无主义的人生观，知足保和，吟玩情性，其诗也完全走到其立论的相反方向去了，情调淡泊，情态悠闲，从内容上看，其“俗”带有一种世俗甚至低俗的成分。

三、优劣参半看白俗

平心而论，白诗“以俗为美”之怪，倒也无可厚非，人各喜爱。而其艺术上的粗糙，思想上的平庸甚至卑颓，则是难免要让人诟病的。杜牧《唐故平卢军节度巡官陇西李府君墓志铭》中借李戡之口痛斥元、白诗说：“淫言媟语，冬寒夏热，入人肌骨，不可除去。吾无位，不得用法以治之。”他为白诗广为流传而深感痛心与愤怒，当然也无奈。而司空图则于《与王驾评诗书》中说：“元、白力勍而气孱，乃都市豪估耳。”按：勍（qíng）：强而有力，如勍寇、勍盗、勍敌；孱：浅陋低劣，卑微无能；估：同“贾”，商人。这是个比喻说法，很有揶揄味，也说的是“俗”。意思是说，元白的声音很大，所写境界也很大，然缺少壮逸激荡之气，仿佛市场上大声吆喝的商人。而司空图却盛赞韩愈“驱驾气势，若掀雷挟电”的诗风。而白居易《与元九书》中也说自己的诗“或诱于一时一物，发于一笑一吟，率然成章，非平生所尚者，但以亲朋合散之际，取其释恨佐欢。今铨次之间，未能删去。他时有为我编集斯文

① 李从军《唐代文学演变史》，人民文学出版社2006年第二次印刷，第400页。

者，略之可也”。他也意识到其诗中夹杂有些轻率之作，而且道明欲在此后重新“铨次”时删去。然而，他时重新“铨次”，诗人又不能割爱，以至于存诗三千而优劣参半也。

白居易工于长篇叙事，工于排律敷陈，工于以事起意，工于以浅语而言人事，应该说，这些都可视为白氏的长项与开拓。明人江进之认为：“香山自有香山之工。前不照古人样，后不照来者议。……诗之境界，到白公不知开扩多少。”（《雪涛小书》）清人赵翼更是力挺白诗，他认为：“中唐诗，以韩孟元白为最。韩、孟尚奇警，务言人所不敢言；元、白尚坦易，务言人所共欲言。试平心论之，诗本性情，当以性情为主。奇警者，犹第在词句间争难斗险，使人荡心骇目，不敢逼视，而意味或少焉。坦易者，多触景生情，因事起意，眼前景，口头语，自能沁人心脾，耐人咀嚼。此元、白较胜于韩、孟。世徒以轻俗訾之，此不知诗者也。元、白二人才力本相敌；然香山自归洛以后，益觉老干无枝，称心而出，随笔抒写，并无求工见好之意，而风趣横生，一喷一醒，视少年时与微之各以才情工力竞胜者，更进一筹矣。故白自成大家，而元稍次。”（《瓯北诗话》）古人之论不虚，白氏自有其开创性的方面与意义。白诗之俗，平易自然，意到笔随，情致曲尽，于平易而切近的形式里蕴含深远旷达的思想情趣，是为世人所共识也。白氏密友刘禹锡《翰林白二十二学士见寄诗一百篇因以答贶》诗赞曰：“郢人斤斫无痕迹，仙人衣裳弃刀尺。世人方内欲相从，行尽四维无处觅。”赵翼也有刀剪的比喻：“其笔快如并剪，锐如昆刀，无不达之隐，无稍晦之词；工夫又锻炼至洁，看是平易，其实精纯。”（《瓯北诗话》）概言之，白氏之俗，是一种很高的、也难得的美学境界。“香山用常得奇，此境良非易到”（刘熙载《艺概》），“白俚俗处而雅亦在其中”（叶燮《原诗》）。

因此，清人黄周星认为：“乐天诗如《长恨歌》《琵琶行》，皆所谓老妪解颐者也。然无一字不深入人情，而且刺心透髓，即少陵、长吉歌行皆不能及。所以然者，少陵、长吉虽能为情语，然犹兼才与学为之；凡情语一夹才学，终隔一层，便不能刺透心髓。乐天之妙，妙在全不用才学，一味以本色真切出之，所以感人最深。由是观之，则老妪解颐，谈何容易！”（《唐诗快》）然而，著名学者钱锺书则揶揄说：“香山才情，昭映古今。然词沓意尽，调俗气靡，于诗家远微深厚之境，有间未达。其写怀学渊明之闲适，则一高玄，一琐直，形而见绌矣。其写实比少陵之真质，则一沈挚，一铺张，况而自下矣。故余尝谓：香山作诗，欲使老妪都解，而每似老妪作诗，欲使香山都解；盖使老妪解，必语意浅易，而老妪使解，必词气烦絮。浅易可也，烦絮不可也。”① 钱论尖刻入木，语语中的。而白诗之短，也许是其刻意追求俗美所造成的。其刻意为俗，走向了反面，付出了代价，特别是他似有好尽之癖，也为好尽所累，言繁语冗，浅露直激。张戒早就在《岁寒堂诗话》里批评说："梅圣俞云：'状难写之景，如在目前。'元微之云：'道得人心中事。'此固白乐天长处，然情意失于太详，景物失于太露，遂成浅近，略无余蕴，此其所短处。”又“其此伤于太烦，其意伤于太尽，遂成冗长卑陋”②。许学夷在《诗源辨体》里总结说：“盖以其语太率易，不苍劲故耳。”白氏自己也已经意识到“理太周则辞繁，意太切则言激”（《和答诗十首并序》）。白居易之诗长显，短也显也。

白居易早年的讽喻诗，自觉继承儒家诗教传统，多采用直赋其事的方法，广泛反映中唐社会生活各方面的重大问题，描写现实黑暗和人民疾苦，突破了儒家“温柔敦厚”的诗教框框，在古代批评时政的诗歌中十分耀眼。白居易对自己的这部分诗也自视甚高，他不仅不把同时期的人放在眼里，连李白、杜甫都成为他揶揄的对象，也敢于与李杜颃颉。他批评李白的诗“索其风雅比兴，十无一焉”。认为杜甫诗中“朱门酒肉臭，路有冻死骨”之类的新乐府诗，“亦不过三、四十首”。以其现实主义标准看，“杜尚如此，况不逮杜者乎”（《与元九书》）。因为其对诗歌现实主义的理解过于狭隘，过分强调诗歌服从现实政治的需要，过分追求语言的直白和措辞激烈，背离了诗歌发生的原理，也束缚了诗歌的艺术创造和风格多样化，使其诗发生了异化，其诗论也失去了普遍性的意义。然白话文运动的主帅胡适却特别看好此类白话诗，极度夸张白居易大量自创新题乐府诗的意义，他在《白话文学史》中指出：“九世纪的初期——元和长庆的时代——真是中国文学史上一个很光荣灿烂的时代。”他甚至认为“只有这一个时代可算是有意的，自觉的文学革新时代。这个文

---

① 钱锺书《谈艺录》，中华书局1986年版，第195页。

② 张戒《岁寒堂诗话》卷上，《历代诗话续编》本，中华书局1983年版，第457页、第459页。

学革新运动的领袖是白居易与元稹”[1]。胡适不无偏激地写道：“以政治上的长期太平而论，人称为‘盛唐’；以文学论，最盛之世其实不在这个时期。天宝末年大乱以后，方才是成人的时期。从杜甫中年以后，到白居易之死（846年），其间的诗与散文都走上了写实的大路，由浪漫而回到平实，由天上而回到人间，由华丽而回到平淡，都是成人的表现。”[2]胡适充分肯定了白居易继承诗经“感于哀乐，缘事而发”的现实主义传统而大量写作新乐府的贡献。也许是深受胡适此论的影响吧，近百年来的文学史写作，白居易获得了至高无上的评价，一度与李杜并列称唐诗三大家。

白诗喜欢说理议论，晚年尤甚，其诗常常拖出个议论的尾巴。而其所说之理又多为出世逃禅、知足保和之类的旷达语。我们以为这些“小道理”倒反而比其“大庇天下”的高调让人觉得真实可信。譬如“心安是归处”“心泰身宁是归处”“大抵心安即是家”“随分自安心自断”等，让人在遇到挫折时看开点、看远点、看淡点，不是唱高调，非常实在，也很贴近人心，纯属其人生经验之谈，确实也能够让人形成心灵深处的精神呼应。“白氏集中，颇有遣怀之作，故达道之人，率多爱之”（《诗人玉屑》）。士大夫特有的身世经历，最容易让其被“闲适”思想所打动。“白居易的闲适诗在后代有很大影响，其浅切平易的语言风格、淡泊悠闲的意绪情调，都曾屡屡为人称道，但相比之下，这些诗中所表现的那种退避政治、知足保和的‘闲适’思想，以及归趋佛老、效法陶渊明的生活态度，因与后世文人的心理较为吻合，所以影响更为深远。”[3]然而，其诗陈陈相因，“更作知足语，千篇一律”（《诗源辩体》引王世贞语）。白诗中这些关于旷达的议论，甚至连语言都似曾相识地重复，数篇读后，便了无新鲜感。白氏晚年诗歌，不是叹老嗟病，就是伤往悼亡，“其中颓唐俚俗十居六、七”（叶燮《原诗》）。叶梦得就曾言：“然吾犹有微恨，（白氏）似未能全忘声色杯酒之累，赏物太深，犹有待而后遣者，故小蛮、樊素，每见于歌咏。”（《避暑录话》）朱熹批评得更尖锐：“乐天人多说其清高，其实爱官职，诗中及富贵处，皆说得口津津底涎出。”（《朱子全

① 胡适《白话文学史》，东方出版社1996年版，第304页。
② 胡适《白话文学史》，东方出版社1996年版，第223页。
③ 袁行霈《中国文学史》，高等教育出版社2001年版，第356页。

书·论诗》）其诗中像矜耀富贵之类确实不雅，更有些吟弄风情的庸俗描写，以及宿命论思想的大肆宣扬，这些“俗”就谈不上美了，自然不属于“俗美”的范畴也。

诚然，纵使白诗毁誉参半，甚至颇有訾议，也不能否定他在诗歌上的贡献，也不妨碍他卓为大家的文学史意义。但是，我们对白居易还是应该有个全面、客观、正确的认识。白居易以俗为美，这固然无可厚非，俗美也是一种美。但是，白诗中也有俗而不美的，甚至还有低俗庸俗的成分，这也是读其诗时我们需要提醒读者的。

四、随我入俗

选本成型后，而“画眉深浅”之忐忑感生焉。

一怕选诗不能顾及全篇。[①] 白居易存诗三千，而选本注评仅百余篇，加上评赏中所涉及其诗，充其量亦不足十分之一也。因此，遗珠之憾在所难免。而白诗选本已出无数，我之作为选者，眼光如何呢？

二怕注诗难易失准。注本最怕的是该注的没注，而不该注的则尽在注。白诗语言非常浅近，在很多情况下是明白如话的，几乎不需要注释，即读者在文字上的障碍不多。考虑到能够争取中学生读者，选本中的生字注音，常识讲解，甚至将有些关键的句子以直译意译等，是否属于蛇足或属于饶舌呢？

三怕评赏了无新意。白氏的好诗，被各种选本反复选过，亦被或雅或俗地注解过，虽有不欲人云亦云之愿想，然亦多力所不足之憾也。尤其是羞于面对比较高层次的读者，而或有“力勍而气孱”之哂焉。

好选本，也确实很难。非常感谢本套丛书策划人的鼓励，让我欲罢不能，而怯生生地走近白居易，走进了对于我来说比较陌生的诗歌星空。那么，我们是怎么考虑的呢？

一从分期上说。选本对白氏各时期诗的选入，数量上相对平衡。江州之前（包括江州时期）的诗，相对地占比大点。这部分诗的思想性强，思想内容复

---

① 鲁迅说选本“最好是顾及全篇，并且顾及作者的全人”［《“题未定”草（之七）》］。

杂，情感冲突激烈，灵魂于“兼济”与“独善”之间苦苦挣扎，似乎也最适合诗来表现，确实也是其诗表现的最佳时期，其不少代表作就出现在这一时期。我们将所选得的百余首诗，按时间顺序编排，固然是为了更好地展现诗人各阶段的心理真实，跟踪其情感与思想演变的过程与轨迹，更是便于我们设身处地揣摩诗人在此语境中所表现出来的独特心理，悟解其创作触发的灵感与机缘，深入肌理而努力读出同情。

二从类别上说。白居易将自己的诗分成讽喻、闲适、感伤和杂律四大类。前三类以内容分，而后一类则是以形式分。白氏认为讽喻诗反映了“兼济之志”，感伤诗、闲适诗显示出“独善之义”。以此三类诗而言，此选本的选入比例，大致相等。苏辙《书白乐天集后二首》曰：“乐天少年知读佛书，习禅定。既涉世，履忧患，胸中了然照诸患之空也。故其还朝为从官，小不合，即舍去，分司东洛，优游终老，盖唐世士大夫达者如乐天寡矣。”周必大《二老堂诗话》也说：“本朝苏文忠公不轻许可，独敬爱乐天，屡形诗篇。……谪居黄州，始号东坡，其原必起于乐天忠州之作也。”古士人爱其诗，似乎主要就是其诗中的“闲适”思想。虽然时过境迁，而其诗中的理性思考，似乎仍有些调整心灵的疗效，对于当下我们排除现实困厄、保持自心的澄清平静，仍能产生些积极的意义。而白氏的杂律诗数量最多，选本中所选多抒情写景小诗，亲切可人，耐人寻味。

三从篇幅上说。选本古近兼选，各占其半。长短俱撷，则以短为主。白居易长袖善舞，最擅长诗，也喜作长诗，长诗反映了白居易诗歌的重要特色与突出成就。元稹《上令狐相公诗启》中言：“居易雅能为诗，就中爱驱驾文字，穷极声韵，或为千言，或为五百言律诗，以相投寄。小生自审不能过之，往往戏排旧韵，别创新词，名为次韵相酬，盖欲以难相挑耳。”其代表作《长恨歌》《琵琶引》固然要选，而选入的《游悟真寺》长到一百三十韵，乃其五言诗中最长者。然此诗乃中唐诗趋于散文游记化的典型写法，也充分表现出白氏谋篇布局与铸词造句上的非凡才力。选入的长诗《霓裳羽衣歌和微之》，将白氏擅长乐舞叙事的优长表现得淋漓尽致，也为后世留下了唐代乐舞的珍贵资料。其《江州赴忠州至江陵已来舟中示舍弟五十韵》也是一首非常值得关注的长诗，为一般选本所不选，而此诗反映了其思想骤变的契机与过程，确为难得而真实的思想史料，思考再三，仍然选入。而其《秦中吟》《新乐府五十首》

组诗，属于半长不短的诗，其讽喻内容虽然涉及社会生活的各个方面，然写法程式化，数篇读后，了无新意，故适可而止，仅各选五首，然足窥全貌矣。

四从生熟上说。所谓熟者，即“传统篇目”，各种选本均反复选入；所谓生者，即那些尚未脍炙人口的诗，各种选本也不容易见到。此选本以“传统名篇”为主，因为这些篇目经过了“经典化”的过程。而选者细玩其诗，发现有些“生作”也非常可读，故选入而与读者共享。譬如《别桥上竹》诗味颇浓，且因为选此诗，而带出了白氏嗜竹之好，带出了白氏的其他竹诗，也带出了后人如苏轼爱竹的由来。《寄湘灵》诗虽选本少见选入，然无论情感还是技巧均臻于完美，不仅是白氏的杰作，也是唐诗中的精品，岂有不选之理?

五从评赏上说。评赏白诗，是件很不容易做好的累活儿。做此选本，参阅了顾学颉的《白居易集》（中华书局1979年版）、朱金城的《白居易集笺注》（上海古籍出版社1988年版）、谢思炜的《白居易诗集校注》（中华书局2006年版），也参阅了其他的一些选本。特别是朱本、谢本，为选诗提供了非常有益的参考。然而，注意汲取前人和同行之研究成果，似乎也加大了选本“陌生化”的难度。譬如《长恨歌》《琵琶行》，论者如麻，论文汗牛充栋，我们何为?我们在深潜文本、坚持回归诗之本体的细读中，还是常有怦然心动的感悟，甚至进入柳暗花明的境地。虽不敢说此选本之评注有多少超越前人与同行的创意，但是，这些“我读”之会心，是否能够为读者提供点新人耳目的一得之见呢?

（删节）[①]

明人屠隆说：“人但知李青莲仙才，而不知王右丞、李长吉、白香山皆仙才也。青莲仙才而俊秀，右丞仙才而元冲，长吉仙才而奇丽，香山仙才而闲澹。独俊秀者人易赏识耳。”[②] 看来白诗其中的妙处难为人识，真正读懂白诗并非易事。笔者原先沉浸于盛唐，主要与王维结下不解之缘而经年厮磨。虽然生性不甘平庸，在做白诗选本时格外投入，异常小心，殚精竭虑而考辨赏鉴，但是，这并不等于说我就把白诗选本做好了。

不过，我的自我感觉是：《白居易诗选》在质量上超过了我此前做的《王

---

① 此处删去三百字的谢忱表述。

② 屠隆《鸿苞集》卷十七，见吴企明《李贺资料汇编》，中华书局1994版，第101页。

维诗选》[1]。至少在认真程度上是超过了。

我已经十分尽力了。然真不知拿出的这份答卷能否及格?

我期待着专家的严苛批评。

我也恳请读者与我同行，走进白居易的俗美里。

柳宗元山水记的荒野审美

[**按**] 柳宗元的山水记“素称奇构”，其开创性意义堪比谢灵运之山水诗开山，在中国文学史上具有独特的意义。柳宗元投荒十余年，荒野摧残了他，也成全了他。其50余篇山水记寄托深婉，极富文学性，成为诗人生命哲学的诗意书写，最能表现其美学思想、彰显其人性风骨。

谢灵运乃山水诗开山，这是文学史常识。柳宗元乃山水文开山，这也应该是文学史常识，然却尚未被这么写入。柳宗元之前，郦道元似乎是非常突出的山水散文撰写者，然而，其山水散文乃游记性质，是一种记游的文字，而不像柳宗元的山水记，采用诗所惯用的路数，而具有强烈的诗性精神，故而《唐宋诗醇》曰：“谢灵运游山诗、柳宗元山水记素称奇构，以彼方此，不无广狭之别矣。”[2]谢之山水诗与柳之山水文，同为奇构，不可颉颃。

柳宗元存诗160余首，存文600余篇。其文大致分为两类：一类是政治的，哲学、历史、政论；另一类是文学的，骚赋、游记、传记、赠序、寓言、杂文等。柳宗元的山水记，指其散文中具有山水描写的部分散文，约50余篇，主要是题含“记”的约30篇，如《始得西山宴游记》《钴潭记》《小石城山记》等，以及部分“序”“书”约20篇，如《陪永州崔使君游宴南池序》《法华寺西亭夜饮赋诗序》《愚溪诗序》和《与李翰林建书》等。这些山水记，写在荒

---

① 王志清《王维诗选》，商务印书馆2015年版。

② 乾隆御选，《唐宋诗醇》，中国三峡出版社1997年版，第446页。

野，写的是荒野，也是荒野的灵感与趣尚，是他贬身荒野的美学日记与生命哲学，成为其散文中最文学的部分，最能表现其美学思想、彰显其人性风骨。

一、以荒野为僚友的生存智慧

柳宗元享年47岁。元和十四年（819年），宪宗在裴度的说服下，敕召柳宗元回京。然诏书还未达柳州，柳宗元即于十一月初八病逝。柳宗元一生，以被贬永州分，大致可分为前后两个时期。前期（21—33岁），柳宗元初涉官场，风华正茂，意气风发。柳宗元自793年21岁进士及第，805年33岁即官至礼部员外郎，从五品。后期（33—47岁），自其被贬永州起。180多天的永贞革新失败后，柳宗元被贬为邵州刺史，赴任途中被加贬为永州司马。柳宗元在荒野渡过了他的后半生，前十年在永州，后四年在柳州。元和十年（815年）1月，柳宗元接到立即回京的诏书，大喜过望，然待到回到长安，不料又被贬为柳州刺史，“十年憔悴到秦京，谁料翻为岭外行”（《衡阳与梦得分路赠别》）。

柳宗元是被推向荒野的，是在万般不甘心情愿的心情下走向荒野的，而不是工业社会里的现代人，因为承受不了工业化的创痛而走向荒野。在后工业社会里，城市化的极度发展压缩了人们的生存空间，人与自然的关系由顺应而至掠夺导致了生态环境的恶化，高节奏与强竞争的生活加重了人的心理负担和生理不适，人际交往中的事本主义导致了人与人之间的隔膜，现代人为了拥有一处属于自己的天地，享受真正的安静，所以进入荒野。现代人渴望与荒野相处，并不是想回到原始，而是想找到人的存在，寻找人之为人的意义，不需要为他人承担任何义务，懂得自身为“我”的价值和意义。荒野提供了广袤的空间，而在荒野静谧中放置自己也思考自己。进入荒野，他们脱去了社会性的外壳，实现了重新找回人和自然静默关系的尝试。

而被投置荒野的柳宗元，无论其以后如何顺应，肯定要有一个情绪调整的过程。柳宗元有一篇《愚溪诗序》，似乎反映了这种顺应的调整过程，具体写于荒野中的幡然顿悟，表现出投身荒野的生存智慧。

> 灌水之阳有溪焉，东流入于潇水。或曰：冉氏尝居也，故姓是溪为冉溪。或曰：可以染也，名之以其能，故谓之染溪。予以愚触罪，谪潇水

上。爱是溪，入二三里，得其尤绝者家焉。古有愚公谷，今予家是溪，而名莫能定，士之居者，犹龂龂然，不可以不更也，故更之为愚溪。

愚溪之上，买小丘，为愚丘。自愚丘东北行六十步，得泉焉，又买居之，为愚泉。愚泉凡六穴，皆出山下平地，盖上出也。合流屈曲而南，为愚沟。遂负土累石，塞其隘，为愚池。愚池之东为愚堂。其南为愚亭。池之中为愚岛。嘉木异石错置，皆山水之奇者，以予故，咸以愚辱焉。

夫水，智者乐也。今是溪独见辱于愚，何哉？盖其流甚下，不可以溉灌。又峻急多坻石，大舟不可入也。幽邃浅狭，蛟龙不屑，不能兴云雨，无以利世，而适类于予，然则虽辱而愚之，可也。

宁武子"邦无道则愚"，智而为愚者也；颜子"终日不违如愚"，睿而为愚者也。皆不得为真愚。今予遭有道而违于理，悖于事，故凡为愚者，莫我若也。夫然，则天下莫能争是溪，予得专而名焉。

溪虽莫利于世，而善鉴万类，清莹秀澈，锵鸣金石，能使愚者喜笑眷慕，乐而不能去也。予虽不合于俗，亦颇以文墨自慰，漱涤万物，牢笼百态，而无所避之。以愚辞歌愚溪，则茫然而不违，昏然而同归，超鸿蒙，混希夷，寂寥而莫我知也。于是作《八愚诗》，纪于溪石上。

此序亦属"山水记"的一种，全篇围绕着山水命名说事，作者将其周边所有的山水外物一应俱以"愚"名之：溪水名之谓"愚溪"，进而派生出"愚丘""愚泉""愚沟""愚池""愚堂""愚亭"与"愚岛"。"嘉木异石错置，皆山水之奇者，以予故，咸以愚辱焉。"这么美好的景色，我何以用"愚"来玷污呢？第三自然段宕开一笔，讨论是否应该"愚辱"是溪？接着，从溪到人，转而说自己，一味责己之愚，以宁武子和颜回自比。宁武子"邦无道则愚"，颜子"终日不违如愚"，典出《论语》。《史记·老子韩非列传》记曰：孔子适周，将问礼于老子。老子曰："吾闻之，良贾深藏若虚，君子盛德，容貌若愚。去子之骄气与多欲，态色与淫志，是皆无益于子之身。吾所以告子，若是而已。"[1] 老子对孔子的唯一忠告就是，不能太过倨傲矜持。因为

① 司马迁著《史记》，中华书局1959年版，第2140页。

德行崇高的君子，表面看上去好像很愚钝笨拙，即大智慧者不露锋芒也。老子认为，君子只有“容貌若愚”，才能够明哲保身而消灾远祸。孔子深得教益，他在《论语》中多处盛赞貌愚之智者。柳宗元恍然大悟：“故凡为愚者，莫我若也。”亦即谓，我之触罪而谪潇水上之“愚”，那才是真正的“愚”呀；“宁武子”和“颜子”的“愚”，乃是一种人生的大智慧。文中“愚”的内涵不断在变，山水之“愚”，圣人之“愚”，我之“愚”。序之最后，由贬溪转入赞溪，由自贬转入自赞，“喜笑眷慕，乐而不能去也”，诗人获得了人生之大喜悦，获得了生存的大觉悟。诗人借述愚溪对照自我，那些“嘉木异石错置”，不因身处偏僻无人欣赏而郁闷，不因为人“咸以愚辱焉”而委屈，照样“善鉴万类，清莹秀澈，锵鸣金石”，而我为什么就不能看低自己，像这些山水甘受“愚辱”而默默无闻呢？诗人喜不自禁地写道：“以愚辞歌愚溪，则茫然而不违，昏然而同归，超鸿蒙，混希夷，寂寥而莫我知也。”超越天地尘世，与自然混同，溪我化一，物我不分，而甘于寂寞清静。

柳宗元在《愚溪诗序》中反思既往，总结人生，不单有表达济世不能的孤愤郁结，也有获得了心理平衡与解脱的喜悦。柳宗元身处荒野，而以荒野为僚友，将自身等同于那些奇山异水，重新找回人和自然静默关系。我“愚辱”永州山水，而愚者“莫我若也”，似乎大彻大悟了的柳宗元，“日与其徒上高山，入深林，穷回溪，幽泉怪石，无远不到。到则披草而坐，倾壶而醉。醉则更相枕以卧，卧而梦。意有所极，梦亦同趣。觉而起，起而归”。“引觞满酌，颓然就醉，不知日之入，苍然暮色，自远而至，至无所见，而犹不欲归”（《始得西山宴游记》）。他在永州一地，寻山访水，建筑园林，畅游其间而自得其乐，将仕途失意之烦恼抛却脑后。诗人不无自得地唱曰：“久为簪组累，幸此南夷谪。闲依农圃邻，偶似山林客。晓耕翻露草，夜榜响溪石。来往不逢人，长歌楚天碧。”（《溪居》）他簪组累去，于溪边筑室而居，浑如老农，过着闲适的生活，也自得其乐，这种散淡境界，这种平和心理，不仅是一种审美情怀，更是一种生存智慧。

然而，柳宗元二次被贬至柳州，似乎就没有了这种心情。柳宗元外放柳州，非常意外，也预感绝望，真个是“风波一跌逝万里，壮心瓦解空缧囚”（《冉溪》）。关键是其壮心已瓦解，因而，他在柳州时这样的山水之“记”也寥寥无几也。

二、以荒野为审美的诗性生成

山水诗发展到中唐，经历了几次嬗变。山水诗的嬗变，主要有两条线，一是贬谪文化：谢灵运—张说—柳宗元；一是隐逸文化：谢朓—王维—韦应物。无论是哪一条线，均有一个共同的特点，就是“江山之助”。张说“官岳州后，诗益凄婉，人谓得江山之助”。张说山水诗，通过“山水抒愤”范式的成功运用，将贬谪文学的情感内涵和山水诗的抒情策略相融合，营构了一独具审美张力的话语据点。

柳宗元的山水记，精致剔透，介于诗与散文之间，也是“江山之助”的产物，趋向于“山水抒愤”类。

柳宗元乃河东人，河东乃唐时的中都，其热闹程度不逊于两京。柳宗元在被贬永州前，足迹几没离开过大都市，生活于膏粱锦绣，出入于巍峨宫殿，穿行于繁荣街市，或游宴于精致园林。如今投身荒野，满目荒凉，遍地疮痍，他在《与李翰林建书》中这样描述说：“永州于楚为最南，状与越相类。仆闷即出游，游复多恐。涉野则有蝮虺大蜂，仰空视地，寸步劳倦。近水即畏射工沙虱，含怒窃发，中人形影，动成疮痏。”此信写于元和四年（809年），作者谪居永州已过五个年头。荒野对柳宗元的威胁，主要还不是生存，而是精神，严重损害了他的健康，以至“行则膝颤、坐则髀痹”。其《答周君巢饵药久寿书》曰：“宗元以罪大摈废，居小州，与囚徒为朋。行则若带纆索，处则若关桎梏。彳亍而无所趋，拳拘而不能肆。槁然若蘖，颓然若璞。其形固若是，则其中者可得矣。”像柳宗元这样心存大志而热衷仕进的政治家，抛弃永州，如囚困兽。柳宗元在《囚山赋》里描写道：

楚越之郊环万山兮，势腾踊夫波涛。纷对回合仰伏以离趔兮，若重墉之相褒。争生角逐上轶旁出兮，其下坼裂而为壕。欣下颓以就顺兮，曾不亩平而又高。沓云雨而渍厚土兮，蒸郁勃其腥臊。阳不舒以拥隔兮，群阴冱而为曹。侧耕危获苟以食兮，哀斯民之增劳。攒林麓以为丛棘兮，虎豹咆阚代狴劳之吠嗥。胡井眢以管视兮，穷坎险其焉逃。顾幽昧之罪加兮，虽圣犹病夫嗷嗷。匪兕吾为柙兮，匪豕吾为牢。积十年莫吾省者兮，增蔽吾以蓬蒿。圣日以理兮，贤日以进，谁使吾山之囚吾兮滔滔？

这是篇小赋，亦记山水，全篇不足200字，字字写险恶。唐代永州乃罪臣流放地，自然环境极其凶险。赋中所写，乃永州山水的自然状态，险山怪峭，恶水汹涌，沟壑纵横，林木荫蔽，野兽出没。赋至最后，怒不可遏地发问："谁使吾山之囚吾兮滔滔？"原以为就三两年的放逐吧，哪里想到一贬就是十年，像兽像猪一样被牢柙。永州四围高山环合，如牢如柙，囚于其中而欲逃无路，经受着艰险与孤寂的双重摧残，最难忍受的是与世隔绝而看不到希望，表现出他急欲返回朝市的愤慨和痛苦。

据日本唐诗学者下定雅弘先生统计，柳宗元写文章的频率是：长安每年7篇，永州每年35篇，柳州每年13篇。[①]《柳河东全集》的540多篇诗文中有317篇创作于永州。柳宗元写于永州的，记23篇，序31篇，书29篇，其中多为山水记。此时的书信也多，"在因为写信对发泄苦闷有很大的作用"。下定雅弘认为："'山水记'也是为了逃避贬谪苦闷、获得一时安宁的一种发泄表现。在极其精美的描写里饱含着深刻的苦闷和悲哀。"[②] 这样的解释是合理的。虽然荒野并不浪漫，荒野给他带来漫无边际的无聊，磨蚀着他的内心。远离了京城，远离了朝廷，远离了亲友，甚至也远离了文化，进入人迹罕至的蛮荒，幽闭于一个恶劣而狭小的空间里，忍受着常人不堪忍受的落寞孤独。柳宗元也时有"幸此息营营，啸歌静炎燠"（《夏初雨后寻愚溪》）的庆幸与慰藉感，意思是说，非常庆幸于此可得解脱，而不必像当朝官那样奔走钻营，长啸高歌，享受着京城所没有的清凉。他似乎学会了直面荒野而与之和平相处，"余虽不合于俗，亦颇以文墨自慰，漱涤万物，牢笼百态，而无所避之"（《愚溪诗序》）。柳宗元身处荒野，其山水记亦取材荒野，而读者最易于感受其内怀之骚人抑郁情怀，也最易于为其忠而被贬、怀才不遇之遭际而扼腕叹息。宋代欧阳修诗云："天于生子厚，禀予独艰哉。超凌骤拔擢，过盛辄伤摧。苦其危虑心，常使鸣心哀。投以空旷地，纵横放天才。山穷与水险，上下极沿洄。故其

① ［日］下定雅弘著《中唐文学研究论集》，中华书局2014年版，第123页。

② 同上，第124页。

于文章，出语多崔嵬。”[①] 此诗是对柳宗元诗歌的中肯评价，其实，其山水记何尝不是如此！但是，在这些山水记中，柳宗元也掩饰不住其真心喜悦，他用清明绮丽的语言将这些荒僻之景写得历历如绘，让我们也被其发现美的激动所感染，被其人生哲学思考的彻悟所折服。这也是我们阅读时不可忽略的。

《柳宗元集》中所收录的这些山水记，基本上创作于被贬官之后，其中的绝大部分又都是在被贬永州的日子里创作完成的。唐时柳州南蛮瘴疠，更加荒野。关于唐时柳州的自然风貌，其《寄韦珩》诗描写说：“阴森野葛交蔽日，悬蛇结虺如蒲萄。到官数宿贼满野，缚壮杀老啼且号。饥行夜坐设方略，笼铜枹鼓手所操。奇疮钉骨状如箭，鬼手脱命争纤毫。今年噬毒得霍疾，支心搅腹戟与刀。迩来气少筋骨露，苍白瀄汨盈颠毛。”他在《柳州文宣王新修庙碑》中说：“仲尼之道，与王化远迩。惟柳州古为南夷，椎髻卉裳，攻劫斗暴，虽唐、虞之仁不能柔，秦、汉之勇不能威。”关键是，柳宗元再度被贬，迫害和磨难加剧，使其万念俱灰，彻底已绝返京之念。柳宗元有诗《岭南江行》云：“瘴江南去入云烟，望尽黄茆是海边。山腹雨晴添象迹，潭心日暖长蛟涎。射工巧伺游人影，飓母偏惊旅客船。从此忧来非一事，岂容华发待流年。”诗中集岭南特异风物如象迹、蛟涎、射工、飓母等，具体描写了当地环境的恶劣，象征自己处境已险恶之极，而预感到流年不待的凶多吉少。故而，他在柳州就极少有在山水记中还可看到意外的惊喜。

柳宗元的这些“不合于俗”的山水记，以独特的观照与书写视角，生动地表达了他对自然美的独特感受，表现了诗人对生活、对生命、对人生、对人世的痛切肌肤的思考，丰富了古典散文反映生活的新领域。这些山水记最为脍炙人口，发展成为一种独立的文学体裁，对后世产生了深远的影响。

三、以荒野为趣尚的精神向度

古来山水名篇，大抵是慕名来游，有感而记。而其所记，非名山大川，即古刹华寺。然而，柳宗元的这类山水记，所记皆名不见经传的山石溪涧，甚至

① 欧阳修撰、李之亮笺注《欧阳修集编年笺注》，四川出版集团巴蜀书社2007年版，第180页。

是些常人眼中恶劣丑陋的山水。

柳宗元的《钴鉧潭西小丘记》这样写道：

得西山后八日，寻山口西北道二百步，又得钴鉧潭。潭西二十五步，当湍而浚者为鱼梁。梁之上有丘焉，生竹树，其石之突怒偃蹇，负土而出，争为奇状者，殆不可数。其嵚然相累而下者，若牛马之饮于溪；其冲然角列而上者，若熊罴之登于山。

丘之小不能一亩，可以笼而有之。问其主，曰："唐氏之弃地，货而不售。"问其价，曰："止四百。"余怜而售之。李深源、元克己时同游，皆大喜，出自意外。即更取器用，铲刈秽草，伐去恶木，烈火而焚之。嘉木立，美竹露，奇石显。由其中以望，则山之高，云之浮，溪之流，鸟兽之遨游，举熙熙然迴巧献技，以效兹丘之下。枕席而卧，则清泠之状与目谋；滢滢之声与耳谋；悠然而虚者与神谋；渊然而静者与心谋。不匝旬而得异地者二。虽古好事之士，或未能至焉。

噫！以兹丘之胜，致之沣镐鄠杜，则贵游之士争买者，日增千金而愈不可得。今弃是州也，农夫渔父，过而陋之，贾四百，连岁不能售。而我与深源、克己独喜得之，是其果有遭乎！书于石，所以贺兹丘之遭也。

这篇400余字的记，所记乃一块弃地。从审美角度解读，可以概括出这么三点。其一，以怪为美的趣尚。这些山石"突怒偃蹇，负土而出，争为奇状者"云云。其二，自诩有一双善于发现美的眼睛。人都"过而陋之，贾四百，连岁不能售"。柳宗元的山水记，多这种基本套路：所记者皆人不识的丑陋朴拙山水。而这种人"未曾游""未能至"的"异地"，却让柳宗元不断发现而连连得手。其三，移情山水的审美。诗人"枕席而卧，则清泠之状与目谋；滢滢之声与耳谋；悠然而虚者与神谋；渊然而静者与心谋"。柳宗元曾提出一个美学命题："物不自美，因人而彰。"[①]这种审美观强调人化自然的主观性，自然物象为诗人的主观情感所统摄或移注，被强加上哲性化的理解，而成

---

① 文见于《柳宗元集》卷二七，题作《邕州（柳中丞作）马退山茅亭记》。另见于独孤及《毗陵集》，题为《马退山茅亭记》。这已是一桩千古公案。

为意义的象征。诗人在游西山后，恍然大悟，发出了“心凝形释，与万化冥合”（《始得西山宴游记》）的感慨。心神凝住，形体消散，与万物融合为一体，即把自己的情感融于大自然山水之中。这种审美与创作，类似西方美学的“移情”，寄情移情山水，使山水人格化、感性化、情感化。西山即“我”，“我”即西山。柳宗元借西山自况，西山是人化的自然，是一座饱含作者情感的山。这些山水记中多夹叙夹议以比照自写，如“然后知是山之特立，不与培塿为类。悠悠乎与颢气俱，而莫得其涯；洋洋乎与造物者游，而不知其所穷”（《始得西山宴游记》）；“孰使予乐居夷而忘故土者？非兹潭也欤”（《钴鉧潭记》）；“丘之幽幽，可以处休。丘之窅窅，可以观妙。溽暑遁去，兹丘之下。大和不迁，兹丘之巅。奥乎兹丘，孰从我游？余无召公之德，惧翦伐之及也，故书以祈后之君子”（《永州龙兴寺东丘记》）……这些非常精警的议论，表达了作者丰富而显豁的情感内涵与精神向度，也使这些篇章里洋溢着一种高逸而豁达的超然之气。

《小石城山记》是“永州八记”的最后一记，先详细描绘了小石城山的形状、布局，惊叹山石树木疏密仰伏如高明设计师精心布置一般，然后猛然一转而为关于“造物主之有无”之哲学命题的讨论：

> 噫！吾疑造物者之有无久矣。及是，愈以为诚有。又怪其不为之中州，而列是夷狄，更千百年不得一售其伎，是固劳而无用。神者傥不宜如是，则其果无乎？或曰：“以慰夫贤而辱于此者。”或曰：“其气之灵，不为伟人，而独为是物，故楚之南少人而多石。”是二者，余未信之。

造物者之有无？既疑其有，又断其无，曲笔深婉，波澜层生，生动地反映了作者思想交锋的过程。两个“或曰”，借话说话，是谓其“有”。“是二者，余未信之”，是谓其“无”。而最终战胜了疑惑，断然否定其“有”，否定造物者的存在，表现出不信命运的超人强势的主体意识，流露了摆脱现状而“一售其伎”的渴望。

柳宗元长年生活于恶劣的荒野里，荒野也给他刻骨铭心的感受，而对美有了异于常人的趣尚与敏锐，那些无人问津而清幽凄冷的山水，却让他看出了天然造化、鬼斧神工的异美，而有了与之高洁对话的欲望与表达。《小石潭记》中的鱼，与水与光和谐统一，“怡然不动，俶尔远逝。往来翕合，似与游者相乐”。《石渠记》中的泉，“幽幽然，其鸣乍大乍细”，如琴弦之悠扬，如洞箫之泣诉，又如交响之合鸣。“风摇其巅，韵动崖谷，视之即近，其听始远。”《袁家渴记》中的草树，“山皆美石，上生青丛，冬夏常蔚然。其旁多岩洞，其下多白砾；其树多枫、柟、石楠、楩、槠、樟、柚。草则兰芷，又有异卉，类合欢而蔓生，轇轕水石。每风自四山而下，振动大木，掩苒众草，纷红骇，蓊葧香气。冲涛旋濑，退贮溪谷。摇飏葳蕤，与时推移”。作者笔下，木石皆奇，动静谐美，他竟然还是感叹道：“余无以穷其状。”明代茅坤说柳宗元的此类散文：“悲怆呜咽之旨，而其辞气环诡跌宕，譬之听胡笳，闻塞曲，令人肠断者也。”[①] 这只是看到了柳宗元散文悲怆的一面，不可否定，这类散文熔铸作家身世之感而喷吐抑郁不平之气。却没有看到散文秀朗的一面，这些文字不仅具有征服荒野与孤寂的精神强悍，而且表现出排解郁结的慰藉与发现异美的喜悦。车尔尼雪夫斯基说：“凡是我们发现有生的意味的一切，特别是我们看见具有生的现象的一切，总使我们欢欣鼓舞，导我们于欣然充满无私快感的心境，这就是美的享受。”[②] 柳宗元“自肆于山水间”，看到了别人看不到的美，获得了别人不能获得的发现美的惊喜，这是因为他于恶劣荒野中“发现有生的意味”。他在给朋友的信中明确表示：“虽万受摈弃，不更乎其内。”（《答周君巢饵药久寿书》）即便是久在荒野，即便是政治迫害再残酷，他也不颓废、不沮丧、不低头，不动摇心志，也不改变其对人生美好理想的追求。正因为如此，柳宗元笔下的山水，才千姿百态，生机盎然，情感内涵丰赡而精神向度奇崛。

柳宗元的“山水记”而“素称奇构”，在中国文学史上具有开山的意义。此前用诗来表现的山水题材，柳宗元用文来表现，其开创性意义堪比谢灵运。这种“奇构”，形式精致，多用短句，骈散相间，节奏明快而简炼生动，且虚实结合，意趣横生，极富文学性。然而，这种“奇构”之“奇”，主要还是表现在作家发现美的敏感与独特上，表现在山水文的格调意蕴与精神理想上。这

① 茅坤著、高海夫注《唐宋八大家文钞校注集评》，三秦出版社1988年版，第1009页。

② ［俄］车尔尼雪夫斯基《当代美学概念批评》，转引自《美学论文选》，人民出版社1979年版，第54页。

50余篇山水记，写景状物，寄托深婉，成为柳宗元投荒十余年的美学日记，也是他生命哲学的诗意书写。

李商隐与令狐绹的诗交与私交[①]

［**按**］ 令狐绹打压李商隐，是一桩冤假错案。在李商隐所有的交往中，他与令狐绹的交往最密切；在对李商隐的所有帮助中，令狐绹的帮助也最大。有李商隐的诗为证。李商隐一生写给令狐绹的诗文甚多，而这些诗文多直言不讳地希望令狐绹施出援手。

令狐绹打压李商隐，是一桩冤假错案。而这桩错案，却一直广为采信，成为难以翻供的铁案：因为李商隐得罪了令狐绹而深受其打压，致使李商隐一生沉沦下僚。其实，只要一读李商隐写给令狐绹的诗，其打压的结论则不攻自破矣。而从李商隐的这些寄赠诗歌的基本内容看，并结合中晚唐的幕府文化考察，二者既是朋友的关系，又是府主与幕僚的关系，还是重臣与下僚的关系，但是，最本质的关系是朋友关系，而且是关系不一般的朋友关系。

一、李商隐与令狐绹绝非一般朋友

在李商隐用于交际的诗作中，写给令狐绹的诗最多，也特别引人注目，如《酬别令狐补阙》《酬令狐郎中见寄》《寄令狐郎中》《寄令狐学士》《梦令狐学士》《令狐舍人说昨夜西掖玩月因戏赠》《和令狐八戏题二首》《令狐八拾遗绹见招送裴十四归华州》《赠子直花下》《子直晋昌李花》《宿晋昌亭闻

① 原题为《李商隐寄令狐绹诗之考论》，发表于《徐州工程学院学报（社科版）》2014年第5期，第70—76页。

惊禽》《晋昌晚归马上赠》等等[①]，在诗的题目上赫然标明是寄赠令狐绹的，就不下二十首，还不包括题目上没有标明而其实也是寄令狐的诗，这为我们认识李商隐与令狐绹之间的关系，提供了直接而可靠的证据。

令狐绹没有什么存诗，《全唐诗·诗人小传》云："令狐绹，字子直，楚之子。举进士，擢累左补阙、右司郎中，出为湖州刺史。大中初，召为考功郎中、知制诰，入翰林为学士，进中书舍人，再迁兵部侍郎，俄拜同中书门下平章事。懿宗嗣位，出为河中节度使，徙宣武、淮南。僖宗时，终凤翔节度使，封赵国公。诗一首。"[②] 因此，二者的诗交，我们也只能靠李商隐单方面的寄赠为据了。

令狐绹没有什么存诗，这似乎与其为人有些关系。据史载，令狐绹心胸狭窄，嫉贤妒能。《新唐书·李商隐传》说他以"诡薄无行"，"忘家恩，放利偷合"来打压李商隐[③]。《旧唐书》里还说绹身为宰相，结党营私，纵子为恶，故虽辅政十年，一无建树[④]。孙光宪写作于唐末宋初的笔记小说《北梦琐言》从品行上来"败坏"他，其卷二云："宣宗时，相国令狐绹最受恩遇而怙权，尤忌胜己。"并在笔记中举温庭筠、李商隐和罗隐三人之事，认为"以三才子怨望，即知绹之遗贤也"[⑤]。清代钱龙惕云："（绹）十年辅政，抑之终于使府。史谓义山忘恩放利，而绹尤悭刻寡恩哉！"（《玉溪生诗笺·九日》）[⑥]今人刘学楷《李商隐传论》里也指斥其"为人势利、狭隘、猜忌"[⑦]。总之，学界众口一词地认为，令狐绹以李商隐背恩忘主为由而残酷打压，是造成李商隐人生悲剧的罪魁。

在对令狐绹是否打压李商隐的问题上，我们以为需要澄明这样三点认识：其一，不能因为令狐绹的政绩不好，且有妒贤嫉能的劣性，就推断他与李商隐

---

① 李商隐上令狐绹的文则有《上令狐相公状》《上兵部相公（绹）启》《为令狐博士绪补阙绹谢宣祭表》等数十篇。

② 《全唐诗》卷五百六十三，中华书局2003年版，第6530—6531页。

③ 《新唐书·李商隐传》卷二百零三，中华书局1997年版，第5793页。

④ 《旧唐书·令狐楚传》卷一百七十二，中华书局1997年版，第4468页。

⑤ 孙光宪撰，林青、贺军平笺注《北梦琐言》，三秦出版社2003年版，第20页。

⑥ 李商隐著、冯浩笺注《玉谿生诗集笺注》，上海古籍出版社1979年版，第348页。

⑦ 刘学锴《李商隐传论》，安徽大学出版社2002年版，第515页。

的关系也一定不好；其二，不能因为二者地位发生了巨大变化，就推断令狐绹也会不念旧情而不施出援手；其三，不能因为李商隐有负恩令狐之嫌，就推断无情打压党敌的令狐绹肯定也会对其无情打压。《韵语阳秋》卷十一中说："绹之忘商隐，是不能念亲；商隐之望绹，是不能揆已也。"[①] 葛立方认为李商隐是自讨没趣，没有掂量自己几斤几两而奢望令狐援手，其遭冷遇乃"自取之"。其实，李商隐身处困境之时，向身处显贵之故人陈情乞援，恰恰说明了李商隐对令狐绹的信任程度。文学史家苏雪林早就对此抱有不平了，她在《玉溪诗谜》里指出："根据这些诗，我们知道义山结婚王茂元家后，和令狐绹常相酬唱，义山还常住在令狐家里，两人交情并没有决裂。"她认为："令狐做了宰相之后，虽没有提拔义山，但义山在令狐之门不过是一个文士，并无生死交情。宰相堂前，依草附木之人，何可限量，义山也不过其中的一个罢了。偶然忘记提拔他，算得什么大事，义山也不见得从此便怨令狐。照《唐书》的意思，令狐做了宰相，非提拔义山至节度使不可，然则严武和杜子美也是两代交情，为什么也没有大好处给他呢？"[②] 这倒是非从众之说，而从客观史实出发，为令狐绹说了几句公道话，且说得在情合理。近年来也有人研究认为："令狐绹对李商隐长期以来一直都有力所能及的帮助、照拂。设若没有令狐绹，李商隐的人生殆将更加艰危、悲惨。"[③]

李商隐的寄绹诗，其基本内容多是渴望令狐绹施出援手而解已之困。叶葱奇说过："商隐与令狐绹唱酬诗，十九含有希冀汲引推荐之意。"[④]李商隐早在写于开成五年（840年）的五排《酬别令狐补阙》里就这样咏道：

惜别夏仍半，回途秋已期。那修直谏草，更赋赠行诗。锦段知无报，青萍肯见疑。人生有通塞，公等系安危。警露鹤辞侣，吸风蝉抱枝。弹冠如不问，又到扫门时。

---

① 何文焕编《历代诗话》，中华书局1982年版，第571页。

② 苏雪林《玉溪诗谜》，上海北新书局1928年版，第104页。

③ 傅剑平《李商隐与令狐绹关系要论》，《华南师范大学学报（社科版）》2006年第4期，第34页。

④ 叶葱奇《李商隐诗集疏注》，人民文学出版社1985年版，第72页。

此诗可与《夜雨寄北》比照着读。末二句“弹冠如不问，又到扫门时”，意思是如果你再不援引，我就要也以魏勃欲见齐相曹参而早晚扫其门的方式了。诗人以“扫门”相逼，含有“要挟”的戏谑，简直是有点“耍无赖”的强行。而他以这种“娇嗔”的口吻写诗给令狐绹，更可以看出他与令狐绹的非一般关系。《夜雨寄北》中也是一肚子的怨气，是弃臣而出以闺怨的写法，仿佛形同刘禹锡“二十三年弃置身”的慨叹，但是，其中蕴含着深深的期待，似乎还是充满了“何当”而“却话”的期待的。

李商隐的《酬令狐郎中见寄》诗写于大中元年，时在桂管郑亚幕府，正是令狐绹对李商隐余憾未释的时期。从题目看，令狐绹是有诗寄李商隐的，虽然令狐绹的寄诗没有留存下来，也可以想见其诗内容，湖州刺史令狐绹的寄诗，除了是一些勉励与慰藉之语外，似乎其中还有些“追究”的意思。因此，李商隐诗云：

> 望郎临古郡，佳句洒丹青。应自丘迟宅，仍过柳恽汀。封来江渺渺，信去雨冥冥。句曲闻仙诀，临川得佛经。朝吟支客枕，夜读漱僧瓶。不见衔芦雁，空流腐草萤。土宜悲坎井，天怒识雷霆。象卉分疆近，蛟涎浸岸腥。补羸贪紫桂，负气托青萍。万里悬离抱，危于讼阁铃。

有这么多复杂的意思要表达，诗人以古体为之，写得很具体，表述很曲婉。就诗而论诗，主要有两层意思：其一，谀辞相奉。意思是接到寄诗，异常兴奋，简直如“闻仙诀”而“得佛经”般珍贵，而“朝吟夜读”。诗中三四句又以湖州前贤故迹推想作比，从而赞美对方。其二，自我辩白。从“不见”后十句，是对自己应辟桂管的解释，暗言乃万不得已而为之，乃“补羸贪紫桂”，是一时冲动，一念之差，当下身处荒凉，懊悔不已，但是，“负气托青萍”，意欲遂平生意气，做一番事业。最后的“万里远怀”，则表达了不负恩谊的意思。总之，诗中隐隐有一种意思萦绕其间：似乎为自己做错了什么而在“赔不是”。总之，从二者酬唱的实际情况来看，他们之间虽然也有“见疑”和“辩白”的可能和必要，但是，依然是需要沟通与可以沟通的关系，有一种“何当”而“却话”的迫切。

李商隐的《独居有怀》，写在会昌五年（845年），叶葱奇等都认为，此乃寓意令狐之作，可与《寄令狐郎中》一诗合参，其“意趣、脉络更为昭然，易于体味”[①]。诗云：

> 麝重愁风逼，罗疏畏月侵。怨魂迷恐断，娇喘细疑沈。数急芙蓉带，频抽翡翠簪。柔情终不远，遥妒已先深。浦冷鸳鸯去，园空蛱蝶寻。蜡花长递泪，筝柱镇移心。觅使嵩云暮，回头灞岸阴。只闻凉叶院，露井近寒砧。

李商隐是年三十三，退居永乐，通篇写女子深闺怀人、幽情难通的苦闷情怀。他写在847年的《无题》（来是空言去绝踪）也是这样的“意趣”和“脉络”，其中“刘郎已恨蓬山远，更隔蓬山一万重”，更让人读出深重的无奈也无望的怨恨。因为王茂元卒，李商隐时游京师，其官秘阁也才一年多点，没有什么升迁，“会给事中郑亚廉察桂州，请为观察判官、检校水部员外郎”（《旧唐书・李商隐传》卷一百九十下）。他急于要改变自己命运而去桂州发展，但也情知与其所祈望的清要之地愈发地远了，故多感伤词。

李商隐的《寄令狐郎中》诗是作者于武宗会昌五年（845年）闲居洛阳时作，令狐绹时任右司郎中。李商隐寄诗云：

> 嵩云秦树久离居，双鲤迢迢一纸书。休问梁园旧宾客，茂陵秋雨病相如。

诗意比较真率而任性：你是嵩山的云呵我是秦川的树，然而，如今我们长久天各一方，在迢迢千里之外，我收到了你寄来的鲤书问候，心中特别温暖。别提我现在的境况多惨啦，如同是因病免职闲居茂陵的司马相如潦倒多病，寂寞无聊。刘学锴先生评此诗：“有感念旧恩故交之意，却无卑屈趋奉之态；有感慨身世落寞之辞，却无乞援望荐之意；情意虽谈不上深厚浓至，却比较直率诚恳。”[②]其实，无乞援望荐之意，只是字面上没有明言出来，而委婉于其中也。

① 叶葱奇《李商隐诗集疏注》，人民文学出版社1985年版，第269页。

② 刘学锴编《汇评本李商隐诗》，上海社会科学院出版社 2002 年版，第 106 页。

李商隐写在开成元年的《令狐八拾遗见招送裴十四归华州》诗，把其对功名的醉心与动心，写得十分逼真。诗云：

二十中郎未足希，骊驹先自有光辉。兰亭宴罢方回去，雪夜诗成道韫归。汉苑风烟吹客梦，云台洞穴接郊扉。嗟予久抱临邛渴，便欲因君问钓矶。

裴为令狐贵婿，少年得意。诗中写对功成名就者的惊羡之情，以及对自身未遇状态的惋惜之叹。诗中用典滥烂，语意空泛，实在无高明可言，相反倒是实实在在地暴露出李商隐灵魂深处的庸俗。末联用临邛抱渴、渭水钓矶，带出自家贫困、寓于久宦游而不遂之意，真有点“丢人现眼”的低俗。

他的《寄令狐学士》写于大中二年，当时李商隐刚刚由荆、湘返洛，没有出路，获知令狐绹内诏充翰林学士，即有此贺诗：

秘殿崔嵬拂彩霓，曹司今在殿东西。赓歌太液翻黄鹄，从猎陈仓获碧鸡。晓饮岂知金掌迥，夜吟应讶玉绳低。钧天虽许人间听，阊阖门多梦自迷。

诗的前面六句均是说令狐绹的恩遇优渥，身处崇高，含有十分的钦羡之心。写法与上面的诗同，也是在最后两句含蓄表达自家找不到出路而祈望汲引的意思，即有钧天广乐可听，而我则迷惘于君门九重之外，不知路从何入，是否能够引领我呢？

真是无独有偶，李商隐的《梦令狐学士》诗，简直就是《夜雨寄北》的“姐妹篇”，是其内容与情境的复制，甚至让人怀疑是否就写于同一个晚上。据考，此诗也写在大中二年（848年），即与《夜雨寄北》同一年，也是通过对比来表现人我关系的，诗云：

山驿荒凉白竹扉，残灯向晓梦清晖。右银台路雪三尺，凤诏裁成当直归。

此诗与《夜雨寄北》二诗相同之处是：都是自言所处环境恶劣，都是自言孤独难熬，都是夜思遥想，都是说“我想死你啦”，也都没有明言“荐引”的写作目的。二诗所不同的是：《夜》是“寄”，《梦》是“梦”（尤甚一层）；《夜》诗说“雨”，《梦》诗说“雪”（更进一步）；《夜》诗写境遇时偏说我方而另一方让人思而得之，《梦》诗则明写彼此双方的境遇，以己之身世苍凉，比令狐台阁之境遇华膴，对比极其强烈（特别强调）；《夜》诗“荐引”之意隐，《梦》诗“荐引”之意显（分外急切）。如果说《夜雨寄北》其中也确实隐含了一种对于汲引与理解的渴望，那么，此诗最大的可能就是寄给令狐绹的。

从可以明断的李商隐写给令狐绹的诗来看，有两点意思特别鲜明：其一，李商隐具有极其强烈的功名心；其二，他与令狐绹无话不谈，非常的直截了当。在令狐绹官居高位后，李商隐仍然多次写诗给令狐绹以求提携，事实上也获得了令狐绹的援手，可以明证二者之间具有非同寻常的朋友情分。

二、李商隐“屡启陈情”也屡得令狐绹的援手

李商隐交往圈里的人物可分为四类：其一是与其仕途生计有关的人物如令狐楚、令狐绹、崔戎、王茂元、郑亚、柳仲郢、李执方、卢弘止、李回、杜悰、萧浣、杨虞卿、杨嗣复、周墀、姚合、孙简等人；其二是互相酬和的诗友如白居易、杜牧、温庭筠等人；其三是那些政见或信仰志同道合的朋友如刘蕡、永道士、崔珏、李郢等人；其四就是部分礼节性的交游或亲戚之间的往来。在这些交往的对象中，能够以赠诗的方式来诉苦或者求援的，我们以为必须具备这样几个条件：一是能够平起平坐对话的；二是能够推心置腹洽谈的；三是能够有帮得上忙的能力的。对照这些条件，唯令狐绹之莫属也。

综观李商隐一生，在其所有的交往对象中，令狐绹（包括其父令狐楚）对其帮助最大也最多。从文宗太和三年（829年）被令狐楚聘作幕僚，到文宗开成二年（837年）令狐楚去世，李商隐一直深得令狐楚的赏识和爱重。李商隐的《谢书》诗中就表达了对令狐楚恩遇的感激之情以及本人的踌躇满志：“微意何曾有一毫，空携笔砚奉龙韬。自蒙夜半传书后，不羡王祥有佩刀。”李商隐在《撰彭阳公志文毕有感》中所咏“百生终莫报，九死谅难追”，表达了自

己对令狐楚的知遇之恩的深深谢意。《旧唐书·李商隐传》里也说："楚以其少俊，深礼之，令与诸子游。"（卷一百九十下）自小李商隐就与令狐绹成为了密友。李商隐的《别令狐拾遗书》，即是他在开成元年（836年）再次下第离京前写给同学好友令狐绹的道别信。信中云：

子直足下，行日已定，昨幸得少展写。足下去后，怃然不怡，今早垂致葛衣，书辞委曲，恻恻无已。自昔非有故旧援拔，卒然于稠人中相望，见其表，得所以类君子者，一日相从，百年见肺肝。尔来足下仕益达，仆困不动，固不能有常合而有常离。足下观人与物，共此天地耳，错行杂居蛰蛰哉。不幸天能恣物之生，而不能与物慨然量其欲，牙齿者恨不得翅羽，角者又恨不得牙齿，此意人与物略同耳。有所趋，故不能无争，有所争，故不能不于同中而有各异耳。足下观此世，其同异如何哉？（《全唐书》卷七百七十六）

信中把他们的结交看作意气相投、肝胆相照的君子之交，"一日相从，百年见肺肝"。正是因为有着如此真挚深厚的友谊，令狐绹一生对李商隐才施了三次重要援手。

第一次援手，是在唐文宗开成二年（837年），令狐绹协助李商隐中举。后于唐文宗开成四年（839年）入秘书省。

第二次援手，当在《夜雨寄北》诗后不久。大中二年（848年）二月，李商隐的府主郑亚罢桂管观察使，李商隐也落魄告还，于同年三四月间离桂北归，但其处境已十分困窘。其此时一再自比穷途末路狂啸痛哭的阮籍，"哭杀厨头阮步兵"（《乱后》），自言"岂谓途穷，再逢哲臣"（《献襄阳卢尚书启》）。大中二年冬初，李商隐返回长安，参加调选，被授为盩厔县尉，官阶从八品下阶。李商隐这次选调，令狐具体如何施予援手，史无明文。但时已拜考功郎中的令狐绹，已先期代李商隐向韦舍人通状，这倒是可稽的事实，见李商隐《上韦舍人状》：

舍人发挥帝业，润饰王言。三代典谟，焕然明具；两汉文雅，庸可比俦。今者运属长君，理当哲辅，固以复中书之典法，法举政事之本根，赞助嘉猷，裨成睿化，则书辞典册，乃纶阁之余事也。况舍人以至公御物，盛德当官，率周庙之骏奔，极汉庭之议论。伫见显司枢物，允致升平。况在诸生，倚望犹切。某淹滞洛下，贫病相仍，去冬专使家僮起居，今春亦凭令狐郎中附状。（《全唐书》卷七百七十五）

从文中可知令狐有荐托李商隐之举，希望他能得到韦中书舍人的汲引拔擢，使返京调选顺利通过。时值令狐仕途直线上升之势，任考功郎中不久，即升迁知制诰，充翰林学士。令狐的举荐和通状，虽然不能说具有一言九鼎的决定性作用，但是对于返京调选官职的李商隐自会产生重要的影响。如果要扯到牛李党争上去的话，令狐绹就是起草贬李德裕为崖州司户参军制书的执笔者。制书中全面而彻底地否定了李德裕一生的政绩，而且在最后还加上了一句“纵逢恩赦，不在量移之限”，真有置于死地之后快。而作为时在李党的李商隐，非但没有被牛党之首领的令狐绹所连带打击，反而得到其援手相帮而通状韦舍人，可见令狐绹还是对李商隐友情为重而网开一面的。

第三次援手，是在大中五年（851年），是年春天，幕主宣武节度使卢弘止病逝于汴州，李商隐罢幕归京，妻子王氏因久病于此时去世，儿小女幼，生生乏术。李商隐又一次求援于已任宰相的令狐绹，事见他卢幕罢归后所写的两篇启《上时相启》和《上兵部相公启》。新旧《唐书》“李商隐传”中俱谓“府罢入朝，复以文章干绹，乃补太学博士”（卷一百九十），因为令狐绹的关系，李商隐得补太学博士，正六品上阶。会柳中郢镇东蜀，辟为节度书记，赴梓州作幕府，旋为检校工部郎中，从五品上阶。

然而，古人多把李商隐的沉沦下僚，“归穷于宰相绹”[①]。不少的唐宋人笔记，将李商隐的一首叫作《九日》的诗拿来戏说，虚构成为小说，从五代王定保（《唐摭言》）、宋代孙光宪（《北梦琐言》）、李昉（《太平广记》），到计有功（《唐诗记事》），都说是“商隐为令狐楚从事，楚既殁，子绹继有韦平之拜，恶商隐从郑亚之辟，疏之。重阳日，商隐留诗于其厅事，绹睹之惭怅，扃闭此厅，终身不处”[②]。以后辗转传录，历经清代冯

① 辛文房撰，傅璇琮主编《唐才子传校笺》，中华书局2002年版，第272页。

② 计有功编，王仲镛笺注《唐诗记事校笺》卷五三，中华书局1965年版。

浩、张采田之笺注，乃至近人刘学锴、余恕诚之解释，也基本上没有跳出这样的思维。

李商隐《九日》，写作于大中二年（848年），其诗云：

曾共山翁把酒时，霜天白菊绕阶墀。十年泉下无人问，九日樽前有所思。不学汉臣栽苜蓿，空教楚客咏江蓠。郎君官贵施行马，东阁无因再得窥。

从诗歌的大意看，是通过比较令狐父子对待人才的两种不同的态度，来发泄对令狐绹的不满：你老子多好，就像汉代张骞从西域引进苜蓿种在离宫边一样搜罗人才；你现在官高权重，署衙前却设置了档众木，对我拒而不纳，看来像西汉公孙弘当宰相时开东阁延聘人才的机会我是没有的了。苏雪林在《玉溪诗谜》里指出：义山结婚王茂元家后，和令狐绹常相酬唱，义山还常住在令狐家里，两人交情并没有决裂。“那一首‘郎君官贵施行马，东阁无因再得窥’的诗，虽被《北梦琐言》造了一个故事，却不十分可信。”[①] 叶葱奇疏解曰：“冯浩说：‘义山于子直，既怨之，犹不能无望之。’所说很是，惟其望之过切，遂不觉怨之太深。这不过是逢到‘九日’，思前想后，独自抒感之作。令狐绹根本不会看到，更不用说什么‘记于屏风’，题于厅事了。”[②] 傅璇琮先生也认为：“《全唐诗》卷五四一收有义山《九日》一诗。按《唐诗纪事》等书所记，恐系小说家言，不足为信。《苕溪渔隐丛话》云：‘绹父名楚，商隐又受知于楚，诗中有楚客之语，题于厅事，更不避其家讳，何邪？’此评颇是。且义山自桂管归京时，绹尚未当国。……小说家以此敷衍故事耳。”[③]《九月》非寄诗，乃独自抒感之作。诗人急于汲引而有“怨”是自然的，其“望”也是合理的，而“留诗于其厅事”[④] 则是不现实的。李商隐在秋日归洛后，急于要谋一官半职，诗中多陈情告衷。然而，“令狐绹作相，李商隐屡启

① 苏雪林《玉溪诗谜》，上海北新书局1928年版，第104页。

② 叶葱奇《李商隐诗集疏注》，人民文学出版社1985年版，第526页。

③ 辛文房撰、傅璇琮主编《唐才子传校笺》，中华书局2002年版，第273页。

④ 王志清《李商隐〈九日〉献疑》，《南都学坛》2012年第5期，第49—54页。

陈情，绹不之省”（《旧唐书·李商隐传》），故而对令狐绹有此嗔怨，也情有可原。但是，大中二年初冬，李商隐靠令狐绹的举荐得官，也是事实。

李商隐也曾寄诗杜牧。杜牧时任司勋员外郎，自睦州刺史任上被召回京；而令狐绹则从湖州刺史任上调朝中任考功郎中，知制诰，授翰林学士。《旧唐书·职官志》中查知，令狐绹与杜牧二人所任官职，皆属对各级官吏业绩考核与勋级评定之要职，虽说无宰相之权重，但对五品以下官员的褒贬升降均可起到重要的评定作用。李商隐赠诗给杜牧，与赠令狐绹的意思同样，都是期望获得援引，属于公开的“跑官”“要官”。李商隐的《杜司勋》诗曰：

高楼风雨感斯文，短翼差池不及群。刻意伤春复伤别，人间惟有杜司勋。

诗采用的是惯用的对比手法，意谓：只有我是你的知音，你的所谓伤春实际上是一种忧国伤时之慨，是人世间独一无二的忠诚，然而却屡被人误解为风流绮靡，而我则翅短力微，不能置身显贵，因而不能与你这些朝中重臣比翼同归。诗人语出双关，委婉含蓄，藉此暗示自己也难得知音，难有顺途，隐含有需要汲引的深意。其《赠司勋杜十三员外》写作于大中三年，更是通篇都是“场面性”的恭维：

杜牧司勋字牧之，清秋一首杜秋诗。前身应是梁江总，名总还曾是总持。心铁已从干镆利，鬓丝休叹雪霜垂。汉江远吊西江水，羊祜韦丹尽有碑。

诗的格调不高，一味的歌颂，盛赞杜牧的文韬武略，其需对方施出援手的用意也是不言而喻的，而在诗中连一点点的暗示也让人难以找到。可见，李商隐的表达很有“分寸感”。他为什么不能够像寄诗令狐绹那样与其无话不说或有话直说呢？

另外，李商隐还有一些写给高登清要后之旧友的诗，譬如《及第东归次灞上却寄同年》：“芳桂当年各一枝，行期未分压春期。江鱼朔雁长相忆，秦树嵩云自不知。下苑经过劳想像，东门送饯又差池。灞陵柳色无离恨，莫枉长条赠所思。”又譬如《寄在朝郑曹独孤李四同年》：“昔岁陪游旧迹多，风光今日两蹉跎。不因醉本兰亭在，兼忘当年旧永和。”这些寄诗，让人读出了一种格格不入的距离，夹杂着一种不屑援引的怨气，更无一毫亲近和眷念之情。

“以诗证史”的诠释方法，立足于诗，或者是就诗而论，李商隐“归穷于宰相绹”实在是一个“莫须有”的罗织也。

三、与《夜雨寄北》同期的作品考

李商隐流传下来的诗歌共594首，据刘学锴、余恕诚先生考，其中213首无法归入具体的年份，381首已经基本确定了写作的时间。《夜雨寄北》诗刘、余考为大中九年。叶葱奇《李商隐诗集疏注》在《夜雨寄北》的诗题下注明该诗作于“大中二年”（848年）①，与冯浩、张采田同，笔者亦取“大中二年”说。即《夜雨寄北》乃李商隐大中二年春从桂州归来，留滞荆、巴期间所作。

唐宣宗大中元年二月，三十五岁的李商隐应御史中丞桂管防御观察使郑亚辟，赴桂州奏掌书记。大中二年，郑亚贬循州（今惠州）刺史，李商隐失去依傍，北还，在湖南观察使李回幕中逗留，滞居荆巴（今湖北西南部与湖南西北部）。今湖南岳阳市洞庭湖一带，三国时辖属吴国，为巴陵县，唐天宝元年复置巴陵郡，唐乾元元年改名岳州，此地亦属古九州之一的荆州。随着历代行政区划的不断调整，古荆州的辖地范围包括今湖南常德、湖北襄阳、湖北江陵、湖南岳阳等地，历史上把这一区域称为“荆巴”。湖湘之界处的江陵、岳阳、常德之地的山统称“巴山”。当今诗人流沙河在其《农场七人记》中认为“巴山”乃指巴陵山，“池”则指洞庭湖，《夜雨寄北》作于湘，并非在巴蜀所作。②叶葱奇在《李商隐诗集疏注》疏解曰：“巴岭山脉绵延甚广，此不过泛言巴蜀的山而已。”③

无论此诗写于巴蜀，还是写于今日之湖南，往长安方向寄诗，“寄北”的

---

① 叶葱奇《李商隐诗集疏注》，人民文学出版社1985年版，第50页。

② 流沙河《流沙河近作》，安徽教育出版社2006年版，第135页。

③ 叶葱奇《李商隐诗集疏注》，人民文学出版社1985年版，第50页。

方向都是对的。然而，所最要弄清楚的是所寄是谁？以上两个部分的考论，让我们有理由作出这样的推测："寄北"所寄最大的可能是令狐绹。我们再来看李商隐与《夜雨寄北》同时创作的诗，即看他的那些写作于大中二年的、没有在题目上标明寄绹的诗，是不是能够让我们找到其"寄北"就是寄令狐绹的佐证呢？那么，《夜雨寄北》为什么不直接在题目上换标"令狐绹"而用"北"来代呢？我们以为有这样几种可能：其一，此诗既然是写给令狐绹的，标题上不标明，也不会影响对方的理解；其二，李商隐习惯于采用象征隐喻的方式，类似"无题"的写法，将其求援之意委婉曲说，传神语外，"其身危，则显言不可而曲言之；其思苦，则庄语不可而漫语之"（朱鹤龄《笺注李义山诗集序》）。其三，不甘为"清浅"之作法，"他在诗中力避平庸，原因恰恰在于，在现实生活的规定位置上他其实太过平庸"[①]。我们以为，三种可能均有。

李商隐的这些写作于大中二年、却并未标明寄令狐的诗，不少已经为人视为寄令狐绹的诗，这些诗与《夜雨寄北》都具有这样几个共性特点：都是一种无路可走的彷徨，都有一种怨天尤人的无奈，都有一种"何当共剪西窗烛"的渴望，都是一种"屡启陈情"的独诉。李商隐大中二年的同期所作，还有如《楚泽》《离思》《荆门西下》《归墅》《梓潼望长卿山至巴西复怀谯秀》《九月》《锦瑟》与一些《无题》等等，其中有咏物言志诗，有怀古凭吊诗，有山水游旅诗，把这些诗与上文已经所引《梦令狐学士》《寄令狐学士》等诗参照起来整体考察，其中若隐若现地晃动着令狐绹的影子，有些其实就是没有明言寄绹而实际上是念绹的诗。譬如李商隐的五律《离思》：

> 气尽前溪舞，心酸子夜歌。峡云寻不得，沟水欲如何。朔雁传书绝，湘篁染泪多。无由见颜色，还自托微波。

此诗在诗意上可与《夜雨寄北》互为表里，都是一种孤独形象的刻画，都有强烈的孤独感，迫切需要找到一个倾诉的对象，具有迫切需要倾诉而难以倾

---

① 谢思炜《白居易集综论》，中国社会科学出版社1997年版，第444页。

诉的郁闷，开头两句就是因为惨遭遗弃而心酸气绝。叶葱奇疏解认为：“这首诗寄托醒豁。……当是郑亚贬官后，他漂泊荆、巴时，有感于令狐之决绝而托以抒怀的。这时正是‘屡启陈情，绹不知省’的时期。令狐在北，所以说朔雁书绝；身在荆湘，所以用‘湘篁’；‘托微波’正指‘屡启陈情’事。”[①]叶注中不止一次地说到“令狐绹在北”，这也是我们认为“寄北”即是寄绹所可佐证的。

《无题》（相见时难别亦难）诗，在几个重要注本里均列在“不编年”里，但从诗意看，看成此一时期的作品也未必不可。因为，“此亦感遇之作”（纪昀批曰），而叶葱奇就直接说成是寄令狐的：“看起结以及中间，情思馋结之深、中心寄望之切，当是对令狐绹而发。”[②]冯浩注“蓬山此去无多路”曰：“蓬山，唐人每以比翰林仙署。”李商隐自以为距离“蓬山”就是一步之遥，希望令狐绹在他进入翰林院的问题上助推一把。而照此意解此诗，真有点死缠硬磨的意味，屡屡陈情，晓愁夜吟，“春蚕到死丝方尽，蜡炬成灰泪始干”，你答应不答应，你不答应我就一直这样“吐丝”“垂泪”下去，直到你答应而“方”“始”为止。

还有些写作于此时期的诗，虽然我们不一定能够读出寄绹的意思，但是，都有一种与《夜雨寄北》中所表达出来的不遇感、孤独感、落寞感相仿佛。譬如李商隐的五律《楚泽》诗云：

> 夕阳归路后，霜野物声干。集鸟翻渔艇，残虹拂马鞍。刘桢元抱病，虞寄数辞官。白袷经年卷，西来及早寒。

从此诗的起句和结句看，也明显是久客南方者北归的感觉，也是深秋，又是向晚，夕阳加秋霜，诗人拖着病体，因为郑亚被贬而致使自己也丢官，没有什么指望，也没看到什么希望，其深刻的体验是“西来及早寒”，比《夜雨寄北》的孤独与落寞感还要深重。

又譬如其七律《荆门西下》题中之“西下”，也是指由荆、湘入蜀，是在

---

① 叶葱奇《李商隐诗集疏注》，人民文学出版社1985年版，第73—74页。

② 叶葱奇《李商隐诗集疏注》，人民文学出版社1985年版，第174页。

郑亚贬官后，留滞荆南，往来巴蜀时所作。诗云：

一夕南风一叶危，荆云回望夏云时。人生岂得轻离别，天意何曾忌崄巇。骨肉书题安绝徼，蕙兰蹊径失佳期。洞庭湖阔蛟龙恶，却羡杨朱泣路岐。

诗中怨天尤人，怅恨久客在外，实在是因为水路险恶而无路可走，因而，即便是歧路也是很值得羡慕的。

再譬如五律《思归》，同样是作于郑亚遭贬而诗人将北归时：

固有楼堪倚，能无酒可倾。岭云春沮洳，江月夜晴明。鱼乱书何托，猿哀梦易惊。旧居连上苑，时节正迁莺。

起句处险生悲，结句念远伤离，全诗充满了忧患和惊恐，欲归而不能，怆然而下不出涕来。这些诗中都充斥着一种摆脱孤独的急切情感，真如同要挣脱水深火热一般。因此，当其归来之后，则大有陶渊明归去来兮的兴高采烈，如其《归墅》写道："行李逾南极，旬时到旧乡。楚芝应遍紫，邓橘未全黄。渠浊村舂急，旗高社酒香。故山归梦喜，先入读书堂。"

但是，患得患失的李商隐，其心理是很复杂的，对前途也是没有多少信心的，他的七绝《梓潼望长卿山至巴西复怀谯秀》写于风尘仆仆的道途上，也是其失职往来荆巴时所作，诗云：

梓潼不见马相如，更欲南行问酒垆。行到巴西觅谯秀，巴西惟是有寒芜。

此诗寄慨良深，措辞婉曲。诗中用了两个典：一是杨得意荐司马相如，一是桓温荐谯秀。但是，诗人不说世无"伯乐"，而怨世无"千里马"，自艾自叹，其失望之深以"巴西寒芜"的意象出之，更觉寒彻心腑。诗人以其特有的吞咽凝回、寄托隐微的艺术风格，委婉含蓄地表达了自己因令狐不肯援手而致于沉沦漂泊的痛苦心情。李商隐是一个把仕途看得超过一切，且始终在沉沦中作百折不挠之挣扎的人。

通过对李商隐写给令狐绹诗之考论，我们的结论是：李商隐与令狐绹的关系非同一般；在李商隐所有的交往中，他与令狐绹关系最密切，交往的时间跨度也最大；令狐绹对李商隐仕途上的帮助也最大。

B

辑

盛唐诗歌之极品：《次北固山下》[1]

［按］　《次北固山下》乃盛唐极品，久获盛誉。笔者在多种场合，发表多篇文章力挺。文章强调此诗在文学史上的卓绝意义和特殊地位，其有“孤篇横绝，竟为大家”的评价也不为过。甚至认为，以“王湾体”来概括和命名盛唐诗，也顺理成章。

王湾，在璀璨的唐代诗星中名头不能算大，然而，其《次北固山下》一诗则久获盛誉，历代共赏，在浩如烟海的唐诗名作中，还真难获有这样十足的“公信度”。

所谓的“公信度”，就是社会公众对某种特定事物或者现象的信任程度。我们使用“公信度”一词，是取其“普遍性”的认同和盛赞之义，而从审美接受上来考察历朝历代对《次北固山下》诗的权威解读，通过对是诗的经典性评价的罗列和分析，从而认定其文学史的卓绝意义和特殊地位，或者也能够得出一个“孤篇横绝，竟为大家”的认可。

一、关于《次北固山下》公信度的例举

例一，盛唐人殷璠在《河岳英灵集》里记录说：

“海日生残夜，江春入旧年”，诗人已来，少有此句。张燕公手题政事堂，每示能文，令为楷式。[2]

---

① 原题为《〈次北固山下〉的公信度研究》，发表于《北京理工大学学报》（社会科学版）2010年第12期，第105—110页；笔者曾写过一篇题为《盛唐诗歌的极品——〈次北固山下〉赏析》的文章，发表于《古典文学知识》2011年第1期，第20—27页。

② 殷璠《河岳英灵集》，傅璇琮编《唐人选唐诗》，陕西人民教育出版社1996年版，第193页。

按：殷璠乃王湾的同时代人，也是盛唐诗学观的代表，此记载的可信度应该说是很高的。殷璠的《河岳英灵集》是唐诗选本，同样称得起是“河岳英灵”之作。殷璠用风骨与兴象并重的标准评判盛唐诗歌。殷璠在著名的《河岳英灵集》里选诗24家，以王维、王昌龄为主，何以不将张燕公手题政事堂之诗，说成是王维、王昌龄的诗，或者说成是李白等等的诗，而说是王湾的诗，而且明言所题是“海日生残夜，江春入旧年”两句呢？《河岳英灵集》最能够代表盛唐趣味，是唐人选唐诗的最权威的版本，殷璠借助张说题诗之“力”而确认是诗，可见，是诗在当时影响之大，在殷璠心目中地位之高，具有诗中之诗的经典性，具有极高的公信度，因此，将是诗视为盛唐诗的最合适代表，这是张说的文学观，是选者殷璠的文学观，也是时代接受的大众的文学观。

再按：张说者，何许人也？张说所倡，出于何目的焉？《新唐书·张说传》云：“开元文物彬彬，说力居多。”张说在武周时期由科策入仕，以太子校书起家，历仕武后、中宗、睿宗、玄宗四朝，官政四十余年，三登左右丞相，三作中书令，睿宗时期就已经是政治中枢的主要成员之一。张说文学修养极高，堪称一代文宗，其为文俊丽，用思精密，乃朝廷大手笔，多特承帝旨撰述，尤长于碑文墓志。张说其诗，人谓得江山之助，已具盛唐风貌。后人胡震亨评价说其“律体变沈宋典整高则，开高岑清矫后规”（《唐音癸签》）。张说的同时代人韦述曾言：“上之好文，自说始也。”[①]张说的“文治”观对玄宗的政见产生了巨大的影响，使骨子里爱好文艺的玄宗欣然接受了他的“重道尊儒”“博采文士”等主张，而奠定了开元前期的基本文化政策，形成了初盛唐之交的文人政治的环境。张说与玄宗之间有着很特殊的关系，玄宗在东宫，张说为东宫侍读，又有力荐睿宗而使太子监国之功，其子张垍为玄宗之爱婿。张说另一子张均，也是朝廷重臣，官居中书令。开元十年（722年）闰五月，张说以兵部尚书、同中书门下三品的宰职往朔方巡边，玄宗诏百官祖饯郊外，亲制《送张说巡边》诗以示恩宠。源乾曜、张嘉贞、宋璟、卢从愿、许景光（先）、韩休、徐知仁、崔禹锡、王翰、苏晋、王光庭、袁晖、席豫、张九龄、徐坚、崔日用、贺知章等十七人作《奉和圣制送张尚书巡边》诗，诗存于

① 孙逢吉《集贤院·十八学士》，《官职分纪》卷一五，中华书局1988年版，第381页。

《张燕公集》卷四，另外崔泰之、胡皓、王丘亦有送诗，分别见于《全唐诗》卷九十一、一百零八、一百一十。贾曾奉敕作序，编为《朝英集》。贾曾序中赞云："公智以开物，精以造微，文为一变之英，武有万人之敌。"张说赴集贤院上任，玄宗有《集贤书院成送张说上集贤学士赐宴得珍字》诗，诸多大臣纷纷和作。据考，本年，玄宗频频赐宴集贤学士，张说有《皇帝降诞日集贤殿赐宴》等诗。《全唐诗》卷三存玄宗诗六十四首，竟有三十余首与张说唱和或者有关。集贤院是唐代政治成为文人政治的重要标志，是玄宗实行礼乐政教的重要机构，既是文化机构又是参政机构，张说知集贤院院事，他充分利用其所掌控了的选人用人的特殊权力，干预政治与文学，对社会风气、文士品格、文人政治产生了巨大的积极影响。张说亲手将王湾的诗句题到政事堂上，"每示能文，令为楷式"，这种示范性的范式确定和号召，实际上是为即将到来的盛唐诗歌做出了一个方向性的引领，直接导致盛唐诗歌风貌的形成。我们还可从中探知时代的接受意志，甚至是阶级的政治的意图。

张说在《洛州张司马集序》开篇写道："夫言者志之所之，文者物之相杂。然则心不可蕴，故发挥以形容；辞不可陋，故错综以润色。万象鼓舞，入有名之地；五音繁杂，出无声之境：非穷神体妙，其孰能与于此乎！"这段表达张说诗美观的开场白，诚可作为美学名段来欣赏。他在序中明确提出"族高辰象，气壮河山，神作铜钩，天开金印"的"气象"，规制了"逸势标起，奇情新拔"的盛唐"骨力"，他以为，盛唐时代精神的作品，就是要"摇笔而绮绣飞"，且达到"感激精微"，"天然壮丽"之境界。张说讲求风韵，崇尚气势，欣赏境界阔大、气格爽健的作品，他在《唐昭容上官文集序》中曰："七声无主，律吕综基和；五彩无章，黼黻交其丽。是知气有壹郁，非巧辞莫之通；形有万变，非工文莫之写。"[①]也就是讲的这个意思。于此也可见张说的美学趣尚、文学品级和鉴赏识见之一斑，也可见其鼎举《次北固山下》的深刻原因了。

例二，唐末诗人郑谷《卷末偶题三首》（其一）诗中云：

---

① 《全唐文》第三部，卷225。

“何如海日生残夜，一句能令万古传。”

按：唐僖宗时的诗人郑谷，写有一首七绝诗盛赞王湾是诗，其诗云：“一卷疏芜一百篇，名成来敢暂忘筌。何如海日生残夜，一句能令万古传。”诗的意思是：我这一卷中拼拼凑凑也有百来篇的诗，而且竟然也凭靠着这些诗出了名，现在想来真不敢忘了它们。可我全部的诗怎么也抵得上“海日生残夜”一佳句，凭此一句便足以万古流传也。这是郑谷的谦虚之词，不惜贬低自己而抬举王湾是诗。然而，也是比较客观的评价，郑谷以深沉思考的句式，表达极度钦羡、由衷赞叹的解读激动，表现出诗人认同前贤且追步前贤的创作愿望。在晚唐，郑谷诗名颇盛，列为“芳林十哲”之一，前辈诗人司空图称许其“当为一代风骚主”。郑谷其诗《淮上与友人别》具有十足的盛唐风姿，保持了盛唐长于抒情、富于风韵的特点。他尤以《鹧鸪》诗传诵广远，而有“郑鹧鸪”之称。诗僧齐已奉《早梅》诗求教，当庭拜郑谷为“一字师”。可见，郑谷也非一般性诗人，他对王湾是诗如此推崇，自有其他诗无以堪比的独特的魅力。

例三，明人胡应麟在《诗薮》中比喻说：

盛唐句如“海日生残夜，江春入旧年”，中唐句如“风兼残雪起，河带断冰流”，晚唐句如“鸡声茅店月，人迹板桥霜”，皆形容景物，妙绝千古，而盛、中、晚界限斩然。故知文章关气运，非人力。[①]

按：胡应麟，一代学术巨匠。前辈学者朱衡称之为“天下奇才”，时执词坛牛耳的王世贞也对其推崇备至，列其为暮年所交五子之一。其《诗薮》是明中期重要的诗学论著，集本体建构和作家作品批评为一体，完整而系统地表述了作者的诗学思想，远远超越了诗话发展前期的那种随笔、散论的性质。他的诗学本体理论建构最集中地体现在“兴象风神”之说。殷璠在《河岳英灵集》中以“兴象”为论诗的重要标准，“兴象”作为一个诗学范畴提出，胡应麟追步殷璠“兴象”说，又创造性地以“风神”并举，用“风神”，来评价一种具

① 胡应麟《诗薮》，上海古籍出版社1979年版，第59页。

有风华神韵的好诗。他认为："盛唐绝句，兴象玲珑，句意深婉，无工可见，无迹可寻。中唐遽减风神，晚唐大露筋骨，可并论乎？"（《诗薮》内编，卷六）胡氏诗话中分别拈出三个时期的三名句，以区别"界限斩然"的盛、中、晚唐诗歌的风格特点，涉及盛唐气象、时代精神、社会面貌等的象征，其准确性、形象性和象征性，历来为唐诗研究者们所称道和叹服。

例四，闻一多也认为：

> 王湾是学者，名句有"海日生残夜，江春入旧年"（《次北固山下》）。相传张说曾把它写于政事堂，作为后生楷模，故晚唐诗人郑谷有句云："何如海日生残夜，一句能令万古传。"可见它在当时的影响，和盛唐所提倡的标准诗风。[①]

按：闻一多是中国现代文学史上著名的学者，他的学术研究内容广泛，包括《诗经》、《楚辞》、《庄子》、上古神话以及唐代诗歌等。他的唐诗研究，开启了他庞大的古代文学的研究计划。闻一多的唐诗文献研究，先从考证史料、校正文字、诠释词义等最基础的工作做起，继承了清代朴学严谨求实的科学精神。他在考证唐代诗人生平事迹时，采用了"以诗证事"的方法，其"以事为经""以诗为纬"而"详于事而略于诗"的考论方法，为唐诗文献学研究开辟了新路，将作品考订与作家生平事迹和交游考证结合起来，建立了一种全方位的、综合性的研究格局，显示出宏大气魄与广阔视野，反映了21世纪唐代文学研究由传统向现代的转型。闻一多曾经把盛唐诗分为先后取法齐梁风格、晋宋风格、汉魏风格的三个复古阶段，划张说、贺知章、张旭、王湾等诗人入齐梁风格时期的第三类。他认为王湾的名句"海日生残夜，江春入旧年"，体现了"盛唐所提倡的标准诗风"。闻一多指出："这一派所代表的，恰是盛唐、中唐的一般风格（李、杜、韩、白诸大家除外）。他们都是拿诗来作消遣的，又是当时在社会上活动的士大夫，所以形成了流行的风格，势力很大。就文学史来说，的确不可漠视，因为他们所形成的风气，常常足以影响大

---

① 郑临川、徐希平《笳吹弦诵传薪录——闻一多、罗庸论中国古典文学》，上海古籍出版社2002年版，第105页。

家。”[①]按照闻一多的说法，盛唐时最流行的标准诗风应是张说所提倡的以近体诗为主体的吸收了齐梁清丽风调的诗风。然而，唐诗研究界却令人遗憾地长久遗忘了这一精警的论断。

例五，傅璇琮序陈贻焮《杜甫评传》论及是诗：

> 张说是开元时期转变文风的重要人物，从这时开始，他以宰相之尊，汲引一些文士于其周围，因而使开元时期的文风与前一时期有显著的不同。就在这一年，王翰登进士第，第二年，王湾登进士第。王湾在这前后所写的“潮平两岸阔，风正一帆悬；海日生残夜，江春入旧年”诗句，张说居相位时手题于政事堂，“令为楷式”，这风格壮美而又富于展望的诗句，一扫武、韦时期绮丽不振的诗风，使人耳目一新，预示着盛唐诗歌健康发展的康庄大道。从先天元年起，像贾曾、贺知章、张九龄等都先后步入仕途。到开元四年（716），富有才艺的早熟的王维，以十八岁的青少年诗人写出了长篇歌行《洛阳女儿行》，标志着诗歌史上的“唐音”已正式开始。对唐诗研究者来说，研究这一转变时期的政治、经济、社会风尚与文学发展的关系，该是多么有吸引力。应该说，这是一片有待于开垦和收获的肥沃的土地。[②]

按：傅璇琮，1933年出生，清华大学文献研究中心主任，著名古典文献和文学研究专家，在海内外学术界有着广泛和崇高的学术声誉。自20世纪80年代以来，他出版了《唐代诗人丛考》《唐代科举与文学》《唐才子传校笺》《唐五代文学编年史》《李德裕年谱》《唐诗论学丛稿》等一系列在古代文学研究领域道夫先路的著作。傅璇琮有《王湾传》，认为王湾入仕前，词翰早著，为天下所称。傅璇琮先生对“海日生残夜，江春入旧年”似乎怀有特殊好感，多次引用。此引是新时期唐代文学研究中的较早引用。此序是对陈贻焮《杜甫评传》的推介，而先生则自然而然地引述是诗，以此来描述开元的盛世社会现

---

① 郑临川、徐希平《笳吹弦诵传薪录——闻一多、罗庸论中国古典文学》，上海古籍出版社2002年版，第105页。

② 傅璇琮《陈贻焮杜甫评传·序》，见傅璇琮《学林清话》，大象出版社2008年版，第2页。

实，高度赞美张说的意义和是诗出现的不同寻常的意义，此引的深意，即在于突出地说明：这一时期的研究方兴未艾而大有可为。

例六，袁行霈教授是这样诠释“盛唐气象”的：

所谓“盛唐气象”，着眼于盛唐诗歌给人的总体印象，诗歌的时代风格、时代精神：博大、雄浑、深远、超逸；充沛的活力、创造的愉悦、崭新的体验；以及通过意象的运用、意境的呈现，性情和声色的结合，而形成的新的美感——这一切合起来就成为盛唐诗歌与其他时期的诗歌相区别的特色。盛唐诗人王湾有一首《次北固山下》，当时的宰相张说称赞不已，将颈联抄在官署的墙上，作为诗歌的楷模。这诗的中间两联正好可以用来形容那个时代：“潮平两岸阔，风正一帆悬。海日生残夜，江春入旧年。”那三个形容词：平、阔、正，还有那高悬的风帆，从残夜中生成的海日，进入到旧年里的江春，都让人感受到盛唐时代的气息以及盛唐诗歌的风貌。①

按：袁行霈，1933年出生，师承林庚，北京大学国学研究院院长，中央文史馆现任馆长。他领导、规划和主编的《中国文学史》四卷本“充分体现了中国古典文学研究的最新成就”（傅璇琮）；“这部书达到了集体编写中国文学史的最高水平”（徐公持）。袁先生不止一次地引述“海日生残夜”，以象征盛唐气象，20世纪末，袁先生在《光明日报》发表《盛唐诗歌与盛唐气象》的文章，第一部分的标题是“潮平两岸阔，风正一帆悬”，副标题“盛唐的时代风貌”。为了增强文章的形象性，便以王湾此诗句来作盛唐时代风貌的概括。董乃斌著文评论其主编的《中国文学史》时很欣赏其在文学史的写作中以“意象”来概述，董先生说：“注重作家群体的研究，并以时代特征、地域特点、意象类型和美学风格对不同创作群体进行分类论述，取代了过去一些习用的概念或似是而生、生搬硬套的术语和概括。”他认为：“这样的史论，致力于突出意象类型和美学风格，既新鲜，也更符合‘文学本位’的宗旨。”

① 袁行霈《盛唐诗歌与盛唐气象》，《光明日报》，1999年3月25日。

例七，葛晓音指出：

> 这一联以宏大的气魄写出诗人从海日生于残夜、新春入于旧年的自然景象中领悟的哲理意味，意境更为深广，标志着五言律诗已经彻底摆脱齐梁山水诗赋物象形、即景寓情的阶段，进入了盛唐。张说敏锐地察觉到这一变化的意义，并“每示能文令为楷式”，便及时防止了开元前期齐梁清媚诗风流行，容易失于肤浅的潜在危机，并为近体山水诗指出了艺术升华的途径。①

按：葛晓音，1946年出生，师承陈贻焮，北京大学中文系教授，可谓唐诗研究的领军人物之一。主要著作有《八代诗史》《汉唐文学的嬗变》《山水田园诗派研究》《诗国高潮与盛唐文化》等。葛晓音的研究，基本上是针对一个时期诗歌发展的重要环节来进行的，追踪此阶段与社会政治、学术文化关系密切的诗歌的因革轨迹。葛晓音此论在于通过王湾的意义来突显张相的意义，突出张相发现的敏锐，也重在政治性，用了“防止”“危机”等字眼。

二、关于《次北固山下》公信度的分析

罗列以上七例“诗话”，得出三点意见：

其一，是诗评价的权威性。

要深刻认识王湾是诗的价值和高度，首先要充分认识历代荐诗誉评之人，认识他们在学界乃至政界的影响。以上七例，关于《次北固山下》的评价，要多权威有多权威。自张说、殷璠始，然后郑谷、胡应麟，然后闻一多，及傅璇琮、袁行霈与葛晓音，无论是当时的文坛祭酒，还是现今的学界泰斗，均对是诗有着崇高的评价。

从权威性上说，张说的权威性无疑是绝对至上的。张说以其特殊的丞相和文宗两兼的地位，利用其所掌控了的选人用人的特殊权力，品评文苑，汲引才

① 葛晓音《诗国高潮与盛唐文化》，北京大学出版社1998年版，第81页。

人，以行政手段合法地推行文治政策，维护文士阶级的声誉，提高文士阶级的政治地位，为文学创作的繁盛组建了一支优良的创作队伍。而且，张说以其先进的文学思想、卓越的文化活动和雄厚的诗歌创作实绩，对唐诗从初唐到盛唐的发展，对盛唐诗歌高潮的到来，做出了意义非同寻常的贡献，成为引领和营造“盛唐气象”的组织者和奠基人。张说力推王湾是诗，可以想见，是诗对于盛唐诗歌发展所必然起到的重大影响。闻一多这样评价张说的权威说：张说自己的诗写得好，又以自己的地位把这种作风加以提倡，“一般想由科举出身的举子谁不竞先响应。因此，我们有理由把张说说成是试帖诗典型的建立者，也就是他对唐诗所起的重大影响，而试帖诗的影响唐代诗坛，也就是张说影响的普遍化了”[①]。

殷璠的《河岳英灵集》，在众多的“唐人选唐诗”版本中独树一帜，是“盛唐之音”的最佳选本，代表了盛唐诗美学的方向，成为盛唐诗学思想的理论总结，在中国古代诗学史上具有极其重大的意义，其权威性毋庸置疑。郑谷为晚唐诗坛骄子，虽已远离王湾时代而中心追慕，独独拈出王湾的“海日生残夜”句，且生出了“一句能令万古传”的心悦诚服，这也是王湾是诗具有广泛社会“信度”的明证。胡应麟之比喻，闻一多之描述，今人傅璇琮、袁行霈及葛晓音的反复引述，他们学术上的地位与影响（前按中已有介绍），其论述的权威性自然也不言而喻。今人中葛晓音的学术权威比较而言或许要逊于傅璇琮和袁行霈，但也非等闲辈也，不妨一阅程千帆教授曾赠葛晓音的一副对联，此对联曰：“句好无强对，神超有独游。”旁注曰：“晓音大家损书论学谓欲合静希先生（林庚）之悟性、昭深先生（王瑶）之功力为一。余观其新撰《山水田园诗派研究》，诚亦庶几矣！凛妙才之可畏，幸吾道之不孤。辄作此联奉赠。”堪称“大师”的程千帆教授对葛晓音如斯盛赞，且是十多年前的评语。

其二，是诗看好的久远性。

葛晓音在主讲古代诗歌赏析时说：“一首诗，好或不好，要放在中国历史发展中来看，诗具有转承性。”也就是说，真正的好诗不是“红热”一阵子，而需要经得起时光的磨砺和汰涤。对于是诗，自张说之激赏始，后世普遍认

① 郑临川、徐希平《笳吹弦诵传薪录——闻一多、罗庸论中国古典文学》，上海古籍出版社2002年版，第107页。

同，积极生发，当代的人说好，异代的人也说好，历朝历代的人都说好。从流传久远来考察，足以明证王湾《次北固山下》诗具有极高的公信度。笔者所选择的七则关于是诗的权威性的评价，分别出自几个各不相同的“特别意义”的典型时期，不管是哪个朝代哪个时期，也无论评论者持什么样的文学观、美学观，认知均一律，还有什么诗的社会“信度”可与之相比？

我们还发现了一个很重要的耐人寻味的罕见现象，越是盛世，是诗引用的频率也越高。撇开张说的“地位”“影响”诸因素不论，单从他的审美标准观，他如此激赏此诗，而且将此诗手题议事厅，可见此诗就不是具有一般性的高度了。至少可以说，其诗表现出了合乎张说美学理想的盛唐气象和境界，是张说在遍览是时所有诗作，而做出的适合代表“盛唐范式”的重大选择。《河岳英灵集》之选评，也可以反证，是诗在当时的巨大影响，也可以明证其乃为盛世之音。晚唐郑谷诗风追慕盛唐，故举此例以表现出勇敢的诚服。明代的胡应麟拈出其中二诗句以象征一个盛世，闻一多也非常激赏张说用王湾的诗句来象征盛唐的政治和文学之盛，都是对王湾诗崇高境界的鉴认和好评。20世纪80年代以来，中国社会也开始步入盛世，是诗以及其中的名句，更加脍炙人口，广为所用，或者用以描述盛世形态，或者用以象征一种蓬勃向上的新生事物的新兴状态，或者用以概括当代唐诗研究的盛况，等等。总之，盛世接受以及向往盛世者接受的共性，均不约而同地相中了王湾是诗。而这种经久地被一个时代的学坛巨匠反复运用的事实，雄辩确证是诗难以伦比的美学价值和文学地位。

其三，是诗自身的艺术象征性。

通过一首诗，乃至诗中的一两句诗，来象征一个时代，来比喻一种气象，来描述一种现象，除了王湾是诗，还真的找不到其他呢。

王湾往来于吴楚间，桑梓日远，乡情日远，正值物换星移的季节变易。于是，吟出“海日生残夜，江春入旧年”的经典名句。“海日生残夜”，光明灿烂的景象孕育于消逝在即的寒夜之中，一夜之间，中分二年，而光明逐渐替代了黑暗；“江春入旧年”写时序的变换，春天已按捺不住自己的脚步，急不可耐地闯入旧年。写景逼真，叙事确切，活现出夜和昼、旧和新之间互相依存的关系。夜色已残，旧年已过，新日已生，阳春已到，这种在昼夜转接、时序交替之际时的一种喜悦，反衬出躁动时期躁动心态的微妙，愈加让人感到在此转型期间诗人境界之高朗壮阔。这正是典型的唐人胸臆，唐人意气，唐人格调。

作者的这种无意说理而理趣盎然的写法，也正是典型的盛唐特征。

张说激赏此诗，不仅仅是其诗正适合张说对盛唐诗歌范式的确立的标准，符合其通达、新变的文学观，而且有其“文治”政治的需要。开元初期，由于宫廷政变的影响和玄宗对诗文词赋的行政打击，诗坛出现了巨大的断层。张说正式用事是在开元十一年二月，接替张嘉贞行使中书令的职权，反映了玄宗由尚吏治到尚文治的变化，变文学发展的阻力为动力。司马光称“张嘉贞尚吏，张说尚文”[①]，也说明“玄宗的重视文治，以张说的用事为真正的转捩点”[②]。是年四月，张说便手书王湾诗句于议事厅。《旧唐书·张说传》言张相“引文儒之士，佐佑王化，当承平岁久，志在粉饰盛时”，正表明张说企图通过具体作品以引导诗坛的走向。王湾诗作于开元二年，张说择其诗而告示天下，即在于要求诗歌必须表现盛唐的盛世气象，呈现承平的时代风貌，凸显磅礴向上的精神状态。从史料上看，张说对盛唐文学的影响，主要是他力排众议，高度评价文学的意义和作用，而为盛唐诗歌创作范式的确立做出了具有历史性意义的贡献。张九龄在《故开府仪同三司行尚书左丞相燕国公赠太师张公墓志铭（并序）》里就对此作出了高度评价：“始公之从事，实以懿文，而风雅陵夷，已数百年矣。时多吏议，摈落文人，庸引雕虫，沮我胜气，邱明有耻，子云不为，未知宗匠所作，王霸尽在。及公大用，激昂后来，天将以公为木铎矣，斯文岂丧？”[③]张九龄充分肯定了张说在扭转历史上所起的关键作用，张说在“时多吏议，摈落文人”的政治环境中，倡导“文学”，实际上即是用进士科举来全面取代汉以来的选举和六朝以来的门阀世袭的用人制度，造成唐代文人政治的政治局面。张说对政治的影响和作用，往往是通过文学、通过其对文学的影响来实现的。他改变玄宗的政治观念、审美兴趣，也首先通过诗歌趣味的变化、诗歌范式的确立，激活整个诗坛，从而引发盛唐诗歌高潮的到来。张说激赏王湾是诗，即是通过王湾是诗来传达自己的文学理想和政治主张，以确立是诗而使这种诗歌创作范式真正落实。因此，推举是诗，既是为文

---

① 司马光《资治通鉴》卷214。

② 汪篯《唐玄宗时期吏治与文学之争》，汪篯《隋唐史论稿》，中国社会科学出版社1981年版，第200页。

③ 《全唐文》第三部，卷292。

学繁盛规范模式，奠定盛唐诗风的基础，更是为对盛唐风范、气象乃至开明政治的形成，推出“政治性”的景观，所树立出来的形象性的标尺。

也许是张相开了一个好头，此后，大凡引用是诗者，多看重其象征性，多特显其比喻义。王湾诗中将看似平常的生活景象，赋予了时代的意志和人的情思，表现出具有普遍性意义的生活真理，给人以乐观豪迈、积极向上的精神鼓舞。晚唐郑谷对是诗五体投地地钦服，固然是认定其卓绝的艺术性，也是看好其中所蕴含的精神、气格等因素。明人胡应麟在《诗薮》里的比喻说法，看重其诗高度的形象的艺术概括力，胡应麟已经远离唐代，是在李白、杜甫、王维的名气盖过所有诗人而成为盛唐杰出代表之定论以后，他不拈那些巨星之名句，而恰恰拈得“海日生残夜，江春入旧年”句，也许真的没有比用此句来概括盛唐气象更为贴切的了。这也是取其象征性的生动实例。闻一多，以及今人傅璇琮、袁行霈和葛晓音等的引述，也是因为其高度的艺术性和深刻的象征性。

三、结论

1.王湾《次北固山下》诗，盛誉极高，古今共识，具有极高的社会公众信任度。张若虚的《春江花月夜》“孤篇横绝，竟为大家”，而依照王湾是诗所获得的如斯盛誉，此一篇获有这样的评价似也不为过也。

2.“海日生残夜”等诗句，历朝历代的学坛巨擘常常用以象征、描述和概括社会和文学现象，越加明证是诗具有至高无上的审美影响和文学史地位。

3.古人喜欢以一两个现成的语词，来得出“某某体”概括。严羽在《沧浪诗话》“诗体”一节里集中罗列，概括出50余体，而以唐代诗人命名的也有20余体，或者以时而论，譬如“大历体”“元和体”等，或者以人而论，譬如“沈宋体”“韦柳体”“元白体”“杜荀鹤体”等，而唯独没有给“盛唐诗”一个特定的概括！今人因袭古人，虽然扩大了“体”的命名，但是，却始终没有“盛唐体”的界定，没有给盛唐诗一个约定俗成的代名词。笔者以为，以“王湾体”来概括命名，没有比此更合适的了。其实，“王湾体”的概括早已形成，早在历代研究者们的心目中存在，只不过是没有明确“叫响”而已。

情致百出盛唐调：《回乡偶书》[①]

［按］　贺知章《回乡偶书》成诗于盛唐前期，在唐七绝上具有道夫先路的意义。我们虽然不能将贺知章在绝句律化上的作用过分夸大，但其开了一个好头，做了一个风调情韵的示范，使得盛唐人寻找到了属于他们自己所需要的节奏和形式，则是应该在诗史上记上一功的。

贺知章于《全唐诗》中存诗仅一卷，共十九题，二十首，断句一则。而在其存诗中仅有七绝四首，却有两首是特别脍炙人口的，一首是《回乡偶书》（“少小离家老大回”），一首是《咏柳》（“碧玉妆成一树高”），其诗美学价值之本身，深受酷评。而贺知章也因此而跻身唐代著名诗人的行列。我们以为，《回乡偶书》最具有研究价值的是它的写作时间。换言之，在初唐到盛唐的绝句发展期，此诗起到了道夫先路的引领作用，具有重要的文学史意义。

一、精神向度的自觉寻找

贺知章（659—744），字季真，越州永兴（今浙江省杭州市萧山区）人。武则天证圣元年进士，授国子四门博士，迁太常博士，历任礼部侍郎、秘书监、太子宾客等职。贺知章为人旷达不羁，有“清谈风流”之誉，晚年尤放纵，自号“四明狂客”。他在盛唐与包融、张旭、张若虚同时齐名，合称“文章四友”。

史载，贺知章告老还乡的要求是很强烈的，打过两次申请还乡的报告。《旧唐书》载云：“天宝三载，知章因病恍惚，乃上疏请度为道士，求还乡

---

① 此文章是在“贺知章学术论坛”上的发言（2011年11月6日），原准备汇编成集，便一直没有拿出去发表。浙江萧山，是贺知章的家乡，萧山政府把贺知章研究作为第二届中国国际（萧山）跨湖桥文化节重要活动。傅璇琮先生受萧山政府之托，在全国范围内召集了六七个唐诗研究专家，他们是傅璇琮、陈尚君、孙昌武、陶敏、戴伟华、卢盛江、陈耀东等，笔者忝列其中。

里，乃舍本乡宅为观。上许之，仍拜其子典设郎曾为会稽郡司马，仍令侍养。御制诗以赠行，皇太子以下咸就执别。至乡无几寿终，年八十六。”[1]《新唐书》载云：“天宝初，病，梦游帝居，数日寤，乃请为道士，还乡里，诏许之，以宅为千秋观而居。又求周宫湖数顷为放生池，有诏赐镜湖剡川一曲。既行，帝赐诗，皇太子百官饯送。擢其子曾子为会稽郡司马，赐绯鱼，使侍养，幼子亦听为道士。卒，年八十六。肃宗乾元初，以雅旧，赠礼部尚书。”[2]唐人窦蒙《述书赋注》亦云：“天宝二年，以老年上表，请入道归乡里，特诏许之。重令入阁，诸王以下拜辞。上亲制诗序，令所司供帐，百寮饯送，赐诗叙别。知章表谢，手诏答曰：‘卿儒才旧业，德著老成，方欲乞言，以光东序，而乃高蹈世表，归心妙门，虽雅意难违，良深耿叹。眷言离祖，是用赠诗，宜保松乔，慎行李也。儿子等常所执经，故令亲别，尊师之义，何以谢焉。’仍拜其子典设郎曾子为朝散大夫，本郡司马，以伸侍养。知章以羸老乘舆而往，到会稽无几老终。元年冬十二月，诏曰：故超州千秋观道士贺知章，神清志逸，学富才雄；挺会稽之美箭，蕴昆冈之良玉。故飞名仙省，待诏龙楼；愿追二老之奇踪，克遂四明之狂客。允协初志，脱落朝衣；驾青牛而不还，狎白鸥而长往。舟壑靡息，人琴两亡；惟旧之怀，有深追悼。宜加缛礼，式展哀荣，可赠礼部尚书者也。”[3]宋人计有功《唐诗纪事》载：“知章年八十六，卧病，冥然无知。疾损，上表乞为道士还乡，明皇许之。舍宅为观，赐名千秋，命其男曾子会稽郡司马，赐鉴湖剡川一曲。诏令供帐东门，百寮祖饯。御制送诗，并序云：天宝三年，太子宾客贺知章，鉴止足之分，抗归老之疏，解组辞荣，志期入道。朕以其年在迟暮，用循挂冠之事，俾遂赤松之游。正月五日，将归会稽，遂饯东路，乃命六卿庶尹大夫供帐青门，宠行迈也。岂惟崇德尚齿，抑亦励俗劝人，无令二疏独光汉册。乃赋诗赠行。诗云：遗荣期入道，辞老竟抽簪。岂不惜贤达，其如高尚心。寰中得秘要，方外散幽襟。独有青门饯，群英怅别深。又云：筵开百壶饯，诏许二疏归。仙记题金箓，朝章拔羽

① 《旧唐书》卷一九〇，《列传》一百四十“文苑”中《贺知章传》。

② 《新唐书》卷一九六“隐逸”《贺知章传》。

③ 董诰等编《全唐文》，中华书局1983年版，第4572页。

衣。悄然承睿藻，行路满光辉。”[①]

这些记载，无非重复说明这么几点意思：其一，贺知章是自己要还乡的，与李白的赐金放还不同；其二，贺知章还乡是很体面的，“上亲制诗序，令所司供帐，百寮饯送，赐诗叙别”；其三，此还乡，似有心存“首丘”的意味，是在“梦游帝居”之后，从容入道而走向仙山的。

贺知章天宝二载（743年）申请，次年正月实现了其还乡的愿望。用他自己的陈词说“高蹈世表，归心妙门”。也就是说，是一种精神向度的寻找，返回到一种未被污染、没有压抑、自由人性的本来向度。时至唐代，故乡已成为一个具有哲学文化内涵的概念。诗人的还乡中也含有了哲学的成分，具有哲学意义上的回归与寻找。根本的孤独感和沉重的失落感，让贺知章处于朦胧的还乡觉悟中，进而生成了坚定的还乡行动。他强烈要求走离都城，走离皇宫，超越一种莫名的孤独和苦闷。因此，他的还乡，他对家园的寻找，是现实中家园失落的一种朦胧意识，是他对根无着落的漂泊感和存在危机感的一种觉醒和反思。故乡的那种安身立命的现实栖居，也对人生之旅已经疲惫的贺知章产生着强烈的驻足安顿的归宿诱惑，而生成了家园皈依的期待。从生理心理学上看，老年人还乡的欲望似乎格外强烈，当代著名作家冰心老人曾说，她在梦中多次遇到回家的场合，梦见的总是少女时代的那个家，她似乎又回到了原地，走了整整一个世纪的圈子终于回到了原地。无论是冰心，还是贺知章，他们所要回的那个故乡，所瞩望的那个家园，也有一个特定地域附着的实体，需要有一个实在的“本根”附着，并不完全是超绝于实在世界的、深远幽玄的形而上的彼岸世界。设想着一旦还乡，便仿佛陶渊明“归兮来”的“到家了”的感觉。但是，这种还乡，毕竟也含有一种体道后的境界，从主体生命精神的开发出发，企图实现人与自然的齐同关系，达到体通宇宙而在自然万化中获得生命的安顿。因此，这种还乡，便就是一种“寻根归本”的心向了，“所有进入诗境的诗人的诗歌都是还乡的”（海德格尔《诗人回忆》）。

我们从《回乡偶书》诗中可读出，贺知章的还乡，具有形而上与形而下的双重意义，是一种情感上的双重实现，其诗中也表达了双重需要的意蕴。其诗

---

① 计有功撰《唐诗纪事》卷十七，上海古籍出版社1987年版，第246页。

的一二两句形成了多重对举："少小"与"老大"对举；"乡音无改"和"鬓毛衰"对举；"离"与"回"对举。通过这多种的"对举"，强烈地表达了一种意味：所有的一切都在"变"，所有的一切都是变中之不变，不变中之变。变化了的，是现实，是时空，是人情；不变的，是诗人对于故土的依恋，对于栖居的依赖，对亲情的渴望。面对异化了的现实和人生，贺知章作为一个幸福的还乡者，不禁生出无限的感慨，生出了无限的庆幸与欣慰，因为诗人回到了人生所皈依的终极所在。然而，这种回归则又使他产生了更加深刻的孤独感，产生了更加沉重的失落感。他所渴求达到的心灵自由状态和精神超越的安顿之地，即是一种以人的个体自由的精神超越为终极关怀的精神家园。还乡如悟道，悟道如还乡，诗中的复杂的情感是极难简单概述的，久居客地的感慨夹杂着茫然无着的幽怨，重返故乡的喜悦掺和了陌生人情的忧郁，深刻地表达了诗人对于存在本体的形而上的探寻和思考。儿童不认识他，他也不认识故乡，这是其诗中所透泄出来的重要的信息，也是一般读者所忽略了的或者是不能意识到的深层的心理情绪。

贺知章的《回乡偶书》中，不仅仅有诗人喜悦庆幸的一面，也有其茫然失落的一面，诗人在实现了立足根土的心灵自由后，感受到了"不识"的浩茫与失重。客从何处来，客往何处去，诗人陷入了更加深层的思考中，进入了超越一切有限之后的心灵回归的漫游历程。而这种情感与思考，得以诗的凝练与提纯，表现出既包含了诗人独特的审美感受又具有深刻的社会内容与普遍性的认同情感，自然会得到读者强烈的审美共鸣了。

二、情致百出的盛唐风调

贺知章的《回乡偶书》共二首，人们但说其一妙。其一诗云：

少小离乡老大回，乡音无改鬓毛衰。儿童相见不相识，笑问客从何处来。

明人唐汝询认为："衰"失韵，疑为"摧"。笔者亦以"摧"为是。唐评解曰："鬓毛衰，貌非昔也；儿童不识，人非昔也。模写久客之感，最为真切。”[①]

今人霍松林说此绝句所以“传诵不衰”，是因为“诗似信口说出，讲心中事、眼前景，而无限经历、无限感慨，即蕴含其中，足以激发一切游子的情感共鸣”[②]。

今人与古人对此诗的共同认识是，摹写情感，最为真切，最易动人。全诗二十八个字都是家常话，也没有一个典故。但却情致百出，耐人寻味，具有层层追索、反复补充的隽永。

诗的开头两句，设身处地，直言明叙，简捷交代。而这种看似寻常的交代，以“对举”的意趣来表现，显得饶有兴味且丰赡深刻。“少小”与“老大”对举，极言时间相隔之长，几有半个世纪之久；“乡音无改”和“鬓毛衰”对举，极言变中之不变，虽已老大之态，却无改乡音，方言乡音成为一种联系故土血脉的脐带，更加能够凸显宦游之人与故乡的关联性，因此而以“乡音无改”的细节来喻指根性，根性难改；前后两句也形成了一种对举。“离”与“回”的两个动作，也是心理动作，两个发生在相隔半个世纪的动作也对举，是时间的间隔，是空间的间隔，也是人情世态的心理间隔，这种既长久又瞬间的间隔，给人以恍如隔世的感慨。所有的对举，意在说明的一点就是，“隔”！深度的间隔。在这种间隔中，变化了的是时空，是人生，而不变的是乡恋，是精神。诗人所面对的故乡，熟悉而陌生，是另一种的陌生。时过境迁，物是人非，多愁善感的诗人岂能不心惊魄动，感慨万千呢？这就是我魂牵梦绕的故乡吗？

此诗之妙，妙在似乎是一览无余的直白，却寄予刻骨铭心的爱恋和撼人心魄的感慨，其喜悦庆幸感叹悲伤尽在不言之中。香港唐代文学学者邓中龙认为：“七绝是最不容易讨好的诗体，短短的28字，刚一开始，便要结束。因此，作者必须具有非常周密的想象力，再加上大刀阔斧的剪裁工夫。且由于篇幅短小，不可能也不适宜运用典故，所以，它必须是白描，而在白描之中，又必须寓意深远。此种体裁，对任何诗人来说，都是一种极大的考验。”[③] 贺知

---

① 唐汝询《唐诗解》，王振汉点校，河北大学出版社2001年版，第620页。

② 霍松林《历代好诗诠释》，中国社会科学出版社2000年版，第146—147页。

③ 邓中龙《唐代诗歌演变》，岳麓书社2005年版，第102页。

章可以说是通过了此种考验的诗人。

历来的七绝研究者都感到，七绝的三四句最要紧。美籍华人学者、美国普林斯顿大学教授高友工先生有一篇与梅祖麟合写的专门研究七绝结句的文章，题目是《王士祯七绝结句：清诗之通变》，他们认为，王士祯最喜爱七绝的诗体，而他的七绝结句的写法，得益于他对李白、王昌龄等唐人绝句的深入研究与汲取。他们指出：“对王士祯而言，结尾最重要的根本不该等于结束；而是应该言有尽而意无穷。为求达到这种效果，他经常好用两种技法，我们姑且称之为‘虚悬的意象’（image in suspension）与‘悬而未决的解决’（solution unresolved）。”[①] 高先生对王士祯七绝结句的总结，带有普遍性意义，也即是一般的优秀的七绝所共同具有的艺术遵循。不妨以贺知章此诗观。“儿童相见不相识，笑问客从何处来？”诗兴偶得于生活，来源于心性，诗人设计了一个很有现场感的问答情节，渲染了一个极富生活情趣的场景。“儿童相见不相识”，先设置出一个“虚悬的意象”；第四句“笑问客从何处来”，则是一个“悬而未决的解决”。“笑问”既可见儿童的纯真可爱，又可见来客的慈祥可亲。儿童视其为客，而有“客从何处来”之问，纯属自然，无心而问；而听者有心，拨动了久客他乡者的敏感神经，而有百感之交集。有问而无答，问而不答，属于“悬而未决的解决”，其妙无穷，诗意全出。古人亦以为“七绝用意宜在第三句，第四句只作推宕，或作指点，则神韵自出”[②]。有问即期望有答，然而，妙在不答，妙在无答，其间所产生的张力，使结尾饶有兴味。无答，不是不能答，也不是没有的答，而是潜处理，悬而未决的解决，将所有的“答”的内容——感慨、感叹、感触与感伤全都隐去，诗也恰到好处地戛然而止，给人在有问无答中以极大的想象空间。三四句的这一问一答，与一二句也形成了照应与互补，诗意融贯于所有的句子中，所有的句子之间也便浑然一体了。

诗的三四句，不用对结，这也是贺知章在“结”上的成熟表现。杜甫七绝，常用对结，被人讥为半律诗。从最佳七绝的结句规律看，结句宜用散行。贺知章用散结，极其流利而自然转合，好像作起来的时候一点也不费劲，纯粹

① 高友工《美典：中国文学研究论集》，北京：三联书店2008年版，第383—384页。

② 施补华《岘佣说诗》《清诗话》，上海古籍出版社1978年版，第996页。

是脱口而出，然意在言外，含蕴深远且风神摇曳，风华秀丽而又深入浅出，是典型的盛唐诗美的语言特征。

盛唐诗语言上具有“绮丽不足珍”的审美取向。徐松《登科记考》卷七载：开元六年，玄宗下诏曰：“我国家敦古质，断浮艳。礼乐诗书，是宏文德，绮罗珠翠，深革弊风。必使情见于词，不用言浮于行。比来选人试判，举人对策，剖析案牍，敷陈奏议，多不切事宜，广张华饰。何大雅之不作，而小能之是术？自今以后，不得更然。”盛唐初期的政治文化氛围，促成了一种清新省净的诗美观。闻一多先生在论及初唐诗歌的历史功绩时用了“洗净”[①]一词。诗歌语言，变绮丽浮靡为天然清真的净化，特别适合七绝的发展和优化。尤其是七绝在唐代本来就是入乐的，其语言入乐的特殊要求，就是要有口心传唱的明朗特点。这种天籁自然的口语要求，又必须具有玩味再三的风调情韵，这也就是所以绝句不易为之的关键原因了。贺知章操难若易，在此诗中得心应手的表现，也标志着盛唐诗歌语言的整体成熟。

朱自清在《唐诗三百首指导大概》里说：“论七绝的称含蓄为‘风调’。风飘摇而有远情，调悠扬而有远韵，总之是余味深长。”贺知章开了盛唐七绝重视风调之先河，精心经营唱叹之音，注重感兴，自出口心，从容款接，信口而成，所谓不求于工而无不工。邓中龙也认为：“七言绝句，最难得的是诗中的韵味。”因此，他指出：“必须凭籍作者的精心策划，在要紧处，一刀劈下，然后以智慧语在第三四句，迸出远神远韵，这几乎可以说是写七绝的不二法门。历代诗人，写七绝的虽多，而写得好的极少，主要是少了那点智慧，因而在读者心灵中，根本就无法产生任何欣赏的情趣。”故而，邓先生十分欣赏“缩龙成寸”的本领。而这种本领又是与才华不成正比的。譬如李白有七绝40首，“一到七言绝句，恍惚驱车于羊肠小道，左绝壁，右悬崖，意乱神驰，不知所可”。邓先生提出了七绝的“四不原则”，即“不能着意铺排，不可运用典实，不宜多事议论，不应安排对句”[②]。我们以邓先生的“四不原则”来衡量贺知章此诗，简直是量身定做的，没有一点不相符合。虽然，邓先生的著述

① 闻一多《唐诗杂论·宫体诗的自赎》，《闻一多全集》第三册，三联书店1982年版，第21页。

② 邓中龙《唐代诗歌演变》，岳麓书社2005年版，第163—166页。

中未提及此诗。笔者试想，假如邓先生也能重新打量贺知章此诗的话，也便能够改变他那盛唐人无好绝的说法。

贺知章《回乡偶书》其二，所以逊色于其一，也不是违反了“四不原则”，而是“风调”上大打折扣了，弱在韵味与风神了。《回乡偶书》其二曰：“离别家乡岁月多，近来人事半销磨。惟有门前镜湖水，春风不改旧时波。”这也不失为好诗，清新自然，也有客体主体化的意象，而形成独特的形象承载，以另一种写法而与前一首形成补偿，补足“物是人非”的伤感。但是，比较其一而言，就不那么空灵，缺少了一种令人玩味不尽的智慧语，感情是显露的，感想是具体的，感慨是坐实的，情境是个别的，其蕴含也具有了很大的局限性与片面性，不像其一那样“风飘摇而有远情，调悠扬而有远韵”，因此，也不能像其一那样“足以激发一切游子的情感共鸣”。胡应麟云：“盛唐绝句，兴象玲珑，句意深婉，无工可见，无迹可求。中唐遂减风神，晚唐大露筋骨。”① 贺知章还乡二首，诗风判若两个时期，其一是正宗的盛唐风调，其二则是典型的中唐的气格。杨慎曰：“予书品唐人之诗，乐府本效古体而意反近，绝句本自近体而意反远，欲求《风》《雅》之仿佛者，莫如绝句，唐人之所偏长独此，而后人力追莫嗣者也。”（《唐绝增奇序》）言近意远，这种唐诗的最突出特点，在贺知章的七绝上得到了最充分的体现，诚可谓“后人力追莫嗣者也”。

三、道夫先路的七绝范式

杨慎《升庵诗话》曰：“初唐绝句多为对偶所累，成半律诗，此首独洒脱可诵。”杨言此首指的是一首并不脍炙人口的《公主宅夜宴》。他借此表达了几层意思：其一，初唐绝句的特点与特征：多对偶。其二，对偶乃绝句之所累，不能“洒脱可诵”。其三，“洒脱可诵”是绝句佳作的最重要的评价标准。

七绝是从七言四句的古诗中发展而成的。由于七言古诗的产生晚于五言，

① 胡应麟《诗薮》内编，卷六，第114页。

故七言在先唐所见不多。七言古诗开始隔句用韵，最早见于鲍照的作品。七言四句的律化，自初唐始，沈祖棻说“绝句律化也在这时期开始完成”的。然而，“当时的诗人似乎还没有十分注意这种有远大前程的体裁，所以产生的数量不很多，也没有专以七言绝句擅长的作家”①。施子愉曾就《全唐诗》中存诗一卷以上的诗人的作品加以统计，制成了一张表（见所撰《唐代科举制度与五言诗的关系》，载《东方杂志》第四十卷第八号），从此表中的统计可见，唐诗中最多的是五言律诗、七言绝句、七言律诗三种。七绝排名第二位。而七绝中，按照初盛中晚四个时期分，初唐77首，盛唐472首，中唐2930首，晚唐3591首。② 南宋官拜翰林学士的洪迈搜罗唐人绝句万余首，刻成《唐人万首绝句》，其中七绝7500首，据后人考，有不少非唐人的或者是非绝句的窜入，但也足见七绝在唐代的规模。这些统计数据给我们提供的认识是：其一，绝句是在初唐后才逐渐趋向成熟的；其二，绝句越来越为人们所喜爱和掌握；其三，贺知章是在诗人们对绝句还没有十分看好的时段里，便涉笔绝句，而且显示出随情涉笔而不刻意经营的成熟。

我们只要稍加关注一下唐代的诗歌史就可以清晰地看到，于贺知章之前，差强人意的绝句如杜审言的《渡湘江》、王勃的《蜀中九日》、张旭的《山行留客》等。而于贺知章之后，七绝名篇多若雪片，王维、李白、杜甫一流大家自不必说；以七绝著称的“七绝专业户”王昌龄、李益更是理所当然；中唐大量写作七绝的刘禹锡和晚唐的小李杜也是佳作联翩；就连有意把诗写得不像诗的韩愈也有不少正儿八经的七绝如《次潼关先寄张十二阁老》《题楚昭王庙》《早春呈水部张十八员外》《晚春》等，为历来选家、评论家所赞赏。可以说，唐代几乎所有的有点名气的诗人，都能够拿出几首让他名动一时的七绝来。我们耳熟能详的如王之涣《凉州词》、王翰《凉州词》、高适《别董大》、韦应物《滁州西涧》、顾况《忆故园》、白居易《暮江吟》、张籍《秋思》、张继《枫桥夜泊》、王建《十五夜望月》、郑谷《淮上与友人别》等。这是从七绝的深入人心且脍炙人口的层面来说的。尤其是贺知章之后，七绝广为诗人们所垂青。我们不妨看看这组数字：李白有七绝67首，杜甫有七绝

---

① 沈祖棻《唐人七绝诗浅释·引言》，上海古籍出版社1981年版，第24页。

② 参见沈祖棻《唐人七绝诗浅释·引言》，上海古籍出版社1981年版，第20页。

120首，王昌龄有七绝74首，韩愈76首，刘禹锡162首，元稹188首，白居易600首，李商隐204首。这些重要诗人对七绝的情有独钟，除了说明盛唐后诗人们认识到了七绝表情达意的优越性而非常热衷并且非常熟练地运用了这种方便易行的体式，也是不能排除有贺知章的示范作用的。王士祯在《唐人万首绝句选序》中说："唐三百年以绝句擅场，即唐三百年之乐府也。"王士祯又说："开元天宝以来，宫掖所传，梨园弟子所歌，旗亭所唱，边将所进，率当时名士所为绝句。"七绝走向普及与繁荣的景象，贺知章可谓筚路蓝缕的功臣也。

今人统计初唐著名诗人的27首绝句，其中以对句来作结的占18首，其中王勃4首，全部对结。沈佺期8首，半数对结。贺知章处于初盛唐之交，其七绝倾向于自由表达，摆脱受对律的支配，只取声律，而不管对仗，属于完全散行的近体七绝。这也成为初盛唐两个不同时期七绝的不同特征。清人施补华的《岘佣说诗》认为"三四散易出风韵"，"三四对易至板滞"[①]。这是明摆着认为初唐七绝事对不如盛唐用散。贺知章身当初唐过渡到盛唐的关键时期。我们虽然不能说，绝句的律化是在贺知章手中完成的，但是，可以断言的是其是在此时期完成的。我们虽然不能说其绝句乃唐绝之冠，但是，至少可以说贺知章是先行者，是开创者，是首先奉献出七绝佳作的诗人，是具有推动七绝发展意义的功臣。周啸天的《唐绝句史》的第六章为"绝句诗坛点将录"，仿照近人，选择玄宗开元到代宗大历间的绝句高手之尤要者李白及王昌龄36人，依石碣天罡之数，前三位是：前头领托塔天王晁盖——李白，天魁星呼保义宋江——王昌龄，天罡星玉麒麟卢俊义——王维。并注曰："以上头领三人，已列专章。"第四位就是：天机星智多星吴用——贺知章。周啸天将贺知章排在李白、王昌龄和王维之后，名列第四，凸现了贺知章在七绝上的十分突出的地位，也凸现了他在七绝上的突出贡献。他认为：贺知章的回乡绝句，"是盛唐绝句的典范"，"开李白、刘禹锡怀古一派"。说其《咏柳》"构思之新奇，为盛唐仅有，开了中晚唐及宋人绝句主意的先河，是很超前的作品"[②]。可以肯定地说，只要是认真研究唐代绝句史的学者都会看到贺知章在唐人七绝发展中的特殊作用和历史地位。

---

① 丁福保《清诗话》，上海古籍出版社1978年版，第996页。

② 周啸天《唐绝句史》，安徽大学出版社1999年版，第115—116页。

我们还可以李杜二人的颂贺诗，来旁证贺知章在当时诗坛的影响和高度。李白写过了好几首诗对贺知章大肆吹捧[①]，从而产生了双赢效果。《对酒忆贺监二首》诗前序中写道："太子宾客贺公于长安紫极宫一见余，呼余为'谪仙人'，因解金龟换酒为乐。"借名扬名，何其智慧！杜甫的《饮中八仙歌》[②]将贺知章放在八仙的第一个，仅用十四个字，而活现其飘洒自得之意，而作者的崇敬、钦慕、赞赏之情溢于笔外。李白与杜甫也不是轻易佩服人的人，尤其是同时代的人，而李杜这样佩服贺知章，除了他的社会地位与嗜酒癫狂的个性，以及他在草书上的名声[③]，其文学上的才华也可以说是极重要的一方面。《旧唐书·贺知章传》："神龙中，知章与越州贺朝、万齐融，扬州张若虚、邢巨，湖州包融，俱以吴、越之士，文词俊秀，名扬上京。"这说明贺知章诗歌在当时的影响不一般。可以这样肯定地说，贺知章正是因为具有这样的资本方可恃才傲物、癫狂不羁，这让人想起了在恃才傲物上比贺知章还要贺知章的李白，还不就是因为他有"笔落惊风雨，诗成泣鬼神"之才。

司空图《与李生论诗书》曰："盖绝句之作本于诣极，此外千变万状，不知所以神而自神也，岂容易哉！"王夫之《姜斋诗话》曰："自唐以后，不能作七言绝句，直是不当作诗。"[④]闻一多也有绝句是"诗中之诗"的说法。贺知章的《回乡偶书》（"少小离家老大回"），以情韵为宗，随情涉笔，深凝潜转而风神意远，使得盛唐人寻找到了属于他们自己所需要的节奏和形式。真应该为贺知章请功！我们虽然不能将贺知章在绝句的律化上的作用过分夸大，但是，至少可以说是贺知章与同时代的那一辈诗人共同完成了绝句的律化，使七绝有了一个良好的开端，有了一个风调情韵的示范，具有推动七绝发展并走向壮阔的文学史意义。

---

① 李白奉贺知章诗有：《送贺宾客归越》《重忆》《对酒忆贺监二首》。

② 杜甫《饮中八仙歌》，塑造了同时代、同样豪放旷达的八个酒仙，贺知章名列第一，排第二的是李白，依次还有汝阳王李琎、天宝元年左丞相李适之、袭封齐国公的崔宗之以及书圣张旭等。

③ 贺知章尤擅草隶，"当世称重"，共传宝之，其墨迹现存尚有绍兴城东南宛委山南坡飞来石上的《龙瑞宫记》石刻和流传到日本的《孝经》草书。

④ 丁福保《清诗话》，上海古籍出版社1978年版，第18页。

唐人律赋代表作：《白鹦鹉赋》[1]

［按］ 从祢衡《鹦鹉赋》到王维《白鹦鹉赋》，可谓两个里程碑。王维以其特殊的道学精神和禅宗深度，从价值理性的层面颠覆了《鹦鹉赋》的原初意义，实现了诗学的华丽转身，也是一种诗学对另一种诗学的积极取代。谁言“唐无赋”耶？王维以诗为赋也。

王维有六十八篇存文，仅有赋一篇，即《白鹦鹉赋》。王维的《白鹦鹉赋》为律赋，宋初的两部大型文选《文苑英华》《唐文粹》都收录其中。《文苑英华》以收录骈赋、律赋为主，收录此赋是顺理成章的；而《唐文粹》这种专收古赋的选本也收录了此赋，使之成为所收赋中的唯一律赋，则让人深感“困惑”。王维的《白鹦鹉赋》为什么能够受到如此破格待遇？我们姑且不去从时代的接受或其他方面加以考证，而只是就《白鹦鹉赋》自身的思想艺术价值来看它的特殊意义。

在展开阐论前有必要首先断言的是，王维《白鹦鹉赋》并非祢衡《鹦鹉赋》构思的简单模仿，更非其主题的机械重复，尤其是在形式与艺术方面更非面目仿佛的蹈袭。同咏一鸟的两篇名赋，因不同时代、不同氛围、不同主体，而呈现出截然不同的思想情感与文学形态，形成了一个“务胜人”而一个“务感人”的两种鹦鹉话语，也是一种诗学对另一种诗学的积极取代，这也正是我们作此比较研究的价值与意义。

一、主题的变迁：有为到无为

价值理性，是文学的实用原则与实践原则，是从“道”的层面来考量文学的价值标准。而文学的价值理性，其核心价值观的“核心”就是“道”，体现在创作者身上即主要是对于“道义”的自觉担当。以赋观之，其价值理性也是以载道为需要、为标志的。以汉大赋的起始作、也是奠基作的《七发》为例，

---

① 原题为《美学与情性的两极差异：从〈鹦鹉赋〉到〈白鹦鹉赋〉》，发表于《南通大学学报》2012年第2期，第77—82页。

即是“劝诫”的价值理性。“兴废继绝，润色鸿业”（班固《两都赋序》）的鼓倡，正说明了这一点。而从汉末开始的小赋，出现了大量的咏物赋，使赋的寄兴性和抒情性得到极大的增强，也即是抒情自我得到极大的强化。

咏物赋以“鹦鹉”为例，从祢衡到萧统，今所存者计有十五篇（严可均《全上古三代秦汉三国六朝文》）。鹦鹉何以为赋家所热咏？鹦鹉聪慧而能言善语却被锁在笼中，因而成为士人言其特定之志的极好托物，一是借鹦鹉之口而吐欲受重用之实；另一是显鹦鹉受困于笼而向往自由之志。如果从表达心志和写作触发上看，王维为后者，而祢衡则是前者。建安时期的王粲、应玚、陈琳、阮瑀、曹植等，在他们的鹦鹉同题赋里，也各有借喻：应、阮、陈三篇注重写鹦鹉羽毛如何美丽，王粲侧意于鹦鹉笼中的哀鸣，曹植则写出了“常戢心以怀惧，虽处安其若危”的处境。而建安时期的鹦鹉同题赋中，祢衡的《鹦鹉赋》最著名，历代评价也最高。

论及建安文学特点，刘勰《文心雕龙》中的概括实在是太精准了：“慷慨任气”，“磊落以使才，志深而笔长”。由于长期的社会动荡，风气衰落，人心怨恨，建安文学的主流精神是多气、多讽、多风、多骨，雅壮遒劲，盛气逞才。《鹦鹉赋》写作于赤壁之战前，即三国鼎立的局面形成前，北方尚未统一，战乱还没平息，曹操需要大量用人，从史籍记载可知，曹操在建立邺城大本营之前，就已经网罗了大批文士，如孔融、杨修、繁钦、吴质及丁仪、丁廙兄弟等。建安十三年（208年）赤壁之战前夕，又有陈琳、阮瑀、路粹、徐干、应玚、刘桢、王粲、刘廙、仲长统、缪袭等一大批文士来归曹操。钟嵘在《诗品序》中曾对建安文坛这一兴盛局面描述说：“降及建安，曹公父子，笃好斯文，平原兄弟，郁为文栋；刘桢、王粲，为其羽翼。次有攀龙托凤，自致于属车者，盖将百计。彬彬之盛，大备于时矣。”史传中留下姓名的文士达百人之多，有百川之容的曹操，何以不能容祢衡（173—198）一人呢？张仲谋在对于明词的研究中，比较陈锡仁的笺释与《续修四库全书》本影印万历四十二年刊本的笺释，认为陈本好在“结合时下背景来解读词意，这也许是后代人难以做到的”[①]。从“时下背景”研究《鹦鹉赋》，就更易于理解祢衡，也理解

① 张仲谋《明人选明词二种考论》，《徐州工程学院学报》2011年第3期，第27页。

曹操了。从史载可见，祢衡确实才华横溢，祢衡也确实狂妄到了不近人情的地步，不仅仅敢于当众奚落曹操，刘表和黄祖等一时枭雄更曾遭他辱骂。因此，才士祢衡始终未被重用则有其自身问题。然而，有一点需要特别指出的是，祢衡也是很想得到重用的，也往往因为没有得到重用而恼羞成怒，几乎是激愤到了失去理智的地步。因此，还是个处士的祢衡，一旦有了让他当众咏鹦鹉的逞才机会，身世际遇与鹦鹉酷似的他，便借题发挥，大势张扬。《鹦鹉赋》以鹦鹉自况，巧妙地把握物象与托意之间的关系，语含双关，物情兼容，强烈地抒写了自己如“灵鸟”鹦鹉的经历和处境，所谓的“归穷委命，离群丧侣，闭以雕笼，剪其翅羽，飘流万里，崎岖重阻”，于是渴望“心怀归弗果，徒怨毒一隅”。其赋自始至终流露出“性辩慧而能言，才聪明以识机”的自命不凡、桀骜超群的思想情感。这是很典型的“磊落以使才，志深而笔长”的建安文学的特征，可谓“气号凌云”，“骨气端翔”，表现出应该作为而不能作为的牢骚，也表现出对曹操等乱世枭雄不屑一顾（简直就是不拿正眼看）的正统思想。于此可见，赋者创作触发的深层原因是，欲有为而却未能为的现实情状。而从其价值理性上说是“主文谲谏”的，甚至具有“弘道”的道义担当，是极其典型的魏晋文人的文学批评权力话语。整个作品中洋溢着一种对抗的、愤恚的、激烈的情绪，也反映了作者心理上无助无奈而哀怨绝望的失衡。

唐代的赋也是托物言志的路子，通过咏物抒写心志，具象人品，甚至也有批判现实的倾向。如李白的《大鹏赋》，以渺小卑微的黄鹄、玄凤等来反衬乘风遨游的大鹏，表现作者蔑视权贵、追求自由的叛逆精神。杜甫的《雕赋》赞美雕“以雄材为己任”，“奋威逐北”，却“将老于岩扃”的处境，表示出真才未用的愤慨。高适的《鹘赋》则写“比玄豹之潜形，同幽人之在野”的现状，抒发“心倏忽于万里，思超遥于九霄”的壮志。章炳麟《国故论衡·辨诗》中云：“李白赋《明堂》，杜甫赋《三大礼》，诚欲为扬雄台隶，犹几弗及；世无作者，二家亦足以殿。自是，赋遂泯绝。”这显然是汉大赋标准，用以考量的是类似于祢衡的批评精神。李白和杜甫没有写过鹦鹉赋，却都写过鹦鹉诗，他们的鹦鹉诗有个共同主题，就是怀才见弃。李白《初出金门寻王侍御不遇咏壁上鹦鹉》诗云：“落羽辞金殿，孤鸣咤绣衣。能言终见弃，还向陇西飞。”唐汝询评云：“此以鹦鹉自喻也……既以怀才见弃，便当高举以还故居。畴能复恋金门乎？”杜甫的《咏鹦鹉》亦云：“鹦鹉含愁思，聪明忆别离，翠衿浑短尽，红嘴漫多知。未有开笼日，空残旧宿枝，世人怜复损，何用羽毛奇？”杜甫借鹦鹉要说的是，世人既然怜其奇才异能，又何必剪损其毛羽，牢笼其自由呢？

王维的律赋《白鹦鹉赋》则是另一番美学形态，其价值理性上既不同于祢衡，也不同于李、杜、高，而体现出“怨而不怒”的诗教取向。这与最早赋写白鹦鹉的南朝宋颜延之的寄托也不同，颜延之《白鹦鹉赋》中略述其形貌，专写智慧，对能学舌于宫廷感到荣幸。也许是因为此作与其《赭白马赋》同为奉诏之作。王维的《白鹦鹉赋》中所表现出来的情感思想，偏重于挣脱束缚的归隐，偏重于对官场与城市的走离，偏重于心向山林的生活情趣与风度。《白鹦鹉赋》的主体部分写道：

狎兰房之妖女，去桂林之云日。易乔枝以罗袖，代危巢以琼室。慕侣方远，依人永毕。托言语而虽通，顾形影而非匹。经过珠网，出入金铺，单鸣无应，只影长孤。偶白鹇于池侧，对皓鹤于庭隅，愁混色而难辨，愿知名而自呼。明心有识，怀思无极。芳树绝想，雕梁抚翼。时嗛花而不言，每投人以方息。慧性孤禀，雅容非饰。含火德之明辉，被金方之正色。至如海燕呈瑞，有玉筐之可依；山鸡学舞，向宝镜而知归。皆羽毛之伟丽，奉日月之光辉。岂怜兹鸟，地远形微。色凌纨质，彩夺缯衣。

律赋采用对比与反衬手法，通过对白鹦鹉寄身当下的富丽堂皇的生活环境的铺排，对比今昔，同时也对比人我，强烈渲染了白鹦鹉的孤独寂寞而郁郁寡欢的苦闷情绪。斯赋很像是在为宫女代言，极易引发人们深深的同情。其中“时嗛花而不言，每投人以方息”，“深笼久闭，乔木长违”，以及“傥见借其羽翼，与迁莺而共飞”的描写，很能让人想起王维的《息夫人》《洛阳女儿行》等早期诗歌，相似的主题、相似的风格，乃至相似的艺术形象，也都表现一种顺弱之怨、阴柔之悲。《白鹦鹉赋》至今没有准确的编年，而如果从其写法与思想考，说成是王维早年的作品，也不是没有道理的。

我们不妨将王维的《白鹦鹉赋》与其作于早年的《洛阳女儿行》比照着读：

洛阳女儿对门居，才可容颜十五余。良人玉勒乘骢马，侍女金盘脍鲤鱼。画阁朱楼尽相望，红桃绿柳垂檐向。罗帷送上七香车，宝扇迎归九华帐。狂夫富贵在青春，意气骄奢剧季伦。自怜碧玉亲教舞，不惜珊瑚持与人。春窗曙灭九微火，九微片片飞花琐。戏罢曾无理曲时，妆成只是薰香坐。城中相识尽繁华，日夜经过赵李家。谁怜越女颜如玉，贫贱江头自浣纱。

此诗题下原注“时年十六”。诗题取自梁武帝萧衍《河中之水歌》“洛阳女儿名莫愁”，用以泛指当时贵族女子。此诗的写法从构思上看，与王维的《白鹦鹉赋》似出一辙，也是采用前后对比的形式，而且都是采用华丽铺叙的“赋”的写法。全诗写豪家女子无比娇贵逸乐的生活状况，从容颜之娇美、住宅之富丽、饮食之珍奇写到夫婿之豪奢、交游之高贵，极尽铺排渲染之能事。真个是富到可与晋时巨富石崇比奢，可与汉成帝后妃赵飞燕、武帝时李夫人等皇亲贵戚比宠的地步。“谁怜越女颜如玉，贫贱江头自浣纱”，诗的最后以如玉越女江头浣纱作对比，使前面的华丽描绘一下子变为对贵族生活乃至社会不公的冷峻批判。《洛阳女儿行》高出一筹的是，诗中没有明说洛阳女儿的不幸，其实其深受百般娇惯之本身，何尝不是一种被牢笼了的悲剧。穷奢极欲的幸福感中，也深蕴着对于自由的渴望，是委婉的美刺。

我们再回到王维《白鹦鹉赋》的价值理性上来认识，《白鹦鹉赋》流露出来的不是祢衡那种因不能为而欲有为的愤激，不是建安人所特有的骨鲠精神，也不是魏晋文人的文学批评权力话语，似乎也缺少思想之深度与批判之力度。但是，王维写作的积极意义在于，从庄禅诗学上来颠覆了祢衡《鹦鹉赋》的原初意义，消弭了文学与生俱来的“弘道”理性，其话语偏重于儒家的温柔敦厚，而不是儒家的社会关怀的批评精神，反映了个体自我内心的深刻感受和深度思考，表现出独立尘外的生命精神与主体意识，宣泄了一种真正渴望回归、渴望自由的人性力量。

二、形式的更换：无序到规范

元人祝尧《古赋辨体》云：“唐人之赋，大抵律多而古少。夫雕虫道丧，颓波横流，风骚不古，声律大盛。句中拘对偶以趋时好，字中揣声病以避时忌，孰有学古！或就有为古赋者，率以徐、庾为宗，亦不过少异于律尔。”[①]

明人徐师曾《文体明辨序说》则认为：“至于律赋，其变愈下。始于沈约‘四声八病’之拘，中于徐、庾‘隔句作对’之陋，终于隋、唐、宋‘取士限韵’之制，但以音律谐协、对偶精切为工，而情与辞皆置弗论。呜呼，极矣！”[②]

此二论，揭示出了唐律赋因律害义的要害，这似乎也是唐人何以无赋的原因。前唐之赋，原本就已经高耸出很难超越的卓绝经典，而唐人又自缚手脚，出台了诸多律的限制，以至于让赋人“情与辞皆置弗论”矣，岂可有赋？故而，李梦阳说“唐无赋”（《李空同全集·潜虬山人记》）。纵观唐赋，虽然仅见于《文苑英华》《唐文粹》的也有千篇之多，但成就不高，缺乏艺术独创性的超越，何异于无赋？像李杜那样的诗歌巨匠，具有出神入化的文学创造力，也只有几篇并无什么超越和创新的赋；像韩愈那么力大思雄的大才，也只有六篇差强可冠赋名的文赋。笔者也在揣度，为什么唐代的文学天才们很少青睐赋？为什么极富创造力的唐人在赋上没有什么作为？这也许正与赋的律化有关。而王维的《白鹦鹉赋》深受选家垂青的特例，也帮助我们看到了这样的一个事实：律赋实在不易为之，优秀律赋尤其极不易见。

律赋，与此前的赋比，主要是形式上的变异，是形式上的无序而趋向有序，人为地设置了不少极有挑战性难度的限制。也就是说，赋到唐朝，越来越难作了。

那么，律赋何以诞生于唐呢？这与唐代的社会特点密切相关。唐代是一个文学更加自觉的时代，文人们对于文学特点的认识又有了进一步的提高，特别是律诗在唐代最后完成并形成高峰，更可见“律”的秩序意识深入人心，律化文学已经成为唐代文学的一种时髦与趋势。因此，我们甚至可以说，律赋不只是科举考试的形式限制，也是唐人作赋时的一种自觉，出自唐代优秀诗人之手的赋，或者是为杰出的诗人而作的赋，自然会有意无意地导致律化和诗化的倾向。也就是说，律赋与律诗在唐代的形成具有同样的原因，这当中固然有很多的因素，但是，最突出的一点是，唐人自觉的规范性要求。

---

① 吴纳著、于北山校点《文章辨体序说》转引，人民文学出版社1998年版，第22页。

② 徐师曾著、罗根泽校点《文体明辨序说》，人民文学出版社1998年版，第101页。

要言之，律赋的形式特点与要求，深刻反映了唐人追求文学秩序化、规范化的美学自觉。因此，唐人即便是创作赋，也多讲究律，多为律赋。王维的《白鹦鹉赋》，在形式上不同于《鹦鹉赋》的最突出特点也主要表现在“律”上。

其一，律赋在篇幅上的要求就是凝练浓缩，因此写法上也就不能无节制地铺张。祢衡的《鹦鹉赋》接近八百字，而王维的《白鹦鹉赋》则不足三百字，从字数上也可以看出王维在形式上的“律美”追求，用有限的语言把握整体，减轻了赋的“铺陈”比重，避免了简单“体物”，非常节俭，弱化了赋的铺张扬厉的气势，而强化了诗的内敛的韵律。

第二，律赋最大的不同于其他赋种的特点，就是押韵的制限，对于押韵的韵数、韵脚平仄比例与顺序也有具体要求。祢衡《鹦鹉赋》的用韵比较自由，未加任何限制，每一类韵押脚的多寡，各听自然，也没有固定的数目，且平仄不拘，自由转韵。王维的《白鹦鹉赋》属于律赋，在韵上有其严格的规范，赋共254字，以“容日上海孤飞色媚”为韵，原本须以此八个字分别为八韵，然只用“海、日、孤、色、飞”五韵。《王右丞集笺注》笺注者按曰：“成按：《文苑英华》载《白鹦鹉赋》凡三首：第一即右丞作，第二不著姓氏，第三郝名远作，皆于题下注云：以容日上饰孤飞色媚为韵。而本集无之。又第一、第二并止赋五韵，缺余三韵，岂当时之制？虽限八韵，亦听士子为盈缩耶！”[①]可见，律赋用韵虽然严格限制，然也未必以八韵为限。李调元《赋话·卷三》高度评价王维《白鹦鹉赋》说：“赋止五韵，首尾完善，不似脱简。岂如祖咏之赋终南山雪，崔曙之咏明堂火珠，意尽而止，不复足成邪？至其笔意高隽，自是右丞本色。”另外，李调元《赋话》中还说：“唐人试赋，有次用韵者，使依次递用；否则，任以己意行之。”意思是可以依制限的题韵字顺序使用，也可以“任以己意行之”而不一定依次用韵，悉听主试官的规定。王维的这篇赋即未“使依次递用”。可见，《鹦鹉赋》与《白鹦鹉赋》二赋的最大形式差别在韵上。

第三，语言上的差别。赋到唐代，语言上已经比较自由了，流行以四言诗、五言诗、七言诗的句式为主的写法。王维坚持了骈俪的语言形式，有继承

---

① 赵殿成《王右丞集笺注》，第284页。比较《文苑英华》《全唐文》，赵本“容日上饰孤飞色媚”其中的“饰”疑为“海”之误。

骈赋与俳赋的自觉，依然是很典型的四六文，是以骈为主体的骈文形态，具有从六朝骈文脱胎出来的痕迹，这与《鹦鹉赋》比没有多少区别，而只是意尽而止，笔意简净高隽，折射出王维诗歌语言的本色。

概言之，唐代进入到中国诗歌最发达的高峰时代，古诗定型为律诗，追求律整而声和。而唐代的赋作，除了承袭了南北朝俳赋的形式外，更加重视音律谐协、对偶精切，又因为以诗、赋取士的科举考试，为强化考试的公平性而增加徇私舞弊的难度，制订出非常刻板的押韵制限，故而出现了律赋。诚然，唐代遗留下来的律赋，也不全是考场的试题。“向定型化的诗歌形式发展的进程，看来在五世纪的后半期随着对汉语声调特性的新认识而获得了动力。在随后的孕育期中，两个重要的形式技巧，即声律与对偶，进一步得到了完善，这就为六世纪初名副其实的律诗的问世提供了基础”①，也为赋的律化提供了经验与氛围。

从《鹦鹉赋》到《白鹦鹉赋》，王维以其在赋上的天才创造昭示我们：赋的这种无序到有序的变化，也揭示了赋体文学发展的规律，是一种以后者颠覆前者为动力的发展模式，形成了一个时代有一个时代的赋体形式特征，也在深层次上反映了一个时代的美学趣味与人文精神。

三、诗学的呈示：恚怨到中和

对于时代的敏感而将时代精神转化为有效的语言形式，是一个时代的文学精英所具有的特殊素质。文学不全部是个人行为，从形式问题上看，也包含着一个时代的接受事实。在某种意义上，形式是内容，是思想，是时代精神，也是诗学的形态。从《鹦鹉赋》到《白鹦鹉赋》，标志着庄禅美学思想在盛唐占了上风，也是“温柔敦厚”诗学的回归。

孔子在论《关雎》诗时，表达了他对创作中情感控制的看法，亦即“乐而不淫，哀而不伤”的节制。意思是，创作者无论是快乐，还是悲哀，情感表达

---

① 高友工《律诗的美学》，见《美典：中国文学研究论集》，北京三联书店2008年版，第232页。

应该处于控制之中，不因为乐而滥情，也不因为哀而失度。也就是说，即便是抒发内心的怨愤，也须拿捏分寸，讲求适度的“中和之美”。这就是《中庸》里面所说的“中庸其至矣乎”！孔子诗教的核心价值，就是要求人们以中庸之道来评价美与艺术，处理好情感与理性的关系。可见，在中国传统美学中，是特别强调创作中的情感控制的。从这种情感控制看，最初是体现在文学发生的心态上的。而从创作的发生看，固然涉及诸多的因素，如时代、状态、性情、经历、文化、趣味等等，但是，尤其重要的是体现在发生的起念兴发的瞬间。《鹦鹉赋》与《白鹦鹉赋》为我们提供了两个可以直观比照的心态“谱系”：一个是兴发感奋的对抗性心态，一个则是虚静自由的审美性心态。

祢衡的《鹦鹉赋》前有段小序，交代了写作的背景与缘由，其序云：

> 时黄祖太子射，宾客大会。有献鹦鹉者，举酒于衡前曰：“祢处士，今日无用娱宾，窃以此鸟自远而至，明彗聪善，羽族之可贵，愿先生为之赋，使四座咸共荣观，不亦可乎？”衡因为赋，笔不停缀，文不加点。

可见，此赋创作的发生是在宴集之上，是为“娱宾”之用。邺下后期，多这种宴集，也多这种即兴之作。频繁的文士宴集活动，为建安文士提供了一个宽松自由的创作环境，而宴集中的即兴酬唱，则成为文士们表现自我的最佳方式。这些参加宴集的士人，以朋友和嘉宾的身份临其盛，且多娱乐放松的心态，参加类似当下“卡拉OK”的一种娱乐性活动。诚然，这也为才子士人们的慷慨任情创设了良好氛围，构成了争巧求奇的直接动力。譬如曹操本人，即具有这种争强斗胜的才华与禀性，《三国志·魏书·武帝纪》说他：“登高必赋，及造新诗，被之管弦，皆成乐章。”而从《宋书·乐志》《乐府诗集》等典籍可知，曹操的《气出唱》《度关山》《薤露》《蒿里》《对酒》《短歌行》《塘上行》《秋胡行》《善哉行》《步出夏门行》等诸多歌诗配乐演唱，就反映了其创作的发生适宜于公众场合。因此，这种集会很富于诗意，充溢着情感的活力和创造的生机，也能够尽情地展现自我真实的情感和体验，成为文士们展露自我才情和个性的主要途径。岂料到祢衡借题发挥，我手写我心，借赋鹦鹉而倾倒出满腹苦水：

> 嗟禄命之衰薄，奚遭时之险巇？岂言语以阶乱，将不密以致危？痛母子之永隔，哀伉俪之生离。匪余年之足惜，愍众雏之无知。背蛮夷之下国，侍君子之光仪。惧名实之不副，耻才能之无奇。羡西都之沃壤，识苦乐之异宜。怀代越之悠思，故每言而称斯。

祢衡感伤之极，纵横开阖，指桑骂槐，完全成为自己处境与心态的真实写照。赋者简直已是长歌代哭了，而有呼天抢地之悲鸣："长吟远慕，哀鸣感类。音声凄以激扬，容貌惨以憔悴。闻之者悲伤，见之者陨泪。"《鹦鹉赋》的最后一节写道：

> 感平生之游处，若埙篪之相须。何今日之两绝，若胡越之异区？顺笼槛以俯仰，窥户牖以踟蹰。想昆山之高岳，思邓林之扶疏。顾六翮之残毁，虽奋迅其焉如？心怀归而弗果，徒怨毒于一隅。苟竭心于所事，敢背惠而忘初？讬轻鄙之微命，委陋贱之薄躯。期守死以报德，甘尽辞以效愚。恃隆恩于既往，庶弥久而不渝。

这种本无直接功利目的的集会宴嬉，却出现了一种不相和谐的骨鲠精神，哀怨恚愤、深讥激刺，搞得剑拔弩张的尴尬，正是一种典型的"慷慨任气"的特征，是"磊落以使才，志深而笔长"的文学产物。

王维的《白鹦鹉赋》前无序，也没有交代其写作背景，故而王维的几个注本的编年里也没有明确此赋的写作年代。不难考订的是，王维身当盛世，且似乎还是养尊处优的状态。身处大唐帝国的极盛时期的王维，深受大唐文化宏阔开放的局面所鼓舞，也深为雍容豪迈的精神风韵所沐浴，形成了诗人的文化自豪感和乐观品格。笔者一直以为，社会发展的最高境界，时代强盛的最重要标志，就是社会的高度和谐。盛世最突出的社会风貌是和谐，人与社会、人与自然、人与人，特别是人的自身的自我和谐。因此，王维在文学创作时，多处于心平气和、闲适满足的精神状态，而这种状态最易于生成"温柔敦厚"的诗观，最易于体现儒教的"中庸"原则。加之王维在其创作中往往融入道家天真自由、超逸空灵的精魄，参化进禅宗虚静空默、渊泊恬淡的意境，故而，其笔下的白鹦鹉，也便处处有他自己的影子，是淡泊名利但求虚静的诗人人格的写照。《白鹦鹉赋》中的鹦鹉，即便有“经过珠网，出入金铺”之贵，即便有“偶白鹇于池侧，对皓鹤于庭隅”之尊，然而却有一种知音难求的深深的孤独——“单鸣无应，只影长孤”；“深笼久闭，乔木长违”。但是，王维《白鹦鹉赋》与其诗歌一样，出以“温柔敦厚”的风貌，按照中和适度原则以控制，按照温柔敦厚的诗美理想以表现。故而，我们在其赋中看不到希图出息的愤怒，听不到寻找故园的呐喊，虽然字里行间也充满了孤独与落寞的怅惘，却出以淡泊的叙说，甚至是从容的面对。赋的最后写道“傥见借其羽翼，与迁莺而共飞”，表现出万物归宗的淡泊，这是俱化为一的无为状态。

清代著名学者、经学家和思想家焦循在《毛诗郑氏笺》中说：“夫诗，温柔敦厚者也。不质直言之而比兴言之，不言理而言情，不务胜人而务感人。”[①] 王维的《白鹦鹉赋》以比兴言之，温润化出，表现在情感上的是“乐而不淫，哀而不伤”，表现在文辞内容上的则是“文质彬彬”“文质参半”，符合儒家“中和”“中庸”的审美理想，是“温柔敦厚”的审美理想在赋上的一种卓绝表现。特别是，《白鹦鹉赋》不同于《鹦鹉赋》的哀怨恚愤、深讥激刺，也不是奔放贲张、超迸飙举，而是一种蒙上了一层淡淡的忧郁和迷茫的诉求，形成了一种锋芒内敛的中和之美。因此，《鹦鹉赋》与《白鹦鹉赋》是两种鹦鹉话语：一个“务胜人”而一个“务感人”也。

总之，王维以其特殊的道学精神和禅宗深度，从价值理性的层面颠覆了《鹦鹉赋》的原初意义，以儒家的温柔敦厚的诗教原则，减轻了赋的“铺陈”比重而追求比兴并用的凝练简朴，其形式语言趋于空灵，并注重以形传神的形象塑造，故使其律赋具有了高趣远旨的美质。从《鹦鹉赋》到《白鹦鹉赋》，当是两个里程碑，实现了两种诗学的华丽转身，反映了两个时代的美学趣味，呈现出两种赋体的形式状态，也表现了两种人格精神气质、生命意志与生存智慧。

① 语出焦循《雕菰集》卷十六《群经补疏自序·毛诗郑氏笺》，见王云五主编《丛书集成初编》，商务印书馆1936年6月初版《雕菰集》第四册第271至272页。

金陵怀古第一诗：《金陵三首》[1]

［按］ 李白乃金陵怀古第一人。金陵怀古题材，有其特殊的历史和政治内涵，李白选择金陵题材，决定了此诗属于政治抒情诗一类的性质，而不能解读为一般性的山水诗。《金陵三首》开风气之先，既有认识价值，也具有很高的艺术价值。

我们说李白的《金陵三首》为“金陵怀古第一诗”，基于两点考虑，一是李白首开金陵怀古的风气，写得最早；二是此诗在李白众多的金陵题材的诗中（保守点说“以怀古论”），写得最好。然而却至今尚未引起专家和读者的特别关注。

从本质上讲，李白应该属于政治诗人、社会诗人，李白最出色的诗，最有代表性的诗，即是社会诗，或者叫作政治诗。他的那些社会诗，自然也包含了那些具有政治性意蕴的作品，如《蜀道难》《行路难》《将进酒》之类。而最能够表现李白的理想和形象的诗歌，具体明言其政治主张的诗歌，恐怕要首推他的那些金陵怀古诗了。他的《金陵三首》无论从思想性还是艺术性上看，都可称为其怀古诗的经典之作。

李白的《金陵三首》，见《全唐诗》第181卷，抄录如下：

晋家南渡日，此地旧长安。地即帝王宅，山为龙虎盘。金陵空壮观，天堑净波澜。醉客回桡去，吴歌且自欢。

地拥金陵势，城回江水流。当时百万户，夹道起朱楼。亡国生春草，王宫没古丘。空余后湖月，波上对瀛洲。

六代兴亡国，三杯为尔歌。苑方秦地少，山似洛阳多。古殿吴花草，

---

① 原题为《金陵怀古第一诗——李白〈金陵三首〉鉴赏》，《古典文学知识》2009年第6期，第18—24页。

深宫晋绮罗。并随人事灭，东逝与沧波。

金陵与李白一生关系密切。李白一生最感兴趣的有两个地方：一是长安，一是金陵。李白25岁从四川出来以后，“仗剑去国，辞亲远游”，很快就对金陵产生了浓厚的兴趣，结下了不解之缘，据考前后五次到金陵。其存诗中竟有50多首是写金陵的。李白何以对金陵如此钟情？蔽之以一言：“色也！景色与美色。”

一是李白最赏金陵美色。吴地，景色秀丽，吴歌优美，吴姬更诱人，李白一生与金陵女子有着感情深厚的交往。李白在金陵，常常和舞姬酒客们玩月酒楼，达曙歌吹。

二是李白最赏金陵景色。对于金陵形胜的欣赏，这应该说是主要的。诸葛亮曾言南京是“钟山龙蟠，石城虎踞，帝王之宅也”。李白青年时期在金陵的主要活动是凭吊古迹，结交朋友。中年时期也多次来金陵怀古。后来，他追随永王李麟，就是妄图以金陵为根据地建立新王朝。而当他成为政治犯后，还代宋若思将军上表，让肃宗迁都金陵。这些都表明，李白钟情金陵，主要还是政治上的原因。

如果说李白钟情金陵而形成了深深的金陵情结，主要是政治原因，那么，我们可从李白《金陵三首》里鲜明地看到其致生的直接诱因。李白在此三首诗中所表现出来的对金陵形势的看法，所表现出来的政治识见，很具体、很典型，对李白来说尤有代表性，是贯穿了李白一生的政治理想。

李白在《金陵》诗中写道“地即帝王宅，山为龙虎盘。金陵空壮观，天堑净波澜”；“地拥金陵势，城迴江水流。当时百万户，夹道起朱楼”；“苑方秦地少，山似洛阳多”。三诗中均有写金陵形胜的诗句，且均为满怀深情的描绘，其意在突出表明：金陵地理卓特，形胜无双，理当为帝都。

金陵在春秋时得名，因城邑坐落在金陵山而得名。前333年，楚威王灭越后，楚邑建城邑于清凉山上，而清凉山当时是金陵山的一部分，所以城也命名为金陵邑。唐代的《建康实录》明确记有楚威王“因山立号，置金陵邑”。由于当年的长江紧贴清凉山西麓流过，金陵邑临江控淮，形势十分险要，楚威王选此址而设置金陵邑，即欲借虎踞龙盘之山势和长江天堑之水险而图谋天下。当热衷政治的诗人遇见此龙盘虎踞之地时，便生出许多的推崇备至的“政治”好感来。李白特别看好金陵，最好的例证是他在《为宋中丞请都金陵表》中的陈述。李白力荐迁都金陵，列举了金陵有作为都城的诸多条件，譬如金陵的物产丰富、交通便利、人才济济等等，还有就是突出金陵的“地称天险，龙盘虎踞，开扃自然”的险要地势。李白最看重的，即金陵为六朝旧都，依然存有帝王之气，“六代皇居，五福斯在，雄图霸迹，隐轸尤存。咽喉控带，萦错如绣”。此表是其政治主张的开宗明义的表述。联系起来看其诸多金陵诗，我们便不难领会其所以夸好金陵的用心。

除了地理形势上的特点，李白还看好金陵文化，六朝故都，文化底蕴深厚，也易生情结。李白《金陵》诗中写道：“亡国生春草，王宫没古丘。空余后湖月，波上对瀛洲。”其诗又写道：“古殿吴花草，深宫晋绮罗。并随人事灭，东逝与沧波。”金陵乃东南形胜，六朝古都，在李白笔下，既炫耀其昔日不可一世的荣耀与繁华，也具象其繁华破灭后的荒凉和萧瑟。以此对比，而形成了情感上的反差张力。细细玩味诗人笔下的金陵意象，分明承载着历史兴亡的沧桑信息，展现了一种意味极其浓厚的文化政治的内涵，夹杂着一种深深的哀怨和悲悯。对于李白来说，金陵值得写的也太多了，除了比较脍炙人口的作品如《登金陵冶城西北谢安墩》《登金陵凤凰台》《金陵凤凰台置酒》《苏台览古》等，还有名句如“苍苍金陵月，空悬帝王州”（《月夜金陵怀古》）；“朝别朱雀门，暮栖白鹭洲。波光摇海月，星影入城楼”（《宿白鹭洲寄杨江宁》）；“北堂见明月，更忆陆平原”（《金陵王处士水亭》）；“金陵夜寂凉风发，独上高楼望吴越。白云映水摇空城，白露垂珠滴秋月”（《金陵城西月下吟》）；“钟山龙蟠走势来，秀色横分历阳树”（《金陵歌送别范宣》）……可见，李白对金陵真正是一见钟情地看好，也一往情深地眷念。

诚然，今日之金陵，相比长安，无疑已是王气黯然的伤感旧地。然而，毕竟曾经“旧长安”，依然有“地即帝王宅”的偏好情感的触发。“金陵”这一地理名词，被附着上了特定的文化情韵，附着上了诗人特殊的眷念情感。作为旧时古都，虽然已经衰落，对诗人来说，最容易生成金陵情结。而素有儒家济世之志、纵横家风度的李白，把金陵作为一部内容丰富的历史教科书来读，从金陵的今昔中读出了政治的内容，读出了兴亡的伤感，也读出了自身处境的凄凉。当他远离当时的政治中心长安而寄身金陵时，必然更加容易激荡出怀古之情和用世之心，生成“长安不见使人愁”的政治失意感来。

金陵有其特殊的历史和政治内涵，直接与政治有关，李白选择对象寄予其政治意蕴的意图是豁显的。这种题材和描写对象，决定了此诗属于政治抒情诗一类的性质，不能解读为一般性的山水诗。而李白的《行路难》《梁甫吟》《永王东巡歌》等，是其强烈的政治性苦闷心情的真实反映，这些乐府诗仍多延续乐府旧题，内容即事兴慨，具有强烈的政治性和抒情色彩，而我们还只能读为间接的政治诗。因此，写作《金陵》时的李白，与其说用的是诗人的视阈和美感，不如说更多的是政治家的胸臆和思考，让人感到其中更多的是政治上的引发。

李白毕竟是个诗人。《金陵》毕竟是属于文学的诗歌，而不是政治报告或其他。也就是说，李白《金陵》诗，既有认识价值，认识其怀古的政治用心，更是艺术品，具有很高的艺术价值。从艺术上来解读，我们以为有三点很是突出。

一以题旨观。李白在《金陵》其一的开头便言："此地旧长安。"此五字定下了全诗的情感基调，也是三首诗的思想基点。诗人以"金陵"比"长安"，是在暗示金陵昔日的辉煌，也是为其今日之闲置而惋惜，言下之意是，白白有此"帝王之宅"的形势，如今却成为被弃置之地。这种意识和情绪，即成为此诗一贯到底的潜流。深究《金陵三首》的创作用意，就诗而论诗，千万不能忽视诗中的那个重要暗示，那就是"空"字。三首诗二言"空"，"空"字可视为诗人金陵怀古的题旨的聚焦和情感的泉眼，亦即诗眼。诗眼在"空"，于"空"上我们可以透视到诗之题旨：其一诗中"金陵空壮观"曰"空"；其二诗中"空余后湖月"也曰"空"；第三首诗里虽然没有出现"空"字，但是，最后"并随人事灭，东逝与沧波"的收束，不出"空"字而含"空"意也。李白何以在此三首诗中频频叹"空"呢？我们揣摩三首诗意，可蔽之以一言：金陵多好呵，然而白白地空有其好也。言外之意是，不迁都于此龙盘虎踞之地是多么的可惜啊！再配合以诗中对金陵的夸好性描写，诗人的写作意图更是昭然欲揭了。

《金陵》开篇云"晋家南渡日，此地旧长安"；结尾云"并随人事灭，东逝与沧波"。全诗这样的起、落的"过程"交代，三首一体，首位环顾，可谓"用心良苦"，其中蕴含着的感情和思考也是十分深刻的。成也金陵，发端以追述西晋南渡的史事；败也金陵，收束则感叹江山易代的败笔。地势依旧，成败判然，尽在"人谋"也。因为其奇妙的构思，使此诗超离了即兴性的随意"脱口秀"的形态；又因为其高远的立意，使此诗超离了一般性意义的山水咏叹的层面。

二以结构观。《金陵》三诗各自独立，又互为顾盼而形成了一个整体。

而三诗在写法上则有明确的分工合作，鲜明的侧重，各不重复。一首写一景一事，如果说，前二首侧重于描写，那么，第三首则侧重于感发，是慨叹、喟叹，是陈述性的“歌吟”，虽然也有意象，但是，是述，而非写。

在具体的描写上，第一首侧重于壮大，是写虎踞龙盘的形势；第二首略偏于柔巧，通过今昔对比来写“空余后湖月”的萧瑟；第三首则由山水而具体到宫殿、绮罗，“古殿吴花草，深宫晋绮罗”，在内容安排上采用了逆挽的手法，即在好山好水的描写之后，补写引起遥想的眼前景物，以追述对前朝历史的遥想，突出了六朝过后金陵盛衰所蕴含的历史教训。

《金陵》诗所用意象，一为“山”，一是“水”。第一首写山，第二首写水，第三首则有总写山水的意味。金陵和洛阳都有群山环绕，地形相似，所以李白《金陵三首》有“山似洛阳多”的诗句。晚唐许浑的“英雄一去豪华尽，惟有青山似洛中”（《金陵怀古》），就是说今日的金陵除去山川地势与六朝时依然相似，其余的一切都大不一样了。诗中的“空余后湖月”则写水，暗含了金陵末日的交代，是金陵盛极而衰的写意，也是今日金陵备受冷落的形象写照。诗中山水，非一般游人目中的山水，也非李白其他山水诗中的山水，山水皆染上了政治的色彩。世事多变之中的山水不变而变，金陵还是那个金陵，金陵已全然不是那个金陵，曾经为孙吴、东晋和南朝宋、齐、梁、陈六朝古都的金陵，无复六朝的金粉繁华。自李白始，金陵的盛衰沧桑，则成为许多后代诗人寄慨言志的话题。

三以章法观。《金陵三首》可作为五律来读，是不甚协律的五律，而实乃行云流水的歌行。三首诗仅120字，属于短篇歌行，然而，其跳荡纵横，开阖张翕，具有长篇的气势和格局，仿佛《行路难》《将进酒》。

从情绪流程看，第一首是写“欢”心，放情寻醉；第二首是写“惜”意，情感转为深沉；第三首是写“憾”情，“并随人事灭，东逝与沧波”。诗人的情感，如同突兀而连绵的山脉，层层叠叠，起落变化，诗之其一，先以“醉客回桡去，吴歌且自欢”，写恣欢的场面和心态，贪杯图醉，吴歌自欢，貌似旷放，实多苦痛。诗之其二，则以“空余后湖月，波上对瀛洲”的冷落凄清，来对比昔日的繁华精彩，顿挫诗情，低回思绪，以表现诗人的沉郁悲怨。诗之其三，“六代兴亡国，三杯为尔歌”，陡起而歌，与其一之“歌”相照应，然而此歌非彼歌，此乃诗人之歌。其歌之内容强烈对照，启发读者将它的现状与历史作比较，其盛衰兴亡之感自然寄寓于其中。

从“情节”的发展看，诗人酒壮胆气，狂态恣肆，激情震荡，含有及时行乐的放纵，更是沉思过后的顿悟，情绪高扬上推。但是，力图从苦闷中挣脱出来的诗人，终于还是陷入更大的痛苦之中，诗以“并随人事灭，东逝与沧波”结，欢悲遥接，回应篇首。三首诗情感曲折捭阖，先张后翕，百步九折，起落无常。

此三首诗，应写作于李白中年时。总体来说，由于诗人远离政治中心，是一个没能完成纵横理想的纵横家，其诗的总体倾向是伤感而沉郁的。诗中所表现出来的情感很复杂，既是对历史兴衰、社会更替、江山易代的伤感，又是为“旧都”搁置于今日而惋惜，也充分显示了其政治理想受阻而生成的内心的苦闷、愤郁和无奈。这种感情，可以参照他的《将进酒》来读，喜悲无常，貌似旷放却怅惘，仿佛极端自信却悲观。心极悲郁而作旷达，情极豪纵而又沉着。诗情由悲转乐，转沉郁，再转狂放，最后结穴于“并随人事灭，东逝与沧波”，更让全篇蒙上了一层深广的忧愤，更多的是政治上不得开展者的无奈。

李白《金陵三首》，完全可以视为诗人的政治感怀，是政治诗人李白政治诗中的代表作，是开金陵怀古之风气的诗歌经典，可谓金陵怀古第一诗。

堪与“春行”姐妹篇：《正月三日闲行》[①]

［按］　《正月三日闲行》诗，向不为读者看重，然其艺术价值不在《钱塘湖春行》之下，我们可将二者视为姐妹篇来比较研读。诗中大红大绿，巧对偶得，不求工而自工，大巧若拙。特别值得一提的是，此诗不仅具有“史”的认识意义，也具有风俗画的俗美效果。

唐诗中，最有南方印记的山水，莫过于“桥”了。而桥最多，被写得最多

① 原题为《大巧之拙 不工自工——白居易〈正月三日闲行〉荐读》，《名作欣赏》2007年第11期，第56—60页。

的，又莫过于苏州。桥景，不仅是最有特色的苏州山水，也是苏南景致最突出、最有个性的地方。在写苏州的桥的诗中，张继的《枫桥夜泊》太有名了，也太具有诗美了，以致顾颉刚这么说："山东王子容来游寒山寺，大懊恼，谓受诗人之骗。"

白居易有诗吟道："何似姑苏诗太守，吟咏相继有三人。"（《送刘郎中赴任苏州》）唐代三位著名诗人韦应物、白居易、刘禹锡都在苏州当过刺史。白居易是在长庆二年（822年）的七月被任命为杭州刺史的，而在宝历元年（825年）三月又出任了苏州刺史。白居易在苏州任上，写有不少吟哦姑苏的好诗，其中《正月三日闲行》并不出名，在他自己的作品中似乎也不算上乘之作，然而，此诗之美即在一闲字，认真玩味起来，还真的具有经典般的意义。如果说张继的枫桥诗美在一种孤独情感，白居易此诗则美在一种闲适状态。《正月三日闲行》娓娓吟道：

> 黄鹂巷口莺欲语，乌鹊河头冰欲销。绿浪东西南北水，红栏三百九十桥。鸳鸯荡漾双双翅，杨柳交加万万条。借问春风来早晚，只从前日到今朝。

此诗写在白居易苏州刺史任职时。长庆二年七月，白居易自中书舍人出任杭州刺史，直到长庆四年五月除太子左庶子返洛阳，仅仅十一个月后，即宝历元年五月又回江南任苏州刺史，至白居易离开杭州，就任苏州刺史，宝历二年十月，因病罢职。《旧唐书·白居易传》载云："时天子荒纵不法，执政非其人，制御乖方，河朔复乱。居易累上疏论其事，天子不能用，乃求外任。"可见白居易此次到苏州任职，与其在朝廷的处境有关。诗人自京城外放，而且是自求外放，在政治上肯定不太适意，且年已半百，但是，因为远离朝廷是非，远离正在兴起的朋党之争，且苏州人情融洽，故而诗人的精神状态也特别闲适，有他自己的诗为证："吴中多诗人，亦不少酒酤；高声咏篇什，大笑飞杯盂。五十未全老，尚可且欢娱；用兹送日月，君以为何如？"（《马上作》）诗中生动描写了诗人诗酒适意、唱和酬酢的闲情逸致。正月阳暖，早春时节，气候宜人，风光格外秀丽，街市特别繁华，故而心情也愈发轻松。于是，才写罢《钱塘湖春行》（脍炙今人之人口）不久的白居易，便又有了《正月三日闲行》。

据孟二冬“中唐诗歌年表”考，白居易宝历元年（825年）三月除苏州刺史，时年54岁，五月五日到任；又考，宝历二年二月，落马伤足，卧三旬。五月末，以眼病肺伤，请百日长假，九月初，假满，罢官。十月，发苏州，与刘禹锡结伴游扬州、楚州。[①] 故而笔者断定，《正月三日闲行》诗作于宝历二年正月，白居易时年55岁。孟二冬的诗歌纪年里列出白居易此一时期诸多的代表作，而《正月三日闲行》却不在其列，想必孟氏尚未将此诗确认为白居易的力作。

白居易在苏州时间比较短暂，似乎还常在病中，其实乃小病大养。白居易曾有《咏慵》诗云：“尝闻嵇叔夜，一生在慵中。弹琴复锻铁，比我未为慵。”一生都在慵懒中的嵇康都不如他慵懒，诗人已经无心长进，心闲而百闲了。故而，此时他的闲适诗的数量大增，而且此时的诗中多“闲”字，连题目也往往以“闲”字作，如《郡中闲独寄微之及崔湖州》《闲园独赏》《闲卧寄刘同州》《城东闲游》等。“闲”是他的一种状态，“闲”也是他的一种情调和境界，因此，我们从“闲”上着眼和发掘，方可真正读懂此诗，读懂白居易此时的状态。

《正月三日闲行》诗首联巧用地名：黄鹂为坊名，乌鹊乃河名和桥名。乌鹊桥，是苏州城中最古的石拱桥，与阖板城同建，距今已有两千多年，原位于“子城”正门前直街，因春秋时吴王在此建乌鹊馆而得名。这是一座集政治、经济、文学和建筑艺术于一身的名桥。据史书记载，此桥原为周武康石建造，整体彤红，端正耸峙，如琼雕玉凿，乌鹊桥拱之顶，与玄妙观内三清殿屋脊对峙，甚是壮观。此桥与城中其他桥梁相较，大有鹤立鸡群之势。乌鹊桥一直是历代诗人墨客竞相吟咏的对象。白居易诗中“红栏三百九十桥”之“红栏”，显然是指称乌雀桥，诗以乌雀桥之个别而代“三百九十桥”之全部。白居易在任苏州刺史时，对此桥真可谓情真意笃。黄鹂、乌鹊语意双关，《正月三日闲行》中诗人巧用地名来写春意。首联两句中“欲”字并用，此乃大巧之拙，似为重复而其实匠心独运。诗人率意成诗，仿佛冲口而出，不管是平是仄，也不管是否重复，无心锤炼，不屑刻意，将一“闲适”的慵懒情态凸现出来。以笔

① 孟二冬《中唐诗歌之开拓与新变》，北京大学出版社1998年版，第305—306页。

者之推断：诗中连用两个“欲”，非诗人情词枯竭，实乃有意为之也。

中间两联，巧对偶得，不求工而自工，自然工稳。“东西南北”的方位词对“三百九十”的数词，妙不可言，以暗写绿水与河道，东西南北，纵横交织。一池春水，又由于水道的东南西北、曲折蜿蜒，更觉波光粼粼、源头绵绵之意。而各色桥等本来就姿态各异，情状呈献，又因为“东西南北”的方位，因为桥栏色彩鲜艳夺目，便愈加风情万种了。白居易在《九日宴集醉题郡楼兼呈周殷二判官》诗中也有对河道、石桥的类似描写：“远近高低寺间出，东西南北桥相望。水道脉分棹鳞次，里闾棋布城册方。人烟树色无隙罅，十里一片青茫茫。”水是苏州城的自豪，桥是苏州山水的特色标志，苏州就像一座用桥搭起来的水上城市。苏州最主要的山塘街，街市傍水而筑，居民临水而居，人家前门临街，后门临河。河道与街道水陆并行，河街相邻，而石桥沟通连接，船行水里、人走道上，构成了一幅“小桥流水人家”的江南水城景观。

“三百九十”桥，真可谓千姿百态，诗人不作具体描绘，事实上也无从写起，唯有以“三百九十”桥而概写，极言其多，各色桥等让人调动起丰富的想象：或狭长如玉带飘逸，或联翩如雁阵同列；或贴水如苍龙浮游，或高隆似鳌背连云；或弯曲如新月初出，或平直似鸟翼伸展……其桥不仅造型各异，而且阴晴变化，晨昏二殊，桥倒映水中，随荡漾的绿水而荡漾，虚实交映，与自然浑然一体，为环境平添十分的诗情画意。白居易的《小舫》，则是驾舟水上行的记录：“小舫一艘新造了，轻装梁柱庳安篷。深坊静岸游应遍，浅水低桥去尽通。黄柳影笼随棹月，白蘋香起打头风。慢牵欲傍樱桃泊，借问谁家花最红。”“游应遍”，“去尽通”，可见诗人的游兴甚浓，去处甚多，而且兴酣未尽；而深坊静岸、浅水低桥的苏州水城构建的特点，则给了闲适诗人以无穷的寻幽乐趣。

水用“绿”，可谓清澈之极；桥用“红”，可谓绚烂之甚，结合首联的“黄鹂”之黄、“乌鹊”之黛，复见诗人之匠心矣。黄、乌、绿、红，色彩鲜艳而明丽，图画层次丰富而跳跃，形成生动的形象，足以给人以美感强烈的视觉冲击。繁彩缛色，烂漫春光。因为是早春，还在正月，即便是江南也未到春花盛开季节，所能见到的尚不可能是姹紫嫣红开遍的情景，诗人巧妙地用绿水红栏来渲染春天，不可不说是对春意的一种刻意追求了，以满足其精神上的强烈意愿，与首联的两个“欲”字也暗中应合。

在“莺欲语”而未语、“冰欲销”而未销之时，便有“鸳鸯荡漾双双翅，杨柳交加万万条”，显示出春天急不可耐的情绪和状态。鸳鸯双双，甜情蜜意，嬉戏而知水暖；杨柳万万，嫩绿饱绽而润泽，虽然不像是“春风似剪”的二月，却也全然不同于寒冬里抖瑟的枯枝。正可谓“诗家清景在新春，绿柳才黄半未匀”（唐杨巨源《城东早春》）诗人也如自然界的自然物态，自由自在，心闲如雀跃而又一无用心。

于是，诗人在尾联生出活泼一问答：“借问春风来早晚，只从前日到今朝？”自问自答，作者介入其中，问得漫不经心，问得随意天真，与杜牧的“借问春风何处好？绿杨深巷马头斜”的形式不同，白居易拟以答问，极富情趣。春风来时是早还是晚，是前天还是今日？欲问而问不出个究竟，欲辨而辨不出个界限，然而却还是问了。也正因为如此一问，方才显出诗人的机智和幽默，也使全诗顿时充满了稚趣。此二句属于“合掌”之笔，强调春天来得不知不觉的神奇和快速。作者在案牍之劳后，步出官邸，轻松一身、惬意无限的神情也已跃然诗外。

比较起唐代其他诗人的诗来看，此山水诗凸显了江南水乡的旖旎景色。从全诗的用笔来看，“信意落笔，自然超妙”（东坡语）。而此等境界，自然源自诗人的“闲”心。从审美原理看，心闲而境生。谢思炜研究认为：“在文学的具体的表现方法上，白居易很重视两点：一是比喻，一是诗境。”① 在古代诗人中，还真的没有人在诗里像白居易那样频繁出现“境”的字眼儿的。而且，把“境”与“闲”同举，互为关系，如：“意闲境来随”（《夏日独直寄萧侍御》）、“闲中得诗境”（《秋池》）、“唯此闲寂境”（《北亭卧》）、“偶得幽闲境”（《玩新庭树因咏所怀》）等等，谢思炜统计其诗中之“境”达四十多次。白居易诗咏曰：“幽境虽目前，不因闲不见。”（《冬日早起闲咏》）强调了心理的作用，境与心相关，有闲心方有幽境。据日本藤元粹辑《苏诗记事卷上》东坡：“渊明形神似我，乐天心相似我。”查“心相”一词乃佛家语，若从是句观之，东坡深慕乐天豁达，是其心闲得下来。闲，也使白居易消解了内心的愤世嫉俗、消解了精神负荷和生活的压力，其精

① 谢思炜《白居易集综论》，中国社会科学出版社1997年版，第372页。

神绝对放松，意志也高度自由，安详从容而身心俱适，进入了享受生命的人生境界。因此，“对诗境的重视，尽管主要是在闲适诗创作中提出的，但显然也纠正了讽喻诗论仅强调诗歌语言质径易谕的偏颇。在白居易的全部诗论中也占有重要位置”。

赏析此诗，笔者还有三点需要特别提示：

其一，可作为《钱塘湖春行》的姐妹篇来比较研读。

《钱塘湖春行》诗云：“孤山寺北贾亭西，水面初平云脚低。几处早莺争暖树，谁家新燕啄春泥。乱花渐欲迷人眼，浅草才能没马蹄。最爱湖东行不足，绿杨阴里白沙堤。”二诗都是写早春，都是写寻春踏青的行迹，都是写一种欣欣向上的繁荣，也都最能够充分显示诗人的观察、欣赏的感受能力，而且同样表现的是比较好的精神状态。但是二诗各有特色，风格两异：《钱塘湖春行》着重捕捉早春行迹，突出自然的水态天容，突出对春天的细致入微的感受，以“乱”“浅”“渐欲”“才能”，特写诗人对春天的感觉，尤其是充分显示其惟妙惟肖的艺术表现功力。争暖树的早莺，啄新泥的新燕，迷人眼的乱花，没马蹄的浅草，诗人饱览而陶醉其中，尽情享受，且余兴未阑，诗中多的是愉悦；而《正月三日闲行》多的则是闲适，诗人紧紧扣住题目中的一个“闲”字，而又集中表现一个“闲”字，于自然景色之中点缀以人文景象，摄入镜头的所有物象均为“暖”色调，表现出截然不同于《钱塘湖春行》诗的清丽淡雅，本诗突出了大红大绿，是风俗画的基调，是闲适悠逸的情态，特别是最后参以稚拙的答问，情趣活泼，戏嬉而谑谐，突出表现诗人豁达而幽默的性格特点，而整个诗的格调俗而多谐，气格轻飏。

第二，此诗可以作为唐代苏州繁荣的历史见证来读。

苏州，古称姑苏，秦汉时代，江南置会稽郡，苏州始设吴县，为郡首邑。自589年隋朝统一后，废吴郡，改称苏州。东晋以来，由于政治中心的南移，经济中心也南移，苏州得到了很好的开发。在三百多年的隋唐时代，有京杭大运河的开通，流贯苏州全境，苏州也成了南北往来的水陆交通要冲，苏州由“望”升为“雄”，成为唐代江南地区唯一的雄州。苏州自古以桥梁之盛闻名内外。“三百九十桥”是个虚数，是个约数，甚至是个夸张的数字，但是，苏州桥多是事实。一个城市有“三百九十桥”，的确不是个小数目。千载的苏州，在那久长的历史岁月，到底建下了多少座桥？这确实难以探究。如斯多的古桥，也足以明证，苏州在唐代就是个适合人诗意居住的天堂。水乡泽国，城外四面环水，城内水网纵横，因为河道，便有了各种水榭，有了无数船只，白居易在离开苏州后还是一往情深地歌咏道：“水国多台榭，吴风尚管弦。每家皆有酒，无处不过船。”（《和梦得夏至忆苏州呈卢宾客》）苏州小桥，繁荣了经济，也孕育了文化。有了船只，也就有了繁荣的通商活动，有了各地的客商与物产，有了南来北往的游客，进而有了市井的繁华。苏州的许多园林，也都以水池为中心，环池缀以亭台楼阁。安史之乱后，中原战乱频仍，北方士人多集中到江南，也促进了江南文化经济的迅猛发展，形成了主要以苏州、杭州、宣州为中心的诗人群落。白居易在与此诗写作于同时的《登阊门闲望》诗中，生动地描绘了苏州水城的昔日的繁华，认为苏州超过了杭州：“阊门四望郁苍苍，始觉州雄土俗强。十万夫家供课税，五千子弟守封疆。阖闾城碧铺秋草，乌雀桥红带夕阳。处处楼前飘管吹，家家门外泊舟航。云埋虎寺山藏色，月耀娃宫水放光。曾赏钱塘嫌茂苑，今来未敢苦夸张。”白居易在《齐云楼晚望偶题十韵兼呈冯侍御，周、殷二协律》诗中也咏道：“人稠过杨府，坊闹半长安。”意思是说，苏州人口之众多，民生之繁华，已超过了江淮重镇扬州，已经抵得上半个长安城了。《正月三日闲行》诗正是苏州唐代时繁荣的一个生动的缩影。

其三，可以作为江苏特有的风俗画来读。

白居易此诗所写山水之所以独特，不同于王维、孟浩然笔下的山水，是因为被写的苏州具有独特的水域特点，诗人切合苏州山水的特点采用了“风俗画”的构图和用色。江南的很多城镇也是结合水系自然布局的，但是，苏州尤其独特，唯独苏州的河道主要是人工开凿的，像这样严整地规划和建设了大规模的河道系统的城市，在中国城市建设史上也独此一例。白居易在任苏州刺史任上，疏浚开凿了从阊门到虎丘的七里山塘，解除了这一带的水患，这也正顺应了苏州的水域优势和苏州人的“亲水情结”。此河一开，悠悠七里，在河堤两岸聚集了一户又一户枕河人家，从此“水陆往来频”，但见“花船载丽人”，而苏州的山塘人家，更是“好住湖堤上，长留一道春”（白居易《武丘寺路》）。苏州城以水系为脉络、河道为骨架，道路相依附，水陆两套相辅相成的交通系统，构成“水陆相邻，河街并行”的双棋盘格局。两套交通系统既相辅相成，又互不干扰，从现代化交通观点看，这里已经体现了常规道路网与高速道路网相结合的设计思想。河道水网纵横交织，构成了城市空间艺术的基座，古塔、深巷、园林、寺观、粉墙黛瓦的民居、各献其巧的桥梁、自由散漫的碧水，把这些城市元素统一在一起，密切结合，相互渗透，创造出水与城市浑然一体的苏州水城艺术风貌，凝成特色鲜明的吴文化的风俗画。

《正月三日闲行》体现了典型的白居易诗风，语言平易浅近，清新自然，用白描手法精心摄入，而且具有“诗史”的意义，具有经典的价值，说其乃白居易的代表作，应该是当得起的。

不妨读作行卷诗：《夜雨寄北》①

［按］ 李商隐《夜雨寄北》，多以为是诗寄内。我们以为，此非寄妻诗，也非一般性的思友诗，而是一首类似行卷的象喻之作，具有知音渴望的价值期待。本文细读诗中“北”“君”和“西窗”三个关键词，就诗而解诗。

当下对《夜雨寄北》的解读，一说“寄妻”，一说“寄友”。此诗也由于寄赠主体的隐在性，蒙上了一层“神秘”的色彩而令人费解。

也许是李商隐太过擅长爱情诗的缘故，人们往往把他的非爱情诗的诗也当作爱情诗来读了，因此，“寄妻说”一直占上风，近年出版的唐诗选本简直已众说一辞了。寄妻说肇始于宋，古人为了牵强此说，不惜将“寄北”直接改成“寄内”，也不惜将此诗的写作年代提前。而“寄友说”于近代始有高音，但是因为没有多少确凿的举证和论说，更没能推断出所寄何友，故而难以获得更多的认同。

新批评学派认为，诗人正是通过文字的选用、取舍表达其情感寄寓和创作意图的，因而在解读诗歌时，推崇一种重视文字自身作用的“细读”方式。我

① 原题为《李商隐〈夜雨寄北〉疑义辨析》，《江汉学术》2014年第1期，第102—107页。

们以新批评的诗观，以就诗而解诗的“细读”，从“北”“君”和“西窗”切入，剖分而深析，以实证此诗“寄妻”还是“寄友”的寄赠主体。

一、“寄北”就是“寄内”吗？

宋人洪迈《万首唐人绝句》为了确证此诗是寄妻的，干脆将题目改作《夜雨寄内》。还煞有介事地提供了“寄内”所本的来历，“内”就是“内人”，就是妻子。“寄妻说”肇始矣。而此“误导”使后来的读《夜雨寄北》者多往情诗上想。

公认比较权威的李商隐注本的注家冯浩则发现此改不妥，但是，依然认同寄妻说，他注曰：“语浅情浓，是寄内也。然集中寄内诗皆不明标题，当仍作‘寄北’。”① 因为“集中寄内诗皆不明标题”，“北”就等同于“内”吗？显然，此解释也不能不算是牵强了。今人叶葱奇疏注《李商隐诗集疏注》也认为此乃“臆改”，他在《夜雨寄北》的“注一”里直截了当地说：“‘寄北’，《万首唐人绝句》作‘寄内’，乃宋洪迈臆改。”但是，叶葱奇疏注却推测说：“商隐寄家诗，概不显标于题。”从其前注《锦瑟》来看，《夜雨寄北》与《锦瑟》同样，都是寄家的。② 他在《锦瑟》的“疏解”中指出：“实际上，就通篇来看，分明是一篇客中思家之作，是郑亚贬职后，商隐失去桂管职幕，漂泊巴蜀，留滞荆门时的作品，和集中《夜雨寄北》一首同一意趣，同一时地，只不过《夜雨寄北》作于那年的秋间，这一首则作于春季而已。商隐寄内、思家的诗向不在题上标明，和李杜元白等均不同，集中思家诗如《夜雨寄北》《因书》等……”③ 叶说没有考论何以为“北”，而是把“寄北”直接等同于“无题”，推理的依据其一是“商隐寄家诗，概不显标于题”，其二是因为此诗写作于《锦瑟》的同年，《锦瑟》是寄家的诗，《夜雨寄北》也是寄家的诗了。此论没有多少立足之根也。

现传李诗的各选本中，《夜雨寄北》的题下，对“北”的解释千篇一律：

---

① 冯浩《玉谿生诗集笺注》（卷二），上海古籍出版社1979年版，第354页。

② 叶葱奇《李商隐诗集疏注》，人民文学出版社1985年版，第50页。

③ 叶葱奇《李商隐诗集疏注》，人民文学出版社1985年版，第2页。

以方位代人，“北”即北方的人，指代妻子。为了将“北”硬说成是“妻子”，于是便解释说：此诗情感热烈，思念缠绵。持此观点的代表性学者如沈祖棻先生，她在《唐人七绝诗笺释》里认为此诗是寄给“留在长安的妻子王氏”，她在解释“北”的时候说：“北，指位于巴山之北的长安。寄北，即寄给住在北方的人，以北作为住在北方的人的代词。”[①]又如霍松林先生也持同见，他认为“这首诗，《万首唐人绝句》题作《夜雨寄内》，‘内’就是‘内人’——妻子：现传李诗各本题作《夜雨寄北》，‘北’就是北方的人，可以指妻子，也可以指朋友。有人经过考证，认为它作于作者的妻子王氏去世之后，因而不是‘寄内’诗，而是写赠长安友人的。但从诗的内容看，按‘寄内’理解，似乎更确切”[②]。再如中国社会科学院文学研究所编《唐诗选》被列入《中国古典文学基本丛书》，流传极广，其于《夜雨寄内》诗后注云：“题一作《夜雨寄北》。冯浩《玉谿生年谱》将此诗系在大中二年（848年）；本年的另一首寄内诗《摇落》也描写了秋景，两首诗写作时间挨近。”又云：“末两句是说不晓得哪一天能够回家相对夜谈，追述今夜的客中情况。”[③]众口一词，均语“北”为“妻”。

“北”究竟为何意呢？查遍辞书，“北”没有“内人”“妻子”甚至“情人”一解，这是肯定的。“北”与“内”也是不好相等相近或者相互替代的，这也是肯定的。《广雅·释亲》卷六下释曰：“背谓之骶。背，北也。”朱骏声《说文通训定声》认为：“背”与“北”上古音同为帮母双声，职部叠韵字，二者古音相同。人坐立皆面明背暗，故以背为南北之北。《老子》有云：“万物负阴而抱阳。”王力按：山北为阴，山南为阳，老子的话等于说万物负背而抱南。如果牵强点说，北有“背”与“阴”的意思，代“妻”也是转了多少弯了。

不管怎么说，将“寄北”，随便改成“寄内”真是太武断了，简直是蛮横。我们不妨揣度一下：李商隐寄情人都“赤裸裸”的，寄妻反倒“羞答答”的？竟羞答答到了不能明言“寄妻”的地步呢？我们也不免有所疑惑：既然是

① 沈祖芬《唐人七绝诗笺释》，上海古籍出版社1981年版，第238页。

② 《唐诗鉴赏辞典》，上海辞书出版社1983年版，第1139页。

③ 中国社会科学院文学研究所编《唐诗选》（下册），人民文学出版社1978年版，第281页。

“以北作为住在北方的人的代词”，为什么所代者就一定是妻子呢？

《全唐诗》中以“寄内”为题的，只有十二首，其中李白占了四首。四首之中，有两首写在身陷囹圄时。杜甫有一首很著名的想念妻子的诗，名句如“香雾云鬟湿，清辉玉臂寒”，而题目叫《月夜》，不叫《寄内》。李商隐也确有一些寄妻的诗，据注家考“然集中寄内诗皆不明标题”，或曰“概不显标于题”。难道说，李商隐“不标明题目”的、写得缠绵点的诗，就可以一律理解为“寄内”吗？

从诗中“巴山”一语看来，诗写于巴蜀之地。寄北，巴山之北，可以理解为长安。李商隐曾经应聘到四川，任东川节度柳仲郢的幕僚，时间是唐宣宗大中六年（852年）。先于此一年，李商隐的妻子已故去。因此，“寄北”是不可能“寄妻”的。给李商隐诗集作笺注的清代人冯浩，为了“圆”其“寄内”说，而又合乎“集中寄内诗皆不明标题”之考，不惜将此诗的写作年代提前，推前至大中二年（848年），提前了四年。按冯浩考证，李商隐这一年是在桂州（今广西桂林）郑亚的幕府。当年郑亚由于政敌的诬陷，被贬为循州刺史。李商隐未去循州，由水路经长沙，于次年回到长安。冯浩认为在归途中李商隐曾经“徘徊江汉、往来巴蜀”，“于巴蜀间兼有水陆之程”，《夜雨寄北》就是归途中经过巴蜀时所写。李商隐这时到过巴蜀，冯氏的说法也是不十分坚定的，因此，不得不加了一句“玩诸诗自见，但无可细分确指”[①]。冯氏的这种说法受到近代杰出历史学家岑仲勉的反驳，他在《玉谿生年谱会笺平质》中力辨，云所谓巴蜀之游并不存在，巴蜀之程的说法是不正确的。刘学锴、余恕诚《李商隐诗歌集解》亦认同巴蜀之游为虚谬。又杨柳《如何确解李商隐诗》一文认为此诗应是大中二年商隐自桂林柳幕北归途中淹留荆、巴时所作，时间为夏秋之交。刘、余《集解》辩驳曰：“唐人诗中巴山多泛指今四川境内之山……未必具体指大巴山或巴东县南之巴山。”故而，他们认为：“此诗情味，显系长期留滞，归期无日之况，与客途稍作羁留者有别。……当是梓幕思归寄酬京华友人之作，确年不可考，约在梓幕后期。”[②] 岑仲勉与刘、余的力辩都是在“可能与否”上，结论也是“寄妻”是不合解的。

---

① 冯浩《玉谿生诗集笺注》（卷二），上海古籍出版社1979年版，第354页。

② 刘学锴、余恕诚《李商隐诗歌集解》（三册），中华书局1988年版，第146页。

笔者就诗解诗，重在于文字上而另具只眼，结论是：

1.“北”，根本没有“内”的意思。肯定地说，简单地将“北”解读成为“内”，于诗情于学理不合。

2.既然“北”之方位可代妻子，当然也可代朋友，为什么一定就不可能是朋友呢？

3.没有必要捏造事实，或者提前此诗的写作时间，就是为了将“北”等同为“内”。

4.李商隐是不情愿将诗写得太直白的，其诗“寄北”而故意不明对象指向，肯定有一种难言之隐而不好明言。结合“寄北”题，我们读出了其诗内有深意。

二、“君”也能够称谓“妻”吗？

“君问归期未有期”，君何指焉？妻耶？友耶？不少人倾向于寄妻，这让我们在解读中生出了疑点：李商隐为什么对内人如斯客套？李商隐有必要对内人如斯客套吗？李商隐其他诗中对内人（或者情人）也有这样客套的称呼吗？

在现代汉语中，“君”通常指男性。古代被称“君”的男子，还含有地位高贵、品格高尚的意味。战国时期盛行封君制，“君”是卿大夫的一种新爵号。《仪礼·丧服》篇讲：“君，至尊也。”郑玄注：“天子、诸侯及卿、大夫有地者皆曰君。”唐贾公彦又疏道：“以其有地则有臣故也。”意思是，称“君”要有两个条件，一要有土地，二当有臣子。魏晋时开始用“君”作尊称。魏晋前后诗歌中也用“君”的，主要是女性对男性的尊称。《古诗十九首》云：“行行重行行，与君生别离。相去万余里，各在天一涯。道路阻且长，会面安可知？胡马依北风，越鸟巢南枝。相去日已远，衣带日已缓。浮云蔽白日，游子不顾返。思君令人老，岁月忽已晚。弃捐勿复道，努力加餐饭。”魏人徐干《室思》云“峨峨高山首，悠悠万里道。君去日已远，郁结令人老”；“自君之出矣，明镜暗不治。思君如流水，何有穷已时”；“寄身虽在远，岂忘君须臾。既厚不为薄，想君时见思”。

唐代诗歌中“君”的称呼已经大量出现，也主要是妻子称丈夫，或者好友相称的。或者这么说，唐诗中“君”的称呼，但见于对男性。主要归纳为这样几种情况：

其一，写送别，多在庄重肃穆的送别场合里使用。“与君离别意，同是宦游人”（王勃《送杜少府之任蜀州》），“送君还旧府，明月满前川”（杨炯《夜送赵纵》），“沾裳即此地，况复远思君”（卢照邻《巫山高》），“流水通波接武冈，送君不觉有离伤”（王昌龄《送柴侍御》），“我寄愁心与明月，随君直到夜郎西”（李白《闻王昌龄左迁龙标遥有此寄》），“莫愁前路无知己，天下谁人不识君”（高适《别董大》），“醉卧沙场君莫笑，古来征战几人回”（王翰《凉州词》），“轮台东门送君去，去时雪满天山路。山回路转不见君，雪上空留马行处”（岑参《白雪歌送武判官归京》），“马上相逢无纸笔，凭君传语报平安”（岑参《逢入京使》），“今日送君须尽醉，明朝相忆路漫漫”（贾至《送李侍郎赴常州》），“送君从此去，书信定应稀”（贾至《送夏侯参军至广州》），“八月中秋月正圆，送君吟上木兰船”（韦庄《送李秀才归荆溪》）等等。王维脍炙人口的诗中更多“君”字出现，如“下马饮君酒，问君何所之。君言不得意，归卧南山陲。但去莫复问，白云无尽时”（《送别》），如“劝君更尽一杯酒，西出阳关无故人”（《渭城曲》），如“慷慨倚长剑，高歌一送君”（《送张判官赴河西》），如“相逢意气为君饮，系马高楼垂柳边”（《少年行》）等。

其二，写相思，思乡、思友、思归。这在李白乐府诗中使用的频率很高，有时候一首诗中出现五六个“君”字，读来亲切有味，如李白《闻丹丘子于城北营石门幽居中有高凤遗迹仆离群远怀亦有栖遁之志因叙旧以寄之》：“春弄沧江月，秋色碧海云。离居盈寒暑，对此长思君。思君楚水南，望君淮山北。梦魂虽飞来，会面不可得。……闻君卧石门，宿昔契弥敦。”又如李白《忆旧游寄谯郡元参军》：“余既还山寻故巢，君亦归家渡渭桥。君家严君勇貔虎，作尹并州遏戎虏。五月相呼度太行，摧轮不道羊肠苦。行来北凉岁月深，感君贵义轻黄金。”诗的最后写道：“言亦不可尽，情亦不可及。呼儿长跪缄此辞，寄君千里遥相忆。”李白名诗还有《峨眉山月歌》：“夜发清溪向三峡，思君不见下渝州。”另，王维《杂诗》云：“君自故乡来，应知故乡事。”王维《红豆》云：“愿君多采撷，此物最相思。”杜甫《江南逢李龟年》云：“正是江南好风景，落花时节又逢君。”韦应物《秋夜寄丘员外》云：“怀君属秋夜，散步咏凉天。”刘禹锡的《始闻秋风》首联云：“昔看黄菊与君别，今听玄蝉我却回。”尾联曰：“天地肃清堪开望，为君扶病上高台。”白居易的《读李杜诗集因题卷后》云：“天意君须会，人间要好诗。”

其三，模拟女性口吻作闺中怨而称“君”。李白的代表作《长干行二首》，模拟女性口吻，并运用年龄记叙和四季相思的民歌手法，巧妙而有机地串联起女主人公的生活场景，诗中多以“君”相称，如“五月南风兴，思君下巴陵”，“八月西风起，想君发扬子”。李白的这类诗还如《春思》云：“燕草如碧丝，秦桑低绿枝。当君怀归日，是妾断肠时。春风不相识，何事入罗帏。”《夜坐吟》云：“冬夜夜寒觉夜长，沉吟久坐坐北堂。冰合井泉月入闺，金缸青凝照悲啼。金缸灭，啼转多。掩妾泪，听君歌。歌有声，妾有情。情声合，两无违。一语不入意，从君万曲梁尘飞。”《荆州歌》云：“白帝城边足风波，瞿塘五月谁敢过。荆州麦熟茧成蛾，缫丝忆君头绪多。拨谷飞鸣奈妾何。”其他，如张九龄的《赋得自君之出矣》云：“自君之出矣，不复理残机。思君如满月，夜夜减清辉。”崔颢的《长干行》云：“君家何处住，妾住在横塘。停船暂借问，或恐是同乡。”施肩吾的《古曲五首》云：“红颜感暮花，白日同流水。思君如孤灯，一夜一心死。”李康成的《自君之出矣》云：“自君之出矣，弦吹绝无声。思君如百草，缭乱逐春生。”还有，唐代的女诗人的诗，其中称“君”就非借托性的了，如薛涛的《雨后玩竹》云：“南天春雨时，哪堪霜雪姿，众类亦公茂，虚心能自持。夕留晋贤醉，早伴舜妃悲。晚岁君能赏，苍苍劲节奇。”如柳月华《怨诗寄杨达》云：“春水悠悠春草绿，对此思君泪相续。羞将离恨向东风，理尽秦筝不成曲。与君形影分吴越，玉枕经年对离别。登台北望烟雨深，回身泣向寥天月。”

限于陋见，一时还真未见有多少将“君”用于女性称呼的，可以举例的如元稹的《离思》，诗云：“曾经沧海难为水，除却巫山不是云。取次花丛懒回顾，半缘修道半缘君。”白居易的《琵琶行》，诗云：“今夜闻君琵琶语，如听仙乐耳暂明。莫辞更坐弹一曲，为君翻作琵琶行。”

根据《夜雨寄北》的诗意，结合“君”之细读，结论为：

1.君有时也用于女性，甚至也有用于夫妇之间互相称谓的情况。但是，很少，很特殊。对女人称“君”，不是一般性语境，不是特别熟悉的对象，况且用“君”来称呼妻子，反而有一种距离感，有一种陌生的客套感。譬如上文所引元稹、白居易二诗。

2. “君”不是不好解释为“内人”或者“情人”，李商隐爱妻至深，称其为“君”也在情理之中，而且，在唐代礼法中尊称女性为“君”的可能性还是存在的。但是，用“君”来称内人，不符合李商隐诗歌写作的习惯。

3.寄北诗中“君”应非内人，最好不是内人，至少不能坐实在“内人”上。相反，作为“友人”解更好。俞陛云在《诗境浅说》里点评《夜雨寄北》说：“清空如话，一气循环，绝句中最为擅胜。诗本寄友，如闻娓娓清谈，深情弥见。”刘学锴、余恕诚《李商隐诗歌集解》也认为《夜雨寄北》是因为“客居异地”情怀寂寞而“对朋友的深长思念”。李商隐刚刚踏入仕途，就被卷进了牛李党争中。852年随柳仲郢入蜀，实属迫不得已。仕途多艰，妻子早逝，心境悲凉。又是久滞巴蜀，交谊无多。而此时巴蜀之“北”地，有挚友寄书探问归期，自然会感动不已，以“君”呼之而生成“共剪西窗烛”的期待。

三、“西窗”是情爱象征的意象吗？

第三个疑点在“西窗”。一则，李商隐最擅用典，几乎无诗不典，且用典含蓄高妙，可谓“意若贯珠，言若合璧”[①]。因此，诗中“西窗”自然不会是信手写实，肯定是有什么典故的。二则，李商隐的诗幽微含蓄，隐晦曲折，寄托甚深，因为其爱情诗成就极高，爱情诗也特多，即便不是写爱情的诗也往往让人读成爱情诗，诗中“西窗”自然容易让人解读为象征爱情的意象了。

那么，李商隐为什么要用“西窗”，不用南窗、北窗和东窗呢？“西窗”果然便是爱情的意象或象征吗？

自古诗文中多咏“窗”，窗之前冠以“东、南、西、北”，应该说原本是没有多少深意的，因为出现在名家的名作中，久而久之便渐渐成为一种内蕴含丰富的特殊“意象”了。

“北窗”意象——陶渊明的《与子俨等疏》云：“见树木交荫，时鸟变声，亦复欢然有喜。尝言五六月中北窗下卧，遇凉风暂至，自谓是羲皇上人。”此后，“北窗”成典，李白《戏赠郑溧阳》云：“清风北窗下，自谓羲

① 徐应佩《古代文学鉴赏的思维模式》，《南通大学学报》（社会科学版）2008年第1期。

皇人。”白居易《玩松竹二首》其一云：“吾亦爱吾庐，庐中乐吾道。前松后修竹，偃卧可终老。”其二：“坐爱前檐前，卧爱北窗北。窗竹多好风，檐松有嘉色。”显见这些都有步陶渊明之咏的意思，是一种用典。而崔颢《卢姬篇》里的“前堂后堂罗袖人，南窗北窗花发春”，其中“南窗北窗”只是一般性的描写，就窗而窗，表现美人卢姬的生活状态，其窗并无没有什么特定内涵。李贺《天上谣》云：“秦妃卷帘北窗晓，窗前植桐青凤小。”诗人仰望星空，由现实进入幻象，其后展开“玉宫桂树”“仙妾采香”的景象，进而跨越时空，使“秦妃卷帘”“王子吹笙”。秦妃何以卷帘于北窗？应该说没有什么微言大义，此“北窗”非陶渊明之“北窗”也。

“南窗”意象——陶渊明《归去来兮辞》云：“倚南窗以寄傲，审容膝之易安。”因为受陶渊明文章的影响，“南窗”也成为典故了。李白《白毫子歌》里“南窗萧飒松声起，凭崖一听清心耳”，杜牧《醉后呈崔大夫》里“溪头正雨归不得，辜负南窗一觉眠”，都是用南窗之典，含有隐逸高蹈的意思。

“东窗”意象——此“东窗”在诗中很少有“东窗事发”的意思，一般而言，都是陶渊明的隐逸意趣。陶渊明《停云》诗云：“停云霭霭，时雨濛濛。八表同昏，平陆成江。有酒有酒，闲饮东窗。愿言怀人，舟车靡从。”其“东窗”也有闲适、隐逸之意。王维用其典，表现归隐的选择，《田园乐七首》（其二）：“再见封侯万户，立谈赐璧一双。讵胜耦耕南亩，何如高卧东窗。”李白的《待酒不至》云：“玉壶系青丝，沽酒来何迟。山花向我笑，正好衔杯时。晚酌东窗下，流莺复在兹。春风与醉客，今日乃相宜。”又李白的《春归终南山松龛旧隐》云：“我来南山阳，事事不异昔。却寻溪中水，还望岩下石。蔷薇缘东窗，女萝绕北壁。别来能几日，草木长数尺。且复命酒樽，独酌陶永夕。”李白二诗中“晚酌东窗下”“蔷薇缘东窗”之“东窗”，也当是隐逸之趣尚。李白《咏邻女东窗海石榴》云：“鲁女东窗下，海榴世所稀。珊瑚映绿水，未足比光辉。清香随风发，落日好鸟归。愿为东南枝，低举拂罗衣。无由共攀折，引领望金扉。”此中“东窗”似泛泛而言。白居易《栽杉》云：“劲叶森利剑，孤茎挺端标。才高四五尺，势若干青霄。移栽东窗前，爱尔寒不凋。病夫卧相对，日夕闲萧萧。昨为山中树，今为檐下条。虽然遇赏玩，无乃近尘嚣。犹胜涧谷底，埋没随众樵。不见郁郁松，委质山上苗。”诗中“移栽东窗前，爱尔寒不凋”，是因为酷爱此杉，而只是考虑选择一个朝阳的好去处，此“东窗”也没有什么特别的象征意义。后来的宋人多用“东窗”，此意象已经具有了约定俗成的含义了。如北宋理学家程颢有一首著名的《秋日偶成》诗：“闲来无事不从容，睡觉东窗日已红。万物静观皆自得，四时佳兴与人同。道通天地有形外，思入风云变态中。富贵不淫贫贱乐，男儿到此是豪雄。”陆游《东窗》诗云：“腊近寒何薄，秋衣著尚宜。年光祈雪见，节物卖灯知。川日初沉後，楼钟欲动时。东窗对儿子，相与细论诗。”范成大《四时田园杂兴》诗亦云：“北砦教回挝鼓远，东禅饭熟打钟频。小童三唤先生起，日满东窗暖似春。”

“西窗”意象——此意象前唐运用并不多，陶诗中有“南窗”“北窗”与“东窗”，就唯独没有“西窗”。杜甫《绝句》的“窗含西岭千秋雪”，理当是临西窗而观吧？白居易诗中倒是多次出现“西窗”的意象，如《对琴酒》云“西窗明且暖，晚坐卷书帷”；又如《禁中闻蛩》云“西窗独暗坐，满耳新蛩声”；再如《听弹古渌水琴曲名》云“闻君古渌水，使我心和平。欲识慢流意，为听疏泛声。西窗竹阴下，竟日有余清”。诗人西窗独坐，西窗听虫，西窗栖阴，诗中的“西窗”似乎看不出什么爱情的信息，而只是一种审美，表现一种闲趣，作为一种表现高雅韵味的诗歌意象。也就是说，在《夜雨寄北》之前，“西窗”就已被用来作为诗歌意象了，而且含有某种意蕴之指代了，但没有“情爱”化。

那么，李商隐诗中的“西窗”就一定是爱情的意象吗？李商隐笔下此“西窗”也许真有什么典实呢？

笔者希图获得寄北“西窗”的出典，查阅了我所能够找到的资料，结果是无功而罢。张忠纲主编的《全唐诗大辞典》[①]，是“国家九五规划重点图书”，又是新近出版的唐诗大全。先看其“词语典故”栏。关于“西窗剪烛”是这样注释的：西窗“语出李商隐《夜雨寄北》”；又说：后以此“指亲友聚谈”。并且，举例明人陈汝元《金莲记·便省》：“待归来细问当年事，有谁念残香冷腻，共话却潦倒西窗剪烛时。”此大全中也没有见到李商隐诗中“西窗”的出典，也许西窗也没有什么典实也。但是，因为李商隐此诗脍炙人口，

① 张忠纲主编《全唐诗大辞典》，语文出版社2000年版，第818页。

其中“西窗”已成典故，不过，并非爱情的，倒是友情的。

再翻看《全唐诗大辞典》“地名名声”栏。竟然发现没有“西窗”一词，而其与“西”所“关联”的词语却罗举了不少，如西楚、西园、西华、西林、西陵、西秦、西施、西山、西属、西岩、西州、西塞山等等。怎么就没有“西窗”一词呢？我们认为有几种可能：一疏忽了，二遗漏了，三回避了。李商隐这么著名的一首诗，这么脍炙人口的一名句，这么一部“大全”的辞典怎么会遗漏呢？这么多唐诗专家倾力而成的集体成果里，怎么会忽略了“西窗”呢？据我们推测，显然是回避，因为寄北前根本没有西窗的典故，欲加解释，又拿不出绝对权威的意见，不如不说为佳。

我们以为“西窗”多含有惆怅的意思，多表现怀思的情绪，也富有诗情画意乃至禅机。在李商隐之后，不时也有诗人词人将“西窗”作为描写对象，其基本意蕴多定格在懒慵与惆怅的意境上，带有审美感伤的色彩，极少用作“情爱”的意象，如冯延巳的“云岁迎春楼上月，正是西窗，夜凉时节。玉人贪睡坠钗云，粉消香薄风天真”（《忆江南》）；欧阳修的“井桐叶落池荷尽，一夜西窗雨不闻”（《宿云梦馆》）；苏轼的“客来梦觉知何处？挂起西窗浪接天”（《南堂五首》之五）；汪藻的“西窗一雨无人见，展尽芭蕉数尺心”（《即事》）；杨万里的“平野无山遮落日，西窗红到月来时”（《晚风》）；姜夔的“西窗又吹夜雨，为谁频断续，相和砧杵？候馆迎秋，离宫吊月，别有伤心无数”（《齐天乐》）；姜夔的“三茅钟动西窗晓，诗鬓无端又一春。慵对客，缓开门，梅花闲伴老来身”（《鹧鸪天·丁巳元日》）；辛弃疾的“身世酒杯中，万事皆空。古来三五个英雄。雨打风吹何处是，汉殿秦宫。梦入少年丛，歌舞匆匆。老僧夜半误鸣钟，惊起西窗眠不得，卷地西风”（《浪淘沙》）；王沂孙的“西窗过雨，怪瑶佩流空，玉筝调柱。镜暗妆残，为谁娇鬓尚如许”（《齐天乐》）；吴文英的“有人添烛西窗，不眠侵晓，笑声转新年莺语”（《祝英台近·除夜立春》）等等。再后来，如清代著名收藏大家梁清标的自题蕉林书屋诗也颇著名：“半船坐雨冷潇潇，仿佛江天弄晚潮。人在西窗清似水，最堪听处是芭蕉。”总之，后来的诗人作家关于西窗的描写，西窗看云听雨，西窗夕昏倦鸟，西窗流霞轻风，西窗阴影婆娑，“西窗意象”是一种能够引发特定或者微妙情感的物象，让人想到生命的短暂，宇宙的无穷，人生的苦痛，分离的无奈。

鉴于此，我们的结论是：

1.《夜雨寄北》中的“西窗”不一定有什么典故，并非特指爱情。不排除此“西窗”，有一种造境的意味和功效，读来易于生成忧思绵绵的惆怅之情。千百年来诗文中反复出现西窗意象，“西窗”美的内涵和意蕴已经极其丰富：西窗映雪，西窗听雨，西窗满月，西窗遐思，西窗忆昔，西窗梦断，西窗夕照，“西窗”定格成了一种诗化美境。西窗，是窗而非窗，已经成为一种审美符号，成为一种诗禅兼生的化境，成为一种能够唤起人们亲切好感的诗歌语言。

2.“西窗剪烛”与其说是与妻子夜话，不如说是与挚友深谈，更加合情合理。夫妻久别，自应细叙于大堂，或者偎依于深闺，何故要去书房剪烛？而且又只是那“巴山夜雨时”的话题诉说呢？“西”在古代，是一个多与客人有关的概念，古人尊称家庭教师为“西宾”“西席”。舍房之西侧房间，或者西窗，为客人所居，为家庭教师所居，书室也多安排在西侧。另，“西窗”之“窗”字，又常常连词为“窗友”“同窗”等，更可说明《夜雨寄北》用“西窗”所要表现的正是一种会友的内容。

3.我们说“西窗”之约，非对妻所言，而是对友而言。既然“西窗”是情爱的意象，那么，诗中必然要有与“西窗”相配合的“私昵”内容。沈德潜对《夜雨寄北》评点说：“此寄闺中之诗，云间唐氏谓私昵之人，诗中有何私昵之意耶？”① 言下之意是：既寄私昵之人，即有私昵之意；既无私昵之意，何言寄私昵之人？此质疑也很在情理上。我们从诗中所感受到的，不是卿卿我我的儿女情长，而是另外一种刻骨铭心、无时或忘的知己知音的深情。

要言之，通过细读我们得出结论：《夜雨寄北》并非是寄妻之诗。

然而，如果将此诗作为一般性的思友诗来解读，也未免太皮相了点。那么，其所寄之友又为何人呢？

疑点之一：所寄何以不署名呢？古人赠诗友人都会署上友人名号，这是礼法规矩，是常识，也是李商隐在诗歌写作中毫不例外遵守的规则，而此诗却未署名对象。

疑点之二：何以“北”代之？李商隐的七绝“寄托深而措辞婉，实可空

① 沈德潜《唐诗别裁集》，上海古籍出版社1979年版，第682页。

百代无其匹也”[1]。擅长且深于典故和象征、暗示的李商隐，其所寄对象用“北”代，肯定有其深意。

疑点之三：“巴山夜雨”是否一隐语呢？当下对此诗的解读，无论是寄妻还是寄友的持论者，其“思维”均集中在“可能与不可能”的考据上，多在此诗写作的时间和地点上生成疑点，正说明“巴山夜雨”的暗示性。

纪昀评说此诗：“作不尽语，不免有做作态，此诗含蓄不露，却只似一气说完，故为高唱。”[2] 即此诗所以为高唱，正是因为它不是浅直明朗写来的。那么，何以不明写呢？笔者以为，主要还不是艺术上的处理，而是情理上的需要，有什么隐情不好说出口，有什么欲求不便直说。从寄北诗中所表达的微妙情感看，其投寄万分虔诚，对此寄所抱希望相当深切，并于其中含有期望值极高的期待。那么，其所要“夜话”之“君”是谁呢？

笔者推测，诗中之“君”，一为令狐绹，一为温庭筠。李商隐平生与令狐绹多诗交，直接在诗题目上明确署名的就有二十余首。另，与李商隐诗交名列第二的也许是温庭筠。在徐州幕时，温庭筠寄诗云：“寒蛩乍响催机杼，旅雁初来忆弟兄。”（《秋日旅舍寄义山李侍御》）李商隐在四川时，也有三首诗寄赠温。根据笔者的考察，此寄对象，以令狐绹为最合适。结合李商隐的身世经历，以及他与亲友的关系看，我们认为寄给令狐绹的可能性更大，将渴念知遇之心托以相思之情，渴望令狐等掌权者垂询，以改变自己孤处巴山的境遇。因此，此诗是否可以理解为一首行卷性质的象喻之作呢？可以解读为整体性的象喻作品，类似于朱庆馀的《闺意献张水部》。

---

① 叶燮《原诗》外编下，见《清诗话》，上海古籍出版社1978年版，第610页。

② 纪昀《玉溪生诗说》（卷上），上海书店出版社1994年版。

疑点重重难确信：《九日》[①]

［按］　李商隐的《九日》及其本事，让历代小说家、诗话家拿来说事，不断演绎生发。然而，此诗包括本事，疑点甚多，不仅出处可疑，且内容不合常情，不谐诗理，甚至口吻失当，语意悖乱，怎么读怎么不像李商隐之手笔。

在李商隐的六百首存诗中，《九日》并不算是代表作，然而，“知名度”却很高，主要是因为唐宋人的笔记诗话曾反复地戏说。虽然其本事之疑点显明，且诗理矛盾而不合常情，却让人笃信而少有对其真伪的存疑。

笔者近日再读《九日》，怎么读怎么觉得非李商隐之手笔。

一、出处可疑

《九日》常让小说家、诗话家拿来说事，且不断演绎，扩大影响。其情节大同小异：在令狐楚逝后多年的某个重阳节，李商隐拜访令狐绹而未遇，感慨之余，便在其家厅堂题了一首《九日》的诗。现摘录几则具有代表性的记录文字：

唐五代王定保《唐摭言》卷十一“怨怒”条记：

李义山师令狐文公。大中中，赵公在内廷，重阳日义山谒不见，因以一篇纪于屏风而去。诗曰……[②]

宋初孙光宪《北梦琐言》原文：

彭阳之子绹，继有韦、平之拜，似疏陇西，未尝展分。重阳日，义山诣宅，于厅事上留题，其略云……相国睹之，惭怅而已，乃扃闭此厅，终

① 原题为《李商隐〈九日〉之献疑》，载《南都学坛》2014年第5期，第49—54页，旋即为《高等学校文科学术文摘》摘要，第188页。

② 王定保撰、姜汉椿校注《唐摭言》，上海社会科学出版社2003年版，第230页。

身不处也。[①]

宋计有功《唐诗纪事》记载：

商隐为令狐楚从事，楚既殁，子绹继有韦平之拜，恶商隐从郑亚之辟，疏之。重阳日，商隐留诗于其厅事，绹睹之惭怅，扃闭此厅，终身不处。[②]

宋葛立方《韵语阳秋》亦云：

李商隐《九日诗》云（略）。盖令狐楚与商隐素厚，楚卒，子绹位致通显，略不收顾，故商隐怨而有作。然实商隐自取之也。且商隐妻父王茂元与所依郑亚皆李德裕党也。商隐与二人昵甚，故绹以为忘家恩，放利偷合者，是绹恶其异己也。后绹当国，商隐亦归穷自解，绹虽与一太学博士，然商隐亦厚颜矣。唐之朋党，延及缙绅四十年，而二李为之首，至绹而滋炽。绹之忘商隐，是不能念亲，商隐之望绹，是不能揆己也。[③]

宋胡仔《苕溪渔隐丛话后集》亦记：

苕溪渔隐曰：《九日》云（略）《古今诗话》云："李商隐依令狐楚以笺奏受知，后其子绹有韦平之拜，浸疏商隐。其后重阳日，商隐造其厅事，题此诗，绹观之，惭恨，扃锁此厅，终身不处。"又《唐史》本传云："令狐楚奇其文，使与诸子游，楚徙天平宣武，皆表署巡官，后从王茂元之辟，其子绹以为忘家之恩，放利偷合，谢不通。绹当国，商隐归穷，绹憾不置。"则商隐此诗，必此时作也。若《古今诗话》以谓"绹有韦平之拜，浸疏商隐"，其言殊无所据，余故以本传证之。但绹父名楚，商隐又受知于楚，诗中有楚客之语，题于厅事，更不避其家讳，何邪？[④]

此则最初出于五代王定保《唐摭言》的轶事，后经宋孙光宪（《北梦琐言》）、李昉（《太平广记》），到计有功（《唐诗记事》）等，辗转传录，互相转抄，各加生发，又历经清代朱鹤龄、冯浩、张采田等人之笺注，乃至今

---

① 孙光宪撰《北梦琐言》卷七；又：令狐绹见商隐题壁，"亦怒之，官止使下员外也"（卷二），第2页。

② 计有功撰、王仲镛笺注《唐诗记事校笺》卷五三，中华书局1965年版，第3页。

③ 何文焕编《历代诗话》，中华书局1982年版，第571页。

④ 胡仔撰、廖德明校点《苕溪渔隐丛话后集》，人民文学出版社1981年版，第102页。

人之引述，无非是说：李商隐赋诗出气，令狐绹读诗生气。

而稍有点思考能力的，便可以见出此则杜撰的矛盾与破绽，然而，却一直为诗话家们所深信不疑而津津乐道。今人叶葱奇在《李商隐诗集疏注》对此“本事”则是且引且疑的态度。他在对《九日》的“疏解”中认为：这些“辗转传录，真是以讹传讹，纷然若实有其事了”。叶先生质疑曰：“冯浩说：‘义山于子直，既怨之，犹不能无望之。’所说很是，惟其望之过切，遂不觉怨之太深。这不过是逢到‘九日’，思前想后，独自抒感之作。令狐绹根本不会看到，更不用说什么‘记于屏风’，题于厅事了。”[①]他还说：“唐人笔记、小说中所记故实、逸闻往往得之讹传，甚至有意伪造，如说贾岛的琢磨‘推敲’，误犯了韩愈的道，说李贺拒见元稹等，稍一稽考，无不立见其妄，即《摭言》所纪‘李贺年七岁，名动京师’一则，也显然出于讹传，绝非事实。”[②]叶论极是，将古诗故事化，这在唐代已经成为笔记小说的一种重要资源，傅璇琮先生就曾坚定地指出：“《全唐诗》卷五四一收有义山《九日》一诗。按《唐诗纪事》等书所记，恐系小说家言，不足为信。……小说家以此敷衍故事耳。”[③]因此，《九日》诗的本事不一定真实，是明摆的事实。

那么，是否有可能是小说家为了“敷衍故事”而杜撰了此《九日》诗呢？仅从李商隐诗集的成编情况看，这种可能性是存在的。据宋江少虞《皇宋事实类苑》的记载，宋初杨亿，“孜孜求访，共得二百八十二首”；“后来钱若水留意摭拾，才得四百余首”。其中还有近二百首，是宋以后的人陆续补辑的。李商隐现存流行本有诗六百余首，其中孱入不少他人的作品，甚至将杜牧的《赤壁》也混入其中。[④]根据刘学锴、余恕诚的整理研究[⑤]，确认594首，其中381首已经基本认定写作时间，还有213首无法归入具体的年份。此外，还有十来首怀疑不是李商隐的诗作。因此，从李商隐诗集编纂的过程看，其存诗中有些诗的“安全性”是很值得怀疑的。

---

① 叶葱奇《李商隐诗集疏注》，人民文学出版社1985年版，第526页。

② 叶葱奇《李商隐诗集疏注》，人民文学出版社1985年版，第525页。

③ 辛文房撰、傅璇琮主编《唐才子传校笺》，中华书局2002年版，第273页。

④ 叶葱奇《李商隐诗集疏注》，人民文学出版社1985年版，第13页。

⑤ 李商隐著，刘学锴、余恕诚集解《李商隐诗歌集解》，中华书局1988年版。

二、不合常情

从常情上看，李商隐题《九日》诗于令狐绹之厅堂的说法，疑点甚多，是极“不足信”的。

疑点之一，与李商隐的当下处境不合。

据叶葱奇等考，《九日》写于宣宗大中二年（刘、余等考，后此一年）。时年郑亚贬循州刺史，李德裕贬崖州司户参军，李商隐正自南郡归，秋方归洛，旋入京师。时年令狐绹则经宰相白敏中推荐，召入朝任考功郎中。不久，知制诰，充翰林学士。大中三年（849年）拜为中书舍人，又拜御史中丞。大中四年（850年），以兵部侍郎同中书门下平章事，当了宰相。也就是说，大中二年的令狐绹官运亨通之时，呈上升态势，正是炙手可热时，执掌官员任免举废之大权。事实上，李商隐秋日归洛后，急于要谋一官半职，也写了一批诗寄令狐绹，诗中多陈情告衷，直截了当地希望其快伸出援手。虽然如唐史所记载“令狐绹作相，李商隐屡启陈情，绹不之省”[①]，但也是可见李商隐一直没有停止过“屡启陈情”的努力的。按照人之常情来解，此时李商隐是非常希望能够巴结上令狐绹的。事实上也如此。而对于急于求成而渴望援手的李商隐来说，写一首诗来“怨”是正常的，表现其过高的期望值也是合理的，但是，以诗嘲弄、指责乃至侮辱，甚至以“打上门去”的攻击性而题诗令狐绹客厅，则是不合情理的，也是不现实的，不可能的。

何况官高权重的令狐绹之门庭，也肯定不是可以随便出入的，更不可能题诗于厅堂。而从诗中所言，他们之间已经有了“东阁无窥”的隔阂，李商隐就更不可能轻易入得令狐府了，遑论题诗于厅堂也。

更何况，不久后李商隐得令狐绹之援手，肯定不会是李商隐以《九日》诗来“数落”令狐绹的结果。

疑点之二，与隐、绹交谊的实情不符。

李商隐侍奉令狐楚之帐下八年之久，《旧唐书》里说：“楚以其少俊，深

---

① 刘昫等《旧唐书·李商隐传》卷一九〇下，中华书局1997年版，第5078页。

礼之，令与诸子游。”而自其投身令狐门下之日起，便与令狐绹建立起一种特殊的友情，建立起一种似亲非亲、似友胜友的关系。虽然令狐楚死后，李商隐投奔王茂元而与令狐绹关系曾一度疏远，或可能还会有些恩恩怨怨的不理解，然二人之间却一直保持着几乎无话不说的关系，且有时不时地诗文来往的事实。特别是在令狐绹官居高位后，李商隐似乎是为了补救二人日渐疏远了的情分，而写了不少诗给令狐绹，仅仅从李商隐存诗的题目上就可一目了然地看到，李寄绹诗竟有二十余首，如《酬别令狐补阙》《酬令狐郎中见寄》《寄令狐郎中》《寄令狐学士》《梦令狐学士》《令狐八拾遗绹见招送裴十四归华州》《赠子直花下》《子直晋昌李花》《宿晋昌亭闻惊禽》《晋昌晚归马上赠》等。还不包括一些未署名的可考的《无题》之类。这些诗中的内容不外是表白自我、温顾旧情、渴望援手。苏雪林在《玉溪诗谜》里也指出：义山结婚王茂元家后，和令狐绹常相酬唱，义山还常住在令狐家里，两人交情并没有决裂。“那一首‘郎君官贵行施马，东阁无由得再窥’的诗，虽被《北梦琐言》造了一个故事，却不十分可信。”①

事实证明，令狐绹念及旧情也对李商隐多出援手。唐文宗开成二年（837年），李商隐进士及第就有令狐绹的举荐之功。冯浩《玉溪生年谱》与张采田《玉溪生年谱会笺》皆认为在背后起作用者为令狐绹。傅璇琮先生在他著名的《唐代科举与文学》②一书中也曾经引述李商隐的《与陶进士书》（《樊南文集详注》卷八）为例，说李商隐自己就曾经跟人家说过，他所以能够进士及第，是因为令狐绹荐之于知贡举的高锴。又譬如，李商隐开成四年（839年）入秘书省，参加调选而被授为盩厔县尉，时已拜官考功郎中的令狐绹，已先期代李商隐向韦舍人通状，这也是可稽的事实，李商隐的《上韦舍人状》③也有记录。再譬如，大中五年（851年），李商隐的幕主宣武节度使卢弘止病逝于汴州，他罢幕归京，妻子王氏因久病于此时去世，儿小女幼，生生乏术，在李商隐再次陷入人生困境时，令狐绹又一次给予其实质性的帮助，事见李商隐卢幕罢归后所写的两篇启《上时相启》和《上兵部相公启》。新旧《唐书》“李

---

① 苏雪林《玉溪诗谜》，上海北新书局1928年版，第104页。

② 傅璇琮《唐代科举与文学》，陕西人民出版社2003年版，第228页。

③ 董诰等《全唐文》卷775，中华书局1983年版，第8086页。

商隐传”中俱谓“府罢入朝，复以文章干绹，乃补太学博士”。

我们找不到隐、绹反目的文字记载。从李商隐一系列的诗中可见，令狐绹是其唯恐巴结都来不及的当热高官，李商隐总是在设法靠近令狐绹，一直在试图补救或改善二人关系，根本不可能是恼羞成怒后而有此意气用事的过激之诗，更不可能是全然不顾后果而只图一时之快的发飙。而《九日》诗中所传达出来的意思，既有对令狐绹的轻蔑，又有对令狐楚的傲慢，甚至有一种从今以后一刀两断彻底决裂的意思，这显然不合常理。

疑点之三，与李商隐的品行不符。

《九日》是一首讥刺令狐绹的诗，甚至涉及羞辱其父亲。诗中“不学汉臣栽苜蓿，空教楚客咏江蓠”联的“楚客”，有的笺注者解读曰“楚客：指屈原，作者借以自喻”[①]，“兼喻楚之门客意”；有的笺注者则避而不解，单解“蓠”字[②]。其实，诗用“楚”字大犯，自比“楚客”尤其不能容忍，而且有着类似“寄绹”的直接性。关于这一点，古人早已提出异议。上文所引胡仔语就质疑曰：“绹父名楚，商隐又受知于楚，诗中有楚客之语，题于厅事，更不避其家讳，何邪？”方东树也批评曰：“义山……又不避楚讳，皆不可之大者。”[③]令狐绹之令尊令狐楚，对李商隐可谓恩重如山，情同义父。李商隐少年丧父，十七岁时得到令狐楚的赏识，悉心栽培，成为令狐楚的幕僚，并令己子令狐绹同游。令狐楚有恩于李商隐，侍奉恩师令狐楚八年之久的李商隐也多次表示了感恩图报的意思，如“百生终莫报，九死谅难追”（《撰彭阳公志文毕有感》）；“自蒙夜半传书后，不羡王祥有佩刀”（《谢书》）。李商隐用王祥之典，取多层意思，或至孝尽效，或淡泊名利，或感激之至。

而《九日》诗中，李商隐则不避讳“楚”字，且自比“楚客”，尤其是在与令狐绹回忆往事的诗中自比“楚客”，让此诗的真实性大可怀疑。其一，李商隐不至于卑下如此。信誓旦旦地表白效忠报答的话音未落，就来一个一百八十度大转弯，竟至于需要犯讳而侮辱自己恩师，这简直就是典型的反复无常的小人。李商隐的个人品质再怎么卑下，情性再怎么寡薄，也不至于有此

① 安徽师大中文系选注《李商隐诗选》，人民文学出版社1981年版，第106页。

② 叶葱奇《李商隐诗集疏注》，人民文学出版社1985年版，第525页。

③ 方东树撰《昭昧詹言》卷十九，人民文学出版社1961年版，第442页。

"反目"之举的。其二，李商隐不至于愚蠢如此。即便是令狐绹一时未能满足其援手之欲望，也不至于非得自绝其路，更犯不着就犯讳而伤及乃翁，伤及一个待己不薄的恩师。何况如此犯忌还要伤及自身，是授人以忘恩犯礼之话柄的十足愚蠢。即便是愤怒且仇恨到了不能自制的程度，也不至于不懂或者不考虑此"楚"既出的后果，也不至于非得冒此天下之大不韪。

考察李商隐诗，其中用以自比的如宋玉、贾谊、杨朱、王粲、潘安和庾信等，如"众中赏我赋高唐，回看屈宋由年辈"（《偶成转韵七十二句赠四同舍》）；"宋玉平生恨有余，远循三楚吊三闾"（《过郑广文旧居》）；"楚天长短黄昏雨，宋玉无愁亦自愁"（《楚吟》）；"可怜庾信寻荒径，犹得三朝托后车"（《宋玉》）；"非关宋玉有微辞，却是襄王梦觉迟"（《有感》）；"贾生年少虚垂涕，王粲春来更远游"（《安定城楼》）；"洞庭湖阔蛟龙恶，却羡杨朱泣路歧"（《荆门西下》）；"只有安仁能作诔，何曾宋玉解招魂"（《哭刘蕡》）；"贾生游刃极，作赋又论兵"（《城上》）；"庾信生多感，杨朱死有情"（《送千牛李将军》）；"杨朱不用劝，只是更沾巾"（《离席》）；"苦吟防柳恽，多泪怯杨朱"（《西溪》）等。李商隐往往以这些多才多情而命舛的古人自比，发"中路因循我所长，古来才命两相妨"（《有感》）的牢骚，多自我感伤的意思，多唤起怜悯的意图。退一步说，即便是李商隐真需要在这里自比屈原，而可用以代"楚"的字眼也很多，为何独独用"楚"而不避讳呢？分明是存心对抗而非大意失误了。

同时，需要指出的是李商隐诗中如《白云夫旧居》等，也有存疑。单凭诗中"平生误识白云夫，再到仙檐忆酒垆"的表示，即可判定乃是孱入李商隐集子中的非李商隐诗。"白云夫"令狐楚也，徐湛园说："误识，即'早知今日系人心，悔不当初不相识'之类，深感之词也。"（《玉溪生诗集笺注》卷二引）笔者以为，无论从什么层面上来分析，都不会是李商隐的诗。

就此三点可推见，《九日》出于李商隐的手笔，实与常情不合也。如果此诗果真出自李商隐之手，那么史书上指责其"放利偷合""诡薄无行"云云，恐怕就不是凭空污其清白之语了。再进一步设想，李商隐所以沉沦下僚，就并非是党争之害，而实在是自身"寡情犯礼"的品性之弊了。如果李商隐真是这样的德行的话，别说在当时，即便是在当下，也是为世俗伦理所不容的。因此，无论李商隐对令狐绹再怎样不满，也不至于有此令人扼腕的犯忌之笔的。

三、不合诗理

就诗论诗，细读文本，《九日》出于李商隐之手而与诗理不合，也是明摆着的。

1.从诗之风格考。

王夫之《唐诗评选》中评点说："义山诗寓意俱远，以丽句影出，实自《楚辞》来。"[①] 关于此类说法如吴乔说义山规模屈宋："《无题》诗十六篇，托为男女怨慕之辞，而无一直陈本意，不亦风、骚之极致哉！"（《西昆发微序》）朱鹤龄赞其诗为"屈、宋之遗响"（《笺注李义山诗集序》），并有"楚雨含情皆有托"（《梓州吟》）之概括。这些都强调了李商隐诗重蕴藉、诗有楚风的特点。李商隐的诗"用意深微"，"又善蕴藉"，往往是避实就虚，隐奥而幽艳，以象征手法表现。特别是他的近体诗，绣织丽字，镶嵌典故，包藏细密，想象奇特，意境朦胧。而《九日》诗则意蕴尽泄，情味浅俗，其诗云：

曾共山翁把酒时，霜天白菊绕阶墀。十年泉下无消息，九日尊前有所思。不学汉臣栽苜蓿，空教楚客咏江篱。郎君官贵施行马，东阁无因再得窥。

全诗大意是：过去的重阳节，霜天清朗，白菊满阶，我曾和你的父亲一起把酒赏菊；现在你父亲已经故去十多年了，每到九月九日我都会想到他老人家和他对我的恩情。你却不像你父亲那样重视引进人才，如同汉代张骞从西域引进苜蓿；而我虽然流落巴蜀却还是像屈原那样没有改变操守。你现在官高权重，署衙前设置挡众木，对我拒而不纳，而我则再也不能享受你父亲给我的开东阁延聘的待遇了。从诗的作法看，通篇采用对比手法。一是"我"与令狐绹比：你老子多好，就像汉代张骞从西域引进苜蓿种在离宫边一样搜罗人才；你

① 王夫之撰、陈书良校点《唐诗评选》，上海古籍出版社2011年版，第219页。

多不好，在署衙前设置挡众木，竟然拒我而不纳。二是“我”自身的今昔对比：我原先多好，侍奉楚相左右；我现在多不好，再也没有开东阁延聘的机会了。

整首诗写得很直接，没有一点隐晦曲婉，而且直呼其名，没有禁忌。上部分忆旧，说自己不忘本；下部分骂人，臭人家拒“我”于千里。诗的开头叙事，不奇警；结尾也叙事，不含蓄。从诗风上看，不像李商隐的手笔。他自己就曾经说过“为芳草以怨王孙，借美人而咏君子”（《西溪诗序》）。譬如他的同样是写作于此时期的《晚晴》诗云：“深居俯夹城，春去夏犹清。天意怜幽草，人间重晚晴。并添高阁迥，微注小窗明。越鸟巢干后，归飞体更轻。”诗人用“晚晴”一词，语出双关，谐音晚情，满含望令狐绹能够念及旧情之意。这首同样是写给令狐绹的求荐诗，很典型的是李商隐的诗风，与《九日》则判若两人之手笔。

李商隐集子里还有一首叫《野菊》的诗，注本都说“又见孙逖集，题为《楼前海石榴》”。而这首尚有争议的诗，却常常让人拿来与《九日》比对，说是《九日》言事，《野菊》言情，“这篇诗应与集中《九日》诗参看，更易领会全篇意趣”[①]。《野菊》属于“既兴且比”的体式，是象征性的写法，主题在于“野”，纯用比兴，首联因菊起情，颔联移情于菊，将个人的情感经验植入花中，对当下处境以暗喻性的直观描述，造成物我合一的美感境界，用意深微，蕴藉耐味，符合叶燮对于李商隐“寄托深而措辞婉，实可空百代无其匹也”的评价（《原诗》）。我们也尝试着将二诗比对读，越读越觉得《九日》距离《野菊》的风格甚远。

2.从诗之口吻考。

读《九日》让人感到，通篇是一种“居高临下”的口吻，完全是前辈长者对后辈诉说乃至诫勉的语气。如开始以“曾共山翁把酒时”的回忆，意谓：我过去与你父亲是怎样的关系呀？又如“不学汉臣栽苜蓿”句，是很典型的教训甚至是指斥的口吻，意谓：你怎么不学学你父亲重视人才而多有引进呢？再如“郎君官贵施行马，东阁无因再得窥”联“郎君”之称谓，意谓：令狐楚的儿

① 叶葱奇《李商隐诗集疏注》，人民文学出版社1985年版，第273页。

郎现在已位极人臣了，也可以告慰你父亲的在天之灵了，我与令尊大人东阁相守已成旧话，这已经是再也不可能的了。

此诗显然不可能是李商隐的口吻。不说别的，单从年龄辈分上看，令狐绹生于795年，李商隐生于813年，令狐绹可谓是其叔叔辈。令狐楚则生于766年，则更可谓其爷爷辈。从诗的口吻上看，李商隐则似乎与令狐楚平辈，而成为令狐绹的长辈了。如果从职位上看，令狐绹则不知道要比李商隐高出多少倍了。李商隐面对的是在年龄上大自己18岁，在官阶上权力极大的当国高官，岂可能出语呼其“郎君”呢？显然是没有道理的。

3.从诗之气格考。

“莺啼如有泪，为湿最高花。”（《天涯》）李商隐一生沉沦下僚，且过着“走马兰台类转蓬”（《无题》）的生活。命运不济，仕途多舛，使李商隐的诗往往一味诉苦，倾倒苦水，悲凉婉转，无限辛酸，怅惘凄迷，令人不忍卒读。而其写给令狐绹的诗，包括其失恋诗，都是怨而不怒，晦而且涩。李商隐有一首叫《安定城楼》的诗，据《蔡宽夫诗话》载，王安石晚年喜吟此诗，谓“永忆江湖归白发，欲回天地入扁舟”之句，“虽老杜亡以过也”，高度赞美曰：“唐人知学老杜而得其藩篱者，唯义山一人而已。”[①]此诗以贾谊、王粲自况，发泄其遭遇挫折、怀才不遇的忧愤，确如王安石所欣赏的，具有老杜的沉郁顿挫的厚度与力度。然《九日》诗则直出“怒责”语，兼用“讥诮”笔，给人一种类似“诗豪”的亢厉劲爽感。因此，从诗的气格看，笔者的怀疑也不是没有道理的。

我们从“诗理”上也说了三点意思，总括起来一个印象：说《九日》诗出于李商隐之手，怎么读怎么觉得不顺。

四、疑似梦得诗

我们怀疑此诗可能是刘禹锡所作。

刘禹锡有与令狐楚长期共事与交往的经历，感情甚笃，莫逆之交，共有唱

① 郭绍虞辑《宋诗话辑佚》，中华书局1980年版，第399页。

和诗六十余首。据刘禹锡年谱记载，他们之间早就过从密切，且二十余年不断。贞元十九年（803年），刘禹锡三十二岁在渭南县主簿任。闰十月，入为监察御史。卜居于长安光福坊，与韦执谊、王叔文、韩愈、牛僧孺等交游，与令狐楚通讯唱和。元和十五年（820年），令狐楚谪衡州，在洛阳与刘禹锡会面。唐敬宗宝历元年（825年）刘禹锡年五十四岁，自和州刺史任上奉调回京，过扬州，游楚州，过汴州，与令狐楚相会。唐文宗大和元年（827年）返洛阳，与白居易、令狐楚、姚合等唱和，为令狐楚撰《汴州刺史厅壁记》。大和三年（829年）除礼部郎中，仍兼集贤殿学士，撰王涯先庙碑、令狐楚家庙碑、法融大师新塔记。白居易编《刘白唱和集》。大和五年（831年）与裴度、令狐楚、白居易、元稹、李德裕、张籍等唱和。大和七年（833年）在苏州刺史任。以政最，赐紫金鱼袋。自编诗文集，编《彭阳唱和集》。大和九年（835年）在汝州期间，与裴度、白居易、令狐楚等唱和。开成二年（837年），刘禹锡六十六岁，仍为太子宾客、分司东都。十一月，令狐楚卒，作诗哭之。续编《彭阳唱和集》，并撰后引。开成五年（840年）刘禹锡改秘书监、分司东都，还撰有《彭阳侯令狐氏先庙碑》《唐故相国赠司空令狐公集纪》等。朋友故去，九日缅怀，有诗为记，人之常情也。

而就《九日》诗看，细究其内容、意象、细节乃至情感、风格，则非常可能是出于刘禹锡之手。

其一，《九日》以白菊起兴，又用很具代表性的“东阁”等意象，非常能够表现诗人与被怀者之间的关系。譬如选择白菊等物象，说明诗人非常熟悉令狐楚喜白菊之癖好习性，曾经屡屡在赠令狐楚的诗中以白菊为题，如《和令狐相公玩白菊》云：

家家菊尽黄，梁国独如霜。莹静真琪树，分明对玉堂。仙人披雪氅，素女不红妆。粉蝶来难见，麻衣拂更香。向风摇羽扇，含露滴琼浆。高艳遮银井，繁枝覆象床。桂丛惭并发，梅蕊妒先芳。一入瑶华咏，从兹播乐章。

又如《和令狐相公九日对黄白二菊花见怀》云：

素萼迎寒秀，金英带露香。繁华照旄钺，荣盛对银黄。琮璧交辉映，衣裳杂彩章。晴云遥盖覆，秋蝶近悠扬。空想逢九日，何由陪一觞。满丛佳色在，未肯委严霜。

其二，《九日》属于追忆诗，其中自然出现有对已逝者的怀念与赞美，非常适合表现诗人与被怀者之间的感情。如“不学汉臣栽苜蓿，空教楚客咏江篱”，即是作者对令狐楚举贤任能之举极尽赞美之词，而不惜贬低自我来提高对方。《九日》诗共八句，直接抒发悼念憾意的倒有三句“十年泉下无消息，九日尊前有所思”，“东阁无因再得窥”，再配合以“不学”“空教”等表示缺憾的语词，渲染了浓烈的追怀情感与气氛。可见，怀者对被怀者的人品喜好都很熟悉，也很欣赏。

其三，诗用“楚”字，恰到好处地表现了刘禹锡与令狐楚二人过从甚密的关系，表现了诗人特殊的人生经历。因为是挚友，刘禹锡作《九日》纪念亡友，无须避讳，惟其不讳“楚”字，反而显得关系亲密，口吻亲切。这也与刘禹锡“楚客”的经历相合。刘禹锡曾对其经历自我概括道：“巴山楚水凄凉地，二十三年弃置身。”（《酬乐天扬州初逢席上见赠》）刘禹锡自唐顺宗永贞元年（805年）永贞革新失败后被贬官，到唐敬宗宝历二年（826年）岁暮返回洛阳，而这前后共二十二年时间是在巴山楚水间度过的，其贬官所到朗州、连州、夔州、和州等地，夔州古属巴国，其他地方大都属楚国。在忆及旧友时以“楚客”自居，联系自己此段时期的生平经历，是十分自然的，也是极其妥帖的。

其四，从语意看，《九日》为刘禹锡所作，就不存在主客相悖的别扭。

如果按照此诗乃李商隐所作的话，上下两个部分的主体不相一致：上半部分的主体是“李商隐”，意谓“我曾经如何如何”；下半部分的主体是“令狐绹”，意谓“你如今怎样怎样”。而后两联尤其别扭，即可译为“你不学……我空有……”；“你阻我于署衙前，我无缘入东阁内”。

而如果判定为刘禹锡所作，那么通篇则为一个主体了，都是“我”。可以顺当地释为：过去的重阳节，霜天清朗，白菊满阶，我曾和你的父亲一起把酒赏菊；如今你父亲已故去多年，每到九月九日我格外地想念他老人家啊。我不能像他那样搜罗人才，如同张骞从西域引进苜蓿；而只能像屈原（楚客）那样坚守情操，吟咏江篱。令狐公啊，你公子如今大有出息而高官显贵，也可以告慰你在天之灵了，可是，我们想要东阁再见则是不可能了的。

诚然，将《九日》视为刘禹锡所作，有一个细节不大好解释，即“十年泉下无消息”的“十年”。令狐楚逝于开成二年（837年），享年七十二；而刘禹锡则逝于会昌二年（842年），也享年七十二。之间仅有五年。

将《九日》说成刘禹锡之作，也只是存疑，还可能有其他的解读。不过，《九日》为李商隐所作，无论于情于理，怎么读怎么不顺。

渔浦唐诗与唐诗渔浦[①]

［按］　萧山渔浦，据考乃唐诗之路的起点。笔者受地方政府委托，邀请国内著名唐诗学者来萧山研讨，傅璇琮、董乃斌、吴在庆、蒋凡、罗时进等著名学者欣然而至。笔者以为：唐诗写渔浦，是渔浦的大幸；而渔浦进入唐诗，也是唐诗的大幸。

关于浙东唐诗之路的命题，20世纪90年代就已有定论。毋庸赘言。据权威学者介绍可知，浙东唐诗之路是一条水路，总长约190千米。起点在钱塘江南岸的西兴渔浦，终点在剡溪的发源地天台山。[②]

渔浦即今义桥镇民丰村渔浦街自然村地段，有“浙东唐诗源头”之美誉。渔浦位于钱塘江与富春江和浦阳江的三江交汇处，江面辽阔，山水绮丽，让古人有“渔浦江山天下稀”之赞叹。清朝王雾楼亦诗云：“钱塘看潮涌，渔浦观日落。浙江两奇景，亘古称双绝。”渔浦美景，自南朝至清末，历代诗词屡

① 此稿乃“浙东唐诗之路重要源头学术研讨会”的发言稿，题为《渔浦唐诗与唐诗渔浦及其他载》，《从义桥渔浦出发：浙东唐诗之路重要源头学术研讨会论文集》，浙江人民出版社2013年版，第68—77页。

② 据史料，浙东唐诗之路，始自钱塘江，经浙东运河过绍兴、上虞，再溯剡溪，经嵊州、新昌、天台、临海，这是干线。还有进入干线的支线，如浦阳江、东阳江、好溪、奉化江、甬江等；经奉化、宁波、余姚，再过上虞到钱塘江的支线。

唱不败。唐诗中写到渔浦风光的如孟浩然的《早发渔浦潭》与《将适天台留别临安李主簿》、王维的《送李判官赴东江》与《送张五諲归宣城》、常建的《渔浦》、陶翰的《乘潮至渔浦作》、崔国辅的《宿范浦》、薛据的《西陵口观海》、钱起的《渔浦值雨》、权德舆的《富阳陆路》等。

“早晚重过渔浦宿，遥怜佳句箧中新”，渔浦唐诗，常读长新。唐诗写渔浦，是渔浦的大幸；而渔浦能够频繁出现在唐代著名诗人的笔下，则是唐诗的大幸。渔浦唐诗，为我们认识昔日之渔浦，打开了一扇门窗。我们试图借渔浦唐诗的研究，认识唐时渔浦，从而解析当今渔浦超速度发展的深厚文化底蕴，也探索渔浦更加辉煌的未来。

1.为什么唐诗浙东之路从渔浦出发

渔浦唐诗，是唐诗的重要组成部分，是中国古典诗歌的极其宝贵的精品，具有很高的艺术性与史料价值。我们通过渔浦唐诗的研读，看到了时隔千年却依然靓丽的渔浦的天生丽质。渔浦地理条件极其优越，自然生态非常特殊，这是唐诗浙东之路所以从渔浦出发的重要原因。我们可从这么几点来看看渔浦的自身条件。

一是交通便利。渔浦潭在浙江富阳东三十里，是西连钱塘江而东接富春江的中枢要镇，是杭州至富春江的经由之地。谢灵运《富春渚》：“宵济渔浦潭，旦及富春郭。”诗的意思是说，从渔浦到富春江，不仅交通十分便利，而且轻松顺畅，没有鞍马劳顿之苦，相当于我们现在的动车、软卧、飞机。渔浦的地理位置十分优越，故址在富春江、浦阳江汇入钱塘江处。旧有的渔浦镇，为古代交通要津，地处险要，乃兵家必争之地，所以历代渔浦镇均有驻军防守。渔浦镇也是十分重要的航运港口。古代徽州、衢州、严州、杭州等地官舫、商船、木排和竹排进渔浦码头后，方可转坝内河，然后再进入西小江古运河输往宁绍平原。而中国古代江南的交通，主要是以舟船代鞍马，大批的文人学士通过渔浦码头成行浙东。我们下面要详读的孟浩然《早发渔浦潭》，陶翰《乘潮至渔浦》等诗中，都有这样的描写和感受。

二是商贸繁荣。可以说，唐代的渔浦，是一个大商埠，大市镇，大商贸集散地。据史载，宋代以前，渔浦就是从钱塘江上溯富春江水路上的唯一停靠码头，一处活水码头，渔浦镇自然也商业繁荣昌盛，市场兴旺发达，成了官府的一个税收盐务的重镇。商贾旅客往来，多习惯在渔浦留宿，然后或者北上或者南下，渔浦充任了一个特殊的水路中转站的角色。虽然我们没有找到唐代诗人在这方面很坐实的描写，却在不少唐诗中体会到了这种繁荣和优越，孟浩然诗《早发渔浦潭》写道：

东旭早光芒，渚禽已惊聒。卧闻渔浦口，桡声暗相拨。日出气象分，始知江路阔。美人常晏起，照影弄流沫。饮水畏惊猿，祭鱼时见獭。舟行自无闷，况值晴景豁。

此诗写于孟浩然漫游吴越期间。开元十八年（730年）夏秋间，孟浩然由洛阳来杭州，中秋节前后，在钱塘江观潮，随后乘船经钱塘口入浙江，溯流赴天台山一带寻仙访道。诗写乘船早发渔浦潭的情景。前人认为，这种充满生活气息的描写“别是一种清景可人”。卧闻：水鸟惊聒，桡声相拨；目睹：日出而气象尤殊，航道开阔通畅。让人真切地感受到昔日渔浦的热闹与繁荣景象。诗中女子濯发、猿猴饮水、水獭祭鱼等特写，很有匠心，以人与动物点缀其间，物我交融，表现一种和睦美色与和融美境，读后感受到唐时的渔浦就人气极高，生态极好。“舟行自无闷，况值晴景豁”末二句议论抒情，因景而感发。虽然旅途时间长，人也疲惫，然有美景相陪而“无闷”矣。这种写景，以及对渔浦的美好感受，在下面引述的唐诗中还会频繁出现。

三是景色清丽。渔浦潭在浙江富阳东三十里，西连钱塘江，东接富春江，自渔浦过富阳至桐庐，一百里许，奇山异水，天下独绝，游人徜徉其间如在图画之中也。有陶翰的《乘潮至渔浦》诗为证：

舣棹乘早潮，潮来如风雨。樟台忽已隐，界峰莫及睹。崩腾心为失，浩荡目无主。风飏浪始闻，漾漾入鱼浦。云景共澄霁，江山相吞吐。伟哉造化工，此事从终古。流沫诚足诫，商歌调易若。颇因忠信全，客心犹栩栩。

渔浦与西陵皆处于钱塘江入海处，是古时钱塘江最重要的两大渡头。陶诗破题而入，气势磅礴。先写钱塘潮，巨潮奔腾卷来，赛比狂风暴雨，其潮水激荡所溅起的水珠飞沫遮天蔽日，简直是天昏地暗，不仅观潮的樟亭隐入其间，连山峰与山峰之间的界限都看不到了。接着诗人以身临其境的感观来写潮之壮观，因为惊涛“崩腾”，人心已经仿佛不是自己的了；因为水势“荡浩”，双目来不及用，也似乎不听使唤了。然而，入得渔浦来之后，却是另一番景象：惊心动魄的钱塘潮翕然息去，顿时日丽云清，天蓝水澄，浩浩长江与巍巍高山彼此相拥，互为推搡，诗人不禁感叹天地自然的造化神功，置身其中，商歌易调，客心油然。薛据诗《西陵口观海》，也写渔浦壮观：

长江漫汤汤，近海势弥广。在昔胚浑凝，融为百川泱。地形失端倪，天色潸滉瀁。东南际万里，极目远无象。山影乍浮沉，潮波忽来往。孤帆或不见，棹歌犹想像。日暮长风起，客心空振荡。浦口霞未收，潭心月初上。林屿几邅回，亭皋时偃仰。岁晏访蓬瀛，真游非外奖。

诗人写渔浦观海，诗中之海与湖浑然一体，汪洋恣肆，浩渺壮阔，洪波涌起，水势磅礴，令天地失色，使日月无光，尤其写其动感，真个是倏忽万变，气象万千，几可比肩曹操《观沧海》矣。这让人联系到唐诗中著名的描写水的诗篇，如杜甫的“吴楚东南坼，乾坤日夜浮”（《登岳阳楼》）；孟浩然的“气蒸云梦泽，波撼岳阳城”（《洞庭湖寄张丞相》）；还有王维写汉江的《汉江临眺》，此五律前六句全是写水：“楚塞三湘接，荆门九派通。江流天地外，山色有无中。郡邑浮前浦，波澜动远空。襄阳好风日，留醉与山翁。”王维诗中也写到过渔浦的景象：“渔浦南陵郭，人家春谷溪。”（王维《送张五諲归宣城》）“树色分扬子，潮声满富春。”（王维《送李判官赴东江》）这种写景，不是为写景而写景，景象只是一种陪衬，是生情的一种要素。也许王维未亲到渔浦，只是口耳相传的间接感受，因此，最擅长写景的王维，关于渔浦的景象写得最为空泛。王维的学生钱起有《九日宴浙江西亭》诗：

诗人九日怜芳菊，筵客高斋宴浙江。渔浦浪花摇素壁，西陵树色入秋窗。木奴向熟悬金实，桑落新开泻玉缸。四子醉时争讲习，笑论黄霸旧为邦。

此诗的写法与王维同，都不是摹声摹色地描绘眼前景色，而是以渔浦为背景的。而孙逖因为亲临渔浦，所以感受特别深，而且以比较来写感受，其《夜宿浙江》诗云：

扁舟夜入江潭泊，露白风高气萧索。富春渚上潮未还，天姥岑边月初落。烟水茫茫多苦辛，更闻江上越人吟。洛阳城阙何时见，西北浮云朝暝深。

诗中写其来到渔浦的见闻，真可谓眼界大开，这是自己局域于洛阳所看不到的境界。写渔浦景观的名句还有：

路转定山绕，塘连范浦横。（崔国辅《宿范浦》）
水清迎过客，霜叶落行舟。（郎士元《送奚贾归吴》）
孤帆泊枉渚，飞雨来前山。（钱起《渔浦值雨》）
冰水近开渔浦出，雪云初卷定山高。（严维《送崔峒使往睦州兼寄薛司户》）

四是人文奇观。渔浦广受文士青睐，还有一个极其重要的原因就是人文厚重，虽然唐诗中直写渔浦人文胜迹的并不多。李嘉祐《送朱中舍游江东》诗云：

孤城郭外送王孙，越水吴洲共尔论。野寺山边斜有径，渔家竹里半开门。青枫独映摇前浦，白鹭闲飞过远村。若到西陵征战处，不堪秋草自伤魂。

中间四句写景，可以放在上部分讲，清丽幽雅。第七句用“西陵渡”典。西渡在渔浦，春秋末期著名战役的发生地，越大夫范蠡在此筑城拒吴。因此，渔浦也叫“范浦”，唐人崔国辅有诗《宿范浦》云：

月暗潮又落，西陵渡暂停。村烟和海雾，舟火乱江星。路转定山绕，塘连范浦横。鸱夷近何去，空山临沧溟。

前三联也是写景，尾联“鸱夷”即用范蠡典以表意。韩翃《送王少府归杭州》诗云：

> 归舟一路转青蘋，更欲随潮向富春。吴郡陆机称地主，钱塘苏小是乡亲。葛花满把能消酒，栀子同心好赠人。早晚重过渔浦宿，遥怜佳句箧中新。

“归舟一路”，省去一路情事，青蘋已转，旅途漫长，沿水路迤逦而行。第二句意谓：到杭州后，不应停舟，而应随着潮水经过渔浦而去富春江，暗写严子陵，隐含归欤之志。金圣叹评云：“乃转青蘋，则是已到杭州，而舟行还不停也。何故舟还不停，则为‘更欲随潮向富春’也，何故欲向富春，则以欲从严先生者游也。”中间四句写得很玄，很跳脱，窃以为，删去成为绝句反而好。诗写陆机（吴郡人）和苏小小（钱塘名倡）这两位著名的才子佳人，无非是借以显示此地才子佳人辈出。诗中人物，严子陵、陆机、苏小小均非世俗之人。尾联大意是：你（常住杭州诗酒美人）如果随着潮水经过渔浦而去富春江，早晚经过渔浦甚至住了下来，必定会有新诗供我欣赏。唐前的丘迟《旦发渔浦潭》基本上是纯写景的，他也擅长清丽之景。全诗云：

> 渔潭雾未开，赤亭风已飏。櫂歌发中流，鸣鞞响沓障。村童忽相聚，野老时一望。诡怪石异象，嶄绝峰殊状。森森荒树齐，析析寒沙涨。藤垂岛易陟，崖倾屿难傍。信是永幽栖，岂徒暂清旷。坐啸昔有委，卧治今可尚。

通篇几乎全用偶句写成，已见唐风。诗从旦发渔浦潭落笔，依次写江行景色，一路写来，略无滞碍。“村童忽相聚，野老时一望。”和乐和谐，适合人居。中间六句，移步换形，全用偶句，属对工整：奇峰突起，怪石峭立，荒树茂密，沙滩平阔，岛屿耸峙，幽绝难得。流连忘返，萌生出长栖永居的念头，故而说：“信是永幽栖，岂徒暂清旷。”因而想起成瑨坐啸、汲黯卧治的故事。“坐啸”之事，典出张璠《汉纪》。东汉南阳太守成瑨，不理政务。公事悉由功曹岑晊代理，终日但坐啸而已，民间因传言：“南阳太守岑公孝，弘农成瑨但坐啸。”后遂以坐啸指称委心于无为，虽做官而不理政事的清闲生活。“卧治”的典故则见于《史记》。西汉汲黯，召为淮阳太守，辞谢不就，武帝则欲借重他的声望，使其卧而治之，乃赴任。后遂称无为而治为卧治。

概言之，唐诗中的渔浦，交通便利，景象繁荣，景色奇美，人文绝胜。渔浦唐诗，不仅具有很高的艺术价值，也具有认识昔日渔浦的十分珍贵的史籍价值。这就是为什么要从渔浦出发的原因。特别是，从这里出发，能够渐入佳境，柳暗花明。浙东从渔浦到天台这条路，美甲天下，可看的东西太多了：有道教圣地天台山、云门寺；绝胜美景有若耶溪、山阴道、镜湖等，还有人文胜迹大禹、勾践、西施、范蠡、王羲之、谢安、谢灵运、谢朓等。因此，作为联系钱塘江与富春江的经济、战略要镇的渔浦，对唐代的士人太有吸引力了，也赋予唐诗精美绝伦的独特题材，以及独特的文化内涵，独特的诗意灵性，有幸成为辉耀千秋之唐诗的重要部分。

2.为什么当下没有这种“唐诗渔浦”的现象

20世纪90年代初，绍兴学者从《全唐诗》和有关方志中发现，到过浙东的唐代诗人为278位，占《全唐诗》收载诗人总数2200位的13%，他们所写并留传至今的唐诗有1500多首，从而提出“浙东唐诗之路”这一命题。

唐代时，浙东的地域面积只占全国国土的0.13%，然而，在这一带活动的诗人却有400人之多，占整个唐代诗人的20%，而留下的诗竟然达1500多首（尽管有人研究发现1500多首诗并不全部可靠），占全唐诗的3%。行走在这条诗路上的唐代诗人，比较著名的如李白、杜甫、白居易，以及骆宾王、魏征、宋之问、贺知章、孟浩然、崔颢、王维、吴融、孙逖、薛据、陶翰、卢象、刘长卿、于季友、赵嘏、皇甫冉、丁仙芝、李嘉祐、刘禹锡、徐凝、灵一、韩翃、施肩吾、薛逢、方干、崔涂、李敬方、拾得、罗邺、刘昭禹、柳泌、许浑、李商隐、温庭筠、罗隐、杜荀鹤、严维等。

这么多的在浙东流连的唐代诗人，未必都从渔浦走过，但是，渔浦作为唐代诗人的集散地也是可以确证的。而且，渔浦自唐代至今，一直为历代诗人所歌咏不尽。身为绍兴人而长久在绍兴一带活动的南宋著名诗人陆游，曾经发出了“桐庐处处是新诗，渔浦江山天下稀”的惊叹，甚至有“安得移家常住此”（《渔浦二题》其一）的奢望。

今日之渔浦虽非唐代之渔浦，而有沧桑之变，但是，其基本形态没有变，山还是那些山，水也还是那些水。可是，为什么现在没有那么多的著名文人来此观光，特别是没有能够留下脍炙人口的、经久流传的诗文。笔者以为，有这么几条原因：

从交通看。当下的交通工具是高速公路、动车、飞机，而非唐代很诗意的缓缓行驶的船舶。现代人追求速度，时间就是金钱，崇尚快节奏，水路交通逐渐萎缩，20世纪80年代还十分繁华的长江航运，已几乎全部瘫痪。

从商贾贸易看（包括人的现代理念）。市场经济以城市为中心，追求接受大都市圈的投射，农村都在迅速地城市化，人都往城里走。

从景观看。渔浦虽然基本生态没有太大变化，毕竟沧海桑田，原有的自然景观失去了原汁原味的独特性。改革开放带来的城市变化的重大结果与趋势就是：千篇一律。经济的发展，以牺牲我们的历史和文化为代价，到处是热火朝天的拆建。房地产开发，风起云涌，许多富有历史文化价值的古迹也在推土机的轰鸣声中被毫无保留地夷为平地。我们的城市，我们的家园，经过统一包装后，没有了记忆，没有了个性。从南到北，自西向东，无论是大城市，还是小城镇，一样的高楼大厦，一样的玻璃幕墙，一样的大广场宽马路，让人常常有一种"错把他乡作故乡"的感觉。因此，中央全会谈城市建设，谈文化保护，谈传统继承。

从现代人的本身看。一是物质追求至上，拜金主义泛滥，物欲横流，人重实用，重实惠，轻精神，不愿深入体感。从唐代诗人来浙东的原因看，是把精神需求放在了第一位，享受青山绿水，追慕魏晋遗风，怀古先秦文化乃至史前传说。二是审美趣味俗化，审美扭曲，人心浮躁，追求刺激，迎合浅薄，热捧娱乐明星，缺少美感，没有耐心欣赏山水，看不懂清纯、清丽。三是人的文学素养走低，作家亦然，顶多是个"二流作家"（丁帆语），写不出像唐诗那样能够流传的一流作品。

因此，"渔浦现象"之不再，时之过而境之迁矣。在经济高度发展的同时文化却没有同步提升，或者可以说是文学的滞后。

这是渔浦人思考的重要课题，也是当下中国人需要思考的重要课题。

3.渔浦研究唐诗渔浦的意义

研究渔浦唐诗，实际上也是研究唐诗渔浦，研究唐时渔浦的文化和经济生态，探究渔浦的文化底蕴，拯救濒危的非物质文化遗产，提升渔浦的文化软实力，为今日渔浦的超越发展提供文化支撑。

自历史跨入90年代，一批批著名学者介入唐诗浙东之路，踏上了这条诗路。参加中国国际唐代文学学术会议的23位代表，联名联函绍兴、宁波、台州、金华四市、地政府，建议重新开发利用唐诗之路；参加唐代文学第七届年会暨国际学术研讨会的120多名代表云聚石城古刹，畅游尚陵、兰亭、镜湖、沃州，拜祭羲之墓，竺道潜山馆，登临天姥山、国清寺、石梁桥。

渔浦唐诗与唐诗渔浦的研究，有什么实际意义？其研究有何作为？

其一，渔浦唐诗研究，是一种文化自觉和文化自信。

渔浦人提出了“从渔浦出发”“重走渔浦路”的口号，这是十分值得珍视的文化自觉和文化自信。历史的发展与积淀，使渔浦文化的内涵日益丰蕴，这种文化不断滋生和坚定了人们的科学发展观，支撑和推动着地域经济的发展。研究渔浦唐诗，发掘渔浦文化内涵，全面展示渔浦的历史风貌，大力挖掘和弘扬优良传统，认真提炼发展方向，同时也表现渔浦人对文化强区的向往和追求，最终积淀成渔浦义桥人的一种精神内涵。渔浦唐诗研究，成为开发与保护渔浦文化的一种文化举措，成为跨越式发展的社会进程中所展示出来的文化自信！

其二，渔浦唐诗研究，是一种文化经济双赢的机智。

渔浦（今义桥镇所在地）是一个独特的自然景观和人文景观，是浙东唐诗之路的起点之一。渔浦唐诗，不仅是一笔丰厚的精神遗产，也是再铸辉煌的深厚的文化资源。渔浦唐诗研究，是在人的物质水平发展到了相当的程度后追求精神高境的一种精神需求。渔浦的社会富足和物质充裕，保证了他们对精神的高度追求，也使他们在精神活动方面获得了充分的自由，为他们提供了软实力的支撑和快速发展的可能。因此，渔浦唐诗研究，是一种文化研究，也是一种发展战略的研究，进而引发了渔浦的强劲开发和发展。当下已可预见的是，随着开发旅游热潮的兴起，渔浦到天台山的唐诗之路，已成为一条格调高雅、文化内涵丰富的旅游热线，而且对国内外休闲度假必然会生成更加强劲的吸引力，让物质富足起来了的中国人，在追求超生物学意义的精神享受时，也青睐这块唐人十分青睐的文化积淀深厚的沃土。

其三，渔浦唐诗研究，是从渔浦视域走向江海境界的一种境界提升。

渔浦唐诗研究，让我们看到了渔浦文化的特殊厚重，也提升了渔浦发展的境界，提升了文化软实力。渔浦的唐诗研究，就是开发渔浦文化，培育渔浦品牌，做足渔浦文化产业，打唐诗渔浦的牌。唐人渔浦诗中所表现出来的渔浦，汇钱塘江、富春江、浦阳江之三江，聚合为一，奔流入海，“云景共澄霁，江山相吞吐”。得天地之“伟哉造化工”之境界与伟力，已形成了今人的一种兼容并包、聚力务发的精神。渔浦，拥有昔日的精彩，也已拥有今日的辉煌，渔浦还应该拥有明天的大超越。渔浦唐诗研究，就是做大自己的一种文化修为。渔浦唐诗研究，即在文化上的检点与发掘，积极发挥自身区位优势，接轨大都市，从渔浦时代迈向钱塘江时代，进而走向江海时代。

渔浦唐诗，是唐诗中的精粹部分，也是我们认识渔浦昔日辉煌的可靠的具有史料价值的艺术文本；唐诗渔浦，这个千年不朽的艺术形象，这个被艺术定格了的诗人与诗词集散地，已成为一种中国古典诗词史上的一个非常独特的现象。

C

辑

吴风日渐中的唐诗迅速转型

［按］ 初起唐诗的典型特征就是表现的盛大化，形成了以恢弘豪雄、刚健厚朴为主流风格的“关陇模式”。随着吴风日渐，“贵族文学”一变而为“贵游文学”，唐诗发生了从伦理诗到美学诗的渐变。自唐诗“东南模式”出现后，诗人更是自觉不自觉地融合南北两种美学，改造和重塑了唐诗的初发形态，促成了唐诗的全面转型。

唐诗起源于黄河流域，发生于中原文化，与“秦中”的地域密切相关。以大为美的初发唐诗，形成了以恢弘豪雄、刚健厚朴为主流风格的“关陇模式”。而随着吴风日渐，吴地山水形胜以及吴文化的精雅形式，对唐代文人的审美诱惑与审美感召也越发不可抗拒，进而造成了诗美趣味乃至整个时代的审美崇尚悄然而迅速地发生变化。吴文化中“自然英旨”的美学元素，灌注而培育起唐诗温婉绮秀的精神意蕴与文采风流，极大地丰富了唐诗的美学特质，也加速了唐诗的转型与重塑。

一、特别光鲜的审美感召

吴地的概念首先源于春秋后期五霸之一的吴国。《汉书·地理志》将吴越之地统归为吴地。唐陆广微撰《吴地记》云：“按《史记》及《吴越春秋》，自禹治水已后，分定九州。《禹贡》扬州之域，吴国四至：东亘沧溟，西连荆郢，南括越表，北临大江，盖吴国之本界也。”按“扬州”，古九州之一。《尔雅·释地》：“江南曰扬州。”李巡注：“江南其气躁劲，厥性轻扬。”扬州便指今之江苏、安徽、江西浙江、福建等地。又注“吴国”，周初泰伯居吴，在江苏无锡县境，至十九世孙寿梦始兴盛称王。至二十一孙光使子胥筑城而都之，即今苏州。复注“吴国”：吴据有今江苏省淮水、泗水以南到浙江省湖州、嘉兴一带地方。[①] 陆机《吴趋行》诗赞吴地

① 陆广微撰、曹林娣校注《吴地记》，江苏古籍出版社1999年版，第1页、第4页。

“山泽多藏育，土风清且嘉”；“属城咸有士，吴邑最为多”。吴地的山，不险峻却堆青叠翠；吴地的水，不湍急却涌绿流媚。吴地雨水充沛，气候温润，生态特别优越。吴地因为是“三江五湖”之地，水乡泽国，河流纵横，溯江环湖。水多则渡多，著名的如扬子渡、瓜州渡等；水多复桥多，如朱雀桥、枫桥、乌鹊桥、狮子桥、五亭桥、月明桥、曲红桥等。吴地山多，著名的如灵岩山、金山、焦山、东山、虎丘山、钟山、清凉山、栖霞山、虞山等。山多则寺庙多，著名的如栖霞寺、鸡鸣寺、灵岩寺、寒山寺、金山寺、北固楼、西灵寺、栖灵寺、惠山寺、兴福寺、定林寺、重元寺、光福寺、天宁寺等；寺庙多则塔多：虎丘塔、灵岩塔、云岩塔、三藏塔、宝公塔、金山塔、诺那塔、药师塔、报恩寺塔、兴福寺塔、光福寺塔、定林寺塔、天宁寺塔、罗汉院双塔、甲辰巷砖塔等。吴地山水形胜的特点，可移用张九龄的“灵山多秀色，空水共氤氲”（《湖口望庐山瀑布水》）的诗句来概括。

吴地山温水软，崇文尚柔，形成了秀雅细柔、玲珑智巧的吴文化特征，以至于在齐梁时期出现了“靡情”美的取向。吴人的感情相对地细腻儒雅，文士具有爱自然、重雅趣、尚逸乐的文化性格。“自中原沸腾，五马南渡，缀文之士，无乏于时。降及梁朝，其流弥甚。盖由时主儒雅，笃好文章，故才秀之士，焕乎俱集。”（《南史》）韦应物诗赞曰：“吴中盛文史，群彦今汪洋。”（《郡斋雨中与诸文士燕集》）自西晋以降，吴地经济发展迅速，文化也极一时之盛，六朝时的建康人口达百万，成为当时世界上最大的城市。因为商品经济率先起步，吴地市民阶层形成较早，吴文化更是表现出高度的开放性、兼容性与浸润性，并形成了人本主义的思维，形成了实业传统、工商精神、务实个性和平民风格。这种形成于长江流域文明的以“自然英旨”为核心意蕴的文化精神与审美元素，在吴越诗人个体上表现为一种浪漫洒脱的风神举止，而在诗歌文本上表现为一种清婉鲜丽的文辞意境，让重于“贞刚气质”的中原诗人耳目一新，受到强烈的审美震撼。据史记载：“神龙中，贺知章与贺朝万、齐融、张若虚、邢巨、包融，俱以吴越之士，文辞俊秀，名扬于上京，人间往往传其文。”（《旧唐书·文苑传》）“吴中四士”的出现，可谓初发唐诗注入吴地清音的一个突出事件。因为“四士”皆自“吴中”来，贺知章会稽永兴（今萧山）人，张旭苏州吴（今苏州）人，张若虚扬州（今扬州）人，包融润州延陵（今丹阳）人。四人出生于相同属地，唐时这一带为吴郡，也叫吴中。宇文所安指出："在过渡时期，东南诗人（指吴越诗人）可能也对盛唐风格的形成做出贡献。"而且，东南地区已成为和京城分离的文学区域，形成了一种"东南文学模式"[①]。"吴中四士"作为这种"东南模式"的代表，其艺术渊源出于六朝二谢之一脉，显示了山水诗从齐梁向盛唐的发展轨迹，成为唐诗美趣变化的一个突出标志，也成为唐诗转型的一个重要转折点。吴中诗作中以张若虚的《春江花月夜》最为著名。张若虚的《春江花月夜》以扬州一带的月夜春江为背景，深具吴地美学细腻精巧的特征。诗人体物入微，曲尽其妙，其审美触须如"江流宛转绕芳甸"而四处伸展，呈现"缠绵蕴藉，一意萦纡"[②]的流动美意与清婉情韵。这些诗歌，使吴地原本富有个性的区域文化，更加光彩照人而魅力无穷，故而深受时人的欢迎而蔓延京城，"从神龙年至开元中，朝野流行齐梁清丽诗风，便成为当时山水诗坛上的一个显著特征"[③]，也成为北方河朔诗学传统接纳与融合东南美学之转机出现的重要标志。

在吴风日渐而唐诗转型的过程中，殷璠具有非常重要的作用。殷璠，吴中丹阳人，进士出身，其《河岳英灵集》是唐人选唐诗中的最优选本，真可视为"东南文学模式"的呼应与推助。其选录唐开元二年至天宝十二载（714—753）期间常建、李白、王维、高适、岑参、孟浩然、王昌龄等24人的诗200余首，以山水诗为主。选家推崇清远迂曲、高逸健迈的意境与风格。在每一位诗人名下，都加有一段评论以概括其风格，然后摘其诗中之秀句以诠论。譬如赞王维诗"在泉为珠，着壁成绘"的风格，便摘"落日山水好，漾舟信归风""涧芳袭人衣，山月映石壁""天寒远山净，日暮长河急"等以佐证。譬如赞岑参诗"语奇体峻，意亦造奇"的风格，便举"长风吹白茅，野火烧枯桑""山风吹空林，飒飒如有人"等以具象。其中关于王昌龄的评价，共排列出其诗九首，秀句达四十二句之多，如"长亭酒未醒，千里风动地""芦荻寒苍江，石头岸边饮""阴壁下苍黑，烟含清江楼""飞雨祠上来，霭然关中暮"等。这样的选、评方式，鲜明地反映了殷璠选诗的倾向性，突出了"清远幽致"的趣尚。殷璠在《河岳英灵集叙》中曰："武德初，微波尚在。贞观

① 宇文所安《盛唐诗》，北京三联书店2004年版，第18页。
② 毛先舒《诗辨坻》，《四库全书存目丛书补编》第四册，齐鲁书社1997年版，第195页。
③ 葛晓音《山水田园诗派研究》，辽宁大学出版社1993年版，第157页。

末，标格渐高。景云中，颇通远调。开元十五年后，声律、风骨始备矣。”选家敏锐地发现唐诗进入盛唐，正在并已经发生了重大变化。故而，他在《河岳英灵集论》中说：“璠今所集，颇异诸家，既闲新声，复晓古体。文质半取，风骚两挟。言气骨则建安为传，论宫商则太康不逮。”选家的这种选诗标准，敏锐地把握住了开元至天宝初唐诗创作的主流与发展走向。他十分激赏“海日生残夜，江春入旧年”这样的盛唐诗美的典范，提出了“神来、气来、情来”的诗美理想，建构了一个富有弹性的诗歌理论体系，规范了唐诗的健康走向，对后世的影响也极其深远。殷璠还另辑有《丹阳集》。高仲武《中兴间气集序》云：“《丹阳》止录吴人。”《丹阳集》中搜集编入的有储光羲、包融、丁仙芝、沈如筠、殷遥等十八位丹阳诗人的诗作，其共同特点是以清俊之辞写吴越山水。殷璠的选本，为扩大吴地诗人在中原影响作出了突出贡献，对唐诗转型具有特别重要的示范与引领的作用。

此后不久成书的《中兴间气集》，是中唐最著名的选本。选本选录肃宗至德初（756年）到代宗大历末（779年）其间20多年的作家作品，计26人，诗134首。选本以钱、郎诗歌为核心，以王维的评价为准则，左一个“文宗右丞，许以高格”，右一个“右丞以往，与钱更长”，以王维趣味为趣味。选家高仲武打破了言必风雅的传统，毫不掩饰地表现出复归六朝的倾向，其选评中所称道的前代诗人，几乎无一不是六朝诗人，而在评选司空曙、韩翃诗时，竟有十余处提到二谢。这些都充分体现了选家重闲雅、重清赡、重韵致的审美准则和诗学旨趣，并重在对诗歌艺术形式的阐述，对“风雅”“比兴”观有了重大突破，生动反映了中唐前期的诗美崇尚与大众接受史实，也成为唐诗转型历史的重要记录。

吴地山水形胜以及吴文化的精雅形式，以其特别光鲜的温婉清丽的美学形态，对唐代诗人产生了强烈的审美感召，也对初发唐诗生成了强劲的文化浸润，唐诗在雄豪厚朴的诗风中灌注进“自然英旨”的美学元素，发生着从伦理诗到美学诗的渐变，形成了特有的文采风流的美学面貌，并为唐诗南北二分天下和唐诗二元诗美形态的形成及诗国高潮的到来做好了充分准备。

二、发乎兴致的审美介入

白居易《沃洲山禅院记》亦云：“夫有非常之境，然后有非常之人栖焉。”吴地的“非常之境”，吸引来海内外的“非常之人”，漫游吴地简直成为唐代诗人的一个特殊的“山水情结”。而安史之乱爆发后，则更是形成了“东奔向吴国”（李白《扶风豪士歌》）的向吴热。成化八年（1472年）举进士第一而官至礼部尚书的吴宽说：“盖言诗之盛者，必以唐为首：若辋川之有王右丞、香山之有白太傅、浣溪之有杜子美、樊川之有杜牧之，其尤著者也。是故市廛之尘埃，孰比乎烟霞之胜；闾巷之人迹，不若乎泉石之佳。发乎兴致，荡乎胸怀，景美而意自奇，迹爽而趣自妙，不期乎诗而诗随之。”[①] 论者极言山水之助的神力矣。盛唐贤相张九龄途经吴地游览后，发出了倾羡性的慨叹：“雄图不足问，唯想事风流。”（《经江宁览旧迹至玄武湖》）吴地山水形胜以及吴文化的精雅形式，对唐代文人具有不可抗拒的审美诱惑与感召，也形成了唐代文人大量涌入吴地的生动景象。

初盛唐之间的王湾，作为开元初年的北方诗人，往来于吴楚间，为江南山水所倾倒，在润州写下极其著名的《次北固山下》。此诗最早见于芮挺章《国秀集》选本，即现在流行的面目：“客路青山外，行舟绿水前。潮平两岸阔，风正一帆悬。海日生残夜，江春入旧年。乡书何处达？归雁洛阳边。”此诗在几乎同时出现的选本《河岳英灵集》中，则题为《江南意》。《江南意》属于异文诗，主要是首尾两联的差异：“南国多新意，东行伺早天。潮平两岸失，风正数帆悬。海日生残夜，江春入旧年。从来观气象，惟向此中偏。”比较二者，我们宁可取其后者。异文诗起笔“南国多新意，东行伺早天”二句破题，开门见“新意”。异文诗尾联“从来观气象，惟向此中偏”二句收束，意谓：于此间方可见壮阔之大境界，方可识盛唐之大气象矣。尾联环顾开篇，照应全诗，补言此来之收获。二诗结尾比较，高下判然，我们倾向于后者。王湾为寻南国之新意而来吴地，孟浩然寻来吴地则是为疗治其审美疲劳，他在《自洛之越》诗中就有“风尘厌京洛、山水寻吴越”的道白。于是，他“烟花三月下扬州”，盛年遍游江南。孟浩然从洛阳到江南漫游的时间在开元十七年至二十年，前后近三年时间，主要在今之镇江、杭州、湖州等地漫游。王昌龄为太原人，曾被贬为江宁丞而一度在吴地为官。其作于江宁丞任上的诗如《芙

---

① 吴宽《樵乐存稿序》，《匏翁家藏集》卷四二。

蓉楼送辛渐》二首："寒雨连江夜入吴，平明送客楚山孤。洛阳亲友如相问，一片冰心在玉壶。"又："丹阳城南秋海阴，丹阳城北楚云深。高楼送客不能醉，寂寂寒江明月心。"二诗中频频点及送别地点如"芙蓉楼"与"丹阳城"，乃唐润州之标志性景点。诗中还有"吴""楚山""楚云"等字眼，都是吴地的特有标记。润州自古有"吴头楚尾"之称，"吴"代润州，"楚"则指江北扬州一带。唐宋诗文中也有以"吴楚"并举而特指镇江的。读其诗中之"洛阳亲友如相问"句，可知客归洛阳，友人频繁来往于吴地与北地之间。王昌龄的《留别岑参兄弟》诗云："谁言青门悲，俯期吴山幽。日西石门峤，月吐金陵洲。"诗中的"吴山"与"金陵洲"都在告诉读者他活动的地域。而其《客广陵》中自称为"楚客"，则明示他客居扬州。唐代设有楚州，辖地包括了今之淮安、盱眙、宝应、盐城等苏北地区。唐宋诗词中的"楚山""楚天""楚地""楚云"等名词，一般是指扬州地区。储光羲《寒夜泊舟江口》中也有"吴山迟海月，楚火照江流"之谓。白居易《长相思》云："汴水流，泗水流，流到瓜洲古渡头。吴山点点愁。"其中的"瓜洲古渡头"，指江北扬州；而"吴山"，则指江对面的润州。白居易青少年时期有过吴地的生活经历，入仕后依然深恋江南风景，曾经自放而至苏杭山水地为官，其人其诗深受吴地山水浸渍。

王维游历吴地，据考是在他从济州返长安闲居的那段日子，主要游历了润州、常州、苏州、宣州、越州等地，游历了桂苑、茅山、云门寺、若耶溪等名胜，《下京口棣夜行》《夜到润州》《山行遇雨》等名篇就是此次江南之行的收获。[①] 他的《淮阴夜宿二首》，说明其还到过今之苏北。王维的七古《同崔傅答贤弟》，开篇的四句写道："洛阳才子姑苏客，桂苑殊非故乡陌。九江枫树几回青，一片扬州五湖白。"此后又历数兰陵镇、富春郭、石头城诸地名，说明他对吴地太熟悉了，即便是人老而身不能至，却心犹向往之，故对作客姑苏的朋友生有倾羡之情。李白最喜吴地，其25岁出蜀，仗剑去国，辞亲远游，就直奔吴地；其被"赐金放还"后，更是经常出入吴地，除了金陵、苏州、扬州，他还去过溧阳、宝应和无锡等地，存诗一百多首，如《乌栖曲》《姑苏览台》《登金陵凤凰台》《金陵城西楼月下吟》《金陵酒肆留别》等等。杜甫青

① 参见史双元《王维漫游江南考述》，文载《南京师范大学学报》1985年第4期。

年时以吴地为主的江南漫游，竟达三年多时间。其写于大历元年（766年）的《壮游》，记录了这段难以忘怀的游历，其中回忆道："东下姑苏台，已具浮海航。到今有遗恨，不得穷扶桑。王谢风流远，阖庐丘墓荒。剑池石壁仄，长洲荷芰香……清庙映回塘。每趋吴太伯，抚事泪浪浪。枕戈忆勾践，渡浙想秦皇。蒸鱼闻匕首，除道晒要章。越女天下白，鉴湖五月凉。剡溪蕴秀异，欲罢不能忘。归帆拂天姥，中岁贡旧乡。"杜甫此行先至江宁，然后至苏州、越州等地，游览了姑苏台、虎丘、镜湖、剡溪、天姥山等名胜。这片土地上的历史文化遗迹以及秀美蕴藉的山水风物，给杜甫留下了深刻印象，以致二十年后他依然不时地深情反刍。杜甫晚年流寓巴、蜀、荆、湘所作诗篇中，仍有对江南风物的深情追忆。《春日梓州登楼二首》其二写道："厌蜀交游冷，思吴胜事繁。应须理长楫，长啸下荆门。"诗人表达了特定时期迫切希望离蜀适吴的心情，尽管他未必真"厌蜀"，但其对吴地的眷念倒是发自内心的。他频繁地表达东下江南的意愿，甚至俨然做好东下江南的准备，如"老夫复欲东南征，乘涛鼓枻白帝城"（《桃竹仗引赠章留后》）；"为问淮南米贵贱，老夫乘兴欲东游"（《解闷》其二）。杜甫早年的吴越之游，使其诗于悲慨之深郁外更添雅逸之清丽。常建是唐长安人，大历时曾任盱眙尉，多在吴地徜徉，其《题破山寺后禅院》诗是他游览常熟时所作。常建诗中以高林、竹径、山光、潭影等构成特有的吴地风光，洋溢着游览名胜的特别喜悦，也表达了对清幽静谧境界的强烈追求。

吴中出生的诗人们更是深受吴地山水的浸渍，其诗中自然多吴地生态描写，具有典型的清绮明爽之吴风。皎然，吴兴人，乃谢灵运十世孙，他将先祖谢灵运比于诗中日月。皎然诗清空如话，吐属自然，流畅潇洒，音调和谐。韦应物对皎然的诗十分激赏，常与之酬唱。皎然的《诗式》《诗议》《诗评》等著述，首倡"第二意境"说，以"文外之旨"论享誉当时诗坛。刘禹锡少年时曾拜在皎然门下，并继承了皎然诗论中的自然美趣观。刘禹锡与诗僧灵澈也有过一段师生关系。灵澈诗以吟咏性情见长。刘长卿《送灵澈上人》云："苍苍竹林寺，杳杳钟声晚。荷笠带斜阳，青山独归远。"刘长卿是江南人，一生多在江南游宦，诗写傍晚送灵澈返竹林寺，表现的是对出世入世问题的思考。而来吴地后的北方士人，与吴地山水朝夕厮守，也自觉不自觉地被陶冶，审美情趣发生了深刻变化。诗人张祜为南阳人，寓居苏州，其一生"不业程文"，几乎都在吴地行吟，"性爱山水，多游名寺，如杭之灵隐、天竺，苏之灵岩、楞伽，常之惠山、善权，润之甘露、招隐，往往题咏唱绝”[1]。他在纵游淮南之后，语出惊人云：“十里长街市井连，月明桥上看神仙。人生只合扬州死，禅智山光好墓田。”（《纵游淮南》）据《唐阙史》记载：“扬州胜地也，每重城向夕，倡楼之上，常有终纱灯万数，辉罗耀烈空中。九里三十步街中，珠翠填咽，邈若仙境。”张祜用“十里长街市井连”高度概括扬州当年繁盛之极。杜牧也有“春风十里扬州路”（《赠别》其一）的赞美。扬州在诗人的心目中，就是一所人间乐园。李白送孟浩然“烟花三月下扬州”，也是来寻此花花世界的。苏州在唐代也是江南雄郡，不少诗人出生于苏州，而其他地方的文人墨客也喜在苏州行居与宦游。白居易的《齐云楼晚望》诗“复叠江山壮，平铺井邑宽。人稠过扬府，坊闹半长安”，是说苏州的繁华超过了扬州，几乎可赶上长安。白居易的《登阊门闲望》，与刘禹锡的《堤上行三首》等，都是极写苏州繁荣的诗。著名诗人韦应物、白居易、刘禹锡等都曾为官苏州，其风流雅韵播于吴地。韦应物《登重元寺阁》：“时暇陟云构，晨霁澄景光。始见吴郡大，十里郁苍苍。山川表明丽，湖海吞大荒。合沓臻水陆，骈阗会四方。俗繁节又喧，雨顺物亦康。禽鱼各翔泳，草木遍芬芳。于兹省甿俗，一用劝耕桑。”诗人登重元寺，始知吴郡之偌大，山川湖海，四通八达，春和景明，百业兴旺。唐代诗人李嘉佑、皮日休、陆龟蒙等也有描写重元寺的诗作。诗人游历吴地，或者是避乱江南、游学游宦江南，城镇绕水而筑，开门见山叠青翠，行有小桥舟楫，食有稻鱼菱藕，居有枕河人家，身处吴地烟霞林泉间，深受吴地清音刻骨铭心的陶冶，而使他们的理想人格也随之发生了深刻变化，即便是中原诗人也轻易地认同了吴文化，接受了江南意象，甚至游历忘归而自诩为“江南客”“吴客”“楚客”，将回吴地江南称为“东归”。

吴地的山水形胜对唐代诗人形成了挡不住的诱惑，吴地漫游也成为吴风日渐加速的一种过程与方式。北地诗人游历吴地，自觉不自觉地于南方思想文化中汲取与融合，而吴地诗人则自觉不自觉地对外影响与扩张。这些诗人“以南朝的‘文’，装饰北朝的‘质’，以北朝的‘质’充实南朝的‘文’，创造了中国诗歌最健美的典型”[2]。而这种南北两种美学的杂糅并济，则验证了吴风日

---

① 辛文房撰、周绍良笺证《唐才子传笺证》，中华书局2010年版，第1520页。

② 袁行霈《袁行霈学术文化随笔》，中国青年出版社1998年版，第72页。

渐的威力，也使唐诗日渐发生着重要变化，不仅是风格，而且在南北诗群的比重上，在诗人的影响与成就上，也发生了重要变化。

三、清婉日渐的审美风习

唐诗起自中原，起自马背，起自隋代。“初唐时期关中地域继续受到南朝文学风气的影响，注重声律词采，但是由于关陇文化居于主体地位，所以贞观诗风呈现出北方化倾向。”[①] 吴风日渐对于唐诗具有非常特殊的意义，表层现象是山水大量涌入诗人笔下，而深入肌理的是清丽自然趣味与崭新诗风的形成。以吴地为中心的南方美学，在初唐至盛唐之间，开始与中原美学形成平起平坐的地位。

其一是审美趣味的改变。唐诗初起，最典型的诗美特征，就是表现的盛大化，叙事宏大，铺摛繁缛，结构壮阔。唐诗的这种盛大化的表现，得益于健朗的盛世风会与时代精神，也成为唐诗的主旋律，形成了恢弘浑厚、雄伟健举的诗风。杰作如李世民的组诗《帝京篇》是由十首诗加一篇序文组成的，可谓“天格赡丽，意悟冲迈”（《新唐书》），诗中描写的皇宫恢弘而壮丽，通篇文藻宏丽。骆宾王的《帝京篇》长达五十韵，摛写长安形势的险要奇伟，铺叙大唐宫阙的磅礴气势，反映了帝京长安壮丽恢弘、繁华庄严的气象。徐增《而庵说唐诗》评论说：“宾王此篇，最有体裁，节节相生，又井然不乱。首望出帝居得局，次及星躔山川，城阙离宫，次及诸侯王贵人之邸第，衣冠文物之盛，车马饮馔之乐，乃至游侠倡妇，描写殆尽；后半言祸福倚伏，交情变迁，总见帝京之大，无所不有。”[②] 卢照邻的《长安古意》长达六十八句，以多姿多彩的笔触勾勒出京城长安的轮廓，展现长安大街深巷纵横交错的平面图，诗之立意在于警示。王勃的《临高台》也是这样的写法与主题，先从多方面展示唐王朝盛况，采用全景俯瞰的视点进行描写，最后以“柏梁铜雀生黄尘”来警示建国之初的唐人。此时期的美学，呼唤现实感极强的“兴寄”“风骨”。而吴地山水形胜的感召以及清朗山水诗风的漫延，使唐人的审美趣味发生了深

---

① 尚定《走向盛唐》，中国社会科学出版社1994年版，第23页。

② 徐增《而庵说唐诗》，中州古籍出版社1990年版，第78页。

刻变化，甚至出现了偏嗜自然清真的审美趣味，诗歌也开始崇尚灵动之美。从最浅表的层次看，吴地的那些名山名寺名塔名水名渡名桥，反复地在唐诗中出现，而且出现了大量的江南经验、江南隐喻、江南想象与江南记忆等内容与描写。自盛唐已降，唐诗中水意象格外活跃，这是很显见的吴地山水的影响。孟浩然在北上长安和南游吴越时均留下不少的山水诗，凡咏南方景物，多清丽俊逸，但写北国风光，则多苍雄凄楚，其吴地游历诗如《济江问同舟人》《宿建德江》《舟中晓望》《若耶溪泛舟》等，或者直接写水，或者由水而派生出采莲、池塘、野渡、归舟、垂钓等意象群。储光羲的《钓鱼湾》："垂钓绿湾春，春深杏花乱。潭清疑水浅，荷动知鱼散。日暮待情人，维舟绿杨岸。"满纸是水，水派生出的意象：杏、潭、湾、荷、杨柳，生动地反映了吴地的生态特点。盛唐走向中唐时的韦应物，成长于中原，宦游于江南，是此时期诗坛的突出代表。吴地的自然风光，培养了诗人丰富细腻、柔性曲婉的审美触觉，成就了其诗澄明清远的意境，其视角多集中在日常可见的江南景物上，着重表现江南水乡特有的烟水朦胧和清润活泼。王夫之认为："苏州诗独立衰乱之中，所短者时伤刻促。"[①] 其《滁州西涧》云："独怜幽草涧边生，上有黄鹂深树鸣。春潮带雨晚来急，野渡无人舟自横。"此诗颇具吴地的地方性色彩，也极富象征性，象征着整个社会的转型，也象征着唐诗的转型。李白诗云："圣代复元古，垂衣贵清真。"（《古风》其一）以"清真"为"贵"，已日渐成为唐诗的核心价值观了。清丽之风日甚，清丽趣味渐成，则在以雄浑抗壮为主流的诗美中，注入冲淡清绮之味。唐人不只是一味崇尚巨丽繁富、雄浑厚朴了，也同样崇尚精致玲珑、清婉流丽，并开始讲究才藻，追求畅情，标志着唐诗清丽与壮大二元诗美格调的形成。今人研究盛唐山水诗，认为其具有复调美。清纯是对繁富与笼统的双重超越；高远是对玄远与浅近的双重超越。清纯高远之美，兼壮美和优美之胜，却没有自大的张狂和弄姿的娇媚，以安详从容的气度高扬生命的价值和意义。[②] 应该说，唐诗的这种复调与二元，不仅仅表现在山水诗上。

其二是审美意蕴的改变。意蕴是诗里面渗透出来的一种理性内涵，是诗中渗透的情感及其所表现出来的风骨、表现的人生精义，是诗之主旨的综合体。

---

① 王夫之《唐诗评选》，陈书良校点，上海古籍出版社2011年版，第77页。

② 韩经太《论唐人山水诗美的演生嬗变》，《文学遗产》1998年第4期。

唐诗的缘起，是随着大唐建国开始的。秦中建都所构成的唐长安城独特的文化地理内涵，以及军事地理优势与经济地理优势，对唐诗审美形态与审美境界的形成产生了重要影响。长安皇城造就了唐诗，没有哪一个时期的诗歌对于皇城的介入这么深入，与皇城联系这么紧密，互动这么和谐。而这些唐诗刚健雄浑，恢弘阔大，被学界称为“盛唐气象”。其实，“盛唐气象”是复调多维的。盛唐气象，不仅有其刚健雄浑、恢弘阔大的一种形态，也有风华秀发、情韵深长的另一种形态，进而构成了唐诗气象浑灏的共同风貌。或者说，只有刚健雄浑、恢弘阔大的一种形态，还不是盛唐气象的全部，还不能涵盖唐诗的意蕴。袁行霈先生认为：“所谓‘盛唐气象’，着眼于盛唐诗歌给人的总体印象，诗歌的时代风格、时代精神：博大、雄浑、深远、超逸；充沛的活力、创造的愉悦、崭新的体验；以及通过意象的运用、意境的呈现，性情和声色的结合，而形成的新的美感——这一切合起来就成为盛唐诗歌与其他时期的诗歌相区别的特色。”[①] 袁先生所概括的“总体印象”，类似于“意蕴”的定义。其对“盛唐气象”的理解，是“这一切合起来”的“总体印象”，其中还包括了技术方面的内容：“通过意象的运用、意境的呈现，性情和声色的结合，而形成的新的美感。”譬如《次北固山下》，北方人王湾，初到南方，为吴地山水之美所震撼，而以“海日”之景象，完成了纪实与象征的妙合，生动具象出典型的时代风格与时代精神。葛晓音先生也认为此诗“标志着五言律诗已经彻底摆脱齐梁山水诗赋物象形、即景寓情的阶段，进入了盛唐”。她还从褒奖张相的角度来赞曰：“张说敏锐地察觉到这一变化的意义，并‘每示能文令为楷式’，便及时防止了开元前期齐梁清媚诗风流行，容易失于肤浅的潜在危机，并为近体山水诗指出了艺术升华的途径。”[②] 就诗而言，吴地以水为表征的精巧美学对此诗的重要影响，体现在意脉的流转和思致的巧妙上，其流动变幻之美与磅礴凝重之美高度自然契合，而富有了表现“时代风格”且象征“时代精神”的意蕴。吴风日渐，唐诗借江山之助力而逐渐显示出清新健朗的美学风神，“江南山水本是南朝诗人多次描写过的，故此一系统的创作每每表现出晋宋齐梁的影响痕迹；只不过，盛唐诗人却能创造性地学习，故最终能超越南朝

① 袁行霈《盛唐诗歌与盛唐气象》，《光明日报》1999年3月25日。

② 葛晓音《诗国高潮与盛唐文化》，北京大学出版社1998年版，第87页。

而呈示盛唐气象”[1]。从此，出现了诗歌的盛唐，出现了中国第一流的诗歌。“中国第一流诗最重含蓄，十分婉约，暗示力强，从容不迫，有余不尽，感觉深微，能得空外之音、象外之色，此即所谓蕴藉。”因为，“中国诗之最高成就亦即此空灵蕴藉、淡而实绮之风格”[2]。

其三是审美关注的改变。由写皇城到写山水，从山水摩状到意境创制，是吴地美学日占上风的结果。杜甫诗云：“秦中自古帝王州。”（《秋兴》之六）长安皇城，以及那些环绕宫城的庞大山系，天设之阙，气魄雄伟，最适合表现大唐声威、大国气象与帝都情怀。这种意象的都城化，包括使用皇城左右城郭如“丰镐”“咸阳”等，使皇城被赋予了特定的文化内涵与浓厚的审美意味，不断走向人文意义的纵深。唐诗的这种“关陇模式”大致为：一是以“南山”“北阙”之类起笔，极写地势险峻与宫城高峻，渲染皇居帝宅的壮美，再由皇城推及辽远的外郭城与郊野，由此形成一个开阔而整饬的审美空间，意在表现大唐开国时的社会新秩序与君臣和谐，表达政治家德政美政的理想，歌颂文治武功的大国威势与王朝一统的盛世气象，展示天下一家的博大胸怀和海纳百川的开放气魄。二是以长安城地理环境以及建筑格局为架构，以长安城的宫廷、市井风情以及万国来朝的盛况为主要内容，以长安城的荣枯兴衰为基本主题，揭示盛极必衰的历史规律。而吴风日渐，使唐人的审美关注发生了转移，山水审美备受关注，也引发了山水诗创作的高潮。李文初先生指出：“山水诗作为一种文学的潮流在东晋出现，可说是北方文化南移与江南优美的自然山水相结合的产物。有一个现象值得注意：为什么直到南北朝，北方广大地区依然罕见山水诗出现？它至少说明，江南优越的自然地理环境对于山水诗的出现，是何等的重要了。”[3] 林庚先生认为，山水诗是在南朝经济发展、商业繁荣、水路交通发达的条件下产生的。[4] 唐初的京洛山水诗，还局限于应制应景或皇城山川描写上，而吴越山水诗的出现，在开元前期造成很大影响，一时间广为流行。而张说等一批左迁文人流连湖山，大事唱和，“在湖湘一带兴起了吟

① 陶文鹏《灵境诗心——中国古代山水诗史》，凤凰出版社2004年版，第199页。
② 许思园《中国文化回眸》，华东师大出版社1997年版，第87页、第84页。
③ 李文初等《中国山水文化》，广东人民出版社1996年版，第211页。
④ 林庚《山水诗是怎样产生的》，《文学评论》1961年第2期，第92—101页。

咏山水的风气，与同时流行起来的吴越山水诗东西相应，将南方山水诗的发展推向了高潮”[①]。终于出现了以王维、孟浩然为代表的阵容强大的盛唐山水诗群，山水诗风生水起而达到高潮。此后的韦应物、刘长卿、大历十才子以及柳宗元等一流的山水诗人的出现，则不断开拓与深化山水诗的疆域，山水诗形成了“细润有致”的艺术表现方式与生生不息的生命活力。即便是不以山水诗著称的李白、杜甫、韩愈、白居易、杜牧等人，他们在山水诗上也都有非常出色的表现，均留下了大量的一流的山水诗作品。王夫之喜欢用“境”论诗，如境界、神境、离境、佳境、至境、圣境、绝境等，在这一点上他特别推崇王维：“意至则事自恰合，与求事切题者雅俗冰炭，右丞工于用意，尤工于达意，景亦意，事亦意，前无古人，后无嗣者。文外独绝，不许有二。”[②]王维以体和天地之心性实现了对于山水真谛的深观远照，其笔下的山水具有让人涵咏不尽的神韵，蕴含有超然物外而深入人心的性情思致，超越了谢山水“窥情风景之上，钻貌草木之中”而“曲写毫芥”的形似层次。吴地美学最深刻的影响，即在于强化了唐诗的情采与逸韵。自盛唐初期开始，山水诗就超越了六朝山水诗的写实性倾向，突破了静止、刻板的模山范水的模式，极其注重对山水景物的提纯和净化，更多地带有心象的性质。经过王维等人在山水诗上的创造性实践，又经过以皎然、司空图为代表的吴地诗学理论家的诗学总结，中国诗歌的意境终于成熟了，真正意义上的山水诗出现了。

魏征认为：“江左宫商发越，贵于清绮；河朔词义贞刚，重乎气质。气质则理胜其词，清绮则文过其意。”他的美学理想是：“各去所短，合其两长，则文质斌斌，尽善尽美矣。”（《隋书·文学传序》）而这种“尽善尽美”的美学理想是在吴风日渐与关陇美学交融之后才得以真正实现的。如果从时段上来说，至少要到盛唐后期。安史乱后，吴地不仅仍然是经济重地，也日渐成为文化中心，吴风越发强势，遂促成了唐诗的全面转型：一是形成了唐诗南北份额对等的格局；二是形成了唐诗雄浑厚朴、清婉深雅的二元复合的审美格调；三是出现了风骨与气韵之并存、气势与闲静而共生的唐诗面貌。

---

① 葛晓音《诗国高潮与盛唐文化》，北京大学出版社1998年版，第85—86页。

② 王夫之《唐诗评选》，王维《送梓州李使君》评，上海古籍出版社2011年版，第111页。

安史之乱后的唐诗气骨顿衰

［按］　安史之乱使大唐帝国从此一蹶不振，也使唐诗从此“气骨顿衰”。吴风日盛，唐诗中心南移，诗歌格局发生了由北盛南衰到南盛北衰的逆转，诗风由阳刚雄浑转向阴柔温润，由昂扬豪迈转向苍凉疲老，由高瞻远瞩转向回眸凭吊，由浪漫华彩转向现实平淡。

安史之乱，使以吴地为中心的江南成为北人南移的首选地。自然生态极佳的吴地，敞开包容博大的情怀接纳南移之北人。“盖文章根于性灵，其受四围社会之影响特甚焉。”① 北人避乱江南，包括游学江南、游宦江南，深受江南山水与吴地文化的浸渍，迅速出现了追步齐梁的诗歌创作倾向，改变了诗歌南轻北重的格局，也使诗歌发生了“气骨顿衰”的质变。

一、安史之乱前后的吴地生态

唐代的吴地，自然生态极佳，山清水秀，气爽景明，且物产丰富，文化发达。安史之乱人口大量南移，吴地保全也成全了当时的文化精英，造成了经济重心与文化中心南移的大趋势，确立了以吴文化为中心的江南文化的优势地位，也改变了诗歌北重南轻的格局。

安史之乱前的一次人口大量南移，发生在永嘉。人口的大量南移，使本来就非常优越的吴地经济，获得了迅速发展的良机，以城市为中心的商品经济得到长足发展，吴地也迅速成为全国最富庶的地方，“荆、扬二州，户口半天下”（《宋书·何尚之传》）。自西晋灭亡，晋室南渡，文化重心随之南移。“吴自江左以来号文献渊薮，其人文秀异甲天下”（王士祯《嘉定四先生集序》）。南下士族，楚材晋用，深度融入江南文化，在客观上造成南北文化的交流，形成了独特的以吴地为中心的“江左文化”。这种“江左文化”，与北

① 梁启超《中国地理大势论》，刘梦溪主编《中国现代学术经典（梁启超卷）》，河北教育出版社1996年版，第707页。

方的关陇文化、山东文化鼎足而三。而越是战乱时，这种吴文化就越具有凝聚人心的引力，吴地也成为避乱人们心中的圣域。

纯从战争因素来看，是战乱将人才赶至江南吴地。而在历次战乱中，吴地遭受破坏程度相对比较小。即便是让大唐帝国大伤元气或者可以说大势已去的安史之乱，对吴地破坏也不大。李璘就说“以为今天下大乱，惟南方完富，璘握四道兵，封疆数千里，宜据金陵，保有江表，如东晋故事”[①]。李白也有这样的考虑，他在《为宋中丞请都金陵表》中陈述道：“今自河以北，为胡所凌；自河之南，孤城四垒。大盗蚕食，割为洪沟；宇宙峣杌，昭然可睹！臣伏见金陵旧都，地称天险，龙盘虎踞，开扃自然。六代皇居，五福斯在，雄图霸迹，隐轸由存。咽喉控带，萦错如绣。天下衣冠士庶，避地东吴，永嘉南迁，未盛于此。”据史学家的研究，“安禄山起兵后，控制运河，南下江淮，切断唐王朝的生命线，这个意图是非常明确的。在汴渠沿岸的睢阳（即宋州，治今河南商丘市南），唐将许远、张巡率军奋战，坚苦卓绝，最终挡住了安史乱兵占领汴渠，南下江淮的企图，保住了唐王朝的财赋之地。安史乱兵的兵锋虽然没有直接触及今江苏地区，但在安史之乱这个大事件的框架下，今江苏省域核心地区江淮还是遭受了两场灾难，即永王李璘和刘展之乱”[②]。《资治通鉴》唐肃宗上元二年（761年）正月条云：“安史之乱，乱兵不及江淮，至是，其民始罹荼毒矣。”[③] 此条中的“至是”，指的就是刘展之乱。而唐将田神功平乱，放纵士兵烧杀抢掠，又加剧了吴地江南的乱祸。“田神功部队大掠扬州，杀胡商以千数，城中穿掘殆遍，扬州遭受一次前所未有的浩劫。后双方又大战于江南，平静的江南也惨遭荼毒。”[④]

作为诗史的杜诗，也有这样的记录。杜甫《后出塞五首》（其四）：

献凯日继踵，两蕃静无虞。渔阳豪侠地，击鼓吹笙竽。云帆转辽海，粳稻来东吴。越罗与楚练，照耀舆台躯。主将位益崇，气骄凌上都。边人

① 王夫之《资治通鉴》，中华书局1955年版，第7007页。

② 张学锋、王亮功主编《江苏通史・隋唐五代卷》，凤凰出版社2012年版，第107页。

③ 王夫之《资治通鉴》，中华书局1955年版，第7107页。

④ 张学锋、王亮功主编《江苏通史・隋唐五代卷》，凤凰出版社2012年版，第111页。

不敢议，议者死路衢。

这是一首写乱后边地情况的诗，其中“云帆转辽海，粳稻来东吴”句，实写十分繁忙的漕运情景，当时江南粮粟丝帛经过海运到达北方再转运渔阳郡。这里提供了一个重要信息：富庶的“东吴”乃当时大唐帝国主要的经济源地。唐王朝定都长安之后，幽燕成为边防重地，“渔阳豪侠地，击鼓吹笙竽”。渔阳用兵，东吴给养，军队的给养，大部分来自江淮。在陆路交通不发达的年代，州河承担着军需物资运输的重要任务。由于军运任务繁重，仅靠隋代开凿的大运河的“河漕”运输还不行，不得不借助于“海漕”运输。“云帆转辽海”，江淮地区的漕粮由海道北运，到达海河下游入海口附近的军粮城，再转输到渔阳等地。《新唐书·地理志》载：蓟州渔阳郡有平虏渠，傍海穿漕，以避海难。又其北涨水为沟，以杜契丹。皆神龙中沧州刺史姜师度开。筑渠以“备奚、契丹之寇”，故名“平虏渠”。在天津东部的宁河与军粮城间，向东北方向开凿了一条与海岸大体平行的运河，沟通了海河与蓟运河的航道，使漕船不必再取海道进入蓟运河，避免了海上的风险，漕船由军粮城过平虏渠，入蓟运河，溯流而上，直抵蓟州州治渔阳（今津辖区）。从武则天时起，江南粮食物资源源不断地通过漕运去洛阳和长安，而且作为军粮，通过运河和海路，运往幽州等军事基地。唐时李适之、裴宽、安禄山等节度使要员都曾兼任过海运使之职，可见对漕运的重视。史载“范阳节度使，理幽州，管兵九万一千四百人，马六千五百匹，衣赐八十万匹段，军粮五十万石”，可见军需数量的巨大。

杜甫写于夔州的《昔游》也有这方面的记载：

昔者与高李，晚登单父台。寒芜际碣石，万里风云来。桑柘叶如雨，飞藿共徘徊。清霜大泽冻，禽兽有余哀。是时仓廪实，洞达寰区开。猛士思灭胡，将帅望三台。君王无所惜，驾驭英雄材。幽燕盛用武，供给亦劳哉！吴门转粟帛，泛海陵蓬莱。肉食三十万，猎射起黄埃。隔河忆长眺，青岁已摧颓。不及少年日，无复故人杯。赋诗独流涕，乱世想贤才。有能市骏骨，莫恨少龙媒：商山议得失，蜀主脱嫌猜。吕尚封国邑，傅说已盐梅。景晏楚山深，水鹤去低回。庞公任本性，携子卧苍苔。

这是一首自传性回忆诗，写于唐代宗大历元年（766年），可视为其《壮游》的补充。《昔游》诗回忆与高适、李白游宋、齐事，诗中将安史之乱前后的社会情况对比表现。其中“幽燕盛用武，供给亦劳哉！吴门转粟帛，泛海陵蓬莱”，与《后出塞》诗的意思大致相同，意谓：幽燕频繁用武，吴门不断军供。而这些来自吴地的军需品，通过运河和海路的漕运。为预防北方奚、契丹的骚扰而在此幽蓟地区驻守重兵，军队给养从江浙沿海绕过胶东半岛再经过沧州，经渤海西岸到达，这条交通大动脉，成为举足轻重的漕运枢纽，发挥着巨大的海运作用。

杜诗写于安史之乱后，乱后的吴地依然是大唐帝国的经济后盾，而源源不断地供应军需物资。“安史之乱以后至晚唐，在这百余年的时间里，藩镇体制下的江苏地区，除徐州为多事之地外，今江苏省域大体上保持着长期安定的局面，社会稳定繁荣，经济文化蓬勃发展。今江苏境内的两大藩镇——淮南节度使和浙江西道观察使，作为中央政府‘财源’型的方镇，是东南诸道赋税收入的最重要来源，因而也是朝廷赖以生存的经济命脉……”因此，“浙西、淮南二镇的藩帅很少有武人出镇，多为‘儒帅’。淮南镇作为地位较高的大镇，节度使更是多为宰相出任，‘来罢宰相，去登宰相’，人称‘宰相回翔之地’”[①]。因此，李白在遭遇安史之乱时，首先考虑的便是东奔向吴国。即便是在他获罪出狱后，也还是向肃宗力谏迁都金陵。

概言之，安史乱后，吴地虽然也遭李璘和刘展之乱，但总的说来经济上遭受破坏有限，仍然富庶安定，仍然山温水软。而又因为大量文化精英的涌入，吴地经济得到更加长足的发展，文化也盛极一时，成为唐代诗歌的特殊温床。故王夫之说“唐立国于西北而植根本于东南”，虽然唐帝国屡遭大乱，“而唐终不倾者，东南为之根本也”[②]。

二、乱后“东奔向吴国”的首选

吴地因为环境特别优越，因此，当北方一有什么动乱，便成为避乱的首选

---

① 张学锋、王亮功主编《江苏通史·隋唐五代卷》，凤凰出版社2012年版，第7页。

② 王夫之《读通鉴论》，中华书局1975年版，第952页。

地。中晚唐，以吴地为中心的南方地区，诗人的增长率远远高于北方，这其中或许有诸多原因，而安史之乱造成了诗人避乱江南，则是一个重要原因。

中国历史上，往往中原大乱，人口就大规模地向南方迁移。历史上曾出现了北方人口南下的三次高潮：一为永嘉之乱造成的中原人口南迁；二是安史之乱引起的北方人口南迁；三是北宋之靖康，因宋金对峙而出现的北方人口南迁。据史书记载，安史之乱前，全国人口5288万，十年安史之乱后，人口锐减至1699万。唐代的安史之乱，促成了北方人口的大量南移，也促成了南方人口的激增。“两京蹂于胡骑，士君子多以家渡江东”（《旧唐书·权德舆传》）；“中州士女避乱江左者十六七”（《晋书·王导传》）；“天宝末，安禄山反，天子去蜀，多士奔吴为人海”（顾况《送宣歙李衙推八郎使东都序》）。而避乱江南的移民，从地理上考察大约有三处：一、东南沿海，达到岭南、闽南，如广州、泉州等；二、长江中下游平原，以苏南、浙北为多，延及赣北、鄂南、湘西一带；三、汉江中下游地区，包括淮南、鄂北等。而这三处，又以第二处集中移民为最多。①

安史之乱使中原的河南、河北、关中等富庶之地陷入旷日持久的战乱之中，生灵涂炭，经济遭到极大的破坏。《旧唐书·郭子仪传》记载：“宫室焚烧，十不存一，百曹荒废，曾无尺椽。中间畿内，不满千户，井邑榛荆，豺狼所嗥。既乏军储，又鲜人力。东至郑、汴，达于徐方，北自覃、怀经于相土，为人烟断绝，千里萧条。”杜甫《无家别》诗中也写道：“寂寞天宝后，园庐但蒿藜。我里百余家，世乱各东西。”叛军所过之处，人烟断绝，殍尸遍野，整个黄河中下游，一片荒凉，满目疮痍。李白诗中屡屡将安史之乱中的中原人避难江南与晋永嘉之乱比，以表明其范围之广之大。李白的《扶风豪士歌》曰：

> 洛阳三月飞胡沙，洛阳城中人怨嗟。天津流水波赤血，白骨相撑如乱麻。我亦东奔向吴国，浮云四塞道路赊。东方日出啼早鸦，城门人开扫落花。梧桐杨柳拂金井，来醉扶风豪士家。扶风豪士天下奇，意气相倾山可移。作人不倚将军势，饮酒岂顾尚书期。雕盘绮食会众客，吴歌赵舞

① 参阅黄盛章《唐代户口的分布于变迁》，《历史研究》1980年第6期；周振鹤《唐代安史之乱和北方人口的南迁》，《中华文史论丛》1987年第2期、第3期合刊。

香风吹。原尝春陵六国时，开心写意君所知。堂中各有三千士，明日报恩知是谁？抚长剑，一扬眉，清水白石何离离。脱吾帽，向君笑；饮君酒，为君吟。张良未逐赤松去，桥边黄石知我心。

开篇的四句，类似“三吏三别”的纪实性。诗以感念时事发端，直写时事，这在李白诗中是不多见的。安禄山起兵叛乱时，李白正在梁苑（开封），仓皇携夫人宗氏东奔，诗人径奔吴地，诗中也说到这个意思：是在无路可走的情况下东奔吴地的。“东方日出啼早鸦”以下十句，描写在扶风豪士家饮宴的场景，以跳跃之笔赞美环境，又赞美主人，复赞美盛筵。从这些描写中可见，乱时吴地依然和平稳定，江南士家依然富裕殷实。诗之格高，是以许国明志收束。生性狂傲的李白，即便在仓皇流浪时，也要自比张良。“明日报恩知是谁”，大意是说：你别看我今天这副狼狈模样，明日干番事业来报答你对我的盛情。

李白的《猛虎行》也是写安史之乱的，诗人对安禄山叛乱造成惨痛的时局深表忧虑，诗中以张良、韩信自许，然憾无报国之门，“有策不敢犯龙鳞，窜身南国避胡尘”。如李白为避胡尘而东奔，北方移民也大量涌向江南、淮南、山南道、江南西道等地区，主要是江南与淮南，多分布在钱塘江以北诸州与钱塘江以南的越州等江南地区。而吴地又是以移民为主的地区，集中在金陵、扬州、苏州、润州、常州等地。初唐与盛唐间，大唐帝国如日中天，北方社会繁荣安定，生活平静有序，又是政治经济文化的中心，当然是产出诗人的好时空，诗歌格局显然是北重南轻。北人的南迁，加之南方自身的诗人产出，则迅速形成了南盛北衰的态势。纵观唐代诗人，据陈尚君先生考证，京畿道有诗人226人，关内道有诗人6人，都畿道200人，河南道157人，河东道149人，河北道245人，山南东道77人，山南西道4人，关陇道27人，淮南道60人，江南东道404人，江南西道159人，剑南道66人，岭南道27人。[1]就诗人总体数量来说，初唐时期，北方的诗人要比南方的多得多；到了盛唐，诗人依然以北方为主，而南方诗人逐渐发展成熟起来。中唐伊始，南方就出现了成就与影响都盖过北

① 陈尚君《唐代文学丛考》，中国社会科学出版社1997年版，第138—170页。

方的诗群，出现了诗歌高潮，刘长卿、韦应物、李嘉佑等人，以及很特别的创作群体如吴会诗僧群，其中皎然、灵一、灵澈等人最有名。从中唐活跃的诗人看，他们或者生于江南，或者有过避乱江南的经历，或者有过吴地游学游宦的经历。

胡可先研究认为："在难以数计的移民中，以苏南与浙北地区最为集中，加以原本就极为发达的东南文化，融在一起，逐渐形成了独特的人文景观。文人荟萃，学术与文学在这个地区也异常发达。"[①] 安史之乱使唐诗的格局发生了重大变化，北人避难南迁，原本就精英荟萃的吴地更加人才济济，唐诗中心南移，诗歌格局发生了由北盛南衰到南盛北衰的逆转，或者说是出现了南北同此盛衰的局面，诗歌的主流风格更是发生了质的变化。

三、唐诗"气骨顿衰"的气象与走向

安史之乱不仅使大唐帝国从此一蹶不振，而且使唐诗从此"气骨顿衰"。安史乱后，一方面是诗人"东奔向吴国"，一方面则是南风北渐，中唐诗歌急转骤变，呈现出"气骨顿衰"的气象与走向。

胡应麟有一句批评名言叫"气骨顿衰"，一直为人误读，认为是就大历诗风而言的。胡应麟在讨论"唐七言歌行"时认为：李杜之后，"能事毕矣"，"降而钱、刘，神情未远，气骨顿衰"[②]。十分明显，"气骨顿衰"不只是指大历诗歌，而是指"能事毕矣"之后的中唐乃至晚唐诗歌。胡应麟推论道："固时代之盛衰，亦人事之工拙。"[③] 意思是：这不仅有时代方面的原因，也有个人才力方面的原因。笔者曾经撰文认为，大历时期是"后王维时代"。而此时期诗歌的最重要特征就是以王维的诗美理想为理想，或者说就是出现了追步齐梁而复兴南朝诗风的倾向。而将中唐诗说成"是在要求超越盛唐的理念的支配下，在创新探索之中进一步加强艺术表现力的一种自觉追求"[④]，应该说

① 胡可先《唐诗发展的地域因缘和空间形态》，中国社会科学出版社2010年版，第161页。

② 胡应麟《诗薮》，上海古籍出版社1979年版，第50页。

③ 胡应麟《诗薮》，上海古籍出版社1979年版，第55页。

④ 孟二冬《论齐梁诗风在中唐时期的复兴》，《文学遗产》1995年第2期。

也是一种新解。因为安史之乱摧垮了整个一代人的精神，中唐诗人再也没有盛唐诗人积极用世的政治兴趣，其热情高昂的生活情趣也已经淡去，染上了惆怅彷徨、怨尤悲叹的情绪。他们无形中放大了王维诗美中的静默精神与幽寂清逸的元色，而诗哀叹嗟伤之情多于济世救时之志，风骨不举，表现出盛唐走向中唐的急转征象。大历时期，诗歌成就最大的是刘长卿，有“大历诗人之冠”的美誉。刘长卿祖籍安徽宣城，其一生多在吴地活动，乱时在苏州或苏州的周边游宦，与当时居处江南的诗人如皇甫冉、秦系、严维、章八元等都有诗酬答。刘长卿《自江西归至旧任官舍赠袁赞府》：“却见同官喜复悲，此生何幸有归期。空庭客至逢摇落，旧邑人稀经乱离。湘路来过回雁处，江城卧听捣衣时。南方风土劳君问，贾谊长沙岂不知。”诗中记录江南刘展之乱其事，本来繁华富庶的吴郡一带变得破败萧条。刘长卿虽然走的也是盛唐诸家的路子，文辞清绮，声律工致，然其境界狭窄，意象灰寒苍白，而没有盛唐的气度安详与意象浑融。其诗句“幽州白日寒”（《穆陵关北逢人归渔阳》）、“天寒白屋贫”（《逢雪宿芙蓉山主人》）则是对其诗风的精确而形象的概括。又譬如韦应物，他是唐代山水诗的翘楚，朱熹甚至认为他超过了王维。韦应物出身于北方贵族，宦游于江南，南方的明瑟山水成就了诗人丰富细腻的审美触觉，其视角多集中在寻常可见的江南景物上，着重表现了江南水乡特有的烟水朦胧和清润活泼，诗风清远明丽，然时露孤寂寒瑟之气息，与大历十才子相近。王夫之认为：“苏州诗独立衰乱之中，所短者时伤刻促。”[①] 他的“野渡无人舟自横”（《滁州西涧》）极富象征性，象征着整个社会的转型，也象征着唐诗的转型。而以钱起为首的“大历十才子”，则是中唐初期北方中原的诗坛代表，更是历来遭受“气骨顿衰”的斥责。钱起的诗闲适有余而热情不足，多流连光景的应酬之作，“谷口春残黄鸟稀，辛夷花尽杏花飞”（《暮春归故山草堂》），春光已逝，空寂索寞。郎士元有避乱江南的经历，诗名甚盛，然内容空泛，隐隐中是一种“重门深锁无寻处”（《听邻家吹笙》）的怅惘。李嘉祐也一度活跃于吴地，其诗绮靡婉丽可敌吴均、何逊，“于钱郎别为一体，往往涉于齐梁”（《中兴间气集》）。卢纶堪称十才子之冠冕，安史之乱时也避难

① 王夫之《唐诗评选》，陈书良校点，上海古籍出版社2011年版，第77页。

江南。他的军旅边塞诗，写得极有生气，如《塞下曲》："月黑雁飞高，单于夜遁逃。欲将轻骑逐，大雪满弓刀。"七绝高手李益，甘肃武威市人，是中唐时期最有成就的边塞诗人，但其边塞诗与盛唐比，少了一些激昂慷慨，多了一些哀怨低沉，如其名作《夜上受降城闻笛》："回乐烽前沙似雪，受降城外月如霜。不知何处吹芦管，一夜征人尽望乡。"

其实，"气骨顿衰"不仅指以钱、刘为代表的大历诗歌，也指整个中唐诗歌，是指安史之乱后的唐诗。中唐诗风整个地偏于阴柔，而显著地弱化了阳刚的成分。白居易有"诗到元和体变新"的说法，元和（806—820）是唐宪宗李纯的年号，史称"元和中兴"。文学史上也有"三元"之说，元和与开元、元祐并称，皆为诗歌的黄金时期。元和诗之气骨如何呢？这一时期的主要诗人，或者如生于江南的孟郊、刘禹锡与柳宗元，或者如青少年时期避乱江南的韩愈与白居易，或者如游宦江南的白居易与刘禹锡。他们自小目睹了安史之乱及乱后的破败萧条，心灵创伤即便愈合内心也已苍老衰顿。他们深受以明媚为特征的吴地山水浸渍，为南方文化所深刻地同化。尤其是江南吴地的城市山林，满足了这些诗人物质与精神的需求，他们反过来也促进了江南园林的勃兴。白居易就踊跃自放到苏州，还创设了"中隐"的生活方式，提倡一种清净高雅、淡泊雍容的生活情趣，形成了远离尘世、颐养天年的生活态度。以江南文化研究见长的景遐东认为："我们仍然看到这段经历对韩愈的潜在影响，尤其是韩愈一生之中与江南籍或与之有相同江南经历的文士的密切关系颇值得注意，实际上存在着一个以韩愈为中心的江南文友圈。他们交往频繁，互相诗文唱和赠答，在中唐文坛产生了巨大的影响。追根溯源，韩愈年轻时期的江南生活经历起着不小的作用。"[①] 韩愈最重要的朋友中，孟郊为湖州人，张籍为苏州人。韩愈诗是中唐极具气骨的。而其语言一反盛唐诗脱口而出的自然率性，多人工斧凿的痕迹，擅长铺张叙事，夸饰写情，这在深层次上仍与大历诗人相通而与盛唐不同。王夫之在评论蔡孚的诗时指出："开元以降，雕琢苛细，靡乃已甚。降及元和，剥削一无生气，况生理邪？"[②] 韩愈亦然。同样写终南山，中唐韩愈《南山诗》一百零二韵，一千零二十字，而盛唐王维的《终南

---

① 景遐东《江南文化与唐代文学研究》，人民文学出版社2005年版，第326页。

② 王夫之《唐诗评选》，陈书良校点，上海古籍出版社2011年版，第7页。

山》仅四韵，四十字，日本学者川合康三却认为还是王维的终南山更有“宏大的存在感”。他在《终南山的变容——由盛唐到中唐》中比较二诗指出：“无论如何，贯穿全诗（《终南山》）的是位居世界中心的终南山的宏大的存在感，那是由观念上的存在和实际上感受到的景观相一致而产生的。从这里我们能够读出盛唐诗人对世界的存在所具有的不可动摇的信赖。”川合康三继续分析说：“盛唐时人们的视野扩展到了不可企及的地方，瞬间就把握了世界的全体。他们之所以能够这样，恐怕是因为那种超越个人的文化结构保证了人和世界间稳定的和谐关系。到中唐时期，这种认知世界的结构似乎已经解体，中唐文人只能在个人的经验、知觉的基础上去领会对象了。”因此，“盛唐诗中风景的特征之一是景观广大无边无际，到中唐这点已经不再显著，这与我们在盛唐和中唐有关终南山的诗歌中看到的差别大概是相关的。盛唐诗人用精练的语言把握无边际的世界整体，这与其说是实景，不如说是他们在观念层次上领会到的风景，在其背后有着盛唐人共有的安定的世界观。他们凭藉着这样的世界观，使认知对象扩展到了眼睛无法看到的世界尽头，天地全界都是可以认知的对象”[①]。大历之后，诗人崇尚雕琢，喜擅堆砌，也正反映了中唐诗人自信力的丧失。信心丧失，诗之气骨自然“顿衰”，不仅仅是大历，而是整个中唐。盛唐走向中唐的最本质的变化，是人的精神面貌的变化，是人的气质境界的变化。因为“气骨顿衰”，中唐诗歌由阳刚雄浑转向阴柔温润，由昂扬豪迈转向苍凉疲老，由高瞻远瞩转向回眸凭吊，由浪漫华彩转向现实平淡。

安史乱后的新兴题材是怀古凭吊。怀古诗的兴盛跟时代有关，是时代在走下坡路时诗人对于时代走向的一种敏感。李白是金陵怀古的首创者。[②]李白的《金陵三首》：

晋家南渡日，此地旧长安。地即帝王宅，山为龙虎盘。金陵空壮观，天堑净波澜。醉客回桡去，吴歌且自欢。

---

① ［日］川合康三《终南山的变容：中唐文学论集》，刘维治等译，上海古籍出版社2007年版。

② 王志清《金陵怀古第一诗》，《古典文学知识》2009年第6期。

地拥金陵势，城回江水流。当时百万户，夹道起朱楼。亡国生春草，王宫没古丘。空余后湖月，波上对瀛洲。

六代兴亡国，三杯为尔歌。苑方秦地少，山似洛阳多。古殿吴花草，深宫晋绮罗。并随人事灭，东逝与沧波。

这三首诗，写于至德元年（756年），即安史之乱爆发的第二年，避乱再游金陵，李白面对六朝遗迹，抒写兴亡之感，暗合乱中两京残破的景象。一生常在吴地走动的李白，雄豪浪漫，飞扬跋扈，他的这些金陵怀古诗却呈现出力疲神软的迹象，多叹惋，也多感伤，没有了盛唐时那种一飞冲天的浩气，也是可以用“气骨顿衰”来形容的。“钟山抱金陵，霸气昔腾发。天开帝王居，海色照宫阙。群峰如逐鹿，奔走相驰突。江水九道来，云端遥明没。时迁大运去，龙虎势休歇。”（《登梅冈望金陵赠族侄高座寺僧中孚》）“淮水帝王洲，金陵绕丹阳。楼台照海色，衣马摇川光。及此北望君，相思泪成行。”（《留别曹南群官之江南》）“不见吴时人，空生唐年草。天地有反覆，宫城尽倾倒。六帝余古丘，樵苏泣遗老。”（《金陵白杨十字巷》）“吴宫花草埋幽径，晋代衣冠成古丘。”（《登金陵凤凰台》）“六帝没幽草，深宫冥绿苔。”（《金陵凤凰台置酒》）六朝辉煌的吴地，凋敝萧瑟，而空有遗迹。安史乱后诗人对历史兴衰的感怀更加强烈，诗多幽愤与无奈，古来帝王大业尚且都为流水，纵然个人功业成就再大也终是枉然，故而他也唯有“怀君路绵邈，览古情凄凉”（《留别曹南群官之江南》）的悲叹。随着唐王朝衰颓之势日显，中唐诗人的怀古之作更多，代表诗人如刘禹锡。刘禹锡在江南生活二十余年，其《金陵五题》序云：“余少为江南客，而未游秣陵，尝有遗恨。”他的《台城怀古》《金陵五题》《金陵怀古》《西塞山怀古》《荆州道怀古》等等，虽然诗中表现出干预现实的政治意图，但这些诗无不低徊夷犹，沉重苍凉，感慨遥深。“人世几回伤往事”，悲凉感恨之情力透纸背，满纸历经沧桑的荒冷空寞之气。这感恨源于历经人生苦难的诗人心灵，其怀古之作也势必多沉痛与无奈，诗风难免不“气骨顿衰”也。诗歌走向中唐的嬗变，伤感格调愈演愈烈，“气骨顿衰”自然是难免的了。

以吴地为中心的江南，在安史乱时成为北人南移的首选地。而大量的南移诗人或有过南方生活经历的诗人，自觉或不自觉地认同江南文化，从吴地获取了大量的创作题材与灵感，并生成了偏于阴柔的诗美取向，不仅促进了中唐诗歌中心的南移，使唐诗发生了由北盛南衰到南盛北衰的逆转，而且也使唐诗从此“气骨顿衰”矣。

柳晟俊的唐诗研究[①]

［按］　柳晟俊乃韩国著名中国古典文学研究专家，王维研究的先行者，成果甚丰，影响甚大。柳氏研究具有“性情为贵”的特点，其最喜欢、也最擅长采用比较研究的方法，形成了化理为情、以情化理而情理互融相生的诗学模式。

柳晟俊（1943—　），韩国外国语大学的教授，著名中国古典文学研究专家、国际知名汉学家，其唐诗研究在华影响可谓韩国学者中的第一人。

柳晟俊研究成果颇丰，主要是唐诗研究，而其唐诗研究从王维研究入也从王维研究出，以王维研究为突破点与特重点。柳晟俊在《唐诗论考》的自序中开宗明义地写道：“文学者，包涵情思之谓也。或创作或研究，始判为二途；创作者以情为主，研究者以思为本。然研究诗学，则须兼备二者。诗以性情为贵，故情因智生，智缘情发；欲究诗意之源，则以思为主，思因智深，智缘思明，是以欲窥诗学之堂奥，舍此莫之致也。”[②] 这也可视为柳晟俊对自己研究特点的精辟概括，也生动地反映了他对中国诗学的认同与接受，即化理为情、以情化理而情理互融相生的诗学模式。我们以为，柳晟俊的唐诗研究的诗性特点，可以从这么三个方面来诠释与解读。

---

① 原题为《柳晟俊“性情为贵”的唐诗研究特点》，《清代中朝文人交流研究》，南京大学出版社2015年版；《世界文学研究》，2015年第4期，第135—141页。

② ［韩］柳晟俊《唐诗论考·自序》，中国文学出版社1994年版。

一、以“性情为贵”，其唐诗研究以王维研究为重

柳晟俊集其一生的几乎所有精力，在唐诗研究上获得了重要开拓与炬硕成就。柳晟俊在华的学术影响，主要在王维研究上。傅璇琮先生在为柳晟俊《唐诗论考》所作序中指出：韩国的中国文学研究在研究人数上，已经超出了除日本以外的任何域外国家，“特别是八十年代以来，发表论著最多的就要推柳晟俊教授了。他很早就从事唐代大诗人王维的研究”[①]。

韩国是汉学传统十分深厚的中国邻邦，中国古典文学一直是韩国中国学界研究的重点。韩国从事中国古代文学研究的学者甚多。据2001年《中语中文学》第28辑附录介绍，韩国有100多所大学设立了与中文有关的系、部，从事中文教学的教授约有600名，几十个系、部已开设硕士和博士课程。据统计，截至2000年，韩国已发表的有关中国诗歌研究的论文、专著和注释本约有1500种，其中唐诗研究成果达700余种。韩国学界对隋唐五代诗歌的研究，数量上及质量上，都远远超过其他时期。重要研究者有车柱环、张基槿、金学主、李炳汉、李锡浩、崔完植、许世旭、金哲洙、金在乘、池荣在、李章佑、李东乡、柳晟俊、宋天镐、金乙洙、李钟振、李鸿镇数人，另外还有汉文学者李丙畴、赵钟业、孙八洲、南润秀等。年龄在50岁上下的学者有河云清、郭利夫、李浚植、金性心、李宇正、李京奎、金泰凤、黄瑄周、李治洙、安炳国、俞圣浚、金成文、俞炳礼、高八美、李永朱、金盛坤、李南容等，他们将主导唐诗研究的未来。韩国的中国古代文学研究，以中国古典诗歌研究为主，中国古典诗歌又以唐诗研究为重，而这些唐诗学者中则又以柳晟俊的影响最大。[②] 朱靖华先生在柳晟俊《王维诗比较研究》序中指出：“韩国外国语大学东洋大学院院长柳晟俊教授，是韩国当今著名的唐诗研究专家，也是中韩文化交流的积极

---

① ［韩］柳晟俊《唐诗论考·序》，中国文学出版社1994年版。

② 韩国唐诗研究的现状，还有可以采信的如：陈友冰《韩国现当代中国古典文学研究历程及学术特征》（2011年中国“国学网”）、郑成宏《当代韩国的中国文学研究》（《当代韩国》2004年第3期）、《关于韩国对唐诗研究的回顾与展望》（《中国典籍与文化》1999年第3期）、柳晟俊《1950年以来韩国唐诗研究之动向》（《南京师大学报》2003年第4期）、柳晟俊《韩国唐诗研究的新动向》（华南师大学报2005年第1期）等。

开拓者。他的勤奋耕耘、敏捷善论的才能，早已为学界所熟知；而他的丰硕成果，更是令我钦羡不已。他现已有专著30余册，论文约130篇，成为韩国80年代以来出版发表论著最多的一位教授学者。他还不仅仅是专业于唐诗之研究，诸如屈原辞赋、魏晋文学、儒释道文化、明清诗论、清代诗话乃至现当代诗歌创作等，他都有所涉足。其学识之宏富、论见之卓然，也正为他深入研究唐诗，创造了有利条件。"①

柳晟俊具有良好的汉学家庭教育背景，博士毕业后倾心著书立说，广泛参加学术交流，研究视域非常开阔，其学术兴趣主要集中在三个方面：王维诗与唐代文学研究、传统诗话研究、中国现当代诗歌研究。柳晟俊研究的唐代诗人涉及初盛中晚四个时期，除了王维，还有崔融、苏味道、李峤、王梵志、李颀、岑参、寒山、戴叔伦、戎昱、韩翃、卢纶、陆贽、皇甫湜、薛能、许浑、张枯、皮日休、罗隐、杜牧等。其主要著作有《中国王维诗与李朝申纬诗之比较研究》（亚细亚文化社1980年版）、《中国唐诗研究（上、下）》（国学资料院1994年版），还有《基本中国古文》（萤雪出版社1985年版）、《韩国汉诗与唐诗的比较》（韩文版精装2002年版）、《中国王维李朝申纬诗之比较研究》（亚细亚文化出版社1980年版）等。他的《中国唐诗研究》（国学资料馆1994年版），篇幅宏巨，共1400页，100余万字，整理出了李峤、崔融、戎昱、薛能、韩翃等20多名诗人的作品。他在《唐诗考论》自序中说："余乃韩人，发表中韩诗歌相关之论文，至今已有一百篇，而着书已达三十余本。"柳晟俊的《韩国唐诗研究之回顾与展望》② 其中共四个注，其实也主要就是他自己的学术小结。我们不妨照登如次：

> 注释[1]十年前，笔者已经开始重视尝试性研究，整理出了李峤、崔融、戎昱、薛能、韩翃等20多名诗人的作品。请参考抽著《中国唐诗研究》（1994年）、《中国诗歌研究》（1997年）。
>
> 注释[2]笔者有幸通过间接渠道得到了一份可看作朝鲜朝文谚解本的手抄本，已对《远别离》等130首诗加了译注。书中有"七言上"20首、

---

① ［韩］柳晟俊《王维诗比较研究》，京华出版社1999年版。

② ［韩］柳晟俊《韩国唐诗研究之回顾与展望》，原载《中国典籍与文化》1999年第3期。

"七言中"35首、"七言下"20首、"遗响"60首。从国语界的角度上看，它对韩文体研究很有参考价值。虽不及杜诗谚解，但作为李白诗谚解本还是值得重视的。

注释[3]柳晟俊继硕士论文《王维诗考》（1968年）和博士论文《王维诗与李朝申纬诗之比较研究》（1978年）之后，又有《王维之田园山水诗考》（1990年）、《王维生平与道佛之关系考》（1994年）等20多篇论文分别发表在《中国唐诗研究》（国学资料院，1994年）、《唐诗论考》（北京中国文学出版社，1994年）、《王维诗对李朝诗人之影响考》（广西师大《唐代文学研究》第6辑，1996年）等书刊上。……

注释[4]柳晟俊的《李益及其诗歌小考》（1997年，《中国文学》第四辑）、《薛能诗初探》（1991年，《中国研究》第六辑）、《戎昱及其诗作》（1991年，《中国学报》第三十一辑）、《中唐陆宜公之文学与诗三首初探》（1993年，《外大论文集》第二十六辑）、《韩君平诗的讽刺与非战意识》（1991年，《中国文学》第十九辑）、《李颀诗交考》（1992年，《外大论文集》第六辑）、《皇甫湜及其诗三首析》（1994年，《中国语文学》第一辑）等。

这些注释，属于夫子自道，为我们提供了研究柳晟俊的真实可靠的资料。另外，1979年他写成《全唐诗所载新罗人诗》《罗唐诗人交游考》的论文，从《全唐诗》中找出20多首新罗人诗，并且还整理了30多首罗唐诗人交流诗。因此，傅璇琮先生指出："特别是在八十年代以来，发表论著最多的就要推柳晟俊教授了。他很早就从事唐代大诗人王维的研究，后又对陈子昂、李益、杜牧、李商隐等诗人作了更新的研究，其间他又写了有关韩国朝鲜时代汉学家的论文。"① 柳晟俊中国古代文学研究，是从王维研究起步的，也以王维研究为重点，他的《古典文学研究论著》（台北黎明文化事业公司1987年版），是他《王维诗与李朝申纬诗之比较研究》的博士论文改写本，全书由"王维评传""王维诗之自然风与画趣""王维诗之禅趣与意象表现""王维诗之地位

① ［韩］柳晟俊《唐诗论考·序》，中国文学出版社1994年版，第2页。

与对李朝诗人之影响”和“结论”五个部分组成。柳晟俊在华出版的著作有：《唐诗论考》（中国文学出版社1994年版）与《王维诗比较研究》（京华出版社1999年版）等。

非常令人肃然起敬的是，柳晟俊早在20世纪60年代就开始研究王维。那时候王维在中国被歧视甚至被妖魔化，王维研究更在低潮期，而作为一个外国人，能够有这样的学术敏感与独立意识，的确非常难能可贵。我们虽然不能说柳晟俊是韩国王维研究的开创者，但是，可以肯定地说，他是个学术“先觉性”者，是韩国王维研究的先行者，其王维研究在韩国成就最高，影响也最大。即便是放在中国新时期以来的王维研究中诠衡，在成就与影响上，也没有几人能够超过他的。

柳晟俊为什么要由王维研究起步？他的唐诗研究为什么要以王维为主呢？柳晟俊认为：“李白、杜甫诗，诗中之圣也，为全唐文学之中心。其次，颉颃二圣者，有王维。”[①] 他很早就提出了王维与李杜并肩论。他认为：“王维诗之地位非仅于盛唐诗坛上，为山水田园之翘楚，亦于中国文学史上，占极大之价值。”在“王维诗在盛唐之地位”之章节中，他研究指出：王维“自陶渊明以来，三百年间，重开其诗世界……其诗在盛唐自然诗中，首屈一指”。故而柳先生叹曰：“后之作者谁能之？”这是因为，“王维自然诗含有画趣、禅趣及妙悟之禅境，是故后人不易学也。世人多知李白、杜甫诗，鲜知王维诗之真趣，是可叹之事，亦可惜之至矣”[②]。柳晟俊的王维研究，将诗歌与音乐、绘画、佛教等结合起来进行，开拓了以画论诗、以乐论诗、以禅论诗的研究视角与境界，也适应王维这个具体的研究对象，深抵王维诗歌的特殊创作奥秘与心理机制。柳晟俊在王维研究上创获甚多，新论迭见，表现出一个真正学者的独立思考的自觉性，从自己的研究出发，不人云亦云，也不哗众取宠，受到中国学界的充分首肯。

王维是盛唐的美学风标，其生命精神与外在物象妙化无迹的境界，代表了中国人的宇宙意识，也代表了中国的美学精神。柳晟俊唐诗研究的第一个重要特点，就是从王维入也从王维研究出，以王维诗美为圭臬而形成了他的诗美观

---

① 柳晟俊《唐诗论考》，中国文学出版社1994年版，第147页。

② 柳晟俊《王维诗比较研究》，京华出版社1999年版，第195页。

与尺度。因此，柳晟俊的唐诗研究，具有对于中国诗学忠实的传承性，是中国诗学的主流话语，具有鲜明的诗性研究精神。

二、以“性情为贵”，其唐诗研究以比较研究为主

柳晟俊的唐诗研究，最喜欢、也最擅长采用比较研究的方法。这也为傅璇琮先生所特别欣赏，他在为柳晟俊书作序中就提到这一点。柳晟俊的比较研究，使其研究视域大开，也使其研究进入了纵横捭阖的自由境界，不仅广泛涉及唐代诸多诗人，而且立足本土而联系上韩国的历代诗人，使其外国文学研究立足于本国文学研究之上。柳晟俊所以在唐诗研究上取得这样不俗的成就，与其研究方法有关，也是其研究方法所决定了的。

笔者《东亚三国文化语境下的王维接受》文章的摘要曰：“中日韩三国在地理上非常接近，并同属一个兼容与共的大文化语境，具有汉字文化圈国家所拥有的文化的亲密性。而从日韩两国对王维的接受事实中，更加可以印证中日韩文学交往的源远流长，也可验证三国文化的‘源’和文学的‘根’同出一宗。因此，在王维接受这一个具体而特殊的对象上，虽然处在不同时代、不同国度和不同民族，而其接受却具有了一种相对稳定的判断体系，进而也使日韩接受者形成了相近的美学趣尚和审美心理结构，而且几乎不因为历史变迁与地域异样的原因而存在某种接受上的排异反应。”[①] 柳晟俊也认为：“今观中韩两国历史与文化，其渊源已久，可谓同一汉字友邦之邻也。溯其源也，始于中国文学以汉文学之名传入韩国，然汉文学独立发展，非宋元之文，亦非汉唐之文，而乃韩国之文也。故余比较研究王维与李朝申纬诗，虽王、申二家相去千载之间，而申纬诗不及王维，然细察其诗风之异同特色，仍有其比较研究之价值在焉。”[②] 这种文学的同根同源性，使柳晟俊的中国文学研究，自然接通了本国文学研究。而在比较研究上，柳晟俊觉得最有话可说的是王维。这是他对两国诗歌深入研究与精确审视后的发现。于是，柳晟俊主要以王维研究为发散点，以王维诗学为圭臬而观照韩国诗人，将韩国诗人与王维比较，寻找他们的

① 王志清《东亚三国文化语境下的王维接受》，2012年第1期，第112—125页。

② ［韩］柳晟俊《王维诗比较研究·导言》，京华出版社1999年版，第2页。

相似相异点。他的研究中，所比较的韩国诗人有金时习、金九容、成侃、李达等。用他自己的话说，是意在澄清，也澄清了王维诗对韩国文学的影响不次于李杜、韩柳、欧苏的事实。他在“王维诗对李朝诗人之启示与影响”一章的收尾部分说：“王维诗对李朝之影响，虽不及李白、杜甫，然于李朝五百年间，诗与画、诗与道佛之融和，除王维之外，谁能及之？”[①]

柳晟俊说：“韩国汉文学，与中国文学相表里，其历史已近两千年，然写作汉诗者始于新罗崔致远（857—？）入唐游学。此后千余年间，韩国汉诗直隶于唐风，流风所至，蔚为风尚。至高丽时代（918—1392），尊文崇佛，尤近于唐，所谓‘文法汉，而诗法唐’，文风极盛，仿佛汉唐之再世……始终如……李朝壬辰乱后（1592年），有如唐室遭安史之乱，文士皆饱受兵乱之苦，厌恶官场生活，遁入山川溪谷，追求闲静之生活，以隐逸为高，养成脱俗之人生观。其为诗也，或远祖陶渊明，或近取王维，或直接出入于清代神韵派诗人，歌咏自然，以此自适。故诗坛流风所致，以自然清闲、虚幻空灵为尚也。”[②] 柳晟俊考证认为：“新罗时代，唐古诗传来之滥觞也。新罗真平王四十三年（621年）初与唐国交往，初受唐代文化，新罗国亦遣子弟留学长安，文化交流，益趋频繁。今《全唐诗》载有金真德（卷七九七）、薛瑶（卷七九九）、崔致远（《全唐诗逸》卷中）、金立之（《全唐诗逸》卷中）、金可纪（《全唐诗逸》卷中）等诗，由此可见大唐、新罗两国文化之交流，已较前朝为盛。”[③] 此可反证中韩文化背景与审美趣尚的一致性，早在初唐时期，韩国就有以唐诗为圭臬的接受事实。柳晟俊在考证了新罗人与唐人的诗文交往后，又说：“是可知唐诗已广泛流行于新罗。而韩国汉文学，始发轫于崔致远。以后千余年，韩国汉诗直属于唐风，流风所至，以至于此。”[④] 也就是说，柳晟俊的研究之所以特别关注韩国诗人崔致远与申纬，是因为他们的诗歌取法于唐，诗风尤其近于王维等人，属于师法自然而诗风高逸的一类，具有极强的可比性。

唐代新罗诗人中成就最大的当推崔致远，有“东国儒宗”和“百世之师”

---

① ［韩］柳晟俊《王维诗比较研究》，京华出版社1999年版，第211页。

② ［韩］柳晟俊《王维诗比较研究·导言》，京华出版社1999年版，第2页。

③ ［韩］柳晟俊《唐诗论考》，中国文学出版社1994年版，第250页。

④ ［韩］柳晟俊《唐诗论考》，中国文学出版社1994年版，第251页。

尊称。他12岁渡海入唐，18岁考中“宾科”进士（专门针对朝鲜、日本、越南这些周边国家留学生的公务员资格考试），28岁衣锦荣归新罗，在唐生活达16年之久。他回国后向新罗王呈献了他在唐期间的著作，其中有私试今体赋五首一卷、五言七言今体诗共一百首一卷、杂诗赋共三十首一卷、中山覆篑集一部五卷、桂苑笔耕集一部二十卷。崔致远回国后，被尊奉为韩国汉文学的开山鼻祖，死后朝廷追赠他为内史令，又赠谥文昌侯。《唐书·艺文志》有其列传，《全唐诗》以及中国清末刊行的《唐宋百名家集》和《唐人五十家小集》中都收有他的作品。陈尚君《全唐诗续拾》又补崔致远诗22首。1993年柳晟俊以《罗隐与崔致远诗比较》完成了崔致远诗与晚唐诗人罗隐的比较研究，填补了崔致远以前的韩国汉文学研究的空白。

韩国诗人中，柳晟俊研究得最多、评价最高的是李朝诗人申纬。申纬（1769—1845），官至大司谏。柳晟俊说他是“李朝五百年之大家，称为东方之‘诗佛’[①]”。他对申纬的评价极高，说其“天纵之智，具有诗、书、画三绝，堪与盛唐王维相肩。……申纬诗之神韵性，其由来深矣。然自远古而观之，申纬正出于王维”[②]。至纯祖十一年（1811年），申纬官拜召升堂（正三品）。翌年七月，以奏请使书状官，赴清燕京，故得以贽服师事覃翁翁方纲。申纬初见翁方纲，时年四十四。翁方纲已熟知申纬诗名，申纬亦即闻知翁方纲之诗文，特以肌理说闻世，二人相互交游，视为知己。其归国后，自愧其早年诗作未窥门径，而尽弃之，故其40岁前之作罕见。柳晟俊指出：申纬“卓然出众，风靡诗坛，皆亦受王维等自然诗之启示，而俨然成一大家。盖王维诗对李朝诗之影响，勿论杜甫与东坡，王维之位置亦相当高也”[③]。他又说：“申纬得王维诗画之风，观王、申两人之年代，王维对申纬之影响，乃经由中唐、宋、清朝而承继于翁方纲。由于翁、申二人论交，故申纬远承王维之诗，近法翁方纲之诗，有线索可寻。”[④] 王维—王士祯—翁方纲（翁之弟子吴嵩梁）—申纬，衣钵真传，一脉相承。柳晟俊比较王维、申纬之异同时评论说：“故王、

① ［韩］柳晟俊《王维诗比较研究·导言》，京华出版社1999年版，第2页。

② ［韩］柳晟俊《唐诗论考》，中国文学出版社1994年版，265页。

③ ［韩］柳晟俊《唐诗论考》，中国文学出版社1994年版，第264页。

④ ［韩］柳晟俊《唐诗论考》，中国文学出版社1994年版，308页。

申虽异时异地之诗人，其心灵之共感，却一致也。”然而，“王维于作诗上善取道佛两教观念，提高诗之悟境，申纬又可及其境界，是其当李朝第一诗人而无逊色之故也，然申纬不精于禅理，对诗内在世界之追求，使诗禅融合为一，不及王维，而唯于诗语表现上显示其意趣，则可及也。如‘诗禅入定紫云房’（《紫云庵》）、‘禅心诗思病相侵’（《次韵荷裳落叶诗苔庭叶》）等是也。然申纬以东方李朝诗人能表现其诗世界之真景，而近于王维诗风，亦难能可贵矣”[①]。

傅璇琮先生在其《唐诗论考》序中指出：“柳晟俊教授细致地对王维诗、画、禅三方面与申纬作了比较研究，使我们感到这两种相近文化是如何在亲切的气氛中相互影响。而又如何彼此受益。”[②] 柳晟俊的这种比较研究，不仅仅是个方法问题，也是一个学术视野问题，这也形成了他研究的诗性特点，轻盈而灵通，互为比照，顾盼生姿，进入了比较文学的一个更深更广的理论层面。

三、以“性情为贵”，其唐诗研究以诗性研究为尚

柳晟俊认为，诗学研究，应该兼备诗人与学者二者的素质，皆唯有能“以性情为贵”，而方可窥诗学之堂奥也。因为“诗之为学，贵在性情而已……盖诗人蓄其深挚之感情与卓越之思想，必谋藉声音文字亦宣泄之。不宣达之于外，则情不能自已，宣达诸外而不能唤起他人之同情，于意又不自怿也。于此自其表现之迹言之，则诗歌意象之表出”[③]。柳晟俊又说：“诗之基本精神，在于神韵。……神韵可以表现于文字之外，然不能舍文字而求神韵。”[④] 柳晟俊的研究，以及其逻辑思维的学术套路，始终以清代“神韵说”为理论依托，也因袭了中国诗学的以禅说诗的思路与价值取向，讲究“离象得神”“披情着性”“入妙通玄”。他在其著述中反复申言：是不是诗，主要看能否“得之于象外”。他的研究着力于“彻悟言外”“彻悟象外”的感悟之体认，竭力阐解

---

① ［韩］柳晟俊《王维诗比较研究》，京华出版社1999年版，第290—291页。
② ［韩］柳晟俊《唐诗论考》，中国文学出版社1994年版，第3—4页。
③ ［韩］柳晟俊《王维诗比较研究》，京华出版社1999年版，第148页。
④ ［韩］柳晟俊《王维诗比较研究》，京华出版社1999年版，第265页。

唐诗与韩诗“言外味”“象外象”的美学境界。

唐之诗学非常推崇诗之情性，皎然《诗式》曰：“但见情性，不见文字，盖诗道之极也。”皇甫湜《谕业》亦曰：“歌咏者极情性之本，载述者遵良直之旨。”这种诗歌的性情观，以及这种性情的表现形态，成为中国特色的诗学，即以禅说诗的思路与价值取向。大乘佛教传入中国后，和中国文化相结合，与中国的思辨哲学相结合，不断向学术化发展，佛与儒、道天然合一，从而成为中国佛教的禅宗。禅宗那种内向自省、摒虑静思的修炼方式与内容，那种自见本性、直指本心的超验意识，形成了东亚文化圈内人的超知性的“直觉之智”，成为东方所特有的哲学智慧，也成为东方文化的深层底蕴，这严格区别于西方人所见长的“知性之智”（牟宗三语）。当禅宗渐次趋于文人化，禅的经验也就被赋予更多的诗的性质。佛学禅与美学禅，禅化与诗化，形成了中国诗学的一种双向的过程，互相渗透，互为因果。因此，胡应麟甚至认为“禅必深造而后能语”（《诗薮》）。最早、最成熟地移植到诗上来的是王维。息虑凝思，澄怀忘机，虚我应物，“守默”得不为外物所动，“落花无言，人淡如菊”（司空图语），“空山无人，水流花开”（苏轼语）。这种参禅悟道的观照和思辨方式，较好地处理了审美活动中对现实人生的超脱和贴近的辩证关系，实现了对山水自然的深观远照。汉化佛教在东亚文化圈的形成过程中发挥了重要作用。同处于东方文化圈内的韩国，佛教也便成为其文化的必然选择。中韩美学取向在以禅说诗的诗学精神上具有高度的一致性，这点从柳晟俊所持的美学观可见。

略早于申纬的李朝诗论家金昌协（1651—1708年当康熙年间）说：“诗者，性情之发而天机动也。唐人诗有得于此，故无论初盛中晚，大抵皆近自然。”他又说：“余尝谓唐诗之难，不难于奇俊爽朗，而难于闲雅；不难于高华秀丽，而难于温厚渊澹；不难于铿锵响亮，而难于和平悠远。”[①] 此论极其推崇唐诗的“自然”本质，推崇唐诗平淡致远的诗性精神，其实就是推崇“禅必深造而后能语”的观点，推崇“离象得神”“披情着性”的解读方式，就是推崇最能够代表东方智慧的诗学精神。这也就是柳晟俊为什么“从王维入也从

① 邝健行、陈永明、吴淑钿选编《韩国诗话中论中国诗资料选粹》，中华书局2002年版，第156页。

王维出”的重要原因。柳晟俊的唐诗研究，涉及初盛中晚几十个诗人，却没有对李白、杜甫、韩愈与白居易其中的任何一个以专门研究。这正反映了柳晟俊的诗观，反映了他诗歌美学的审美倾向性，也反映了他研究的诗性特点。柳晟俊这种研究的特征与效应，诚如朱靖华先生在序中所指出的：“他具体分析了王维如何用画意作诗、用诗意作画、用声色光态锤炼诗语和线条等诸多特征，使之达到了诗趣、画趣、声乐的交融统一，使诗境、画境、乐境各自获得了超越自身的发展，开拓出诗画乐交融互补的中国文学艺术的独特民族风貌。这种思维方式，使我们的视觉、听觉、味觉、感觉产生一种如耳闻目睹般的愉悦、生动的艺术享受和文化风味。”他认为，“柳晟俊教授具有诗学内在感觉的敏锐性，他抓住王维诗的质点，以整体把握、整体审视的方法，探寻着王维诗的生命本源，从而做出了全面的呈现”①。

苏珊·朗格认为：“你愈是深入地研究艺术品的结构，你就会愈加清楚地发现艺术结构与生命结构的相似之处……使它的表现意义看上去像是直接包含在艺术品之中（这个意义就是我们自己的感性存在，也就是现实存在）。”②苏珊·朗格意图说明艺术的结构和生物有机体结构之间的统一性，以便突出情感表现在艺术中的地位。唐诗璀璨地反映了人性中最璀璨的辉光，展示出丰富的人性元素和人性美色，也负载了唐代诗星的自然人性与生命精神。柳晟俊的唐诗研究，是诗性的，是情性崇尚的，从艺术原理上看，即是研究者与诗在“情性”层面上达到了对接，追求研究者与被研究对象在“情感的同一经纬度”。故而，朱靖华先生评价柳晟俊关于王维诗境的研究，“不仅实证性强，心灵体验性也很强。以三维观照、时空交错、视听复合、融会贯通的研究方法，完整而生动地展示了王维诗作的立体化面貌和文化心态，使王维那充满灵性的心理世界和浑厚的艺术素养，得以在其笔下复活”③。

柳晟俊唐诗研究，其诗观似乎是对于中国诗学的全盘接受，这在韩国极具代表性，是韩国千百年来诗歌研究的主流形态，也是韩国当下唐代诗歌研究现状与主流，或者说这种研究的文本形态，是韩国历古唐诗研究中占得上风的一

---

① ［韩］柳晟俊《王维诗比较研究·序》，京华出版社1999年版，第2页。
② ［美］苏珊·朗格《艺术问题》，中国社会科学出版1983年版，第55页。
③ ［韩］柳晟俊《王维诗比较研究·序》，京华出版社1999年版，第3页。

种风格或流派。柳晟俊唐诗研究的这些特点，非常值得我们中国唐诗研究学者的重视，也让我们的研究获得了良多启发。

余恕诚的李白研究[1]

［按］　余恕诚先生的李白研究论文虽不多，然发表档次甚高，影响也甚大。他对李白及其诗歌以精心考论，重新审视与阐释李白的文化精神与文学史地位，得出了不少创新性的结论，在突破李白研究的瓶颈上，给我们许多有益的启示。

余恕诚先生是新时期学术史上的一位重要学者。他以研究李商隐而名满天下，其成果卓著，堪称学界典型。然其在李白研究上，文史兼善，考论并擅，亦不失为大家而同样饮誉学界。

从数量上看，其李白研究的论文尚不足十篇，然涉及李白研究的诸多方面。他的李白研究成就，主要不是体现在以传统的学术观念与研究方法来校注整理上，而是表现在引入现代学术思想与研究方法，拓开了李白的思想个性、诗风形成与艺术成就的研究新领域，取得了带有新世纪标志的新成果。

具体说来，余恕诚先生的李白研究有哪些重要特点呢？

一、长期关注，久久为功

余恕诚先生的李白研究，主要收入于《诗家“三李”论集》[2]一书中。该著收入论文二十一篇，有十篇是李白研究（其中三篇兼及杜甫、李贺、李商

① 原题为《想当施手时，巨刃磨天扬——余恕诚先生的李白研究》，《中国李白研究》，黄山书社2016年版，第525—537页。

② 余恕诚《诗家“三李”论集》，中华书局2014年版。文中凡“P–”（页码）的均出于此书。

隐）。这也许就是余先生李白研究的主要作品了。

余先生的这些论文，全部发表过，而《诗家“三李”论集》书中收入时，并未按照写作、发表的自然顺序排列。书中的顺序是：

篇　名	发表时间	原载刊物
“诗家三李”说考论	2003 年（第 4 期）	《文艺研究》
李白与长江	2002 年（第 1 期）	《文学评论》*
李白与皖南	2012 年（第 2 期）	《江淮论坛》
政治对李杜诗歌创作的正面推动作用——兼论中国诗歌高潮期的时代政治特征	1994 年（第 2 期）	《江淮论坛》*
李白与唐代的抒情长篇	1991 年（第 4 期）	《文史哲》*
论赋与诗在李白笔下的交融	2007 年（第 2 期）	《安庆师范学院学报》*
剡溪访戴典故在李白笔下的交融——兼谈盛唐诗人对于魏晋风度的接受	2000 年（第 4 期）	《文史知识》
一往豪情伴酒倾——读李白《将进酒》	1987 年	中央人民广播电台“阅读与欣赏”，后收入《名作之园》。
李白出生于中亚碎叶的又一确证	1979 年（第 1 期）	《安徽师范大学学报》
论 20 世纪李杜研究及其差异	2006 年（第 2 期）	《文学遗产》

从此表看，余恕诚的李白研究论文，有几个明显的特点：

一是级别高。其论文散见如《文学评论》《文学遗产》《文艺研究》等，而加*者，为《新华文摘》或《中国古代、近代文学研究》（中国人民大学书报资料中心）全文复印。

二是选题新。既有对李白生平的文献研究，又有对李白诗歌的艺术研究；既有高屋建瓴式的宏观的总结，又有微观的就某一篇诗歌的细读。

三是路子宽。既注重文史结合的传统思路，强调材料，重视实学，又悉心引入新方法，涉及新领域、旁及新学科进行多角度多层面的学术拓宽。

四是跨度大。时间跨度长达三十年。这些论文最早的一篇写于1979年，题为《李白出生于中亚碎叶的又一确证》；最后的一篇发表于2007年，题为《论赋与诗在李白笔下的交融》。

分析余恕诚先生的李白研究，笔者有三点思考与感悟。

其一，与时俱进。余恕诚先生的李白研究，起步于20世纪70年代。十一届三中全会之后，拨乱反正，百废俱兴，学术研究方兴未艾。此时期的李白研究，多倾力于李白的生平，对李白的出生地、家世问题和李白的经济来源等问题已探讨热议，还就李白一生入京的次数和时间、寄家东鲁、长流夜郎等问题展开了广泛的讨论。由于李白很神秘，其生其死，疑点重重，迷雾种种，人们对此的探寻热情更高。关于李白的出生地，自宋至清，多倾向于“蜀中说”。1925年陈寅恪《李太白氏族之疑问》（《清华学报》第10卷第1期）也认为“太白生于西域，不生于中国”；不久，胡怀琛《李太白的国籍问题》（《逸经》第1期）中也说李白生于素叶（即碎叶之西）逻城，乃突厥化了的中国人。最先提出“西域碎叶说”的是李宜琛，他在《李白的籍贯与生地》（《晨报副刊》1926年5月10日）中认为“李白不是生于四川，而是生于被流放的地方（即碎叶）”。郭沫若在《李白与杜甫》① 中则指出：唐代碎叶有两处，一在中亚碎叶，一在焉耆碎叶，而李白的出生地为“中亚碎叶城”。郭沫若此说在当时得到了诸多学人的响应，余恕诚也是其中一个，他以《李白出生于中亚碎叶的又一确证》加入了论争。从时间上看，余恕诚的第二篇李白研究题为《一往豪情伴酒倾——读李白〈将进酒〉》，写于20世纪80年代，属于“鉴赏”性的研究，其时适逢鉴赏热，学界热衷于对具体作品的研究，“鉴赏”性质的研究大行其道。接着是《剡溪访戴典故在李白笔下的交融——兼谈盛唐诗人对于魏晋风度的接受》，这已经不是就李白而李白的研究了，而是李白的比较研究，是对李白师承的探源。其《李白与唐代的叙事长篇》，则是一种大景观的研究，论文90年代初发表于《文史哲》，原题为《论唐代的叙情长篇》，研究聚焦于“叙情长篇”上，而综合考察了唐代几个代表性诗人，进而考察了长篇叙情诗的发展过程与艺术特征及成就。《论赋与诗在李白笔下的交融》更是表现出新世纪以来古代文学研究风貌，通过诠释李白诗歌与赋体文学的交融

① 郭沫若《李白与杜甫》，人民文学出版社1971年版。

互动的关系，展示其诗广泛吸纳众体之长而不断推衍变化的过程，试图寻找李白诗歌的艺术渊源、艺术魅力及中外优秀的诗歌作品共同的艺术规律。

概言之，余恕诚的李白研究，具有鲜明的与时俱进的轨迹。其研究由浅入深，由单一性到复合型研究，由从意象、结构、语言、声律、诗体、创作心理等方面作单纯的文学研究到从史学、哲学、宗教学、文艺学、心理学、传播学、语言学以及接受美学与文化价值等方面作跨学科全方位的研究，其走向趋于宏观，趋于整合，真实地反映了李白研究的动态与走向。

其二，守正笃真。余恕诚先生的李白研究跨度为三十年，具有超凡的学术定力。听余先生的博士们说，余先生特别讲求学术定力，既守正而又通脱。从余先生的李白研究，我们看到了“板凳能坐十年冷”的意志力量，感受到其十年一剑的科研精神和治学态度。我们甚至可以推断，余先生研究上所最为独钟的是李白而非李商隐。或者说，他一开始就是矢志研究李白的。

我们所说的“守正笃真”，有执着坚守的意思，但还不完全是，还有其研究的态度，即学术的尊严和良心。这对具体的余恕诚来讲，即始终不骄不躁，不为外物所扰，不被微利所惑，绝不人云亦云，绝不欺世盗名，绝不哗众取宠，绝不存有侥幸心理。李白研究有着太多的困难，太多的挑战；而其他的研究也有太多的诱惑，太多的机遇。如果没有十足的精神定力，余先生是不会有长达三十年的坚持的。因此，其李白研究不断开拓的过程，也是诱惑不断地被征服的过程。

从列表可见，余恕诚的李白研究也不是一蹴而成的，而是一步步走向成熟大气的，由逼窄到宏肆，由单薄到厚重，由平实到雅致。学术成果的取得，需要长期的经验积累和专业研究，需要有一定的积淀周期。余恕诚凭借持之以恒而严谨求实的“定力”，做出真正经得起检验推敲的成果。

其三，厚积薄发。跨度三十年，发表了十篇李白研究文章，充其量也没有十万字。诚然，余恕诚先生还有其他专攻。而就李白研究而言，余先生长期处于关注之中，不舍不弃，然绝不苟且落笔。反观当下急功近利的学术界，如余先生之严谨者越发稀见也。

苏轼曾语：“博观而约取，厚积而薄发。”此乃至理名言，意味深长也。以此观余恕诚，可当此语也。余先生观而有选，取而有择。唯真是取，贵其精而不滥取。三十年之日积月累，其“积”之“厚”可以想见矣；而三十年十篇文章，其“发”之“薄”也令人叹服矣。然其之所发，乃已到不能不发。故不发则已，发则新见迭出，而言必有据，论必周详。我们从其李白研究中，看到其“厚积”的过程，也感受到其“薄发”的效益。当下论文成批量地产出，看似繁荣，然而确有主见者寥寥可数，而遑论突破与创新也。

余恕诚先生认为学术研究务必“自出主见”。他对于李白的长期关注与投入，形成了解决问题的冲动，形成了解决问题的思路与方法，也形成了解决问题的新角度，从文化分析、文艺心理、文艺美学、比较研究、接受美学等角度，对李白及其诗歌以精心考论，重新审视阐释李白的文化意义与文学史地位。

笔者与余先生交往不多，而先生的古人之风炙我深刻，其诚信不欺、坚定笃真的为人与治学精神，给我以莫大的启益也。当下之李白研究已相当全面而深入，人们都在煞费苦心地寻找新视角，而期冀有新切入点与新突破。认真阅读余恕诚的李白研究，或可获得选题的灵感而产生突破与拓展之契机矣。

二、选题睿智，出奇制胜

学术论文的写作，选题与切入的重要性，无论怎么强调都不为过分。从某种意义上说，一篇论文的选题与切入，直接关系到论文的起点与制高点，甚至也就已经决定了论文的高下优劣。李白研究，汗牛充栋，新世纪以来的李白研究论文，据不完全统计几达万篇。李白研究在新世纪的研究中获得最为充分的拓展，即便是用超大倍数的放大镜细观，也几无罅隙与白点可寻。诚如余恕诚先生所说：“学术研究前后相续，同类研究，前人开发愈多，留给后人的用武之地可能愈少。”（P108）李白研究之题，越来越不好选也。

说到选题，余恕诚先生的机智与成功，让人不得不深深服膺。他的《李白与长江》的选题即是一典范。该论文发表于《文学评论》2002年第1期，《新华文摘》2002年第5期转载，旋获得“《文学评论》1997—2002年优秀论文奖”，又获得安徽省社科一等奖。李白研究论文能获得这样殊荣的，极其少见。我们以为，此论文的最大成功就在选题。黑格尔说过：“众所周知的东西，正因为它是众所周知的，所以根本不被人们所认识。”谁都知道李白离不开长江，长江是李白一生的主要活动地域，长江养育了李白，成全了李白，塑造了李白。但是，谁都没有怎么去做选题，去用长江来串联，以长江来结构，从长江切入。而余先生这样做了，他说“本文拟从长江流域的人文与自然景观对李白的影响方面，探讨李白诗歌产生的基础”，就是将李白放置于长江的大背景中研究，就是用一条长江把李白一生贯穿起来，就是对李白一生何以具有无穷创造力以诠解。李白出生于西域，成长于巴蜀，二十五岁出蜀，六十二岁卒于当涂、葬于青山。来自长江上游、殁于长江下游。中间由于漫游，由于就婚安陆、寓家南陵、隐于庐山，以及参加李璘幕府、被流放夜郎等原因，一生大部分时间在长江流域度过。他虽然到过长安，住过北方，但经常是把长江中下游地区作为退守安身之处。一生大部分时间生活于长江流域，而沿江自然风光，丰富多彩的文化遗产对其影响很深，其诗作展示了长江流域的自然和人文之美。

《李白与长江》论文在写作上有三个特点：一是文化整合。文章从区域文化、地域文化对诗人的影响来研究，提出李白交融蜀文化、楚文化和吴文化的观点，从地域文化的视角来诠释李白。余先生指出：“长江源远流长，地域广阔，文化底蕴深厚，秦汉以后，经三国时吴蜀、东晋和宋、齐、梁、陈几代的开发，到唐代中叶，其经济实力已接近甚至超过黄河流域，这一处在上升中的、富有潜力和活力的广大地区，在文化上必然要涌现出一批代表人物，而李白则是其中之杰。长江博大浩瀚，气象万千，当其所孕育之诗，汇入盛唐诗歌海洋的时候，在传统的中原文化视野中，它是新鲜奇异的。”（P12）二是结构创新。因为研究方法上的创新，其文章结构也不同于一般论文的“三段论”的结构布局，文章用五个小标题，形成了五个部分的主体结构：“一、长江上游的巴蜀文化与李白”；“二、长江中游的荆楚文化与李白”；“三、长江下游的吴越文化与李白”；“四、长江流域的自然景观与李白”；“五、江山之助与李白所代表的地域文化特征”。这种结构，将过去主要以诗人籍贯为主的地域文化与文学创作的分析，转换为以地域聚焦和关联的诗歌文化的研究。三是考论兼作、文史结合的表述。这种表述，改变了一般研究过程中文史分论或重史弱文的倾向。文章共五个部分，引用了大量的史料，形成比较坚实的史基，而行文则夹叙夹议，亦史亦论，史论得以有机结合，妙合无垠，而结论自然形成。在第五部分作者这样结论说：“如果说长江中上游文化传统对于形成李白主体风格的豪放浪漫、壮逸飞动，具有决定意义，那么长江下游文化传统影响于李白的则更多属于优美。……六朝文人诗歌追求形式美，雕饰和丽辞是其主要倾向，李白去其靡而取其丽，使之具文采声律之美而不伤于柔弱。对于二谢、鲍照等人，风格上主要取其清俊，使其诗歌豪放中复具清新秀逸的成分。乐府民歌，李白因自身具有开朗的性格、率真的情感，而能充分吸收其真纯自然、明朗朴实的优长。……若没有江南自然风光的陶冶，没有乐府民歌的哺育，是不能达到这一境界的。”江山之助，对于李白是两方面的，一是自然山水，一是人文史迹。此文的最后，得出了这样的结论：“‘天上谪仙人’，只是根据非凡印象对李白出现的神异化的说法，而如果把目光转回地上，考察李白的生活经历、文化素养与艺术表现，则分明可见他是较多地蒙受长江流域江山之助和文化传统哺育，升腾在唐代诗国天空上的巨星，他与出自中原的列星相辉映，同时又闪现着特别明亮奇异的色彩。”（P27—28）

余先生《政治对李杜诗歌创作的正面推动作用》的选题也非常独特，因为先生对此问题思考深入而独到，形成了“政治之助”的立论，而与“江山之助”的观点互为发生而互补，非常新颖而深刻，阐论鞭辟入里又令人耳目一新。论文提什么问题，选什么题目，最终体现的是一个研究者对学术、对研究现状的理解与关切的程度，也表现出该学者对其研究对象的研究与思考的深度。余先生的《论20世纪李杜研究及其差异》属于综述类的研究，原载于《文学遗产》2006年第2期，《唐代文学年鉴2007年卷》《中国古代文学研究年鉴》均全文转载。此论文宏观把握，高屋建瓴，是20世纪李杜研究的总结，也是对21世纪李杜研究的展望与规划，为李杜研究提供了崭新思路。余先生在此论文中指出：

> “学术研究中力破余地与新开拓的出现，往往与文化背景提供的契机相关。”（P108）
>
> “突破和创新，与研究者遭遇困难，努力向理论和材料进一步深入，以寻求出路相关。”（P109）
>
> “新的理论和方法与传统诗学结合，对20世纪的诗学研究一直是一种推动力。”（P111）

凡此种种，不一而足，这些探骊得珠之语，朴实无华，扼要简净，却精警深刻，深得要领。特别是余先生强调新思路、新角度、新方法的研究论述，发人深省，启人深思。

论文写作，似乎没有比选题更重要的了。选题是论文写作最重要、也是最难的一步，直接关系到一篇论文的成败优劣。李白研究的选题，已经成为所有研究李白的学者文人所共同面对的难题，而在选题上"煞费苦心"。余恕诚先生因为长期关注、广为积累、深入思考，从而获得了选题上的超越常人的智慧与技巧，他在李白研究的选题上的新颖性与深广度，充分表现出其学术的自觉与成熟，其学术意向出奇制胜，且写法各别，形式多样。

三、左顾右盼，别具慧眼

余恕诚先生研究李白，但绝不局限于李白。观其一生的研究，我们会发现一个重要特点就是，他不是孤立地研究一个作家，更不会死守住某一两个研究对象。他的李白研究，也是从整个文化研究着眼，站位高远，视野开阔，始终把李白放置于特定的历史环境与政治生态中研究，放在与其他诗人的比较中动态考察，放在各种文学样式与文化形态中来发展性地把握，融史料钩稽、文化探究与学问致思于一体。

《诗家"三李"论集》一书，收入的还有李贺与李商隐的研究，并包括对于杜甫的研究，呈现出左顾右盼而前映后带的景观。其中的李商隐研究，乃余先生几十年之沉浸，而倍多会心。因为他全盘在胸，而洞烛深微，在他的眼中"整个三李是共通的"。他在《诗家"三李"说考论》中指出："'三李'并提，涉及三位诗人相互间多边关系，既包含三家如何联系串通的问题，又包含按排列组合方式形成的两两之间关系问题。"（P1）这种"多边关系"，不仅让其获得了触类旁通的研究启迪，而且也使其突破了就李白而研究李白的拘囿。余恕诚从接受史的视角研究认为："三李创作具有共同性和传承关系，仅仅是三李并称的客观基础，而'诗家三李'说之提出，并得到广泛认同，则是诗歌接受史的产物。接受史上三李有一个被认识和被联系起来的过程，而接受过程中对三李认识的发展，又与历史上各个时期的文化思潮、诗学水平密切相关。"（P7）他以历史的眼光观察和分析李白研究的发展变化，冲破了传统学术方法的某种狭隘性和封闭性。其《李白与唐代的叙情长篇》则是以李白为主而兼及诸家的研究，其开篇就这样写道：“唐代李白、杜甫、韩愈等诗人笔下，有一种借叙事以抒情的长诗，在思想上、艺术上达到很高的境界。它的规模气魄超过一般作品，诗人们在创作时往往拔山扛鼎，全力以赴，把多种成分熔铸在一起，成为唐代诗坛上令人特别瞩目的一大类型。这类作品的出现，是唐诗繁荣的一个重要标志。尤其是在中国古代，短篇的抒情诗偏胜，叙事性强的作品比较少见，这类长篇巨制，及其着重通过叙事以表现‘情’的写法，便弥足珍贵。”

余恕诚先生说过：“研究中国古代文学，在对擅一代之胜的文体进行深入探究的同时，对与之伴生的其他文体，绝不可以轻视。异体相生，各体间相互渗透诱发，是文体发展的动力之一。研究不同文体之间某些艺术因素如何互相吸引、互相吸收、互相转化，以及彼此间倚伏消长的深层原因，是一个丰富研究内容的领域。这一方面的研究，不仅有助于还原一代文学的真实面貌，理清各种文体乃至整个文学史发展变化的轨迹，而且在梳理过程中，对某些文体何以盛，何以衰，何以能容受、消化、整合他文体的异质因素，乃至不同文体在兼融性和调节功能上的差异，可能会获得一些更深的甚至带规律性的认识。”[①] 也就是说，余先生的左顾右盼，不仅是指对李白之外的其他诗人的关注，而且也是对除诗歌以外的其他文体的倾心。其《论赋与诗在李白笔下的交融》一文，侧重于对李白诗受赋体文学影响的研究。这种研究突破了就诗而诗的李白诗歌研究之局蹐，变孤立研究为关系研究，变静止研究为动态研究，变单向研究为复合研究，而揭示出李白诗歌的赋体形态特征。这种多向比较，复式诠释的关注与方法，使其研究表现出极度的自由与灵活，呈现出一种开放性的纵横姿态。笔者曾指出：余先生的研究中最弥足珍贵的是其比较思维，而这种思维形成其“跨文体”的比较研究，即其善于在差异性中寻找共同性，在共同性中显示差异性，在共同性为前提的比较中，凸现被比较之二者乃至多者之间的差异性、亲和性、交融性和化合性。其唐诗研究，则以唐诗为中心，以文体为中介，抓住一系列与文体相关的艺术表现与相互影响问题做研究，不仅仅是唐诗与赋、文、传奇以及词的比较，而且其他各种文体之间也发生了交错比

① 余恕诚、吴怀东《唐诗与其他文体之关系》，中华书局2012年版，第7页。

较的关系，多种文体及其间复杂关系，譬如赋与文、散与骈、骈文与传奇、骈文与词等等，形成了复合的、立体的、比较的网络。作者正是通过多种比较，来研究唐代诗歌与其他各体文学之间相互影响、相互渗透、相互推进的复杂关系。这种比较，关注唐诗对于其他文体的吸收与反哺的双向行为的研究。①

这种类似比较研究的方法，使余先生的研究左右逢源，议论通达，既非常便于清晰地展现所研究诗人的各自个性特征，又轻易地寻得诗人们所表现出来的共性特点。譬如，他将这些诗人放置于“政治”中考察。他认为真正与政治不搭边的诗人是难有的，诗人无不与政治有着千丝万缕的关系，“士大夫如果不卷入政治，一般就只有归向山林田园。穷乡僻壤的封闭，小生产者的狭隘天地，对他们的视野与情感，构成严重的限制和束缚，使他们与外部疏离，难得从时代生活中汲取创作的动力。甚至连诗歌创作，在死水一样的生活中也会变得多余”（P59—60）。余恕诚将诗人与政治瓜葛起来，不同于将政治简单地作为“时代背景”的研究，更不是把政治作为诗之“标签”，而是作“政治之助”的考察与论述。其《政治对李白诗歌创作的正面推动作用》一文，从政治视角来解读诗人，构建了一个对话平台而横生纵议。他认为：“情志合一，它的最高层次必然与政治相通。这样，对中国诗歌而言，政治之渗入与否，跟诗歌是否达到高层次常相联系。就诗人而言，古代诗人注定是在封建政治格局下生活，因而经常由封建政治赋予他们以理想与热情，构成他们与时代和社会现实生活的密切关系，诗歌所呈现的气象、风貌，也都与他们的介入有关。政治赋予古代优秀士大夫的常常是那种与广阔的社会、历史、人生，乃至与天地万物相沟通的精神气魄，是对历史、对社会、对周围世界的高度责任感。”（P58—59）而且，余先生认为：“政治在不同时期所能给予诗歌的推动力也是不断变化的。可以看到，凡是历史上的诗歌兴盛期，政治常常格外地表现为能从多种层次和方位拨动诗人，使之时时有一种不可抑制的创作激情。”（P60）余先生的解析深契文理，鞭辟入里，令人信服，其中的不少论述引发笔者击节叫好而发生内心呼应。余先生的论文以政治生活的实践内容，来“划

---

① 王志清《立体而开放的研究景观——〈唐诗与其他文体之关系〉评论》，《中国韵文学刊》2012年第4期，第114页。

分”诗人的不同阶段，以政治的兴盛来探索诗人创作的情感发动，包括从诗人的政治欲求以及诗人的政治体验来解释李白所使用的创作题材与创作内容、创作主旨。因为余恕诚先生在文献笺注上的影响大，而遮蔽了他的文论特长；又因为他谦谦君子的风范，而让人误以为其论不那么新锐。其实，他的论述“自出主见”，迸发出夺人眼球的光亮。

余恕诚先生的李白研究，综合运用多种方法，证论互重，取舍委纳，融会贯通。他认为：“学术研究是一个在理念上、方法上不断更新而又前后承续的过程。传统的中国诗学研究，留下了丰富的遗产，传统的方法跟它的研究对象，有先天的自然的联系，有其科学的合理的方面，但传统方法对于对象的长期开发，其可持续发展的余地往往比较小。”因此，他指出：“研究中需要引入新方法，在20世纪已成为许多学者的共识，并有了长期的实践。经验表明，新方法与旧传统的承接转换，在具体课题、具体作家身上，有的较为方便，有的难度较大。但困难催发和磨炼学者的创造精神，方便则有可能淡化甚至取消创新的要求。作家的某一方面，前代研究的深入和充分，留给后代开发的余地可能比较小，甚至会助长因循守旧，而前代未能做出充分研究，甚至未曾展开的课题，倒是给后代学者留下了用武之地。”（P112）余先生以自身的研究实践出发，告诫学人务必十分重视新方法的引入与运用，在《论20世纪李杜研究及其差异》文章的结尾处他高屋建瓴地指出：“李白、杜甫研究在20世纪以区别于旧时代的方法观念所展开的研究，已经走过了一段长长的路程。今天，时代发展的速度空前加快。随着20世纪的过去，自‘五四’新文化运动以来所用的一些理论与方法，又成了新的传统。无论李白也好，杜甫也好，在研究上都需要有新的思路，新的角度。……愿有关两位大诗人的研究，能在20世纪成就的基础上，把传统与新的方法、新的理念结合得更好，开拓出更新的局面。”（P113）

席勒说：“事物的实在是事物的作品，事物的显现是人的作品。一个以显现为快乐的人，不再以他感受的事物为快乐，而是以他所产生的事物为快乐。”余恕诚先生的李白研究，对李白研究的热点、难点问题进行了深入的探索与拓展，得出了不少创新性的结论，为李白研究做出了很大的贡献，洵可垂范学林。余恕诚的李白研究，在突破李白研究的瓶颈上，给我们以非常有益的启示。

改革开放三十年唐诗研究①

［按］　改革开放三十年，唐诗研究最深刻的变化是思路、视野的宏观化，是思维的多元化，而从方法论的视角审视则是多注意整体的、宏观的把握，自觉跨学科的、整合性的研究。此文先投《深圳大学学报》，初审意见"不拟采用"；复投《辽宁师范大学学报》，迅即发表。随后深大亦发表，旋为《高等学校文科学术文摘》（2009年3月）转载。

自1978年至2008年，中国改革开放三十年，唐诗研究落实科学发展观，渐入佳境，突飞猛进，进入了一个高潮期、全盛期、黄金期，无论是横比还是纵比，其成就之骄人，其业绩之卓突，众所公认而世所瞩目。（唐诗研究三十年，论文数以万计，文中所举例均为著作，是为说明）

一、唐诗研究三十年的历程及分期

第一，普及期与兴奋期（1978—1989）

十一届三中全会以后，思想上拨乱反正，禁锢和禁区被逐一打破，新老研究者们扬眉吐气，摩拳擦掌，唐诗研究进入了兴奋期，其研究表现出循序渐进的特点，从普及开始，在整理上着力，具体说来有三个特点：

1.普及读物大量涌现。研究的"普及"和起步，先是再版以前的读物，如詹锳的《唐诗》（上海古籍出版社1979年版）、傅庚生《杜诗散译》（陕西人民出版社1979年重版），以及复旦中文系的《李白诗选》、中国社会科学院文学研究所的《唐诗选》等。此后一段时期，多唐诗鉴赏辞典之类，多旧版翻印或新选，譬如《唐诗三百首》就新注迭出，百余家教育、文艺类出版社蜂拥争先。②以鉴赏为主的唐诗研究，也成为普及的最有效和最风行的形式。

---

① 原题为《潮平两岸阔，风正一帆悬——改革开放三十年唐诗研究综述》，《深圳大学学报》2009年第2期。

② 此后三十年间，出版社大量组织和出版鉴赏、词典、选读、注析之类的普及读物，造成此类出版物的重复和撞车，而一些精品则面临出版困难的局面。

2.古籍整理成果丰硕。古籍整理首先是影印出版，或点校古本。北京中华书局编辑了一套《中国古典文学基本丛书》，上海古籍出版社则分别针对唐代的大家和中、小家出了两套丛书：一是收集大家的“中国古典文学丛书”等；《唐诗小集》则专门选择唐代诗人中的中小诗人如王绩、杜审言、贺知章、钱起、王之涣、卢纶等，或一人一册，或几人合成一册，在五年内出版了三十多位作家小集。而对前人的资料进行考证、辑补、汇编、索引、考证方面，则有谭优学的《唐诗人行年考》和《唐诗人行年考续编》（四川人民出版社1981年版、1987年版）、郁贤皓的《李白丛考》（陕西人民出版社1983年版）和《唐刺史考》（江苏古籍出版社1987年版）、傅璇琮主编的《唐才子传校笺》（中华书局1987年版）等；资料索引和汇编方面有傅璇琮等的《唐五代人物传记资料综合索引》（中华书局1982年版），唐诗补遗如王重民的《全唐诗外编》（中华书局1982年版）、孙望的《全唐诗补逸》、童千养的《全唐诗续补遗》21卷收诗1000余首、河南大学唐诗研究室的《全唐诗重篇索引》（河南大学出版社1985年版）等，这些重要的基础建设，后经陈尚君整理形成《全唐诗续拾》的规模，60卷收诗4300余首，进一步删繁订误，汇编为《全唐诗补编》（中华书局1992年版），共得诗6300余首，新见作者800多人。

3.传论专论方兴未艾。随着资料整理的大量工作，专论传论也初见繁荣，特别是傅璇琮的《唐代诗人丛考》（中华书局1980年版）和程千帆的《唐代进士行卷与文学》（上海古籍出版社1980年版），对后来的唐代文学研究产生了较大的影响。此时期的传论写作似乎特别发达，如缪钺1964年即定稿的《杜牧传》（人民文学出版社1979年版）、陈贻焮的《杜甫评传》（上海古籍出版社1983年版）、王拾遗《元稹传》（宁夏人民出版社1985年版）和《白居易传》（陕西人民出版社1983年版）、傅璇琮《李德裕年谱》（齐鲁书社1984年版）、金启华《杜甫评传》（陕西人民出版社1984年版）、董乃斌《李商隐传》（陕西人民出版社1985年版）、卢渝《王维传》（山西人民出版社1989年版）、刘光裕《柳宗元新传》（上海人民出版社1989年版）、左云霖《高适传论》（人民文学出版社1985年版）、杨柳《骆宾王评传》（北京出版社1987年版）等。此外，高质量的专题性、专著性的通论也大量涌现，如陈贻焮《唐诗论丛》（湖南人民出版社1980年版）、刘开扬的《唐诗研究论文集》（人民文学出版社1980年版）、任半塘《唐戏弄》（上海古籍出版社1984年版）和《唐声诗》（上海古籍出版社1982年版）、傅璇琮《唐代科举与文学》（陕西人民出版社1986年版）、袁行霈《中国诗歌艺术研究》（北京大学出版社1987年版）、姜亮夫《唐宋诗论稿》（浙江古籍出版社1988年版）、屈守元和卞孝萱《刘禹锡研究》（贵州人民出版社1989年版）等。

八十年代被称为“方法论年”，西方新思想和方法大量引进，不少研究者开始不满足于单一的作家作品论以及考据笺证等传统的研究方式，开始移植和实验新的方法。研究方法上的新尝试，促发了论文的递增。同时，学术论争激活了学术研究，这些论争的论题如关于“盛唐气象”的理解、李白出生地及清平乐的考辨、新乐府运动的评价、《二十四诗品》作者的真伪，等等。其中有关唐代的边塞诗的论争，从20世纪60年代持续到80年代末，全国几十家报纸、杂志卷入其中，产生了百余篇论文。

第二，纵深期与高潮期（1990—1999）

与第一个时期相比，此时期的唐诗研究集中表现出以下特征：

1.文献资料更趋完善。这表现在辑佚整理、索引编目上，更带有总结性质，也更加大型化和系统化，如上文已提及的陈尚君等人的《新编全唐诗》《全唐诗补编》，还有如曾昭岷、王兆鹏等人的《全唐五代词》、陈抗和林沧等人的《全唐诗索引》（中华书局1994年版），别集方面有裴斐的《李白资料汇编》（中华书局1994年版）、吴企明的《李贺资料汇编》（中华书局1994年版）、周勋初的《唐人佚事汇编》（上海古籍出版社1995年版）等。而在别集的疏证笺校、编年考论等方面，有吴汝煜和胡可先的《全唐诗人名考》（江苏人民出版社1990年版）、刘衍《李贺诗校笺证异》（湖南人民出版社1994年版）、项楚《王梵志诗校注》（上海古籍出版社1991年版）、康金声《王绩诗编年校注》（山西人民出版社1992年版）、贾晋华《皎然年谱》（厦门大学出版社1992年版）、王定璋《钱起诗集校注》（浙江古籍出版社1993年版）、傅义《郑谷诗编年校注》（华东师大出版社1993年版）、张志烈《初唐四杰年谱》（巴蜀书社1993年版）、祝尚书《卢照邻集笺注》（上海古籍出版社1994年版）、刘开扬《岑参诗集编年笺注》（巴蜀书社1995年版）、吴在庆《唐五代文史丛考》（江西人民出版社1995年版）和《唐五代文史丛考》（江西人民出版社1995年版）、潘慧惠《罗隐集校注》（浙江古籍出版社1996年版）、储仲君《刘长卿诗编年笺注》（中华书局1996年版）、陶敏《全唐诗人名考证》

（陕西人民出版社1996年版）、张伯伟《全唐五代诗格校考》（陕西人民出版社1996年版）、佟培基《全唐诗重出误收考》（陕西人民出版社1996年版）、陈尚君《唐代文学丛考》（中国社会科学出版社1997年版）、詹锳主编的《李白全集校注汇释集评》（百花文艺出版社1997年版）、钱仲联和马茂元的《韩愈全集》（上海古籍出版社1997年版）、陈铁民《王维集校注》（中华书局1997年版）、陶敏和王友胜的《韦应物集校注》（上海古籍出版社1998年版）等，还出现了不少修订补正的著作，如钱学烈在80年代初出版的《寒山诗语言研究》基础上，1993年起开始补正，1998年出版了《寒山拾得诗校评》（天津古籍出版社）。

2.专论通论日见精深。较之前期，90年代的专论更加精深，更多新见，如刘学锴的《李商隐诗歌研究》（安徽大学出版社1998年版），涉及对李诗的本体、源流研究，李商隐诗歌研究史和行年考辨。还有专论如陈铁民《王维新论》（北京师范学院出版社1990年版）、胡先可《杜牧研究丛稿》（人民文学出版社1992年版）、王拾遗《元稹论稿》（陕西人民出版社1994年版）、储斌杰《白居易研究》（北京大学出版社1995年版）、朱金城和朱易安的《李白的价值重估》（台湾文史哲出版社1995年版）、肖瑞峰《刘禹锡诗论》（吉林教育出版社1995年版）、卞孝萱的《刘禹锡评传》（南京大学出版社1996年版）等。通论在标新之际，思考方式上也有创新，如蒋寅《大历诗人研究》以地域文化和诗人群体为切入点，考索和析论了刘长卿等30多位大历诗人。类似的还有钟优民《新乐府诗派研究》（辽宁大学出版社1997年版）、葛晓音《汉唐文学的嬗变》（北京大学出版社1990年版）、李华珍和傅璇琮的《河岳英灵集研究》（中华书局1993年版）等。

3.诗史诗学数量猛增。陈伯海对其此前出版的《唐诗学引论》重新修订，进一步系统地考察。朱易安的《唐诗学史论稿》也在理论建构上以重新思考。诗史的专著如赵谦《唐七律艺术史》（台湾文津出版社1992年版）、许总《唐诗史》（江苏教育出版社1994年版）和《唐诗体派论》（文津出版社1994年版）、杨世明《唐诗史》（重庆出版社1996年版）、阮忠《唐宋诗风流别史》（武汉出版社1997年版）、木斋《唐宋词流变史》（京华出版社1997年版）等。而如王士菁《唐代文学史略》（湖南师范大学出版社1992年版）、李从军《唐代文学演变史》（人民文学出版社1993年版）、罗宗强和郝世峰主编的

《隋唐五代文学史》（高等教育出版社1994年版）、乔象钟和陈铁民主编的《唐代文学史》（人民文学出版社1995年版）、王运熙和杨明的《隋唐五代文学批评史》（上海古籍出版社1994年版）、傅璇琮主编的《唐五代文学编年史》（辽海出版社1998年版）等，虽然不是唐诗史专门著作，但是，这些文学史、编年史多是以唐诗及其唐诗理论为主体和主线的。袁行霈主编的《中国文学史》（高等教育出版社1999年版），其中唐诗研究部分，也新意迭出。

第三，新变期与深化期（2000—2008）

此时期的特征是新变，也可以概括为三个特征：

1.新新普及极度升温。普及性的诗选本遍地开花，如陈铁民的选注就有《王维诗选》（人民文学出版社2002年版）、《王维诗注》（三秦出版社2004年版）、《岑参集校注》修订本（上海古籍出版社2004年版）、《高适岑参诗选评》（上海古籍出版社2002年版）等，诸出版社对普及性选本更是多有偏爱，以丛书的形式出版，如2002年12月上海古籍出版社推出的"新世纪古典文学经典读本"系列，陈铁民、孙昌武、葛晓音、赵昌平、吴在庆等选注；如三秦出版社2004年7月推出的"名家注评古典文学丛书"，陶文鹏、林继中、孙昌武、吴文治等选注；如詹福瑞主编由河北大学出版社2004年5月推出的"中国诗体丛书"，葛景春、胡大雷、王长华、韩成武等选注。这类选本还有陈允吉《李贺诗选评》（上海古籍出版社2004年版）、杨军等《元稹诗文选》（人民文学出版社2004年版）、王强《唐诗选注汇评》（人民教育出版社2008年版）、师长泰《白居易诗选评》（三秦出版社2008年版）等，徐中玉主编的《唐代诗歌评点》（中华书局2001年版）、宋金鼎《李商隐诗歌警句点评》（中国人民大学出版社2001年版）、方智范和方笑一《唐代诗歌评点》（生活·读书·新知三联书店2001年版）、吴万刚《塞上风光战地歌：唐代边塞诗赏析》（上海古籍出版社2001年版）等也具有普及的性质。

唐诗研究的工具书也大量出现，如陈增杰编著的《唐人律诗笺注集评》（浙江古籍出版社2003年版），设简传、笺注、集评、附论、摘句诸目，合校释、评论、考证于一体。再如施蛰存《唐诗百话》（华东师范大学出版社2001年版）、张忠纲《全唐诗大辞典》（语文出版社2001年版）、周啸天《隋唐五代诗词鉴赏》（四川人民出版社2003年版）、陈伯海《历代唐诗论评选》（河北大学出版社2003年版）、张占国《中国历代诗词分类品读》（学苑出版社2006年版）、徐晓莉《中国古代经典诗词文赋选讲》（天津古籍出版社2006年版）、尚永亮主编《唐宋诗分类选讲》（高等教育出版社2007年版）、陈才智《唐宋诗词鉴赏》（语文出版社2007年版）等。

2.文献整理再度高潮。相比较而言，此时期的疏证、笺校、编年、考论的工作，更为细化，也更加完善。譬如，刘学锴、余恕诚《李商隐诗歌集解》由中华书局2004年增订重排本重出，此前中华书局1988年12月曾经初版，台湾洪叶文化有限公司1992年再版。又如，继瞿蜕园《刘禹锡集笺证》（上海古籍出版社1989年版）、蒋维崧等《刘禹锡诗集编年笺注》（山东大学出版社1997年版）之后，对刘禹锡今存诗800多首、文200余篇全部加以编年和校勘和注释，广收传记、评论、序跋、著录、同时代人有关诗文等资料，并附有编年。再有如陶敏、陶红雨《刘禹锡全集编年校注》（岳麓书社2003年版）、项楚的《王梵志诗校注》（上海古籍出版社1991年版）。其他如李更、陈新《分门类纂唐宋时贤千家诗选校证》（人民文学出版社2002年版）、孙望《韦应物诗集系年校笺》（中华书局2002年版）、黄鹏《贾岛诗集笺注》（巴蜀书社2002年版）、杨军《元稹集编年笺注诗歌卷》（三秦出版社2002年版）、刘学锴、余恕诚《李商隐文编年校注》（中华书局2002年版）、刘学锴《汇评本李商隐诗》（上海社会科学院出版社2002年版）、靳极苍《〈长恨歌〉及同题材诗详解》（山西古籍出版社2002年版）、郑文《〈温飞卿诗集笺注〉补》（甘肃文化出版社2002年版）、聂安福《韦庄集笺注》（上海古籍出版社2002年版）、齐涛《韦庄诗词笺注》（山东教育出版社2002年版）、杨文生《王维诗集笺注》（四川人民出版社2003年版）、张伯伟《全唐五代诗格汇考》（江苏古籍出版社2002年版）、张忠纲《杜甫诗话六种校注》（齐鲁书社2002年版）、王友胜和李德辉《李贺集》（岳麓书社2003年版）、周相录《元稹年谱新编》（上海古籍出版社2004年版）、孙安邦《白居易集》（山西古籍出版社2004年版）、阎琦《韩昌黎文集注释》（三秦出版社2004年版）、傅璇琮《五代史书汇编》（杭州出版社2004年版）、廖立《岑嘉州诗笺注》（中华书局2004年版）、吴文治《柳宗元诗文十九种善本异文汇编》（黄山书社2004年版）、刘天文《薛涛诗四家注评说》（巴蜀书社2004年版）、陈耀东《唐代诗文丛考》（浙江教育出版社2004年版）、吕光华《今存十种唐人选唐诗考》（崇文书局2005年版）、胡嗣坤和力罗琴《杜荀鹤及其〈唐风集〉研究》（崇文书局2005

年版）、陈冠明《杜甫亲眷交游行年考》（上海古籍出版社2006年版）、刘学锴《温庭筠全集校注》（中华书局2007年版）、陈耀东《寒山诗集版本研究》（世界知识出版社2007年版）等。

3.传论专论精品迭出。此类著作求新求变，理论性加强，创新意识也明显突出，并带有总结性质。从数量上看，几乎是前两个时期的总和，现逐年列数如下：吴相洲《唐代歌诗与诗歌》（北京大学出版2000年版）、王小舒《神韵诗学论稿》（广西师范大学出版社2001年版）、田耕宇《晚唐诗研究》（巴蜀书社2001年版）、王明居《唐诗风格论》（天津古籍出版社2001年版）、洪丕谟《唐诗与人生》（中华书局2001年版）、朱炯远《唐代通俗诗研究》（天津教育出版社2001年版）、罗时进《唐诗演进论》（江苏古籍出版社2001年版）、张海沙《初盛唐佛教禅学与诗歌研究》（辽海出版社2001年版）、贾晋华《唐代集会总集与诗人群研究》（里仁书局2001年版）、傅道彬和陈永宏《歌者的悲欢：唐代诗人的心路历程》（河北大学出版社2001年版）、杨义《李杜诗学》（凤凰出版社2001年版）、于汉唐和梁媛《千古绝唱：登峰造极的唐诗》（百花文艺出版社2001年版）、于唐编《朱自清、胡适、闻一多解读唐诗》（巴蜀书社2001年版）、谭德晶《唐诗宋词的艺术》（学林出版社2001年版）、莫砺锋《唐宋诗论稿》（辽海出版社2001年版）、刘学锴《李商隐传论》（安徽大学出版社2002年版）、李浩《唐代三大地域文学士族研究》（中华书局2002年版）、吴相洲《唐诗十三论》（学苑出版社2002年版）、聂永华《初唐宫廷诗风流变考论》（中国社会科学出版社2002年版）、刘宁《唐宋之际诗歌演变研究》（北京师范大学出版社2002年版）、姜剑云《审美的游离：论唐代怪奇诗派》（东方出版社2002年版）、徐青《唐诗格律通论》（当代中国出版社2002年版）、范震威《李白的身世、婚姻与家庭：兼质疑郭沫若等的李白论》（黑龙江人民出版社2002年版）、葛景春《盛唐骄子李白传》（郑州大学出版社2002年版）、韩成武《杜诗艺谭》（河北教育出版社2002年版）、吴怀东《杜甫与六朝诗歌关系研究》（安徽教育出版社2002年版）、蒋先伟《杜甫夔州诗论稿》（巴蜀书社2002年版）、李浩《唐代关中士族与文学》（中国社会科学出版社2003年版）、李德辉《唐代交通与文学》（湖南人民出版社2003年版）、陈文华《唐诗史案》（上海古籍出版社2003年版）、胡可先《政治兴变与唐诗演化》（中国社会科学出版社2003年版）、孙琴安《唐诗与政治》（上海人民出版社2003年版）、赵望秦《唐代咏史组诗考论》（三秦出版社2003年版）、陈炎和李红春《儒释道背景下的唐代诗歌》（昆仑出版社2003年版）、李亮伟《涵泳大雅：王维与中国文化》（中华书局2003年版）、胡可先《杜甫诗学引论》（安徽大学出版社2003年版）、阎琦和周敏《韩昌黎文学传论》（三秦出版社2003年版）、谭朝炎《红尘佛道觅辋川：王维的主体性诠释》（中国社会科学出版社2004年版）、王胜明《李益研究》（巴蜀书社2004年版）、康怀远《李白批评论》（巴蜀书社2004年版）、郭锋《杜佑评传》（南京大学出版社2004年版）、孙微《清代杜诗学史》（齐鲁书社2004年版）、宋开玉《杜诗释地》（上海古籍出版社2004年版）、金性尧《夜阑话韩柳》（中华书局2004年版）、刘梦初《刘禹锡朗州诗文研究》（中南大学出版社2004年版）、王锡九《皮陆诗歌研究》（安徽大学出版社2004年版）、任海天《韦庄研究》（人民文学出版社2004年版）、傅璇琮《唐宋文史论丛及其他》（大象出版社2004年版）、蔡镇楚和龙宿莽《唐宋诗词文化解读》（北京图书馆出版社2004年版）、陈忻《唐宋文化与诗词论稿》（重庆出版社2004年版）、刘洪生《唐代题壁诗》（中国社会科学出版社2004年版）、吴相洲《唐诗创作与歌诗传唱关系研究》（北京大学出版社2004年版）、王辉斌《唐代诗人婚姻研究》（群言出版社2004年版）、吴怀东《唐诗流派通论》（新华出版社2004年版）、张安祖《唐代文学散论》（北京三联书店2004年版）、崔际银《诗与唐人小说》（天津古籍出版社2004年版）、尚永亮《贬谪文化与贬谪文学：以中唐元和五大诗人之贬及其创作为中心》（兰州大学出版社2004年版）、赵荣蔚《晚唐士风与诗风》（上海古籍出版社2004年版）、王兆鹏《唐代科举考试诗赋用韵研究》（齐鲁书社2004年版）、刘航《中唐诗歌嬗变的民俗观照》（学苑出版社2004年版）、陈伯海主编《唐诗学史稿》（河北人民出版社2004年版）、赵睿才《唐诗画谱》（山东画报出版社2004年版）、阎艳《〈全唐诗〉名物词研究》（巴蜀书社2004年版）、阎艳《唐诗食品词语语言与文化研究》（巴蜀书社2004年版）、勾承益《唐诗感悟》（中国社会出版社2005年版）、张少康《司空图及其诗论研究》（上海古籍出版社2005年版）、金圣叹《金圣叹选批唐才子诗》（安徽大学出版社2005年版）、孙琴安《唐诗选本提要》（中国社会科学出版社2005年版）、耿仲琳《李贺歌诗愚解稿》（学林出版社2005年版）、宋再新《千年唐诗缘：唐诗在日本》（上海书店出版社2005年版）、陶瑞芝《杜甫杜牧诗论丛》（上海古籍出版社2005年版）、邓中龙《唐代诗歌演变》（岳麓书社2005年版）、刘洁《唐诗题材类论》（辽海出版社2005年版）、房日晰《唐诗比较研究》（辽海出版社2005年版）、廖明君《生死攸关：李贺诗歌的哲学解读》（江苏古籍出版社2005年版）、方瑜《唐诗论文集及其他》（湖北人民出版社2005年版）、尚永亮《唐代诗歌的多元观照》（崇文书局2005年版）、徐有富《唐代妇女生活与诗》（中华书局2005年版）、冷成金《唐诗宋词研究》（中国人民大学出版社2005年版）、史仲文《大唐诗史》（中国社会科学出版社2005年版）、刘士林《床前明月光：唐诗阅读笔记》（济南出版社2005年版）、张中宇《白居易〈长恨歌〉研究》（中华书局2005年版）、李建昆《韩孟诗论丛》（中国人民大学出版社2005年版）、洪梗《唐诗纪事》（学林出版社2005年版）、王辉斌《唐代诗人探赜》（贵州人民出版社2005年版）、西渡《名家读唐诗》（中国计划出版社2005年版）。2005年岳麓书社还推出“插图本中国诗词经典：当代著名学者诠释古代经典名作”系列，如杨义的《李白》《杜甫》和《王维》三部等。此后，论著仍然逐浪高起，如吴在庆《唐代文士与唐诗考论》（厦门大学出版社2006年版）、薛天纬《唐代歌行论》（人民文学出版社2006年版）、郑晓霞《唐代科举诗研究》（复旦大学出版社2006年版）、张震英《寒士的低吟——贾岛诗歌艺术新探》（中国社会科学出版社2006年版）、王国璎《中国山水诗研究》（中华书局2007年版）、张本志《律诗规范及其辨析》（天津古籍出版社2007年版）、尚永亮主撰《唐五代逐臣与贬谪文学研究》（武汉大学出版社2007年版）、胡遂《佛教禅宗与唐代诗风之发展演变》（中华书局2007年版）、王志清《盛唐生态诗学》（北京大学出版社2007年版）、戴伟华《唐代使府与文学研究》（广西师范大学出版社2007年版）、傅道彬《晚唐钟声》（北京大学出版社2007年版）、吴相洲《中唐诗文新变》（学苑出版社2007年版）、蒋寅《大历诗人研究》（北京大学出版社2007年版）、陈才智《元白诗派研究》（社会科学文献出版社2007年版）、陈国球《明代复古派唐诗论研究》（北京大学出版社2007年版）、金生奎《明代唐诗选本研究》（合肥工业大学出版社2007年版）、王纲怀和孙克让《唐代铜镜与唐诗》（上海古籍出版社2007年版）、莫砺锋《杜甫诗歌讲演录》（广西师范大学出版社2007年版）、于年湖《杜诗语言艺术研究》（齐鲁书社2007年版）、赵海菱《杜甫与儒家文化传统研究》（齐鲁书社2007年版）、顾建国《张九龄研究》（中华书局2007年版）、齐文榜《贾岛研究》（人民文学出版社2007年版）、许连军《皎然〈诗式〉研究》（中华书局2007年版）、吴怀东《唐诗与传奇的生成》（学苑出版社2008年版）、罗宗强《唐诗小史》（宁夏人民出版社2008年版）、叶嘉莹《叶嘉莹说中晚唐诗》和《叶嘉莹说初盛唐诗》（广西教育出版社2008年版）、黄炳辉《唐诗学史述论》（东方出版社2008年版）、诸葛忆兵《唐诗解读》（长江文艺出版社2008年版）、夏昆《唐诗的江山》（中国社会科学出版社2008年版）、王志清《纵横论王维（修订版）》（齐鲁书社2008年版）等等。

文学接受史的研究也迅速升温，如刘学锴《李商隐诗歌接受史》（安徽大学出版社2004年版）、白爱平《姚贾接受史》（科学出版社2006年版）、查清华《明代唐诗接受史》（上海古籍出版社2006年版）、米彦青《清代李商隐诗歌接受史稿》（中华书局2007年版）。

此时期论文结集也大量出版，合集全集更加厚重，如胡戟主编《二十世纪唐研究》（中国社会科学出版社2002年版）、傅璇琮和罗联添主编《唐代文学研究论著集成》（三秦出版社2004年版）、董乃斌主编《聚沙集：上海大学文学院古代文学研究论文选》（上海古籍出版社2003年版）、王永宽主编《李商隐与中晚唐文学研究》（中州古籍出版社2003年版）、刘明华《杜甫研究论集》（重庆出版社2004年版）、张忠纲主编《山东杜诗学文献研究》（齐鲁书社2004年版）等，还有李白、杜甫、王维、白居易、韩愈、柳宗元等专题研究的论文选集。个人论文专集还有谢思炜《唐宋诗学论集》（商务印书馆2003年版）、陶文鹏《唐宋诗美学与艺术论》（南开大学出版社2003年版）、杨胜宽《杜学与苏学》（巴蜀书社2003年版）、莫砺锋《唐宋诗歌论集》（凤凰出版社2007年版）等。

二、唐诗研究三十年的成果及经验

1.观念领先，境界超逸。唐诗研究的重大成果，首先是观念的变革和更新。以前的唐诗研究，其诗学观念的核心不外是以儒家政教思想为基础的美刺说、正变观、人民性以及文学与时代同步的盛衰论，人为地设定一条“现实主义与反现实主义”界线，划定一些思想禁区，研究往往是先剔除其“糟粕”而再吸取其“精华”的程序和套路，最后对诗人、作品作一种“定性”的政治归属。十一届三中全会后的拨乱反正，学术观念的变革，首先在于对文学从属于政治的研究模式的反拨，开始了唐诗研究的转型，唐诗研究的学者们突破禁区，突破禁锢，以唯物主义史观和科学发展观为指导，使唐诗研究走出了一片灿烂的新天地，学术研究进入了多元化发展的阶段。

学风的转变，也是唐诗研究重大成果里的深刻内容，是唐诗研究所以辉煌的重要原因。在唐诗研究领域，突破了各自为政的闭守，精诚团结、通力合作。譬如唐诗学资料整理，其涵盖面甚为博大，陈伯海主持的“唐诗学系列研究”包括《唐诗学引论》《唐诗书录》《唐诗评论类编》《全唐诗汇评》4个子项目，共400多万字，由上海社会科学院、华东师大、上海师大等近10所大学的20多位专家通力合作完成。周勋初的《唐诗大辞典》编写过程浩大，集结了80多位学者的研究成果。全书共设辞条6200余条，其中诗人条目3900条，比清编《全唐诗》的作者多出1700人，这当中还不包括在选目中剔除的《全唐诗》中误收和滥收者。

加强中外学者的交流合作，也是观念变化的一个重要方面。唐诗学者具有开放性的学术交流的理性自觉，唐诗学者踊跃去海外讲学，海外学者被邀请来大陆开会交流。唐代文学年会从1991年第五届年会起，每届都有一批国外、海外的唐诗学者前来参会。《唐代文学研究年鉴》从1990年创刊起就开设了“国外研究动态”条目。创刊号上即刊有尹锡康《唐代文学在苏联》、王丽娜《美国对李白诗歌的翻译和研究》、董乃斌《日本学者李商隐研究的新收获——〈李义山七绝、七律集释稿〉简介》以及美国学者李珍华的《美国学者与唐诗研究》。海内外学者合作的研究成果有代表性的如缪钺和叶嘉莹《灵溪词说》（上海古籍出版社1987年版）、李华珍和傅璇琮的《〈河岳英灵集〉研究》（中华书局1992年版）等。

2.兵马强壮，阵容豪华。自拨乱反正以来，唐诗研究先觉先行，形成了唐诗研究风起云涌的态势。一者，学界巨擘如缪钺、林庚、陈贻焮、傅璇琮、程千帆、霍松林等一流学者身先士卒，力作示范；再者，学会建设，起到组织上的整合与导向的作用，中国唐代文学学会1981年在西安成立，不久，中国李白研究会、杜甫研究会相继成立，90年代又陆续成立了隶属于唐代文学学会的王维、韩愈、柳宗元、李商隐研究分会，骆宾王、陈子昂、张九龄、孟浩然、齐已等都先后举办了研讨会；同时，北京中华书局、上海古籍出版社在聚合研究方面也起了极大作用。这些都标志着中国当代的唐代文学研究进入了有组织、有计划的规模研究时期。因此，唐诗研究队伍齐整，骨干辈出，涌现了一大批的学术精英，如邓绍基、刘开扬、詹瑛、郁贤皓、安旗、裴斐、王运熙、袁行霈、罗宗强、孙望、卞孝萱、王重民、陈允吉、葛晓音、张明非、董乃斌、陈铁民、王达津、谭优学、陶敏、陶文鹏、孙昌武、赵昌平、陈尚君、陈伯海、罗联添、朱金城、刘学锴、余恕诚、陈良运、贾晋华、吴在庆、朱易安、詹福瑞、阎琦、王兆鹏、葛景春、莫砺锋、肖占鹏、吴庚舜、张忠纲、张清华、韩理洲、谢思炜、吴相洲、蒋寅、李浩、孟二冬、胡可先、许总、尚永亮、戴伟华等等（信手拈来，难免有万漏之虞也）。

3.成果巨硕，佳绩辉煌。资料建设空前加强，古籍整理优长突出，这既是研究成果，又是研究特点。其中点校出版的唐人别集、合集或重印清以前学者的唐人诗集笺注本200余种。疏证、笺校、编年、考论之类的专著的出版，每年都数以百部计，修订、补编之类的善本也不断出版。清编全唐诗存诗一卷以上的诗人240位，大陆自1990年以来，已有150位诗人进行了主题研究。资料书、工具书、大全之类的书籍，不胜枚举，如《全唐诗作者索引》《全唐诗重篇索引》《唐五代人物传记资料索引》《唐诗纪事校笺》《唐才子传校笺》。经陈尚君统一整理、汇编为《全唐诗补编》（中华书局1992年版），共得诗6300余首，新见作者800多人。傅璇琮主编的《唐代文学》（两年一辑）、《唐代文学年鉴》（一年一部）正常出版，其中80%的是唐诗研究。傅璇琮、罗联添主编《唐代文学研究论著集成》（三秦出版社2004年版）第一次对两岸三地50年来唐代文学研究成果加以系统整理，成为新世纪对唐代文学学术史的检阅和展示。全书8卷10册，400万字，收文上限为1949年，下限至2000年，全面展现了成就最辉煌的唐代文学研究全貌，主要是唐诗研究的成就。周勋初编的《李白研究》广泛集萃20世纪以来李白研究的论文，收录了陈寅恪、郭沫若、俞平伯、胡小石、李长之、林庚、詹瑛、郁贤皓、安旗、裴斐、王运熙、周勋初、袁行霈、罗宗强等专家学者的重要论文30余篇。

检阅三十年唐诗的研究成果，最大的收获是作家研究，研究的覆盖面、纵深度都达到了几乎无以复加的地步。另外，在唐诗学、唐诗史学、唐诗文化学等方面都有较大进展。唐诗研究的各类课题研究在不断推陈出新，研究方法日渐求变，研究广度和深度拓展掘进。据不完全统计，三十年共出版各类有关唐诗论著近3000种，论文3万余篇。

4.方法创意，理论标新。方法上的科学和先进，是研究者成熟的标志，也是研究成果的重要内容。唐诗研究三十年，越来越注重研究方法的创新，也创新出不少行之有效的研究方法，在研究思路、表现方法以及知识积累、学科建设等各方面都具有开创性和建设性的最新成就。此前的唐诗研究，闻一多《唐诗杂论》是民俗学方法，陈寅恪的《元白诗笺证稿》以诗史互证方法著称于世。三十年来，傅璇琮和陈千帆的考论型与多学科结合性研究，影响深远。傅璇琮的《唐代诗人丛考》，对唐代27位以中小为主的诗人生平、交游作出考订，有意识地运用丹纳的地域学说和诗人群体理论，用一种编年方式，把不同地区作家的不同活动，放在同一时空背景下加以考察，首开了群体研究之风。从此“丛考”式的群体研究蔚成风气，继之有陈尚君的《唐代文学丛考》、吴在庆的《唐代文史丛考》、谭优学的《唐诗人行年考续编》、王达津的《唐诗丛考》等。傅璇琮在《文学遗产》（1998年5月）上发表《唐初30年的文学流程》，对这种在传统研究方法上的新变的方法作了总结。程千帆的《唐代进士行卷与文学》倡导了一种研究唐代文学的新的思维方式，以大量篇幅从行卷的制度、历史和文化背景等方面，讨论了行卷与唐代文学发展的关系。此后，傅璇琮《唐代科举与文学》、戴伟华《唐代幕府与文学》、葛晓音《论盛唐文人的干谒方式》等都属于此类研究。唐诗研究，跳出了乾嘉学派只重文字考据的传统，表现出文献文论两兼两重的研究的范围和思路，并逐步形成了多角度观照途径和多学科思维方式。

唐诗在研究方法上更加强调学术性，注重文学性，既反对以政治分类来代替研究的做法，也反对恢复到以感悟式的旧有研究来代替研究的方式，立足于中国传统文化这个广阔而深厚的背景，寻求与此相契合的表达体系，并注重各种方法的交替使用，形成了唐诗与考古学相结合的文学研究，文学、文化学、文献学相结合的研究范式。在新的研究方法的具体运用上，接受美学、比较研究、心理分析法、语言学批评、原型批评和结构主义等研究比较常见，部分学者采用统计学等方法，甚至出现了唐诗生态理论的研究等，展现一幅立体交叉的唐诗研究的广阔大全景。

改革开放以来的唐诗研究，还有一个最重要的特征是，研究者的主体独立意识大大增强，大胆发表见解，积极进行理性思辨，极大地增强了研究的思想性。专题和个案研究，更注重通过考证与理论的内在融合，不少著述表现出高阔雄迈的论辩气势和理论深度。

三、唐诗研究三十年的态势及走向

1.视野开阔，巨细不遗。首先从研究对象上看，形成了大小作家研究并举的态势。除了李白、杜甫、王维、韩愈、柳宗元、白居易、李贺、李商隐等大家继续受到研究者的关注外，非主流诗人进入了研究者的视野，中小作家研究也普遍展开，还专门召开过张九龄、骆宾王、陈子昂、胡曾等人的研讨会。张说、綦毋潜、皇甫冉、李百药、李治、鱼玄机、薛逢、方干、权德舆、吕温等，都有了“填补空白性”的研究成果，而过去很少触及甚至没有触及的小家也开始了研究，如郭元振、可朋、窦群、牟融、李廓、郑嵎、李洞、郑遨、崔致远、胡曾、徐寅等。上海古籍出版社编辑出版了《唐诗小集》丛书，专门选择唐代诗人中作品流传不多却别具风格的中小诗人为对象。上海辞书出版社编辑出版的第一部《唐诗鉴赏辞典》中，对100多位中小诗人的生平和诗作进行了介绍和赏析。一批对中小作家研究的论文也陆续问世，如霍松林、邓小军《韩偓年谱》（《陕西师大学报》1988年第3期、第4期；1989年1期）等。但是，从研究现状来看，“大家”仍是研究者们重点研究的对象，对历代唐诗总集、大诗人的别集整理研究得多一些，小家资料的汇集，以及历代关于唐诗的时段、流派、群体研究的研究却显得沉寂。唐代有3000多位诗人，目前我们研究到的包括接触到的约250位。以中唐而言，研究者的目光关注的仍是韩愈、白居易、柳宗元等几位大家。[①] 诚然，我们也反对“小题大做”，“把沉寂了数百年甚至数千年的一些藏在历史旮旯里的小作家、小作品都拿出来倒腾一番，且美其名曰‘填补文学史空白’”[②]。

2.思路纵横，文化探进。唐诗的文化研究，正日渐成为主流。随着研究者知识结构的逐步更新和日渐完善，跨学科研究，真正打通文史哲的“大文学”

---

① 陈友冰《五十年来海峡两岸唐代文学研究比较》，《文学评论》2000年6月。

② 郭英德《论古典文学研究的“私人化”倾向》，《文学评论》2000年4月。

（或文化研究）研究，正在成为大家的共识和追求。探讨文化制度与文学创作的关系的研究，如傅璇琮《唐代科举与文学》、戴伟华《唐代幕府与文学》和《唐代使府与文学研究》等，结合文化、历史、制度等文学外部因素来探讨文学现象。探讨某种文化形式对文学的影响的研究，如朱易安的《唐诗与音乐》、王小盾的《隋唐五代燕乐杂言歌辞研究》、张明非的《唐诗与舞蹈》、陶文鹏的《唐诗与绘画》等。 唐诗与文化学、民俗学和史学结合的，如李浩的《唐代关中士族与文学》、刘航的《中唐诗歌嬗变的民俗观照》、傅绍良的《盛唐文化精神与诗人人格》、邓志方的《浙东唐诗之路》、程蔷和董乃斌的《唐帝国的精神文明——民俗与文学》、葛景春的《李白与中国传统文化》等，都展示了这种研究的宽阔前景。

佛教、道教对唐诗影响的研究，也喜获丰收。如孙昌武的专著《唐代文学与佛教》，以柳宗元、王维、白居易、杜牧、颜真卿、李端等为个案，论述了佛教对他们思想、生活方式上的影响。陈允吉的专著《唐音佛教辨思录》涉及王维、杜甫、白居易、韩愈、李贺五位大家，立论多从绘画、佛经、偈颂等人们很少涉及的文化学角度出发。佛禅研究，开始出现了对一些僧人生平作品的新论，而且已不限于贾岛、皎然等影响较大者，还涉及寒山、拾得、贯休、齐已、灵一等知名诗僧，甚至涉及若虚、澹交、栖蟾等不知名的诗僧。道家与唐诗方面的综论有孙昌武《唐代道教与文学》、葛兆光《道教与中国文化》、葛景春《李白与唐代文化》和郁贤皓《天上谪仙人的秘密——李白考论集》等。道家与唐诗方面的综论还有很大的纵深可以探索。

3.学科拓展，多元整合。三十年唐诗研究取得重大进展的主要标志是：学科领域得到了极大开拓，多学科联袂的研究局面已经形成。特别是90年代以来，思路、思辨宏观化，突破了时代背景、思想内容、艺术成就三大块这种机械、单一的分析方法，注意文学与多种因素的关联，研究领域延伸到史学、美学、文化学、经济、艺术、哲学、神学、民俗等方面。余恕诚的《唐诗风貌》，注重讨论唐诗的总体风貌形成的本身及外部诸因素，谈到了民族精神变迁和地域文化差异，强调了人文精神和人文关怀。李浩《唐代关中士族与文学》从人地关系的理论前提出发，运用“地域—家族”相结合的研究方法，对与文学发展具有关联性的关中地域文化和关中士族的历史事实进行整理，对本地域文学的发生机制重新诠释和定位。李德辉的《唐代交通与文学》，也是从文学外部进行跨学科、综合性研究，探索交通对唐诗形式、内容乃至传播的深刻影响。王志清的《盛唐生态诗学》开新学科，以生态的系统观和生态的价值观，揭示盛唐山水诗派生成的“生态原因”及其作品的生态关系，比较深刻地探讨了文学发生的许多本质性问题。这种跨学科的研究，涵盖面广泛，更注意整体的、宏观的把握。研究者在对史料作深刻的发掘和全面把握的基础上，更注意一种历史文化的横向思考和人文精神的总体探究，这是更为重要的一种横向拓展。就研究层面而言，开始把关注的焦点由外向内，深入作家心灵世界。譬如廖明君的《生死攸关：李贺诗歌的哲学解读》，借鉴心理学、美学、社会学、宗教学及神话学等理论，从生命哲学的视角切入，全面而系统地展开对李贺诗歌的哲学解读，揭示李贺诗歌内在的哲学意蕴和精神实质乃在于生命哲学的诗化，求证李贺东方人的思维和中国人的诗性智慧，围绕人、鬼、仙三种生命不同的状态，通过过去、现在、未来以及尘世、鬼蜮、天国的建构来完成特定的时空转换，解密李贺诗歌的生命奥秘和文化内蕴。

总之，最深刻的是思路、视野的宏观化，而从方法论的视角审视，唐诗研究表现出三个特征：一是史料学研究带有文化学的色彩；二是历史文化学研究有了重大突破；三是理论著作带有综合性的特点。[①]

四、唐诗三十年研究的不足与缺憾

唐诗研究三十年，道路越走越宽广，离不开对自身发展的不断反思，因此，回顾与总结我们的研究历史，甚至检讨唐诗研究中的不足和缺憾，对于落实唐诗研究的科学发展观，使唐诗研究加速度发展，显得格外必要。

1.理论创新相对薄弱。唐诗理论构架和体系，毕竟是唐诗研究的核心问题及终极追求。虽然一些新方法在唐诗研究中已被广泛地运用，但是，比较而言，唐诗研究的现状是理论研究相对贫弱。因为理论不足，手法陈旧，造成了研究思路呆板，视野闭塞，能力低下，不少研究者满足于静态分析，专注于发微钩沉，其研究多属于考据学或阐释学范畴的研究，有些名曰专论却并不

① 胡可先《唐代文学文化史研究方法论思考》，《河南社会科学》2003年5月。

专深，通论则空洞浮泛，虽然冠以“新考”“新说”“新探”，却并无精到识见，研究无实质性的突破。胡明在《关于唐诗——兼谈近百年来的唐诗研究》中回顾了近百年来唐诗的研究历程，他认为：当前唐诗研究的现状是“唐诗史料学规模完备，唐诗学还在踽踽独行，应该是改变这种格局失衡的时候了”[①]。理论创造是学术研究的生命，没有理论创造的研究是难以将学术推向深入的。我们以为，唐诗研究，既不可忽略材料考据而空泛作论，又不应该迷恋于考证，而以考据自娱，以标榜“博闻多识”。应该以“传统”性研究为主，参照和化入其他多种人文科学的研究方法，文献学与文艺学研究并重，文学与文化、历史研究并行，诗性研究与考订研究并用，特别是要注重理论创新，真正提高唐诗研究的学术性。

2.本位理念不太自觉。从当前的研究现状来看，文学本位在唐诗研究中意识性还不强。唐诗的文献研究的优长，在三十年研究中得到了长足的发展，但是，因为过于突出或强化文献学研究而轻薄了文艺学研究，轻薄了唐诗研究的文学性，使研究停滞于研究的“初级”阶段，影响了唐诗研究的整体水准。郭英德认为古典文学研究界有一种“考据至上”和“制谱成风”的“私人化”倾向，而“热衷于为一位位大大小小的文学家编制年谱，排比他们的陈年往事、仕迹交游、作品系年，并以此为终极目的”，这简直就是“从根本上斫丧学术的生命”。[②] 唐诗研究不能只以考据作为研究的终极目的，忙于寻章摘句的评点，更不是刻意将唐诗研究变为历史学研究、考古学研究、音韵学研究，而放弃对历史、社会和人生的大问题的关注，忽略对文学本体的价值研究。陶文鹏在《唐诗艺术研究的现状和思考》里大声疾呼：“古代文学研究要落实科学发展观，就要坚持以文学为本位，以整理文献研究为基础……”[③]从事古代文学研究的老一辈学者，一般而言，乃作家与学者同兼，如梁启超、王国维、胡适、鲁迅、闻一多、朱自清、冯沅君、苏雪林等。研究者不会吟诗作赋，在研究中所表现出来的与唐诗本文的隔膜也是显见的。因此，坚持文学本位，解决好唐诗研究中文学性与文献性的结合问题，提高研究者自身的文学素养，则是

---

① 胡明《关于唐诗——兼谈近百年来的唐诗研究》，《文学评论》1999年2月。

② 郭英德《论古典文学研究的“私人化”倾向》，《文学评论》2000年4月。

③ 陶文鹏《唐诗艺术研究的现状和思考》，《文学遗产》2005年1月。

唐诗研究面临与需要突破的一个重要课题。

3.粗放型研究仍多干扰。唐诗研究应该以解决有价值的问题为目的，以研究的有效性为准则。而当下唐诗研究，不少是粗放型的，形成了千篇一律的研究模式，形成了研究的低层次重复，难以使研究别开生面。原因主要是，部分研究者急于求成，怕下苦功，态度浮泛，研究精神也疲弱，因此，选题重复，唐诗研究论著内容重复、论点相似，甚至连构思和语言都仿佛，成批生产出虚空浮泛而无突破之实质的文章。这里还有个利益驱动的问题，有的学者忙于走穴，频频出镜，或者不惜以浅薄搞笑来迎合时尚，或者凭借自己的名气，选些诗文，加几句不着边际的评语而赚取稿费，故而，翻新名目的大型“集成”“大全”“大观”之类的丛书，泛滥成灾。从研究层面上看，鉴赏多、选注多、介绍多、描述性的表达方式多，而艺术无多，学术稀薄。

【三养斋文存】

审美阅读

王志清◎著

黄山书社

目录

CONTENTS

C 辑

审美阅读·前言

《审美阅读》卷，收入文章四十余篇，分为三辑，每辑里的文章大致按发表先后顺序编排。根据需要，文章题目几乎全都做了改动。修改比较大的还有，新诗皆接排，因分行甚费版面。

二十余年来，“书评”类文字日积甚夥，选编很“纠结”，手心手背都是肉，只得考虑了几个“入选”原则。譬如，千字短文概不收入。这就意味着报纸上发表的文字基本不能收入。尽管这些短文发表的级别还比较高，有些文章发表后影响也比较大。不少著名作家诗人或文化学者，与我交好多年，因为评其诗文的篇幅短小而不能收入，实在有难以面对之尴尬。唯待日后再有积集之机会也。

笔者所评诗书的作者，非师即友，几无例外。而入选的几篇书序，更能看出我与作者之关系。“颂其诗，读其书，不知其人可乎？”孟子“知人论世”的原意，乃“尚友”之目的，即通过阅读古人的诗书而获得与古人为友的精神交流，实现通透和评判社会政治的道德意义。刘熙载《艺概·诗概》说：“颂其诗，贵知其人。”因为只评熟人书的做法，审美与审人互渗，诗性与理性并重，这也形成了我之书评亲切可人的交流之风。

笔者之为文，无论是书评类文字，还是考论两兼的古代文学研究，皆取审美视域，重视直觉判断，重视情感参与，还专门发表过“辩白”文章①。

审美是人类理解世界的一种没有功利的特殊形式。审美体验最能够充分展示人之自由自觉的意识。读书也是一种审美，一种艺术审美。作为语言艺术的文学，间接性是其弱势，也更是其优势，即可给读者以特别广袤的再造性想

① 王志清《文学批评性情参与的学理依据》，《江海学刊》2002年第2期，第190—194页。

象空间，尤其是读诗。审美阅读，就是以美的视镜而对美的本身进行美的再造性解读，在对文学美的直接感知与整体把握中而实现精神的愉悦与生命的高扬。

王水照先生叹曰："钱（锺书）先生那一代是从研读大量的原典入手的，相比之下，我们则有些'先天不足'……从面对文献的身份而言，钱先生他们既作为一个研究者，也是一位鉴赏者，又是一位古典诗文的创造者，这三种身份是合一的。""三种身份"合而为一，才是个真正的文学研究的学者。而研究者要具备后二者的身份也是非常不容易的。尤其是当下研究者多重文献而轻鉴赏，擅"整理"而不擅"涵泳"，你给他一诗文，而不能有妍媸之辨，很难说出个子丑寅卯来。鉴赏也是研究，姑且承认是"微观研究"[①]吧。然鉴赏并不意味着没有学术性，更不意味着其学术品位就一定没有所谓文献整理类研究的高。

书评类文字，似乎属于鉴赏性研究，是研究者的基本训练，也是研究的基本功。笔者以为，读书与评书，可谓训练与提升文科研究生学术研究能力的高效手段。在高校教育由"应试教育"转向"阅读教育"的转型期，提倡读书与书评，或为愚者千忧之一见吧。

---

① 金智仁《追求鉴赏新境界——为打造学术性鉴赏新作与〈名〉刊结缘二十三春秋》，《名作欣赏》创刊三十周年特刊，2010 年第 13 期，第 99—104 页。金先生擅长鉴赏，先后在《名作欣赏》发表 23 篇鉴赏文章。

A

辑

吴功正《唐代美学史》评赏 ①

［按］ 笔者以为，一部优秀的美学史或文学史著作有三大难题需要解决：其一为“关系”，其二为“交融”，其三是“流变”。此文即从此三方面入手读解。文章发表后，旋为人大复印报刊资料《美学》专辑转载。书评全文复印，连《唐代美学史》的作者都不敢相信。

在推出了《小说美学》《中国文学美学》《六朝美学史》等厚重著作之后，吴功正又推出了70万字的皇皇巨著——《唐代美学史》②，这意味着他在美学和美学史的研究上站位“第一排”的理想又一次实现。

吴功正先生十分重视美学史著作体例的独创性，他在《我的美学史观（代前言）》里说：“体例就是思想。”③ 因此，他的著作一部一个模式，不重复别人也不重复自己，充分显示出作者求新求变的“进击状态”和“弹跳状态”以及游刃于重大题材的实力和艺术。笔者从未有过作“史”的雄心和实践，聚读史之感受而深深感到，一部优秀的美学史或文学史著作有三大难题需要解决：其一为“关系”，其二为“交融”，其三是“流变”。此文亦就此三方面入手读解，不知能否进得吴功正创设的浑灏宏肆的美学情境。

以笔者之愚见，文学、美学史类的书最让作者棘手的还不在于对各种现象的描述，对史的演变的交代，对许多的个体特征的阐论，而首先是各种“关系”的摆布。错综复杂的关系建构即是一部书的理论框架，吴功正此著的“关系”主要是通过比较、照应及对应等来实现的。

一是比较。此书简直就是一部比较学著作，所有一切都处于比较中而在比较中“关系”起来：阶段与阶段比（初、盛、中、晚唐乃至其中某一个时期与时期之间）；流派与流派比（吴中诗派与岭南诗派，王孟诗风与大历诗风，

---

① 原题为《精彩纷呈的动态格局——吴功正〈唐代美学史〉评论》，《南京理工大学学报（社科版）》2000年第3期，中国人民大学复印报刊资料《美学》2000年第11期转载。

② 吴功正《唐代美学史》，陕西师范大学出版社1999年版。

③ 吴功正《六朝美学史》，江苏美术出版社1994年版，第5页。

韩孟与元白等）；思潮与思潮比（中唐的复古美学思潮，晚唐的三股美学思潮等）；诗人与诗人比（初唐四杰、王孟、高岑、韩柳、元白、贾姚等）；门类与门类比（诗、赋、文、小说、书画、服饰、歌舞、园林等）……通过比较，零散繁乱、仿佛彼此不相关的独立着的个体和现象"关系"了起来，形成了"你中有我而我中有你"的互为"关系"、互为背景的共同体，所有的"个体"全都进入了秩序化、整体化的星系轨道。而且，吴功正在比较之后的评说和论断也往往都是比较性的，试举一二：

> 如果以盛唐作为坐标，晚唐的气象确实偏狭得多了。如果说盛唐美学是外向型的，晚唐承中唐更趋内敛，审美主体的视线渐渐收合，视域渐渐敛缩。他们没有了盛唐人的社会价值观，既然时代已近凄艳黄昏，理想无由实现，遂走向内心的体验、玩味或出入于青楼香闺。这"秋花"是"幽"且"艳"的，于是也就在红浓绿重之中显现出特有的色彩和格调。
>
> 晚唐美学的最大特征是形式美学、唯美学、纯美学。这是晚唐美学向着另一方向发展的标志，它不是美学内容的没落，而是寻求着另一种形式。就根本而言，晚唐更把文学作为审美形式来看待。
>
> 从盛唐到中唐是一种精神气象变成为另一种精神气象，没有高低之分；是一种审美形态变成为另一种审美形态，没有精粗之别。虽然中唐也承继了盛唐的兴寄、风骨，但其内涵有所变化。韩孟诗派的风骨是力在审美中的体现，是恢张扬厉的表征，而不具备盛唐美学的原初意义。

这些结论以比较性的语言形态表述，见解精辟深刻，而且，对于结构的谨严缜密起到映带穿联的"关系"作用。

二是照应。既然是史，便具有动态的、连续的、渐进的、发展的过程性。任何一种现象（包括流派、思潮乃至作者作品）都是这一历史长河（时空段）里的一个有机因子，有其独立而区别其他的偶然性，然更多的是其摆脱不了"关系"的必然性。吴功正良好的"史"的意识和眼光，使其在处理任何现象时都具有全景观照，总体把握的"照应"动作。比如盛唐和中唐这两个前后辉映的美学史阶段，作者安排了两编（第三编《辉煌的盛唐气象》和第五编《美学新灿烂时期的中唐》），平均使力，而又侧重开展。在此两编之间又专门插入一编（第四编《盛中唐间的交替嬗变期》）专论唐诗美学集大成者——杜甫。杜甫在盛唐虽已露大家气象，但其作用和影响毕竟在中唐。这样的安排非常巧妙，既突破了历代文学史划分和表述上的藩篱，更是着眼于盛、中唐照应上的过渡。吴功正在第三编的结语中说："登慈恩寺塔的衮衮诸公的预感被现实所证验，没有多长时间，那场决定盛唐裂变并使唐王朝命运无法逆转的事变——安史之乱发生了。历史大转折来临之际，把它的历史和美学的代表人物推到了前列，他便是：杜甫！"于是自然地过渡到第四编对杜甫的专论。经过漫长的对杜甫、对深受杜甫影响的中唐美学充分论述之后，在"中唐美学结论"中又照应了上去："中唐美学的转变每一条线路上都离不开杜甫。"作者瞻前瞩后，顾盼生姿，通篇线收索络，结构周密。

三是对应。如果说照应主要是前后关顾，那么，对应则重在彼此双方的平行同列，甚至是此一个系统与彼一系统的并重相当关系。吴功正在前言里说他对白居易有着极其浓厚的兴趣。白居易一生思想性格及创作都非常复杂，在评论上势必要突破传统的致用美学观念而有新的视角。这一部分共三节，作者成功地运用审美心理史理论探析"二元组合结构"：兼济与独善—致用功能与适情寄性—讽喻诗与闲适诗，二元比照对应，辩证解构，在特定的时空心理背景下以动态性地呈示，使人物的复杂性既有合乎情理、令人信服的清晰交代，又达到了使人物丰腴一体的刻画效果，许多看上去格格不入的难以解释的地方密切地关系起来。又比如，本书从思想家与美学家、哲学思想与美学思想对举之视域，分别研究了韩愈、刘禹锡、柳宗元，寻找到二重对应而又交合的切入点，辩证论析，使其结论的基础坚稳厚实，其阐释的空间也格外的宽容大度。其实，吴功正的对应意识是深入肌理的，从全书的结构摆布看，隐显其间，在形式上形成了整合一体的多元化格局。

总之，《唐代美学史》是一部"关系学"著作，关系千丝万缕，纵横交错，彼此关联，互为体现，具有强烈的内在逻辑的张力美。

我们说美学史难在"交融"上，是因为各种材料博杂繁芜，细大不捐，难以大度宽容、包孕一体。比如唐代，虽然实现了疆域上的大一统，但社会的充分开放、思想界的多元性，造成了美学思想的多元和美学思潮的多变，这在美学史创作上增加了很大的交融难度。吴功正在此著的前言里指出："唐人心襟宽阔，思想活跃，唐代风气性质很显著，风动于都市，而声闻于四野，弥散力、扩散性很强。多变、快变、灵活，往往才领风骚，旋即更变，否定性十分强烈。这就保证了唐人精神的鲜活性。”这从另外一个角度看出对唐代美学史驾驭得很不易，可是，吴功正有过几部美学和美学史著作创作的实践经验，其美学的视域和史学的评判及著作结构上的造诣都已达到新高状态，因而，《唐代美学史》在“交融”的艺术上超过了他此前的几部著作。此著的“交融”主要是通过这三方面来解决的：

其一，情和理的交融。吴功正极欣赏司空图的审美思维方式和释论机制，欣赏他的美学理论以生动形象的画面描述来显示某一美学风格和美学境界，让接受者做二度体验和领悟。吴功正也追求“使理论形式具备了跟创作相同的品格”的境界，把“史”作为“美学境域”来描述，使其《唐代美学史》也像《诗品》一样，“本身就是感性的审美存在”。全书采用其惯常所采用的理性思辨和情感体验交融的表述方式，“融”就是不辨何为理性何为感性，以感性的描述呈现理性的感悟，而以理性的思考渗入感性的体验之中。化理入情，融情于理。作者进入了“天舒地阔、山高海大”的唐代美学领域，深入唐人的心理世界。吴功正在《唐代美学史》前言的收束时这样写道：“对于美学史来说，因学科对象和研究对象之性质所致，规定了尤需体验。我在本书中仍然坚持对我的研究对象加以体验，我仿佛神游于他们的美学天地里，分明在跟他们交谈对话，我体验着他们的酸甜苦辣，跟他们一样喜怒哀乐。这样，我就没有隔膜地或‘却下水晶帘’地看待他们，与他们神交、心知、灵契。我所作的审美评价因之深切，所作的审美描述因之亲切。于是，我所得到的便是别一种收获——不是政治学、经济学、社会学、考据学——而是美学的！”他找到了美学史撰写的最佳表述方式，纵观全书，意象饱满，异彩纷呈，几可作优美的文学读本来欣赏。

其二，点和面的交融。本书在点和面的处理上很是得体，将点融入面中，而又以点带面。任何个体都是具体的存在，历史的存在，面是点存在的大背景，点则是面的概括依据。点，一般采用“个案分析”来描述；面，则用“整体综合”来概括。盛唐编自十一章到二十二章，每章三五节不等，从一代名相、文宗张说这一突出的“点”进入，联起一连串的“点”。整个的一编是这样开头的：“经过卢照邻放开嗓门的大唱，有刘希夷黄昏霞光的灿烂，更有张若虚月夜清光临照，沈、宋、‘文章四友’通力合作，加之陈子昂高举大旗、身体力行，通向盛唐的通衢大道已是路标明确，并开筑出来了。在这条大道上站立着一位招引、提携、呼唤众多诗人士子涌入盛唐大门的关键人物——张说。”书中指出：“原点是张说。”张说—张九龄—王维、孟浩然等为一线，张说—贺知章—李白等为另一线，再有王湾、王翰、王昌龄和高适、岑参等一个个的点，点点相连，形成了盛唐的一个块面，即为某一美学区段。作者从文学、美学的微观现象观照宏观时代的理解和体认方式，在一个一个的“点”的个案分析之后，作者深深地陶醉了，以散文诗一样优美的文字概括出“风骨与气韵并存、气势与闲静共生”的盛唐美学生动局面。

其三，主与宾的交融。主与宾的关系是相对而言的，相对于主流，支流是宾；相对于集大美于一身的杜甫，中唐诸星是宾；相对于唐诗，其他艺术体式是宾；唐人悟性高，而思辨性弱，初唐到盛唐基本上没有思辨成果，相对于感性的创作而言，理论则成了宾……以唐诗为例，唐代的文学美学是以诗为主体的，其实，整个的唐代美学都是以诗为主体的，唐代诗美精神实际上就是唐代美学精神。唐诗也理所当然地成为《唐代美学史》的主体和主干。但是，唐代美学毕竟不只是唐诗，而是众多艺术乃至生活门类的美的现象的综合。作者在处理这些关系时，既突出“主”的至高至重的中心地位，又兼顾到“宾”的不是可有可无的状态；既充分表现“主”对“宾”的影响和渗透，又不轻忽“宾”对“主”的反作用力。吴功正说：“在文体的审美交叉中，诗美学无疑给传奇美学提供了抒情因子，古文运动促进了文体的解放，给传奇小说的出现，铺设了温床。”这段文字既是进入《多姿多彩的美学门类》这一编的过渡，又交代了主宾的互为关系，全书共八编，专辟此一编对小说、书法、美术、园林、乐舞、服饰等以集中论述，貌似独立，却因为有诗美精神的照耀和融洽，生成了并存辉映之势。

还有阶段、区域与整体的相融，有唐一代的美学潮经历了一个消长、盛衰的过程，这种思潮的变化有其延伸转换的承接，更有异同向背的反差，比如说壮放的盛唐和凄艳的晚唐之间差异就很大，作者把握住了承传、流变之中的不变因素，异中求同，以同求异，呈现出唐代五彩竞秀、俊逸真率的美学总体特征。

《唐代美学史》虽然是断代史，但从隋末开始，而终于五代十国，其阶段性鲜明，且处于繁复不断的变动之中，好的史笔必然是元气淋漓的对美学思潮和现象之嬗变的动态性记录。吴功正追求“在美学思潮的演化中描述美学史现象”，而这种追求所生成的汪浩恣肆的“流动性”状态，正是此著的又一重要特点。

著名学者霍松林教授撰写长文评论吴功正的《六朝美学史》说：“作者在浩长的篇幅中始终把美学史视为动态结构，把多门类的美学现象视为动态性现象，处处在动态演变中说明史的现象及其历程，在多门类、多范畴的分解与综合中显示史的壮貌，突破了纯编年体和作品自然性排列的做法，从而建构起了具有立体特征的断代美学史框架。”① 霍先生切中其“动态性”的特点，此论照样适合用来评价《唐代美学史》。笔者以为，此著的流动性当这么看：其一是“流”，流则通，流则变，自上而下，由此而彼，“一切”归于“一”，而“一”再向“一切”释放，形成了澎湃浩荡而激流四进的动态性格局；其二是“动”，动则活，动则灵，全书整体联动，首振尾动，内敛外动，前牵后动，上曳下动，动则使严谨的构架平添了贯通透豁的生气，动则使流畅的行文增加了翻变无穷的风韵。吴功正自己说他是“把‘史’的过去时态所沉淀下来的存在复活起来”的，即把史料“真正当作生机饱满、生龙活虎的活人，始终进行活的描述，使美学史成为活史。”此著的“流动性”，我们主要是从其结构、从其对史料的处理上研读的，而其摇曳生姿的文笔则起到了推波助澜的作用，不妨做一举例：

> 唐代美学巨流经过急峡夺路、浩浩流淌之后进入下游地带，由于河床加高，便流淌艰难。它们寻找自己的发展方式和新生长点，或是重新改道，或是依然如故。千派万流在这里汇集起来，晚唐的美学流派显得异彩纷呈，作家群体相继崛起。有写时刺世，有避世隐循，有逸乐靡丽，等等。晚唐美学仍可用“盛”来概括，只是它不是盛大的“盛”的涵义，而是繁盛的“盛”，盛多。它不是盛唐的春花，但它仍不失为花，这就是前引叶燮《原诗》中所说的“秋花”。它是江上之芙蓉，篱边之丛菊，也是一种美和美的存在形态，具有独特的幽艳晚香之韵。

① 霍松林《评吴功正著〈六朝美学史〉》，《文学评论》1996 年第 3 期，第 152 页。

像这样文采斐然、活泼流转的美学史的新话语广为风行，使其著作大为增色，徜徉其中，轻松惬意，美不胜收，读者的审美思维和艺术快感被不断地激发，丝毫不像是在读“史”。

吴功正的《唐代美学史》是一部大气势、大境界而有大突破的大部头美学史著作，是其新近隆重推出的又一部由思辨美学走向艺术美学的力作。面对浑灏激荡的有唐一代美学奇观，他表现出“舍我其谁”的学术自信，表现出知己知彼的运筹智慧，表现出高屋建瓴而后崩云裂岸的决胜架势，非此而不足以建构与唐代美学相适应的“史”的范型。他为站“第一排”而站到了“第一排”的勇力、努力和实力，才是我们最要探究此著的动因。故而，不揣浅陋而云人所未云，以求教于吴功正先生及大方之家。

邓乔彬、赵晓岚《学者闻一多》评赏[①]

［按］ 《学者闻一多》着力于闻一多先生学术方面的研究与传述，述评结合，文情并茂，从“真、善、美”之全视镜探进，在思辨的过程中体验对象的鲜活性，以感性的描述呈现理性的感悟，以理性的思考介入感性的体验。

邓乔彬教授与他的博士生赵晓岚合著的《学者闻一多》[②]，让我读出了十分的感动，这诚然是因为闻一多研究的博大精深，还有就是邓、赵二学人的研究态度和学术功力。

闻一多以新月派诗人和民主斗士而具有广泛的知名度，他还是一个卓越的大师级学者。在学术史上，像闻一多那样富有创造精神、建树甚多的学者是极罕见的。著名学者郭豫适教授高度评价说：“闻一多不但学术研究范围广阔，

① 原题为《寻求学术上对话的平台——邓乔彬、赵晓岚〈学者闻一多〉评论》，《南京理工大学学报·社哲版》2002年第3期

② 邓乔彬、赵晓岚《学者闻一多》，学林出版社2001年版。

更难得的是他在研究中始终保持着一种创造性的追求。一般说来，一个学者能在学术上提出几点独特的创见就不容易了，令人惊异的是，闻一多研究学术问题，要么不上手，只要一上手，他就会有新的发现和提出新的见解。”[①] 邓乔彬教授与赵晓岚博士从事闻一多研究，无论从学术的实力还是从研究的准备上来看，都有水到渠成的自然。邓乔彬教授已出版的主要著作有《唐宋词美学》《中国词学批评史》和《中国绘画思想史》等，而他的博士生赵晓岚也有《姜夔与南宋文化》等专著出版。邓教授此前，已有闻一多研究《求真与求美》（1993）结项，《学者闻一多》三十万字规模的框架建立在此研究基础之上。用邓教授的话来说：“闻一多先生遂成了我最有心心相印之感的五四以来人物。”

闻一多的研究，据《学者闻一多》中开列出来的竟有五大类、六十三项之多（现已公布于世的计四十余种），从内容上涉及神话、诗歌、历史文化、风俗杂考等内容；从形式上则包括笺注疏证、表谱、传记、选本和理论研究等。或钩沉辑佚，或旁搜博考，或通今贯古，或以史论诗……古典文学领域几无所不包而又不限于文学，其研究的方法几无所不有，真让我们从内心深处发出惊诧的欢呼！这么浩瀚庞大的工程，对闻一多的研究者来说，邓、赵二人的研究首先做好了一项重要的工作，就是细致梳理，纵横分析，精心结构，这是需要十分的耐心和实力才可以完成的工作。在这个基础上，邓乔彬他们突破了先生研究编年的顺序，而以中国文学的发展逻辑为序来把它有序化、系统化和体系化。这样的选择无疑是聪慧而优秀的。

闻一多的古典文学研究是从唐诗研究入手的。从诗人到诗歌的研究者，朱自清认为这是很“近便”的路。后来他又从唐诗扩大、扩展到《诗经》《楚辞》，然后又是《周易》和《庄子》，进而以图腾学研究神话……面对像闻一多这样博大精深的研究对象，《学者闻一多》的作者全方位开展，把这些概括为十个方面：神话研究、诗经研究、楚辞研究、庄子研究、周易研究、乐府研究、唐诗研究、文学史研究等，相应设计了八章，其中唐诗两章，因为这是闻一多研究时间最长、涉及最广、创获最多的一部分。这样的设计，把闻一多研究风貌以全方位呈现。《学者闻一多》的研究开展自然，结构上大开大阖，而

① 郭豫适《学者闻一多·序》，学林出版社2001年版，第4页。

在读解评述上则巨细并作，这样的格局忠实地反映了闻一多先生学术研究丰富而复杂的全貌，而又突出了先生学术研究的本质和精神，形成了全书纲举目张的逻辑结构和行文模式。

笔者以为，学术研究主要在于发现与揭示。发现是从渊源和流变上来考察，比较研究而见出对象的特异处，见人之所为见；揭示则是在对被研究对象的本质和各种关系的深刻洞察、全盘考虑后，有所独特发现的本质描述。邓乔彬他们有了第一步的工作之后，站到了"高屋建瓴"的高处，形成了"鸟瞰"的全局观。因此，他们的抽象性概括不仅准确，而且精辟。如果要说他们研究特点的话，这一点是不可轻忽的。闻一多学术研究的本质和精神最突出之点即是创造性，认真分析他的学术思路和研究方法，深入探讨他之所以多获新见的原因。邓乔彬他们认为：闻一多之所以有如此阔大的研究范畴和卓越的研究成果，除了他的天分、勤勉和执着以外，其独特的研究方法是很重要的。《学者闻一多》第一章将闻一多的研究方法概括为四个"结合"：第一，传统考据与近代科学的结合；第二，文学史与文化史的结合；第三，文献学与文艺学的结合；第四，经世意识与现实思考的结合。应该说，这样的概括是很中肯也很有创造性意义的。这样，一开始就有了一个总论性的印象，让读者很快地就能进入闻一多的研究领域，很容易地就能获得学术和非学术上的启迪。

现在有不少的研究是只述而不评，成为资料的罗列和拼合。其实，那是没有深入研究的结果，或者是信心不足的表现。因为如果通过潜心和会心的研究，比如邓乔彬他们采用述评结合的表述方式揭示出来，往往新见迭出，充分显示出研究者的学术睿智和自信力。比如闻一多的文学史分期研究，《四千年文学大势鸟瞰》把中国文学史分成四段八大时期。邓乔彬他们研究认为，这很能体现闻先生的创造性。他们这么揭示说："打通了古代和现代的界限"，"加深了文学史文化背景探寻，拓展了横向比较、面向世界的视野，在关注'史'的流通时，综合考察了经济、政治、文字、语言、思潮、流派、风格、形式、范型等在这一整体流程中的变化，并把握其规律，力图作出历史—逻辑的阐释。"比如对唐诗分期分派的研究，邓乔彬他们发现这是闻先生的"首创之功"。在此书中指出："闻一多以安史之乱为界而划分唐诗为前后两期，表现出的是他作为文学史家的眼光，从他对唐诗的论述来看，除专论初唐、盛唐外，他也有中唐、晚唐之说，可见他并不以'两分法'废'四唐说'。当然，满足于复述他人之论并不符合闻一多的学术个性,他的创见更表现在初唐诗的两类三派说,盛唐诗的复古三阶段说上。”要言不烦的揭示是建筑在细致辨析的基础上的,虽概括平实但鞭辟入里。

闻一多对唐代最著名的三大诗人有过多次比较研究的论述，并把他们三人放在安史之乱中来比较异同，归纳出“贵族”“胡风”“平民”的三种类型，由此而推出唐诗的三种风范。闻一多先生很有创见而又是很精辟地阐释道：诗人对诗的贡献是次要的问题，重要的是使人的精神有所寄托。“王维替中国诗定下了地道的中国诗的传统，后代中国人对诗的观念大半以此为标准，即调理性情，静赏自然，其长处短处都在这里。”研究者发现这种“发现”并把它揭示出来，邓、赵总结说：“因此闻一多认为定下中国诗传统的是王而非李、杜。王维不仅以其诗风体现出农业文化背景下的士大夫情调,更以其‘兼济’而‘独善’，调和儒道而安顿于释氏。……他在精神上更为深远地影响了后世的中国士人。”这些虽说是认同性的见解，却体现了研究者的学术敏感，没有认真的研究，这些精辟之创论是很容易被忽略而揭示不出来的。而此书中之评论，往往如学术知音的会心感应和体认。

学术研究也并不只是通过理性的认知和实证来实现，而是要充分体现人性的自觉，注重审美主体理性，以现代的眼光和胸怀去读解，既忠实于史料文本，深入其间，按照历史的本来面目施以恰当的评估，又不为史料文本所桎梏，以显现新建空间的时代面影。我们在阅读《学者闻一多》时，常常发现邓乔彬与赵晓岚研究中的创造性。闻一多的《律诗底研究》对诗的历史，特别是对形式特征有很深入的研究。全著共分七章：定义、溯源、组织、音节、作用、辨质、排律。但是，邓、赵他们的研究不从形式特征入手，而是侧重在文体史的角度上，之所以这样考虑，主要是突出闻一多的史观史识。当然，这也充分显示出他们研究的识见。他们认为，从“文体史”的角度来研究，要比就形式分析的角度更能突出闻先生学术研究的创造性特征。在对闻一多此著特点的概述之后，研究者指出：此著的最重要的价值，就在于“以比较研究为民族形式定位，用文化—心理的方法探索研究的道路，更是文体史研究走入现代的一次成功尝试，闻一多后来的文学史研究所取‘世界’与‘文化’的方法，在此已初步体现。”这样的评说，可以看出他们研究的高度和深度，因而，便有了创造性的新意。因为全局在胸的把握，加上洞察幽微的探进，作者虽然着眼于一点，但是目光如炬而通体遍照也。

闻一多先生是个唯美主义者，根据他的学生回忆说，闻一多把研究施之于课堂，引人入如痴如醉的境界，“闻先生讲《诗经》《楚辞》是决不和那些腐儒一样的。《诗经》虽老，一经闻先生讲过，就会肥白粉嫩地跳舞了；《楚辞》虽旧，一经闻先生解过，就会五色斑斓地鲜明了”。[①]他的学术研究更是追求美，在论文上追求美文的写法。关于这一点，邓乔彬他们的研究有很自觉的意识。此书第215至216页有一段话是这样写的：

> 哲学在于明理，文学重在抒情，以文学家看待庄子，就要能发现他灵魂深处的情。人们或许较容易地看到庄子梦为蝴蝶的潇洒，妻死却鼓盆而歌的放达，闻一多除这两点外，又指出他“或滑稽，或激烈，或高超，或毒辣”的人格的多面性；更深发出他人难以见到的庄子“钟情之处，‘大有径庭，不近人情’，太超忽，太神秘，广大无边，几乎令人捉摸不住，所以浪漫的态度中又充满了不可逼视的庄严”。甚而推至“开辟以来最古怪最伟大的一个情种：若讲庄子是诗人，还不仅是泛泛的一个诗人”。闻一多认为，思想和情绪难以分界，而“向来一切伟大的文学和伟大的哲学是不分彼此的”，“并且文学是要和哲学不分彼此，才庄严，才伟大。哲学的起点便是文学的核心”。正因为如此，即使《庄子》没有文学的花叶，而只要有类似于哲学的仁子“给投在文学的园地上，便是莫大的贡献，无量的功德”。在论者多以玩世不恭、放浪不羁看待庄子时，闻一多却看到他的深情和哲思，这是成就大文学家所必不可少的，所以肯定文学的《庄子》成为必然。

著者认为，闻一多能在庄子文章中发现这么多的美、这样丰富的文学性，全在于善感善觉。他们评论说：“闻一多亦史亦论亦诗的学术美文，充满了史家的睿智和胆识，哲人的深思和敏锐，诗人的激情和细腻，至于表达之优美，描绘之形象，比喻之生动，笔调之诙谐，覃思浅语，隽词妙笔，可谓比比皆是。”

---

① 《教授印象记》，《清华暑期周刊》1934年第8、9合期。

因此，在展示闻一多的研究领域、成果和方法时，作者述评结合，从“真、善、美”全视镜探进，尽可能在文风上接近研究本体，尽最大可能地与对象拉近距离，在思辨的过程中体验对象的鲜活性，以感性的描述呈现理性的感悟，而以理性的思考介入感性的体验。因此，《学者闻一多》文情并茂，也很有些“学术美文”的味道。

潘颂德《中国现代新诗理论批评史》评赏[①]

[按] 潘颂德先生的研究领域集中在中国现代文学上，《中国现代新诗理论批评史》反映了中国新诗理论批评研究的新状态，展示了现代诗学的整体发展趋势，形成了现代诗学批评史的构架，对当下诗歌创作和研究不无指导意义。

潘颂德的《中国现代新诗理论批评史》[②]，在现代诗学理论的建设上具有开天辟地的意义。该著比较出色地完成了一门现代新诗学科体系的建立，反映了中国新诗理论批评研究的最新状态。潘颂德把中国现代诗学看成是一个多元并存的互补格局，以缜密的求实态度与开阔的当代视野，对各种类型和倾向的诗学观进行宏观与微观相结合的考察，在对每一种诗学现象的来龙去脉的清晰交代中，在揭示每一种新诗理论的发生背景、演变经过和本质特征时，充分肯定其理论创建，实事求是地指出其理论的历史局限和内在矛盾，给各种诗学流派和理论以恰如其分的历史地位，既有实事求是的严肃认真，又有新见迭出的深刻独到，在横向深入、纵向发展的交叉网络中，客观地展示了现代诗学的整

① 原题为《现代诗学创建的人文品格——潘颂德〈中国现代新诗理论批评史〉评论》，《东疆学刊》2003 年第 3 期。

② 潘颂德《中国现代新诗理论批评史》，学林出版社 2002 年版。文中所引出自本书的文字，不再一一标注页码。

体发展趋势，形成了现代诗学批评史的构架，形成了对当下诗歌创作和研究具有积极意义的启发。

一

在东西方的文化交流中，中国传统的诗学理论早已不适合当下批评学科本位要求了，但又一直处在找不到归宿的无根状态，中国诗学只得一直把西方诗学理论奉为圭臬，造成了理论主体精神的失落。话语的失范，迫切需要建立一门具有中国特色的诗学理论。这对于我国文学理论工作者来说是一种挑战，要求我们对现代诗歌理论做缜密而细致的梳理，展示我国现代新诗理论批评曲折而复杂的发展历程，揭示出中国现代新诗理论批评的发展轨迹和规律，提出独立见解和发人深省的系统理论来。潘颂德先生新近以其《中国现代新诗理论批评史》做出了理性的反应和响亮的回答。此部书稿，在现代诗学理论的建设上具有开天辟地的意义，比较出色地完成了一门新学科体系的建立，成为现代诗学方面的一座大厦。

潘著的理论价值自不必言，更重要的还在于它的实践意义。作者在《引言》的最后一段指出："中国现代新诗理论批评在漫长、复杂、曲折的发展过程中，在处理西方现代诗学与中国传统诗学、坚持启蒙救亡与坚持诗歌本体这两对矛盾中，留下了丰富的经验与教训。总结、借鉴、吸取这些经验与教训，实现中国当代新歌的现代化、民族化与新诗美学的现代化、民族化，是时代赋予今天每一个中国诗人、诗论家的历史使命。"《中国现代新诗理论批评史》1992年被列为国家"八五"中华社科基金资助项目，从选题酝酿到课题立项再到全书付梓，历时十年而孜孜不倦，正是出于一种强烈的社会责任感和文学使命感的驱动。而且，潘先生站在当代理论认识的高度，面对现代诗学中迫切需要解决的问题，从史料文本出发总结可资当代诗学借鉴的经验，这就增强了此著的当代性和实践性。目下新诗因创作不景气而失掉越来越多的读者，而且让人越来越弄不懂诗歌何为，诗学何为。真愿那些想在诗歌上有所作为的诗歌创作者和诗歌理论研究者们，能够一读此"诗史"，或许会有些豁然开朗的转机。

《中国现代新诗批评史》既不回避重大的政治、思想斗争的历史，而又形成了超越政治社会批评的独立自足系统。作者把诗学的发展、演变史放在大的历史背景里展开，自然会触及思想领域和政治领域里的一些大是大非的问题，但是，他并不因为各历史阶段政治、思想上的问题而左右或影响对学术问题的正确判别，也不随波逐流，盲目地肯定或否定，而使文学研究丧失自身的价值。也就是说，潘著的学术独立性，其还原诗学本来面目的客观性，以及因此而产生的研究上的独立见解，是此著最有价值的地方，也是笔者所特别看重而在展开评论时需要放在前面强调的诗学创建的人文品格。

二

现代新诗学理论批评，经历了长期理论探索、反思和变异、整合的发展历程，留给我们丰富却零碎的诗学遗产、全面却芜杂的理论资料。在笔者看来，现代诗学的治史工作，首先必须具备两大功夫，一是发掘，一是爬梳。具有长期诗学理论准备的潘颂德先生是很擅长这样的工作的。潘先生在文史研究方面有着长达二十多年的积累，广泛收罗，他在《后记》里说："在撰写《中国现代诗论 40 家》的过程中，常跑上海图书馆及该馆徐家汇藏书楼，穿梭于广阔的现代诗学丛林，徜徉于诗神照拂的诗学世界里，从众多的书籍、报刊中摘录了几十万字的我国现代新诗理论批评史料。"占有了丰富的第一手资料，加上又善于发掘，形成了潘先生在史料上不可他代的优势。在谈到研究时，马克思有一段名言是很有启迪意义的，他这样指出："研究必须充分地占有材料，分析它的各种发展形式，探求这些形式的内在联系。只有这项工作完成以后，现实的运动才能适当地叙述出来。这点一旦做到，材料的生命一旦观念地反映出来，呈现在我们面前的就好像是一个先验的结构了。"[①] 因为资料的大量拥有，潘颂德站得稳实，又因为他对资料的熟练运用，在长期的比较研究、深入分析中，以理论的光晔烛照而他有了独到的感悟和判别，有了高屋建瓴的视野，有了宏观把握全局的才能，有了把历史考察和审美观照交互为用的研究睿智。因此，他在对每一种历史现象的来龙去脉的清晰交代中，在揭示每一种新诗理论的发生背景、演变经过和本质特征时，既有实事求是的严肃认真，而又有新见

① 《马克思恩格斯选集》（第二卷），人民出版社 1972 年版，第 217 页。

迭出的深刻独到，在横向深入、纵向发展的交叉网络中，客观地展示了现代诗学的整体发展趋势，形成了现代诗学批评史的构架。

治史工作，无论是治什么史，都有一个“品格”问题，而这种治史的品格是司马迁早就规范了的，即要求具有“不虚美、不隐恶”的史笔。能够完成《中国现代新诗理论批评史》这样宏大的学术建构，潘先生不囿成见的创新精神、客观公允的立论态度起到了很大的作用。为《中国现代新诗理论批评史》序书的邱明正先生对潘先生的学术品格大加赞赏，他在序中说：“本书占有资料的丰富性、新颖性和运用史料的准确性令人惊叹。尤其难能可贵的是作者断然杜绝了空洞的议论和主观的臆测，而是尽可能地以史料说话，从翔实的史料中自然引出自己的结论，因而使本书具有了信史的品格。”中国现代新诗是应五四新文化运动之运而诞生的，是在没有什么理论准备和支持的情况下出现的，而与新诗几乎同步并行的现代新诗理论，也是在借鉴、移植西方文论的基础上逐渐形成规范、走向成熟的。潘先生在《中国现代新诗理论批评史》一书的《引言》这么“发句”道：“新诗是在西方诗歌影响下产生、发展起来的。随着西方诗歌、诗论的译介、传播和新诗创作的发展，中国现代新诗理论批评也随之萌生、发展，并形成了各种关于诗的论争，各种诗体的理论建设也逐步充实、完善。”可以这么说，中国现代新诗以及新诗理论，是在互相攻讦中产生和发展的，充满了偏激和实用因素，理论不仅缺乏系统性，也没有多少相融性。因此，现代新诗学的研究，不仅有一个不偏不倚的“客观性”，还有一个穷形尽相的“全面性”。潘先生以历史唯物主义的精神和美学的态度来观照前人之成见，还原现代诗学历史的本来面目。他将每一个诗学流派、每一次诗学论争、每一个诗论家放在特定的历史环境中加以考察，进行审美分析，尽可能详尽地评介各家的主要理论观点，展示其理论风采，充分肯定其理论创建，实事求是地指出其理论的历史局限，毫不掩饰地评判这些理论的内在矛盾，给以恰如其分的历史地位。《中国现代新诗理论批评史》全书五十二万字，共分五编，从目录上看，以篇、章、节三级标题的形式展开，简洁明了地突出了全书的纲目。作者几乎论述了所有重要的诗论学派和所有重要论争，囊括了几乎所有的诗论家，并且按照新诗理论批评发展历史的线索，将发展全过程分为“滥觞期”“转轨期”“发展期”“深化期”和“综合期”五个时期，书前有《引言》，书后有《结束语》，提纲挈领式地突出全书的重点内容。作者把每一个时期内的诗论家、诗论流派以及诗体建设等，分别论述而又互相参照，尽可能完备地囊括了所有的重要“史料”，从而形成“史”的框架，形成了理论体系，全方位地展示我国现代新诗理论批评曲折而复杂的发展历程，揭示出中国现代新诗理论批评的发展轨迹和规律。

一部好的文学史，不应该只是一般文学史现象的概述，而应该有对诸多现象的深度揭示，进而形成理性的提升和理论的归纳，并且提供出历史的感悟和启迪。潘先生也深深感到，三十多年的中国现代新诗理论批评史写作的难度，即在于“中国现代新诗理论从它诞生的那一天起，自始至终存在着两对最基本的矛盾，一是西方现代诗学与中国传统诗学的矛盾，二是坚持启蒙救亡与坚持诗歌本体的矛盾”。解决这两对矛盾是治史者不可回避却最为棘手的地方，但是，解决好了这两对矛盾，又是研究中使诸多问题迎刃而解的最有实际意义、最有诗美本体价值的工作。潘先生在此著的《结束语》中这样写道：“解决前一对矛盾的关键，在于实现西方现代诗学的本土化，中国传统诗学的现代化、亦即必须在实现外来诗学民族化、民族诗学现代化的双向转化中创造具有中国特色的现代诗学。解决后一对矛盾的关键，在于实现抒唱社会现实、关注时代和追求完美的诗艺的统一。中国现代新诗理论批评就在实践中不断地寻求妥善地解决这两对矛盾的过程中逐步萌芽、滋长、发展、丰富、深化的。”鉴于此，作者选择了史中夹论、以论统史的方法，避免了没有理论深度的平面简括。比如他在描述西方象征主义诗学对中国诗歌创作及其诗学理论形成的现象时，按史的顺序大量列举，从胡适《文学改良刍议》中的“八不主义”开始，到谢六逸的《文学上的表象主义是什么》，再到周作人、李金发、戴望舒、冯文炳、梁宗岱等人的论述，然后是七月诗派、九叶诗派理论，作者把这一段诗歌理论批评历史集中在“象征主义”一点上开展，既具有“史”的走向和跨度，又具有“论”的阐发和升华。“史”因为有“论”的发微而向心统一，“论”又因为有“史”的印证而不流于空泛。作者打通史与论，将史、论并行开展，很好地揭示了中国现代新诗批评的渊源，总结出中国现代新诗批评理论的特色。

三

批评上的宽容，是一种不可小觑的研究品格。从《中国现代新诗理论批评史》来看潘颂德的学术个性，可以“宽容”一语蔽之。因为宽容，形成了他的研究风格和思路：缜密的求实态度与开阔的当代视野相结合，古代诗学与西方文论相融合，传统诗观与现代新潮相同视。他把中国现代诗学看成是一个多元并存的互补格局，各种类型和倾向的诗学观都放在总体格局里加以客观公允的评价。因此，大大地扩展了对现代诗歌现象和美学范畴的阐释，形成了对当下诗歌创作和研究具有积极意义的启发。

中国有着十分丰富的诗论资料、十分悠久的诗学传统，但是，这种由哲学本体范畴的“道”演绎出来的理论话语，具有泛文化性格特征，追求文字之外的情致，情致之外的境界，境界之外的精神，精神之外的道。“道”是一切的本源，重视对“道”的内在领悟，强调对诗歌文本的体验，形成了一整套的体悟型的批评话语，形成了传统文学批评的经验描述的特征。中国传统文学批评长期以来形成的理论话语，追求化理为情、以情化理，情理互融互生的批评模式。而潘颂德站在传统与西方诗学交融的视点上，追求本土化的批评方式，进行追根溯源的分析研究，找出审美中介，从社会学、心理学、诗学理论思潮等方面，阐明现代新诗理论批评的演变历史，探索现代诗学发展的内在结构，提出新的理论见解。

劳伦斯认为，文学批评不应该用理智而加上严格的概念，他在《论高尔斯华绥》一文中说：“文学批评不过是批评家对他所批评的书所给予的他的感觉的经过推理的描写。”一部优秀的现代诗论史，应该是诗学核心观念在各个历史时期自身演变的历史，同时应该又是著作人阐精发微的心灵史。笔者也曾著文强调批评中性情参与的积极意义：“文学批评所依据的主要是人的性情价值标准，是审美的自由精神，而不是科学理性和技术操作。”① 诚然，现代诗学批评史是理性的建构，是文学批评原理支配下的逻辑解析和思辨的活动。但是，这决不意味着要以急切的功利之心对西方批评方法不加消化地截取，即以“准西方话语”叙述。笔者一直这么认为，文学批评最为重要的是文本的解读。重视解读，即是重视批评灵感的产生，即是重视批评的本体精神的张扬，即是重视批评的创造性张力的激活。潘先生的研究，把诗学研究提升到一种审美体

① 王志清《文学批评性情参与的学理依据》，《江海学刊》2002 年第 2 期，第 92 页。

验的境界来观照和评价，强化了批评主体的自由精神，突出了批评的本体性要求，他有机地吸收了现代的多种学科的观念、方法，形成了他以传统、本土为基础的融合了西方文论的现代文论形态，使他的研究既考虑到感性材料的实证性特点，又突出了主体思维的超越性要求，强化了批评主体的个性化色彩。从他的研究中，可以看出他建构中国特色的新诗学的一贯性的批评精神，也表现了他对当下文学批评狭隘的理性人本主义和僵化的实证主义盛行的反拨。阅读潘著，我们在心里感觉到一种作用于灵性交流的亲切。

总之，《中国现代新诗理论批评史》很注重强化批评的本位意识、本体精神和本土观念，潘颂德在这方面的追求与成功无疑是很有价值的。

蓝海文《新古典主义诗学》评赏[1]

［按］ 蓝海文乃香港重要诗人，其“新古典主义诗学”具有十分鲜明的“潜诗学”特征，表现出经验性的理论话语和思维特征。这种以真为本位的诗学观，坚持“传统中心论”而不是“西方中心论”，体现了中国传统文论以人文精神为灵魂的群体本位的价值取向和实践理性。

从根本上来说，建立中国现代诗学的可能性，必须建立在中国文学理论的学术传统之上。蓝海文《新古典主义诗学》[2]具有这种学术自觉，伏根于民族沃土，在当今多元文化并存的世界文化面前，具有一种忧患意识，一种突破性的创新意义。

---

① 原题为《新古典主义诗学的核心及其“潜诗学”特征——蓝海文〈新古典主义诗学〉评论》，《南京邮电大学学报（社科版）》2006年第1期。

② 蓝海文《新古典主义诗学》，香港天马图书有限公司2002年版。

一

蓝海文[1]自1985年以来一直倡导新古典主义诗歌运动，在海内外诗坛产生了重大影响。2002年出版了《新古典主义诗学》，他在书序中宣称："新古典主义诗歌运动的整个系列，至此，全部完成。"

什么叫作新古典主义？在"古典主义"之前冠一"新"字，这与中西方文学史上所说的古典主义有什么区别呢？建立一种诗学，并不只是创造一个名称、打出一个旗号，而理当是一种增值性的学术范畴和概念的生产，是在观念总量增加的前提下的观念价值的增加。我们非常欣赏蓝海文的学术自信，他没有一般学者所具有的一种谨小慎微、按部就班、只对"微言小义"感兴趣的工作方式。他的诗歌创作才华与国学底气及其他的诗坛的巨擘地位，使他高举起新古典主义的旗帜，发动了新古典主义的诗歌运动。蓝海文异常自信地指出："'新古典主义'是经过五四新诗移植，经过'全盘西化'，而回归传统，从民族的根再出发的现代诗的新精神，是对五四以来新诗七十年的一个总结，也是一个新的起点。"[2]

蓝海文的这种学术自信，建立在民族自尊上，建立在重振民族雄风的信念之上，用他自己的话说："新古典主义诗歌已在民族土壤上，深深地扎下根，屹立不倒。这非出自一己的愿望，而是基于民族的自信。"[3]

应该说，蓝海文新古典主义诗歌运动，是有其理论纲领，也有诗学建构，还有比较长期的诗歌创作实践。然而，对于蓝海文的新古典主义诗学，我们还是套用了"潜"的说法，把蓝海文"新古典主义诗学"归为"潜诗学"。

何以有"潜诗学"的提法？这并不是贬低其诗学的理论意义，也不是说其诗学没有一点创新性，而正在于标明他的新古典主义诗学的传统特质，标明其诗学的华夏民族的美学性格。中国美学具有潜质的状态，最先具体而明确提

---

① 蓝海文，香港著名诗人，历任香港诗人协会会长，世界华文诗人协会会长，出版诗集《花季》《第一季》《昨夜不是梦》《惊蛰》等十多部，学术著作《天问译注》《今本楚辞》和《新儒学》等。

② 蓝海文《第一季》，香港天马图书有限公司1989年版，第3页。

③ 蓝海文《现代诗手术台》，香港天马图书有限公司1999年版，第11—12页。

出“潜美学”概念的，或为萧兵[①]。萧华荣在 1996 年也提出了“潜诗学”，他在《中国诗学思想史》中这样界定说：“我将先秦那种虽非论诗而理通于诗，对于后世诗学有深远影响的思想与言论，称为‘潜诗学’。”[②] 而我们将蓝海文的诗学以“潜诗学”命名是否合乎这种界定呢？

其一是诗性化特征。诗性精神是中国文学理论的最高境界。中国诗学走的是审美的路线，寻找精神自由的审美文化，追求理性思辨与审美体验为一体，强化了美学上的体验性，强化了庄子哲学上有关感性存在的一面。诗性化诗学的最本质之所在，重在感性，明显表现出经验性的理论话语和思维特征。不是把诗学理论看成纯理性的诠释，而是一种批评家与创作者的心灵沟通，是理论者与世界的对话。因此，诗学中的理性就不是科学意义上的理性，而是人本意义上的道德理性，或“价值理性”。蓝海文的诗学理论，包括他的审美意识、审美主张，渗透了经验性的文化因子，往往从日常生活经验和人生的各种经验中，从自己的诗歌创作实践中，发现和提取对诗学理论富有启发性的思维元素，来建构其理论体系和方法论模式。蓝海文认为：“我们周围充满信息，这些原始的‘信息’，唤起诗的感觉，需要融进诗人的思想成为诗思。诗的诞生不是从‘观察’、从‘体认’开始……”[③] 整个《新古典主义诗学》一部书，共 400 多页，其诗学理论表现出极大的随意性、经验性和非逻辑性的特点。这种诗学话语的最大优点在于，使一些十分抽象的逻辑思维概念很难表示或表述不到位的东西，能够通过形象、生动、具体的方式表现出来。既不脱离批评的实际，不回避批评的价值判断和社会判断，又能超越批评的层面，把理论话语放置于一个广阔的文化语境中，这是传统诗学话语的当代性表达。

其二是松散性特征。蓝海文的诗学理论的松散性，首先表现在表达上。也许是写多了诗的缘故，他的理论文章语言也是“跳跃性”的，不大讲究过渡，也不大考虑连贯性；而且，语言上又比较节俭、洁净以至精粹，往往可以作为散文诗来读，形成了类似“语录体”的“断想”形态。不妨随手引举一部分：

① 萧兵《中国的潜美学》，湖北省美学学会编《中西美学艺术比较》，湖北人民出版社 1986 年版，第 125 页。

② 萧华荣《中国诗学思想史》，华东师范大学出版社 1996 年版，第 22 页。

③ 蓝海文《新古典主义诗学》，香港天马图书有限公司 2002 年版，第 28 页。

诗的生命指向是思想。

思想是有宗旨的心思，它比情绪踏实得多。

思想关系着诗的生命取向，它是全诗的南针。上山下海，趋吉避凶，全看思想导向。

我们需要的思想是光明面的，积极的，向上的，广大而长永的，因为我们需要丰富精神生活，需要美化思想情操，需要提升人生境界。

画家毕卡索仰望天空的一朵庞大的乌云时，只看阳光所给乌云镶上的金边，而看不到乌云本体。这种心态帮助他度过许多次人生的难关。

明太祖有一次梦见日落……

这是蓝海文《新古典主义诗学》上篇第二章第二节《思想指向》的开头。这就是典型的蓝海文理论的行文特色，几乎他的所有的理论文章中都可以随处见到这样的表达方式，形成了类似于古代诗话的“传统”文体形态，缺少内在的逻辑联系，没有比较科学的理论框架。

其三是比喻性特征。我们在先秦诸子的书里，很难找到关于艺术的正面论述，他们对于艺术的见解多通过比喻性的说法来透露的，具有引而不发的暗示性。如同先秦诗学，蓝海文新古典主义诗学也多比喻性，是一种运用具体可感的形象来进行思维与表述的。马克思在《政治经济学批判导言》中认为，现代人类“艺术地”把握世界的思维方式，是人类认识的二重化和概念的两重性的突出表现。[①]阿·托尔斯泰说：“我是通过感受、愿望和意志的冲动来思维的。”[②]习惯于形象思维的蓝海文，即便是在进行“逻辑思维”的时候，也是把形象思维与理性、抽象的逻辑思维交织进行，理性与感性相辅相成。他甚至还用诗歌来说理，“艺术”地表现其诗学主张，他在《苹果树》里豪迈地歌唱道：

我是／中国的苹果树／以东方的精神／作我硕大的支柱／身上虽然有些西方的枝叶……我的血液／充满神奇／谁与我接触／都要化为我族／

---

① 《马克思恩格斯选集》（第二卷），人民出版社1975年版，第86—114页。

② ［苏］阿·托尔斯泰《论文学》，人民文学出版社1980年版，第74页。

我的根／既深且广／向纵深／向四方／吸取我需要的／物质……

综上所述，我们把蓝海文的诗学归入“潜诗学”范畴还是有充分理由的。蓝海文的这种滋生于中国传统文化土壤上“潜诗学”，呈现出中国传统理论的表述特色，即其新古典主义诗学的理论，主要不是通过理性的认知和实证来实现的。他自己也把这种诗学，视作一面高扬的对诗歌“殖民化移植”反拨和宣战的旗帜。

二

蓝海文的新古典主义诗学，具有什么样的“潜在性”的本质内涵？

蓝海文新古典主义诗学的核心是“真”。他认为现代诗必须“归宗”与“归真”。他在《新古典主义诗学》有过类似界定的说法：

虽然古典主义在中西文学史上都出现过，但我们的“新古典主义”是以民族的人文主义精神为核心，是崇尚真诚，崇尚自由，崇尚自然主义；叫做“归宗与归真”，叫做“五大信条”，叫做“诗无邪”……[①]

这个提法的正式出现，是在蓝海文的《醒之外·代序》里[②]。蓝海文这样解释说：“‘归宗’包括两个内容：一回到诗的本位上来，二回到民族的本位上来。‘归真’也包括两个内容：一回到艺术三要素‘真善美’的‘真’的位置上来，回到‘诗无邪’的位置上来。”以“真”为本位，把诗学的逻辑支点确立在“真”上，进而推演出“真善美”合一的美学形式。当下美学界比较活跃的朱立元、王文英认为：“中国自先秦起，儒道两家的真实观已奠定了整个中国古代艺术真实论沿着主情与表现的方向发展。儒家的文艺观不以求客观之真为本，而以伦理之善（仁、礼）为根，它对艺术的基本要求是‘发乎情，止

① 蓝海文《新古典主义诗学》，香港天马图书有限公司2002年版，第20页。

② 蓝海文《醒之外》，花城出版社1992年版，第2页。

乎礼'。"[①]儒道二家的艺术真实观虽然有所不同，但在根本上都是真与善的统一，其区别是儒家偏于伦理之真，而道家侧重于主体之真。而其"美"是从真与善中引申出来的。

蓝海文的"归真"就是"归宗"，就是复古，归到"诗无邪"的原始。但是，这种"归"与"复"，不是简单的复古，而是在现代的意义上复古，是具有增值意义的体系建构，就是反对诗歌殖民化的矫枉过正，是反对雕琢伪饰而追求的自然、自由的健康走向。这种弘扬民族文化的自觉，深深植根于以儒、道文化为文化主流的中国文化土壤，完全是出于诗人对民族文化的深刻理解和热切感动，也是诗人三十多年来诗歌创作经验教训之总结而后的睿智性顿悟。

先秦最富有"潜诗学"意义的是庄子。以真为本位，用庄子的话来说就是"法天贵真"。《庄子·渔父》指出："真者，精诚之至也。不精不诚，不能动人。故强哭者虽悲不哀，强怒者虽严不威，强亲者虽笑不和。"[②]在庄子那里，真与天、自然、道、素朴等，都属于同一层次的概念，破坏了事物的本真与自然的，就是虚伪和矫饰。而毁坏了"真"，也就是"以人灭天"的异化。庄子提倡"以人合天"，"以人受天"，这实际上就是从"真"的角度，强调人与自然和谐统一的程序和秩序，强调人在顺天体验中对自然的当下感知。此"真"便引发出情来。关于这一点，也是蓝海文诗学中所特别强调的。他最不能容忍的是没有真情实感的"玩"诗。他在《新古典主义诗观》一节的开头指出：

> 诗言志，所以真。最忌无病呻吟。
>
> 玩弄文字，以图案标奇立异，扮鬼吓人，以打知名读为目的，是伪诗。玩诗者，必心术不正，走火入魔，大者可称诗魔，小者可称试鬼。

他认为，诗中所以出现"古灵精怪"的原因，就是没有"从真出发"。因此，

> 能"发乎情，合乎理义"，就能端正诗风。歪诗、怪诗、鄙诗、意识低下、

---

① 朱立元、王文英《中西艺术真实观念之比较》，《学术月刊》，1987年第1期，第135页。

② 陈鼓应《庄子今注今译》，中华书局2001年版，第823页。

贱格的诗，自然销声匿迹。

诗风端正，有助于社会风气的端正。[①]

在蓝先生看来，真情唯上，真情不仅能摈弃伪劣，而且能产生精良。哲学、科学对世界的把握，其“真”即要求尽可能保持对客观对象的忠实反映与再现，尽可能地摒弃主观成分，而诗歌上的“真”，则要求更多的主观情绪的介入，要求激情的推动，深情的浸渍，悯情的化育。魏晋南北朝文学、文论的显著特征就是对“情”的礼赞，刘勰也就是把情感放在创作的首位的，“情以物迁，辞以情发”（《文心雕龙·物色》），“夫缀文者情动而辞发，观文者披文以入情”（《文心雕龙·知音》）。其实，中国古代文论主情的特征一直是极其鲜明突出的，唐人皎然《诗式·文章宗旨》云：“曩者尝与诸公论康乐为文，真于情性，尚于作用，不顾词彩，而风流自然”；宋人张耒在《上文潞公献所著诗书》中云：“夫诗之兴，出于人之情，喜怒哀乐之际，皆一人之私意，而至大之天地，极幽之鬼神，而诗乃能感动之者何也？盖天地虽大，鬼神虽幽，而惟至诚能动之。……夫情动于中而无伪诗，其导情而不苟，则其能动天地、感鬼神者，是至诚之悦也”[②]；元人陈绎曾《诗谱》中评论《古诗十九首》时这样赞叹云：“情真，景真，事真，意真。澄至清，发至情”[③]；明人陆时雍《诗镜总论》云：“诗贵真，诗之真趣，又在意似之间，认真则又死矣。……《三百篇》赋物陈情，皆其然而不必然之词，所以意广象圆，机灵而感捷也”[④]；清人方东树《昭昧詹言》卷四有云：“读陶公诗，专取其真；事真景真，情真理真，不烦绳削而自合”[⑤]。蓝海文的“归真”“归宗”的新古典主义，虽然赋予了文论新的内涵，但是，在以真化情上也具有与之一脉相传的继承，这是其诗学给我们的又一启示。

“真”，引申到美学上就是回归到“本然”，回到初原自然状态。据比

---

① 蓝海文《新古典主义诗学》，香港天马图书有限公司2002年版，第18页。

② 张耒《张耒集》（卷五十六），中华书局1998年版，第840页。

③ 丁福保《历代诗话续编》，中华书局1983年版，第627页。

④ 丁福保《历代诗话续编》，中华书局1983年版，第1420页。

⑤ 方东树《昭昧詹言》，人民文学出版社1961年版，第98页。

较诗学研究的成果看，海德格尔的现象美学，也是受庄子影响而建立起来的哲学理论[①]。庄子主天然而反人为，宣称“朴素而天下莫能与之争美”（《庄子·天道》），但是，另一方面，我们从他的自然真情的“潜诗学”中，感受到他对自然万象的天然生机的礼赞。天地之间充满了云霓花卉之斑斓，这也就是自然的“文采”，庄子的素朴之真，也就包含了自然界“绮靡”之采。这些思想影响了中国传统美学的风貌，形成了中国式的诗学性格特点。蓝海文的“归真”“归宗”，并不是要使诗歌创作回到知识前，回到不加任何控制的原始形态，相反，熟悉美术而在绘画上也有颇高造诣的蓝先生是很重视诗歌的“情采”的，他认为：

> 诗歌创作活动不是原始的，本能的，也不是盲目的。原始的、本能的是低级的，盲目的且是危险的。诗歌创作是运用智慧的活动。它源自诗人内心有意识的、达到自我实现的要求和表现自我的欲望。诗歌的形式，是诗人所选择的最高雅、也是最富魅力，而且最具效应的文学形式。[②]

但是，蓝先生是追求一种摈弃功利机巧的“机心”之后的化境，他说：

> 艺术乃从真出发，以善为手段，达至美的完成。
>
> 一切表现技法，都是工具，皆为公器，无所谓古今，无所谓中西，只视需要，全为我用。
>
> 一切流派至此，都只是一种技法。一切主义至此，都不成其为主义，只是一种风格。[③]

从这里我们清晰地看到，中国文化从骨子里影响着蓝海文，影响着他诗观的形成，也规范着他的诗学的建立，由真而善，由真而情，由真而自然文采，蓝海文自觉契应着中国的传统美学，其诗学也就自觉进入了“真善美”一体的审美模式，实现了他的“归真”和“归宗”的愿望。

---

① 张祥龙《海德格尔思想与中国天道》，生活·读书·新知三联书店1996年版，第15-24页。

② 蓝海文《新古典主义诗学》，香港天马图书有限公司2002年版，第27页。

③ 蓝海文《新古典主义诗学》，香港天马图书有限公司2002年版，第20页。

三

蓝海文何以要如此执着地“归真”和“归宗”？这个口号的提出又具有什么意义呢？我们从三方面来认识。

意义之一：这种以真为本位的诗观，坚持的是“传统中心论”，而不是“西方中心论”。蓝海文有一首叫作《诗》的诗是这样写的：“自从抽离了根/曾经遍访四方/身上开满异域花朵/而身欲似游魂飘荡/一棵流浪的树/终于回到故乡/把根重新植进土里/新绿就在枝上成长。”诗中表现出诗人经过“蜕变”后的兴奋和自豪。中华民族有着五千年灿烂的文化传统和文化积淀，这是我们发展与创新的坚实底蕴和智慧源泉，也是我们建立新诗学的肥沃土壤。中国现代诗学体系之所以还远没有建立起来，主要是因为中国古典文论的观念与方法至今尚未寻找到与时代精神及西方现代诗学的内在血脉的沟通。笔者以为，中国诗学如果要具有真正的学术品格，就应该有内在的属于中国学术的质的规定性。依旧如传统的诗话类的写法，当然不能算是现代诗学；但是，如果只是靠移植西方的文论，也只能把诗学变成西方文论的中译本，或者是中文注释。蓝海文曾说：“中华民族的同化很强，中华文化的生命力很强，其中一个最大的特征就是‘包容’。”[①] 他在《当代台湾诗萃·序》里也充分肯定了台湾诗人吸收西方现代主义而获得的成绩，说：“中华文化在新诗的领域里，又一次发挥了她伟大的同化力，取得了又一次的胜利。任何外流文化的渗入，假如不能被中华文化吸纳，必在蓓蕾时凋谢，就算开了花，也不能结果。即使结了果，也必枯萎脱落。被吸收的，就结成中华文化巨树上的一个新果。”[②] 蓝海文诗学观及其诗学的建立，给我们的学术启示是，任何试图割断自身文化血脉的学术转换，都不是中国现代诗学真正的出路。传统诗学的现代化，首先是把传统诗学中具有现代生命力的成分激活，并投入新的意义组合之中。蓝海文吸取了中国文化的精髓，在形式上承袭了中国旧诗话和词话的古老传统，虽然在理论范式上并无创新可言，但是，在内容上，却有着根本性的超越，它实现了中国

① 蓝海文《中华史诗：神话与传说》，台湾文史哲出版社 1986 年版。

② 蓝海文《当代台湾诗萃》，湖南文艺出版社 1987 年版，第 1 页。

古典文论向现代文论的转折的起步，从古典而过渡到现代，由诗歌拓展到现实人生，从而最后告别了传统的诗话形态，提炼为现代中国美学和文论的一个重要范畴。

意义之二：这种以真为本位的诗观，出于积极事功的激情与视点。蓝海文在《现代诗手术台·序》里说，他提倡新古典主义完全是出于对"割断传统，全盘西化"的强烈不满，他在许多场合反复呼吁"新诗必须净化"。他旗帜异常鲜明地说："新古典主义诗歌运动，就是中国新诗的净化运动。'净化'就是要清除污染、晦涩不通，以及'歪、怪、淫、邪、鄙、贱'的不良影响，使诗回到'诗无邪'的道路上来。"可见蓝海文新古典主义诗学的建立，完全是出于忧患的考虑，不平则鸣，其爱憎的态度，其斩切的语气，其高度的社会责任感和艺术使命感，真让我们肃然动容而为之感动。我们以为，即便是蓝海文诗学中什么新的内容也没有提出，而他这种学术侠义精神就够难能可贵了。

新古典诗学的"功利"精神还不仅仅体现在学术的民族性要求上，蓝海文说："诗人应该反映时代，永远站在老百姓的立场，为最没有权势、最善良的老百姓说话。"[①] 这种诗学观，表现出中国古代以人文精神为灵魂的群体本位的价值取向和实践理性。也就是说，蓝海文是在突出和弘扬中国文学批评的学术精神的前提下，在对传统文化的解构和阐释中，实现其在新文化建设层面上的重新整合意义上的中西方文学批评的融洽。

意义之三：这种以真为本位的诗观，表现出十分可贵的学术自信，以及创新超越的学术自觉。就以我们现在的文学与文化研究为例，习惯于、满足于"中规中矩"的自觉"就范"，看自己对前人读懂了些什么、读对了些什么、读准了写什么，而不是看我自己提出了些什么、创新了些什么、超越了些什么。人们习惯性地把"中规中矩"视为天经地义，而把有所"突破"则看成大逆不道，是"旁门左道"的不"正宗"。研究上的"学院派"，也简单地等同于亦步亦趋的述解，不敢有越雷池一步的就范。于是，学者们对现实的依赖大于对理论的创新，其直接结果便是知识阐释大于知识生产。我们如果仅仅在传统的意义上去理解"诗言志"，而不从现代诗学的角度去阐释它的理论意义，那么，

① 蓝海文《漫画诗三百首》，香港阿尔泰出版社 1982 年版。

无论这个命题在传统诗学中有着如何重要的作用，终究也没有增值的创新性意义。在一些诗歌的美学范畴上，蓝海文虽然继承了传统的旧有概念，却往往融洽中西文化以赋予其崭新内涵。比如对“意境”的阐释和应用，他认为：“诗人的情思化为意象，发展而构成意境，意境即情境。诗中非意象的成分，服从意象，用来阐释情思。诗是由诗人情思构成，由意象演绎的一个独具艺术生命系统。”①“意境”是中国文化所特有的产物，中国文人对现实存在的诗意追求，是一种寻找到了精神家园的精神陶醉，也是一种期望值过高的精神麻痹，是一种自赏性质的观照存在，这些都促成了他们对“意境”的营造，而实现对完美境界的存在体验。在价值取向日趋多元化的现代社会，如何以传统的人文精神为资源，重构理想的未来人性，培植新型的情理范式，再铸炎黄子孙的“民族心魂”，蓝海文归宗而形成的超越，为我们提供了可资借鉴的经验。

诚然，蓝海文的新古典主义诗学，在“归”与“复”上考虑多，而在激活古典、横向移植上考虑则比较少：如分析阐释不够深入，也没有多少“方法论”，而多蜻蜓点水式的“述要”；如出语措辞比较偏激，而缺乏融通平和的说理姿态与艺术。

在全面检查了新古典主义诗学得失之后，我们形成了这样的一种看法：蓝海文诗学建构尝试的热忱和侠勇，比其诗学更具感激人心的意义。

① 蓝海文《新古典主义诗学》，香港天马图书有限公司2002年版，第28页。

吴相洲《唐诗创作与歌诗传唱关系研究》评赏[①]

［按］　吴相洲的研究坚持文学本位，很好地解决了文学性与文献性的结合问题，注重歌诗的传唱现象研究，全面地描述，系统地推原，精到地阐释和求证了唐诗创作与发展的历史，从音乐的角度对唐诗研究中的一些重要问题做出了创新性的解释。

诗人何为？这是文学创作上具有终极意义的追问。我思故我在，故我困惑，故我追问：理论研究者何为？古代文学研究何为？唐诗研究何为？读罢吴相洲教授的新著《唐诗创作与歌诗传唱关系研究》，我似乎获得了一种正面的回应：研究也应该是研究者生命激情的真诚投注，也应该是研究者睿智和深思的真实出演，古代文学研究也应该具有关于社会现实语境的积极呼应。

唐代的歌诗研究，虽然当今学者涉入者寥寥，毕竟有任半塘、王昆吾等前辈筚路蓝缕在前，任半塘的《唐声诗》等著述就有奠基之功。但是，学界迄今还没有把歌诗创作作为一个现象来研究。在歌诗研究上有一个比较全面的描述、有一个比较系统的推原的，是吴相洲教授的《唐诗创作与歌诗传唱关系研究》。

就研究本身而言，吴著跳出了时人“鉴赏性”研究的惯性而切入唐诗创作之原初本体，这样求解的视角，也引发了笔者对当下古代文学研究的一些思考，此文从以下三方面来讨论。

其一，文学本位的问题。所谓文学本位，就是研究要涉入文学本体，以研究者的生命激情投注到文学对象，着重探讨和解决文学的内部问题。陶文鹏先生是这样解释的：“古代文学研究要落实科学发展观，就要坚持以文学为本位，以整理文献研究为基础……我们提倡把文献研究与文学理论研究紧密结合起来，提倡古代文学研究与史学、哲学、文化学等其他学科研究相打通，与外

---

① 原题为《以歌释诗：切入唐诗原创本体的研究——吴相洲〈唐诗创作与歌诗传唱关系研究〉评论》，《唐代文学年鉴（2005）》，广西师范大学出版社2005年版。

国文学研究、中国现当代文学的创作与研究相打通。”[①] 应该说这些话都是针对古代文学研究中的那种“考据至上”而言的。在一些人的心目里“考据才是真学问”，其研究的路子就是琐屑考证、编制年谱、作品系年、排比往事、仕迹交游等，以考据作为研究的终极目的，只忙于寻章摘句的评点，或满足于追究来历的典故笺注，而放弃了对历史、社会和人生的大问题的关注，忽略了对文学本体的价值研究。

吴著的重要特点之一，就在于坚持了文学本位，很好地解决了研究的文学性与研究的文献性的结合问题。从研究对象来看，研究的是文学；而从研究的形式来看，也是文学性的研究。全书共分五章，第一章对歌诗创作在唐代诗歌创作中的地位和作用进行理论上的考察，属于逻辑分析，后四章则从事实层面考察，属于历史分析和个案研究。五个部分互为照应，多方互动，而又一脉相承，各有侧重，生动而详尽地描述了歌诗发生的原因、环境、盛况，以及歌诗与整个的唐诗创作的互为关系。吴著既不忽略材料考据而空泛作论，又不是迷恋于细枝末节的考证，而是以考据自娱，或以此来标榜“博闻多识”。虽然此著仍然是以“传统”性研究为主，但参照和化入其他多种人文科学的研究方法，如比较文学、逻辑学、发生学和原型理论等，这种以文学为本体的研究方法，使研究者的学术视野开阔，避免了学术思维的僵化，非常有利于古代文学研究的理论突破。在具体的论证过程中，作者特别注意了材料的引证，贯穿着对古典文献资料的娴熟运用。从其材料的举证和剖析中，在对具体事件的详尽描述中，在其丝丝入扣的思辨和层层深入的逻辑推论中，我们可以见出研究者对古代文学家灵魂的追索，见出研究者对被研究对象的智慧解读，同时还能够真切感应到学者的思想脉搏，受到其中活泼的文学气息的熏陶。

其二，创作还原的问题。当下唐诗研究，不少是粗放型的，满足于静态分析，专注于钩沉发微，多属于考据学或阐释学范畴的研究，而在探索唐诗兴盛的原因时，往往习惯于从时代因素上寻找，笼统地归结为几个方面。诗歌何以在唐朝出现高潮和高峰呢？吴著以歌诗的传唱现象来观照、阐释和求证唐诗创作和发展，涉及唐诗艺术发展的自身，使我们对于唐诗的认识变得更加全面和深刻，

① 陶文鹏《福建师范大学“〈文学遗产〉论坛”开幕词》，《文学遗产》2005年第1期，第4页。

唐诗与时代、唐诗与社会文化、唐诗与其他文学形式等的逻辑关系亦清晰和明了。譬如说，对盛唐诗歌兴盛的原因的考证与解析，吴相洲在此著的第三章里说："多年来学界对于诗歌创作为何到盛唐会出现如此彬彬之盛的局面，已经做了多方解释，但还没有人系统地从歌诗传唱的角度来阐释这一重大现象。"于此可见，选择歌诗的研究视角，表现出研究者的深思与睿智，也表现出研究的个性和创新精神。

任半塘的《唐声诗》里认为盛唐是声诗的极盛时期。胡适则把这一时期说成是声诗时期，"开元、天宝时期的主要事业也在于制作乐府歌辞"[①]。吴著中经过广泛的引证，证实"歌诗传唱是盛唐人生活中的很普遍很重要的一件事"，进而得出了结论："盛唐诗人的歌诗写作直接促进了盛唐诗的繁荣。"纲举目张，以此探进，一应关于盛唐诗歌的问题都有了独特的视角，都得到了让人心悦诚服的解决，如为什么盛唐的边塞诗特别发达？"为什么七古与七绝在盛唐最为流行，为什么有人把七古与七绝说成是最能够代表盛唐诗风的两种形式？"为什么盛唐诗风平易自然？盛唐人的风雅观是如何形成的？吴相洲推原创作的原初状态与原初动因，成功地再现了创作的原初旨意和原初效应，使研究对象成为一种"动"的过程。以歌诗的视角来解析唐诗的兴衰，无疑是拓宽了唐诗研究的视野，为古代文学研究学科建设提供了思考与行动的一个参照。

其三，贴近创作的问题。学术专业化绝不等于学术的非社会化、非主体化，尤其是文学研究，更不应放弃当下，隔绝社会。我们说，古代文学研究也应该以解决有价值的问题为目的，以研究的有效性为准则，也就是要求我们的研究必须让今人在文化和艺术上获得直接间接的滋养。有人以为，我们的古代文学研究是"在现代文学创作及其理论研究所形成的文体框架中进行的"[②]，意思还只是局限于文体的视域，吴相洲的研究，已经关乎诸多领域，追求古代文学研究对于社会现实语境的积极呼应。他在此著的引言部分指出："对歌诗这种诗歌创作的原生态的研究，对我们今天的艺术实践也会提供一定的借鉴。"古代文学研究中有这样明确的"实用"意识实在是难能可贵的。我们除了能够在

① 胡适《白话文学史》，上海古籍出版社1999年版，第158页。

② 王钟陵《文体学建构刍议》，《光明日报》2005年1月28日，第6版。

他的研究中看到隐藏于材料之后的深切考问，还能够听到研究者与古代文学家的心灵碰撞。其实，吴相洲研究所提供给我们的远不止于此，比如，他经过多方考证后肯定地说："盛唐歌诗艺术生产达到了一个空前繁盛的局面，其最大的特点是官方出面组织，进行大规模的集体创作……"像这样让我们直往当下去联系的结论，在此著中不时可见，我们完全可以说，这具有与当下"对应性"研究的意义，见出其为当今文学艺术寻找繁荣出路有感而发的忧心。

学术专业化绝不意味着放弃对智慧的追求。放弃对智慧追求的学术研究，充其量只能是一种衰弱的学术。在唐诗研究热闹之极而又相互因袭的时候，吴著的出现更有着十分积极的意义。我们以为，吴相洲最重要的创新就是，从乐的角度研究唐诗，确立了以"歌"释"诗"的理论模式，向我们展示了一个切入唐诗的崭新蹊径。

吴在庆《唐代文士与唐诗考论》评赏[①]

［按］ 著名文献专家吴在庆先生，其标志性成果有《杜牧集系年校注》《韩偓集系年校注》等。而本著考论结合，把诗人与诗作放置在特定的历史时空和适度情境里复活、发展和诠释，是从特定的情境出发、从创作发生切入而直切诗人心灵的一种诗性求解，耐人寻味。

吴在庆的《唐代文士与唐诗考论》新著，其最显著的研究特点是，把诗人与诗作放置在特定的历史时空和适度情境里复活、发展和诠释。

作者沉潜三唐，探赜甄辨，然思路开阔，考索缜密，从外在形态上观，本本色色，自题目到篇章是不加修饰的自然，更没有形成什么书的体系，而只是论文的汇编，按照研究视角和侧重分为四个部分，内容涉及盛、中、晚唐，

① 原题为《自适度情境而直切内心的诗性求解——吴在庆〈唐代文士与唐诗考论〉评论》，《唐代文学年鉴（2007）》，广西师范大学出版社2008年版。

所研究诗人除了著名的王维、杜甫和韩愈外，大多篇幅用在不甚著名的如张祜、方干、罗隐等，以及甚不著名的如许棠、张乔、剧燕等。然而，这样的集中展示，这样匠心深见的分类，都彰显出作者学术研究的惯性，是人文的视域，是文学的维度，质言之，是传统的功夫，是国学的底气，既有非死板呆滞的实证，又有远离了花里胡哨的高论。我们这样强调和突出吴在庆此著的方法，意在说明：社会生活背景是诗歌发生的重要因素，创作发生是切入文本肌腠的有效途径，从特定的情境出发而直切诗人心灵的一种诗性求解，是一种研究的睿智和正道。

正因为吴在庆的研究在方法论上出色的选择和操作，故而见人之未见，论人之难论，屡屡有新意发掘，常常能深入肌腠。这种从时代气象、从创作发生上切入的方法，似乎已经为“新批评”研究者们不以为然了，虽然“新批评”学派的研究，从根本上也不能超脱这种研究。然而，我们却坚持认为：这正是中国文论的传统，是中国文论的基本范型。明人谢榛曰：“今之学子美者：处富有而言穷愁，遇承平而言干戈，不老曰老，无病曰病。此摩拟太甚，殊非性情之真也。”[①] 这是从性情的角度来批评创作不能真实反映自我情绪、反映社会生活面貌的。这种不是真实反映的创作，自然无性情之真可言，而对于我们的启发是，研究必须关注反映的真实性。研究既可以从诗歌文本中认识诗人的性情之真伪，又能够从诗人的性情来评判诗歌之优劣，然而无论是前者还是后者，都与性情发生的动因与环境密切相关。在文学反映观上，中外也是一致的。著名的文艺学家别林斯基认为：“文学是一个民族在它的灵智和幻想的文辞作品中历史地表现出来的民族意识。”[②] 他解释说，只有以人民的民族精神作为出发点，能够表现一个时代的情绪的才能称之为“历史”。文学能够“说明一个民族的政治历史，反之，历史也可以用来说明文学”。因为，“文学是整个社会的所有物”，反过来，“社会在文学中找到提升为典范，化为自觉的自己的现实生活”[③]。诗歌作为社会反映的一种语言形态，其文本之本质在于社会生活的诗性化，亦即形成时代、历史、社会情境下激发的妙悟、灵感和超语言

① 谢榛《四溟诗话》（卷二），商务印书馆 1936 年版，第 27 页。

② ［俄］别林斯基《文学的幻想》，满涛译，安徽文艺出版社 1996 年版，第 545 页。

③ ［俄］别林斯基《文学的幻想》，满涛译，安徽文艺出版社 1996 年版，第 538 页。

性的“象”。因此，文学反映社会生活的因缘关系，决定了文学文本的阅读和求解必须注重寻绎其发生的社会条件，重视从诗歌文本的外部切入，深入思考心物交感的触发点，思考情景交融的契合点，思考言、象、意之临界和跳接的关键点，进而真正进入诗人的内心世界，破译诗人的心中之意。以上的这些思考，正是笔者阅读了吴著之后的感受。或者说得更直白些，是吴著给了我研究上的这些启迪。

吴在庆习惯于从社会、时代、生活的维度来切入研究，无论是思辨的篇章，还是考索的文字，均作知人论世的阐释，作以意逆志的演绎，因此，在解读唐代诗人的时候，吴在庆另有只眼，独特作论。譬如王维研究，笔者在此上多有投入，尤知其深浅。王维研究当下已经成为“显学”，每年光单篇研究文章的发表有七八十篇之多，然而，多在诸如禅宗影响和“诗中有画”之上重复，形成了互相因袭的热闹。吴著中有三篇研究王维的文章：《开天时期重功名尚边功的风尚及其对王维的影响》《精神志向理想与诗歌风貌》《王维与盛唐气象及风韵》。看一看这些题目就知道，吴先生避熟就生，言人之轻言，他的视域放在从社会心理、时代精神角度，主要依托于王维边塞诗、奉和应制诗，以及对江山形胜、市井风貌描写的诗，来解读王维与时代相一致的气质、理想和襟抱。他认为，像王维《辋川别业》这样一类诗，“所写的虽是乡里安宁闲逸的生活景象……应该说，这是比从朝廷的富丽高华、达官贵人的雍容华贵、京城都邑的富庶熙乐以见盛世气象，更具有深刻真实的认识意义”。何以能够形成这样的认识？作者指出：“从总体上讲，每一个具体时代环境中的大多数人们，仍然具有某些由时代特色所决定的大致相仿佛的共同点，如时代风尚、时代精神等。”[①] 所以会感到王维的表现更加真实和深刻，作者觉得：“王维生于盛唐，对于其时社会生活风貌及人们的精神心态当然颇为熟悉，深有体味。况且他具有诗人的敏感，画家敏锐的观察力，又较忠于生活。这样当他将其所观察涉历的社会生活风貌及人们的心态形之于笔墨时，就能较真实地传达出世态与人情。……加上他长期的仕宦生活，应该说他对于社会人生，尤其是上层社会生活及人物心态的了解与展现，是有一定深度与典型意义的。而这些也恰恰能

① 吴在庆《唐代文士与唐诗考论》，厦门大学出版社2006年版，第89页。

从某些侧面，显示盛唐的风韵与气象。”[①] 无疑，吴在庆的见解是独到的，认识是深刻的。

吴在庆从社会环境、创作发生上切入的研究是自觉的、有效的。也许是因为作者本人也涉猎律诗创作的原因，他往往注重探赜诗人的创作心态，把对诗人创作心态的探赜作为研究的突破口。吴著的第二编即《生活心态与文学创作》便是例证。为了说明问题，恕笔者一一开列出收入其中的论文题目吧：《唐代文士的集会宴游对创作的影响》《略谈隐逸对创作的促进及题材的影响》《略论贬谪对唐代文士创作的影响》《贬谪对唐代文士创作表现手法的影响》《韩愈的忧谗畏祸心理及对创作的影响》，还有欧阳詹、方干、韩偓等各自心态对创作的影响等等。笔者还没有看到有古代文论学者对唐代诗人心态做这样集中的研究，而我们又通过对吴著的阅读发现，这样的研究是深切肯綮的。中国古人认为：诗歌“皆感于哀乐，缘事而发”[②]。这是从诗之发生的原理概括出来的骊珠之言，含有颠扑不破的学理内涵。文学是人性的历史，其本源乃人之心灵，而人之心灵受动于外物，受动于人之所处的环境。“物色之动，心亦摇焉。”[③]“气之动物，物之感人，故摇荡性情，形诸舞咏。”[④] 这些都是从创作实际出发的创作发生上的研究。吴在庆从发生学原理、从发生诗歌创作的社会生活样态切入，正是契合了诗歌发生的特点及其规律，没有把诗歌视为一堆印在纸上的字码，而是视为一种“心理事实”，视为语言诗性化的形式。譬如他对方干的研究。方干是吴先生比较倾力的一位，除了在其他诗人的研究文章中“互见”外，专门的研究文章就有三篇，收在三个栏目里，收在第二编的是《试论方干的隐居生活及其心态》，收在第三编的是《浅谈方干的诗歌》，收在第四编的为《关于方干生平的几个问题》。这些文章可以见出作者是花了很扎实的爬梳工夫的，也有很厚重的考论功力。而作者的考索和甄别，再加上着眼于创作发生的条分缕析的阐释，其立论自然便可靠而令人信服了。我们以为，对唐代诗人，能够站在历史规定的情境中去理解，要远比只是从文本上破译困难得多。吴在庆把

① 吴在庆《唐代文士与唐诗考论》，厦门大学出版社 2006 年版，第 87—88 页。

② 班固《汉书》（第二册），中华书局 1962 年版，第 1384 页。

③ 刘勰《文心雕龙》，范文澜注，人民文学出版社 1962 年版，第 693 页。

④ 钟嵘《诗品》，陈延杰注，人民文学出版社 1961 年版，第 1 页。

这些唐代诗人破译得这样耐人寻味，不是谁都能做到的。

诚然，吴在庆新著给我们的启发远不止于此，我们本来也可以如时下书评的写法那样，以“一二三四”来分述吴著的方方面面，然而，似乎是为了更强的“针对性”，还是选择了“不及其余”的“主攻”。

陈铁民《王维论稿》评赏①

［按］ 陈铁民先生是王维研究的一等功臣，其标志性成果乃中华书局20世纪90年代初出版的四卷本《王维集校注》。《王维新论》在人民文学出版社于2006年修订再版。21篇文章，半是考证，半是商榷，生动反映了作者坚持己见而又纳善如流、兼容并蓄的学术品格。

陈铁民的《王维集校注》，集笺、注、训、考、辑以及编年等于一书，成为清代赵殿成注本后的最完善、最权威的注本。这也使他在当代王维研究学者中名列前排，甚至是名列第一。

丁亥初春，铁民先生赠书《王维论稿》②，适逢《唐代文学年鉴》主编约稿，笔者便不揣冒昧而有此荐读性质的文章了。

一、从《王维新论》到《王维论稿》

《王维新论》在1990年由北京师范学院出版社出版，《王维论稿》则在2006年由人民文学出版社推出，其间相隔16年。新著仍然以旧著为框架，多了些增删和修订的工作。

---

① 原题为《考论兼作互发的研究范本——陈铁民〈王维论稿〉评论》，原载《唐代文学年鉴（2007）》，广西师范大学出版社2008年版。

② 陈铁民《王维论稿》，人民文学出版社2006年版。

《王维论稿》一书中的论文，依其内容分成四组：第一组《王维生平事迹考证》，收论文六篇，其中第三、四、六篇是《新论》未收的；第二组《王维的生活和思想》，收论文五篇；第三组《王维诗歌的思想与艺术》，收论文六篇，其中第六篇是《新论》未收的；第四组《其他》，收论文四篇，其中后三篇是《新论》未收的。

从《王维新论》到《王维论稿》，从数量上看，由原先《新论》的 14 篇，增到《论稿》的 21 篇，增加了 7 篇。所增篇目是：

《〈唐才子传·王维传〉证》
《读张著〈王维年谱〉札记》
《再谈王维的生年与及第之年》
《情景交融与王维对诗歌艺术的贡献》
《辋川别业遗址和王维辋川诗》
《也谈红豆与〈相思〉》
《〈王维集校注〉重印后记》

比较新旧二著，笔者以为，此修订本进一步强化了“考”的成分，突出了其研究的“考”的特点，也表现出作者“考”的自觉和擅长。

自陈先生的关于王维的一些考证文章发表以来，就陆续有些商榷文章出现。如杨军早在 1986 年就在《王维生平的若干问题——就〈王维年谱〉与陈铁民同志商榷》中提出了商榷：“陈铁民同志撰写的《王维年谱》，是近年来王维研究的新收获。这个年谱在汲取前人研究成果的基础上，将诗人一生的行事，作了较为详细的考述，征引宏富，推断大都审慎、精密，已勾画出王维一生的出处辙迹，其成就大大超过了前人。从总体讲，‘陈谱’无疑已达到目前可能达到的程度；只是在若干具体片断上尚有进一步探讨的必要。例如王维的生年，学术界已注意到不在大足元年（701）；与生年相关的享年，也不一定如旧说仅六十一或六十三岁，而可能是接近七十岁……”[①] 而关于王维生年的

① 杨军《王维生平的若干问题——就〈王维年谱〉与陈铁民同志商榷》，《西北师大学报》1986 年第 1 期，第 41 页。

考证，二十余年来就一直没有停止过，陈先生对此问题也一直给予高度的关注。从第一组所增三篇文章看，均是王维的生年考，陈先生的《王维论稿》，依然坚持自己的“旧说”，而且又有了许多补充性的考论，使其立论更加周密，也更加牢靠和坚实。

《王维新论》虽然先后两版，共五千册书，还是早已罄销，而且几次获奖，说明其考证和立论是经得起时间检验的，故而有此再版的新版出现。从《王维新论》到《王维论稿》，毕竟相隔16年了，学术有了极大进步，特别是王维研究，更是以每年近百篇论文发表的速度在向纵深发展，形成了非常可喜的研究局面。陈先生的自序云：“自二十世纪八十年代以来，学术界对王维的研究取得了不少成绩，每年都有许多研究论文发表，自己在写作本书的过程中，从同行们的这些论文中得到了不少教益。”因此，铁民先生说：“对收入本书的论文，除校读一过外，还作了若干修订和补充，特别是涉及王维生平事迹的文章，修订和补充之处较多。”

从《新论》到《论稿》，比较研读，我们对作者生成了这么三点认识：

其一，具有纂言钩玄、旁搜远绍的求是精神；

其二，具有独立思考，而又纳善如流、兼容并蓄的学术品格；

其三，具有补苴罅漏、好求重修的理想追求。

二、非体系的体系形态

当下学者更愿意把著作搞成一种“体系”，以一种“章”“节”的面貌出现。笔者以为，看其是否属于“专著”，主要取决于内容，而不是形式。《王维论稿》无疑是“专著”，至少是“专著”的一种。实在是怕人微言轻，不得不举名人之论以佐我说。郑敏在《诗歌与哲学是近邻——结构·解构诗论》的《前言》中开门见山地指出：

写书有两种途径。其一是先拟好大纲，而后收集资料，查参考，依纲，对各章进行填充。书成后以纲领突出，体系醒目著称。这类书似乎能吸引追求系统知识或一般入门的读者。出版界将此类书列为“专著”。这类书在最好的情况下有作者独创的体系，深入浅出，堪称思想巨著，

> 且其填充部分也必有真知灼见，而且学风严谨，论证精确。但这种巨著一个世纪也难出几册，其次则是体系多因袭传统，填充部分资料充实，论述清晰，算得上一本稳妥但没有多少创见的参考书。至于下乘，则往往或食而不化，或更有甚者，空泛拼凑，纯属学术次品。不过由于大陆一向崇尚大而全的体系，对此类“专著”多少给以出版方便。
>
> 另一种著述途径并不预制纲领。作者在落笔之前往往早已深入到“野外”进行勘测，边思考，边理解，边追究，直至感触累积，喷发为系列论文，当考察到一段落时，文章落入各个范畴，经过组装，成为书籍。……今天西方当代理论著述颇有一些是采取这种方式成书的。特别是一些突破传统体系的有先锋倾向的著述。[①]

郑敏分析了两种著述途径，其倾向性是十分鲜明的，她经过比较而得出结论：“总之体系派强调全、稳；非体系派则倾向不受前人体系的束缚，打开新的疆域，对具体现象提出新的阐释，较之系统派更重发现，而非具体知识的系统排列。”郑先生是很反感于形式上以体系出现的“填充性”的学术次品的。

笔者不厌其烦地引述，意在突出铁民先生一类的“专著”的学术价值，其《王维论稿》显然是属于后者的，是一种没有“预制纲领”的著作，是一种围绕了一个专题而充分地、针对性鲜明地展开的“专著”。诚如郑敏所论：“由于文章群形成的时间段较长，更反映作者认识、思考、理解的过程，从而使著作更具有历时性的特点，这类著作的特点不在体系的完美，而在于对探讨过程的展开。在好的情形下，书中对问题的提出和思考，由于直接受到现状的挑战，较富启发性，其答案，不论是否完全正确，都具有独创性。”不过，此新版比较起《王维新论》来，作者在编排上更加有意识，更多了些系统考虑。这在他的《王维论稿》书序中也见有明确的表示：“书中的各文，大抵是按照一定的计划撰写的，所以，它们虽各自独立成篇，但彼此又有着紧密的联系。”其实，铁民先生的这些书稿，如果让笔者来编辑的话，也是可以做出章节来的。全书分成三篇，如第一、第四组为“考定篇”，第二组为“思想篇”，第三组为“艺

---

① 郑敏《诗歌与哲学是近邻——结构·解构诗论》，北京大学出版社 1999 年版，第 1 页。

术篇”。而陈先生明明知道可以这么做而没有这么做，只是相对集中地分类排列，照样形成了各部分之间互为参照、互为发证、互为因果的照应状态，显示出非“体系”的体系形态。作者在“体系”的安排上，也很见匠心，他在序中说：“本书虽试图对诗人王维作比较全面的论述，但着重谈的是个人的一些心得和看法，对于他人已谈过而自己又无新见的问题，大都一笔带过或从略……”这样“详略兼顾”的考虑，就避免了“专著”常常出现的因为“照顾性”而必须具有的“全面性”，因而也避免了许多的因考论“全面性”而造成的“重复性”的赘言。陈先生关于此著结构的“思考”，这种具有针对性、解决实际问题的著述，比那些面面俱到的“专著”给人的收获更多。

三、考驳并重的阐论特点

陈先生的考据功力和功夫，是很令我们叹服的。相比较而言，陈先生长于文献，长于考，或者说，更多的是重在考，讲求言必有据。他在研究中更多使用的方法、更乐于出具“考”后的见解。这与其经历有关。铁民先生 1963 年自北大中文系古典文献专业研究生毕业，即留校任教，其学术道路就是从做王维校注开始的。他自 1992 年至 1998 年，一直从事《增订注释全唐诗》的工作。由于陈贻焮先生长期患病，无法工作，陈铁民实际上担负了主编的任务，并亲自撰注 50 余万字，前后审稿约 800 万字（皆逐篇审改）。

研究的深厚基础在于文献。杨义在《解读文学所》里说：“文学所向来有坚实的文献学传统，从郑振铎、何其芳时期开始，它所收集的珍本善本图书，以及历 50 年不中断的专题剪报资料，均极为难得，由此形成的文学文献家群体编纂的丛书、目录、辞典为学界提供了许多方便。”1983 年陈先生调至中国社会科学院文学所工作，不仅是耳濡目染，而且是身体力行。杨义在《解读文学所》一文中指出：“在浓郁的史料学、文献学的空气中，一批学有根柢的学者和论著出现了。陈铁民对唐代诗人的生平著作，做了许多扎实的考证工作，著成《王维集校注》5 卷，编年、校勘、注解用力甚深，在清人赵殿成的《王右丞集笺注》的基础上推进了一步。其后又参与主持卷帙浩繁的《增订注释全唐诗》的工作。”[①]

然而，陈先生在书序中则强调指出：“本书还有别外一个着重点，即就若干存在争议的问题进行探索。”这是指出其新著的特点，也是对我们在阅读中的一种提醒。

只要与陈先生有过接触的人都会感到，他是一个温柔敦厚的人。想不到在学术上竟然锋芒毕露、锐气凌人。书中的20余篇文章，竟有半数以上涉及与人论辩和驳说。可以这么说，其研究方法也正在于喜欢挑那些可以驳说的选题。写于1991年的《读张著〈王维年谱〉札记》，针对他人之说，逐一驳说，如王维诗歌的写作年代、王维交往的时间、王维致书的对象等等，竟至于列出23项之多。新加入的《再谈王维的生年与及第之年》一文，写作于2006年，距其第一篇考证王维生年的文章发表的时间已经过去近25年了，是针对王勋成“进士及第须守选三年”说[②]。如果王论成立，则王维任太丞乐的时间推迟到开元九年（721），而陈论坚持为开元元年（713）。于是，陈先生在书中第118页这样写道：“下面我们也就只有运用缜密的历史考证的方法，来对‘王文’的上述看法加以剖析了。”由此我们可以见出，作者的驳说，往往是出于考的需要，出于对考的结论的维护。考证的篇目如斯，论述的文章也如斯。《王维诗歌的写景艺术》一文，参与了王维“诗中有画”的讨论，今人也都将诗中有画作为王维诗的最大特色，据不完全统计，二十世纪八十年代时，以“诗中有画”或绘画性为核心来讨论王维诗艺术特征的论文已多达六十余篇，也造成了古典文学研究中课题重复和陈陈相因。陈先生对最有代表性的文达三、金学智的文章提出了不同意见，补充了“景中有我”的见解，使“诗中有画”说得到更为透辟而充分的分析。可见，陈论之技巧，就是在与前人、时人的讨论中形成自己的独特见解。他的《王维与盛唐山水田园诗派》一文，则从七个方面逐一比较此派诗人之间的异同点，开展充分，论析细致深入，令人信服。陈贻焮先生读到这样的“细致、深入、精到”的文字后，也连呼“作法精确”。他在序铁民的《王维新论》时说：书中的“这些新见，多是在掌握大量资料、经过缜密

---

① 《文学研究所学术文选（1953—2003）·前言》，中国社会科学出版社2003年版。

② 王勋成《唐代铨选与文学》，中华书局2001年版，第52页。

分析后得出的，因而富有科学性和学术性价值，从中可以看出著者治学态度的严谨”。[①] 因为考论结合，考论互发，论处则显得雄辩，考处也自然更加坚实。

其实,《王维论稿》是可以从更多的方面来认识，也可以从更深处来解读的。谨以此求教于读者和作者。

董乃斌《文学史学原理研究》评赏[②]

［按］《文学史学原理研究》是一部开创性的著述。作者从哲学的高度来观照和解读文学史现象，把研究提升到哲学的高度，且以亲切平和的叙述风度来书写。这种偏于抽象和演绎的文学史学原理研究，具有辩证性书写的叙述机制，也形成了原理构建的特殊话语。

董乃斌教授主编的《文学史学原理研究》[③]，是一部开创性著作，具有较高的理论品级和实用价值。

此著是由董乃斌教授领衔的“国家哲学社会科学基金项目”结题的结项成果。董乃斌先生长期从事文学史写作和研究，有着多种文学“史”著主编和独撰的经历[④]，具有良好的理论修养和扎实的书写准备，实践与理论互补而生发，形成了研究的强势站位，形成了辩证性书写的叙述机制，也形成了原理构建的特殊话语权。

巴赫金在讨论“文艺学中的现实主义方法”的时候说：“根据新康德主

---

① 陈贻焮《王维新论·序》，北京师范大学出版社 1990 年版，第 4 页。

② 原题为《“结构与叙述”的辩证机智——董乃斌〈文学史学原理研究〉评论》,《文学评论》2009 年第 2 期。

③ 董乃斌《文学史学原理研究》，河北人民出版社 2008 年版，以下简称《原理》。

④ 董乃斌、陈伯海、刘扬忠《中国文学史学史》，河北人民出版社 2003 年版；董乃斌主编十册本《中华文学通览》，中华书局 1996 年版；董乃斌、钱理群主编《彩色插图中国文学史》中国和平出版社 1995 年版；吴庚舜、董乃斌《唐代文学史》，人民文学出版社 1995 年版，等等。

义者的观点，不是方法适应实际存在的对象，而是对象本身从方法那里获得其本身存在的全部独特性；对象只有在那些用来规定其认识方法的范畴中，才成为某种现实。在对象本身之中，没有任何规定性不是对认识本身的规定。”①从此意义上说，著述的方法不仅使对象成为现实，而且生成存在的独特性。我们在阅读了《原理》，巡视了作者以百年中国文学史为对象实体所做出的全景式观照而形成的原理性的概述和演绎之后，发现最难能可贵的是此著的研究方法，是主编在文学史原理研究中融入哲学思辨的研究特色。这是一种研究尝试，也是一种学术的自觉，进而成为一种叙述与建构上的优势。同时，也形成了此著鲜明的人文品格，成为此著重大开拓的重要的标志，作为研究对象的文学史学原理也“从方法那里获得了其本身存在的全部独特性”。故而，笔者在以此为侧重和视角而展开评论之前需要做特别的强调。

一、从容而平和的叙述风度

董乃斌比较推崇钱理群的文学史写作观，这也反映了他自己感同身受的体悟。《原理》里这样引述说：“钱理群在谈到他《1948：天地玄黄》一书的写作时，特别阐述了文学史‘结构与叙述’对于文学史写作的意义所在。”②此论中所强调的“结构与叙述”，文学史写作如斯，文学史学史写作也如斯，文学史学原理的写作何尝不如斯？以笔者观，结构与叙述，叙述更是一马当先的。

叙述方式方法的选择，是作者方法论的体现，是其思想原则、思维方式作用于研究对象的物态化形式，我们在阅读《原理》中感到著述者对“叙述”的重视，并确信这是著述者的一种学理坚持，一种学术理性。而这种理性的叙述理念和体现这种理性的叙述形态，集中表现在鲜明的辩证思维上。此著所有论述，均建立在哲学的层面之上。作者从哲学的高度来观照和解读文学史现象，把研究提升到哲学的高度，诚如《原理》中所指出的：“若想使文学史著作

---

① ［俄］巴赫金著，钱中文主编《巴赫金全集》（第二卷），河北教育出版社1998年版，第207—208页。

② 董乃斌《文学史学原理研究》，河北人民出版社2008年版，第220页。

成为具有鲜明史学品格的科学著作，就全靠有正确的哲学思想给文学史家的观念和行为以有力指引。”同理，要使文学史学原理著作成为具有品级很高的科学著作，哲学思想则显得更为重要。关于这一点，以《原理》观，其认识是十分自觉的，且其表现也是非常积极和具体的。我们以“风度”来评价，是因为这样的《原理》“叙述”个性特别鲜明，而且特别的富有成效。

1988 年《上海文论》特设《重写文学史》的栏目，一时间不少报刊卷入了这场讨论。当下又引发了上海教授“文学史垃圾化”的说法。百年文学史书写，据不完全统计，在 2000 部以上，而真正令人满意的文学史论著还实在是凤毛麟角。文学史写作真需要一次“清理门户”的净场，真需要一个得失成败的概括，需要一个孰优孰劣的评判，也真需要一个何去何从的引领和指示。于是，《原理》出现了。我们以为，《原理》出现的初衷和旨归，虽不能说有其拯救时弊的雄心，但是，这种解决问题的问题意识肯定是非常强烈的。以《原理》解释就是：“唯物主义相信人的主观能动性，并且有检验认识与真理关系的尺度。只是加德纳谈的是关于历史的因果解释，他认为历史可以得到解释，并且对历史的解释‘应持一种多元的立场’，在阐述自己的真知灼见的同时，并不一定要否认其他解释的有理。”

由于现代阐释学和接受美学的影响，学术界十分重视文学文本的阐释，重视文本阐释者的作用，重视接受者的意志，重视阐释现象以及消费功能和消费过程，从而使文学史的性质成为一种在不断生成中演化发展的活性机体，而非一成不变的被动载体。现代哲学解释学和解释学美学的创始人及主要代表伽达默尔在他的《真理与方法》一书里指出：“真正的历史对象根本就不是对象，而是自己和他者的统一体，或一种关系，在这关系中同时存在着历史的实在以及历史理解的实在。”[①] 就是说，任何事物的存在，必存在于一种特定的效果历史中，因此对任何事物的理解，都必须具有效果历史意识。伽达默尔所说的效果历史意识，本质上是一种关系意识。效果历史意识具有开放性的逻辑结构，开放性意味着问题性。我们只有取得某种问题视域，才能理解文本的意义，而问题视域本身就包含了对问题的可能的回答。董乃斌《原理》的“无限论”的

① ［德］伽达默尔《真理与方法》（上卷），洪汉鼎译，上海译文出版社 1999 年版，第 384—385 页。

提出，是否可以视为建筑在这种哲学背景上呢？文学史史料的无限性，文学史研究者能动性的无限性，文学史样式的无限性，以及文学史范式的无限性，使董乃斌们确信文学史研究具有无限的广阔前途，也使文学史具有无限多样的书写可能。《原理》著述者不无兴奋地说：“文学史无限论，是本书下面所有论述的理论基础，也为全书的视野和论述打开了辽阔的天地。”这种“辽阔”，是一种境界，是一种高度，是对中国文学史鸟瞰式的宏观考察后，对文学史发展规律的检视和揭示的一种决策。因此，《原理》的“叙述”，服从于其总体性思维方式和叙述风格，而这种思维和风度体现在“三个坚持”的叙述原则上，即坚持人本性，坚持宽容性，坚持开放性。这种对文学史书写史的批判与反思，通过一种总体的考察经比较之后再得出结论，上升到原理的层面，这本身就是以整体性思维和宏大叙事方式为前提的。而这种“叙述”所呈现出来的既是风度也是风格，让我们感受最深的是著述者的宽容。著述者不是怨天尤人，而是承认历史，接受现状，通篇不出大言，不染铅华，不做极端性的评判，仿佛中庸的说法，心平气和，不简单地说谁谁谁好，谁谁谁不是，更不是粗暴的鞭挞和尖刻的诅咒，而是耐心的解析、婉转的评论、善意的劝导、积极的引领。故而，这种让我们很受感染的亲切平和的叙述风度，这种以学术宽容为风度特征的书写，表现出哲学上的辩证和交流上的人性化，更加方便阅读也更易于读者作者的相互沟通。

董乃斌不无遗憾地说：“文学史家，特别是撰写中国文学史的大部分本国学者，真正怀有哲学兴趣的不多，这严重地限制了中国文学史书写的深度。”果不其然，《原理》著述者对哲学兴趣和自觉，以“叙述”之“平”而显示其思辨之“深”，形成了表述上练达畅顺、婉转平和的风度，也形成了一种更接近艺术的叙述风格和话语系统。

二、坚稳而缜密的建构形态

我们感受到《原理》充满了辩证法，不仅仅反映在其具体的书写行文中，而且也反映在其著作的逻辑建构上。董乃斌深有体会地说：“史料和建构是文学史定义中两个重要关键词。”他认为：“建构的含义远比编纂丰富，建构更重要的是树立思想和严密逻辑。”十分看重“建构”的董乃斌，在其著述时，自然将建构视为重中之重来对待的了。

那么，什么是“建构”呢？《原理》解释说：“有自身逻辑结构，有思想，是一个知识体系，而统帅这一切的一个关键词，则是建构。”可见，建构是一种独立自足的系统，是一种有思想又有体系的缜密形式。《原理》最后一章里讨论“文学史与其他学科的关系”，侧重阐述了文学史与哲学的关系，其实，即是自述其《原理》著作的建构形态以及何以如此建构的理由。

譬如以《原理》章节排列的次序观，作者认为“哲学关心的首要问题是本体问题”。于是，第二章即安排了关于文学史学原理的本体论问题研究（因为第一章乃《导论》），此乃构架之基，由此而“派生”“建树”出：“文本、人本、思本、事本”诸种。而此“四本”中围绕“人本”说话，强调“文学史的人本观”的作者也同样把“人本观”作为文学史学原理的基本思想和核心内容，“在文学史研究中，由于对文本的重视，必然会引起对人本的重视”。因此，“文本和人本是构成文学史本体的两个重要侧面”，文学史研究中的人本观是处于核心地位的。董乃斌牵此一发，举此一纲，而编织出符合原理“自身逻辑结构”的“知识体系”。

进而，《原理》中涉及“真实性”问题。作者认为：“对于文学史真实的叙述，也离不开哲学层面的思考。”董乃斌花了比较多的篇幅来讨论“真实性”的问题，这是著述者对于文学史学研究中具体处理文学史现象之本体所要体现的原则和方法。文学史学原理研究所关注的对象，不仅仅是文学史本身，还有就是文学史家的素质及其工作。也就是说，这种研究，包括了对文学史成品和文学史研究工作的反思和检验，以及对文学史研究进行学理性的考察和概括。因为辩证思维贯穿始终，全著结构整饬、严谨规范，既有对全貌的宏观把握，又有对细部深切分析。《原理》连《导论》计算在内共十章，每章三到六节不等，最后再有《结语》。我们可以确信，此著的章节设置，乃至于建构，都是以哲学原理为依据的，甚至是以哲学内容为本体的，连排序的先后都是这么考虑的。董乃斌认为：“史家让事实说话的办法，就在于选择、排列和序次。”因此，我们研究《原理》章节的排序，这种意识是很突出的：本体论、方法论、主体论、范式论、史料学、编纂学、形态学等，每一门都是一独立的“学”，也是一种建构的层次，是连成系统的一个个的“点”。具体到每一章，其推演性的开展也并不完全相同，比如几个“论”多宏观多理念多思辨性的论述；比如史料学与编纂学部分则具体而微，多针对性和实际操作性。作者认为，这样考虑是“建立在以辩证唯物主义和辩证法对文学史实践的产物进行分析的基础之上”。

《原理》的建构体系，是以“人本”为中心编织的一张网，而这种构成，既是线型的流程，又是复式的构架，每一章只是原理叙事的一个元素而已，整个一部作品结构中的一部分有其独立性，但是章与章之间，更有其运动性，更有其照应关系，形成了结构上的先后因果和上下连贯。董乃斌认为：“文学史因为其严密的逻辑结构而形成一张网，每个作家，每篇作品，每一种文学思潮都可在这张网上找到一个位置。这张网由掌握丰富文学史料的研究者负责编织，编织得越细密，知识系统就越完整越让人感到可靠，这样的文学史就会被人视为信史。”同理，对文学史著述有此要求的文学史学研究者，在《原理》的建构上，也自然分外自觉和特别存心，因此也有很好的收效。

三、严谨而深入的学理推演

《原理》也属于治史一类，但是，又不完全等同与“史”的书写。“文学史原理就是从文学史学史中抽象、提炼出来的，也必须回到文学史的发展演变史中去检验和修正。这正是我们在进行文学史原理的撰写之前，先行研究和著述《中国文学史学史》的原因。”《原理》得益于哲学，哲学的辨证和深度，成全了其著述的理论品级。

董乃斌在评论刘大杰的《中国文学发展史》时指出：“能够在史著的编撰中重视理论，并能将某种理论经自己的消化而妥当地用于史著，这是学术研究达到较高层次的表现，但还不是学术的最高境界，更进一层，应该是通过史著的编撰创造出某种理论，这理论如能自成体系，不但适用于这部史著本身，还能用于更广阔的范围，那就更好。”[①] 我们似乎并不能说其《原理》已经达到那个水准，然而，著述者重视理论、重视哲学思辨且能够自觉总结规律、理性抽象而取得了理论上某些突破，则是显见的事实。而且，著述者在《原理》中明言一种挑战传统学术弱点的意识：“在历史研究，包括文学史研究中有意

---

① 董乃斌《近世名家与古典文学研究》，上海大学出版社 2005 年版，第 122—123 页。

识地作哲学思辨，作理论探索，而不仅仅满足于史料的考证（当然绝非否定必要的考证），这是对中国学术传统弱点的一种挑战，也是对不善于作系统和严密抽象思辨的民族根性的一种克服。”因为董乃斌长期工作在中国社会科学院，处身于代不乏人的资料研究与宏论思辨同兼的大学者之中，又在文学史学研究上长期投入甚多，特别是因为前期的《文学史学史》成果，《原理》占有丰富而牢靠的资料，且又具有熟练而准确运用史料的技能，杜绝了空洞的议论和主观的臆测，而尽可能地以史料说话，从翔实的史料中自然引出自已的结论，因而使原理具有了雄辩的逻辑信度。

譬如，在论及“规律”时，著述者为了强调文学史和文学史研究的人文性特点，而比较自然科学、社会科学和人文科学的各自特点。自然科学所发现的规律最具刚性、可以重复性地实验和试验，而历史和现实社会中所发生的一切往往是一次性的、无法重复的。《原理》（P154—155）说：“这三种科学都是科学，它们构成一个人类的科学体系，但它们关注和管辖的范围不同，研究的方式和目标也不同，各自所发现的科学规律，在精密和强硬程度上也不同。”这是根据文学史研究的特殊性而提出的得珠之论，这除了说明人文科学与社会科学、自然科学间的鲜明区别以外，还说明人文研究与单纯的史料整理在本质上的不同。著述者通过马克思主义关于经济基础与上层建筑的关系的理论，大量引述了文学史的客观生成的“史”料，得出了文学史发生的“随机性”的结论，这种“规律”的无序性和偶发性，确证着文学史不一定是由某一规律支配着的合目的性和理性演进之事实，充分体现了著述者文学史学原理的“相关的规律所具有的多元性、可检验性、可修订性”的宽松和弹性。《原理》的第四章第三节（P163—179），对文学史“规律”的认识概括出四大特征：即“一、规律或规律性认识的层次性”“二、逻辑性与随机性的辩证统一”“三、规律和规律性认识的无限性、多元性和相对性”“四、规律和规律性认识向常识转化的特性”。这些推演和理论，更加显示出著述者不仅仅具备了对文学史现象深透考察的视野和敏锐，而且具备了哲学思辨、逻辑推演的素养。其原理不只是以哲学为背景，而且是以哲学为内容，为讨论的具体对象。譬如在关于“真实性”问题的讨论中，著述者列举哲学史上关于真实性论证的流派，概述了论争的过程和历史，也表明自已对历史哲学家柯林伍德“一切历史都是思想史”理论的推崇。正是这种历史唯物主义和辩证唯物主义的指导，著述者强调文学史书写和研究中人的主观能动性，强调检验认识和真理之间的关系。于是，把文学史的发展、演变史提升到哲学高度来认识，提取了带有“规律性”的原理，其学术判别，符合文学史现状之本来面目的客观性，而又具有研究上的独立见解，通过逻辑框架来体现著述者对文学史规律性的认识，持论平允，叙述周密，具有令人信服的逻辑力量。

诚然，“试图对文学史作理论探索，特别是提取规律性认识的，往往要冒概括不周、遭遇例外和受到质疑的风险（连闻一多也不可能逃避这样的命运）”。《原理》似乎也可以找出一些值得质疑的地方，而明显不足的地方如表述上的重复、举证上的交叉。特别是其中举证，多是百年前的林传甲、谢无量、胡适和他们的文学史。《原理》中把“批判意识”视为文学史家主体所有素质中的最基本素质，可是，在《原理》中，这种可贵的意识却表现得不够强烈和尖锐，让读者“是非莫准”，或多或少地削弱了《原理》的学术分量。还有，或许是因为太讲辨证，而限制了著述者的学术自信。

然而，《原理》毕竟以其独特的学术风貌实现了填补空白的意义，确实具有开创、开拓之功。由文学史到文学史学史，都是偏于对现象的阐释和描述，文学史学原理则偏于抽象和演绎，而从理论的层面以凝练和提升，是研究的研究。董乃斌说：“在文学史研究中有意识地作哲学思辨和理论探索，为此而将文学史研究和哲学研究相结合，虽然艰苦，虽然不能保证成功，但却是极有意义的，值得有志者悉心投入。”此论我们可以视为夫子自道，是作者研究甘苦的深切感受。故而，我们宁可把《原理》视为一部文学史学哲学，不管这是不是董乃斌的书写初衷。

秦兆基《文学苏州》评赏[①]

[**按**] 《文学苏州》属于"瘦身"文学史，简笔精写，量身定做，其结构特点与文字表述，均体现了文学史写作的"适度"原则。这对于改变当下文学史写作的臃肿取向，改变文学史读本无节制的超生现象，不无启迪意义。

自20世纪初至今的百余年间，各类中国文学史著作有1600多部，一说已逾2000部。按一百年算，平均一年产生20部左右，其中不乏文质俱佳的文学史范本，但是，文学史写作"垃圾化"倾向也日益让人忧心。"新时期以来，二十余年间竟有千余部文学史出版，而眼下最新的数字居然是6000多部（2008年9月22日《文汇报》），若说前一个数字令人震惊，那后一个数字则令人震恐了。不过该报评论文章说，文学史写作至此已经十足垃圾化。与次等货色周旋的滋味如何？则除逐臭之夫外，未有不掩鼻者"。"盖今人虽有数千部文学史，但其疏漏平庸与兔园册子无异，文采、思想、见识，真是'要啥没啥'，观之令人气沮。"[②] 此论也许有点言词过激，却也非危言耸听，当下文学史写作委实多搭积木式的拼贴，多相互抄袭性的重复，既无学术可言，又无文学可观。而且，这种文学史写作，好大趋长，动辄四大本，甚至七大本八大本的，洋洋数百万字。

文学史写作，真该"减肥"而"瘦身"。近读秦兆基主编的《文学苏州》[③]，越发坚定了笔者这样的想法：文学史写作要简笔精写，要做减法，甚至做除法。我们虽然不能说《文学苏州》可谓"瘦身"标本，但此本在简笔精写上的努力和成果，却是很令我们惊喜的。

其一，量身定做。文学史写作也已为利益所染指，这是一个不争的事实。

① 原题为《简笔精写"瘦身"文学史——秦兆基〈文学苏州〉评论》，《常熟理工学院学报》2010年第1期；缩写稿发于2010年1月15日《文汇读书周报》。

② 伍立杨《中国六千部文学史写作"垃圾化"》，《羊城晚报》《花地·论坛》，2008年12月6日。

③ 秦兆基主编《文学苏州》，江苏教育出版社2009年版。

为了职称和课题而写，什么人都可以写，东拼西凑，轻率生产，书店里和课堂上出现了不少既没有“文学”也没有“史”的“文学史”读本。而不少的文学史写作贪“大”求“洋”，貌似洋洋洒洒，其实很臃肿，很繁琐，成为毫无新意可言的漫无边际的凑合。

文学史专家邓绍基先生1994年在山东大学文学院举办的一个学术研讨会上说过这样的话：百年来中国文学史编写工作的一个最大的特点不容模糊——它是适应、结合大学乃至中学的文学教学这个实际而产生的。最近，邓绍基在接受《中国社会科学院院报》记者采访时又说：“中国文学史编写、应用和流传的一个最明显的特点，就是与学校教育有关，它几乎一开始就是适应着、结合着文学教学这个实际而产生的。这大体表现为三种情况：（1）有的文学史著作原是讲义（自编的课本），后公开印行；（2）集体编写的教材（20世纪50年代以来最为流行）；（3）个人著作，但其主要目的还是为了供教学用，或者是同著者的文学史教学实际紧密相关。现在人们谈论文学史教学，通常都指大学的文学史课程，其实20世纪20年代以后，中学也曾有文学史课程，相应地也就有为这个课程而编写的文学史著作，其中有的就是讲义的公开刊行，如赵景深《中国文学小史》就是他在绍兴第五中学教书时的讲义。由于清华大学把它列为入学考试参考书，采用它的学校很多，印量很大。”（中国社会科学院网站2008年1月30日）邓先生这番话的意思是，文学史是应中学、大学教学之运而生的；文学史的框架、体系乃或观念的创新，乃是建筑在实践的基础上。这就强调了文学史写作的“量身定做”的针对性。

秦兆基主编的《文学苏州》，是在国家“高中语文课程标准”实施中应运而生的校本教材，是一本微型的地方性的文学史专著，完全是一本“量身定做”的文学史读本。本着一方水土养一方人的育人理念，秦兆基与首批教授级高级教师徐思源等，受命编写《文学苏州》。苏州第十中学现任校长柳袁照在书序里不无豪迈地说：“苏州十中是一所人文积淀很深的学校，在一百多年的办学历史中，语文老师中著名的学者、文学家、作家，历来不乏其人，如王謇、苏雪林、叶圣陶、张羽等；从我们校园里走出去的学生中，著名的文学家、作家、新闻记者，同样不乏其人，如杨绛、费孝通、彭子冈，当代的知名作家中还有范小天、朱文颖等。”因此，量苏州文学之身，量苏州十中之身，量中学教学之身，依凭丰厚的苏州文学的得天独厚的地方资源，定做《文学苏州》，不仅仅是顺理成章的，而且是睿智策略的。

梁启超说："文学是最高尚的嗜好。"而我们当下所面对的，是一个文学无力的时代。科学的傲慢，加上消费主义的物化浪潮，使得文学在科技和消费的双重夹击下自卑而"走低"，迅速地世俗化、粗俗化、庸俗化了，文学缺少了承担，缺少了真善美的崇高感。因此，人们越来越离文学远去，文学越来越退缩到边缘。文学的意义原本在于为人类提供良好的人性基础。文学有一个任何意识形态都不具备的特殊功能，这就是对人类情感的作用。

《文学苏州》的创意者和编著者们深知，情感的作用绝不亚于思想的作用，对于中学生来说，文学教育功能的潜移默化，其影响力不小于枯燥的政治说教。在人类的整个文明进程中，文学帮助人类建立道义感，对人们的理想思维和现实习惯发挥着巨大的影响力，在人们实现自我、寻求人的现实效价上表现出"引领"性的作用。这些就成为《文学苏州》编写的背景，也是我们阅读《文学苏州》的背景。可以肯定地说，《文学苏州》编写的目的，即在于培养中学生形成崇尚文学、崇尚人文、崇尚美的自觉，本书序还指出："这样既能弘扬地方文化，又能切实地使语文学习与生活与环境结合起来，在统一要求与地方差异性的融合中，张扬学生的语文个性，对提高学生的语文综合素质大有裨益。"

《文学苏州》量身定做的写作原则，决定了其简笔精写的表述特点，也决定了其写作与现实环境紧密相关的功利性。故而，在当下什么都追求大的风气下，秦兆基主编的《苏州文学》，取微型的样式，量苏州文学之身，量中学教学之身，全书适度控制在300来页，20余印张，并非苏州文学史没有内容可写，不能做大，也绝非秦兆基先生他们才短学浅而没有笔力铺张敷衍，完全是因为坚守"量身定做"的尺度，回归文本，从文学本身出发，体现苏州地方文学的价值。

其二，适度阐释。当下文学史的通病，就是编撰者的过度阐释，无端发挥，行文没有节制，出语没有遮拦，成为炫耀其学富的标本，把文学史写作变成了各种社会思潮或文化思想发生的副产品，对文学本身的价值却未能给予精确的评价。而且，这些文学史，整体上的格局被叙述和阐释所占据，忽视了对文学文本的价值判断。

秦兆基适度阐释的坚守，是根据文学史的文学性本身而定的，坚持了文学本位的原则，这样设定的好处不仅仅免去了不少“外部规律”的赘言，而且单刀直入，简捷明了，切准文学史的研究重心，将要害揭橥出来，从而进入对文学发展的内部因素的阐释，转向文学发展的自身，摆脱意识形态的影响，形成独立的文学话语模式。譬如《文学苏州》第六章“兴盛期”百年的文学史概括，真可谓精要简洁，惜墨如金，不妨照抄如下：

从1840年鸦片战争后，列强的坚船利炮打开了中华古老帝国的大门，我国艰难地走上了现代化的道路，苏州文学也和整个中国文学一起经历了一场根本性的变化。

第一，自觉的文学改革的意识和带有广泛性的文学社团的萌生。

第二，文学的形式和内容发生巨大的变化，呈现多元化的倾向。

第三，各种文学样式的地位起了变化。在这个时期中，通俗小说处于空前繁荣的境地，原来处于正宗的居于至高无上地位的散文，退居到次要的地位。

编者没有过多纠缠于文学以外的社会、政治、文化，背景材料也一言以蔽之，接下来对此时期文学特点的概括也极其简明扼要，以下便是对此时期散文大家的逐一分述，譬如冯桂芬、王韬、章太炎、苏雪林、俞平伯、杨绛、彭子冈等。而在具体的表述中，简明扼要，编者既充分肯定具有较强政治意识倾向的作家作品存在的合理性，又避免了政治意识形态叙述的封闭性和狭隘性。

《文学苏州》全书的框架编排也以“简洁”为原则，虽然是九章四大块，但每一章的综述要言不烦，点到即止，不蔓不枝，把三分之二的空间空给作品，以史串文，文史兼得，以导为主，以读为重，让人在读此文史两兼的读本时，多思而广得，体感而深受。而在四大块即“文学源流”“文学评论”“文学群体与流派”“文学作品中的苏州”中，又突出了第一块“文学源流”，在全书共九章的体例里，占去六章，把苏州文学发展史分为五个时期：孕育期——先吴、先秦时期，成型期——秦汉至六朝，成长期——隋唐至宋，绚烂期——元至清中叶，兴盛期——近百年。这样的分期，符合苏州文学的个性特点，而非照套形成的文学史的分期思路，是史学与文学的两兼分法，是从总体上揭示了苏州文学发生、发展规律的、具有美学内涵的文化概念。这种结构特点，是与适度阐释的要求相统一的，体现了文学史写作的“适度”原则。

著名学者罗宗强先生认为，文学史写作应该“从文学创作反映出来的思想倾向与文学理论倾向来考虑问题”[①]。纵观《文学苏州》的分期，编者对分期标准的把握，表现出史学与诗学并重的原则，史学与诗学两相渗透、交叉互进，形成了其以作品文本为中心、史论与作品一体化的文学史构建。从学科的逻辑内涵上来看，编著者着眼宏观，注重从文化发生学上发掘意义，准确勾勒出各时期发展的不同风貌，厚今而不薄古，既不过于细碎，又不过于宽泛，尊重历史发展的客观形态，努力梳理其既阔大宏远又具体生动的文学史的进程，揭出了文学与历史的两重属性、现实与审美的双重品格。

《文学苏州》此书，大处把握，执其关纽，以文学史为主轴，篇目章节之合纵，适度阐释，要言不烦，具有很强的概括力。因为文学史家的高瞻千古，远瞩八方，其评判与臧否，也以一当十，精准深到，斐然成章，易于记诵。

其三，以文释史。文学史应该根据以艺术和审美价值为核心的多元价值体系，给作家作品以全面系统的评价。在众多的文学史写作中，文学史家对作家作品的评价不能说没有，但往往是非常简略的，甚至是非常肤浅的，对作家作品的评价被湮没在对“史”的描述中。而这些缺乏第一手材料、缺乏感性认识的文学史，因为缺少对具体作品细读而产生的“写得怎么样”的分析和评判，其“史”的叙述，也只能是拼凑资料和排座作家而已。《文学苏州》回到文学文本本身，突出作品的审美价值和艺术价值，其文学史的写作抓住了文学的本质问题，形成了叙述、阐释、评价相平衡的文学史写作格局。

夏志清说：“对优美作品的发现与批评，永远是我的首要工作。”[②]陈思和十分推崇夏志清的文学史写作，他认为，夏志清下了大力气尽可能多地浏览了长短篇小说单行本，以及杂志上刊登的短篇小说和长篇连载，让夏志清得以

① 罗宗强《隋唐五代文学思想史》，上海古籍出版社 1986 年版，第 89 页。

② 季进《对优美作品的发现与批评，永远是我的首要工作》，《当代作家评论》2005 年第 4 期，第 28—36 页；转引自人大复印报刊资料《中国现代、当代文学研究》2005 年第 11 期，第 113 页。

根据自己的眼光书写文学史，因此他的《中国现代小说史》才从根本上颠覆了当时人们对中国现代小说的基本认识。因此，出色的、负责任的文学史家，不仅必须有较高的文学素养和高度的鉴赏能力，而且要有广泛的阅读经验，细读原典，感知文本，深入到作品内部，面对鲜活的文学世界，构建自己的阅读体验。《文学苏州》注重回到作品本身，以史为经，以选文为纬，突出了作品在文学史写作中的重要地位，强调作品自身审美价值。《文学苏州》作品选读约六十篇，每一篇选文后附“作者简介”“品评赏析”“评点精粹”“问题研讨”四则。编者在评价作品时，以读者的身份介入，抓住作品自身的艺术规律，挖掘作品的审美价值，用自己的审美经验评述作品，形成了一个价值判断体系。而在分析评价作品时，编者虽不做精详推阐，邃密探测，但也援证广博，自出手眼，简洁明了，点到即止。这样的文学史本的阅读，往往能够引导读者把阅读时对作品的感受、感知的感性认知提升到理性的层面，帮助读者在感性认识的前提下，不仅仅知道作家“写了什么”“怎么写的”，更会获得“写得怎么样”的结论，从而认清具体作品独特的审美艺术价值，认清作家与作品之间价值意义，确立文学作品存在的价值和在文学史上的地位，形成文学史的价值体系，自然也会从大处把握文学史流变的源流与过程了。

实在是因为文学史读本的无节制的超生，文学史写作自坏家门，破坏了自己的尊严。在我们读到《文学苏州》时，便有了一种盼望已久的亲切感，虽然此文本还只是一种准文学史，也许其对苏州文学现象的概述尚欠精要和深刻，但《文学苏州》简笔精写的追求和理想，对当下“重写文学史”的立志者，应该是有所启迪的吧！

蒋寅《大历诗风》评赏[①]

［按］《大历诗风》以文学史、文学理论、文学批评“三位一体”的研究思路，采用“剖析诗史横断面”的结构，形成了文学史、文化学、文献学相结合的研究范式，对大历诗人、诗歌以及诗潮做出了多层面、多维度的探讨，在方法论上获得了最新成功与广泛影响，其研究意义也超越了古代文学专业的范畴。

蒋寅的《大历诗风》[②]，其突出的学术意义在于它是第一部系统研究大历诗歌的专著，也是国内第一部综合性地研究一个诗史时段的著作。

文学史上有一种很习见的现象，一个人的处女作往往就是其代表作。蒋寅先生的处女作《大历诗风》中，丰赡的著述未必能够代表他的最高水准，然而，从其影响之大与创新之多，以及为学术圈内外所熟悉的程度看，堪称其代表作也。

看得出，蒋寅先生对其处女作《大历诗风》十分自珍。《大历诗风》时隔二十年再版，不加任何修订，则又说明了他的自信。我们认为，重要的是《大历诗风》为学术界提供了一种全新的研究范式和研究思路，以及在研究方法上的开拓意义和实际的理论收获。

一、融会贯通的现代方法

蒋寅的《大历诗风》，娴熟地运用了符号学、类型学、统计学、比较研究、原型批评、结构主义、接受美学、文艺心理学以及文本分析、心理分析、定量分析等方法，充分显示出作者开放而又严谨的良好学风。

《大历诗风》1987年完稿，这篇师从名师程千帆先生的博士论文，是方

① 原题为《〈大历诗风〉的诗学话语与文体意义》，《北京大学学报》2011年第5期。

② 蒋寅《大历诗风》1992年由上海古籍出版社初版，2009年由凤凰出版社再版。文中所引出自本书的文字，不再一一标注页码。

法论高潮时期的产物，具有深刻的时代烙印。改革开放，让蒋寅赶上了一个学术盛世。虽然进入到20世纪80年代，即后来被文学史家们命名为“方法论年”的那段时光。但是，“西方话语存在的主客观条件与我们不尽相同，不考虑学术环境的特殊性，不比较中西文化背景的差异性，而照搬西方，这也就是我们在移植国外文艺理论所以没有多少成功的最根本原因所在”[①]。蒋寅因为有着比较充分的心理准备与学术含蕴，也便有了一个包容广大与消化良好的“胃”，在这些外来的文化思潮和批评模式的浸渍中，强化了自身的批评本位意识与批评能量，域外的这些研究方法、研究成果正好成为他打破学界因封闭多年而形成的千篇一律的研究模式，而让古典文学研究别开生面，也对其一生研究起到了奠基作用。蒋寅在其《学术的年轮》中回忆说：“80年代以来，西方学术思潮急剧涌入。当学术界非议蜂起，许多更年轻的学者都在抱怨‘看不懂’，怀疑甚至拒斥它时，千帆先生却在冷静地理解、接受。以他的年龄，自然不可能去读原著，但他仍通过各种途径吸取新的知识，并以丰厚的艺术修养和通达的见识包容、消化它们。”[②]千帆先生的整体性文学史通识和内在性的比较研究方法对蒋寅的影响很大，尤其是程先生的领先潮流的研究思维与理念，让蒋寅更是心领神会。于此也可见，当时学界的先觉者们，也已经开始不满足于单一的作家作品论以及考据、笺证、年谱、辑佚等传统的研究方式，开始了研究方法上新的尝试。程千帆、傅璇琮等学者，就是立足传统治学方法而运用新方法的楷式。傅璇琮的《唐初三十年的文学流程》[③]讲的就是在传统研究方法上新变的经历与体验。傅先生把丹纳的地域文学理论与诗人群体意识移植过来，与中国考据索引的传统研究结合起来，用一种编年方式，把不同地区作家的不同活动，放在同一时空背景下加以考察。前辈学者的成功实验，自然给了蒋寅以很大的启迪。此后二十多年间蒋寅与傅璇琮先生多次、多方面的合作来看，他们是惺惺相惜的。[④]

因为对于新方法的融会贯通，蒋寅论诗视域开阔，具有通达的文学史眼

---

① 王志清《中国诗学研究的德本精神》，齐鲁书社2007年版，第314页。

② 蒋寅《学术的年轮》，凤凰出版社2010年版，第276页。

③ 傅璇琮《唐初三十年的文学流程》，《文学遗产》1998年第5期。

④ 譬如2002年协助傅璇琮先生主编《中国古代文学通论》等。

光、新潮的审美意识，也使《大历诗风》显示出其诗论的独特视角和个性特点。罗宗强先生在看到蒋寅《大历诗风》问世时是何其的欢欣鼓舞，他撰写了《我们非常需要不尚空谈的书——读蒋寅〈大历诗风〉札记》（《文学遗产》1994年第5期），给其以高度的评价！沈玉成先生也大加赞誉说："在众多的优点之中，我个人印象最深的是作者的研究角度和方法……他立足在坚实的材料基础之上，具有敏锐的艺术感受，力图综合马克思主义的反映论、中国传统文论以及西方的文艺心理学、古典美学、接受美学等等学科中某些理论和观念，经过自己的过滤、消化、吸收，融为一体。"[①] 作者对自己的方法具有充分的自信；作为读者，在读完论文以后，我认为他的自信是有理由的。"前辈学者们所欣赏的，正是蒋寅在自己独立人文传统上融合西方文论所重建的中国文学批评的新话语。

诚如千帆先生所言："应用新方法，有一个前提，就是一定要使结论比用旧方法得出的结论更深刻，新的方法要能发掘新的内容。"[②] 正是这些新方法的运用，使蒋寅的学术视野空前开阔，使其著中新见夺出。譬如旧有的关于大历研究的结论，往往是消极的，其研究思维则多是一元的，将大历诗人全归为胸无大志、苟求富贵的一类，归为及时行乐与精神卑弱的一群，用"气骨顿衰"一言蔽之其诗风。这显然太过于简单化了。蒋寅受巴赫金创设的"复调小说"概念的影响，移植"复调"观来研究大历诗歌主题，《大历诗风》第四章《主题的取向》，共六个方面，呈现出"多声部"的丰富性，形成了"复调"的思维与结构。世界是多元的世界，社会是多元的社会，诗人生命个体的内心世界是纷纭复杂的，诗人的自我意识和潜意识，有着多重繁复的构造。而作为对世界，对社会，对现实生活反映的诗歌也必然是多元的，而各自背景不尽相同的大历诗人们更是多元的。旧有古典美学研究中的单一旋律无法涵盖大历诗人的心灵深度与其诗风的丰赡。蒋寅关于大历诗歌主题研究的"复调"思维，非常有效地解决了大历诗人、诗风的复杂性。譬如"取向"之五为"隐逸的旋律"，在"复调"理念的引导下，其研究思维突破了旧学禁锢，而有了新的视

① 蒋寅《〈大历诗风〉写作记》，《中国图书评论》，2007年第3期，第28页。

② 《访程千帆先生》，《文学研究参考》1987年第1期，第31页。

野与深度，因而也得出了新的结论：其一，并非隐逸者便是放弃责任的，便是缺乏社会担当的；其二，并非隐逸者就是对时局失望的，就是对命运忧惧的；其三，并非隐逸者便一定都有吃不到葡萄说葡萄酸的牢骚与心口不一的虚伪的。

新的方法，使蒋寅的研究发掘出新的内容；新的方法，也使蒋寅研究的结论比用旧方法得出的结论更深刻。《大历诗风》给我们的启示是：借助于西方批评的现代理性，与坚持民族的独立人文传统和人文精神并不矛盾，也不冲突，相反则使其把研究放置于一个广阔的文化语境中，找到传统批评话语在当代的表达形式。

二、横剖比较的结构形态

蒋寅在《大历诗人研究·后记》中说："我一向认定，真正的学问不在于做别人没做过的东西，而在乎做出别人做不出的东西。"作者状态与思维以及他的另辟蹊径的个性，决定了这本关于大历诗史的研究必然选择《大历诗风》这样的文体与话语。据蒋寅自己回忆说，他是在导师的启发与指导下决定研究大历诗人，而且采用"剖析诗史横断面"写法的[①]。换言之，蒋寅受到千帆先生的点拨而决定用"横剖"的结构来思考、研究和构架，是他的一种学术慧心与机智。大历诗风研究不是别人没有做过的研究，而用"横剖"形式则是没有人做过的。

T·S·艾略特在《传统与个人才能》中精辟指出："现存的艺术经典本身就构成一个理想的秩序，这个秩序由于新的（真正新的）作品被介绍进来而发生变化。"[②]诗歌是艺术感受的经验传达，它只能产生于创作主体强烈的或敏锐的或精细的艺术感受之中。蒋寅受西方美学的影响，并将研究建基于中西方哲学思想的碰撞之上，进入特定的历史时空，探讨大历诗人感受时间的基本道德态度和诗意表达方式，融化古今人生的经验而生成特定的艺术感受。蒋寅在《大历诗风·导言》中有一段话说得明白极了："总的说来，大历诗的研究

---

① 蒋寅《学术的年轮》，凤凰出版社 2010 年版，第 294 页。

② ［英］洛奇《二十世纪文学评论》，葛林译，上海译文出版社 1987 年版，第 139 页。

在一些具体问题、具体作家身上已经取得了相当的成绩，而在整体把握上则还停留在现象、流变的一般性描述，相对盛唐和中晚唐诗的研究来说缺乏系统深入的探究。”蒋寅不满于已有的线性的、浅表层面的、呆板与封闭的研究，他的研究瞩目于“深度与广度”，是以诗学来做宏观的、系统的、整体的把握与观照而以期突破。他在《再版后记》中说：《大历诗风》在具体的写作过程中很棘手，“既无前人著作可参考，也无现成模式可借鉴”，因此，“这一思路大体是在综合当时我了解的各种研究角度的基础上形成的，有些是现学现卖的，比如对时空观念的讨论……”；然而，“到初稿写完，我对大历诗的认识已不再局限于唐诗内部，而是着眼于叶燮所谓的‘百代之中’，力图从整个诗歌史的高度来审视这段诗史的特殊意义了”。蒋寅在《再版后记》中关于其“横剖”思路与结构形成过程的回忆，更加说明其研究成果的获得并非轻易，也可见其投入的全部身心。

《大历诗风》全书凡九章，大致分为三大块，第一块是背景，作者从解读《河岳英灵集》《中兴间气集》入手，在考论历代关于大历诗歌的评论的同时，考论了大历诗人所处时代以及大历诗人的精神偶像，从接受美学的视域将对大历诗风的考察放置于当下的时空。第二块是论著的主干部分，直面大历诗人与诗歌，讨论诸如主题取向、时空观念、感受与表现方式、意象与结构、体式与语言等，构成了论述的平行面，进行多层面地展开；而其章节标题上的这些美学或诗学范畴的术语，将其研究视域与特征鲜明地“标志”了出来。第三块，是结论性的推断，得出假说，并界定与描画大历诗风的内涵与特征，确论大历诗歌在中国诗歌史上的意义。此著在重版时又增加了一个附录：《不说破——“含蓄”概念之形成及内涵增值过程》[①]，这更突出了此著的诗学意义。

横向剖析的思维与结构，使大历诗风的研究非常重视各种社会文化形态对文学的影响，也特别善于描述文学生长的环境与走向的背景，同时也使行文始终处于纵横性的比较中，对此前此后诗歌的比较，主要是与开元与元和这两个历史时段的横向比较。而蒋寅研究的许多新见，正是通过比较得出的，譬如他在论述大历诗风的特征时，始终比较此前的两个时段（谢朓时代与王维时代），

① 此附录，同时出现在蒋寅的《古典诗学的现代诠释》（中华书局2003年版）中，并标以第四章。

精辟地揭示出大历诗与大历诗人的“这一个”来。因此，蒋寅认为：“它们与谢朓诗的主题取向，大都是重合的，共同的思想、经历，共同的南方文化背景，使大历诗人与谢朓隔着几个世纪共鸣到同一频率上。”于是，蒋寅又指出：“如果用一句话来概括大历诗人与王维的差别，那么可以说，王维写眼中的山水，而大历诗人是写心中的山水。”故而，“在他们的笔下，盛唐秦晋齐鲁的质朴刚劲之气逐渐转为吴越荆楚的清空柔丽之美，南方文化精神也由此在大历时代得到光大”。

捷克著名新批评理论家雷奈·韦莱克认为：“在文学史里，文学则被认为是属于某一个时期的事情，只能相对地以时期来判断。”[①] 蒋寅“横剖”式分析的话语与结论，极其重视从“时间感”与“空间感”上来比较，以形成对大历诗歌的独特的艺术感受，其剖析与论断提升到了理性认识的层面，探讨诗人与历史、时空的关系以及人的生存意义。关于这些，蒋寅自己也有清醒的认识，他在《再版后记》中自我评价其《大历诗风》有三点意义：“第一，作为国内第一部综合研究一个诗史时段的著作，它将历来不受重视的大历诗歌视为唐诗史的一个特殊时段，通过开元、元和两个时期的比较”；“第二，论文以全新的诗史研究思路和研究范式给学界带来一些新鲜感。以诗人的感受方式、表现方式为核心，心态史、时空观念、意象结构等诸多新的视角构架了一个适合于对象的研究模式，整个分析过程和结论突破原有格局，达到新的深度”；“第三，还提出了一些假说，如古典诗歌情景交融的美学特征定型于中唐诗的假说等”。换言之，《大历诗风》的学术成功，与作者“剖析诗史横断面”的研究思路与结构的选择有着密切的关系。

三、“三位一体”的研究模式

文学史与文学理论、文学批评这三者原本是不相脱离的，诚如雷奈·韦莱克在其《文学理论》中所云：“它们彼此间的联系非常紧密，以致不可能想象没有文学批评或文学史的文学理论，或者没有文学理论或文学史的文学批评，

---

① 赵毅衡主编《“新批评”文集》，百花文艺出版社 2001 年，第 548 页。

或者没有文学理论和文学批评的文学史。”韦莱克主张研究的三者合一，也强调这三者的“区别相当明显”，且有其各自分工。[①] 文学史研究主外，倾向于外在性的描述，是历时性的研究；而文学理论与文学批评则主内，文学理论是文学原理、文学范畴和判断标准等问题的研究，讲系统，讲架构，讲原理，讲方法，是理论性批评，文学批评则重在解读与评价，是文学原理的实际操作与运用，倾向于共时性研究。我们考察蒋寅的《大历诗风》，明显呈现出文学史、文学理论、文学批评“三位一体”的研究形态，注意到了资料考证与艺术分析并重，背景探索与作品本身并重，外在描述与内在提纯并重。

韦莱克指出：“文学研究不同于历史研究，它必须研究的不是文献，而是具有永久价值的文学作品。……除非我们要把文学研究降低到只是编列作品目录，降低到编年史或历史纪事。”[②] 此论的意思是以文学为本位而以文学文本与文学现象为对象的研究，而不是“自我降格”或混同史学的非文学研究。因此，文学研究，无论其反应多么独特，无论其批评理念怎样新颖，也无论其批评方法如何先进，都是由文本所激发，也都要落实在文本上的。但是，九十年代的古典文学研究界有股“考据至上”和“制谱成风”的“私人化”倾向，“一味以考据自娱，不以解决有价值的问题为目的，不以研究的‘有效性’为准则，而是在一个狭小的圈子里标榜自身‘博闻多识’，这正是典型的私人化心态”。尤其是“热衷于为一位位大大小小的文学家编制年谱，排比他们的陈年往事、仕迹交游、作品系年，并以此为终极目的”。论者认为这种“私人化”倾向，“从根本上斫丧学术的生命”[③]。然而，古代文学研究，也不能只是现象的描述，过多地从外部去罗列编制诗人的经历、社会背景、历史条件等，也不能成为诗人创作意图与诗歌创作母题及其艺术效果的过度阐释，而理当充分依赖于研究者的体验、直觉和感悟，来获得研究的结论和批评结果。蒋寅就曾一针见血地指出：“现有的古典诗学研究著作大多依托文学概论的框架，将诗话材料填充进去，结果像是用诗话材料印证了若干一般文学原理，而真正属于诗学本身的

---

① 赵毅衡主编《“新批评”文集》，百花文艺出版社 2001 年，第 547 页。

② 赵毅衡主编《“新批评”文集》，百花文艺出版社 2001 年，第 560 页。

③ 郭英德《论中国古典文学研究的“私人化”倾向》，《文学评论》2000 年第 4 期，第 103—104 页。

理论问题却很少被触及。这种情形让我为古典诗学的丰富性被严重遮蔽而感到遗憾，同时也激发起我研究古典诗学的冲动。”[①] 易于产生学术冲动的蒋寅，其《大历诗风》也自然是其冲动的产物，因此具有了强烈的针对性，具有突破性的预期与追求。蒋寅的《大历诗风》给我们的重要启示就是：以尊重文本为研究的必然前提,通过发掘文本而使大历诗人诗歌涵蕴获得了全新意义的呈现。作者将历来不被人重视的大历诗歌作为唐诗史上一个特殊的时段来研究，力求从多方面审视大历诗人的诗史意义，在诗歌艺术的独创性、审美价值之外，还从广阔的文学史、文化史背景中把握诗人的文学史意义、心态史意义和文化意义，通篇论述，通过与开元、元和两个高峰的比较，将这些诗人置于文学史、社会史、历史事件、人文地理的宏大坐标之中，自如地运用比较的研究方法，在历史时空中做出客观定位。同时，又以诗人的感受方式、表现方式为核心，从时空观念、意象结构以及感受与表现等新的视角，设计了一个适合于大历诗史对象以全新呈示的研究模式，从而揭示出大历诗歌独特的文学价值及其在唐诗乃至整个中国诗史上的意义，使大历诗史的内在脉络与外在意义更加清晰地凸现出来。而全书在独特的研究方式与表述框架中展开的整个研究过程，多采用统计法，列表统计，分门别类，细化深读，使其论落在实处，将前人源于感觉印象的笼统判断演绎为有分析过程支持的、可以量化的、可以验证的观点。这样作论，既不脱离诗人的创作实际，不回避批评的价值判断和社会判断，又能超越批评的层面，赋予中国文学批评强烈的现世精神，以文学理性系统认识为终极目的。

美国批评家阿伯拉姆认为：“理论批评的任务是在一般原则的基础上建立一套研究和解释文学作品的前后一致的术语，区分标准，分类方法以及评价作家和作品的尺度（准则、标准）。”[②] 因此，当批评面对文学文本时，他的任务就是揭示文本符号和组合符号的结构，根据这一通道而进入文本的深处，把握和理解含蕴于其中的意义。蒋寅认为：“古代文论的阐释基点只能建立在一种历史研究上，在理论的历史展开中把握其发生、发展、转变的逻辑进程。

---

① 蒋寅《清代文学论稿・自序》，凤凰出版社 2009 年版，第 2 页。

② ［美］阿伯拉姆《简明外国文学词典》，曾宗禄等译编，湖南人民出版社 1987 年版，第 71 页。

这是一种历史与逻辑相统一的研究，也是我一直倾心并付诸努力的目标。这样一种学术理念，不仅是方法论的终极体认，也是现时学术状况下的策略选择。”[1]因此，他的古代文学研究，将理论问题历史化，强化文论与文学的关系，从不同侧面展示中国古典诗学的丰富内涵和理论价值。关于这些，我们在其历年研究的中国古典诗学基本概念和命题的系列论文之结集《古典诗学的现代诠释》（中华书局2003年版）中可以得到验证，而他的《中国诗学研究的思路与实践》（广西师范大学出版社2001年版），也是他的这种理念的实验。因此，对西方文论有着良好消化能力的蒋寅，在其《大历诗风》中十分注意克服传统批评印象式描绘的不严密和不一以贯之的随意性，同时，他又注重中国诗性批评的特点，特别是中国传统文学批评长期以来形成的理论话语，追求化理为情、以情化理、情理互融互生的批评模式。这种以实用为目的的实践理性哲学思维方式的传统批评话语，表现出实现自我、寻求人的现实效价的人本特征，而不是停留在一般性意义的价值判断的浅表层次。而其话语特征，也就形成了一种文学史、文化学、文献学相结合的研究范式，展现了一幅立体交叉的古代文学研究的形态，进而对大历诗人、诗歌以及诗潮做出了多层面、多维度的阐述。这不仅反映了蒋寅的学术境界和认识深度，体现了他对大历文学史的精准考察与价值估量，而且在方法论的意义上获得了最新成就与广泛影响。

总之，《大历诗风》明摆的是诗学的形态。《大历诗风》之所以能够在当时的学术界获得一致好评，能够立于不败而历久弥新，也完全是因为作者的诗学实力与其著述的诗学形态。就当下的文化语境而言，蒋寅研究的意义远远地超越了古代文学专业的范畴。简言之，《大历诗风》这种研究范式和研究思路，其重要性并不亚于作者对大历诗风研究所得出的具有创新性的观点与结论。

① 蒋寅《古典诗学的现代诠释》，中华书局2003年版，第9页。

尚永亮《唐诗艺术讲演录》评赏[①]

［按］　《唐诗艺术讲演录》着眼现场，激情感发，追求互动，具有强烈的讲演特征，给人最突出的感受就是“深入浅出”，把深奥的原理形象化、哲理化，在深入浅出的诠释中到达“新解”的境界，让人心领神会而心悦诚服而生成参与其间的积极性，形成思维碰撞和情感交流的现场感。

唐诗艺术好讲，因为此类资料和书籍太多了；唐诗艺术不好讲，也是此原因。难讲，是难以讲出新意、讲出特点、讲出艺术性。尚永亮教授的《唐诗艺术讲演录》[②]，似乎有一种挑战“熟俗”的学术义勇，而其技巧和境界，可以用“深入浅出”来概括。

我宁可认为，深入浅出是一种境界，是一种很不容易到达的境界。深入浅出，非当下行时“开讲”的浅入浅出，更非哗众取宠的俗入俗出。对一个比较资深的学者来说，“深”而“入”，似乎并不是问题，难的是“浅”而“出”。什么是浅出呢？所谓“情深而文明，气盛而化神；和顺积中，而英华发外”[③]，即包含了入与出的因果关系，而关键还是个内涵问题。此“出”之“浅”，并非没有内容，没有深度，而是举重若轻的自由，是驾轻就熟的驾驭，既是演绎的技巧，又包含了对所讲内容的取舍，此即“英华发外”也。

一、着眼现场，追求互动

读《讲演录》时，收到南京大学徐有富教授新著《诗学原理》[④]，相较之下，二者都是一种“原理”性的著述，只不过是尚著诉之于“听觉”也。诉诸听觉

---

① 原题为《深入浅出的技巧和境界——尚永亮〈唐诗艺术讲演录〉评论》，《淮阴师范学院学报》2011 年第 2 期。

② 尚永亮《唐诗艺术讲演录》，广西师范大学出版社 2008 年版，以下简称《讲演录》。

③ 《乐记・乐象篇》，吉联抗译注，音乐出版社 1962 年版，第 30 页。

④ 徐有富《诗学原理》，北京大学出版社 2007 年版。

的学术著作，尤其不好做。因为这类著作需要把复杂的原理简单化、形象化，并具有现场感。换言之，讲演录之类的书，既不能故作高深，做高头讲章式的诠解，也不能够以降低学术品级为代价来投合听众。通读《讲演录》，没有一句诸如“帅哥”“酷”等当下开讲人插科打诨的现代语，深切感受到的是其教学的严肃性和艺术性，是一种强烈的现场感。

尚教授是很善于也很重视现场发挥的，他在《讲演录》的《后记》里说，开过十几门课都是只有个简略的提纲，而没有详案，他的解释是，“现在看来，这样做有利有弊：其利在于理清思路、打好腹稿后可以在课堂上即兴发挥，不受条条框框的拘束，获得师生互动、兴会淋漓的效果”。关于他自述的这个特点，读《讲演录》是会获得深切感受的。从他的这番话里，我们体会到，要达到互动而兴会淋漓的效果，必须具备两个方面的条件才可能“互动”起来，一是所讲内容，一是讲的艺术。

从所讲内容看，《讲演录》定位的对象是大学中文系的研究生，是有了一定的文学史、文学理论基础的学生，内容要新鲜，不是炒冷饭，形式要活泼，不能生成审美疲劳。这里提出的要求实际上有两个方面，一是讲什么，二是如何讲。讲什么呢？此类“艺术”著作重复出版多甚，没有对内容的精心选择，没有对讲演的精心设计，是最容易流俗的。《讲演录》所讲内容恰好在知识、趣味和智力的集合点上。以其所举诗例来看，就既有人们熟悉的，如杜甫《登高》、柳宗元《江雪》、李商隐《夜雨寄北》等，又有人们不大熟悉的如李商隐《泪》、李涉《题鹤林寺僧舍》、罗隐《嘲钟陵妓云英》甚至还有无名氏的《醉公子》等，这样的选择，绝对是个技巧，很见匠心。好比演唱会，需考虑到老歌、新歌的比例：全是老歌，耳熟能详，格外亲切，但容易产生审美疲劳；都来新歌，多了些陌生感，却不易引起共鸣和互动。关于这一点，深谙接受美学和审美心理学的尚永亮是很会掌控的。

从讲演的艺术看，尚教授很讲究“激发”，声情并茂。所谓现场感，从形式上说，就是有一个师生双边活动的“场”。尚教授是营造互动的高手，他的“互动”不是满场的问答，而是讲法上具有很强的启发性，“管”住你的思维，吊足你的胃口，像说章回小说那样“吊”住你，不仅仅每一章节之间具有连贯的有机性，营造一个又一个的情境，搭建一个又一个的平台，创设一个个易于感受和共鸣的时空，他还常常把“我”放进去，把周围熟悉的专家放进去，把研究上的最新成果放进去，把对学生的素质要求结合起来，让听者产生心悦诚服的认同，产生内心的呼应。譬如讲“对仗”，结合现实生活中的“实用”，结合学生的素质需求，结合2007年春晚对联（在意义上、平仄上存在问题），从中国语言的特性讲起，讲到对仗形式的流变，在知识传授的基础上，加入了自家发挥。他认为：“进一步来看，诗中的对仗还有一种特殊的功用，那就是扩展、改变作者的思维方向，增加诗歌的意义内涵。”教者用“思维方向”之改变和拓展来把深奥的、不易摸得着的规律揭示出来，把听者的兴趣“吊”了上去，从而产生了内在的“动”。

尚教授还有一种自觉，或者说是一种机智，他不讲得太满，要言不烦，而留空白给听者。他在著述中引用沃尔夫冈·伊塞尔在《阅读过程的现象学研究》中的一段话来论述“剪裁”的意义：“文学的文本也是这样，我们只能想见文本中没有的东西；文本写出的部分给我们知识，但只有没有写出的部分才给我们想见事物的机会。”讲演也如此，不能把课讲得很满，讲得太实，而需要给听众留有空白，为他们提供发挥想象的机会。《讲演录》中讲唐诗技巧，唐诗技巧可以说的何尝没有十种八种，他则只讲三种。又譬如，《说比兴》《说言意》等几章都能就所讲问题择其精要，予以深入解会，而不是巨细无遗，面面俱到。这种“留白”的讲演，易于引发听者参与的积极性，形成思维碰撞和情感交流的现场感。而这种“现场感”，最易于使其讲演生动活泼，把深奥的原理形象化、哲理化。

二、聚焦一点，纵放自若

庄子在《人间世》的第一段里借孔子的话来讨论治国的道理，说：“夫道不欲杂，杂则多，多则扰，扰则忧，忧而不救。”[①] 按照讲演的规则来看，也是一条很重要的经验。尚教授在“说技巧”时特别谈到了“聚焦”和“发散”，把这作为他所讲的“三大技巧”的第一技巧来谈。聚焦而后发散，对于讲演来说，似乎也是第一要领，易于集中，易于切题，易于讲深讲透，也符合其讲演所贯

① 陈鼓应《庄子今注今译》，中华书局2001年版，第108页，第112页翻译并阐释。

彻的“深入浅出”的原则。《讲演录》整个一部书，分成二十一讲，即二十一个单元，也就是二十一个“点”，每一个点“聚焦”一个方面的内容，加上“开头的话”和附录“治学感言”，共二十几讲，通而观之，其“点”中有“焦”，聚而能放，收放自如。

唐诗可讲的太多，尚著从声律讲起，立意、结构、语言、剪裁、情景、言意、技巧、时空、诗画等，一字儿排序，这是解读唐诗的自然序列，也便于将某些诗作、某些问题集中起来，讲深讲透，譬如他讲聚焦，以柳宗元《江雪》为例，认为此诗从写法上看，采用的是一种排除法，步步缩小，层层聚焦，由千山万径的广阔场景而逐层收缩，视线由远而近，由大而小，由广而狭，凝聚于一叶“孤舟”，进一步聚焦到一个老翁，聚焦到老翁的一个“独钓”的动作，再聚焦到诗中没有出现的吊钩。以整个的讲演而言，《江雪》则是一个“焦”，围绕此“焦”，尚教授向四方扩散，以相关电影为例，引入蒙太奇技巧，引入影视的“镜头语言”，以对《江雪》聚焦技巧做形象阐释。由此扩展一步，他又举柳氏另一首诗《与浩初上人同看山寄京华亲故》，重点谈与聚焦式相反的发散式、扩张式手法，使读者对诗人欲化一身为千亿而散上各个峰头的设想获得真切领会。单纯从此二诗的比较看，属于“反跌”；而从讲演的技巧看，还是不离原“焦”。同时，在讲演过程中还插入“化身千亿”的佛教知识，插入此诗对宋代陆游的影响，进而再分析柳诗与陆诗的异同：“陆诗是散而不归，柳诗则是散而又聚”；由此“形成了一个新的聚焦点”，聚焦在“故乡”这一点上。

与聚焦一点的讲演法相配合，还有一种层层展开的“推进法”。譬如，尚教授在“说时空”时，以《春江花月夜》为中心，推衍开来，“自从张若虚的《春江花月夜》出现以后，可以说隐显明暗地影响了一大批诗人”，于是，开列了李白的《把酒问月》和《月下独酌》，苏轼的《水调歌头》（明月几时有），杨万里的《题李子立知县问月台》等，讲演者不遗余力、深入发掘、全面拓进，追求尽善尽美的讲演效果，而其最后的归趋，仍落脚在时间空间这一核心问题上。就此而言，其方法仍是聚焦式的。

这种聚焦一点的思路，是《讲演录》的重要特色，它符合接受学的原理，也符合讲演“深入浅出”的规则和技巧，不仅仅在知识的传授上具有举一反三的收效，而且在对学生切入课题、诠释文本上具有指导性的示范作用。

三、新解独到，出奇制胜

深入浅出，其浅乃由深而出的浅，是易于使人解会却别具只眼、另辟蹊径这种浅中含深的浅。达到此一境界，关键在于对所论问题需有新解。“新解”是尚永亮的一个重要能力，他能把熟悉的诗歌，讲演出“全新”的境界，而且能依仗自身的博学和宏通，把有些“定势”“定论”了的难题“新解”得让人心服口服。这正是最显著述者学术功力、最显此著学术性的一点。

在《讲演录》中，这种“新解”主要表现在两个方面，一是对某一问题的阐释和阐释思路。著名美学家王朝闻先生说：“最引人关心的矛盾，是尖锐地对立着，接近解决而尚未解决的矛盾。要是平铺直叙地介绍事件的结局，情节不易具备耐人寻味的魅力。”因此，他指出：“预示突变的新局面即将出现的时机，最引人关心，也最耐人寻味……在叙述事件进行中，把握这些特点而加以强调。更能吸引人，也更有加深印象和启发联想启发思索的作用。”[①]此乃就艺术而论的，是对绘画与戏剧的精辟见解，一样可以适用讲演艺术，尚亮教授深谙其道，譬如他一开始就讲声律，讲平仄，这是没有多少发挥的、常识性的、程式性的内容，容易讲得枯燥乏味。而尚永亮却讲得津津有味，从哲学、美学，从对立与统一、矛盾与和谐的哲学层面上来解读，解读中国古代诗歌格律的精妙，得出了“二元对立，整体和谐”的结论。尚永亮这样讲演道：律诗之所以要对、要粘，就是为了“紧密结合在一起，形成一个有机的整体，就好比一把折扇，可以收放自如”，因此，“在唐代格律诗的 ABBAABBA 式中，不仅是上联和下联之间互相粘合，而且首尾照应，首句是 A，末句也是 A，起点预示着终点，终点又回到了起点，整个形成了一个首尾圆合的环形。大家说，这不是一种统一、一种和谐吗？深一层看，在这种统一、和谐中，正蕴含着中国文化的最根本的精神”。进而作者又放纵开来，滔滔不绝地去阐释中国的“圆”文化。此时此处，我们就不只是感到讲演者的博学，而是感到了这种结合和深入的恰当。把一些“形式性”的问题放置于中国文化、哲学的层面上进行考察，讲出了深度，讲出了立体。读来过瘾，浅中得深，浅出而深，令人信服。这不

① 王朝闻《矛盾的魅力》《接近高潮》，见《王朝闻学术论著自选集》，北京师范学院出版社 1991 年版，第 6—7 页。

仅仅表现出其讲演的恣肆和自由，更是增加了宽度，扩大了容量，使其著述自然也就显得饱满和阔绰，其学术性也自然彰显出来。

第二是对某些定理的阐释。譬如他在第十八讲《说时空》里，例引崔颢的《黄鹤楼》，而又主要是讲其格律，在内容上形成与开头相互照应的构思，由此显示出他在谋篇布局上的苦心。《讲演录》开篇说声律时着重讲了近体诗平仄的规则，而《黄鹤楼》则是典型的不守规则，亦古亦律。作者认为：这不妨碍《黄鹤楼》为古今公认的好诗，因为它的不拘格律是缘于表达情感的需要。同时，“‘空悠悠’三平调产生了将声情平缓延伸、久转不绝的独特效果”。他唯恐此“新”意不能说服听众，于是又搬出老杜的诗来论证：“比如杜甫的《白帝城最高楼》的‘独立缥缈之飞楼’，‘扶桑西枝对断石’，结尾处就分别用了三平三仄，或奋力将声情扬起，或竭力将声情下抑，写尽了奇险之景和郁怒之情。”尚教授这样讲格律，贯彻了深入浅出、循序渐进的原则，非但不会让人感到“自相矛盾”，反而通过突破格律获得的出奇效果，来告诉学生一个道理：好的作品往往在有法无法之间，文学创作和学术评鉴都不能死守定律。

以上评述是否可以概括尚教授讲演的技巧和特点呢？我们不敢说。但是，我们似乎可以坚定地认为，《讲演录》之所以成功胜出的一个重要方面就是，讲演者在贯彻其深入浅出的原则中，遵守着循序渐进的程序，注重现场感、现场性的发挥，从而形成了渐入佳境的流程和效果。

傅璇琮《学林清话》评赏[①]

［按］　《学林清话》收序73篇。傅璇琮先生借序而论学，瞩目现实，发论宏旨，从学术思想、观念、范式、视野、方法等方面，揭示出学术研究开拓、创新的大势与走向，推动与引导了学术研究的发展与进步。于此序集里，既可看到百花齐放的治学方法，也可看到先生的学识和人品之高境，感受到先生的学界领袖风范与人梯品格。

傅璇琮先生乃当代古典文学研究的巨子，且以扶勉同仁、奖掖新秀的美德而盛誉当下。他的《学林清话》[②]收录了自20世纪80年代初至2008年初20多年间的序文73篇。这些书序从整个的学术思想、观念、范式、视野、方法等方面，揭示出其具有的开拓、创新意义的大势与走向，推动与引导了整个学术研究的发展与进步，同时，也真实地反映了傅璇琮先生的泰斗之尊的地位，展现了他的学术之卓识远见，也充分体现了他的领袖风范与人梯品格。

一、“志于道”而“据于德”的推助

在二十世纪最后三十年中，傅璇琮先生取得了卓著的学术成就，产生了巨大的学术影响。他曾任中华书局总编辑、国家古委会秘书长、中国唐代文学学会会长等多项要职。程千帆先生曾经这样高度评价说：“即使对现代中国学术动态不十分留意的人，也不会忽略傅先生的学术活动，特别是他在唐代文学研究方面的活动和成就。总的来说，在二十世纪最后三十年中，傅先生所取得的成绩是卓著的，影响也是非常巨大的。从他的实践来看，几十年中，他是在不知疲倦地有目的地追求，他的追求看来很明确，用成语来说，就是《孟子》所说的‘善与人同’，荀子所说的‘学不可以已’，《礼记》所说的‘在止于

① 原题为《论傅璇琮的书序》，《宁波大学学报》2012年第1期。

② 傅璇琮《学林清话》，大象出版社2008年版。

至善'。"[1]已故的程先生所评是很合乎实际的。

孔子云："志于道，据于德，依于仁，游于艺。"傅璇琮先生凭其"道"而游艺于学坛。学高为师，行高为范，璇琮先生言则成文，动则成德。由于先生特殊的地位和经历，也由于先生的谦逊而坦诚的为人，自然深受学者们的衷心拥戴，也自然形成了先生在学界的领袖地位。因此，学人们也都以傅璇琮先生序书为荣耀。

傅璇琮先生所序书的作者，从辈分看，有出生于二十世纪二十年代的老一辈，也有出生于五六十年代的新一代，大多是二十世纪八十年代以来在海内外学术界已经形成较大影响的一批学者；从地域看，大多是大陆各地高校的教授，也有港台以及美国的学者。这些著述如陈贻焮的《杜甫评传》序、罗宗强的《玄学与魏晋士人心态》序、邓绍基的《杜诗别解》序、曹道衡的《中古文学史论文集续编》序、吴承学的《中国古代文体形态研究》序、吴汝煜的《唐五代人交往诗索引》序、孙映逵的《唐才子传校注》序、陶敏的《全唐诗人名考证》序、郁贤皓的《唐刺史考全编》序、陈良运的《周易与中国文学》序、赵逵夫的《先秦文学编年史》序等。傅璇琮对年富力强的中青年学者的学术特点格外关注，以扶持奖掖为己任。所序书的学者如陈尚君、程章灿、戴伟华、张宏生、程国赋、毕宝魁、胡可先、陈飞、刘明华等。后进如笔者也有幸得到先生之垂青，序拙著两部。[2]傅璇琮先生在这些序中，流露出溢于言表的兴奋之情，他对于学术上有创见、有潜力的中青年学者的奖掖有度，褒赞有加，充分展示了先生的博大胸襟与高远识见。

诚如傅先生所言，其序书具有"辩学术，论世情，记交谊，抒己见，重理趣"[3]的旨趣。因此，其序中的论世情、记交谊的部分，是可作为非常珍贵的文苑逸话来读的。璇琮先生在为陈尚君《唐代文学丛考》所写的序的开头，就激情满怀地盛赞作者，对尚君的学术和人品做了精要的概括，指出他治学的特点，特别欣赏他求全求实、细心考辨的学风，同时还归纳了他治学的路数。傅先生十

① 程千帆《唐五代文学编年史·序》，傅璇琮主编，辽海出版社 1998 年版，第 1—2 页。

② 王志清《纵横论王维》（修订版），齐鲁书社 2008 年版；另：《儒林心史》，齐鲁书社 2009 年版。

③ 傅璇琮《学林清话·自序》，大象出版社 2008 年版，第 1 页。

分高兴地看到了陈尚君的学术潜力和前途，他逢人说项，在不少重要会议上力荐。傅璇琮先生他长期担任中国唐代文学研究会会长，因为年事渐高，他两次换届选举时力辞而欲退居二线，其推荐的第一人选就是陈尚君。2008 年的黄山会议，终于遂愿让陈尚君执掌会长帅印。

傅璇琮先生因为学界的领导地位，接触面广，交游也多，朋友遍及学界的各地各个层面。另一方面，他又因为在学界任职多年，自己还有很多大的研究项目要做，非常忙碌。但是，他的学术成就和学术地位，令年轻学人高山仰止，求序者甚夥。作序这类事情，劳而无功，有些大学者往往是不愿做的。而傅先生却义不容辞，大多乐意承担。尤其是先生绝不敷衍，绝无逢场作戏或者东拉西扯的应付。很多书序，因为书的内容不熟悉，撰写时甚感艰难，而需要先生反复研读书稿。璇琮先生曾多次说他有一个习惯，“为友人作序，虽然不过一二千、二三千字，但总要翻阅全书，有时不止看一遍”。先生每作序前，必通读原稿，于落笔之际，又慎重斟酌，且严守学术立场，不做空泛的虚美之论。笔者曾受其亲炙，感动不已，在《儒林心史》的《后记》中写道：“先生年近耄耋，且手脚微有残疾，行动不便，而接到书稿后的第二天即出差上海，旋即宁波，复归北京。先生将书稿带在身边，沿途有暇时便随即翻阅研读，写成三千字之序文。傅先生右手不便书写，而手书竟达十页，且字迹清晰，秀朗而不失遒健，诚可作硬笔书法之杰作收藏也，然而，其艰难程度也可想而知。先生之隆情厚谊，炙我深刻矣。”先生对于寄稿求序者，不论熟识与否，只要其书有可取处，都不遗余力予以褒扬，既充分肯定他们的新著所取得的成就，又不失时机地提出针对性意见以供参考，表现出可贵的学术度量和严正的治学态度。读其序，即读先生其人，真切感受到先生的思想学识、眼光胸襟、才情气度，深深为他热忱学术、真诚助人的精神所感动。

傅璇琮先生的这些序文，多数写成于二十世纪八九十年代，从这些序文可见一斑的是，那时傅先生威望日高、声誉日隆，其领袖地位也自然形成，成为古代文学研究者高举起来的一面旗帜。再者，唐代文学研究之所以兵强马壮、人才辈出、阵容强大，与傅璇琮先生的影响与经营是分不开的。然而，傅先生在其《唐诗论学丛稿》的《后记》中则说：“近十年来，我有两个收获，一是写了几本书，二是结识了不少学术上的朋友。在某种意义上说，第二个收获比第一个更宝贵，更值得忆念。”先生把为人作序之事说成是多交了几个朋友，这种大境界大胸怀感人至深，也正展示了他的那种学术的领袖风范和人梯品格。

二、“言必中”而“行必称”的引领

扬雄云：“君子不言，言必有中也；不行，行必有称也。”[①] 故而，王充亦云：“德弥盛者文弥缛，德弥彰者人弥明。……人无文德不为圣贤。”[②] 傅璇琮先生德学兼修，高屋建瓴，瞩目现实，见解精辟，发论宏旨，借序而论学，引导着学术方向。

傅璇琮先生所序之书，其研究领域，上起先秦两汉，下迄魏晋唐宋，直至元明清而现代，涉及的研究内容、研究形式也各式各样，有专著，有论文集，还有古籍整理如编年、笺注、书目、总集、丛书、评传、文学选本、地方文献、域外汉籍等，甚至还不止于古代文学研究。纵而观之，既可看到新时期以来我国古典文学研究的波澜壮阔场景，又可看到古代文学研究的学术转型与大势走向。

傅璇琮先生之自身，既是治唐宋文学的专家，又有多年从事出版工作的经验，还主编《全宋诗》《全宋笔记》等好几套大型丛书，其学术成就早已为学界所高度肯定。20 世纪 70 年代末，他即被钱锺书先生引为“精思劬学，能发千古之覆”的“畏友”[③]。傅先生在 20 世纪 80 年代出版的《唐代诗人丛考》《唐代科举与文学》等著作，曾产生了引领学术风气的作用，尤其是他在《唐代诗人丛考》中所体现的严谨扎实的考证与开阔的学术视野相结合的学风，成为新时期学术风气转变的开端。[④] 但除了专门著作，作者二十多年来还常常就

---

① 扬雄《法言·君子》，见郭绍虞《中国历代文论选》，中华书局 1962 年版，第 69 页。

② 王充《论衡·书解》，见《论衡注释》，中华书局 1979 年版，第 1609—1610 页。

③ 钱锺书曾经题签三部新出版的著作给傅璇琮，分别为“璇琮先生，精思劬学，能发千古之覆，吾之畏友。拙著聊资弹射而已”（《管锥编》）、“璇琮先生粲正”（《旧文四篇》）、“璇琮先生哂存”（《围城》）。

④ 《唐代诗人丛考》是傅璇琮立足传统治学方法而运用新方法的楷式。该书把丹纳的地域文学理论与诗人群体意识移植过来，与中国考据索引的传统研究结合起来，用一种编年方式，把不同地区作家的不同活动，放在同一时空背景下加以考察。傅璇琮在《唐初三十年的文学流程》(《文学遗产》1998 年第 5 期）讲的就是在传统研究方法上新变的经历与体验。

学术研究的布局、结构、方法、范式等，以论文的形式在不同时期做出及时的设计与推引，从而引导学术研究朝着健康的方向推进。而这些“序”也就是传载其观照而“号令”当下的一种很好的形式。因此，先生身先士卒，领风气之先，故而也就能够视野宏阔、高屋建瓴地把握研究的大势走向，眼光锐利、评衡确当，见解精辟，辨章学术，审定是非。

傅璇琮先生有一篇长序，是为《五代诗话》的点校本所作，该书的作者是美籍华裔学者李珍华。序中傅先生叙说他与作者的友谊，充分肯定了作者“广阔的世界史知识和深湛的文化史研究素养，注意到唐末五代在中国历史和文学中的特殊地位”，傅璇琮指出，过去长时期对五代文学的漠视，主要还是观念上对文学变迁的阶段性认识不足。五代文学史一向被认为格调不高，而郑谷、罗隐、卢廷让、杜荀鹤等唐末五代诗人也一直遭到轻贱，因此，这一段时期的唐代文学历来研究薄弱。而五代的南方战乱较少，社会比较安定，水路交通便利，新城市兴起，这些城市文化形态，明显不同于北方黄土地，对后来的文学发展具有重大影响。傅璇琮先生在序中指出：“五代，它在各方面说是一个过渡，但这个过渡在历史上却带有关键性质，只有透彻地研究这个过渡时期的政治、经济与文化，对宋代及宋代以后的中国社会诸形态才能有清楚的了解。”因此，先生正色地告诫说：“我们的文学史研究如果到现在还不重视对历史过程的周密而客观的研究，那只能是原地踏步，即使写出多少大的论著或编出多少大的工具书，都是没有什么用处的。”

20 世纪 80 年代，被后来的文学史家们命名为“方法论年”。外来的文化思潮和批评模式，使研究者自身的批评本位意识与批评能量得到强化，也打破了学界封闭多年的千篇一律的研究模式，使古典文学研究别开生面。但是，中西方话语存在的主客观条件的差异，使国外文艺理论的移植没有多少很成功的范例。傅先生写作于这一时期的几篇序，便是很有针对性的针砭与引导。1987 年在为孙映逵写的《唐才子传校注》序中，先生深有感慨地说：“我现在常常感到，我们研究中国古代学问，掌握理论当然是必不可少的，吸收一些新方法也是需要的，但我们还应立足于我们自己的学术土壤，要有传统的治学方法的训练，这是一种基本功。”这段话，先生是根据当时学界轻忽校勘而提出的，先生认为：校勘的意义，“不仅仅是对古书某些字句的校误补缺，且是学术史上长期积累形成的一种求实学风”。1988 年，先生又在为吴汝煜写的《唐五代人交往诗索引》序中指出：广搜博引，爬梳抉剔，“在当前讲究‘短期效应’的趋势中，更不容易做到。但就学术工作的整体来说，这又是非做不可的。我们应当把眼光放远一点。学术上的一些基本工作，是不应该受什么‘热’的影响的，比起轰轰烈烈的什么‘热’来，它确是比较冷。……我觉得我们应当提倡这样一种学术品格，那就是舍易就难、舍热就冷”。先生的这些忠告，呼吁研究者不要盲目跟风，更不可食而不化。他劝诫研究者们要多做务实的、艰苦细致、费时费力的差事。研究古代文学，不能过于强调对规律的探讨，而相对忽视具体的研究。先生认为，学术研究应立足本土，重视传统，打牢基础，适当结合新方法，重在解决实际问题。这些观点，现在听来，也有发聋振聩的效应。

傅璇琮先生的不少序，每每提出一些较强的具有学术前瞻性的话题，有时候虽然只是稍加点拨，却给人以很多的启迪。先生说：“我们的唐代文学研究，应当把传统与现代结合起来，把文献钻研与实地考察结合起来。”（《天台山历代诗》序）先生的意思是，这里是能够做出很多的唐代文学研究文章来的，同时，也指出了具体的研究思路和方法。而重视实地考察，也是先生一贯的研究思路与特点。他在为毕宝魁作的《韩孟诗派研究》序中认为：“我们要把现有的研究再跨前一步，就要扩大作家作品的探索面，并把作家活动与当时的社会文化生活更好更细地结合起来，使人觉得这一作家确是一个活的人，有个性的人，有这个时代、这个社会特色的人。要努力显示古代文学的原貌，使我们今天能走近它的时代。”因此，先生提倡像闻一多那样“把古书放在古人的生活范畴里研究”。这是探骊得珠的真谛，说到了当下古代文学研究的软肋上，是深化古代文学研究的金点子。傅先生指出：“文学史的研究，说实在话，无非一是史料，一是史识。史料是固定的，你可以搜集到，他也可以搜集到，但史识却不一定，而且史料的选择往往决定于史识。对于史家至关重要的有些史料、证据、事实，往往在一个特定的命题中才有效，与此命题相抵触的材料则会有意无意地忽略、遗漏甚或排除。而另一方面，有些看来极平常、极一般的材料，由于研究者特有的见识与方法，它们一下子会显得非同一般，极为精彩。”（《南宋末年遗民诗人群体研究》序）先生的这些观点和意见，已经超越了对具体文本的审读，而站到全局的高度，站到研究的前沿。他又一针见血地说：“文化史研究确是近十年来古典文学界的一个热点，也是值得肯定和重视的一大发展，但也应该看到，这些年来，伴随着某些炒作，一种虚空、假造的作风也有蔓延之势。有些打着文化研究的旗帜，口气很大，实际则是不踏实地，卖弄一些新名词、洋句子，有时故意造一些晦涩难懂的长句，完全与所论述的学术对象没有关系；有些则对古代已有的一些所谓概念、术语、范畴，等等，作一些位置性的移动，并无学术性创新可言。”（《唐五代小说的文化阐释》序）新时期以来，中国古典文学的研究取得了长足的进展，但市场经济大潮涌起，物欲横流，人心不古，因急功近利、急于求成而引发的弄虚作假的案例不计其数，学人的学术真诚产生危机。1999 年傅璇琮先生在为郁贤皓的《唐刺史考全编》作的序中，赞赏郁贤皓以古典文学研究专家的优势来搞唐史研究。先生在文中为当下研究“不大注意文献史料及人物事迹的考证”而深感遗憾，他指出：“我自己做学问，特别是近二十年来，深感研究古典文学必须文史并治。……我近年来常看到一些学者写到某个时代文学的文章，往往写得很有情致，词藻也很美，但文中所举的例子，有些并非属于这个时代，读后不免使人感到遗憾。研究诗词，固然应深研作品本身，体味其艺术韵味，这是必须的，但不能忽略其时代和社会。”先生是借机在提倡一种严谨学风，一种实证训练，提倡以史为基的文史兼治的研究，并且要求年轻一辈学者能与前辈学者接轨。

傅璇琮先生的序，常常就是这样借题发挥而抓住纠偏的机会，顺势一击，猛然发威，具有拨乱反正的意义。他在这些序中，对文学史研究、古籍整理乃至文化研究、出版事业等，都发表了极好的精辟见解，也表现出其救弊纠偏的自觉担当。这些真知灼见，对古代文学研究的大势走向都不无及时矫正与指引作用，具有发人深省的警示与引导，读后深感顿觉，大受启发。在这些序中，不仅仅让我们读到傅先生的博大精深，看出他的重要影响，也深刻感受到他在推动当今古代文学研究上所做出的特殊贡献，充分凸显了他在学界的领袖风范与人梯品格。

三、“淡如水”而“切于学”的审辨

大凡名家为序，除了具有扶植新人的义务外，更重要的是帮助读者深入堂奥，往往具有很高的文学价值与史料价值。序者不仅要对作者、作品做介绍和评论，也常常借序的机会对书中的观点做引申和发挥，甚至还要与不同的观点展开争鸣，具有极强的针对性，同时序也生动地反映出序者的学问和境界。

我们从傅璇琮先生的序中看到了先生的真学问和真性情。他在《学林清话》的《自序》中说：“我为友人序书，大致有两种意向：一是抒‘淡如水’的友情，二是述‘切于学’的旨趣。”因此，他的这些序的写作，文风朴实，行文畅达，长则万言，短则千字，形式自由，思想活泼，其精辟见解不时夺目而出，而被序者包括读者则大有如坐春风之感。

傅璇琮先生是公认的学界权威，而只要与傅先生有过一点接触的人，都会感受到他的异常谦恭，没有丝毫的盛气凌人的学霸气味，从未见到他颐指气使的样子，也不是居高临下的谆谆告诫，或者做高视阔步的夸夸其谈。先生与学界的同仁，哪怕是初出道的学人，都一律待之如朋友。他在好几篇序中，多次引用南朝著名文学理论家刘勰《文心雕龙·知音》的一段话：“知音其难哉！音实难知，知实难逢，逢其知音，千载其一乎！”先生视那些著述者们为知音，而著述者也视先生为治学的“知己”。他以序书的形式，生动地记述了先生与诸多学人之间的高洁情谊。尚永亮评价说：“傅先生牺牲时间精力而甘于为人作序、为学界办实事的精神和行为，实在是建立在推动中国学术整体向前发展这个大目标下的……也确实发挥了团结各方学者、推进学术前进的作用。”①李芳民也认为：“从这个层面来讲，‘知音’的含义实际上已具有整个古代文学研究领域里的大知音的意义”，因此，他的“序文，常常显示出他这种‘大知音’与规划设计师的睿智。细心的读者读过此书后，定会对此有真切的感受的”②。

璇琮先生在自序中提出的“淡如水”的友情，其实正反映了先生宽厚仁爱而奖掖后进的美德。先生有一篇《缅怀钱锺书先生》的文章，首发在《文化昆仑》上，先生在文章中以切身的感受回忆大师钱锺书学风上的两大特点：一是对晚辈的赞赏和扶掖，一是一丝不苟而从严求实。先生感叹曰：“这种风度，真能使人廉立，针砭士风。”③傅璇琮先生也正是以前辈学者为楷模的，在其交往与序书中，无不体现了傅先生的这两种品格。他在这些书序里，本着对作者、对学术负责的精神，以长者的宽厚，以朋友的亲善，取商榷的态度，和颜

① 尚永亮《清话的魅力》，《中国文化研究》2009年第2期，第210—212页。

② 李芳民《真情·知音·境界》，《中华读书报》2009年9月23日。

③ 傅璇琮《治学清历：傅璇琮自选集》，首都师范大学出版社2010年版，第282—288页。

悦色，和风细雨，即便是指出作者书中的不足之处，也让被序者心悦诚服，感佩至深，而我们阅读起来也极感愉快，亲切温馨，如话家常，如沐清风。

傅先生在作为同道为学人学术著作作序时，于切磋学问上是极用心力的，几乎每一篇序文都把谈学术和论世情很好地结合起来了，言不苟发，针对性强，褒贬也分明，往往能以简要的语言归纳出作者的某个方面的学术特点，并常常直击学界存在的带有普遍性的问题，体现出高远的学术眼光和精深的学术见解，也反映了先生不曲学阿世的求实精神。先生的言不苟出，自然主要在于他的序对文本深刻而中肯的评点与剖析上。其序还有一个很重要特色就是，先生充分利用了序这种文体的广阔包容性，而将自己对学术甘辛、世道人心的深刻思考，穿插其间，贯通其里。先生的这些思考，由所序书中的话题引发，而又将所序书中的观点升华。那些未曾写入专著的，未曾写成专篇论文的真知灼见，在那些序中随文生发，妙论四处。傅先生在多篇序言中陈述已见，强调学人需保持定力，需具寂寞之心。傅先生认为学人应有一种“傲世的气骨”，“要有一种高层文化导向的自期”。傅先生序中特别注意古典文学研究的新进展。二十世纪八九十年代，古典文学研究正处在激烈的转型期中，先生在好几篇序中都表现出深深的忧心，大力提倡有根基的理论和有实学的方法论。先生的这种具有强烈针对性的不苟发之言，建筑在学术良知之上，也与先生自觉担当的学术道义感密切相关，读他的这些序言，如见先生的那种诲人不倦的、兀兀穷年的恳切情貌，深切感受到先生弘扬优良传统、提倡优良学风的良苦用心，也很能看到作者对学人的友情、学术见识与人格风范。

璇琮先生十分看重朱东润先生的治学与为人，他在一篇《读朱东润先生史传文学随想》文章的开篇就这样写道：“读朱先生的著作，总会感到一种人格力量，又能受到做学问的一种极难得的启示和陶镕，那就是对中国古代的历史，既要有理性的思索，又要有情感的倾注，这样才能使传统的研究蕴含一种‘秋冬之际’‘山阴道上’的眷恋情怀，又能有一种‘仲春令月，时和气清’的疏朗气息。”[①] 这篇文章的正标题就是《理性的思索和情感的倾注》。这是一种文风，是一种人格境界，是傅璇琮先生序风的特征和追求。傅先生身为著

① 傅璇琮《治学清历：傅璇琮自选集》，首都师范大学出版社 2010 年版，第 424 页。

名古典文学专家，于辨章学术、品鉴优劣时既能举重若轻、高屋建瓴，又能将一种真挚情怀及其对世事人生的体验和品味融涵其中，令人读后获得多方面的教益和收获。他的这些序言，因所序对象不同而各具面目，但有一点是很突出的，也是共同的，这就是不故作高深，也不故弄玄虚，动之以情而晓之以理，文情并茂而润物无声，文势沉着而起伏宛转。因为先生往往能够在细读原著的基础上而深入体察著者用心，因此，其见解体贴入微；且又因为先生熟谙序法而能够披情入理，因此，其行文富于理趣。加之先生的博学，典故新籍随手拈来，古与今、情与理、文与人妥帖联系，既有谈学术的深刻，又有论世情的机智，让人如饮醇醪，玩味再三。

傅璇琮先生视野宏阔、高屋建瓴，把握了研究的大势走向，其所著序文，从整个学术的思想、观念、范式、视野、方法等角度发出，评衡确当，见解精辟，辨章学术，审定是非，揭示出他具有开拓、创新的大势与走向，推动与引导了整个学术研究的发展与进步。而我们同时也可从中获得拓展学术研究思路之启迪，兴奋地看到先生学识和人品之高境，感受到先生在学界的领袖风范与人梯品格。

余恕诚、吴怀东《唐诗与其他文体之关系》评赏[①]

［按］《唐诗与其他文体之关系》是一部讲“关系”的著作，“关系”亦其研究重点与研究特点。全书揭示了唐诗与其他各体文学之间相互影响、相互渗透、相互推进的关系，突破了就唐诗而唐诗的唐诗研究之局蹐，变孤立研究为关系研究，变静止研究为动态研究，变单向研究为复合研究。

长期以来，唐诗研究，即便是大文化视域的唐诗研究，也多是就诗而诗

① 原题为《立体而开放的研究景观——余恕诚、吴怀东〈唐诗与其他文体之关系〉评论》，《中国韵文学刊》2012 年第 4 期。

的“孤立”和“静止”。余恕诚、吴怀东二先生新著《唐诗与其他文体之关系》[①]跳出了固有的唐诗研究模式与定势，通过诠释唐诗与伴生唐诗生长的诸文体的交融互动的关系，展示唐诗广泛吸纳众体之长而不断推衍变化的过程，开拓出唐诗研究的新途径，形成了一种为少数研究有识之士呼唤已久而终于出现了的“大唐诗研究”形态。笔者为该书新锐饶富的开拓精神所感动，不揣浅陋，说点启示和感想。

一、思维创新，开拓新境

王国维先生在《宋元戏曲考》中提出了“一代有一代之文学”的著名论断，影响极其深远。然而，如果误读了“一代有一代之文学”，则可能走入“研究唐代文学就是研究唐诗”的误区。或许正是由于这种误读的负面影响，让唐代文学研究，凸现出两个很突出的“畸形”特点：一是唐代文学研究变成了唐诗唯一的文学研究；二是唐诗研究成为孤立的就诗论诗的唐诗研究。“一代有一代之文学”，王国维提出此命题，是因为世人对元曲的偏见，因为“两朝史志与《四库》集部均不著于录”的特定的历史背景。并非一代只能一种文体独大，且与外界毫无关系地孤立封闭地发展，其他文体皆不足道。余、吴二先生看到了这一点，看到了王国维“实有为曲争地位的直接动机”，认为在看到“一代有一代之文学”的同时，还应该看到各体文学之间的互相影响与渗透的关系。

唐代文学，固然是以唐诗为代表的文学；但是，唐代文学并不意味着只有唐诗可以研究，或者只能研究唐诗；更不意味着唐诗与那些相伴生的其他文体之间就没有沟通、交流、诱发、营养、转化与消长的互为关系。作者在该书的《绪论》中指出：“研究中国古代文学，在对擅一代之胜的文体进行深入探究的同时，对与之伴生的其他文体，绝不可以轻视。异体相生，各体间相互渗透诱发，是文体发展的动力之一。研究不同文体之间某些艺术因素如何互相吸引、互相吸收、互相转化，以及彼此间倚伏消长的深层原因，是一个丰富研究内容的领域。这一方面的研究，不仅有助于还原一代文学的真实面貌，理清各

---

① 余恕诚、吴怀东《唐诗与其他文体之关系》，中华书局2012年版。以下凡出自此著的引文，不再一一标注页码。

种文体乃至整个文学史发展变化的轨迹，而且在梳理过程中，对某些文体何以盛，何以衰，何以能容受、消化、整合他文体的异质因素，乃至不同文体在兼融性和调节功能上的差异，可能会获得一些更深的甚至带规律性的认识。”跳出了“误读”的狭隘性，让读者幡然成悟，眼界顿开，目光四射，惊喜地发现了一个柳暗花明的唐诗研究的锦绣天地。唐诗与各文体的关系，乃至唐代各种文体之间的关系研究，该是一个多么广阔的新途径与新领域啊！

最能够代表一个时代的文学，总是处于与其相伴生文体的共同发展的优越生态之中。波特莱尔就曾经说过：“现代诗歌同时兼有绘画、音乐、雕塑、装饰艺术、嘲世哲学和分析精神的特点；不管修饰得多么得体、多么巧妙，它总是明显带有取之于各种不同的艺术的微妙之处。”[①] 其实，这种对于其他文体的吸收，不仅仅表现在诗歌上，几乎所有的艺术都如此：“今天，每一种艺术都表现出侵犯邻居艺术的欲望，画家把音乐的声音变化引入绘画，雕塑家把色彩引入雕塑，文学家把造型手段引入文学……”[②] 作为唐之“一代文学”的唐诗，正因为有对于其他文体的极其良好的接受与消化功能，才出现了中国诗歌史上的特异辉煌。因此，该书论者十分斩截地说：唐诗“没有大胆创新、多方吸取的精神，是不可能有如此成就的。唐诗五七古长篇融合赋的成分，小说融合诗的成分，以及近体诗吸取骈文的成分，都是体现得非常充分而明显的。可以说，如果没有赋与诗的合流，就没有初唐七言歌行的重大推进；没有文的渗透，就没有中唐的诗歌新变；没有诗的渗透，就没有唐人独具风采的传奇；没有诗与世俗歌舞、歌辞的交融，就没有词的兴起。透过每一种文体的发展，几乎都能看到异质的引入，及其与其他文体相融的交叉性、综合性。多种文体，包括前代和后代之间不同类型之文相互影响、渗透、交流，相互扶持，乃至相互竞争，使其在发展过程中能不断吸取各方面的营养，克服因循守旧的惰性，是文学创新和文体变革的重要动力”。这段在《绪论》的最后所做的结论性的概括，可谓探骊珠语，精警深切，同样适用于各个朝代的文学文体的研究，也为当下文学的发展指明了方向。

---

① ［法］波特莱尔《波特莱尔美学论文选》，郭宏安译，人民文学出版社1987年版，第135页。

② ［法］波特莱尔《波特莱尔美学论文选》，郭宏安译，人民文学出版社1987年版，第383页。

总之，《唐诗与其他文体之关系》的出彩处，首先是表现在研究思维的突破。作者不是画地为牢，自我封闭，而是摆脱了就唐诗而唐诗的拘束。研究以唐诗为侧重而关涉与唐诗相伴生的四种文体，关注到唐诗与其他文体的互动关系，把文体交融互生的现象提高到异体相生的哲学高度加以认识和研究，本着科学的态度来总结唐诗在与其他文体相互吸收中而自我壮大的过程，获得了破茧为蝶的研究新生。

二、关系错织，整体贯通

《唐诗与其他文体之关系》，这是一部讲“关系”的著作，“关系”即研究重点，“关系”即结构形态，“关系”也是其特点、亮点与创新。

全书共四个方面，四十余万字，其中的不少内容，我们已经在《文学评论》《文学遗产》等重要杂志上陆续读过。也就是说，其中文字是可以单独成篇的，具有单独成篇的独立性。分开来可以单篇发表，合起来则为一部书稿，足以说明作者平日研究严密的规划性，也可见其书稿中的内容不一般的质量。

中国哲学联系性的观点认为，世界上的万事万物都是互相联系的，每一个事物都是一个独立的世界，而每一个独立世界之间都是互相联系、相生相克的，而共成一个宇宙空间。因此，每一个事物都是整个宇宙无限整体性中有限的一个点，每一个事物都有自己的质的规定性。该著的作者将各自独立的诗、赋、文、小说以及词，用诗为绾带，而均与“诗”发生着微妙而密切的“关系”，形成了以诗为中毂而四元辐辏的结构。

从此著的体例看，由赋而文而小说而词，这也是此书的基本建构，形成了“四章”的规模，前此有《绪论》，后此有《结语》。这样的安排，按照赋、文、传奇与词四种文体成熟与高潮的先后为序，考察唐诗与赋、文、传奇、词在整个波澜壮阔的文学大环境中彼此依存、互相汲引而发展的状况，也从诸文体并立与联系这一特定角度来研究各文体的关系。

四章如稳定的四足之鼎，每一章论述一种与唐诗相伴生的文体，四章分别对四种文体进行精心诠释，逐个考论，涉及赋与诗在唐代的新一轮互相交流，古文在诗歌启发与带动下的革新，以及传奇及词体的生成等。在分章分体论述中，不仅论及同时代它们与唐诗之间的交流互动的复杂关系，而且还常常追溯某种文体于先唐所留下的经验与成果，甚至还关注到后唐的久远影响与余波，还对文学发展动力和唐代作家文体创新精神以突出的评介。全书合而观之，则可见诸体相辅相成、相互生发，对成就一代文学繁荣所起的巨大作用，这充分体现了作者精心设计的研究匠心。

应该说，无论是唐诗与赋与文，还是唐诗与传奇与词，这样的研究也非该著首开风气，关于这一点，著述者也在《绪论》中有所说明。但是，像这样同时将多种文体融合而整体研究，并且整合成了全面而系统的研究架构的，该著是第一部。特别是，多种文体综合研究的复杂性，涉及各自的题材内容、章法结构、形式方法、语言系统，以及意境、风格等等，而且涉及各种文体在自身发展过程中动态流向甚至变异，文体与文体之间的互相渗透与融会贯通，需要极高的会通交贯的宏观驾驭才能。譬如书中的第一章是关于唐代律赋题下限韵问题的研究，因为重在“关系”研究的思维，论述周密而详尽，清晰而辩证，既交代了唐诗对于赋体文学汲取和化合的“流动性”，又分析了诗受赋的影响而呈现的“阶段性”，自初唐七言古诗吸收赋体的铺张扬厉，到盛唐中唐吸收了赋体的章法结构和铺陈议论之法的五言古诗，再到受律赋影响而出现的元、白次韵诗，以及受骈、文影响的韩愈、李商隐诗；既全面概括了诗赋交流的初、盛、中、晚的整体性，又具体突出了在赋文学沾溉下的李、杜、韩、白各自诗歌的代表性；既论述赋与诗之间的互动过程，又涉及赋与骈、文乃至传奇与词的相互关系；既论及具体诗赋作品的风神体貌、象征暗示、意境情韵、审美特征、文学风尚、创作心理等领域，又具体到对偶、用典、虚词、句法、音韵、训诂、修辞等方面……其贯通已经涉及宏观、中观与微观的各层面，呈现出立体多维的论述特征，为我们提供了宝贵的研究方法与经验。

《唐诗与其他文体之关系》以唐诗为中心而展开诸文体间的相互关系，这种框架结构，坚稳而开张，纵横而交织，疏密得体，详略合适，充分显示出研究者的开放视野与驾控艺术，譬如引百川而入东海，譬如放千鸽而奔蓝天，整部书稿充满了全景开放的活力与张力，让我们看到了诗与其他文体之间一脉相承而又具亲缘血脉，看到了“万类霜天竞自由”的各体争竞互动的文学众生相，看到了一个共生共荣以至一荣俱荣的唐代文学发展生态。

三、多向比较，复式诠释

《唐诗与其他文体之关系》在理论上表现出极度的自由与灵活，呈现出一种开放性的纵横姿态，构建了一个广袤无比的对话平台，横生纵议，证论互重，取舍委纳，融会贯通，综合运用多种方法，既做宏观的理论阐述，又重微观的考据爬梳，既重社会学的研论，又做美学的考量，尽可能将史料的钩稽与理论思考结合起来，力求更深刻地涉及唐诗发生的许多本质问题。纵观全书，始终横贯其中且形成了该著重要研究特征的，是研究上弥足珍贵的比较思维，形成了"跨文体"的比较研究，即在差异性中寻找共同性，在共同性中显示差异性，在共同性为前提的比较中，凸现被比较之二者乃至多者之间的差异性、亲和性、交容性和化合性。这种比较，不是"单线"的。该书的比较研究，以唐诗为中心，以文体为中介，抓住一系列与文体相关的艺术表现与相互影响做研究，不仅仅是唐诗与赋、文、传奇以及词的比较，而且与其他各种文体之间也发生了交错比较的关系，多种文体及其间复杂关系，譬如赋与文、散与骈、骈文与传奇、骈文与词等等，形成了复合的、立体的、比较的网络。作者正是通过多种比较，来研究唐代诗歌与其他各体文学之间相互影响、相互渗透、相互推进的复杂关系，织成了一张多维立体的"网"。

这种比较，也不是"单向"的。唐诗与其他伴生的文体之间的关系，是互相的、交流的、动态的，而已有研究，往往忽略了唐诗对于其他文体的吸收与反哺的双向行为的研究，成为"单向"的、一厢情愿的关系。该书的第一章《诗赋交融与唐诗演进》，侧重论赋对诗的影响，但是，处处关注着诗对赋的反作用，以至描画出诗赋和融的局面。第二章《文中有诗与"以文为诗"》，更是将论述的重心平分在诗文的相互关系上，第一节就是《文中有诗的语言和情境》，突出唐诗对文的影响，以"说明诗文关系密切，甚至处于一种共生状态"。其第二节《诗格之变与文格之变》则还是二者并行式的阐述，并指出："诗文互相沟通、互相带动，在盛唐到中唐前期，处于'经开元、天宝诗格大变，而文格犹袭旧规'的巨大差异下，诗对文的带动表现为主导方面。首先是创作观念更多地由诗影响到文。"如果说四章中，前三章侧重于讲其他文体对唐诗的影响，那么第四章《唐诗与词的兴起、定型》，则侧重于谈唐诗对词的影响。

这种比较，更不是"单调"的。唐诗和与其伴生的四种文体之间关系，本身就是非常丰富多彩而复杂多变的，在四章的论述中，注重逻辑与历史相统一,尽可能将史料的钩稽与对学术文化的理论思考及艺术风格的鉴赏结合起来，从面临的对象与实际问题出发，多方面多渠道深探力取，于史实的发掘中求得思辨的突破，分别根据各自的特点而揭示了这种动态的璀璨的文学史事实。譬如中晚唐诗歌与晚唐五代词体关系，仅局限于唐末至五代一段诗词在创作上的剖析，是难以认清其源流的。该著从多个渠道纵横探测把握，花了大量篇幅从句调音韵方面阐论诗词之间的关系，然后分别用两节理出两条发展线索：第四节《中晚唐诗歌流派与晚唐五代词风（上）——从李贺、李商隐到温庭筠》，第五节《中晚唐诗歌流派与晚唐五代词风（下）——从白居易到韦庄》，双线并行，复调交响，从而明确地从文类风格形成的角度，阐释了中晚唐诗派在词体初建过程中的影响作用，令人信服地阐释了温、韦二家词风形成的原因。

《唐诗与其他文体之关系》其对“文体”研究与“关系”研究的侧重，揭示唐诗与其他各体文学之间相互影响、相互渗透、相互推进的关系，并深入探讨其在文学史上的意义及相关文学理论问题，突破了就唐诗而唐诗的唐诗研究之局蹐，变孤立研究为关系研究，变静止研究为动态研究，变单向研究为复合研究。这种研究，不是架空的、封闭的、单线的，而是从唐诗以及与其伴生的诸文体的交融互动中来展示唐诗广泛吸收众体之长的特质，揭出了就唐诗而唐诗研究中所无法阐释的某些本质问题，不仅其研究内容是唐诗研究中新的重大创获，而且由于其研究方式方法而呈现出立体而开放的研究景观，为唐诗研究乃至中国古代文学研究开拓出新途径。

蒋成德《思想家型的编辑家》评赏[①]

［按］　将章炳麟、梁启超与鲁迅这三个文化巨匠放在一起研究，这样的选题极具挑战性。文章研究三个文化巨匠的编辑活动与思想，采用“互见法”研究，注重同中有异、异中见同的表述，收到互为关照、相得益彰的效果。

成德兄发来《思想家型的编辑家》的书稿，邀我为序。见此选题，不禁为之击节叫好，马上回复，“怂恿”他申请国家社科基金的后期资助，但没谈及序的事。成德兄旋即来函，说是基金不敢奢望，只是想把书出出来。他不擅转弯抹角，还是坚持让我序书。

成德兄是个很实在人，搞研究也一板一眼，一点也不会投机取巧。因此，虽然他在编辑学与郁达夫思想研究上已经取得了不俗的成绩，却没有什么相应的盛名与待遇。这也验证了“精于诈唬的人多得宠”一说。

成德兄的《思想家型的编辑家》，真应该由一个学高名重的学者为序，或许能够对其学术知名度有个很大的推助，我自知不是此序的合适人选，此为推托原因之一；暑期因为几本书一起赶，用眼过度，伤及双目，需要强迫自己近期内不用眼或尽可能地少用眼，此为推托原因之二；正巧西北一个研究会在即，此为推托原因之三。我便以此理由来力拒。想不到成德兄欲我为序之意坚决，答曰：“那就等您回来吧，反正我才一校呢。”时间过了二十余天，我也从西北归来十余天了，没有见成德来函，满以为这样软拖就过去了。可是，国庆长假，成德兄来函，说是书稿已经二校了，就等我的序。

笔者这样详细地表述这个过程，无非是想告诉读者蒋成德是怎样一个人。应该说凭他二十多年学报编辑的经历与交往，随便找一个著名学者来序书，也是极其容易的。可是，成德兄就是这样的为人，特重情谊，且做什么事都很执着，简直有点“一根经”。在这些方面，也许我们属于性相近而习不远的一类人吧。

---

① 蒋成德《思想家型的编辑家：章炳麟、梁启超、鲁迅研究》，光明日报出版社 2013 年版，此乃书序。

我的主业是唐代文学研究，虽然也发表过一些现当代文学研究的文章，但是，成德兄的研究，对于我来说则是个全新的课题。然而，事到如今我还真不能说几句不痛不痒的话，拒序以伤害他的盛情与美意。故而，只得凭着自己的学术敏感与直觉，说几点学习的感受了。

一、硕大而新巧的研究视角

笔者最欣赏成德兄的，是其研究勇力。这首先表现在其研究的选题上，说其硕大，是因其将章炳麟、梁启超与鲁迅这三个文化巨匠放在一起研究，因为此三者中的任何一个，都是可以做一部宏论的；说其新巧，是其以一个既是大思想家又是大编辑家的思路来做，从一个编辑的新颖小视角而将研究落在实处。但是，无论如何，这样的选题是需要有“挑战极限”的勇气的。

不过，我深知成德兄，他绝非好大喜功的人，更无哗众取宠之心，而且做什么事都不擅讨巧。我在读成德兄的《思与诗：郁达夫研究》[①]时，也就有了这样的感觉，佩服他选题的挑战性。郁达夫是一个文学性格十分复杂的作家，长期以来被视为思想消极的颓废伤感派作家，虽然其作品喷吐着炽热的爱国主义、反帝反封建热情，但还是有不少现代文学研究者视郁达夫的思想研究为畏途。蒋成德选择郁达夫的思想来研究，而且在郁达夫研究的领域里获得了很大成功，受到学界的充分好评。新版《郁达夫全集》编委会主任、浙江大学中文系教授吴秀明先生在他的《1996—2006年郁达夫研究述评》中指出：近十年来研究郁达夫爱国思想的作品中，蒋成德的《从种族革命的悲壮到民族歧视的哀愤——论郁达夫早期的爱国主义思想》等十分具有代表性。吴先生文中所提到的三篇郁达夫思想研究的文章都出自成德兄之手：《郁达夫南洋时期文学思想简论》《郁达夫前期思想探索》与《从种族革命的悲壮到民族歧视的哀愤——论郁达夫早期的爱国主义思想》。

我引述蒋成德在郁达夫思想研究上的成功范例，意在比较而突出此选题也具有同样的意义与价值，同时含有其研究的自信与结果。此选题源自于蒋成

① 蒋成德《思与诗：郁达夫研究》，中国文史出版社2011年版。

德几十年来工作、研究与教学的积累，是其学术自信与学术敏感而生成的研究直觉，用他自己的话来说：是这三个近现代史上的闻人进入了我的研究视野。蒋成德从事学报编辑工作二十多年，同时兼授中国现代文学史。讲到中国现代文学的发生，不能不提到章炳麟与梁启超；而要讲中国现代文学，就更不能不讲鲁迅了。同时，又因为他自己的老编辑的感同身受的站位。故而，其选题的产生与研究皆乃水到渠成的自然，也是功到自然成的必然。故而，其《思想家型的编辑家》的出版引起学界的关注，也应该是情理之中的事了。

二、翔实而深到的评述方法

全书分三个部分，以“三章”来标明，每章若干节。每章各自独立，且又互为关照，即以“互见法”的比较来沟通。

章炳麟、梁启超、鲁迅，是我国晚清民国时期最重要的思想家，同时又是最著名的报刊编辑家。他们各自以其鲜明的编辑宗旨而从事报刊编辑活动，在中国近现代编辑出版史上创下了非凡的编辑大业。他们三人的共同点是，都非常看重以编刊来制造舆论，故而兴学会，开报馆，集编撰于一身。章炳麟乃“新思想界的勇士”（梁启超语），以一个“变法图强”的编辑家活跃在中国近代出版史的舞台上；梁启超则被誉为“言论界的骄子”，鼓吹变法维新，出报纸应当成“为国民之耳目，作维新之喉舌”；鲁迅更是主张“转移性情，改造社会”，以“思想革命”来办刊物。这三者虽然思想各异，个性卓特，编辑风格鲜明，办刊的背景与过程也截然不同，但他们之间却有着错综交织的关系：章炳麟与鲁迅是师生关系，与梁启超是诤友加辩友的关系；梁启超与鲁迅都有一种“退伍”的“勇士”与“跑上前线”的“新青年”（梁启超语）的自我感受，是思想深处的“同道”的关系。当辛亥革命爆发时，鲁迅深藏的革命热情马上被激发出来，他创办《越铎日报》作为对辛亥革命的回应，“发社会之蒙覆，振勇毅之精神”。三者办刊的同一宗旨，即是把办刊作为人生“愤激”的喷火口，反映社会与民生之真实。研究者抓住了他们的共同点，以研究性的述评来创塑三者各自的风采。在以某一个巨匠为评述对象的时候，成德兄目有余光，关照其余，形成了互相映照、互为彰显、互为关系的形态，形成了三位一体的结构关联。譬如写章炳麟宁“英雄入狱”而创办主编报刊的那种精神，我们也在梁启超与鲁迅中看到其深刻的影响，并且一直激励着、影响着一代代从事编辑出版事业的后来者，成为他们的精神导师。又譬如，著者认为，早在留日期间，鲁迅即开始广泛阅读革命报刊，向《俄事警闻》进言，为《浙江潮》撰文。从 1902 年到 1909 年，鲁迅在日本留学 7 年，受到当时思潮的影响，特别是受章炳麟主编的《民报》的影响，鲁迅积极参加中国近代的民主革命运动，开始形成反帝、反封建的革命民主主义思想，这一思想成为他筹办刊物、编译（著）书籍的指导思想；在行动上，他放弃了“医学救国”的道路，而走上通过编辑书刊提倡新文艺运动来“改变精神”“改造社会”“起其国人之新生”的途径。

成德兄在鲁迅的研究上着力更多，这是由鲁迅办刊时间之长、内容之丰及成效之大所决定了的。办刊几乎贯穿了鲁迅一生的始终，竟然有 30 年的编辑活动，成为其战斗人生的主要内容。也因此而使鲁迅成为中国现代革命编辑出版史上一面光辉的旗帜。而在著者对鲁迅的研究与评述中，我们则可以“互见”到章炳麟与梁启超。著者的这种“互见法”的研究，也使他的整个评述注重于同中有异、异中见同的表述效果。

三、系统而精微的爬梳功夫

搞研究，爬梳是基础，也是研究者的基本功。在某种意义上说，爬梳的好坏直接决定了研究的成败与高下。成德兄在《后记》中说：因为这三个人的思想实在太深邃了，光是章炳麟的文章，那古奥的文字，要想完全读懂就很不容易，就连他的弟子鲁迅也说“先生的文笔古奥，索解为难”。成德兄研究的难度可想而知。然而，章炳麟他们的思想与精神的“别有一种魔力”，让他欲罢不能；而其耐得寂寞、默默无闻的执着生性，让他欲罢不甘。从此著看得出，成德在资料的爬梳上，系统而精微，真是使出了吃奶的力气。虽然他也曾经因资料的匮乏或因僻地难寻而几次想作罢。

从此著中同样可以看出，成德兄阅读极其广泛，占有非常丰富。在资料的搜罗上，成德兄虽未能“竭泽而渔”，也应该是“下网不漏”了。章炳麟、梁启超的著作，鲁迅的全集、佚文全集，成德兄是认真看了的，故对原文的引用做到了既充分而必要，又审慎而精准；同时他还大量阅读了三者的同人之作，以及一些辅助的材料，从直接的到间接的，凡是能找到的，皆为其用，故著述中所使用的外围资料相当宏富。对三人的编撰活动的研究，都是从其最早时开始。如梁启超，一般是以他创办《中外纪闻》为编辑生涯的起点，而成德兄则上溯到梁启超在万木草堂为康有为编书，然后直贯下来，把梁启超的编辑历程缕述得系统、完整而详细。看得出，成德兄对鲁迅用功尤深，因而对于《鲁迅全集》的运用也特别娴熟。关于鲁迅的编辑，从一般的报刊编辑出版活动，到鲁迅对古籍的整理以及在中外美术尤其是版画方面的编辑，都有详尽而深入的研究，并且认真研究和总结了鲁迅编辑的特点、经验与编辑思想。

因为有细致的爬梳，资料的丰赡成为此著的一个重要特点；也因为在爬梳的基础上，做长期而深入的研究，而使其不少新颖而独到的观点，有了一个既扎实而又厚实的立地。

非常感谢成德兄，先以《思想家型的编辑家》饷我，让我有先睹之快。我更渴望再聚于海城，当面向成德兄讨教，譬如他对郁达夫诗词的精深研究，肯定会让我在研究上获得不少启发的。

王美春《诗文沧海探骊珠》评赏①

［按］ 王美春的第十本文学批评集即将付梓，诚邀笔者为序。笔者把此写序过程，作为分享其喜悦的过程，作为反思当下文学批评、检讨自己文学批评的过程。序书，其实也是书评的一种，此序重在对作者评论文字的总体评价。

王美春的第十本文学评论集《诗文沧海探骊珠》要出版了，让我瞠目。

王美春的第十本文学评论集要我写序，更让我结舌。

瞠目结舌的大意是：瞪大眼睛不闭合，翘着舌头不落下，形容人吃惊或窘迫得说不出话来的样子。我用“瞠目结舌”来形容我的感受与表现，是一点

① 王美春《诗文沧海探骊珠》，黄山书社 2015 年 11 月版，此乃书序。

也不夸张的，更非矫情。

何谓“瞠目”？十本文学评论集放在你面前，还有什么词比用“瞠目”更贴切呢？美春是个机关干部，其工作性质与文学相去甚远，是个业余的批评家。学界不少朋友把我当作一个文字快手，可面对这速度与数量，以及这广泛的评论面，我这个“职业批评家”倒成为驽马疲驴了。

何谓“结舌”？王美春是中国作家协会会员，一级作家，其文学评论起步早，其评论或结识的著名作家的层次也高。我作为“作家”，才是个省会员，还没有创作上的“级”。也就是说，美春随便请一个他的作家朋友来写序，都比我合适。可是，美春要我写。试想，我当时的表情，难道用“结舌”来形容还有什么不妥的吗？

我当即委婉地表达了希望他另请高明的意思，也表达了拒写的理由与意义。可是，美春依然坚持要我写。我深知美春其人，是没有办法改变他认定的坚执的。退后一步想，我也真该写这个序。无论于公于私，我都该写。于公，美春是我生态文学研究所的特约研究员，此著也算是我们所的一项成果吧。于私，我与美春交好，性相近而习相似，二十多年都没有红过一次脸，这主要是因为我们在很多问题上都有共同语言，审美阅世的美学趣味也比较一致。

我一直以为，序者与被序者之间，应该是一种欣赏与被欣赏的关系，至少应该是一种相知相投的关系。二十世纪三四十年代时，我们的文学先辈们似乎就大多数是这样做的。远不像现在，有些“序”，已经堕落为一种广告，一种讨好的手段。

美春与我一样，都是把文学作为享受来玩的，又都是创作与理论两个轮子同时转的文化人。美春本质上是个诗人，是个诗人气质特别明显的人。他研究诗，也新诗旧诗兼作，却羞于以诗人自诩，也以别人称他为诗人而自羞。我特别欣赏他的淳朴、真诚与坚韧，甚至还是孩童般的天真。他长期与诗歌打交道，也长期与诗人打交道，却没有一点现代“诗人”所具有的江湖习气，也没有染上所谓诗人所特有的轻狂。

当下诗歌处在一个什么样的“文学生态”里呢？最通俗的说法是：写诗的比读诗的人多。虽然诗歌正在越来越多地失去读者，也失去人心，而“诗人”则照样非常名誉，成为一种佩饰，成为一种哥儿们意气的自封与互赠。你是诗人，我是诗人，我们大家都是诗人。分行就是诗，俏皮话与“哈喇子”都是诗。

尤其搞笑的是，什么人都能评诗。英国著名文学理论家艾·阿·瑞恰兹指出："一位优秀的批评家要具备三个条件。他必须是个善于体验的行家，没有怪癖，心态要和他所评判的艺术作品息息相通。其次，他必须能够着眼于不太表面的特点来区别各种经验。再则，他必须是个合理判断价值的鉴定者。"[①] 这三个条件对于一个真正的文学批评家来说，也是绝不苛刻的。换言之，也就是说，不是所有的人都可以从事文学批评的。譬如诗歌评论吧，这除了要掌握比较深厚的诗学理论，要有观千剑且操千琴的艺术经验，还要有《皇帝的新装》里那个"小孩"的"童眼"。而当下这个批评生态中，那双"童眼"尤其宝贵。我甚至认为，这双"童眼"才是文学批评家的第一素质。我不敢说美春在文学批评上如何出色，但是，我敢说，他童心未泯，具有一双"小孩"的"童眼"。美春将他近期的文学批评集中起来，让我先睹为快，我想就此而说三点感受。

其一，美春的批评是真实的。所谓真实，就是不"坑蒙拐骗"，有一说一，不作"谀评"。当下文学批评的最大弊端就是批评主体严重缺席，批评文本严重失实。批评家没有了尊严，看作家脸色行事，只懂说好话而不敢有异见，对那些精神庸俗的作家、品格低下的作品表现出令人难以置信的宽容，而将二流三流甚至不入流的作品，那些压根儿就不想让人看懂的臆说，吹成世界经典。文学批评家亵渎了自己与自己的职业道德，文学批评也成了为人所不屑的商业广告。

文学批评原本应该是极其严肃的。文学批评既不能按照市场炒作的要求站在媒体的商业立场来发言，也不应该专事卖弄，制造"热点"，或拼凑时尚和前卫的批评话语，更不能是那种尖酸刻薄、恩怨相报的"意气批评"。美春的批评，属于有针对性的文学批评，其分析问题的着眼点，从作品的实际出发，从文学的特性出发，也从社会的大环境出发。本书中所收文章近四十篇，大多数已在国家级、省级报刊公开发表。而进入美春批评视野的，既有叶文福、黄亚洲、高昌等国内一流作家，也有我们身边的孜孜不倦的诗文学步者；既有关于诗歌散文专论，也有论著、文论方面的书评；既有就诗论诗的微观评析，也有关于当代文学评论与文学评论现状的宏观阐述。美春身正眼高，言之由衷，

---

① ［英］艾·阿·瑞恰慈《文学批评原理》，百花洲文艺出版社 1992 年版，第 101 页。

不妄言文学作品的长短优劣，以帮助作家找到自己的长处、发现自己的优势为主，但绝不捧杀；又不是一味地表扬作家，而敢于碰及作家作品的缺陷，也不棒杀。正因为他的批评，很有分寸感，能够从事这种以审美学理和自由精神来发出自己声音，而让作家与读者心服口服。这种文学批评，不仅有益于创作，也具有社会批评、社会引导的重要功能，有利于促进社会和谐。

其二，美春的批评是诚恳的。所谓诚恳，就是真心帮人，不搪塞，不敷衍，也不糊弄。吴义勤发表文章指出："批评家们失去了细致解读文本的耐心，而是热衷于发出各种夸大其辞的、耸人听闻的'判断'，他们总是选择最极端的价值词汇，总是以夸张的修辞，来对一个时代的文学、一种文学现象或一个作家、一部作品进行最高级的审判。"[①] 因此，所谓诚恳，就是要求批评家站在文学的立场，站在审美制高的观察点，而做诚恳的作家不足的发现者与作品问题的评判者。美春已经具有近四十年文学批评的经历，主要是诗歌鉴赏与理论研究，不仅熟谙其中的"关门过节"，也深味其中的酸甜苦辣，具备了比较深邃的思想穿透力和敏锐的审美目光，具备了对作家作品做出审美判断的批评功力。这也是他敢于说真话，说诚恳的话的底气。

美春的诚恳，表现在他秉持科学理性精神，而对作家创作的优长和短处进行艺术总结和概括。他往往投入全部的生命体验来细读文本，与文本作者进行精神对话，抵达文本的细微处，探入作家灵魂的最深处，谛听作家的精神撕裂，感受创作中灵魂的裂变历程，而与作家一同遭遇灵魂的挣扎和内心的煎熬，进而正确褒贬、判别作家作品的思想意义和美学价值，敏锐发掘文学作品所蕴含的社会重大问题，做出富有见地的审美价值判断。他的批评，有其自己的印记，写得比较实，也很喜欢归纳出个子丑寅卯来。因为其批评从形象入手，比照经典，说明艺术规律与创作道理，把文论美学的理论，融入其中，化在论里，生动贴切而通俗入理，读他的评论，觉得很亲切，让人一下子就把握住了被批评者的实质与精髓，不像当下的文论家喜欢故弄玄虚，评论文章往往过于理性。

其三，美春的批评是感性的。诗人在以感性认识世界的这一点上，与孩童相似。其实，文学批评也必须具有丰富的艺术感性。普列汉诺夫说："只有

① 吴义勤《批评何为？——当前文学批评的两种症候》，《文艺研究》2005年第9期。

那种兼备极为发达的思想能力跟同样极为发达的美学感觉的人，才有可能做艺术作品的好的批评家。”[①]文学批评家的艺术感觉对于批评来说是生命攸关的大事。艺术感性十足的文学批评，同样也洋溢着生命的气息，具有灵魂的刻度，具有来自灵魂深处的痛感，具有理性真正投注的一种审美体验的张力。

美春努力做一位真诚的审美感受者，站在审美的立场而投入丰盈的生命体验，从生命出发而作诗性言说。他的评论，直面生动鲜活的作品，认真关注当下文本，对新近涌现的文学作品，进行多维度的分析。美春的研究重点是诗歌，他的这本文学评论集，也主要是诗歌评论，包括其书评也是以诗歌为主的。诗歌批评，有诗歌批评的特点与规律。笔者曾经在《文学报》上发表文章指出：现在的诗歌评论太好写了，因为根本不需要“懂诗”，也不需要懂得诗歌特有的形式元素与文学要素。这些诗歌评论不外是表现了什么、反映了什么、歌颂了什么、鞭挞了什么之类的套话，或者诸如直抒胸臆、托物言志、婉转曲折、含蓄蕴藉、诗意阳刚、艺术冲击力、心灵震撼之类的混话。这样的诗歌评论充斥报纸杂志，是诗歌的灾难。笔者以为，诗歌批评尤其需要批评者具有丰富的艺术感性，需要具有较强的美学感悟能力。钱锺书《管锥编》在谈《左传正义一·杜预序》时指出：“史家追叙真人实事，每须遥体人情，悬想事势，设身局中，潜心腔内，忖之度之，以揣以摩，庶几入情入理，盖与小说、院本之臆造人物，虚构境地，不尽同而可相通，记言特其一端。”[②]这是对创作者而言的，而研究和批评与创作相一致的地方是，也需要这种“入情入理”的“遥体”与“悬想”，即类似陈寅恪先生所说的“同情说”。美春的艺术感觉好，熟悉创作规律，又舍得在文本阅读上花力气，深入文本，细研深析，感受艺术的生动具象，“入乎其内”而“出乎其外”，发掘作品中的文化艺术意义，故而虽然其批评是一种艺术理性形态的，却依然具有可读性，而能够让人体感到鲜活的生命表征与思想温度。

美春的批评视野是开阔的，所顾及的方面也是立体多向的。他所关注的批评对象，不是清一色的大腕与经典，他所采用的形式也多以鉴赏评析为主。

---

① 转引自《车尔尼雪夫斯基的美学理论》，《文艺理论译丛》1958年第1期。

② 钱锺书《管锥编》（第一册），生活·读书·新知三联书店2007年版，第166页。

因此，美春的文学批评也让我们读出了点“负面”的东西：譬如那种缺乏腾挪飞扬的拘谨，还譬如那种“童视”而较真的泥实。

这是王美春的第十本文学评论集了。我为美春写序的过程，既是在分享其喜悦的过程，也是反思当下文学批评、检讨自己文学批评的过程。也许，我对美春的评价多于溢美。与其说是我的善良愿望，毋宁说是我针砭当下文学批评的有感而发的箴言。

B

辑

李瑛《黄昏与黎明》评赏[①]

［**按**］ 李瑛是个将军诗人，也是个诗人将军。他曾任总政文化部部长、中国文联副主席等职，出版诗集50余部。其代表作《一月的哀思》长诗，曾引起巨大反响。1998年秋天，笔者与著名部队作家王宗仁、诗人纪鹏相约登门造访，得《黄昏与黎明》之馈赠，此文亦即读后作也。

李瑛，我宁可把他作为一种现象来读。

读罢李瑛新著《黄昏与黎明》[②]，理智和感情的冲撞而滋生出这样一种感觉：李瑛进入到他一生创作的峰巅状态，至少可以说是他越发的“现代”了。

在中国当代诗歌史上，李瑛的意义主要还不在于他五十年歌唱不衰，不断地突破自己而时有新的旋律，更重要的还在于他不仅完成了他自己的诗由白话自由体向现代诗的蜕变，同时也标示出中国现代诗自艰涩到圆熟的转型过程的完成。

李瑛，已经走入老年人的行列，走入辉光粲然的夕照里。他晚年的诗歌创作，却以磅礴的创造活力告示世人，李瑛结束了一个过去的时代，而到达了一个崭新的时代。

一

李瑛应当划归为军旅待人。其实他不只是军旅诗人的代表，也是二十世纪五十年代走过来的一批杰出诗人的合适代表，是走在中国当代诗歌前列的重要诗人。

在共和国的晨曦里，李瑛以标准的战士诗人姿态出现在诗坛，他的第一声歌唱就符合“火把和旗帜”的时代要求，而他一生金戈铁马的歌唱，在中国

① 原题为《辉煌颤栗的生命感动——李瑛诗集〈黄昏与黎明〉评论》，《文艺理论与批评》1999年第6期。

② 李瑛《黄昏与黎明》，解放军文艺出版社1998年版，文中所引其诗歌皆出于此。

诗歌的历史上，最能让我们联想到的一位诗人便是陆游。我们这样比喻，出于两种考虑，一是李瑛军旅诗的多产和高质，一是他对于军旅题材的执着和热爱。

战争画卷和军营生活是李瑛五十至八十年代的一贯题材，他始终是以使命感极强的战士目光和感情来观照世界、把握和处理题材的。其最主要的特征便是特别擅长从社会政治的视角发现和表现人民军队中的美的因素，敏锐感应时代精神，追踪历史的进程。

著名长诗《一月的哀思》是李瑛新时期创作开始的标志，这也标志着他开始从更开阔的角度来感应社会情绪，追求“兵”的情绪之外的大众情绪。

二十世纪九十年代的中国，社会形态发生了深刻的变化，历史进入重大的转型期，市场经济大潮的强烈冲击，使对时代精神感知特别敏锐的李瑛受到强烈的震撼，而此时的诗人也从部队领导岗位上退了下来，他有更多的时间和精力观察和思考，更加深刻地从更为宽泛的哲学、美学、史学、人类学、社会学等角度对具有时代典型意义的思想情绪赋以艺术表现。古稀之年的李瑛写诗已不是博取荣誉的手段了，而真正成为其内在生命激情难以遏止的真实流露。这个时期诗人表现出对于历史、生命、人生思考的极大兴趣，也表现出对于“思想的知觉化”的热情而追求一种表达之外的深度指向的艺术姿态。如果说原先李瑛的诗只有一个主题，或者说是他以全部的热情和才智将其诗聚焦和引领到一个主题，即英雄战士对于英雄母亲（祖国、人民、党）的忠诚与眷顾，那么，他晚年的诗的主题则是繁复多姿的状态，呈现出关于历史、还乡和生命的三大主题。

二

“我从喧嚣的大城市来 / 从老远就看出 / 这就是我的村庄 / 我的根生长的亲爱的村庄。”（《走进半坡村》）诗人走入新石器时代的远古，走入历史，是一种沉思风神，是一种漫步行吟的主体形象，一反昔日灼热、俊逸、美丽而年轻的跳跃的呼啸。诗人以与民族历史丰厚意蕴的自然风光为题材，流连于半坡村、碑林、轩辕柏之间。我们看到的是并非轻捷的沉重，看到的是并非径直的曲婉，他以庄重的历史感去寻觅浓缩了历史厚重的历史见证物，将这些见证物对应化为诗性思考的意象。即使是那些并无历史意蕴的物象，比如石头，他也能将关于历史的沉思投身进去。李瑛太喜欢用“石头”的意象了。五十年代，他的《石头，奴隶们的武器》以一个具体的战士情感去认识石头，赋予石头以同样的战士品格。八十年代，他在《石头》诗里这样写道：“站在石头前 / 像站在宇宙面前 / 我想起生命”。在石头上，诗人的灵视和智听使他听到了石头里血液的流淌，看到了石头里恐龙的印象，感受到了石头的死灭和新生，表现出作者包容广大的情感世界。显而易见，诗人的想象视野已经有了更为自由而不黏滞的超越。九十年代，石头在李瑛的诗里则成为更具深沉内涵的象征寓体，他在《历史》中借助石碾置换历史，诗人的触角穿透了石头的表面，切入民族文化心理的深层结构中去了。“石碾死去了”，在“滚了几个世代”之后，“只有一小片比自身还重的影子 / 静静地，铺在时间之外”。诗人在进行了沉思凝想的引领之后，直接跳跃：“日浮在潮中 / 月沉在汐里 / 一些东西诞生，一些东西死去 / 这就是历史”。石碾与历史迅速等价对应，历史成为具体可感的物象。诗人在出访埃及时，又以“石头”为题作诗，诗的开篇是这样的：“石头 / 委弃在历史的最高处 / 这些赤裸的生命 / 使苍茫如烟的历史 / 成为真实”。历史在诗人眼里是“深刻”而“缄默”的一部书，是一种“谔谔无语的思想”，一种“生命的原始曙光”。诗人的这种情感和知觉的幻化，读石头如读历史，把历史贴附于石头，应该说石头成为诗人历史情思的容器，成为富有历史意蕴的意象性象征。

石头意象的频繁出现，说明诗人审美习惯和思维方式的稳定性，而石头隐喻指向和内涵的变化则表现出诗人自觉不自觉的创造性超越。其智性、情感和人生艺术的经验所构成的新颖的隐喻关系则显示出诗人于斜暮光景时其创造精神的年轻而先锋的特征。黑格尔认为诗歌的“出发点就是诗人的内心和灵魂，较具体地说，就是他的具体的情调和情境”[①]。现时现境诗人心灵的表情具有现实时空的质的规定性，诗人生命的沧桑感以及由此而生成的主体语势也因为具体的时空情境而具有了更加热烈的强度，具有了历史意味的思想厚重。

《黄昏与黎明》的第四辑《埃及之旅》是在“寻找人类的童年”的过程中而寻找到了“远古的回声”，诗人把历史题材放置于哲学背景里推演和发展，

---

① ［德］黑格尔《美学》（第三卷），商务印书馆 1981 年版，第 192 页。

将思考的能量全力发散出来。这种对于历史的发掘是经过哲思蒸馏之后的凝定，因此便有了厚重的历史感，便有了深沉的沧桑感，有了使人觉悟升华的启迪性。而对历史，无论是华夏的历史还是古埃及的历史，李瑛全然是一种智者沉思的姿态，一种跃跃欲试的对话姿态，而大多时候则是一种自说自话的评判姿态，而少见其早期诗作的情绪倾诉性表现，从美感经验上来说，只有在历史的东西转化为个人的东西，而以个人的情绪代替历史的情绪的时候，才可能烛照幽深，抵达历史的深部，揭示历史的辩证法，形成智慧独到的活生生的生命感悟，让读者置身于历史场景中，感受历史的意绪。诚如李瑛在《乘船在尼罗河上想起历史》一诗中写道："昨天已经消隐，活在今天 / 今天是昨天的再生 / 从这里便会认识时间的深度和重量"，"我们已不能回去 / 大门关闭了，再不能抵达 / 我们只能从浪涛般的回想中 / 在哲学的重量和历史中成长起来"。在哲学和历史中成长起来的李瑛，其晚年的历史歌叹，秋光一样澄明和静穆。

三

像一只鸟 / 我要到黄土地去 / 看一棵树 / 兀立在旱风和黄云之下的 / 黄土坡上的一棵小树。（《去看一棵树》）

我来看你，如回到故乡 /……真想跳进河里 / 便成一尾原始的鱼 / 随你游去，游向太阳。（《沱沱河》）

我的长不大的乳名 / 现在踟躇在何方 / 今夜，像用童声召唤我 / 嘱我莫忘当年的故乡。（《乳名》）

《黄昏与黎明》里给人强烈的感觉便是诗人的急不可耐的还乡意识，诗中怀旧怀远的情调是李瑛以前诗中很少见的。诗人把对乡土的眷恋，对人类母亲大自然"原始意象"的眷恋，提升到亲和自然而逃离尘嚣的寓言。他追寻精神家园，回归到大自然中去，发现那里的一切都是快乐的。"比起在摇滚着腰肢的 / 喧嚣的城市 / 比起把心和丝袜一起 / 挂在墙上出卖的城市 / 它们更爱这高天远地 / 这里 / 没有脂粉的污浊和欺诈 / 没有刀一样锋利的酒 / 它们是快乐

的 / 这里 / 没有一块不诚实的石头 / 没有一片不诚实的云 / 没有一支不诚实的花朵 / 它们是快乐的 / 闪耀在沱沱河水底和上空的星星 / 无论用肺呼吸或用鳃呼吸 / 都生活得纯净和质朴 / 它们的天真和无邪 / 使装饰城市夜街的灯 / 显得虚伪。”（《沱沱河的星星》）诗人何其羡慕那些无忧无虑的自由生活的大千世界里的生命啊，他期望远离城市，远离欺诈和虚伪。城市的异化这便是他还乡和回归的心理激发，是他寻找精神家园的情感冲动。诗人的情感根须，急切需要没有污染的土地来自由而快乐地伸展。于是，儿时记忆复活了，像深埋于历史长河里的莲子：那口让母亲梳妆的井，那挂着镰刀的矮墙，那铺着苇席的土炕，那火苗摇曳的油盏，这一些最容易让人对比现代物质文明而发生感触的远去的生活，在诗人的回忆中显得特别亲切。诗人急切寻找的是一种情感上的关顾，是久违了的母亲的呵护。我们从他的《蟋蟀》诗里便可以窥其还乡感情的全部。诗的第一段把蟋蟀的悲响视觉化，那是“夜，剩下来的一个最瘦的音符”，代替了油盏，执着地弹跳在“秋的深处，夜的深处，梦的深处”。因为最瘦，虽然执着、尖厉但也病弱。第二段又进一步渲染那发自生命深处的全力唱叹，那是“一只没有家，没有寒衣的蟋蟀”，挣扎着嚯嚯，“如一根最细的金属丝 / 从他生命的最深处抽出来，颤抖在落叶的霜风里”。生得无奈，然而却是顽强的抗争。蟋蟀是一种对应的意念，是“我”的一种变相的替身还原。蟋蟀的孤独、冷落、迷失，正是人类生命与环境关系的比照，寓意着人的生命本性在现代文明中的可悲失落。诗的第三段则快速转换：“会叫的白露 / 会叫的霜花 / 是我童年从豆秧下捉到的那一只吗 / 养在陶罐用草茎拨动它的长须 / 现在，我的童年早已枯萎”。一个跳跃性的假想，接通了今昔，让两个特定时空在运动中迅速重合。“现在，我的童年早已枯萎”一句，则马上又从耽于幻想的虚境中抽了回来，表现出异常理智的清醒，和异常缺憾的失意，诗人不无忧伤而沉郁地唱叹道：“而今，这孤凄的叫声 / 像敲打着我永远不会开启的门 / 震撼着我多风多雨的六十个寒暑 / 六十年和今天的距离只有几米 / 但我不能回去”。无家可归的状态是用蟋蟀这个“原始意象”发酵起来的，发育了诗人对于乡土这个生命本原的深度眷恋。“六十年和今天的距离只有几十米 / 但我不能回去”，诗人只有在情感中回去和重复。卡西尔是十分看好回忆的心理学意义和认识论意义的，他在《人论》中说：“它与其说是在重复，不如说是往事的新生；它包含着一个创造性和构造性的过程。”“回忆”让李瑛寻同了失落的世界，成为他自身现实的一种心灵补偿，这是一种告别尘嚣的自我拯救，是一种生命的积极“反刍”，是一种灵魂的真实轮回。

对于现实存在的深刻厌倦，使李瑛焦灼地企盼追回时光，以一种重新为生命命名的形式寻回自己的本真，寻回存在的使命，寻回生命全面呈现的永恒价值。诺瓦利斯说得好：“哲学原就是怀着一种乡愁的冲动到处去寻找家园。”其实，诗和哲学一样，真正的诗人和哲学家一样，无一不是精神家园的清醒守望者。晚年的李瑛更是十分渴望栖居于精神生活的意义世界，而以在对生命的追问和家园的追寻中，完成不断为生命命名的深刻体验。

四

在一部《黄昏与黎明》的诗集里，“生命”和“时间”的词重复得太多了，合并计算几乎不下百次。李瑛说：“没有什么比时间更真实。”晚年的李瑛在真实的时间面前也表现出一种焦虑和旷茫的生命悸动。我们民族的忧患本身就是时间化了的，“日月忽其不淹兮，春与秋其代序。唯草木之零落兮，恐美人之迟暮”。时间是中国诗人最为普遍的主题，是最敏感的触发动机。李瑛说：“我听见时间 / 从我生命的最深处穿过”；李瑛又说：“拂去时间和空间的苍茫 / 抚摸着远祖的根和自己”。百年瞬间，不希望这么快到来的老年如期而至了，时间流走真快。

从四月的额头垂下来 / 从柳丝到水面的距离很短 / 柳絮飘落了 / 折柳丝作柳哨的 / 是我的母亲 / 欢乐的四月是会叫的 / 我的小脚上沾满了春泥

从九月的额头垂下来 / 从柳条到水面的距离很短 / 柳叶飘落了 / 拂开柳条偎坐在长椅上的 / 是我的妻子 / 温馨的九月是静谧的 / 没有柳条圆月挂在哪儿呢

从一月的额头垂下来 / 从柳枝到水面的距离很短 / 柳枝断落了 / 拣一根柳枝走在结冰的河面 / 牵着我的孙子 / 肃穆的一月是深刻的 / 距离，在人生的深处闪光

——《距离》

从这首诗的表面看，李瑛在时间面前显得极为平静，情绪上有一种处顺的随适，但是，生命过程有三级跳，诗歌段与段之间的空白所形成的强烈的运动感则让人感到了生命流逝的律动。在时间面前，古人所表现出来的更多的是一种无奈和悲哀，人生如寄，死生昼夜。李瑛对于生命存在的思考克服了物态生命快速流逝而造成的常有的悲痛和忧伤。人生的距离很短，人的生命的绿色相当的脆弱，李瑛以意象思考，隐寓着对生命永恒意义的追寻。他的这类诗多复沓式，比如《一坛老酒》，比如《听顺天游》，深沉而悠远，却无哀怨伤怀的澄明。现实时间以心理时间的顺序而片断排列，把不同的静态意象并列在一起，呈并列而递进的运动。诗人内在心绪和外在情境交感沉思而逐步深入，透露出灵魂的无垠空间，而不是他早期诗歌中经常出现的一泻千里的奔流跳荡的抒情特征。

关于生命的咏叹，《黄昏与黎明》一书中大致可分为三种视角，一是发怀古之幽思，二是以回忆而重复生命的体验，三是对于高原战士永恒生命的意义追寻。

生命的活动和过程除了具有其物质性外，更重要的是其精神性。人只有生活在意义的世界里，才成为真正的人。李瑛以诗的形式，集中讴歌生命，多层面地开发出生命的奥义。诗集的第二辑《青海的地平线》是他考察生命的无人区里崇高生命活动的收获。诗人在年届七旬时勇敢地攀上海拔五千多米的唐古拉山，这本身就是对生命的物质存在的超越，是其拒绝生命有限而完成的对于生命的精神性的创造。“只有死亡／属于天涯的大西北／苍茫的，混沌的，寂寥的／铁已锈蚀／经幡飘动／没有回声。”（《启示》）死亡是这里的一种风景，在这崇高灵魂的归依之地，诗人不仅看到了瑰丽无比的生命景观，更重要的是他从审美的哲学的层面看到了生命超越的可能，他对生命的意义和存在的价值有了深刻而精辟的理解：“你们倒下了把意志和决心／交给不屈的枪和远征的车轮”。（《写在格尔木烈士陵园》）诗人认为世界上没有谁比这些遇难战士更懂得生命的价值，他们的生命通过枪杆不屈地存在，通过车轮无尽地延长，诗人激情难抑地抒怀告白：“中国地形图上／标出这真正的高峰吧”！

李瑛晚年的这些诗与他早期的作品比，所不同者在于诗人以悲剧的审美来解读，表现出生命激动人心的超越。生命把人逼进了绝境，而在绝境中存在的生命表现出超强度的生命景观。生命的意义不在于是否活着，而在于为什么活着。生命的物质存在可以因为诗意地栖居获得超越而生生不灭。李瑛在他的《爱》里歌唱："越过灵魂和肉体 / 在生命终结的地方，由于爱 / 我看到了生命的开始"。诗歌是人生的返照，是生命的顿悟。人类生命的空间和境界因为对于生命极限和有限的征服而辉煌无比，而绿色永远。李瑛感受到了时间对于存在的沉重压迫，体味到了死亡对于生命的无情威胁，然而他在时间和存在的尖锐对峙中则表现出异常的镇定、从容、充实乃至超逸，仿佛"进入玫瑰园中"（艾略特语）的感觉。尽管《黄昏与黎明》书里的诗都是他七十岁以后的作品，但其表现出来的生命力却格外蓬勃和生动。诗人是用诗歌对于自身的生命状态和生命精神以乐观性的寄托和寓喻，这为我们对于生命奥义的理解以智性的烛照。

五

泰戈尔理直气壮地说：什么叫现代，即"是以永恒的迷恋爱情看待世界"[①]。关键问题是"看待"，看待中的普遍人性，看待中的乐观意念，看待中的审美态度，这一切规范着观照的视觉、视角和视点。

这是理性自觉规范着的感性深入的诗性取向。

这是生命汁液对于被看待世界灌注和滋养的感应运动。

一向看重生活而于生活中不断地汲取营养的李瑛，其晚年诗作依然具有强烈的写实性，具有鲜明的行吟即兴特征。尽管其中有的作品似乎还属于印象式的心理速写，未及充分演化和提升而略显粗疏和浅近；尽管有的作品似乎还不敢强行扩张，缺乏俯仰自得、八面顾盼的纵横活力。但是，因为是"以永恒的迷恋爱情看待世界"，那被"看待"的世界，便不是单一、平面刻板的了，而"看待"的主体与被"看待"的客体的关系便也不是依附、坐实、对应的了。

因为理性自觉，使李瑛变得冷峻而沉静，获得了透视生活的合适距离。

因为感性的深入，则使他获得了对于具体景象和具体感情超越的思想自由。

---

① ［印度］泰戈尔《诗人的追述》，倪培耕等译，漓江出版社 1995 年版，第 244 页。

诗人在生活中找到了足够的支持，找到了坚定的依凭，找到了进入生活真理层及审美象征意蕴的途径。他的意象密码，如石头、高地、陶罐、飞鸟、游鱼等等，便是其“激动起来的想象所应用的形式”（苏珊·朗格语），是其内在心理对于外部世界感通交流后的隐喻意味的生命感动的凝定。而这些意象构成了李瑛晚年诗歌激情和哲理交融的形象世界，一种极富个性化的诗性现实。诗人的诗风也趋于以宁静和肃穆为其表象的沉郁，绝不同于他先期诗作的英气飒爽和心性开张的俊朗。

李瑛这样描述他在黄土高坡听歌的感觉：“沉郁又苍凉的歌／淌着血，扯着火／从辛酸的骨节里流出来／从嘴唇紧闭的一双双眸子里流出来／从死去活来的喉管里流出来／谁听了都会颤栗／之后，之后便是哑默”。（《听歌》）听李瑛晚年的歌唱，听那从“骨节缝里流出来”的高分贝音量的生命感动，我们何尝不是这样的一种“颤栗”的感觉呢！颤栗之后呢？便是哑默，再之后便是袅袅升腾起来的内心的欢呼。

余光中《乡愁》评赏[①]

［按］ 《乡愁》是余光中最有影响的作品。《乡愁》与蒋捷《虞美人·听雨》，不仅结构艺术、表现手法等方面极其相似，二者的创作发生也非常相似。比较二者的同中之异与异中之同，意在彰显《听雨》的艺术魅力，也提升《乡愁》的经典性意义。

《乡愁》与《听雨》，何其相似乃尔！初读余光中的《乡愁》时，笔者就自然联想到宋末蒋捷的《虞美人·听雨》词。《乡愁》具有让人直往《听雨》

① 原题为《“黍离”之悲与“蒹葭”之愁——余光中〈乡愁〉评论》，《文学界·人文》2008年第9期。

上联想的相似性。

蒋捷《虞美人·听雨》词曰：

少年听雨歌楼上，红烛昏罗帐。壮年听雨客舟中，江阔云低、断雁叫西风。　而今听雨僧庐下，鬓已星星也。悲欢离合总无情，一任阶前、点滴到天明。

余光中《乡愁》诗云：

小时候／乡愁是一枚小小的邮票／我在这头／母亲在那头／长大后／乡愁是一张窄窄的船票／我在这头／新娘在那头／后来啊／乡愁是一方矮矮的坟墓／我在外头／母亲啊在里头／而现在／乡愁是一湾浅浅的海峡／我在这头／大陆在那头

《乡愁》与《听雨》二者的相似，是显见的事实。关键是，我们如何来透过二者外在的相似性，在深层次上寻绎和揭示其同中之不同、不同中之同呢？

一、从所表达的意旨上看

从创作的发生看，身世之感的抒写是两部作品最一致的地方。虽然家国和身世有天壤之别，然而，相同的是：蒋、余二人，漂泊的身世相同，又均处少壮已逝的晚境，特别是所抒发的情感和意旨相同，都是一种揪心的痛楚，都是沧桑之变而后引发的故国之思。因此，物是人非，心情不再，是二诗人创作时的共同心理状态。

以蒋捷观，他年轻时曾贵为一介公子，生当宋、元易代之际。词人少年进士，过了几年官宦富贵生涯，但宋朝很快就灭亡。宋亡后保持气节，隐居竹山不仕。其一生饱经战乱流离之苦，颇富忧患意识。因此，其存词九十余首里，多写人生遭际，多表达故国之思，不是“流光容易把人抛，红了樱桃，绿了芭蕉”（《一剪梅·舟过吴江》）的叹息，就是“此际愁更别。雁落影，西窗愁月”（《秋夜雨·秋夜》）的悲慨，要么是“凄凉一片秋声”（《声声慢·秋声》）的哀鸣……

蒋捷的一生是在颠沛流离中度过的，其《虞美人·听雨》，将其一生遭际压缩在五十六字中，自我人生历程高度概括，极写生命体验和人生况味。宋末之际风雨飘摇，蒋捷经历了颠沛流离的丧乱，身处国破家亡的末世情境，词人以少年欢愉来反衬，突出老年凄凉，“而今听雨僧庐下”，“一任阶前、点滴到天明”，一切皆空，万念俱灰，唯有苦雨，唯能听雨，淅淅沥沥，点滴不尽。在蒋捷之前写听雨的词里最著名的是晚唐温庭筠《更漏子》，词云：“梧桐树，三更雨，不道离情正苦。一叶叶，一声声，空阶滴到明。”北宋万俟咏的《长相思·雨》，也写听雨，“一声声，一更更，窗外芭蕉窗里灯，此时无限情。梦难成，恨难平，不道愁人不喜听，空阶滴到明”。此二人的词都是写男女相忆之情，远不及蒋词感情深怨沉郁。蒋捷暮年听雨，包含着历尽劫难的无奈和执着，其所听哪里是雨啊，那是雨水和泪和血的混合，是他滴滴不尽的苦泪和心血。

而以余光中观，其诗也是实写其一生的经历的，他自己就曾经说过，他的这首诗是“蛮写实的”：小时候上寄宿学校，要与妈妈通信；婚后赴美读书，坐轮船返台；后来母亲去世，永失母爱。诗的前三句思念的都是女性，到最后一句我想到了大陆这个“大母亲”，于是意境和思路便豁然开朗。余光中《乡愁》也是传统主题，他把乡愁以清晰的时间流程组合：“小时候”—“长大后”—“后来啊”—“而现在”，以不同时期的不同之“隔”，聚焦人生，浓缩经历，而其乡愁在反复的咏叹中逐渐深化和晶化，情感极其深婉沉郁，虽然他的人生际遇迥异于蒋捷，但是他重在表现身世之叹的意识和自觉与蒋捷同。台海之隔，给经历了离乱之丧的余光中提供了忧患的情氛和激发。余光中祖籍福建永春，在南京生活了近10年，抗战中辗转于重庆读书。而他的“母乡”加“妻乡”常州，又给他增添了牵肠挂肚的眷念，他说：“常州给我的安慰与影响，从小就充满女性的娴雅与柔美。这一切，加上江南的水乡，历史与传说，莺飞草长，桥影橹声，妩媚了、充盈了我的艺术感性。我的江南是以常州为典型，更以漕桥为焦点的。我的《乡愁》一诗里，邮票与船票的另一端，袅袅牵动我年轻心灵的，正是永恒的常州母亲、常州新娘。”[①] 他的被他视之为“诗余”的散文

① 《诗人余光中常州解乡愁》，人民网2003年10月23日。

里也常有这样的表述，如《记忆像铁轨一样长》中，余光中充满深情地写道：“那是大一的暑假，随母亲回她的故乡武进，铁轨无尽，伸入江南温柔的水乡，柳丝弄晴，轻轻地抚着麦浪。”①故乡留给余光中的是柔情和爱情的甜美。而余光中自1949年21岁时负笈台岛，就一直为“一湾浅浅的海峡”所隔。离开大陆20多年，一水之隔则恍若隔世。海峡两岸的阻隔状态，使他的回归似乎成为遥远的梦。这种漂泊感而生成的“过客”心态，生成了强烈的失落感，也生成了深厚“中国情结”。因此，他在20世纪60年代起就在诗中文中不断地重复怀乡的情绪和主题，其1966年2月漂泊在海外时所写的《当我死时》，就很有代表性：

当我死时，葬我，在长江与黄河之间，/枕我的头颅，白发盖着黑土/在中国，在最美最母亲的国度/我便坦然睡去，睡整张大陆/听两侧，安魂曲起自长江，黄河/两管永生的音乐，滔滔，朝东/这是最纵容最宽阔的床/让一颗心满足地睡去，满足地想/从前，一个中国的青年曾经/在冰冻的密西根向西瞭望/想望透黑夜看中国的黎明/用十七年未餍中国的眼睛/饕餮地图，从西湖到太湖/到多鹧鸪的重庆，代替回乡②

乡愁成为一种纠缠不休、排解不了的情结，始终困扰着他，而且，越缠越甚，他说：这许多年来，我所以在诗中狂呼着、低吃着中国，无非是一念耿耿为自己喊魂。“烧我成灰，我的汉魂唐魄仍然萦绕着那片厚土”。余光中的“乡愁”不只是纯粹的时间和空间的距离之“隔”，而是沧桑巨变后的、历久弥新的一种情感的渴望，是日渐炽烈的民族眷恋。其笔下之乡愁，具有鲜明的地域感和时代感，是对包括地理、历史和文化在内的整个中国的眷恋。诗人的这种独特的生命、生存和生活体验，带有极其普遍的意义，概括和包容了所有海外游子的思乡深情，极其自然地把个人的忧思提升到民族统一的渴望。因此，《乡愁》已经成为整整一个历史时代的海外华人的普遍感情的准确而生动的概括。

① 余光中《鬼雨：余光中散文》，花城出版社1989年版，第132页。

② 余光中《余光中精品文集》，安徽人民出版社1999年版，第217页。

概言之，余、蒋二作，均写一种故国之思，写一种乡关之愁，二者同中之不同的是：余愁在一个“隔”字；蒋愁在一个“丧”字；蒋词偏于故国之思，余诗偏于故园之恋，蒋词表现的是灰心和疼心，余诗反映的是忧心和揪心；蒋词多悲悯，余诗多缺憾；蒋词绝望而无奈，余诗守望而不失望；蒋词重在“黍离”的现实感上，余诗则有一种“蒹葭”的迷蒙感。因此，皆为饱经离乱痛楚之人，而成易代沧桑之感也。

二、从表现方法看

余光中的《乡愁》在表现形式上，与《听雨》相同，也采用了类似“复沓”的写法，这是诗经中最常见的写法，是人类童年时代所特有的“童趣”化表达，也是中国民歌的常见写法。在表达上，其共同点：都是突出人生一阶段自有阶段的心情和状态；都是从现时的视角而对历时的流程以逐一观照，重在现时感受；都是在近义反复和逐层递进中展开各个时段的画面的。

蒋词采用三部曲式的线性历时结构，纵深发展，词人以“听”来聚焦，以“雨”来关联，以“听雨”背景和情节的相似性，来整合各自然段，来偕同不同时空、不同境况、不同心态的表达。于是，少年、壮年、暮年三个代表性时段，歌楼、客舟、僧庐三个典型性地点，以及三个时段而构成的三种情状，在形式上具有了颇具戏剧性的三幅画面，形成了三个循环反复的乐段，形成了语词似有参差而在感觉上则齐整且近似的句段。蒋捷《听雨》的三段式转换，再配以淅淅沥沥的雨声，复沓的音乐效果十分强烈。因为阅尽世间沧桑，深味悲欢离合，其实，雨还是那雨，因为境况的不同，所听得的感觉自然不同。不同者，心也，耳也。“一任”两个字，写现在的窘况和感受，使复唱在推进中出现了情绪高潮，“雨”声也就愈发黯然伤感了，那是在冷漠孤独中的痛苦的心声。

《乡愁》同样采用“复沓”的方式表现。在形式上，《乡愁》属于自由体，四节之间却相当均衡对称，而每节之内又有长短句的变化调节，从而使诗在外形整齐中又有参差之美；每节都用“乡愁是……”来复唱，又用“这（外）头……在那（里）头”的四次重复，加之“小小的”“窄窄的”“矮矮的”“浅浅的”等叠词的运用，强调了每一“隔”的近似性，加剧了“隔”的连续性。“一枚”“一张”“一方”“一湾”，这些数量词都出现在同一位置上，使那些被数词所修饰的中心词具有了统一性的意义，也强化了诗的音韵之美。从思想上看，既表现了突破“隔”的渴望，也流露出始终置身于“隔”的无奈。因此，虽然此诗的复沓不同于传统诗歌的表现，需要句式、内容的复沓，只是在近义反复、逐层递进中，形成了一种复沓的效果，成为事实上的复沓，形成了大体相同的整齐和工稳形态。诗歌的结构寓变化于统一之中，既有各小节的均衡、匀称，又有小节内长短句的变化，使诗的外形整齐中有参差之美。以大体相同的诗句和格式，反复咏叹，使情感逐层加深，表现出回旋往复、一唱三叹的旋律美，又使全诗显得低回掩抑、如泣如诉，恰到好处地表现了跌宕起伏的乡愁深情。

三、从结构形式看

余光中的《乡愁》在结构上，也与《听雨》相同，均采用了“蒙太奇”的组合并置。二者所表现的时间的跨度大，内容包涵广，感情蕴藏也深。一生经历这样大的跨度，通过并置式的赋陈，都是具有纵深感的发展，而不是平面的。每一个自然段，既各自独立，又是浑然有机的一个整体。

《听雨》三个时期，三种心境。少年、壮年、晚年三个人生阶段，以几十年时间和几千里空间的跨度，构成了三幅象征性的画面，而三幅画面则在同样的“听雨”背景和情节中展开，以时空的跳接来组合，以镜头的形式将不同时段的不同人生境况以切换和叠加。《听雨》词中从少到老，在环境、生活和心情等方面发生了巨大变化，是三个极端对比的生存时空、三个截然不同的生存状态，画面与画面的并置叠加，不同境遇、不同况味的不同感受，由于整个时空统一于淅沥不断的雨声之中，使虚构的三个时空具有了内在逻辑联系，具有了“类”的比较性，也具有了一定意义的逼真性。第一幅画面听雨歌楼，展示其少年风流浪漫，色调轻艳迷离；第二幅画面听雨客舟，交待多事之秋的中年，人在羁旅漂泊中，色调慷慨苍凉；第三幅画面听雨僧之庐，具象暮年而今，词人困顿于僧庐，色调灰暗惨淡。此僧庐之听，含满腔旅恨，万般愁苦。整个一首词，画面简洁，结构严谨，高度概括，形成了极其鲜明的画面与画面之间的相互映照和对比，一生的悲欢歌哭，融汇其中，艺术地概括了作者的人生道路和情感历程。词人从少年风流，到壮年飘零，再到晚年孤冷，是其个人经历的凄凉走向，也有一个历史时代由兴到衰、由衰到亡的嬗变轨迹的寓意，很能引发读者的同情和和沉思。

《乡愁》诗的结构是由四幅画面并置组合的。诗以时间为顺序：小时候—长大后—后来—而现在；以感情为线索：家—母亲—妻子—祖国；以“隔”为中心话题：一“隔”复一“隔”，此“隔”非彼“隔”。四幅鲜明而又很生活化的画面，其并置方式与蒋词同，都是从少到老，都是在环境、生活和心情等方面发生了巨大变化了的画面，而其空间的“隔”和时间的“隔”都因此而有了“类”的意义，“隔”也是四幅画面并置的逻辑联系，画面也统一在“隔”字中。第一幅画面：幼年求学，母子分离，借书信以慰别情；第二幅画面：成年后，告别新婚妻子，背井离乡，天各一方；第三幅画面：生离死别，母子不得相见；第四幅画面：隔于一湾海水，有国家不能归。其“隔”只能靠邮票、船票、坟墓、海峡来维系，更添加了“隔”的痛苦和无奈。而这种“这头……在那头”的“隔”和“隔”的组合，创造出一种时间和空间的张力感，不仅仅各幅画面里，而且在各画面与画面之间，都弥漫着浓浓的愁思。换言之，《乡愁》的四幅画面，四幅画面形成的距离感，是诗人绵绵不绝的愁丝来联系的，是诗人渴望消除“隔”的强烈愿望。

此二作品的共同点是：画面与画面之间的并置，画面与画面之间的对比，画面与画面之间的层递，单向的推移，形成了时空的纵深，进而造成了幽远深邃的意境，造成了丰富含蓄的内蕴，诱发读者以多方面的联想。

四、从意象选择和组合上看

西方美学家托马斯·门罗指出：“诗的价值并不存在于表现抽象观念的诗行或散文诗中，而在于通过意象的美妙编织，能唤起情绪和沉思。”[①] 余光中对诗歌的结构是比较考究的，也是很自觉的，他自己就曾经写文章来阐述：“所谓意象结构，是指一首诗内的许多意象，或因类似而相属，或因相反而对照，或因联想而相应，总之应该此呼彼应，有机发展，成一系统。”[②] 在意象的运用上，

---

① ［美］托马斯·门罗《走向科学的美学》，石天曙、滕守尧译，中国文联出版公司 1985 年版，第 346 页。

② 余光中《连环妙计》，上海文艺出版社 1999 年版，第 15 页。

二作品有明显差异。而在意象的结构上，二作品又具有很一致的地方。

《听雨》的三幅画面均以意象化词语连缀而成，含蕴深厚。词人借“听雨”寄寓人生历程风雨凄厉之意，实属妙手偶得。“听雨”的中心意象，派生和繁衍出一连串的子意象，而这些子意象，均含有寄托，富有象征，具有诗意的“符号性”，构成了三幅具有象征意义的画面。三幅画面的“歌楼”“客舟”“僧庐”，暗寓人生主要行迹，也暗喻了截然不同的生活境况和生命状态。此三幅画面，则由一个“听雨”的中心意象所串联，成为一个浑然的整体。不变的是“听”，所变的是环境、年龄、状态、境况、心态等。“少年听雨”的画面，由“歌楼”“红烛”“罗帐”等绮艳意象交织而成，传达出春风骀荡的欢乐情怀，着力渲染的是“不识愁滋味”的快活时光。诗人巧妙伏笔，以逐笑生涯，来反衬坎坷遭际，也与以下的两个时期形成强烈的反差。因此，作者越是渲染此时之无愁，越见“而今”之愁甚；越是表现此时生活灯红酒绿的优越，也越是反衬而今凄风苦雨的悲凉。“壮年听雨”的画面，聚焦于“客舟”，而“江阔”“云低”“断雁”“西风”等衰飒意象，具象出在风雨飘摇中颠沛流离的悲凉心境。“而今听雨”的画面，镜头拉近，回到了“而今”这一中心视点，这是此词的出发点和立足点，也是此词发生的灵感触发点。画面中刻意凸现出僧庐之冷寂与鬓发之斑白，借以展示晚年历尽离乱后的憔悴而又枯槁的身心。“而今听雨僧庐下，鬓已星星也”，画面中突现出的形象：一个白发老人独自在僧庐下倾听着夜雨。处境之萧索，心境之凄凉，在十余字中，一览无余。“悲欢离合总无情”，是追抚一生经历得出的结论，蕴有无限枨触、不尽悲慨。“一任阶前，点滴到天明”，流露出无限的怅惘和无奈，少年的欢乐和壮年的愁恨，已如雨打风吹去。彻夜听雨本身，秋意凄凄，情怀也凄凄，更让人感受到其中包含了他那“欲说还休”的情感调节和心理控制。

还有一点绝不可疏忽的是，词中的三个时期的“听”雨状态以“上”“中”“下”来概括，匠心十足，寓意极其深刻。“上”至“中”而“下”，色调也随之发生相应的变迁，实际上是情绪的变迁，是生活状态的变迁。这种演变，意味着饱经忧患，也饱含痛楚。

《乡愁》的中心意象不曾有“现成词”出现，可概括成一个“隔”字。此“隔”既是一个实在的时空距离，也是一个心理动作，是心理的阻隔，是突破阻隔的意愿。一个“隔”的中心意象派生出子意象：邮票、船票、坟墓、海峡。这些都是消解“隔”的外在形式，又是不断生成“隔”的内在逻辑。余光中从生活的深切体验中，将极难捕捉的乡愁情绪具象化，并实现了诗人通过意象以传达微妙情感的美妙编织。四幅画面均在“隔”中，或者说，“隔”是四幅画面的中心情节。不变的是“隔”，变的是所“隔”的内容和形式，还有心境。这种“隔”，诗人以“这头……在那头”来重复，《乡愁》四段，重复语“这头……那头”，加剧了“隔”的痛苦和无奈，也让人听出了诅咒“隔”的话外音。诗人一直无法消除的“隔”，一直被“隔”折磨而苦恼，虽然所隔的内容不同，方式不同，状态不同，而每一“隔”的缺憾程度均不同，其缺憾情绪在不断地强化，在复沓中递进与加深。

诗人将意象放置在广远的时空中展示，一生经历，半世颠沛，而意象与意象之间并置而互摄，生成了演绎性的陈述。这种类似蒙太奇的排列组合，使四个不同的时空表现出一种互相关系而又正在进行的状态，而画面与画面之间让人感觉到有着一种情韵的弥漫，一种气息的流动。而画面与画面的切换，“小时候”—“长大后”—“后来啊”—“而现在”，也是意象与意象的替代，具有引起视觉联动的功能，让人的感觉与情绪在获得显在语言支持的前提下超越了抽象的思想与词汇。笔者曾在拙著《盛唐生态诗学》里说过：“中国诗歌重视物象自身的语言，重视物象与物象之间的空间语言，重视‘唤起某种情绪’的既定语境。”[①]《乡愁》四幅画面形成了四组意象群，展现的虽然只是一时一地的片断场景，而意象与意象之间连成一体，通过特定的联想以跳接，形成了诗的艺术“留白”，形成了“唤起某种情绪”的既定语境。而意象以及画面联系之间所形成的“虚空”，则引发出无尽联觉。故而，此“虚空”并非物理意义上的没有，而是情境意义上的“潜有”。字面上“无”，乃含蕴其中之“有”，是一种意义延伸或孳生的“虚空”，具有潜在的语言内涵，绘画性效果尤其强烈。因此，实有与空有之间形成了“显在语”与“潜在语”的交响，生成了巨大的艺术容量。

二作品都是通过意象和意象化及象征手法的使用来表现情感的，于意象的摄取和变化中蕴含人生的经历和变化，形成了工整美、错综美和秩序美。“由

① 王志清《盛唐生态诗学》，北京大学出版社 2007 年版，第 182 页。

此看来，经由意象的组合，意境的营造，诗能在我们心目中唤起画面或情景，而收绘画之功。另一方面，把字句安排成节奏，激荡起韵律，诗也能产生音乐的感性，而且像乐曲一样，能够循序把我们带进它的世界。”①

五、从所采用的语言上看

《乡愁》用语，在余氏诗歌中似乎属于一个另类。余氏之诗，多磅礴之气，多铺排之势，多华彩之饰，也有缠绵悱恻的，如《等你，在雨中》《碧潭》《春天，遂想起》等，但是，实在找不到像《乡愁》诗那样纯用口语表现的。诗中“这头……在那头”的口语重复，大类民歌的体式，坦率明净，读来并不让人感到不耐烦的累赘，更非诗人的词穷。诗人有意为之，也是诗人童心萌发而来的奇特措词，具有一种孩童般的执着趣味。诗人把深切的思念和激烈的心绪，出之以简练而浅近的文字之中，使很深邃浓郁的乡愁具有了单纯美、朴拙美和丰富美。

《虞美人・听雨》词也是简笔小令，纯以白话出之，然其妙处绝非用力雕琢者所能为也。譬如第三幅画面，在词人深谙人生况味之后而心灰意冷地慨叹道：“而今听雨僧庐下，鬓已星星也。悲欢离合总无情，一任阶前、点滴到天明。”分明就是散文入词，用“也”字，表示过程和结果，看似通达实则悲辛。“一任”也是口语，虚字传神，妙不可言，和盘托出词人此时此地的特殊心境：有风雨也好，无风雨也好，已经全不在乎，事实上也无法在乎。词人似乎于“听”中渐悟，词也从感性渐至理性，并因其普遍性的意义终致耐人寻味之妙。 全词语尽而意不尽，意尽而情不尽。真可谓言近旨远，深衷浅貌，寄慨遥深。

结论：余光中《乡愁》的艺术构思源于《虞美人・听雨》，不仅结构艺术、表现手法均极其相似，其创作发生与状态也比较一致。然而，我们这样比较，并非贬低余光中，贬低他的《乡愁》，而恰恰是通过同中之异、异中之同的比较，提升《乡愁》的经典性意义。然而，毕竟一个是“黍离”之悲，而一个则

① 余光中《余光中集》（第七卷），百花文艺出版社2004年版，第560页。

是"蒹葭"之愁也。

丁芒《丁芒新诗选》评赏[①]

［按］ 乡贤丁芒与我乃忘年之交。我曾在《江海学刊》《诗刊》《文艺报》上发表过多篇评论丁芒的文章。丁芒是个很传统的诗人，具有深厚传统文化修养，且自觉从传统文化中取精用宏。苦难孕育了丁芒，其新诗沉郁而焦躁，源自其对人生和入世的异常敏感。

人生焦虑是诗人人性中最基本素质。对于诗人来说，这是一种既有积极事功的自豪感而又有复归全面人性的焦灼感的生命体验。中国的"士"的阶层自其出现时起，就以一种深刻的个体性的悲剧精神实践着对整个社会的深厚关怀，但又因为他们"参赞天地""化育万物"的社会责任感和使命感的特别自觉和执着，使他们在对于社会政治的承担中所表现出来的过程和结局大多具有悲剧色彩。诗人洞透生活真原面貌的敏感和清醒，使他们的政治社会焦虑要比一般人来得强烈，这种焦虑感似乎是永远难以终结的，而在他们为争取到人格独立与人性自足的特定环境中，这种人生焦虑就因为具体人的生存状态而发生诗性转化，转化为诗人的自恋人格情怀，转化为"舍我其谁"的以英雄自居的英雄主义精神。

考察丁芒[②]六十年的诗歌创作生涯，我们十分清晰地感受到他的人生焦虑在"自恋"状态中消长、嬗变和超越的过程。换言之，丁芒因为履践了这种"嬗变"而为我们提供了一个现代诗人的此类范型。从本质上看，丁芒的性格是忧

① 原题为《人生焦虑演衍的自恋情怀——丁芒〈丁芒新诗选〉评论》，《名作欣赏》2007年第4期。

② 丁芒，1925年生，江苏南通人，文学多面手，且擅书法，曾任由《星火燎原》编辑，离休前在江苏文艺出版社工作。朱寿桐主编《丁芒文集》（七卷本），江苏文艺出版社2001年出版。

郁的。我一直以为，忧郁对于诗人来说，是一种与生俱来而又难能可贵的禀赋。因为家道中落，慈母早丧，据丁芒回忆说：父亲时常抚摩着他的头顶颓叹，这在其人性深处种入了忧郁的种子。丁芒在纪念艾青创作五十周年写的《我是被你召唤的心灵》诗中写道：

我的父亲，曾怀着屈辱 / 用带血的语言 / 将黑沉沉的恐怖 / 遮蔽了我头上的蓝天； / 对于人生，沉重的忧虑 / 压塌了我稚嫩的双肩， / 在我少年的心上 / 我的身影踽踽独行， / 像夕阳里，走向坟茔的脚步 / 正拖曳着一个苍老的叹息。

还是在这一首诗中，诗人接着吟咏：

我还曾有过焦渴的青春， / 在黑夜的沙漠，我的嘴唇炸裂， / 发黑的血封住了我的咽喉， / 连哭泣，也是焦干焦干的。 / 我的发苦的舌尖，和 / 络满血丝的眼睛， / 一齐对着干涸的大地发愣， / 让蠕动着的潮湿的敏感 / 一再地敲击自己的神经。

以个人气质和才具看，丁芒属于诗，有很典型的诗人气质，天生有一种悯情，对人生和社会十分认真和敏感，而他又因为曾经罹受过无端的伤害，敏感而深刻地体验到人生的苦难，加剧了内心忧患。这种忧患精神致力生成的一种焦虑情绪和自恋人格，正是造成了丁芒诗歌现实性特强的深刻原因。

丁芒青少年时期的诗歌多冷色调，他在自注《孤独之歌》时说："受当时日本新诗的影响，写过一些模仿之作。"诗是这样的：

从我岑寂的掌中 / 静静流去了黄昏， / 我唱那乡愁般淡淡的旋律 / 与凄凉的孤独之歌。// 终日 / 或接吻白色之葩， / 以待那透明的少女， 呀，那窗前 / 也不会飞回那疲倦的蝶。// 这样， / 就记起了那五朵花瓣 / ——那美丽的呀！ // 灯呀！我变成了哑者。 / 于是，我对那可恋的过去风景 / 纸风船般 / 重系上苍白的涕泣！

这一首写在1943年的诗，代表了丁芒早期的诗歌创作的风格和水准，他对日本诗歌的模仿，不仅表现在意象构造和组合上，也不仅表现在语言和情调上，而是在心理上和精神气质上的深刻拍合。这一类诗歌具有一种沉郁冷漠的特征，是比较典型的"朦胧诗"，也是诗人人生处于"朦胧"状态时的一种艺术写真。这一时期诗人的许多作品都带有对生命的朦胧消费的淡淡忧伤，是一种心理恐惧和人生悲观的外在反映。这种因为人生的朦胧感而呈现在作品中的朦胧意味，在20世纪80年代的诗歌中也有很集中的反映，如《暮溪》：

随着落日逐渐消隐／云霞也熄灭了光焰，／从树梢挂下的紫烟／深深地沉进了河水。//船像行在紫云里，／浆儿像翅膀在飞，／发亮的翎毛绕不尽，／丝丝缕缕沉默的水。//不是暮色渗进来，／水不会变得这样稠；／不是浆儿固执的撩拨／那有这许多丝丝缕缕。

又比如《岸边》：

闪烁的阳光在水波上流，／淡淡的烟雾在江面上游，／你的睫毛烟一般垂下，／垂下来，掩着盈盈的双眸。//一抹青山在江边走上，软风揉着几丝杨柳，／你的眉毛山一般耸起，／耸起来，笼着浅绿的哀愁。//水沫溅起一片旋涡，手帕扬起湿红的娇羞，／我知道你在倾听声声汽笛，／好把我的呼喊藏在心头。

这些诗中深隐着一种迷惘，一种期待，一种焦躁，朦胧地感受也朦胧地传递，可视同于李商隐的"爱情"诗来读，诗人对时间的恐惧和对青春的眷念之情尤其动人。这些诗甚至是以爱情的面目出现，或者说就是爱情诗，但是表现的意蕴远非爱情的内容，超越了爱情而具有人生或其他更为深广的意义。由于心理负荷的沉重，也由于情绪纠缠的繁复，这种心理状态被繁复的意象表现出来的时候，往往是把此地与异地、现在与未来、实景与假想等不同时空里的场景交融起来，显得朦胧缥缈，含蓄蕴藉，让人领略其诗意的朦胧美。

应该说，丁芒诗歌从一开始起，就具有朦胧诗的潜质，他很善于把内心朦胧的内在图像，幻化为恍惚迷离的意象，形成了雾花镜月的缥缈美感。他后来的诗歌意绪和仪态趋向明朗化了，那是他迎合时尚而走离了自我的一种自我放逐（不知丁芒自己是否这样认为）。不过，这种朦胧而深沉的表现形式和表现状态，在他后来的诗歌创作中却时不时地表现出来。尽管丁芒在诗论中，不大主张诗的朦胧，尤其是决绝地批评诗的晦涩，但是，“他的那种象征朦胧味的诗章具有很高的开发潜质和诗学价值”①，可以这么肯定地说，丁芒诗歌中最能表现自我、最有艺术表现力、最切合诗的美学本体的，正是他的那些内在潜流的人生焦虑情绪和以自恋人格所具现出来的含蓄蕴藉的诗美形态。朱东润先生在考察《诗三百》而“窥作者之用心”，发现“大抵言乐者少而言忧者多，欢愉之趣易穷而忧伤之情无极”。这种认识，是世界一律的，雪莱就说过，“最甜美的诗歌就是那些诉说最忧伤的思想的”；凯尔纳也说，“真正的诗歌只出于深切苦恼所炽热燃烧着的人心”。因为苦难，因为苦难而激生的焦虑与忧郁的情感，而又因为这种情感以含蓄形式的诉说，丁芒诗歌中那些精品力作具有了让人玩味不尽的韵味。

人生焦虑的生成，是政治焦虑的转化，也是诗人对自身当下生存以及现存环境的一种忧患，是诗人诗观社会本位性的表现，也是丁芒诗观的核心。新时期诗人的生活内容、生存方式和生命精神发生了根本性的变化，时代对诗人内在气质和生命精神发生着深刻影响，知识分子在特定的文化生态中解放出来的生命豪情，生成了一种崭新的人生价值取向，诗人的人文关怀也由己及人了，他的“人生焦虑”扩散向四周的外物与人群，在其诗歌中反映出来的就是那种潜在的忧患思绪和情调，既有对既成事实的忧怨和悲郁，也有对未成事实的忧惧和焦虑。20 世纪最重要的思想家之一弗洛姆认为：“如果自恋者没有社会地位，甚至其孩子也会对他冷眼相看。他是微不足道的——但如果他能把自己与国家联系起来，如果他能把他个人的自恋转向国家，那么他就变得声名显赫了。如果这个人说：‘我是世界上最优秀的男人或女人，是所有人中最干净最聪明、最有能力最有知识的人；我比世界上所有的人都优越。’那么任何一个听到他说这些话的人都会感到厌恶，并认为这个人可能有点神经不正常。但当人们用同样的话来形容他们的国家时，就不会有人反对了……相反倒会被看作

① 朱寿桐主编《丁芒文集》（卷一），江苏文艺出版社 2001 年版，第 6—7 页。

是一个非常爱国的公民。”[①] 为实现集体价值而实现自我的人生焦虑，丁芒的自我关怀转化为诗人的社会关怀，高扬人道主义和英雄主义的崇高。20 世纪 70 年代末，重新歌唱以后的丁芒进入创作旺季。诗人神州履痕处处，创作了一系列的咏史怀古诗，这是诗人对千古英雄的仰慕和赞美，也是对自我才情的赏鉴和比附。为什么诗人要大量写作这样题材的诗呢？我们可以在杜勃罗留波夫的一段话里寻找到绝妙解释：“诗人的品质，一方面，取决于他的心里的诗的感情，究竟强烈到什么程度；另一方面，也取决于他究竟面向哪种对象，并且面向这种对象的哪些方面。”[②] 丁芒《苏东坡饮月》诗中吟唱道：“只要有月，就深斟一杯，殷勤浇沃一个灵性的我。”诗人是多么希望有一点点的机会，然而，丁芒又在《扬州吟》里不无失望地叹道：“呵，平山堂上莫凭栏，/空叫六代青山都到，/淮扬一部兴衰史，费沉吟，偏我无酒，怎么去酹滔滔江潮！”

苦难孕育了丁芒，在长期的失望中徘徊的丁芒，生成了寻找出路的灵魂焦躁和忧患，并转化为诗人自恋的人性饥渴。诗中表现出自我实现的本能冲动，充满了一种制约和冲决之间的张力。诗人渴望出类拔萃，渴望用武使才，渴望充分体现自己的人生价值，但是，也有一种无助、无奈的失意。命运对他太不公平了，时间对他来说又太吝啬了，在他初尝生活的蜜汁不久，就让他一个人独饮苦难。可是，他在苦难面前始终表现出一种抗争的强硬，显示出一种人格独立的尊严和彻悟。在这些诗里，诗人处处在写古人，却让人感到笔笔是写自己；在这些诗歌里，最能显示诗人的英雄主义的冲动，将作为英雄主义显著标志的以自我为中心的精神状态，以睥睨一切、置苦难艰险于不顾的冲决形象凸现出来。那些看上去并非“对应性”的描写，却常常给我们以诗人形象的暗示。诗中虽然有一种对生命异常敏感而引起的沉郁，但更多的是充满了内省和憧憬的精神超越的欣喜。诗人心中的痛苦和焦虑，因为实践以精神体验为主的生活方式，通过“转化”把注意转向自然和艺术。诗人在精神的层面上对社会文化和时代精神的感应，表现出对社会伦理价值进行积极建设的人生价值取向和人

---

① ［美］弗洛姆《弗洛伊德主义原著选辑》，车文博主编，辽宁人民出版社 1989 年版，第 564—565 页。

② ［俄］杜勃罗留波夫《杜勃罗留波夫选集》（卷一），艾未辛译，新文艺出版社 1957 年版，第 428 页。

文关怀。

别林斯基在分析拜伦诗中忧郁情绪时说："任何一个伟大诗人之所以伟大，都是因为他的痛苦和幸福的根柢深入到了社会和历史的土壤中去，要想猜破拜伦那样无限伟大诗人的忧郁诗行的谜底，首先必须猜破他所表现的那个时代的秘密。"[①] 遵循此论，去解读丁芒新时期的诗歌，我们所获得的信息就比较真实了。在理性觉醒，个体人格得以确立和独立的时代里，诗人实现自我的冲动尤其强烈。笔者在《中外诗歌精品阅读》[②] 中选丁芒的《远古的人化石》诗，这是他新时期创作中不可多得的代表作。此诗写作于1989年，诗风激越，文笔俊逸，气势充沛，很有可读性的美感，诗人以一件因为官僚主义而造成的文物损失事件为"原型"，这种在现实生活中司空见惯而又令人发指的事实，表现出文明与愚昧的冲突，新生与腐朽的肉搏，真有使人灵魂发颤的艺术力量。诗一共四个自然段，前三段的第一句都是"真叫你一场好等！""沼泽里堕进了 / 一颗失足的夕阳"，等待了不知多少个世纪，终于有了走出沼泽的可能，然而，等待着的却是另一种悲剧，万古千年的埋没变成了瞬间即刻的粉碎。诗中急切、焦躁、忧惧、沉痛、愤懑乃至诅咒等情感交织，喷薄而出，形成了一种不可遏制的强劲张力。这是诗人人生焦虑和现实状态的艺术转化，也是其"自恋"心态的真实具现。这是一首很有情感力度的抒情诗，愤怒地鞭挞了官僚主义，表现出诗人对现实的深沉忧患。因为社会关怀的心理内涵，此诗生成了巨大的时空感的理性，造成了一种历史性的深沉、忧愁的心理氛围。这首诗的诗风，是很有代表性的丁芒的个性化诗风，如果说从外在观有李白的奔放洒脱的话，那么在深层次上则是杜甫的沉郁顿挫。

丁芒是一个很传统的诗人，像他这样具有深厚传统文化修养而又能自觉地从传统文化中取精用宏的现代诗人，是很少见有的。以传统马首是瞻的丁芒，其诗学观和思维方式都是传统的。这也规范了他的诗歌操作策略也是传统的，形成了作为民族诗歌传统中最具本质特性的忧患范式和忧郁诗美的走向。他的作品不可能像我们在新时期所看到的朦胧诗乃至于后朦胧诗中所出现的切割、

① ［俄］别林斯基《别林斯基选集》（卷二），满涛译，上海译文出版社1979年版，第484页。

② 王志清编撰《中外诗歌精品阅读》，语文出版社、辽宁教育出版社2002年版。

错位和扭曲的变异，而是以沉挚之思、清新之调、激越之情构成深邃动人的意境，赋予寻常题材以非同寻常的色彩。但是，也正是因为诗人的过于“传统”，人生焦虑及其所置换的自恋情怀，导致了诗人人道关怀的理想主义的负重过度，故而，其诗歌写作的出发点与归宿便或显或隐地与社会理想关系上了，形成了社会本位性诗观，而非纯粹的“个人化”。笔者以为，真正的诗歌创作状态，不仅仅是摆脱了世俗名利的束缚，而且是从对自我的执着和失意的痛苦中超拔出来，其心灵获得不受物役的绝对自由，获得发自内心的情感喜悦。

沙白《水乡行》评赏[①]

［按］ 乡贤沙白，“文革”前就以长诗《大江东去》《递上一枚雨花石》《接班之歌》等名动诗坛。其短诗《水乡行》尤其脍炙人口。于新诗日渐边缘化之当下读《水乡行》，给我们的启迪是多方面的，而本文则着重从形式建构上说点想法。

当下新诗，越来越不称其为诗了。其他姑且不谈，就形式而言，新诗滥用了新诗应有的自由，放纵自由，太过随便，废了韵律，也无所谓节，只留下分行。因此，说中国新诗已经沦为一种文化垃圾，成了随地流淌的“口水”，似乎有点言辞过激，但是，说新诗陷入困境，失去了或正在失去越来越多的读者，则是不争的事实。

诗歌，是一种最讲究形式的语言艺术。没有形式，就没有诗歌，或者说没有好诗歌。诗歌的特殊性，主要就表现在形式上。新诗亦然。

中国的古诗不分行，也不加标点，而且竖排，但都是韵文，是有体式的，从《诗经》到楚辞，再到《古诗十九首》，再到乐府歌行，进而到近体诗，复

---

① 原题为《新诗如何建有体式——沙白短诗〈水乡行〉评论》，《中国诗人》2014年第1期。

有宋词元曲。

外国的诗，也是有体式的。著名翻译家周煦良曾经在发表的《谈谈翻译诗的几个问题》里说：“我觉得译诗时不要把原诗的格律看作是那样神圣不可侵犯似的。我一直主张诗要有格律，有格律才便于吟诵，便于记忆，但不一定非是某一种格律不可，不一定原诗是四音步句就不能译成三音组句，或者扩充为五音组句。”[①]这讲的是翻译的灵活性，但这种灵活性则是以遵循外国诗格律的原则性为前提的。

新诗模仿西方的诗歌起步时，也是有形式的，除了分行外，还讲音步，讲分节，还押韵。草创时期的中国新诗，汲取了西方诗的诸多要素，譬如分节的体式，新诗常见的分节体式是二分节和四分节。新诗的鼻祖胡适，其诗仿欧诗，也仿中国古典诗。另一个代表人物郭沫若，主要是仿惠特曼体，同时也将传统诗词的形式格律化入其中。

进入新时期，新诗的“败家子”们诗坛得势，新诗迅速地异化。在这种存心或无心的新诗颠覆中，诗不像诗，甚至不是诗。至少说，诗歌已经不是一种让人喜闻乐见的形式了。

形式问题，对于新诗来说，是个性命攸关的问题。伟人毛泽东不看好新诗，说新诗“几十年来，讫无成功”，也主要是冲其形式而言的，认为新诗太散漫，记不住，不成形。既然是诗，就必须有一个约定俗成的、为广大诗人自觉遵守的“规则”。反言之，新诗缘何逐渐边缘化，可能有诸多的原因，而其中一个很重要的原因就是至今尚无一定的合适的形式。

中国新诗欲何往？中国新诗怎样才能走出低谷而不至于走向末路？这是所有的真正的诗人与责任感强的诗歌理论家们所需要认真反思与积极作为的。我们以为，新诗的当务之急是新诗体式的建构，就是让新诗有个节制，让新诗自觉遵守诗的规矩而像诗。新诗发展的百年历史中，出现过几次关于新诗体式建设的小高潮。“首先在理论上提出现代格律诗的是学者兼诗人闻一多先生，与他同时在创作实践中作出了努力的有徐志摩、朱湘等人。……毫无疑问，这种

① 周煦良《谈谈翻译诗的几个问题》，《外国语》1980年第2期，第24页。

努力没有成功。”[①] 这种努力没有成功，并不意味着新诗体的建设上无须作为，更不说明新诗体的建设注定不能成功。闻一多、朱湘、何其芳、林庚这些新诗体建设上的先行者，他们用于新诗体建设上的精力与努力没有白费，而为新诗体建设走向成功提供了非常宝贵的经验。而且，新诗自身的发展，也为新诗的形式建设提供了不少可资效用的范本。

著名诗人沙白有一首短诗叫《水乡行》，这首新时代的山水田园诗，一经问世就不胫而走，至今依然脍炙人口。但凡接触过这首短诗的人，总会轻易地在脑海里留下深刻的印记而经久不灭。这也许就是著名学者、诗人林庚先生所说的“自然诗”。是相对于“自由诗”而言的。二十一世纪，此诗被选入不少省市的中小学课本。笔者的《阅读一典通：中外诗歌精品阅读》[②]，选诗一百首，所选百分之九十都是各国、各个时期的诗歌名作，也选了沙白《水乡行》[③]。

水乡的路，/ 水云铺。/ 进庄出庄，/ 一把橹。/ 鱼网作门帘，/ 挂满树；/ 走近才见，/ 几户人家住。/ 要找人，/ 稻海深处；/ 一步步，/ 踏停蛙鼓……/ 蛙声住，/ 水上起暮雾；/ 儿童解揽送客，/ 一手好橹。

《水乡行》是诗的形质兼具的纯粹的诗，诗情盎然，画意充沛，音韵和谐优美。诗人的思想于其中自由进出、流淌、飞翔，生动展示了一幅幅宁静恬美、秀丽淡雅的江南水乡图，表现了江南的自然美和江南人的人性美。这首诗之所以特别成功，与其形式密切相关。我们想主要就此诗的形式，谈几点关于建设新诗体的看法。

① 刘再复、楼肇明《关于新诗艺术形式问题的质疑》，转引自杨匡汉、刘福春《中国现代诗论》，花城出版社 1985 年版，第 236 页。

② 王志清编撰《阅读一典通：中外诗歌精品阅读》，辽宁教育出版社、语文出版社 2002 年版。

③ 沙白《沙白诗选》，上海文艺出版社 2009 年版，第 19 页。《水乡行》有的版本是五节。

一、语言的节制

诗歌是语言之花，是语言中的语言。诗歌语言最重要的特点是精练与含蓄。从某种意义上说，精练与含蓄，也是诗人之所以成为诗人的语言自觉。换言之，是否节制，乃诗人是否成熟的一个重要标志。西晋以来，文人诗过度雅化，语言繁褥典奥，排偶深密复沓。在这种创作背景下，沈约提出了诗体建设主张，颜之推《颜氏家训》说："沈隐侯曰：文章当从三易。易见事，一也；易识字，二也；易读诵，三也。"此"三易"说，涉及诗歌构成的四个基本要素：声律、对仗、用事和用语。这就是讲求诗歌的节制。以语言而论，从谢灵运逞才式的铺张随意而不加节制，到谢朓的相对节制而自觉规矩，是中国古代诗歌从古体到近体的一个重要阶段。

从语言上看，或者说从沙白《水乡行》的"节制"看，形象地反映了诗人的诗美观，也反映了诗人语言高度娴熟的控制力。全诗 4 节，每节 4 行，仅 63 个字，极其省俭，也极其精致。笔者曾经在诗选的简评中说："《水乡行》是一首现代田园诗名作，纯用白描手法，极其洗练，也很含蓄，诗以'行'来构思画面，以事带景，景与事交织，节调明丽，轻灵秀润，具有浓厚的词曲味。"[①]

《水乡行》中几乎找不到一个闲字，字字珠玑的精粹，突出体现了诗歌语言一言胜人千百的精粹性特点。《水乡行》以"行"来构思访问水乡的见闻，写得极其精练而形象，略去了很多的平庸诗歌中需要喋喋不休地叙述的内容，譬如水乡农忙是一种怎样的景象？访客何事来访，访到了什么？访客一天寻访而暮归有什么收获？没有一点多余的交代。原本可以大写特写的"行"的过程与内容，却凝练为 63 个字的诗，语言极其省净，达到了惜墨如金的节制。

《水乡行》含蓄委婉，表达极其艺术，诗人的情意不是直接表达出来的。孙犁《秀露集·进修二题》："所谓含蓄，就是不要一泻无遗，不要节外生枝，不要累赘琐碎，要有剪裁，要给读者留有思考的余地。"孙犁是就散文说的，新诗更应该如此。委婉隽永，耐人寻味，这也是考量一首诗，是诗还是非诗的重要标尺。《水乡行》63 个字，让人思而得之的思考余地很阔绰，形成了很

① 王志清编撰《阅读一典通：中外诗歌精品阅读》，辽宁教育出版社、语文出版社 2002 年版，第 16 页。

大的需要读者借助想象来完成的想象空间，农忙季节，水乡农忙，息渔收稻，稻熟鱼肥，环境优美而和谐，乡民忙碌而和乐……短短 63 个字，却让人读出了丰盈的内容和丰厚的内涵，语言隽永而不失明朗。

没有什么文学样式比诗还要讲究凝练与提纯的过程。诗的语言最需要提炼，提纯和浓缩，而如同马雅可夫斯基所说的，在铀矿里提炼镭。沙白的语言炉火纯青，且得精心锻铸，追求语言的通畅易晓，注重表达和理解上的无隔，形成了以清新见长的语言风格，使人看不出其历练而好像是脱口而出，如同盛唐诗，好像毫不费力地写来，纯任自然，是一种天籁之音，既深入浅出，又风华秀丽。在诗歌语言严重污染的当下，我们尤其呼吁诗歌语言的节制，克服诗歌语言没有节奏，铺张拖沓；或者随心所欲，肮脏浅薄；或者不加提炼，低俗涂鸦。

二、韵律的讲究

《水乡行》韵用《诗韵新编十三辙》中的“姑苏”，基本的格式是一二四句押韵，也有二三四句押韵的，如“要找人，/ 稻海深处；/ 一步步，踏停蛙鼓……”。全诗一韵到底，韵脚：路、铺、撸、树、住、处、步、鼓、住、雾、撸。诗人的选韵，当然是与其诗中的语词意象有关，也考虑到情感发抒与诗歌本身的节律。《水乡行》以“行”来构思全篇，晨出而暮归，先撸后步而后再撸的行进和行踪，用韵考虑到“行”的韵律，强化了“一步步”的节奏感，以“行”的音响以凸显“行”的形象。

妙在诗人韵用仄声，同时又配用短句，将语言内涵与外延的表现力发挥到极致。诗人将本来是一行的句子，一分为二，如第一二节，两行七字句，分成四行排列：“水乡的路，/ 水云铺。/ 进庄出庄，/ 一把撸”；又如第三节的“走近才见，/ 几户人家住”。这种断句，绝非当下故弄玄虚的那种，乱断句，不标点，与情感、内容无关。沙白先生深受宋词的影响，押仄声韵，以三五字的短句为主，短句，密韵，顺口，节律跳跃，欢快流畅，强化了诗的旋律美。尤其妙不可言的是，精练的语言、密切的韵脚、短促的句式，服从诗的内容，应和了水乡的自然节律与丰收的喜悦情绪，形成了饱满的诗意，也充分表现了美好生活的主题。

沙白先生精致地使用了新诗的自由，把握现代生活语言中全新的节奏，借鉴了中国民族诗歌节奏的有益经验。他根据韵律与情感的需要，循规蹈矩，苛细合律，用韵与断句，极其讲究，也独具匠心，似乎是刻意寻求语言的断裂与分割，意在形成语言的张力组合，生成了想象的暗示，在产生的深远的意义空间中，让读者获得一种参与创造的喜悦与快感。

三、意象的经营

意象，是山水诗完全成熟而出现的一种诗歌表现，即诗人心中之意，合于自然界的象而浑然为一。因此，意象，不能简单等同于摄入诗中的自然外物；意象也不等同于具象这些外物的语言。意象是诗的语言，是那种能够唤起鲜明的美的感官形象、能够引起丰富的联想的诗的语言。意象的经营，即为了使诗歌的语言变成为表现性的，不是再现性和叙述性的。意象的经营，主要表现在意象的选择与组合上。

《水乡行》紧扣水乡，突出水乡的网、撸、蛙和水乡的特点，诗中出现了的水、云、路、橹、鱼网、树、稻海、蛙鼓、暮雾、儿童、解缆等诸多物象，没有一点点外在的修饰性描写；而这些物象，则又纯粹是自然的排列。然而，细加玩味就会发现，诗人摄入物象的精心与匠心，诗中选择富有乐感（蛙鼓）、光感（云水、暮雾）、动感（解缆送客一把撸）的语词进行组合，形成叠加，以语言所特有的强烈乐感，和语词上的能指弹性，物象与物象之间的关系形成了组合的留空，相映生趣，形成了声色、隐显、动静、虚实的诗中之画。沙白所展示的是动态的画，是唐人“松下问童子”的意境，这是王维的《山居秋暝》的“空”景，让我们看到了从传统诗词中“化”出的影响。

美是有内涵的形态。作为诗歌的美，更加需要内涵。而诗的这种哲思内涵，又不能是简单地以思辨的形式出现，更不能出以解说的语态，而应该渗透在形象中，交融于诗歌的意象与意境的熔铸中。《水乡行》中诗人通过意象的经营，水天一色，云缈水深，自然景象中贯穿了思想趣尚，诚如普列汉诺夫所说：“在社会发展的各个不同时代。人从自然界获得各种不同的印象，因为他是用各种不同的观点来观察自然的”。（普列汉诺夫《论艺术》）《水乡行》以访客的“行”为线索，完成了从早到暮的时空转换，访客找人，走入稻海深处，意因景起，境随意生，形成了具有丰富内涵的画面，形成了具有饱满的诗意的形象。景，是各适其所的芳洁的景；人，是自由而幸福的劳作的人。此诗情绪豪迈而乐观，是具有歌颂性的正能量的精神感染。

沙白《水乡行》，是中国新诗的艺术精品，是新诗体的一种经典范式，这给我们的启发是多方面的：

启发之一：新诗写作的诗人们，也应该有点传统诗词的根基。写出精致而优美的新诗来的诗人，则往往是古代文学学养深厚的人。

启发之二：《水乡行》传诵了半个世纪，在传诵上也并不比传统诗逊色。新诗完全可以汲取传统诗词，或者是“模仿”乃至“移植”，来创建一种新诗的格，并且获得很大的成功。

启发之三：自由诗，就是要精致地使用自由。新诗要能够蓬勃发展，要能够取悦和争取更多的读者，必须要具有一定的诗格。

著名的学者、诗人林庚在写诗之余，更注重探讨新诗的普遍形式。他的多卷本文集中第一卷出版的《问路集》，就是新诗探索的专著。他非常明确地说：“形式的普遍就是形式的解放，于是表现才能深入浅出，大量流传的诗句所具有的远过于散文的明朗性，是很难由没有形式的诗篇写出来的。”[①]因为有了普遍的形式，诗歌就能广泛地流传，流传就证明了诗的明朗性。他认为新诗要获得这种明朗性，就必须有普遍流行的诗歌形式。以此衡量，《水乡行》是典范的，但不是唯一的。在百年新诗创作中，出现过不少经典力作，出现了一些可以用来作为一种新诗体式的“范式”，我们如果在此基础上，也抽象或制订成几点规则，久而久之，便可以形成数种或十数种新诗的基本形式。譬如我们还可以有徐志摩格、戴望舒格、何其芳格、闻捷格、田间格、贺敬之格，等等。这些所谓的“格”，仿照宋词的做法，而约定俗成出几种或几十种新诗的体式。宋词的“格”（词牌）近千个，其实常用的也就是十几个，或者几十个。我们约定俗成出一批新诗的格，而在各种“格”的试作中，逐渐完善，去粗存精，去劣存优，最终形成新诗的诗体，形成一种比较科学的、可以为广大诗人所接收的、为诗人所乐用而为读者所乐见的新诗体。

---

① 林庚《林庚诗文集》，清华大学出版社 2005 年版，第 101 页。

“五四”以来，但凡提到诗歌的格律化，就有一种警觉，是否想再让诗歌戴上“镣铐”？新诗要在一定的体式束缚中寻得自由，要能够精致地享受和使用自由。所有的诗，都有一个自由与制约的形式问题。鲁迅先生说，革命不是为了使人死，而是为了使人活。因为要活，而且要活得更好，才去革命的。超越形式，不是不要形式；追求自由，不是践踏自由；践踏自由的自由，不是真正的自由。新诗设置一定的让诗人们共同遵守的规则，即建设新诗的体式，让诗人们的书写有一定的制约，是为了使新诗成其为诗，使新诗书写者成其为真正的诗人，更有利于诗人展示其挑战语言极限的创造才华。

新诗无论怎样发展，形式是必须的。中国的新诗，必须有中国新诗的形式。

林子《给他》评赏①

［按］ 20世纪50年代开始，林子就大胆采用十四行体写作爱情诗，后以《给他》为题在《诗刊》发表爱情组诗。林子的爱情诗最能感人至深的是其描写爱情饥渴煎熬的真实。其诗深受白朗宁夫人的影响。隐喻与象征的妙用，拓展了诗的艺术张力和表现内涵。

新时期的爱情诗，写得像林子那样具有久远魅力的还真不多。《给他》②，是林子的爱情诗代表作，曾获得中国诗歌最高奖，也为林子赢得了“中国的白朗宁夫人”的美誉。去香港参加一个创作会议，林子很认真地赠我一本装订齐整的《给他》复印本。《给他》在内地和香港一版再版，可是市场上早已脱销，

---

① 原题为《美丽的林子美丽的〈给他〉》，《当代诗坛诗学季刊》（香港）2002年第4期，收入《香港作家作品研究》（第三卷），香港文学报社出版公司2005年版。

② 林子《给他》，上海文艺出版社1985年版，第一辑创作于1952年至1959年，第二辑创作于1978年至1984年。组诗《给他》（十一首）曾经发表于1980年1月号的《诗刊》。1981年荣获《诗刊》“1979—1980年全国中青年诗人优秀诗作奖”。

连林子赠书都只好复印了。

爱情是诗的母题，恩格斯在《费尔巴哈与古典哲学的终结》中指出："至于说到性爱，那么它在最近八百年间已获得这样大的意义和这样高的地位，以至它已成为一切诗歌都环绕旋转的轴心了。"[①] 中国爱情诗更有其悠远的历史，三千年前《诗三百》里男欢女爱的歌唱就占了很大的比例。林子[②]，似乎非常适合写作爱情诗。林子天生丽质，而又一直从事诗歌方面的工作。也许生活在爱情中的人真的不易老，即使知道了林子的真实年龄，你还是怀疑自己的眼睛。用她自己的话说，爱情是精神上的荷尔蒙。林子性情率真质直，热切诚挚，很有诗人气质，这使她的诗情有了一个比较好的"爆发力"。

林子赠我的《给他》，是香港的版本，其中有两辑，第一辑 50 首写作于 1958 年前后，第二辑 34 首写作于 1978 至 1983 年，都是以十四行的形式直接对她的那个"他"的爱情独语，真实而美丽地具现了她内心世界隐秘的情感历程。但是，又因为是诗，就肯定要超脱一般性情书的局限，必须对"个我"做诗性的提升，林子具有诗的意识，她说："我的心的港口，系着所有相识者和不相识者的命运。"因此，她以诗的提纯而使情诗获得比较普泛性的感情，争取到了尽可能多的读者，让苦恋着的、苦恋过了的或还没有经历过苦恋的人，在心性和情感上做出呼应和拍合。林子幸福地唱道：

> 所有扭捏和胆怯的诗篇，/ 对你，都不适合；/ 你掠去了我的爱情，/ 像一个天生的主人，一把烈火！ / 从我们相识的那天起，/ 你的眼睛就笔直地望着我，/ 那样深深地留在我的心里，/ 宣告了你永久的占领——/ 像在说："世界为我准备了你！"/ 而我却无法对你说"不"，/ 除非存心撕碎了自己的心……/ 我们从来用不着海誓山盟，如果 / 谁竟想得起来怀疑这样的爱情，/ 那么，世上再没有什么能使人相信！（之三）

---

① ［德］恩格斯《费尔巴哈与古典哲学的终结》，《马克思恩格斯选集》（第四卷），人民出版社 1975 年版，第 229 页。

② 林子，原名赵秉筠，祖籍江苏泰兴，1935 年出生于昆明，1956 年云南大学中文系毕业后，即分配到《新港》文学月刊当诗歌编辑，后来调至哈尔滨。

哦，我能爱你，就是幸福！/多么庆幸，我的初恋——像一条肥美的鱼儿，曾经/自由自在地寻觅食物，/却被你的眼睛牢牢钓住。/从此，它得到了永恒的归宿，/不必再到处漂游，时时浮到/水面上，为了那一口清新的空气；/或是，钻进水草深处/去咀嚼那寂寞的孤独。/呵，我心里注满了你的一切，/像一条涨水的小河，它学会了/唱这支甜美的歌，因为/我能爱你，就是幸福……（之八）

这两首诗都有很好的构思，一个中心意象派生出与此相关的几个子意象来，意象与意象之间自然瓜葛，而且富于变化，构成了一个象征性的时空整体。虽然是有对象有目的有背景的抒发，但因为是诗，其中的“我”就已经不是我，而“他”也不再是他了，而是我们，是爱着的人，属于曾经爱过、正在爱着和将来有爱的人，读来真让我们心旌摇曳，万念俱美。

二十世纪六七十年代，爱情还是文学的禁地，爱情诗与诗样美丽的感情同样干瘪。诗歌是感情的宠儿，爱情诗尤其需要有十分饱满的感情，而这种感情的获得，首先要具备情感上“饥渴”的条件。从爱情心理学和文艺美学的角度考察，爱情上的饥渴，是情感上最甜蜜而又最痛苦的煎熬，是生命处于一种特别意义的亢奋。热爱着的人，本来就已经具有了诗人的部分素质，这种情感最容易激活联想，激活想象，甚至激活幻觉，让沉浸其中的幸福者进入如醉如痴的迷狂状态。情诗最适合也最容易在这种情感中受孕和发育。《诗经·曹风·候人》：“荟兮蔚兮，南山朝跻。婉兮娈兮，季女斯饥。”南山的云蒸霞蔚的美景，引发了对“季女”的渴念。闻一多先生认为“季女”是娇小可爱的情人，她因为不能跟在服役的情郎身边，在家忍受着情感的饥渴。因此，只要自然界一有风吹草动的信息，都能引起他们某种精神意志上同型同构的感应和共鸣。林子是很具备这样的引发“饥渴”的外在条件的。第一辑里的作品就是林子爱情“饥渴”的产物。当时，她与她的那个“他”天各一方，长达八年的海北天南的苦恋，刻骨铭心的爱的折磨，成为林子情感上的一笔财富，也成为她诗歌创作中的直接营养。林子抑制住满心欢喜的激动而平静地写道：

打开了冬天封闭的窗户，/让春天流进这间小屋；/拂去了桌椅上看不见的灰尘，/准备好你来这里居住。/心爱的诗集列队以待，/它将会为我把心事倾诉；/ 列维坦的《森林》梦一般迷人，/ 等待着我俩携手去漫步……/ 穿上了精心缝制的衣裳，/ 那颜色像玫瑰花儿一样；/ 扎上了金光闪闪的发带，/ 打扮得好像一位新娘……/ 哦，你就要来到我的身边，/ 心啊，张开了颤栗的翅膀……（之二十四）

当我看见你的时候，/ 爱人呵，我将站立在月台上；/ 车厢上蒙着远道的尘土，/ 却遮不住你脸上洋溢的幸福。/ 多少次梦中会来过这里，/ 嘈杂的车站却一片空寂……/ 多少回电报送来意外的失望，/ 爱情在繁忙的工作面前步步退让；/ 推迟了的会见像陈年的美酒，/ 时间愈长，滋味愈是醇厚。/ 当我终于接到你的时候，/ 我却一句话也没有……只有 / 一双热烈地望着你的眼睛，/ 你从那里面读到了什么？！（之二十六）

爱情诗最难写的也就是很怕赤裸裸的宣泄的泛滥，比较一般的写法就是用比喻用夸张用排比直通通地表现两情之爱。这两首诗都设计了一个小情境，都追求的是此处无声胜有声的效果。在听腻了“我爱你呀我爱你”之类的直白呼告之后，再一听这样的唱叹，真有如闻空谷足音的清新，诗人外倾型性格而内向化，趋向意象化，超越了放言直抒的模式，加大了思想情感的容量，外表愈是温婉平静，而愈能让人体感到热烈和激越，很有玩味的暗示和启迪。

爱着的人实在是世界上最富有的人，林子很有爱的满足感。因为这种满足感，她的爱情诗便不失诸枯槁和苍白。也因为这种满足感，使她不需要借助于猥琐的粗俗和肉麻的矫情来迎合低级趣味。美学老人黑格尔认为，诗的“出发点就是诗人的内心和灵魂，较具体地说，就是他的具体情调和情境”[①]。诗的内容，在某种意义上说就是诗人的心灵本身，是灵魂与外部世界的真实而超验性的遇合。林子爱情诗最能感人至深的还在于其情感的真实，是爱情“饥渴”煎熬的真实。因此，比较《给他》中的第一、二两辑，笔者更偏爱第一辑。写作第二辑的时候，林子已过不惑之年了。并不是说这个年龄的人就不能或者不适合写作爱情诗了，只要有真“饥渴”的感动，我以为，八十岁的人也能写出

① ［德］黑格尔《美学》（第三卷），商务印书馆 1981 年版，第 192 页。

很好的爱情诗，著名学者、作家梁实秋就是一个很典型的范例。比较而言，林子已经没有那种刻骨铭心的苦恋所引发的大感动了，没有那种“具体情调和情境”，其诗的质量势必不能与有这样感动的时候比了。相对地讲，这个时期的作品比较概念化，空泛的比喻多了。虽然其中也不乏好诗和好句子，终不如第一辑那样的饱满和洒脱。这从另一方面说明，爱情诗真是太需要大悲苦、大欢乐的情感“饥渴”了。

林子的爱情诗深受白朗宁夫人抒情诗的影响，从其诗中可见出这种印痕，她在创作谈类的文字中也有这样的说明，但是，毕竟是林子，是她自己爱情体验的很有个性的艺术形态，现在回过头来看林子，听她的爱情独白，而有情感上的拍合，特别是有不少艺术上的启迪，这正说明林子爱情诗的魅力。林子离古稀之年已为时不远，但她不仅有个年轻美丽的外貌，而且有着年轻美丽的心理状态，她一定还会有更加年轻而美丽的爱情诗奉献于世的。我坚信。

孙重贵《歌者无疆》评赏[①]

［按］《歌者无疆》最具特色、也最有价值的是强烈而执着的实验精神。诗人常常把那些具有时代性的日常生活图景，融入个人的生命体验，注进诗人深邃的哲思，交会刚柔的美学趣味，多用白描手法以创造澄明的诗化之境，表现为健朗浑涵、率真晓畅的风格特征。

我坚信我的第一印象：孙重贵是一个不安分的人。

寻寻觅觅劳劳碌碌孜孜兀兀切切，一袭背囊，斜背相机，仿佛始终是那寻寻觅觅的神情，仿佛对什么都感兴趣而又随便在什么里面随时寻觅出一些美来的样子。

我们相识在冬季，因为在深圳同台领奖。虽然十多个年头过去了，重贵

① 孙重贵《歌者无疆》，名人出版社 2009 年 10 月版，此为书序。此序曾以《强烈而执着的诗歌实验精神》为题，在台湾《葡萄园诗刊》2010 年秋季号发表。

兄在我记忆深处刻录下了的第一次见面的印象依然十分牢靠而光鲜。提起重贵兄，便直让我往李谪仙身上想。我不是说孙重贵已经具有李白那样的创造力，也不敢说他的诗歌达到了李白那样的高度和地位，但有一点他与李白极其相似，那就是孙先生酷似那个流着胡人血的李白那样喜欢到处行走，“五岳寻仙不辞远，一生好入名山游”。重贵兄习惯行走，乐于行走，也不知疲倦地行走与行吟。看来，李白那老兄所走的地方肯定没有重贵兄多，偌大一个共和国的版图，他没有到过的省份还真的没有多少呢。

重贵兄热情豪爽，好客健谈，长通于方，左右具宜。第一次见面我们就同寝一室。21世纪我自香港领奖回归，又承蒙他在深圳迎洽，我们又同寝一室。与他在一起，总有说不完的话，喋喋不休的，似乎不大在意你愿意不愿意的感受，谈得最多的肯定是诗。

重贵兄是一个艺术的多面手，他兼诗人、作家、摄影家、旅行家、编辑出版家、客座教授于一身，还有“香港寓言王”“香港诗侠”“当代香港徐霞客”的美称。他已经出版个人专著20多本，曾获香港的文学诗组冠军及散文诗、散文、小说、剧本等领域很多奖项。他还常常沟通其他艺术门类，采用文学与摄影联姻的方式而不断在文坛引起震荡。我曾经为他的散文诗做了“全面视镜”的观照，他于2001年出版了一本专著《约会香港》，被誉为香港第一本“以散文诗的笔法解读散文诗”的著作。因为是相得益彰、珠联璧合的联姻，至今仍然盛誉连连。

虽然孙先生所擅甚多，然而，他本质上是诗人，他最让我有好感的也是他的诗人气质和他具有诗人气质的诗。他对诗的渴爱，使他成为一个执着的朝圣者，一个长此不倦且没完没了的寻觅者和发现者。如今，重贵兄又有新诗集即将付梓，他从香港维多利亚港打来长途，希望我能够有一个书序。我在最近为王美春先生的文学评论集写序中说到，写序最好是欣赏与被欣赏的关系。我在这里仍然要宣传这一观点。我与孙重贵先生也可算这层关系吧？于是，我不揣浅陋而恭敬不如从命焉。

《歌者无疆》共十二辑，包括了他的纪实诗、致赠诗、生态诗、爱情诗、叙事诗、科学诗、哲理诗、讽刺诗、财经诗、品艺诗等，是一阕多声部的宏阔交响。崔国发评论称“他是一名多声部演奏的诗人音乐家，慷慨吐新音，明晓出天然”。

虽然孙先生的诗歌体裁是多方面的，写作形式和主旨也是多样态的，然而，其本质上是行吟的，是游历性的，他在诗集中反复比喻说："我是一条城市的鱼"，"我是一只山水间的鸟"。正因为其游历的特点，其诗多音乐的节律，多行歌的乐美，是诗中有画、诗中有乐的一种。

我一直以为：以浅近的语言表达最深邃而最丰赡的诗意，才是最好的诗。这也是我之所以投身盛唐诗歌研究的原因，只有盛唐诗歌才有这样的魔力和魅力。明人胡应麟《诗薮·内篇·卷二》在讨论东汉末年时的《古诗十九首》说："蓄神奇于温厚，寓感怆于和平；意愈浅愈深，词愈近愈远，篇不可句摘，句不可字求。"此论道出了诗歌独具一种持久魅力的真谛。我欣赏孙重贵先生的诗歌，不在于其诗有多少"诗意的先锋性"，相反倒是他的诗歌具有一种没有让人费解的平易朴质，不是故作高深而佶屈聱牙的那类。他多写心灵的感受，运用喜忧交错的笔法，写出了关怀祖国和人民命运的诗人丰富复杂的内心世界，追求"闳其中而肆其外"的表述形态和效果。

也许笔者真是一个传统诗学的卫道士，我在论诗时是极重诗人和诗中的"情性"的。人是"有心之器"（刘勰语）。诗歌作为人心活动的外化，其存在的价值意义，即在于其成为能够体现"天地之心"的载体。庄子说：人生的最高目标在于"原天地之美而达万物之理"。重贵兄得山水之滋润，养天地之灵秀，生造物之神巧，以人之精神合山水之精神，并与天地之性情、精神相通相合矣。诚如清人朱庭珍《筱园诗话》："夫文贵有内心，诗家亦然，而于山水尤要。盖有内心，则不惟写山水之形胜，并传山水之性情，兼得山水之精神，探天根而入月窟，冥契真诠，立跻圣域矣。"[①]窃以为，有了情性的诗歌，才会形成鲜明的艺术个性，也才有接脉读者心灵的通道。

诚然，并非我不看重诗歌的艺术元素。艺术表现能力的高下，绝对是与诗歌深度和美度成正比的。诗歌的文学含量，不仅仅是诗歌的形式问题，还是诗歌的具体内容，是气息、品格和精神，是拨动读者心弦的技巧，是其赖以高翔的翅膀。读《歌者无疆》，最让我感动的是重贵兄强烈而执着的实验精神，可以说迄今为止，还真没有看到有一个诗人在诗歌创作上有这么广阔的实验。

① 郭绍虞选编《清诗话续编》（下），上海古籍出版社1983年版，第2344页。

也正因为他的艺术追求和实验，他的新时代的艺术感觉愈发敏锐，他的诗歌触角也特别尖锐，他遇合和表现新事物时的视角因此而显得更加独到和新颖。他常常把那些具有时代性的日常生活图景，融入个人的生命体验，灌注进诗人深邃的哲思，交会了刚与柔的美学趣味，多用白描手法以创造澄明的诗化之境，既有香港的生活气息和浓厚的本土意识，又描摹出体现时代特色的世风民情，表现为健朗浑涵、率真晓畅的风格特征。

真佩服孙重贵先生的诗歌实验精神和艺术创造力，在其《歌者无疆》新版时奉上笔者对其人其诗的印象，不知道如斯表达是否就是序了。

《中国诗歌地理：香港九人诗选》评赏[①]

［按］ 《香港九人诗选》虽然风格各异，水平参差，却集中反映了香港当下诗歌创作的实力与境况，也反映了港人诗观。九个诗人同列，人与人的背景各异，诗也琳琅各别，诗评不易为之矣。

我一直在追问：何谓诗？诗何为？凭我对诗的认识，诗应该是一种心智之美，或者说是一种美的心智，是心灵的灵性之花，是圣洁的灵魂之舞。为《中国诗歌地理：香港九人诗选》写序，是一件极其愉悦的事情，让我欣赏香港诗人的灵魂舞蹈，徜徉于诗歌的花市，沉浸于友谊的海洋。

翻开了孙重贵主编的《中国诗歌地理：香港九人诗选》。集子中九个诗人，除了廖书兰外，其余我都熟悉，我还专门为其中三四个写过评论。读其诗，想其人，其声息笑貌尽在目前，回忆起在香港与他们洽会的那些日子。我对灯红酒绿香港的好感，有很大的成分就是因为那里有一群我很熟悉的诗人，那里是一片诗的乐土。香港，弹丸之地，然则诗人不少，没有选入九人集的还有不少

---

① 孙重贵主编《中国诗歌地理：香港九人诗选》，名人出版社 2013 年版，后发表于香港《文艺报》。

很著名的诗人如犁青、蓝海文、林子、梦如、夏马、钟子美、张继征等，我都熟悉，都有过比较多的接触。

香港这个繁华的国际化大都市，因为过去百年间受西方文化影响甚深，形成了“中西合璧”的独特文化。1997 年之后，香港依然是中西方文化交融的前沿。香港文化相对自由，而且具有很特殊的“流动性”，具有特殊的流动型文化的特征。诗人是文化的，诗人首先应该是某种文化的某种表征，因此，《中国诗歌地理》从地理的角度扫描中国诗界，也是从诗的视角来认识香港文化。研究诗歌的学者都知道，文化对诗人的影响是极其深刻的。中国古代诗人的创作“地理”，譬如中原文化、齐鲁文化、吴越文化、巴蜀文化等，文化背景与文化底蕴对诗人气质的生成以及诗歌风格的形成有决定性的作用。李白的好友兼粉丝魏颢就认为，李白的奇特人格精神与诗歌，与巴蜀水土是分不开的。巴蜀之地，非正统化倾向明显，故多产奇异之人，所谓“无闻则已，闻则杰出”（魏颢《李翰林集序》）。

法国批评家丹纳有段著名的论断：“要了解作品，这里比别的场合更需要研究制造作品的民族，启发作品的风俗习惯，产生作品的环境。”[①] 地理环境对诗人的影响是极其深刻的，虽然不能说有什么样的文化，就有什么样的诗人。但是，诗人的文化背景，则规范和引导了诗人的趣味和取向。人道是“一方水土养一方人”。这“水土”，即可以视为文化的喻象。在一个诗人身上或在一个诗人的诗歌里，更能够反映某种文化孕育和诱发的效应。譬如香港的水土，孕育了香港的诗歌。以所选九位诗人为例。一般而言，香港人与内地人相比，接受西方文化的可能性和自觉性就更大一点；一般而言，香港土生土长的年轻人，与中年后才从内地移居过去的人相比，对西方流行文化的接受就相对敏锐些。考察这九位诗人的文化背景，从出生地看，有香港土生土长的，有中年后才移居香港的，同样是移居的也有来自内地或台湾之分，同样是内地来的也有南方和北方之分；从性别看，六男三女，男性比例大些；从年龄看，超过六十的有四人，最年轻的也是四十开外的中年人；从职业看，几乎都是文化、教育工作者；从学历看，都在大学本科以上，还有两三个博士。因为诗人的籍

① ［法］丹纳《艺术哲学》，傅雷译，人民文学出版社 1986 年版，第 242 页。

贯、出生、学历和活动区域等这些元素的差异，形成了这九个诗人诗歌的千差万别。根据这些差异，九诗人分为两种类型：

一类是传统型，如张诗剑、蔡丽双、孙重贵、向磊、春华，年龄偏大，诗歌也相对明朗而深情，慷慨直抒，重视诗歌的社会意义与责任承担。

一类是现代型，如廖书兰、秀实、秦岛、文榕，年龄在四十以上，诗歌的理念与形式略带西化成分，重象征和暗示，曲婉迷蒙，观念比较开放，书写也比较开张。

虽说是两大类别，同样是传统写法的和同样是现代写法，也都还是具有细微差别的。然而，这九诗人作品有个共同的地方，就是都“根”生于传统，都有个中华文化的“根”。这也是孙重贵先生为什么选择将此九个人编成一本的原因吧。

别林斯基说：“诗情的灵感是大自然创造力的反射。……诗人的天才越高，他就越能深刻而广泛地拥抱大自然，越能有效地在最高的因缘和生命中把它表现给我们看。”[①] 诗人的“灵感”，源自生活，源自大自然，诗歌不仅是为感于物而作，而且应该是心灵的折光和映现。九位诗人都非常注重从大自然的节律中谛听内心的声音，寻觅和表现大自然与生命接洽的天籁，而传统写法的那几个诗人，则更加追求诗意的哲化，用诗行来垒起精神的长城。九诗人中，张诗剑年辈最长，其诗往往是通过写实，或者说是实有其事的触发与感兴，深入到精神层面，超出写实的本身，而将其对于生活的深沉思考和生命意识的积极反刍表现给我们看，譬如其诗《紫砂茶壶》：

你送我的紫砂茶壶 / 我很珍惜 / 一直未启用 / 原不相信香江水 / 会泡出江南春 // 你远去了 / 为了浅尝思念 / 我才打开壶盖 / 放进闽南的铁观音 / 滚水 / 竟然一样冲出陆羽梦 / 这时我才认真地 / 读沧海 / 读太阳 / 读土地 / 读人生 // 一不小心 / 把壶盖碎了一角 / 心痛之际 / 铁观音却变成 / 苦涩的情人

---

① ［俄］别林斯基《文学的幻想》，满涛译，安徽文艺出版社 1996 年版，第 19 页。

紫砂茶壶成为诗的一种“因缘”，成为诗人灵感的触发与内容，张诗剑自注云：“紫砂茶壶是刘再复同学送的。”诗兴缘于一把珍贵的茶壶，于极其平静中而成波澜壮阔之势：先是不舍得用，更是以为不可用；终于熬不住思念之折磨而用了，却获得了意外的收效，而且得到精神的飞跃；但是，“一不小心”碎了一角；复又“苦涩”一转，而以一个“情人”的美妙感觉，有了个华丽的转身，成为一种“生命”展示后的精神的涅槃。诗的篇幅不长，却是九曲回廊，辗转开展，韵味十足。张诗剑的《读报》《秋叶》等，也都是这种“感触”和“辐射”，诗人处在这种特殊的精神状态中，外物和文字组合成新的生命状态，或者是以新的名义命名生命。这大概就是王夫之所说的，诗人所特别需要具备的“兴”的素质吧。王夫之说：“能兴者即谓之豪杰。兴者，性之生乎气者也。”[①]“兴”乃诗人的一种独特的艺术禀赋，也是诗歌创造者创造时所特有的生命感发的审美状态，具有了这种异乎常人的“兴”的能力，乃在协和宇宙的参赞化育中，深体天人之道而相与俱化，形成诗人们“以追光蹑景之笔，写通天尽人之怀”[②]。

诗歌是灵魂的镜子，有什么样的灵魂就有什么样的诗歌和诗人角色。蔡丽双是个渴望飞翔的诗人，渴望之强烈，让她处于异常的诗兴感发中：“天地/是我的胸襟/飞翔/是我的本色”（《雄鹰》），她渴望“把飞翔之翅/仰望成/生命挺拔的高度”（《高度》），因此，“我心深处/有一支/不屈不挠的赞歌/在梦想的天空中/栽种挺直的诗行”（《诗魂》）。从其诗的选材与诗路看，是很典型的传统路子，用诗直接对应真善美，诗歌阳刚正气，充满了社会责任的担当。其《有个梦境》诗，选入谢冕主编的《百年新诗》（百花文艺出版社 2012 年版），诗人“率真走进社会”，“体验生存的苦辣辛酸”，在“面对扭曲的现实/残酷的世态/揪痛一颗诗心”时，生成了一种主持正义和公道的“渴望”，表现出除恶扬善的奋勇。“多么渴望/有一片土地/不分肤色、贫富、男女/衡量公义的天平/不偏不倚地秤出/言行的贵贱/人格的尊卑”。诗人瞩目世事尘嚣，环顾生命因为重荷的挤压而精神畸变的世相，把

① 王夫之《俟解》，《船山全书》（第十二册）。

② 王夫之《古诗评选》（卷四）。

一种阳刚正气和直逼邪恶的精神注入诗中，表现一种崇高的理想和信仰。也许，此诗的构思还不够艺术，甚至缺少深度体验和提炼而接近政治姿态的表达，但是，读这样的诗，你会有一种激情的燃烧感，有一种灵魂的净化欲。蔡丽双的《折扇》则巧用比兴：

一怀淡泊 / 几根傲骨 / 任意摇动清凉 // 征服暑热 / 荡气回肠 // 舒展着胸怀 / 张扬着风采 // 折迭得起季节 / 折迭得起人生

诗很精短，生动而体贴，有一种超凡脱俗的品性和风骨。蔡丽双的诗，往往追求在每首短诗中赋予一个哲学命题的效果，用以呈现蕴藏着真善美的生活内核，发掘生活物象中的独特诗意，飙扬生命的高贵和神圣，也让其诗具有了一种阳刚的“丈夫气”。因此，“诗人比谁都需要研究物质的与精神的本性，爱它，对它发生共鸣；比谁都更需要使灵魂纯净而贞洁；因为只有熏香沐浴，具有大丈夫的智力和婴儿的心的人才能踏入它的圣殿因为只有这样的人才能够继承天国,因为只有在理智和感情的谐和中才能够达到人的最高的完美境界!”①

孙重贵有“香港诗侠”之称，也是个用真性情写诗的人，或览景而发，或缘史而歌，或由民情风俗而引发，他的诗源于一种热爱生活、热爱生命的天性，而有一种抵达人心的尖锐，也让我们看到了他挥之即来的表现力和创作欲。他的《为虎请命》诗云：

曾经是百兽之王 / 曾经是威震八方 / 一次出动风云变色 / 一声呼啸山摇地晃 // 悠悠岁月悠悠流淌 / 虎的地位一落千丈 / 面对人类的进攻节节败退 / 面临灭绝的可悲下场 // 人类杀死第一只虎 / 昭示了文明的希望 / 人类杀死最后一只虎 / 意味着文明的死亡 // 如今虎的生存防线 / 已被物欲的子弹重创 / 虎的灾难也是人的灾难 / 人啊，请别给虎最后一枪

此诗忧患生存，感悟生命，关心生命取向的反思。笔者最欣赏的是，诗

---

① ［俄］别林斯基《文学的幻想》，满涛译，安徽文艺出版社 1996 年版，第 19 页。

的语言晓白朴素，叙述平静自然，一无雕琢，不故作高深，也不故弄玄虚，而却让读者读到翻江倒海的心绪，诗人愤怒的谴责是那样不动声色，诗人深沉的反思是那样惊心动魄。笔者长期致力于盛唐诗歌研究，盛唐诗歌之所以高不可及，就是因为其用最浅近的语言表达最丰腴的意蕴。他有一首名为《瘦》的诗，很耐人寻味："日子瘦了 / 好瘦好瘦 / 五千年的悠悠光阴 / 瘦成一页扁舟 // 诗也瘦了 / 好瘦好瘦 / 楚辞唐诗宋词元曲 / 瘦成一把骨头 // 我把瘦日子出售 / 好久好久 / 一位瘦人掏出一枚瘦钱 / 连瘦诗一块买走"。这样的选题，出其不意，然又在情理之中，源于生活，是生活的馈赠，生活给了他源源活水的灵感，什么都可以进入其诗中，都可以让他生成想象的翅膀。他用想象的翅膀拍击生活的浪花，成为了在生活夹缝和城市夹缝里穿行的"一条鱼"，生成了忧患人类自身生存危机的悯情。

诗人向磊，是著名的朗诵艺术工作者，他来自中国的北方，在香港完成了两个硕士学位。爱读书的向磊，读的是社会人世这部大书，"读出了世上的酸甜苦辣 / 揉进了人间的苦辣酸甜 / 朗诵着中外古今的传奇 / 咀嚼着无始无终的故事"，而最难得的是他"从无知读到无我 / 从伟大读到渺小"。因此，他认真地"读着一本写不完的书 / 读着一本看不尽的书"。（《读书》）向磊的诗，工整对称，往往句不单出，骈俪并行，坦露胸襟，直白心声，很适合诉诸听觉，如同他的演讲，直逼人心，具有很强的共鸣感。《梦幻》是他写得比较含蓄的一首，具有吟咏玩味的内涵：

你翩翩而来，/ 吻痕润在我的身上；/ 你悠悠而来，/ 香唇印在我的脸上。// 你悄悄地走了，/ 惦念拴紧我的心房；/ 你默默地走了，/ 脚步叩动我的胸腔。// 来了，又走了，/ 来来往往，/ 回荡着共鸣的心弦……/ 不知何时，/ 才能来了永远不走……

也许与其北方人的性格有关，按照内心真诚地写作；也许与其舞台表演的职业有关，激情喷薄，慷慨高歌，且多惯用对比的手段。因此，其诗往往反差强烈，顿挫十足，以其血之热来沸人之血，以他的真诚打动读者。

春华的诗作，与向磊同，也是情如火焰的。也许是诗人的率真、磊落的个性，喜欢自由抒发诗情，好恶一览无遗，爱恨直泻笔端。从外在形式上看，工整规矩，歌词的格局，同样是探索人生、追求哲理的，用文字来展示生命的本真。他的《相思鸟》情歌深受民歌影响：

相思鸟，你是位抒情歌手／你的歌声婉啭悦耳沁心激荡／初更里单啼声声叹息／三更里牵挂心如鹿撞／四更里曲调悱恻缠绵／五更里吱喳互诉衷肠／相思鸟，你是否因为阔别伊人而相思／你是否因为失眠思念夜更长

诗人反复渲染，情感逐层推进，淳朴缠婉，动人心弦。他的《我心中有个深藏秘密》《相思湾畔有棵相思树》《送给你一朵白玫瑰》《你是一片红叶》《爱的笛音》等，都是复沓的写法，节律回环，一唱三叹，缠绵悱恻，诗人一往情深地消费情感，仿佛是在明媚的阳光下，将自己的心灵物件一件件晾晒成为诗行，难能可贵的是他在爱情诗中融入了对社会人生的思考，具有了哲性的深度。

柯塞·马蒂说过："没有感情，一个人可以成为诗的雕刻家或诗的绘画家，但不能成为诗人。"以上这五位诗人，是用精血和信仰凝成山之骨架的诗人，他们诗歌最可宝贵的是易生激情，富有哲理。他们在形式上的共同点，通常是半自由体的四句一节，偏于精短，喜用对比，擅长比兴，也长于诗经传统的复沓，形成缠绵回环的节律。但是，也因为写得比较"实"而失诸写"实"，需要象从意出，意寓于象，诗歌是取象比类的技巧，美国艺术心理学家鲁道夫·阿恩海姆说："任何思维，尤其是创造性思维，都是通过意象进行的。"[①]

中国文学的自觉时代是从魏晋南北朝开始的，对于诗歌来说，这种"自觉"的一个重要标志就是"诗赋欲丽"的文体意识。也就是说，诗歌比较其他的文体来，更需要讲究，讲究技术，讲究打磨，讲究语言和形式。换言之，诗歌，应该是一种有意味的形式，或是一种有形式的意味。不管是什么风格的诗，首先要是诗而不是其他，应该有一种诗才有和应该有的形式和内涵。因此，诗歌在技术上的追求和讲究是非常必要的。而在技术上比较讲究的是这九诗人中的

---

① ［美］阿恩海姆《视觉思维》，滕守尧译，光明日报出版社 1987 版，第 30 页。

年轻一代。女诗人廖书兰是个情诗高手。因为出生于台湾，后移居香港，相对地讲受西方文化的影响大了点。但是，其诗歌受《诗经》的影响也很深刻。《诗经》那些性爱诗，如《郑风·褰裳》《周南·汝坟》《郑风·野有蔓草》等，赤裸裸得让孔子的信徒都对孔子深表不满，却在技术和理念上迎合了廖书兰。读廖书兰诗中的两性描写，让人直往《诗经》的这些诗上联想。其诗中不仅写有女子以身相许的主动，甚至还大胆出现了不少性的隐语，出现了一些鱼水之欢的描写："我的双臂／是你旖旎的梦……忘情的幽谷……交融缠绵"（《鱼水之乡》）；如"你的树木／亘入／我山谷／我的花蕊／亘在你园圃"（《情舟唱晚》）等。廖书兰似乎特别喜欢蛇意象，也喜欢"缠"的形象："你眼前／我是一株／温柔的小藤／轻缠你／宽厚的雄腰／／你手中／我是一条／缱绻的小蛇／向你吐着／烫滑的舌尖"。（《系梦》）她的《中国蛇仙》里写道：

我蓦然感到你／雄性的呼吸／狂野的心跳／一股莫名的热流／游过干涸渴霖的心窝／在我蜷曲已久的体内发酵／娇弱的身躯不断膨胀／禁不住／悄悄 爬上你宽厚的胸膛／缠绕着你一圈又一圈／静静 伸出我红粉的舌尖／舔吮着你一遍又一遍／生命的悸动从此开始别样

诗人率直大胆地描写两性血肉关系化生为性灵合一的惊心动魄的感觉，摈弃了世俗杂念，把这种对性的渴望蜕变为一种对人性真谛的追求，对生命要求的尊重和珍视，也表现出对爱情的憧憬、追求乃至幻灭。因此，她的诗中常以一种女性温婉灵动的情怀来承载对人文的关怀、对人事的悲悯、对美与宁静的追求、对沉静精神世界的向往。虽然也有让人想入非非的性描写，但与某些人的"下半身"写作绝然不同。廖书兰写性爱，写得含蓄，情感细腻而华丽，文笔清丽而委婉，文白交融，古典缱绻，静美且缠绵得有点空灵，是婉约宋词的一种。

同样是女性诗人文榕，也擅长运用象征性的意象，诗人追求一种让人"思而得之"的"言近旨遥"禅意美，形成一种浪漫幻想与理性自制而相生相克的张力。其诗歌中频率最高的意象如"风""云""月""花""船"，还有"夜"和"梦"等，这些带有飘忽不定的意象，给人淡然恬静而澄明超尘感，仿佛沐浴于霁月光风中。

宛然的梦境 / 某种象征 / 当一个自己拥抱另一个自己 / 昨夜在迢遥的旅途释怀

——《致陌生女子》

以夜籁淬炼寥寞 / 以阒寂抚慰忧伤 / 我爱伴月色静坐 / 夜深寒紧，它为我 / 披一件，绣星禅衣

——《百合》

还有《夜曲》《牧情》《昨日》《六月》等，诗人爱在夜里、爱在梦中，夜的庇护、梦的悠游，使诗人远离了尘嚣与伤害，流露出现代社会中红粉佳人对现代都市文明和一些社会现实（包括政治）的忧思和叹惋。

秦岛的作品，与文榕一样，喜欢禅意，而他比文榕更加“现代”，体验独特，表达也更加迷离，而且有点优哉游哉的散淡，他在《坐禅》中有两段自写云：

无怨无忧地守望 / 不在天南地北 / 也不在春江花月 / 而是心中的圆 // 一棵活树长不出森林 / 一棵死树 / 却在非常时刻 / 成全了历史

这些似乎有某些暗示，而这种暗示又是多向的，甚至是存心不让你轻松达诂的。秦岛似乎也与秀实一样，喜欢沉思，以诗歌来记录沉思的内容，记录对生活观察和生命体验的感悟。秦岛的沉思，也形成了他诗的形态，习惯于用“一、二、三”来标志和切割，画面与画面之间，形成了一个个的遥相呼应的“岛”，而“岛”与“岛”之间似乎是随意却有秩序有意图地联系，按照诗人的意图衔接，类似蒙太奇的断片组合，产生了意想不到的画外音。故而，也更加的“散淡”，有点深奥，是沉思的深奥，是思想的深奥，是诗人刻意追求哲学深度的深奥。

诗歌是传播内心精神的一种密码，是思想与情志晶化的一种体征。笛卡尔说：我思故我在。海德格尔说：我诗故我在。诗与思在某种意义上是相同的。象征派的写法，追求奇特和暗示，不像现实主义诗歌对社会现实进行客观描述，也不像浪漫主义诗歌那样直抒胸臆。因此，象征派诗人非常看重感受的独特性，尤其看重将这种独特性与自然物象契合的表现形式，形成可感知的艺术形象，

反对诗意的直露。香港九诗人中，在现代性上走得最远的是秀实，也许是地缘政治的缘故，秀实生在香港，早年在台湾读书，后回到香港工作。秀实诗的朦胧是由其沉思造成的，他习惯于用诗来思考，思即诗，仿佛要成为两晋时期文士的玄言，与后来的李商隐也不同。《风衣》的最后一节这么写道：

坐在窗台上如在模糊的夜色中隐没／咀嚼着思想的苹果看星空下沉／在空调的温室内你不知道季候已变迁／不必披着心事的风衣外出赴约／和煦的阳光已在你发梢间颤动

他在《漂流空间》咏叹道：

漂流久了，我沉默了／让所有记载我恋情的诗文都散佚／不必再流传，让历史歪曲了它的面目／我没有了鳞，感觉不到水流的冷暖／暗淡的身躯在那些凝固了的石块间穿过／偶然我呼出一个气泡／便会在河面上引来轻轻的爆破

沉思作为一种存在，被诗人在不经意之间发现了，而以诗的具象呈现。“沉思”是秀实的一种生命状态，是他的一种思维习惯，也是他的诗歌方式的呈现。思想如鱼，渴望穿越，用穿越来诠释，在情感海洋里苦苦追寻，企图抵达一种境界，因此，这种抵达则又是精神轮回过程中的一种内心坚守。

诗歌是一个人的心灵雕刻，也是一种心灵的揭秘，以廖书兰、秀实等人的象征派写法看，刻意将微妙的内心世界藏而不露，而用特别的物象来暗示，因而非常注重意境的营造，注重意象的经营，意涵丰富，而在形式上则注重自然的、内在的节奏，自由，无固定格式。然而，有些作品，因为过于自由开放，就“虚”避“实”，意旨模糊、迷蒙，甚至生涩而费解，不可能生成“可感与不可感之间”的沟通。庞德概括意象诗的定义为：“意象是在一瞬间呈现出的理性和感情的复合体。”而意象派诗歌的语言是简洁明了的，绝去装饰，反对卖弄，让读者通过意象瞬间不假思索地感悟诗人融于其中的情感和思想。

新诗源自西欧，引入的历史充其量才百年。而中国诗歌源远流长，传统根深蒂固，影响也是无所不在的广泛，且无孔不入的深入。我以为，不论是中

国古典诗词，还是舶来品的新诗，也不管是什么样式的诗，首先要是“诗”。诗的天性就是拒绝平庸，诗的天敌就是平庸。笔者开篇时说越来越不看好新诗了，就是因为新诗中远离平庸的作品不多。

写罢这些文字，我惶恐起来，说不出什么高明的话来，似乎还说了点不合时宜的意见，嗨，真不应该请我来作序的！重贵兄您说呢？

赵福君《诗韵情缘》评赏①

［**按**］ 赵福君的诗应属乡土诗，主要还不是因为题材，其骨子里是乡土的，精神上也是乡土的。他的这些诗仿佛“彭泽体”，质直省净，精短淳醇，让你在他的真诚和坦率中聆听他亲和的诉说，听他说他的爱、他的忧思和他的疼痛。

赵福君的诗应该属于乡土诗，我蓦地产生了这样的感觉。

在对他诗歌的所有评论中尚没有人这么提过，中国作协、《诗刊》编辑部举办过赵福君的诗歌研讨会，都没有人这么说。说其诗属于乡土诗，主要还不是因为题材，他也写山水游记诗，也写城市风景诗，但是，其骨子里是乡土的，精神上是乡土的。也许他本人并不承认，或许其他人并不这么认为，而我，坚持这么看。

认识赵福君及其诗，是在丙戌夏日的香港之行。赵君给我的印象，与他的诗一样的质朴、平易、随和而单纯，没有像他这个年龄段人的世故和功成名就后的傲气。他一下子赠我三本书，其中有一本还是中英文对译的，书的装帧都很朴实。三本书的诗前诗后，有不少的序跋文字，其中有我比较熟悉的著名诗歌理论家张同吾，还有刘士杰、峭岩等等，他们的评价，为我走进赵福君的

① 原题为《彻骨真爱的血性投入——赵福君诗集〈诗韵情缘〉评论》，原载《名作欣赏》2007年第1期。

心灵世界提供了拐杖。

我有一个诗友叫王耀东，也是写乡土诗的，属于“正宗”的乡土诗人。王耀东编辑出版过一本乡土诗选，题目是《中国新乡土诗人三十家》[①]，把叶延滨、彭燕郊、洪烛等诗歌名家也归在乡土诗人中了。赵福君不在其中，与其说福君诗尚未进入选者的视野，还不如说其诗不属于“新”乡土诗。

什么是“新”乡土诗呢？知名的诗歌理论家刘士杰在他的诗论专著《走向边缘的诗神》一书中有所论述，刘士杰把诗歌分为乡土诗、山水诗、城市诗三大类，而乡土诗的代表列举了三人：刘章、王耀东、耿翔。他没有给新时期的乡土诗下定义，只是在对王耀东的具体的论述过程中这样指出：“到了八十年代末九十年代初，诗坛上出现了‘新乡土诗’的热潮。与只表现农村表层变化的旧乡土诗不同，新乡土诗所表现的是农村与城市、传统与现代两种文化差异的尖锐冲突，以及随之而来的人们的价值观念和心理的深层次变化。这些新乡土诗人的作品正表现了他们所面临的惶遽和困惑：一方面在商品经济大潮的迅速冲击下，他们渴望走出家园，摆脱贫困和落后，追求城市的现代化文明；另一方面，他们又不满在物质文明的幕布后所掩盖的庸俗和贪欲，于是又向往回归到那远离物质文明、充满淳朴敦厚的民风、充满田野气息和人情味的乡村家园中去，以期使自己的飘泊的灵魂有所归依。”[②]诚然，福君诗中表现“文化差异的尖锐冲突”的诗不多，甚至可以说他的诗还属于田园牧歌的“老式”写法。

中国当代诗歌的总体现状是很不景气的，人们对诗歌的态度越来越冷淡。笔者以为，其中诗歌本身的原因是最主要的原因，而此原因中最重要的一条即在于诗人的感情不真实。换言之，笔者之所以欣赏赵福君的诗，这倒不是因为他的诗是如何的惊世骇俗，而是其诗里面那种波澜不惊而幽深苍远的情怀，那缭绕不去、绵绵不绝的情思，那彻骨真爱的血性投入。诗人用平易的态度邀你入境，让你在他的真诚和坦率中，聆听他亲和的诉说，听他说他的爱、他的忧思和他的疼痛。福君崇尚自然，眷念故土，诗多描绘优美的田园风光，表现农

① 田禾、王耀东主编《中国新乡土诗人三十家》，华文出版社2005年版。

② 刘士杰《走向边缘的诗神》，山西教育出版社1999年版，第141页。

村生活的美好与静穆，以及诗人悠然自得的心情，万般的风云变化在他的胸中和笔下都化为月朗风清了。赵福君具备诗人的多种素质，而他最具备的则是这种情感的诚实，正因为如此，他不仅仅善于从平凡的生活中寻找到诗和诗的原材料，发现各种不同风味的诗的情趣，而且善于提升到诗美的境界，构成他不同凡响的情韵的园林。在他的《春》里，充分显示出诗人于司空见惯的事物中发现新意的特别敏感，形式出他因为爱意而形成的忠实和细腻：那“继续着冬天的梦”的根，那“就像喝醉了酒”的阳光，“一些花在无叶的枝头含羞／几只鸟被小草染绿／青色的风／被尖尖的犁耕开／未等惊雷开口／原野都腆起迷彩肚／急着孕育　分娩”。被人们“写烂”了的“春”的题材，被诗人信手拈来的一组物象，不加任何的雕凿，便天然成趣。即便是那些拟人比喻，也充满了泥土清香。笔者欣赏的正是这种能够让人在其诗中领略田园生活的自然纯朴，感受诗人纯真素朴的真情实感，常常使我联想到陶潜，联想到王维、孟浩然和储光羲，联想到汉民族的田园山水的意境。

福君对于故乡一往情深的眷念，是一种梦牵魂绕的生命感动，是一种赤诚血性的精神投入。诗人离开故乡，从辽北的农村走出来，走进喧哗繁荣的城市，然而，其割扯不断的与乡土的血脉联系，因为时间的越发久远而越发牢靠，诗人亲近故土而要回归故乡的愿望也就更为迫切而强烈。这种对土地历久弥坚的眷念，转化为情感上的一种深刻需要，转化为一种对于故土的酷爱和向往。于是，想到故土，“睡梦里都发出欢乐的笑声”；踏上故土，“拔节的音符撞击天籁冲动的灵感”（《柳笛》）。诗人在《老家》[①] 里这样吟哦道：

无需划一根火柴／也能昼夜看清老家那张脸／那辽河边的小村庄／那小村庄前的土房／那无帆的木船／永远定格在我心之眸／一如永不褪色的照片

老家，太熟悉了，太亲切了，也太遥远了，然而，老家却永远定格在他的心灵里。他自己仿佛就是那乡土，就是那村庄那小船那果实累累的李子树，

① 赵福君《诗韵情缘》，现代出版社 2002 年版。文中所引诗歌均见此书，不再一一标出。

抑或是那袅袅向上的炊烟。说起他那辽北老家，福君总会生成出一种幸福回味，他闪亮着双眼，那遐思着的眸子里映照出逝去已久的年代，那些美好与不美好的往昔，是他青春家园之所在，是他往日的自由的“诗性的存在”。他骄傲曾经有过这样一段与命运抗争的经历，那蜿蜒曲折的乡村泥泞小路，那堆满柴草的土屋院落，那昏黄油灯的黯淡光影，在他的笔下，充满了梦幻般的诱惑，那是令人向往的“精神家园”，那是“唐宋元明水墨丹青”。家乡的那条河，反反复复出现在他的诗中，成为他的经典意象，还有那小桥、土井、炊烟、村歌、老牛、蟋蟀、李子树，在他的眼中，家乡的月亮也特别特别圆。故土让福君爱得深切，爱得厚朴，也爱得真实呵。《真爱》诗精短而淳醇：

真爱的原野 永远葱茏 / 春夏秋冬 季节的变换 / 只不过是形式上的 / 繁荣或凋零 // 真正的爱心 易碎 / 但绝不允许易变 / 嘴上说不以为然 / 心中却切切为念 // 即使千年万年 / 偶一回首 / 真爱的原野 / 依然 依旧

变化着的，只是故土的外在；永远不变的，则是诗人的内心。故土，成为福君爱的不竭的源泉，也成为其爱之真笃的见证。那寥廓无垠、蕴藏着无穷美感的故乡，那淳朴而明丽的往日时光，那与其青春相厮磨的山水草木、花鸟虫兽，便成为一种牢靠的记忆，成为他的生命的脐带，成为他加倍地值得怀念和珍惜的影像，爱到彻骨，爱到内心，爱到永远。

《炊烟》全诗也就是短短的 40 个字：

她穿着 / 白色连衣裙 / 袅袅娜娜的体形 / 站在房顶 // 踮脚 挥手 / 还看不见我的身影 / 就垫高脚下 / 冉冉上升

诗中的比喻贴切，形象也极其传神。诗人移情于客体而从客体方面来体现主体感受，这似乎是福君所喜欢采用的手法，诚如张同吾先生在其《诗韵情缘》之书序里评论福君的《河边钓者》一诗所言，“表现了主体和客体相互转换的哲学理念”。张同吾认为“这是东方禅宗所特有的精神现象”，类似于辛弃疾的“我见青山多妩媚，料青山见我应如是”。因为诗人进入了一种物我为一的境界，而生成了物我互换的幻觉。那是彻骨深爱的结果呵！

福君的这些诗仿佛“彭泽体”，质直省净，多白描，多口语，多叙述态。诚如钟嵘在《诗品》评论陶潜的诗所云：“风华清靡，岂直为田家语耶！”因为诗人凭借鲜活的散发着乡土芬芳的意象而达意传情，而不是醉心于形上思考，他的这些诗往往笔致轻闲，意态丰满，显得隽永耐味而不干瘪枯燥。钱锺书在《谈艺录》中论及诗歌的理趣时指出：“惟一味说理，则于兴观群怨之旨，背道而驰。乃不泛说理，而状物态以明理；不空言道，而写器用之载道。拈形而下者，以明形而上，使寥廓无象者，托物以起兴；恍惚无朕者，著述而如见。譬之无极太极，结而为两仪四象；鸟语花香，而浩荡之春寓焉；眉梢眼角，而芳菲之情传焉。举万殊之一殊，以见一贯之无不贯。所谓理趣者。此也。”[①] 福君最为人们所反复提起的那首发表在《人民日报》上的《春》，其妙处也就是遵循了“拈形而下者，以明形而上者，使寥廓无象者，托物以起兴”的创作原理，读其此类作品，如《望新月》《那棵李子树》《仲夏之晨》《故乡的河》《村歌》等等，其“鸟语花香”之中，“而浩荡之春寓焉”，“而芳菲之情传焉”。福君在一首《乡情》里写道：“乡情是一只小花狗／有时踢／有时搂”；“乡情是一把晴雨伞／热天雨天不离手”，诗之意象新鲜，意象的组合也很自然，此诗虽然有着仿作的痕迹（其实，余光中的《乡愁》也是模仿宋词的），却表达了崭新的内涵，如果再多些锤炼的工夫，何愁不能成为“经典”之作也！笔者以为，诗歌是语言的艺术，是语言的精华，笔者是很追求语言的，时念着海德格尔的那句名言：语言是思想存在之家。

显然，在福君的有些诗中，我们也是能够感受到“农村与城市、传统与现代两种文化差异的尖锐冲突，以及随之而来的人们的价值观念和心理的深层次变化”，诗人对家园、对美好的向往，以及因为这些向往而形成的深深的情结，也是全新的，是能够体现新时期的时代特点的，也是能够重重叩响读者心灵的。诗人走出了家园，而家园依然有着强劲的诱惑，然而，诗人又不能因为一次诱惑而实现回归，于是既依恋，又背离，这种背离与依恋之间所形成的“情结”成为其乡土诗的最重要内容。

他的《远行》诗就属于此类情感上“尖锐冲突”的作品：

---

① 钱锺书《谈艺录》（补订本），中华书局 1984 年版，第 228 页。

霜华遍地 空旷的视野里 / 那条河更像一条命运的背影 / 远行者单薄的衣袂 / 猎猎翻过家的温馨 // 蜿蜒的小路伸向蜿蜒的前方 / 踽踽脚步无法丈量离别的忧伤 / 村头柳树虽然不言不语 / 却已记住了你经典的眺望 // 野渡在唐诗宋词里想象 / 视线在西风落叶中苍茫 / 但你还是越走越远了 / 心穹中 是什么在远方闪亮

很显然，此诗含有整体象征的意味。诗写一种心颤的真实，而这种内心的冲突、焦躁、骚乱和惊悸，乃是一种情结，是意识无法控制的心理内涵。看起来是写第二人称的“你”，实际上是写自我，是写一种告别，是在向旧日，向贫穷落后告别时的一种怅惘、迷乱和躁动，诗人正是借此具体感性的物态事象来表现古老与新生、传统与现代的嬗变和交替的社会现实，反映诗人的变革意识。笔者曾经在《文艺报》上发表文章评论王耀东的乡土诗中说：“在解放感、新生感和雀跃感里夹带有淡淡的惋惜的痛感。读这一类诗，既有情感上的温馨拂抚，又有思想的深刻震撼。”[①] 我们在读福君的此诗时，感受是同样的。另外，还有如《木船》等诗，也是通过一条小船的搁浅来象征农村深刻变化的，属于情蕴其中而理出其表一类，读来真有一种澡雪精神的惬意和满足。遗憾的是，福君这样的诗少了点，因此，读他的诗多了些内心的平静，欣享其平淡之醇美，而少了些震撼，这是福君诗的特点，抑或也是其诗的不足吧。

我们这样考量赵福君的乡土诗，并不是说他其他题材的诗就写得不好，而是说，赵福君适合写乡土诗，写得最好的也是乡土诗。他的《欧亚风情》诗集是他随中国作家代表团出访的诗记录，恕我直言，远逊于他的乡土诗。一个诗人是否能够获得最大的成功，与其采用什么题材什么样式而做什么样的表现，也是密切有关的。我们以为，如果赵福君在乡土诗上能够集中精力和才智，以血性的真诚去亲近故土的灵魂而作彻骨真爱的体验和表现，其前景是不能限量的。

---

① 王志清《还乡精神与理想家园》，《文艺报》1997 年 11 月 4 日。

马启代《黑如白昼》评赏[①]

［按］ 马启代自诩为“为良心写作”的诗人。他教过书，经过商，还坐过监，断断续续出过二十几本诗书，获得过山东首届刘勰文艺评论专著奖，入编《山东文学通史》。其诗善于变形而充满内在张力。

没有见过马启代，不知道这个诗人长成个什么模样。只是从他的诗中，从我正在读的那本《黑如白昼》的诗集中，读出了他的模样：脑袋特别大，心脏也特别强劲，如同李贺诗中的那个“天吴”。“南风吹山作平地，帝遣天吴移海水。”（《浩歌》）“天吴”是个水神，长了个很大很大的脑袋，还有人说他长着八个脑袋，并且都是人的面孔，八只爪子，八条尾巴，背部是青黄，受天帝派遣能移动海水。“吴”的造字，就是个象形字，是个顶着一个大脑袋而载歌载舞的人。

读马启代的诗，笔者怎么会读出了这么一种感觉来了？而且是很强烈、很强烈的印象。其实，脑袋大，心脏功率大，是个比喻的说法。而这个比喻，是怎么来的呢？

马启代的《黑如白昼》，是一本短诗集，2014年由线装书局新出版。诗集中的诗，一般都很短很短，最短的只有二十几个字，最长的也不过百字。然而，这些诗，大多数却有一个很长的题目，很长很长，最长的题目竟有三十字。这给人的视觉感受很强烈，仿佛是个大脑袋的怪神，是力量奇大而能够搬运大海的天吴。

中国古代的诗歌，是有这种情况的，题目很长很长，内容很短很短，题目的字数超过了诗之本体。最近笔者正在做一本《王维诗选》的评注本。其中有一首诗的题目很长，涉及做题眉的格式。刚刚接到商务印书馆责编打来的电话，问：这个题目能否短点的？王维的这首诗题为：《菩提寺禁裴迪来相看说逆贼等凝碧池上作音乐供奉人等举声便一时泪下私成口号诵示裴迪》，三十九

---

① 原题为《〈黑如白昼〉与“天吴”、张力及其他——马启代诗歌近作评论》，原载于《名作欣赏：中旬》2015年第7期。

个字。诗的正文内容才二十八个字。白居易的诗题还要长，有长达百余字的，相当于一种诗序，或者说起到一种“序”的作用。

而马启代的诗的题目，与古人的长题目不同，题目是诗的重要组成部分，是诗中的具体内容，甚至是核心内容，是题旨或诗眼。而其所表述的文字，则是诗中的某一段或一节或一句。因此，他的题目，一般不是为其诗歌文本所简单陈述或描写的对象，如风、雪、树、旗帜、太阳等。马启代的诗用长题，概括地说有两种情况，而这两种情况又主要体现为诗题与其诗文本是一种这样的关系：其一，诗题与诗之文本是一种部分重合的关系。诗题的文字，就是诗文本里的文字，在诗的或前或后或中间部分出现的文字。如《我闭上眼睛比睁开的看到的更多……》：

那轮自天上垂下来的阴影，像上帝丢下的一条绳索 / 或风的手臂 // 现在，不知去了哪里 // 是否被天空收了回去？ / 或者，上帝已经对沉沦的大地表示了放弃 //——我闭上眼睛比睁开的看到的更多……

题目上的文字，在诗的最后出现。诗人将诗的最后那段文字提出来去做了题目。这种情况，是马启代做诗题的常见方法，而题目上的那段文字，就是诗中的现成文字，是诗的精要，而作者只是把这一部分精要（诗中的某一段或一句文字）特别地提出来，用来当题目。

其二，诗题与诗之文本是一种延续或开展的关系。诗题的文字，不是诗文里的文字，即诗题文字在诗中没有重复出现。而此类诗之题，则是诗之文本陈述的开始，是诗的基本内容。如《一块本质意义上的石头，在岸上的沉默充满了忧思》：

——满身都是嘴，却无法说、不能说、难说清 / 从浪里跳出来 //……看着这么多石头站在浪尖上欢呼着走了 // 我对这些招摇充满了惋惜

此诗题目的文字，在诗的本文中没有出现，题目也是内容，形成了似乎没有现成题目的格局。题目也是诗行，文本则是题目的延续，“题目 + 文本”

合谋，陈述一个没有特别标识出来的题目。像此诗这样取题的，在其诗集中也是屡见不鲜的。

不管哪种情况，马启代诗歌的题目，就是诗歌的意旨与内容，或者具有揭示诗歌意旨与内容的功能。这是与一般诗人之取题有所显著不同的。他这样做题以及这样的题目，已经成为马启代诗的重要标志。一般诗人取题，都“惜墨如金”，往往一个字，两个字，最多也三五个字的。而马启代的诗，则顶着个大脑袋。不知道他以前的诗题目是不是这么长，也不知道他以后的诗题目是不是还会这么长。我们只是感到这样的题目很特别，很新鲜，也很特效，长其所长，长得所长，长为其长。《黑如白昼》诗集共一百四十余首诗，如《诗者说》《岸边》《家谱》《告白》这样的短题，只有十几个，占比十分之一，大多是长题。因此，我们看《黑如白昼》的目录，很有意思，简直就是在读散文诗。譬如目录的第三页，笔者一字不改地抄录如下：

> 月亮是完美主义者／风雨之后，露珠从叶子上长出来／秋夜，一场秋雨下在梦外／今天，阳光，一下子照亮了我的诗行／我被震撼了，这种力量叫浩大／天光闭合，泰山渐渐生成一块积墨／我身体晃了晃，风跌倒，我没有倒／卧床夜读，我一再被文字摇晃／我拍了拍额头，把天空拍打得直掉金子／水流声，在空旷的午后想起……

这是题目吗？这就是题目，是一个个的题目。而合起来看，似乎是经过了一定的指称意义的抽象纯化了的诗文本，形成了几乎不是偶然的意义内涵，简直就具有抒情与指意的功能。随便再抄录一段吧，目录的第四页，似乎更像是散文诗：

> 深夜，我想起了我的博客／众神就在外面，一直不停地说话／难道，天地也是无产者？／今日小雪，我不能确定他们能封多久？／随时随地，我都可以，一键天下／如果现在的天空不够生动，明年还有孩子们制造风筝／天空肯定有开关，什么时候开或者关，至今是迷／天堂里有翅膀的扑棱声／许多年，我为诗找一个家，其实它一直在我心里／我用敞开的那扇门把黑挡在了一边／今夜月明千里，风声和露珠躲在月光之外／天空

无云，阳光和风一定非常孤独/我的诗行里又飘荡起雪花，轻柔，凛冽……

笔者不知道这是否是马启代所刻意为之的。我们读那长题，就像是在观赏悬浮海上的“冰山”。我们所能看到的，是那浮在海面之上的山体部分。然而，我们已经感受到它所承载的是整个冰山之重。最重要的是，我们深受那浮于海面上之部分的引发与诱惑，而生成了一种发现冰山隐于海水之下的那大部分山体的急切。

也许我们的观感有点夸张，看马启代诗的题目如同看潜行之冰山的震撼。其实，大大的脑袋、超强的心率等，这些表达印象的比喻，也都是在说一个意义，那就是其诗给我们以巨大内力的感受，生成一种血脉偾张的激动。读马启代的诗，我们发现，他的心跳荡得很厉害。读后，我们的心也跳荡得很厉害。《谁碰响了我诗行的小栅栏》诗共三节，

它来了，我的头顶已经溜光/它抓不到任何东西/它在我耳边打转，荡秋千//汗毛一律倒伏，所有的触角收拢/想法被想法摁住抬不起头/身体的疆域，走石飞沙//——谁碰响了我诗行的小栅栏/心里的意象都开了/一片灿烂。无数的美在花园里奔跑

谁碰响了的？是“它”吧？“它”是谁？“它”不知是谁？诗人没有明言，只是给了我们一点朦胧的暗示。“它”为什么要来？来了之后又干了些什么？为什么“它”的出现让“我”如此神经质、精神异常？诗人似乎游走于幻想与现实之间，仿佛介于惊恐与惊喜的双重情境之中，情感高度紧张，情绪极其亢进，“汗毛”“想法”与“身体的疆域”急剧反应，生理与心理的节律改变，乃至于生成了“走石飞沙”的激发、震撼与遽变，全是因为“它”的到来。我们无须关心“它”是谁，也无须关心其何以有如此大的让“我”遽变的能量，而是关心“它”来之后所有秩序的变化。这时，诗中出现了破折号，这个破折号，让前两节与第三节之间，形成了因果关系，似乎还有注释的关系。诗人复明知故问：“谁碰响了我诗行的小栅栏”？谁碰的？谁碰都不能。很明显，诗人是不能有稍许“碰响”的。于是，感官全面沟通；于是，想象烂漫开放；于是，“无数的美”在我们眼前“奔跑”起来了！呵，那是怎样的一种情景哟！

那是诗人的节日，那是生命的狂欢，那是快感与美感的高潮。这一首诗，所涵蕴的张力极其饱满，这是马启代诗歌的发生图，记录下了他情感发生，直至诗歌生成的全过程。

马启代深谙诗发生以至形成中审美情感的作用，他的情感发生具有相反两极的浩大力量，使其诗满含了张力。恩斯特·卡西尔在他的代表作《人论》中说："在这个世界，我们所有的感情在其本质和特征上，都经历了某种质变过程。情感本身解除了它们的物质重负。我们在艺术中所感受到的，不是哪种单纯或单一的情感性质，而是生命本身的动态过程，是在相反两极——欢乐与悲伤、希望与恐惧、狂喜与绝望——之间持续摆动过程。使我们的情感赋有审美形式，也就是把它们变为自由积极的状态。"[①] 马启代的艺术创造，就是将这种"欢乐与悲伤、希望与恐惧、狂喜与绝望"的审美情感，"变为自由积极的状态"。因此，他是不能"碰"的。他即便"不是花间，没有酒。举起来就是一杯江河"。或者，他"只宜静坐"。即便是静坐，其思想的风暴也往往是遽然而起的。"一动，体内便泛起八千里细浪。"（《月亮辞》）诗人简直就是李贺诗中的那个"天吴"，他自己说："我扛着一颗硕大的露珠，正被风压扁 / 风知道一颗露珠体内的风暴。"（《我扛着一颗硕大的露珠，正被风压扁》）露珠体内也有风暴，这是诗人的生命感受与觉知最大化的整合和凝练，是其将具体的感象赋予了"意义"美感的生成。

我们一直在追问：诗是什么？诗人何为？马启代也有这样的对于诗、对于诗人的追问："是否写诗的人都叫诗人？可我 / 不知道什么才叫诗？活在天地之间 / 我该如何，如何给万物命名？"（《疑问》）这是作为一个诗人的内心忏悔，这是作为一个具有良心的诗人对流于平庸的恐惧与反思。英国现代诗人威·休·奥登曾说："一个平庸诗人与杰出诗人不同的是：前者只能唤起我们对许多事物既有的感觉；后者则能使我们如梦初醒地发现从未经验过的感觉。"[②] 也就是说，能否让人获得"从未经验过的感觉"那才是诗；也就是说，使"一位有阅读经验和生命痛感的人读了有所感觉的诗便是好诗"（于坚语）。

---

① ［德］恩斯特·卡西尔《人论》，甘阳译，上海译文出版社 1985 年版，第 189 页。

② 转引自洛夫《诗魔之歌》，花城出版社 1990 年版，第 142 页。

诗，就是要让人读出感觉，读出从未经验的感觉。因此，马启代对自己的要求是无比苛刻的："一直减到一把骨灰 / 只是我的文字可以留下，哪怕剩下 / 仅仅一句诗，刚好 / 安放我的灵魂。"（《减法》）他认为："诗是黑夜里活的阳光。"（《岁末九行：斧头、白纸和一首未完成的诗》）诗是阳光，是活的阳光，是黑夜里的阳光。我们从马启代的诗中，读到了相关的注释与言说。他说："许多年，我为诗找一个家，其实它一直在我心里。"（题同名）诗人恍然大悟，原来他竭其一生的精力与智慧所孜孜不倦地寻求的，而如今终于寻找到了的，就是他的"良心"。这种诗观，是传统的，或者说是他的传统回归。心，在中国古代诗学中有无数的阐论。明初的宋濂说："诗，心之声也。声因于气，皆随其人而著形焉。是故凝重之人，其诗典以则；俊逸之人，其诗藻而丽；躁急之人，其诗浮以靡；苛刻之人，其诗峭厉而不平；严庄温雅之人，其诗自然从容而超乎事物之表。"[①] 笔者与马启代都没有过一面之晤，也不知道生活中的马启代是个怎样的人，故对其为人等等不便妄加评论，更不能将他定性为或"凝重"或"俊逸"的人。何况我们以为，古人关于诗与人的简单对应也未必十分科学。然而，我们非常看好的是，马启代以心为诗之家，而强调诗之发生中"心—良心"的意义，让诗人灵性得到了哲学意义上的赞助与释放。诗人用心来书写，为良心而写，其书写具有了心理人格的站位。他在诗中写道："这个秋天，我只长思想，不长翅膀。"（《我一生靠飞翔的身影照耀大地》）马启代是用诗在思想，思想是他的诗，诗是他的思想。因此，"一团火焰活在内心 // 或自己用寒冷焊住嘴巴，让思想发达 / 像黑暗里生长童话"（《题赠：冰，是沉默的水》）。因此，"思想在酷热中抽穗 / 秋风一来，我便会颗粒饱满一身金黄"（《秋风一来，我便会颗粒饱满一身金黄》）。思想饱满的诗人，看什么都有思想，看什么都能够看出思想。他的《没有思想的尘埃是悲哀的，再悲哀的尘埃也有飞的欲望》诗云：

——尘埃，是沉默的好，悬浮的好，无所 / 皈依者才善于思考 / 潜行者，才有思想 // 没有思想的尘埃是悲哀的，再悲哀的尘埃 / 也有飞的

① 郭绍虞《中国文学批评史》，上海书店 1989 年版，第 163 页。

欲望//——光来自精神，风是上帝的手，也是光的手/有思想的尘埃，内心都有翅膀//没有思想的尘埃是悲哀的，再悲哀的尘埃/也有飞的欲望//——我一直在飞。自古至今，囚笼从来无法给思想上锁/囚笼愈大，思想的尘埃飞得愈高

在诗人看来，大千世界的所有物象，其“内心都有翅膀”，那翅膀就是思想，尘埃也有思想，也有飞的欲望。华兹华斯《不朽的形象》中说：“我看最低微的鲜花都有思想，但深藏在眼泪达不到的地方。”[①]尘埃比最低微的鲜花还要低微，诗人目中的尘埃都是有思想的。那诗人呢？那诗呢？没有思想也算是诗人吗？没有思想的诗也算是诗吗？诗，不仅是语言的精粹，也是思想的精粹。诗，不是口水，写诗不是自恋者的呓语，像“脱口秀”一样胡诌乱造的顺口溜不是诗。以清代学者归允肃的说法，“人心之所得有浅深，故其形于诗者不能无工拙”。换言之，诗之工拙高下，是由心之所得的深浅所决定的。著名美学家朱光潜在《中西诗在情趣下的比较》中说：“诗虽然不是讨论哲学和宣传宗教的工具，但是它的后面如果没有哲学和宗教，就不易达到深广的境界。”这就是说，一首真正意义上的好诗，必须具备有道德要素与哲学支撑。马启代是个诗人，他的思想蕴涵在诗里，他是在用思想为存在重新命名，而使其笔下的物象获得丰沛的诗意凸显。马启代在《父亲，我生命里最硬的词汇》里写道：

所有的汉字里，唯有“父亲”一词最硬//父亲，我要把您请回来/坐在我诗的题头，作为最硬的词汇/为儿子的诗句，呈现铁质//父亲，马明文/一个不识字的农民，故去多年/这质朴的光辉//让一个时代的文学蒙羞

这是诗人对当下文学缺钙现象的无情批判，不仅流露出良心忏悔的良知，更表现出远离浅薄与摈弃恶俗的自觉与高尚。诗人将“父亲”纯化为一个硬质意象，凸显与强化了“父亲”的铁质特性，而将这种特性强化与纯化为一种文

① 王佐良《英国诗史》，译林出版社2008年版，第262页。

学所不可或缺的铁质。《黑如白昼》诗集，既是诗人马启代自身历史的精神记录，又凝聚了他特有的文化参与意识和美学批判精神，表现出一个真正诗人应有的灵魂硬性与人格尊严，直接或间接地表现出捍卫诗的美学原则与保护诗的审美气质的自觉与义勇。

诗歌鲜活的本性，来源于思想。马启代对时代历史风云的深切感悟，对世道人心的深度感知，构成了他的审美气质，决定了他的美学品级与其诗的美学特性。他信奉并追求“为良心写作”的理念。我们认为这有两层含义：其一，高尔基有句名言：“诗人是世界的回声，而不仅仅是自己灵魂的保姆。”其实这句话说的是真正的诗人应该有胸襟，具有恪守真善美的生命精神与主体人格，具有人性关怀而拒绝平庸的精神向度。马启代诗云：“人要心怀大爱，但更要黑白分明。”（《在泰山下，受桑恒昌先生一支笔》）其二，诗歌作为诗人建构内心生活的神秘符号，应该站上思想的制高点，发自一个没有污染的心灵，成为抵达人性和烛照生命的艺术体验与具象。我们以为，马启代的这种“为良心写作”的提法，其实就是要求诗人自觉培育超越凡俗的崇高感，具有关注当下的悲天悯人的人文情怀。“为良心写作”的提法，具有强烈的针对性与对抗性。当下中国诗坛的迷失，“集中表露在既缺乏中国诗学传统的忧患意识与悲悯情怀，又缺乏源自灵魂底部的真实‘魔力’，更缺乏思想的澄亮与浩茫”[①]。“为良心写作”的马启代，表现出对精神内涵和人文关怀的极大兴趣，这也成为其超越平庸而精神飞翔的一种睿智。马启代的诗，从其表现来形态看，其抒情基本上都是第一人称的，从“良心”发出，或是写“我”或是围绕“我”写，写我的忧患，我的恐惧，我的悲欢，我的灼伤，我的快意等。他最大可能地不为世俗、时尚和流弊所束缚，而又形成了超越“事物的本相”之真实的飞翔，给予事物全新的命名。

雪莱说过，诗使它触碰的一切变形。被诗所触碰到的，没有变形，那不是诗，至少不是好诗。中国诗学有诗是雾里看花之艺术的说法。没有“雾”只有“花”，不是好诗；只有“雾”而没有“花”可看，也不是诗。马启代的诗性睿智，使他不是以消解诗意、颠覆文学性，或泯灭抒情性而实现所谓的“先锋性”，而

① 庄伟杰《诗意空间缘何日益狭小》，《光明日报》第14版，2013年4月9日。

是恰恰相反。我们从其诗的外在形态看，他的诗突破了标准化日常语言规范的语法、词汇和句子，有意断裂句子，或拆解语言，或楔入赘生，大量使用了夸张、反讽、具象和抽象的暴力嵌合，以及寓言或比喻手法。但是，诗人的出发点与旨归，都是在创构一种陌生感的“变形”，营造一种诗所特有的迷人情氛的“雾”，形成了的是诗的流动与实质，而不是散文的行进与外观。他的诗歌体内蕴藏着一种特殊的精神气质，表现出对于生存本质和终极家园追寻的躁动，表现出对当下生存和时代真相深刻揭示的热衷。这种先锋思想的要素与人文关怀的生命精神，使其诗真气弥漫，沉着凝重，具有激情丰沛的内力，具有精神丰盈的境界。通俗点说，就是马启代的诗有“雾”也有“花”可看。那些“花”，为其思想点燃，绽放的是绚烂的礼花！我们进入马启代诗的陌生的花园，无数的“美”奔跑而来。马启代在他诗的花园里奔跑。马启代是个舞者，是个张力饱满的舞者，是个内心异常强大的、顶着大大的脑袋的舞者，还是让我们想起了“天昊”。

笔者常言，所有的读都是误读。我不知读懂了马启代没有，我也不知是否读歪了马启代。借马启代的一首诗来收束吧，《卧床夜读，我一再被文字摇晃》：

——文字是有声音的，我只能用心听 / 用心按住，以免让尖叫跑出 // 文字也是有光亮的，我只收留闪电 / 它们只在没有太阳时出现 // 文字当然也有思想，但多数被篡改 / 我看到了脏水和热泪 //——深夜，囚灯照常雪亮，字摇晃 / 合上的书页，仍有切齿声 // 我无法将所有的细节一一说出……

龚学明《夜行》组诗评赏①

［按］ 龚学明的诗，反映的是现代人在现代迷惘中的情感心绪与精神状态，充满了现代性的慌乱、躁动、饥渴与无奈，并表现出一种理性的反思、自责乃至忏悔。他的诗，追求思想的深度，也成为一种具有思想深度的诗。

龚学明的诗歌，给我的突出印象是：现代。这种现代，是意蕴，是情境，是诗性精神，而主要不是形式技巧，更不是以怪异或朦胧来具象的"伪现代"。

龚学明的诗歌，反映的是现代人在现代迷惘中的情感心绪与精神状态，充满了现代性的慌乱、躁动、饥渴与无奈，并表现出一种理性的反思，自责乃至忏悔。龚学明的诗，因而也获得了一种思想的深度，成为一种具有思想深度的诗。柯尔律治《文学传记》中认为："诗是一种创作类型，它与科学作品不同，它的直接目标不是真实，而是快感。"龚学明的诗，给我们的快感是感悟的惬意与诗性的陶乐。

龚学明的《夜行》组诗，所表现的不是以现代生活的真实为目标，而表现了一种现代社会生活中获得的感性而诗意的快感。丹麦诗人尼尔斯·弗兰克在最近的研讨会上说，诗歌的目的在于人与人心灵的沟通与对话，其基础不是抽象的概念，而是具体的情感。②龚学明在与心灵的对话、与人的对话中，又是怎样"具体"其诗之情感的呢？

龚学明诗的情感之具象的重要形式之一，是场景的设置。也就是说，其"具体的情感"，是在特定的场景中生成、发酵，或具现的。换言之，龚学明诗的"具体的情感"，是通过一定的场景来演绎的，这些个性非常鲜明的场景是：雨天，黑夜，山间，路上。诗人何以有这种场景的设置呢？这就是我们要讨论的"现代性"。这似乎不是刻意而为的，而是诗人不自觉中的自觉，是现代环境压迫下的一种条件反射，也是现代情绪合适诗化的一种睿智选择。故而，其

---

① 原题为《现代情绪的诗化场景》，发表于《翠苑》2016年第5期。

② 《中国诗歌：如何从"家乡"走向"远方"》，《光明日报》2016年7月2日。

诗中的“夜里”“雨中”“山间”这些“现代”的印记，就类似于中国古代诗歌中的“以物象为骨，以意格为髓”的意思了。

龚学明在《7 月 5 日，夜行》诗中写道：

> 夜晚比白天更陌生 / 我摸索在黑色的未知里 // 一条路指向远处 / 时光已进入深处，星星全无 // 夜虫低低地鸣叫 / 很轻，很柔，像已经进入 / 我敏感的灵魂地带 // 其实，我喜欢夜，/ 更喜欢夜间的雨 / 它抚慰着阴阳两间的灵魂 / 让亲人们在墙的两面放松交谈

诗人选择了夜，诗中交代这种选择的理由，似是一种精神告白，是一种理想宣泄。这种“夜”，让诗人感到“陌生”，感到“未知”。黑夜消除了所有的界限，也没有了阴阳两界的隔阂，现实中所有的羁绊都可以不要，也都可以没有，灵魂自由自在地游荡。因此，他才认真地说：“其实，我喜欢夜，更喜欢夜间的雨。”诗人渴望投入黑夜深处，接受黑夜洗礼，接受黑夜宽广的赐予，成为黑夜的幽灵。可以说，是夜给了他灵感，拨动了他人性和灵魂的琴弦，拨动了他诗的七弦琴，而与其生命和灵魂发生了契合。而诗人对于夜的渴望，与其说是对现实的逃避，不如说是现代对他的适应，他也似乎急于要把感情与思想交给黑夜来发酵。黑夜让诗人找到了一种与世界建立精神关系的支点，找到了一种精神与情感挥霍的方式。

> 夜色铺在地上 / 大地并不柔软如被 // “我没有想到床 / 我还不能将心以拉链的形式打开 / 和灯火的暧昧 /……将疲惫摊开”
>
> ——《拉杆箱在夜色中行走》

他在夜色里行走，拖着拉杆箱，像是个“旅人”，一个找不到宿处而在寻找的旅人，在黑夜里如同幽灵一样地奔走。他在寻找着，不知疲倦，也没有睡意，甚至也不想“将疲惫摊开”。夜，这种特定场景，最能够触发他，也最能够表现他在现代社会中被挤压而逃离的情绪。

龚学明诗中的自我形象是忙碌的、求索的、寂寞的、孤独的、而又是无助的、迷茫的。他走在夜里，走在雨中，也走在山路上。诗人用夜用雨用山路，用这

些与喧嚣生活形成极大反差的寂寥静谧，建立自己的精神空间。而他在这种踽踽独行中的独寞与孤寂，最适合发酵他的意绪，磨砺他的思想，同时也保证了他诗的诗意提纯与升华，制造出现代诗的陌生化效果，或者说是强化了诗的陌生性。

因此，他喜欢在山路上行走，山路寂静，夜一样的寂静。“连这里的狗也是谦卑的 / 在路上相遇 / 它先于我让路 / 它默不作声，没有惯常的低吼或狂吠 / 它的眼神比我还温柔。”（《山路上如此寂静》）诗的描写极富深意，人与狗比，比出了人的愧疚。这是自写，这是对现代生活的反思，这也是对现代社会的反衬。山里的狗，彬彬有礼，“它的眼神比我还温柔”。为什么狗的眼神比“我”还温柔？因为，那是山里的狗。为什么“我”的眼神比狗还要不温柔，因为“我”是大都市里来的人。这分明告诉读者，诗人非常渴望那种狗也“没有惯常的低吼或狂吠”的环境，甚至不惜做一只山里的谦卑的狗。这是否就是诗人要走在山间，要走向山里的原因呢？不过，我们于其诗中读出了他对那种人比狗还要不温柔的环境的厌恶。

诗人从都市逃离，走在山路上，企图找到他的故乡。这山路山间，是他的故乡吗？是，也不是。那是一种精神的还乡。龚学明的《仿佛》是写还乡的，写还乡的感觉：

> 一回到故乡，又听到那只鸟在叫 / 这雨声总在我来到时填满房间 // 在远方，我多么卑鄙 / 我故意忘却两个字，忘却一个人 / 忘却两个深潭的泪水，和 / 永远低矮的眼神 // 我不及一只鸟的忠贞 / 它在故乡，像家门前那棵守卫的树 / 它守卫一个人的荣誉 / 在他病前和身后一样努力地叫 // 到今天，树上的叶子已经翻动了一百多天 / 它没翻动两天，他侧身远去 / 它已如此宽大醒目，而他久无音讯 / 唯有这只鸟在提醒人世，他一定还有冤屈 // 这来自蒿草间的声音 / 这七月炎夏。仿佛这不是鸟的叫声 / 而是我持续不断的愧疚。我汗流满面

回到故乡以后，诗人更多的却是自惭，是“不断的愧疚”，是“汗流满面”的惊悸。鸟声，不是鸟声，鸟声是一种恍惚，是一种嘲讽。他深深感到了他与山里人的差距，山里人“对于我们这些急吼吼上山 / 急于将果子装于背篓的人

/ 他们十分陌生”（《山路上如此寂静》）。

龚学明的这些诗里，经常出现诸如“我多么卑鄙”的自责，或忏悔式的自白。自己与自己对话，与灵魂对话，用世界级诗人艾略特的话说，就叫作自己对自己说话。艾略特认为：“如果作者永远不对自己说话，其结果就不称其为诗了，尽管也许会成为一套辞藻华丽的言语。”这些诗里，通过对自己说话的方式，即一种追问内心的“独语”形式，表达一种忏悔，表达一种逃避。龚学明热衷于与自己对话性质的追问，把这种追问作为其诗的基点或出发点，而对社会现象加以本真追问，强化了其诗的理性彩色，也强化了其诗的心灵化的感染力。

我们一直以为，好诗不能没有思想，或者说，好诗必须具有思想的深邃与智锐。但是，诗歌毕竟不是思想，也不能等同于思想，更不是外在地贴附上思想。龚学明诗让我们激赏的，主要不是其诗有思想，而是其诗里的思想融于形象中，不是概念的或裸露的。思想是其诗的鲜明亮色，是其诗的精神呼吸。

龚学明《在山间》的前三节是这样写的：

> 天气太热 / 在山间，温度并没有降下。/ 人生，是否就此进入了艰难期？ // 山凹里汇聚着水 / 这人人争相急于拥有之物 / 如同荣誉 / 然而池塘夹带着泥土 / 池水略有浑浊 // 那些曾经盛放的一年蓬 / 虽然卑微 / 但在五月合适的雨水里 / 一再展示出努力的欢颜 / 而今，它们纷纷枯萎 /——宣告一种尘世的失败

天气太热，马上跳接到人生艰难；曾经盛开的莲蓬，即刻转想到人世无常。诗人的这种比喻性的叙述节奏，转换畅快，往往在不经意间转换，景象与人事对应，自由比照。诗人积淀的生活体验，于某一天被某种偶然事件或景象所触及，刹那间生成了由此及彼的联想与顿悟，发现了二者间的某些相似、相近或相通的关联。龚学明诗中常见这种叙说，他也特别擅长这样的叙述，这似乎是一种类比的自觉，或者说，是一种巧妙的比喻，而不是生硬的比附。他的《通知的停电》诗，也是这样的表述，其中写道：“在生活中，我真实地经历一次停电 / 一次次地事先通知 / 但我仍然没有做好准备。/ 享受过电的人享受风的温柔 / 被风爱抚的人现在裸露在荒芜和暴晒里。”龚学明的这种由此及彼的联想、顿悟是敏锐的，而其叙述性的链接又是特别自然的，奇妙地将生活现象与

人生对接，而完成了从量变到质变的顿悟过程，形成了具有哲学意味的象征意义的诗化过程。他在《被风吹动的浮萍》开头就说：“更多的时候 / 我们被悬在生活的表面 / 在迷茫的探究中，我们也曾想 / 脚踏实地。”他在《被风吹动的浮萍》的结尾这样说：“就算通过命运中 / 的这个坎 / 比如疾病康复 / 涉险而过后 / 我们仍不知道余生 / 会怎样度过。”诗写浮萍，而对应人生，则写一种茫然，甚至有点人生不可预测的黯然，诗人在生活中积累与观察而获得顿悟，从对象与本质双重意义的层面揭示了人生的真谛。《我们睡觉》中的一段描写是这样的：

一天中，我有一半的时间睡觉 / 仿佛死亡多么惊恐 / 每天我们让自己死亡一次 / 死亡的时间和活着的时间各占领一半 // 活着就这么难过吗 / 人世间的美好 / 说没有就没有？

这是写死亡的一首诗，也许是写某一次参加追悼会的。诗的开头写道：“‘别碰他，别喊他，/ 他已睡着，/ 他面色苍白，在灵柩里一声不吭”。诗所要表达的意思非常微妙，他将人死比作睡觉，就像人们平日的睡觉，而平日的睡觉则是死亡的“练习”，一无死亡的恐惧。“死亡”与“睡觉”，将生活、人生乃至生命坦诚相接，以生命真实而自然的呼吸完成了这种书写。诗中的理性，呈现为生命无意识，也构成了审美与审知的意象，令人在惊异中不知所解而细玩猜解，接受或者反对他的人生、生活与生命的见解。而诗人则“没有过度喧哗 / 静站片刻，我们心境宁静 / 目光放凉”。

笔者以为，最高的诗歌就是哲学，而最高的哲学也是诗歌。诗歌是将诗中的审美意蕴上升到形上的层面，而释放出丰富的哲学意蕴，折射出理性的光辉。我们听听龚学明《我——一段墓志铭》诗中吟咏：

在人世间，我受过太多的诓骗 / 一早追赶太阳，带回的是微弱的星光 / 我也有世俗的荒唐 / 将内心的亮光遮起来 / 让荒草偷偷生长 // 其实，我更爱独行 / 在水边 / 喜欢看河水远去的样子 / 我因此领受了神谕 // 我已不是我 / 人世间的名字“龚学明”已不是我 / 不要在墓碑上写这个名字 / 墓中空空 / 没有这个人的肉体，声音，和笑 // 我已经还原 / 我分裂成

无数个我／我是空气中的灰尘，水／我只是一道光／我是一种人间虚无的怀念／——我来过吗？似有似无

诗人的灵魂一次一次地被涤荡，然后一次次地被拯救和抚慰。诗人发现他找不到故乡，甚至也找不到自我。他发现当下的自我，也已全然不是那个原来的自我。这正是现代人的一种现代迷惘：不知自何处来，也不知往何处去；我是什么？我什么也不是。

读龚学明的诗，总感到他有一种特别的诉求，对生活、生存与生命的诉求。他似乎强迫自己深入事物的灵魂。而他的这种诉求，融化于诗的形象思维，而充斥于整个诗篇中，使作品洋溢着哲思的意味，却极少"理过其辞"的玄味。诗，不排斥生活；诗，也不绝对排斥理性。但是，诗太理性、太生活化了，也就没有了诗。诗歌最重要的是精神的灌注，是思想的浸渍，是诗意和哲学之间自由的往返。龚学明的《被白雪覆盖着》①，这是一首诗写酷热的诗，在酷热的场景中写那遥远的雪。在"被阳光一点点地瓦解"，"被时间一点点地消融"的当下，遥想"被雪覆盖着"的感觉。然而，"这衰老的雪疏离晶亮的白／透明的白／像我们疏离了童年"。雪离我们委实太远呀！龚学明想要表达什么？我们知道，也可能不知道，只感到，诗中有一种淡淡的忧郁，有一种隐隐的无奈，有一种别样的冷凝。龚学明的诗，总体上看，都有点忧郁。他的诗，是在读者的懂与不懂之间。他似乎只是把原始的生命情绪状态呈现给读者。

诗歌不是纯粹的语言符码，也不能沦为技术主义或行为艺术。诗歌要不表达思想也难。

龚学明似乎比较强调诗歌创作中的精神理性，其知性精神中的批评意识也很突出，他的批评是自觉的，他的批评是自我的，而不是那种所谓的现实干预的。也因此，龚学明的诗，尽管其中有骨头，有铁钙，还有不断闪现的思想锋芒，但其"诗需要一些壮大的、野蛮的、粗犷的气魄"（法国美学家狄德罗）。龚学明的《断裂的栈道》诗云："在没有路的地方／可以设想路／在看不到风景的地方／看到新视角"。这几句诗，是否可以借以观龚学明与他的诗呢？

---

① 此诗百余行，略。

《中国散文诗选》评赏[①]

[按] 因为此文，我也便与散文诗结下了不解之缘。此文似也奠定了我对散文诗现状的总体认识。散文诗之所以受人歧视甚至凌辱，不是因为散文诗文体本身，而是因为散文诗创作现状。2016年12期的《博览群书》，将拙作题目修改为《提起散文诗，我总难免悲壮》，甚合我对散文诗的具体情感。

我们提出“当代散文诗之危困”这个命题，本身就蕴含着生成一种错觉、激起一片争议的可能性。我们不得不承认，当代散文诗坛，尤其是自1979年以后，也的确热闹了一番，现在仍并不十分冷清，而且还出了几本颇有光彩的集子，亮出了几个引人注目的姓名；然而，假若把当代散文诗放入一定的参照系里去思考，即便是对散文诗万般钟爱者，也不能不见出“相对性”的不景气来，感觉到还是较为显明的危困。纵看：就其自体言，中国现代散文诗自刘半农首次亮出旗号到鲁迅的《野草》树起辉煌的里程碑以后，就再也未能掀起过轩然大波。横看：相对于勃兴的小说、诗歌、散文及报告文学而言，散文诗委实不能算是文学竞技场中的明星。最值得深味的是，散文诗仿佛一片野花，不声不响地开放着，无人来非议它，也无人去讴歌它，虽不能说是“已近黄昏”，“更著风和雨”，但“寂寞开无主”却是事实。鉴于此，以审美的态度对当代散文诗进行认真观照和深入反思，应该说是十分必要的。[②]

观照之一：现代意识的单薄，弱化了散文诗的美学价值

德国美学家、移情派的代表人物伏尔盖特认为美学是一种价值理论，美

---

① 原题为《当代散文诗之审美观照——兼论散文诗之危困》，《宁夏社会科学》1990年第5期；人大复印资料《中国现代、当代文学研究》1991年第11期全文转载，被选入《江苏文学50年·文学评论卷》。

② 文中所引散文诗作品，多出于《中国散文诗选》。此选本为许敏歧编选、柯蓝作序，广西人民出版社1983年版。

是人类的一种伟大价值。从价值观念上来说，任何一种价值，都具有满足人们某种需要的一种属性，体现出人的某种本质、本质力量和理想。黄金与污泥，只有物理性质上的不同，没有价值等级上的差别。散文诗，与其他文学样式的价值更不会有等级上的差别，只有当它们与人们的审美需要和社会需要联系起来时，才有了价值区别。也就是说，只有当这些文学样式作为具有美学价值的美的形态作用于审美者时，才可能具有它们所特有的艺术魅力，产生审美效应，生成“价值”。因此，人的审美关系，历来是价值关系。以价值观观照当代散文诗，我们就不难见出其疲软性和微弱处来。究其原因，则是我们的散文诗创作者们现代意识单薄，忽略了散文诗这种形式的传达现实精神之特长，从而未能以现代的观念、新的价值感和新的美学理想去表现在现代生活中感受到的现代情绪、现代意识。

应该说，所有的文学骚动下都流淌着时代的审美潜流。就散文诗而言，这种新兴的边缘交叉的文体，乃是现代意识激变的时代的产物，是作为背叛传统、反抗压制的旗号被打出来的，这自然首先要论及法国现代派诗人波特莱尔这个散文诗的开山人物。中国在五四时引进散文诗，正是为了对人生，社会深刻思考和感悟，顺应了现实政治，契合了变革动荡的社会需要。也就说，散文诗命中注定了必须关注时代的热点、社会的兴奋点与民族的焦虑点。纵观五四时期的散文诗作者群，像鲁迅、郭沫若、茅盾、朱自清、冰心、许地山、王统照、焦菊隐、王任叔、徐志摩等新文学的先驱者们，几乎没有一个不涉猎散文诗领域的。他们纯然是把散文诗作为排开传统压抑、自由民主地发抒快意的需要，作为时代潮流撞击下的心灵回音壁。

在经过了数十年历史的盛衰嬗变之后，散文诗的这种对于国家、民族和人民命运的自觉关注，对社会意识形态的积极反应的传统，似乎从未中断过。当今的散文诗作者们，大多也很是注重社会政治课题的反映，但是，读者在他们作品里所见到的只是现实生活琐事的平面描摹，只是社会表面意义的增值。这些“现代”的作品，成了常识的解释、观念的演绎，成了架空的抒情、生硬的说教，显出一种贫血的苍白、一种病态的虚弱。这些描写现实社会的诗作绝非真正意义上的现代意识的艺术物化，这里的所谓“现代意识”只是一种可以粘贴的商标，因而，这样的“艺术品”也就不可能真正具有文学及美学价值。

苏联当代著名美学家斯托洛维奇认为，艺术价值有审美价值和社会价值，而且强调二者应该是交融的。作品中的社会价值应该从审美价值中映射出来。我们可以断言，任何超功利的超社会价值的艺术价值也是不存在的。我们要求散文诗重视主题的社会意义和题材的现实价值，并非要求其也像其他的叙事文体那样对生活进行全景透视和全方位扫描。而是要求我们的散文诗作者也像其他所有文体的作者一样，对那些现代生活冲击下的男男女女的紧张、兴奋乃至困惑、苦闷的心灵，做出快速的反馈和审美观照。社会节奏的加速度运动，社会生活的急剧变革，各种观念的激烈碰撞，各种社会矛盾的纷至沓来，这一切要求作为文学一种式样的散文诗同样要有深刻的反映，而这又不是在作品里点缀些立交桥、五星级旋宫酒店之类所能奏效的。时代按照自己的意志，要求散文诗作者的审美观照必须符合新的时代精神、新的美学趣味和新的价值观念，要求以真正的现代意识去表现我们现代人的现代生活和现代情绪。而散文诗自有散文诗表现时代反映生活的特点，这种思维“小感触”的晶化物，要求表现对人生对现实的深刻思考所构成的内心生活的深层结构，来象征时代和历史。而这凝聚、晶化的“小感触”，因为具有了现代意识，照样可能具有强烈的放射性和深广的扩散性，散文诗的美学价值和社会价值亦因此而得到同步激增。

观照之二：生活经验的浮浅，钝化了散文诗的美感功能

散文诗，这种抒情性极强、象征性极浓的文学样式，最关心的是各种经验，它的艺术焦点应放在审美经验上。作为艺术瑰宝的《野草》，其辉煌成就，首先不在于作者所采用的独特的“现代”手法，而在于鲁迅先生把他的那些对人生、对历史、对社会的独立思考所获得的深刻的感受和其深厚的人生经验，化为充满诗意和哲理的形象。那些光辉诗篇里所充满着的强烈的社会参与意识、批判意识和历史使命意识，使这部散文诗集成为现实主义和象征主义完美结合的艺术精品。较其最为光辉的杂文来，《野草》更有一种隽永的艺术美感。这是鲁迅的成功之所在，也是我们不少散文诗作者的失败之关键。好些散文诗作者生活经验上的浮浅，反映在散文诗创作上则主要为两个极端：一是急功近利的热烈，一是超然物外的冷漠。前者诱发了不少数量的按流行观念演绎出来的应时即景之作，后者则导致古诗意的大量的翻版复制。

别林斯基在其长篇论文《论普希金抒情诗》中说了这样一番极为中肯而

又极为尖锐的话："每一首诗应该是主宰诗人的强烈思想的果实。假如我们只把这思想认作是诗人理性活动的结果，那我们就不仅抹杀了艺术，而且连艺术的可能性也否定了。如果真是这样的话，作一个诗人有什么困难呢？有谁不会由于癖性、需要和有利可图，而成了诗人呢？"[①] 现在的散文诗创作的确容易起来了，按照"流行观念＋生活景象"的模式去作，轻车熟路，发表了几章散文诗便亦可自诩为"家"了，亦可加入一个层次还不算低的散文诗的协会。这种创作的"轻易"性，使得不少人满足了应景即时，甚至滋长了一些人的投机心理而去练诗外功夫。斯托洛维奇在其《审美价值的本质》一书中引用了别林斯基这样一段很有意味的话："艺术能够是某些思想和倾向的手段，但只有当它首先是艺术时，才有可能。否则他的作品将是死气沉沉的譬喻，冷冰冰的学位论文，而不是现实生活的再现。"而我们不少散文诗作者自觉或不自觉地放弃了独立思考的主体意识，对生活、对人生满足于肤浅的感应，无心去获得能引起许多人感应和感通的美学素质，而只是企图借助于观念口号，乞灵于"大巴士""小的士"之类的时髦语词，就想去表现现代生活，表现时代精神，这样的作品必然"是烦琐的、虚伪的、畸形的、死的"，缺乏艺术美感的。

从创作规律看，艺术家的全部创作过程，就是不断地为自己在现实生活中激发出来的强烈思想和深刻感受寻找新的、独特的艺术形象的过程。散文诗创作，应该是散文诗作者把经过主体观察体验感受而形成的各种印象，与原有的美感经验相化合而生成的晶体。而这个过程，仍不应是即兴直笔的，应让感情回流，并在一定的距离上再去观照这种经验，使之晶化为生动的诗的意象，而不是赤裸裸地发抒。而不少的散文诗作者，有些还是颇有名望的"大家"，习惯于直观描绘客观物体，和盘托出内心世界，把作品作为主观情绪、本体意识的火焰喷射器，而且语言也直白，具有较浓厚的说明、介绍、评述的成分。写长城的便是："啊长城，你是多么雄深、巍峨！你翻上重峦叠岭，直下悬崖陡坡，又穿过荒沙野漠……"写"大山"的便是："英雄山拔地而起，耸立在鼓浪屿海边，面对着苍茫的大海，背靠着巍峨的日光岩……"像这样坦白、直说的诗作的作者，自然不能说是善于从现实生活中捕捉情绪而晶化为深切动人

---

① ［俄］普希金《普希金抒情诗选集》，查良铮译，江苏人民出版社1982年版，第535页。

的诗的形象，这样的作品似乎也无法释放出鲜活的时代精神和辐射性的信息流，无法作用于读者群的审美心理结构，自然也就无所谓美感功能可言。这种忽略了对人生对生活的深刻体验，忽略了情绪的铸炼，简化了铸炼过程的做法，只能是无效应地浪费感情，其结果却衰弱和钝化了散文诗的美感功能，使散文诗成为面目可憎的说教者，因而也就使其失去了大量的本来属于它的审美者。

同样是由于人生经验的浮浅，另一部分散文诗作者的审美情趣发生了转移，形成了散文诗坛上的“山水田园派”“花鸟虫鱼风”。赠答寄远，酬酢应景，审笑观照狭隘地置于小景小物之上，极大地降低了散文诗的美感功能，使其自降为一种小摆设。读过几本文学史的人就知道，中国古代专事小景小物创作的散文、小品、诗词、歌赋，乃是中国封建社会封闭状态的产物，是中国封建的传统文化的结晶。中国封建社会的小农经济形态，以家庭为本位的陈陈相因的封锁性社会生活，限定了作家的体验，形成了以静为美的传统文化意识，表现在审美情趣上便是闲适、平淡、含蓄、纤柔。而当代的一些散文诗作者效法古人，取法传统的美学理想，并非是说他们在这些小景小物上也有多少深刻的经验，而只是在古人吟咏腻了的题材上重复，在古人创造的意境上翻新，甚至成批量的复制，这不仅是一种轮回，而且是一种取巧。这就成为散文诗进入新生活领域、新艺术境界的一种巨大阻碍。由许敏歧编选、柯蓝作序的《中国散文诗选》，也许要算是散文诗选得较好的一本了。有相当数量的是花呀草呀的不动真情的浅唱低吟，这种人为的远离生活、远离人生的价值取向，这种古老田园现代人的粘贴方法，使当代山水田园的散文诗呈现出一种扭曲了的非时代、非传统、非自由、非自然、非健康的状态。其实，我们古人的山水田园诗文，以闲适诗人的代表人物陶潜和王摩诘论，其作品无一不是其深刻的人生经验的结晶，无一不是他们所处时代面貌的曲折反映。尽管他们主观上确有远离时代、淡化政治、逃避现实的愿望，然而，他们的那种人生经验、生活态度、美学理想，则通过其心灵屏幕上的折光，炫目地反射了出来。可以这样大胆地说，没有独特的生活体验，没有深刻的人生经验，便没有陶、王一类的山水田园诗。而当今散文诗中多是些缺乏新意的照抄古人，翻新古意，多是些琐碎的感触、病态的内心情绪，这与我们这个时代是多么的不协调，多么的不适应呵！在这种取巧心理、封闭心态的支配下的创作活动，自然出不了散文诗大家，出不了划时代的散文诗佳作，掀不起轩然大波来，这恐怕要算是中国当代散文诗危困的一个重要因素吧。

观照之三：独创精神的匮乏，异化了散文诗的本体特质

散文诗的出现，体现着新的文学观念、新的美学价值和新的审美情趣。这种新兴的文体，具有综合性的特点，从其形体看，它有散文的舒卷自如的散漫，但绝不是散文的压缩或简写；从其内质看，它有诗歌的意韵，有诗的叫人咀味不尽的酽醇，但也不是诗的降格，不是诗的不分行的连写。散文诗应该具有属于它自己的而非别的体裁所能替代的个性物质，有其特有的形体，有其特有的表现内容和表现手法，也有其特有的艺术理论。因为独创性是文艺本身特质的要求，也是艺术家最可宝贵的素质。

假如我们能对散文诗之本体做冷静的观照的话，我们就会发现为数颇多的散文诗作最为缺乏的便就是独特性：一是它的本体显不出区别于其他体裁的独特性，再一便是大多拾人牙慧或互咀唾余，意境、题材、手法乃至语言大致雷同。这自然不排除一些作者的“玩诗不恭”的态度，但主要还是独创精神的匮乏，这不仅使散文诗陷入僵化的模式之中，而且使其面临着与其他文体同化的危机。

首先，散文诗本体缺少鲜明确定的界定，这是自其初创时期起至今未得解决的问题。被有些文学史家们考定为第一首散文诗的沈尹默的《月夜》，分行排列，全是诗的体式。认真说起来，它是从旧诗中解放出来的散文化了的新诗，其归属是两可的。而朱自清的《毁灭》，原是当诗写的，后因分行排列篇幅过长，便合起来抄了，也就成了散文诗。散文诗越是发展，其界定似亦越发含混了。朱自清的《背影》、郑振铎的《海燕》可以同时出现在今人编选的散文或散文诗集中。至于说那些政治性哲理性的格言、名言、箴言之类标上散文诗的，更是习以为常。有的甚至把影视解说词或小说、散文中的某一部分抽出来，冠以散文诗的名号。尤其叫人惊诧的是，有些人把写歪了的诗作为散文诗发表，有的编辑把长诗连缀成篇，编入散文诗类。如此本体异化的现象，绝非值得庆贺的好事，相反倒是散文诗面临危困的明证，也正是其缺乏鲜明本体特质的反映。因为如果一种文学形式可以由另一种来替代，那么，这种文学样式就失去了存在的意义。什么都可以标为散文诗，那么就无所谓散文诗了。

其次，散文诗形体上的僵化，形成了一种大致相近的模式，以山水景物起，以情悟哲理结。按此模式大批量复制出来的散文诗，面目仿佛，格调类似，甚至连一些散文诗大家也在恪守、重复着这种模式。比如写工地的，先是“场面”的简单描述，然后借其一点“伸发”开去，便成功写出了一首散文诗。写农场的、写兵营的也全然如此，全是“卒章显其志”一路，是去掉细部、去掉背景的平面连环的“线结构”，而绝少有立体的、交叉的、多棱多层的“团结体”。这类“附贴法”“加减法”，使散文诗创作成为一种简单劳动，成为一种毫不费力的语言游戏。其实，艺术最终是形式问题，最重要的也是个形式问题。创作所追求的就是一种合体的形式、一种合理的秩序。创作者不只是在材料、意象和观念等方面应给以内在的秩序，还需给作品以外在的形式，除了内部的逻辑顺序外，还需给以外部的平衡。而这种内在和外在的形式不应是僵化的、一成不变的，应永远处于动态之中，活泼多变，显示艺术生命的唯一性和不可重复性。像鲁迅的散文诗，几乎是一篇一种格局，没有丝毫的雷同，纵然全是写梦的七章，也各具面目，各呈异彩。鲁迅先生的示范以及散文诗本体的综合性优势，向人们显示着，散文诗的形体要比其他文体从容自然得多，弹性大得多，适宜于表现新的感觉，较少障碍地进入新的生活。我们的散文诗作者有何必要与某一种模式长相厮守呢？

再次是散文诗表现手法的老化和简单化。意境、意象、蒙太奇、意识流，很难说得清哪种手段是属于散文诗自己的、最适合于表现其本体的。我们很佩服台湾当代最有成就的诗人之一的余光中，尤其欣赏他“艺术的多妻主义者”的自诩，因而就更厌恶“艺术的共妻主义者”了。什么手段在散文诗中都好使，这自然是其优越之处。但是，认真的借鉴中应蕴含着独特的再造，而不是使自身本体成为别人的替身。当代不少散文诗作者，却只注意了照搬其他文学样式的表现手法，而不是根据散文诗自身特点独创性地运用和发展。这与有些评论家的理论导向也不无关系，这些批评家们把从古典文学（主要是古典诗词）中抽象出来的审美情趣和创作规则，套在当代散文诗创作上，把散文诗引向非正常状态。

更有甚者，有些散文诗作者只是靠甜得发腻的比喻，靠直抒的呼告，作为散文诗的主要抒写手段，使散文诗流于简单化。散文诗，无疑是一种新的结合，散文注重纪实性，诗歌则注重抒情性，这种新的结合，必然要求并导致其在艺术表现手法与技巧上做相应改革，以致获得更为自由灵活，更具生活美感，更带自我本体色彩的创作特色，形成开放灵变、多重多义的本体特色。

在在此论，近乎耸听之危言，且多有偏激，多有偏颇。然而，散文诗必须重新认识自己，必须尽快找到自己在当代生活和当代文学中的价值和位置，找到自己的出路，这是其当务之急。我们以为，散文诗所面临的问题，不是追求其纯粹性，而是增强其现代意识、创新精神和真正的社会责任感，扩大生存的空间，拓宽接触的层面，在与小说、诗歌、散文及报告文学等文学样式的竞争中觅出路，求生存，图发展，散文诗的第二次高潮也是可望到来的。

《中国散文诗 90 年（1918—2007）》评赏[①]

［按］ 散文诗大型选本《中国散文诗 90 年（1918—2007）》，150 万字，长卷式、全景式、多侧面地展现出中国散文诗创作与理论 90 年间的发展轨迹。在散文诗面临作为文学“另类”而被打入文学“另册”的尴尬境地时，王幅明为 90 年散文诗盘点，做了一项很不讨好却很有意义的事情。

大型散文诗及其理论选本《中国散文诗 90 年（1918—2007）》（上下册）[②]，给我们最强烈的印象就是：突破—创新—厚重！上编《作品选》总计选入 272 位作者的 1300 多篇作品；下编《论文选》收入各个时期有代表性的散文诗论文 29 篇。加上《中国散文诗集编目》《中国散文诗选集编目》《中国散文诗鉴赏集、评论集、理论集编目及〈野草〉论著编目》《中国散文诗大事记》等四个方面的附录资料，是目前涉及面最广泛，集散文诗作品、散文诗理论精粹之大成，最为完善且具有权威性的一个选本。

---

① 原题为《精心的盘点 精彩的检阅——王幅明〈中国散文诗 90 年〉选本评论》，《出版人》2008 年第 6 期。

② 王幅明主编《中国散文诗 90 年（1918—2007）》（上下册），河南文艺出版社 2008 年版。

为90年散文诗盘点，这是一项很有意义，也很吃力不讨好的事情。兼有编辑家、出版家、散文诗作家、理论家多重身份的王幅明先生，在短时间内竟然做成了一件“盘点”大事，为出版界和文学界视为“大事件”而好评如潮。

鲁迅先生说：“选本所显示的，往往并非作者的特色，倒是选者的眼光。”所谓“眼光”包含着“知人论世”的大学问，这不仅仅需要具有文学史的“史识”，而且需要具有美学家的“辨力”。在某种意义上说，好的选家当是一个高明的文学研究者、文学史家，也是一个艺术鉴赏家。因此，具有好“眼光”的选本，最突出的问题是要解决好这样几个矛盾：全面性与代表性、历史性与当代性、文学性与思想性。而首先需要具有解决这样几个“两难”的自觉意识。我们在通读了选本、也考察了选本《后记》之后，得出的结论是：此选本充分体现了选家的独立思考，对编选宗旨的体现也是到位的，因此具有突出的文体特征、鲜明的美学精神和强烈的时代印记。我们想通过选家对三个两难问题的解决，来看选本的“创新点”：

其一，全面性与代表性。散文诗90年，泱泱大哉，浩浩淼哉！此选诚有淘金之难，琢璞之艰。更有此前选本，包括同类诗歌、散文选本的“约定俗成”范式的影响，选本是很容易走上“惯性”之路的。幅明先生在《后记》中回顾而总结道：“本书编选，依据以下几个原则：①所选作家，是90年来各个时期的代表性作家。为避免重复，多次入选过的作品，本书不再编选。②不是代表性作家，确有佳作的。③兼顾各种风格，题材多样……④包括香港、台湾在内，以及部分海外华人散文诗作家的代表性作品。⑤厚今薄古。近30年的作品占了全书的三分之二以上。这也符合散文诗创作的现状。从附录中可以看出，前60年出版的散文诗集只有50本，而后30年出版的散文诗集在750本左右。……”此《后记》的前五点，突出表明选家着眼点之所在，也规范了选本的风格和特色。选者不因循旧制，不迷信权威，不平均分配，充分显示了豁达的开放意识和高尚趣味。因为选家着眼点的不同，其选编的侧重、角度也显示出独有的特色。选本呈长卷式形态，全书分为三大部分，上编《作品选》，收录272位几代作家（包括港台及部分海外华人作家）的精品力作1300多篇，其中近30年的作者占全部作品的五分之四。下篇《论文选》，收入五四以来29篇有代表性的学术论文。选本还附录了四项内容：一、中国散文诗集编目800多本；二、中国散文诗选集编目100多本；三、中国散文诗评论集、理论集编目40余种，

《野草》论著编目 25 种；四、中国散文诗 90 年大事记。其附录部分与作品互补互衬，多层面地清晰地展现出中国散文诗创作与理论 90 年间的发展轨迹，“从中可以看出中国散文诗作家、理论家、出版家和活动家们 90 年来所走过的足迹，也可以看出近 30 年来中国散文诗取得了多么巨大的进步”（该书《后记》）。

我们从全面性与代表性上来考察此选本，正可以名正选者的筛选精当。幅明先生坚守他一贯的严谨的编辑作风，不仅采取广泛征集、大量阅读、审慎编选相结合的科学步骤，他还特别善于将个人独立研究的心得与他人的研究成果综合起来，因此在解决此“两难”时显得得心应手。具体到某一个入选者和他的作品，多则八九章，少则一二章，可选则选，不因为名气小而不选、少选，也不因为其为经典作家而必选、多选。也就是说，有代表性的，一首也选；有典型意义的，多些也无妨。老少无欺，人人平等，选其粹而择其优。还有一点也很能够显示选者的个性，尽量走其信路，其他选本多次入选过的作品，本书不再编选，譬如对鲁迅散文诗的选择，所选皆非出自《野草》里的作品。这样的编选思想和实施，不仅仅形成了陌生化效果，而且大大突破了此前出版的各种散文诗选本的一般格局。《中国散文诗 90 年（1918—2007）》可以说是入选面最广泛、入选稿最精粹也最具有权威性的一个选本。故而，著名散文诗作家耿林莽在书序中指出：此选本不仅对当代散文诗的发展，而且对散文诗未来的走向，都将产生巨大的积极影响。作为一次盘点，或一次检阅，这部大书以其丰富的内容、广阔的涵盖与鲜明的特色而分外厚重。

其二，历史性与当代性。散文诗 90 年，自然应该是大规模、多层面的长卷式，具体而实在地展现出中国散文诗创作与理论 90 年间的发展轨迹。也就是说，选本必须体现散文诗 90 年发展的“历史性”。幅明的高明处即在：在兼顾“历史性”的同时，更注意突出其“当代性”，也即体现“厚今薄古”的选编思想。而这种编选思想，不是选者随心所欲的“标新立异”，而是由散文诗自身发展的客观性所决定的。继鲁迅 1927 年出版《野草》之后，至二十世纪三四十年代，虽然出现过好几位有成绩的散文诗人，但人数及其代表性作品并不是很多。从新中国成立之初到七十年代末、八十年代初改革开放初期，三十年间全国的散文诗作家可谓“寥若晨星”，屈指可数。中国散文诗近二十余年迅猛发展，其刊物的发行量大大超过了诗歌，呈现出前所未有的繁荣景象。现在每一期《散文诗》（半月刊）或《散文诗世界》（月刊）的刊载量，就相当甚至超过 1985 年之前全国全年各类报纸副刊、杂志上发表的散文诗作品的总量。现在每年出版一卷的《中国年度散文诗》或《中国散文诗精选》（年度选），每册均在二十个印张左右或更多一些，其篇幅大体相当一本 1917 年至 1980 年这六十余年间的“中国散文诗选”。然而，已有的多种散文诗选本，往往“厚古薄今”，在很大程度上忽视了自 20 世纪 80 年代中期至今这二十余年散文诗空前繁荣期间涌现出的作家及其作品。此选本则以当代作家为主。入编的作者中，新中国成立以来的当代作家占近五分之四。而在这约五分之四的群体之中，近二十余年来涌现出的作者又占主要的部分。这种编选重心转移的合理性，不仅仅处理好了历史性的散文诗发展的流程、流变，更主要的是客观、真实地反映中国散文诗发展的本来面目。因此，这种“厚今薄古”的选本形态，是散文诗“实事求是”的客观的历史的生态反映，也是选本必须体现“当代性”的必然结果。这是高出当今诸多选本的突出的亮点，也表现出选家在解决两难时的智慧。

此选本还做了一项重要的工作，在 270 余位入选者作品前均附有《作者小传》，虽然寥寥几十字，却包含了不少的背景资料，提供了进一步阅读与研究的信息，起到引领读者由此及彼而观全豹的作用。

其三，文学性与思想性。历来的好选本，均是选者美学思想的鲜明体现。也就是说，选者的评判标尺是在选本中体现出来的。编选者在以自己的学养和视角代替我们取舍的同时，也表现出其对于作品思想性和艺术性综合而成的质量的认定标准。在此前的论述中已经见出选者思想上的兼容性，主要是体现在形式、风格、流派上的兼容。此处之“兼容”是“质量”标准，是坚持艺术第一、政治也第一的原则的兼容。王幅明是一个严格的质量“检验员”，一个审慎的甚至有些挑剔的艺术“把门人”。不因为作品的思想性强，而降低了作品的艺术性的尺度；也不因为作品的艺术性强，而放松了其思想性的要求；不因为是名家的作品，是“传统”的、“经典”的、“定论”的作品，就不加考论地照选不误。我们也从选者的新视角和新尺度里，读出了选者对入选作品的质量要求，即主张艺术创新，追求心灵震撼，崇尚人文精神的张扬。

因此，二十世纪五六十年代的散文诗作品，无论在思想上还是在艺术上都表现出比较“稚气”的状态，即便是对当代散文诗做出过重大贡献的如柯蓝、郭风等，其作品也谨慎入选；也因此，选本以近二十余年间创作活跃、成果丰硕的散文诗作家为主体，真正反映中国当代散文诗发展的实际状况。就作品质量而言，这些入选的作品，已经摆脱了当年奉为圭臬的种种“模式”，从语言到结构，从思想与艺术的完美结合程度上，都体现出现代精神、现代风格，实现了令人欣喜的对前人的超越。也因此，整个一部大型选本，规模宏大，品种齐全，形式新颖，思想活泼而深邃，已经不是肤浅的颂歌，不是直统统的喷发，也不是浅斟低唱的风格和形式。我们从真正呈现出百花齐放的选本本身来看，这里不仅仅饱含了选者的汗水和智慧，体现了选者严肃的科学态度，更主要的是反映了选者的美学主张和批评标准。

诚然，正印证了笔者常在嘴边“盘”的一句话：一个人的缺点往往是其优点的延伸。作品亦然。此选本也有其缺憾的一面：譬如，各个时期的代表性作家与一般作家似乎没有比较明显的区别；譬如，散文诗经典作家的入选作品似控制严格了点，对一般作家的入选作品则宽松了些；再譬如，整个一部长卷似乎体现不出层次、主次、轻重的节奏感。然而，这些均不妨碍《中国散文诗90 年》选本具有“里程碑”的意义。

唐弢在《从选本说开去》中说：“如果我们能够平心静气地想一想，就会发现一个这样的事实：从清朝中叶以来，一般人之所以知道唐诗，并且能够背诵其中的几首，并不是读过六十六卷的《杜工部集》或者七十五卷的《白氏长庆集》，倒是受了《唐诗三百首》的影响……这个事实启示我们不应该忽视选本的作用，更不能干脆取消选本，而是必须做好选本的工作。”（《唐弢杂文集·集外》，三联书店 1984 年版）王幅明的选编意义和价值，是难以简单评估的。著名诗人彭燕郊认为：“这部书极富创意，极具魄力，相信对中国散文诗的发展必将产生有力的推进和提升。”信然！

《中国散文诗（2014卷）》评赏①

［按］ 选本是很难做的，不仅需要选者尽最大可能地广泛搜罗，而且需要眼光独特，秉持公道，以质取文。散文诗选本尤其难也。《中国散文诗（2014卷）》，是近年来散文诗选本中比较好的一本。笔者的序，所说的中心意思是，散文诗要搞五湖四海。散文诗年选本不能做成“派”选本，也不能是“人情”选本。

著名散文诗作家刘虔先生给我来电话，说他与夏寒主编的《中国散文诗（2014卷）》即将出版，要我写篇序。刘虔先生是我很敬重的前辈作家，敢不从命。最重要的原因还是，我对散文诗也是有些话要说的。

当下散文诗可谓热闹非凡！其热闹程度，简直没有一种文学样式可与之颉颃。散文诗作家高度活跃，散文诗运动如火如荼，散文诗流派也此起彼伏，各地自然形成了散文诗的带头人（或散文诗的积极推动者），如山东的耿林莽、高艳国，河南的王幅明、王剑冰，贵州的徐成淼，四川的海梦，湖南的邹岳汉、冯明德，北京的灵焚、周庆荣，浙江的箫风，内蒙古的夏寒，东北的严炎，上海的桂兴华，还有福建的陈志泽，新疆的亚楠、汪志鑫，广东的陈惠琼，安徽的赵宏兴等。而耿林莽虽深居简出，不像柯蓝热衷于散文诗活动，人们却对他心悦诚服，把他作为旗帜。全国性的学会也纷纷成立，中国散文诗学会、中外散文诗学会、中国散文诗家协会、中国散文诗研究中心、中国散文诗研究会……有些省市区也先后建立了散文诗组织。特别是，2014年2月28日，中国作家协会公布《第六届鲁迅文学奖评奖条例（修订稿）》，首次将散文诗作为诗体之一列入评选范围，结束了鲁迅文学奖排斥散文诗的状态。

应该说，所有的这一切，乃是散文诗繁荣的重要征候，也是散文诗出现高潮乃至高峰的前奏。然而，当代散文诗有一种痼疾，严重地影响了散文诗的健康发展与真正繁荣，那就是抱团取暖与独尊自大。因此，我以为，选本，尤

① 夏寒、刘虔主编《中国散文诗（2014卷）》，线装书局2014年出版。此乃书序。

其是年选，是搞五湖四海的一个妙招。

鲁迅先生指出："凡选本，往往能比所选各家的全集或选家自己的文集更流行，更有作用。"唐弢先生在《从选本说开去》中也说选本太重要了，好的选本对散文诗的普及，对推动散文诗高潮的到来委实太重要了。

2013年散文诗年度选本接踵而来，邹岳汉主编《2013中国年度散文诗》，王剑冰主编《2013年中国散文诗精选》，王幅明、陈惠琼主编《2013年中国散文诗年选》，杨志学、亚楠主编《中国年度优秀散文诗（2013卷）》，赵宏兴、许泽夫主编《2013年中国当代散文诗》，汪志鑫主编《中国散文诗人（2013卷）》，周庆荣主编《大诗歌（2013卷）》，夏寒、刘虔主编《中国散文诗（2013卷）》等。2013年的《山东文学》与《星星》诗刊等也先后推出散文诗专辑。散文诗的选本与专辑，真可以用蔚为壮观来形容。笔者在为《山东文学》下半月刊九月号散文诗专辑写的跋，就用"盛大的节日，豪华的结集"为题来概括这种繁荣的景象。

然而，诚如袁枚所说，选诗如选美。每年的散文诗产出，数以千万计，浩如烟海，琳琅满目，这对选者来说真是一种取舍考验。纪晓岚曾说："求诗于唐，如求材于山场，各肖其人之学识。"也就是说，选者最需要的是"选识"，选本的高下也看各人的"选识"。诚如鲁迅先生所说："选本所显示的，往往并非作者的特色，倒是选者的眼光。"选者不仅要有慧眼识珠的眼力，而且也要有兼容并蓄的气度。因此，选家的声誉与选本的分量，是选者见识与学养的真实反映。以我与刘虔先生多年的交往看，他当主编，我深信是能够保证选本质量与特色的。刘先生自己就是散文诗高手，饮誉文坛。而他长期在《人民日报》文艺部工作，则身在高处，眼界开阔，关系网密。刘虔先生的散文诗观是"力戒平庸，提升品格"。他非常重视散文诗的风骨与品格，倡导风格的多样。刘先生指出："既要力戒无色无味无风无浪，搁浅于对事物表象的咏叹与描摹的平实；又要力戒只在个人一己私密的小圈子里无病呻吟，故作高深玄之又玄的呓语。力戒平庸，就是不要以小为小。小感触里应该有大胸襟大感悟大开掘，以小致大，寓大于小，举重若轻，才不致使自己的情感囿困于个人的屑小里。可以吟风弄月，但又不要止步于弄月吟风，还应该有黄钟大吕。可以在内心的幽深细微处开掘灵魂的富矿，但又不能全然沉溺于梦幻的密林走不出闭锁的自我。我们既要超越现实，又要回归现实。不要给散文诗画地为牢，以为只有描绘内宇宙的风丝云片涟漪波涛才是正道。而是要放开手脚，从内心世界隐蔽的情怀里走出来，向着社会大众，向着更广阔的生活的海洋，放出你的目光，发出你的声音，寻找属于自己的诗句，留下生机盎然大气蓬勃的文字。”论者高屋建瓴，卓识远见，这就是其对选本宏观把控的诗观。

主编之一的夏寒，乃草原之子，生长于内蒙古，对大草原有着深厚的感情和自己独特的审美体验，近年来在散文诗上倾心投入而声名鹊起，成为新一代活跃于散文诗坛的著名散文诗作家。他长期从事文学编辑的工作，曾主编出版了不少大型文学选本，对编辑驾轻就熟，主要因为他还是个散文诗作家，已经在海内外文学及其他百余家报刊发表文学、理论作品若干。夏寒现任中国诗散文诗作家协会执行主席、中国西部散文学会副主席等职。他认为：“散文诗不是个暧昧的文体，散文诗作为高度自由而抒情的文体，对应了中国人的现代情感结构，施展着它的其他文体无以替代的抒情能力，应该毫不犹豫地深刻地反映社会现象，表现并讨论人生问题，而且需要反映出中国走向现代化过程中的多种现代性。”他的散文诗发自情性而随类赋形，充满了人文主义思想，兼容传统与现代。

刘虔、夏寒主编的《中国散文诗（2013卷）》出版之后，颇受好评。既然有了一个好的开端，当然要继续下去。2014卷收入老中青三代作家330人，散文诗近千章，共分八辑：《开卷：文学编辑阵地》《欣赏：放眼蓝色星空》《走进：女诗人部落群》《联展：实力诗人作品》《品读：八方报刊选萃》《摘编：网络散文诗选》《透视：广袤的大地上》《推荐：散文诗坛新秀》。选本的每一辑若干章，数量大致相等。因为是2014散文诗的巡礼，是当下散文诗作家的群英会，是散文诗的集合与狂欢，故而没有地域与民族的界限，没有流派与思潮的禁区，没有题材与形式的厚薄，没有先锋与传统的亲疏，也没有尊卑与长幼的分别。刘、夏选本追求全面反映散文诗创作的生态，追求创作题材和创作风格的多样性、表现的多元性、形态的多姿多彩，反映了编者兼容并包的编辑宗旨，生动地体现了散文诗要搞五湖四海的汇融精神与开阔胸襟。唐人选唐诗的选本，比较完整保存下来的有十部，其中公认最优选本是殷璠的《河岳英灵集》。殷璠在《集论》中说其选诗标准：“既闲新声，复晓古体。文质半取，风骚两挟。”就是说他选的诗新旧兼收，各种风格同存。这是其选编宗旨，也是其所以优于其他选本的很重要的原因。这也成为选家们所仰重的楷模。

任何时代，都不会是单色的、平面的。美也绝不可能是千篇一律的、一成不变的，而总是千姿百态的。散文诗的年选本，不是“派”选本，也绝对不能做成“派”选本。也就是说，年选的宗旨在于展示散文诗实力，繁荣散文诗创作，推动散文诗发展。因此，这种年编应该反映不同风格，适应不同读者的雅俗共赏的不同要求，而绝对不能够以一己之好来取舍，不能以哥儿们义气来判别，也不能以亲疏关系来划分，甚至全凭个人好恶与变异趣味来恒定作品的优劣。概言之，就是要搞五湖四海，要全面考虑，宏观把控。诚然，作为“派”选本则另当别论。譬如新出版的《时间的年轮》（海天出版社 2015 年版），主编是灵焚、周庆荣、李松璋，他们选入的是“我们”的作品，一批审美追求与艺术风格大抵近似的散文诗作家的作品，而且注明是“我们”中的精品。这些作家对文学问题抱有大致相近的看法，属于一个文学流派内部的选本。所谓文学流派，是一批作家在一定的时期里，由于相近的社会、文化背景，产生相似的审美追求，他们的创作受到大致相近的艺术观念的影响，作品在主题、题材、体裁等方面具有不少近似之处。诚然，这不在那种小圈子的吹嘘与独尊中。年编似乎就不能这样做了，如果说“派”编讲的是“小众”，那么年编就是讲“大众”的。讲大众的选编就不能意气用事，不能小家气，否则就亵渎了选本的纯洁，败坏了选编的本义。

《中国散文诗（2014 卷）》采用编委推荐、网络征集与主编遴选等多方面结合，比如书中的第五辑《 品读：八方报刊选萃》、第六辑《摘编：网络散文诗选》，这种编选方式，比较好地确保了入选作品的质量，且减少了点遗珠之憾。此选本首先是确保了散文诗在表现主旋律与正能量上的优势。选入的散文诗讴歌民族精神，反映时代面貌，展现社会主义核心价值观。这些作品在进行主题呈现时，题材广泛，风格多样，还体现了一个鲜明的特点，这主要表现在对作品的人文精神的深入开掘方面，提升了散文诗的文化内涵。散文诗应是沉甸甸的而不是轻飘飘的。散文诗也有黄钟大吕的震撼。因此，散文诗不是狭隘的个体的写作实践，散文诗作家应该受时代精神感召而作，用散文诗表现时代，表现历史前行的足音，给人以精神鼓舞与情操陶冶。散文诗作家冯明德强调散文诗人“去面对社会最彻底的拷问，或者是最真诚的省察”。散文诗创作与理论两兼的崔国发说：“我总是对那些思想丰富、富有自由气息、探求真理与永葆清洁精神的作品表示敬意，对‘美中生智’的散文诗充满着殷切的期诗。”秦兆基先生在散文诗界德望甚高，他一直关注着散文诗的发展，也不断写作引领散文诗的走向，他说：“堪称为共识的，就是已故诗人彭燕郊先生提出的，缺少像鲁迅《野草》那样里程碑式的作品。形成这种状况原因很复杂，需要深入探究。”最重要的原因，应该就是没有思想深度。这些冲锋在散文诗前沿阵地的作者，要比那些光有理论而不懂实际操作的空头理论家要更贴近创作的实际，他们的理论言说对散文诗的创作也更具实际指导意义。

《中国散文诗（2014卷）》的入选作品一改以往大写流连风光的习气，一改“风花雪月＋政治术语”的套路，题材丰富而广博，写时代，写生活，写人生，写城市，甚至出现了写改革、写社会转型的重大题材。而从语言风格层面看，既有雄浑凝重、豪迈奔放，又有柔美舒放、潇洒飘逸，还有绮丽冷峻、迷离恍惚。而在艺术技巧上，既重传统，也有先锋、意象派、象征手法，乃至梦幻与魔幻。散文诗理论家黄恩鹏特别强调散文诗的精神向度，他说：“在诗人看来，散文诗文本应体现爱、悲悯、劝诫、昭示和人性的自剖，以及对于人本精神向度的追寻。这些都将为散文诗创作之诗意锻造，提供一个可以参悟生命本质存在的理想出口。”散文诗最大的文体优势就在于自由而从容地表述对于爱和美的诗性见解，抒写对人生对社会的深刻体悟，辗转生发，盘旋用笔，于种种情势的创设和层层情绪的发展中呈示诗人内在感情的深密暗示。但是，散文诗也应该远离故弄玄虚而晦涩或怪异，摈弃那种非诗状态的拙劣与苍白。刘虔与夏寒选本，显然是对此很有警觉的，他们追求“陌生化”效果，注重以新手法来表现新面貌的作品，基本上做到了不以牺牲健康的审美趣味，或降低必要的审美水准为代价而去廉价猎取。

《中国散文诗（2014卷）》还有一个“陌生化”的表现，就是新人多，每一辑里几乎都有新人。选者以发现新人为编选宗旨，这是笔者所特别欣赏的。老人要选。耿林莽年且九十，依然活力四射，先锋前卫，这固然要选。王幅明先生为耿林莽在“鲁迅文学奖”缺席而愤愤不平说：“耿林莽代表了中国当代散文诗的一个标识和符号。获奖，只是给他一个众望所归的名分。不获奖，丝毫改变不了他已在读者心目中占据的位置。”但是，也有些老人早就没有了创作激情，拿不出像样的新东西，凭老名气，已大量透支（理论上亦然），而有些选本还借其名气，这是很让读者失望的，严重地影响了选本的质量。新人更要选。选本特别辟了个第八辑：《推荐：散文诗坛新秀》。这些新人虽还不太知名，却也有不俗表现。新人多，选本有朝气，这给散文诗队伍注入了新鲜血液，也推动了散文诗发展，意义自不在小也。

笔者认为，以选本搞五湖四海，是个好办法。但是，选本不是“政协”，不是搞照顾，也不是搞平衡，更不能够按照官场思维出牌来取舍与排位。《唐诗三百首》乃唐诗最好选本之一，收到家弦户诵的效果。选者选诗很苛刻，艺术面前人人平等，皇帝与妓女、僧人、贩夫走卒，一视同仁。唐朝 21 个皇帝，六七位擅诗，尤以太宗诗为好，但选本里只选了个玄宗，而玄宗也只选了一首五言律诗。唐代宰相几百个，入选只有一两个，连“天下大手笔”的张说也没有入选。然而，所选 77 家中，王维、李白与杜甫三家却选了 98 首。选本的开卷诗是张九龄的《感遇四首》，这也不是因为他是开明盛世的贤相，而是按照选本体裁分类编排的。如果《中国散文诗（2014 卷）》在取舍与编排上进一步改进，以诗论诗，则必然是当今的一大进步。

散文诗选本年年有，且越来越多，然思想性与艺术性较高的好选本实在太少，虽然有的还标上了“精选”的字样，真让我不敢恭维。刘虔与夏寒主编的《中国散文诗（2014 卷）》选本如何？读者说了算！

《山东文学》散文诗专辑评赏①

［按］ 原题为《盛大的节日，豪华的结集——〈山东文学〉散文诗专辑跋》。《山东文学》结集当下散文诗理论与创作的几乎全部精英们的佳作，分为理论与创作两大部分，阵容豪华，队伍壮观，反映了当下散文诗洋洋大观之全景。笔者受邀作跋，心怀感激而欢欣鼓舞。

一

这简直就是散文诗与散文诗作家的盛大节日！

① 见《山东文学》2014 年第 9 期下半月刊，其中第二部分被删改。原稿后发表于《大沽河》。

几乎所有散文诗骁勇，全都以散文诗的名义云集其中，谢冕、耿林莽、李耕、许淇、王宗仁、刘虔、秦兆基、徐成淼、王幅明、王剑冰、桂兴华、皇泯、黄恩鹏、周庆荣、箫风、王猛仁、马启代、崔国发、李松璋、陈劲松、安琪、扎西才让、章闻哲、亚楠、语伞、栾承舟……阵容何其豪华，气势何其盛大。

当我收到马启代主编的《山东文学》散文诗专辑，先是瞠目结舌，进而欢欣雀跃，终于感激涕零！

我敢预言，文学史将庄重地记下这气壮山河的一次结集。

马先生希望我写篇跋。这显然是抬举我了。其实，就是不让我写，我也已有难以自遏地想要说些什么的冲动。

二

我一直感到非常困惑：偌大一个源远流长的文化中国，偌大一个百花齐放的中国文坛，什么都容得，怎么就独独容不得散文诗？

《山东文学》给了中国散文诗一席之地，给了散文诗与散文诗作家扬眉吐气的一个优质生态，也给了我一个好心情。

最近一段时间，心情不好。因为第六届鲁迅文学奖，耿林莽零票。

只要是一个略有点文学常识的人，碰到这样的事情，都会心情不好的。尤其是比照着看：耿林莽零票，周啸天十一票。

据说，此次鲁奖十三位诗歌评委中，有两人没投周啸天的票，其中一位是李小雨。诗人李小雨认为，周啸天的诗从质量考虑并不能获奖，“主要是意境、气象和结构等方面的问题，我觉得旧体诗是要有那种气韵的，要有韵味在里边的”。

这让我对李小雨肃然起敬。她没有被“亦属绝唱”“亦属绝伦”的胡评所忽悠。她虽然不写旧体诗，但读过唐诗，她知道唐诗是怎样的一种绝世品质。

据说，十三个评委中，只有一个是有些旧体诗专业知识的。然而，这些评委们关于诗的知识与修养，应该说是高出于常人的，而且应该是不知道多少倍地高出常人，才有资格做评委吧。故而，他们一定是懂得什么是诗，什么是好诗，即便将不同形式的诗放在一起来判断。

我说不出话来！

我以为，他们可能没有读耿林莽，或者说没有读懂耿林莽。我更以为，远不止如此。

耿林莽没有得奖，我很愤然。耿林莽却很淡然。我与耿老通话时，他似乎早就料到事情的结局，很淡然。他说："我没有那么天真。"

著名散文诗作家、理论家与编辑家王幅明先生与我同样的愤然。他在看到第六届鲁迅文学奖揭晓的消息后写成以《散文诗，何时不再被嘲弄？》为题的文章。他说："作为《散文诗六重奏》申报单位的知情人，笔者有义务向读者说出申报过程的真相。"他指出："评奖条例从不提鲁迅精神，就连代表鲁迅最高艺术成就之一的文体——散文诗，也长期被排除在评奖之外。这就意味着，《野草》，这部赢得世界声誉的名著，是无法参评以此著作者名字命名的奖项的。如果鲁迅地下有知，不知作何感。

为什么我要把话题转到鲁迅文学奖上来呢？

实在是因为傲慢与偏见太可怕啦，傲慢与偏见蒙蔽了人们的双眼，看低了散文诗，也看歪了散文诗。

耿林莽是属于世界的。我敢预言。虽然，耿林莽没有成为鲁迅文学奖的得主。我写过《从鲁迅到耿林莽》[①]的文章，我也自信这个观点与结论将为历史所证明不是轻薄之见，更非哗众取宠。耿林莽的散文诗，与当下中国最优秀的诗人的诗歌相比，绝不逊色。

耿林莽非常有幸，生在山东。耿林莽生在山东，也是山东文学的大幸。

三

散文诗就是诗，是诗的一种。正像诗有格律诗、自由诗一样，还有一个散文诗。

然而，散文诗又是散文诗，而不是其他。

散文诗，作为一种诗，作为诗的一种，最需要讲究的不是形式，而是立意，是境界，是情感，是思想，是自由精神。

---

① 王志清《〈野草〉传统：从鲁迅到耿林莽》，《湖州师范学院学报》2013 年第 2 期，第 28—34 页。

我一直以为，只要具备了这些，什么样形式的诗，都是好诗！反之，就不是好诗，甚至不能算是诗。

散文诗在国外甚至被当作思想诗。散文诗是一种适合表现深刻思想和深沉情感的文体。散文诗理论家黄恩鹏先生研究认为："耿林莽先生多年的文本探索，从没有离开'思想'这一决定语言力量的闪光所在。他的文字，清澈、透亮，一语到位，不需要太多的铺陈，纯净得让我们能从文字间看见飘逸的河流。其轻灵的喻象，总是有所喻指。"他指出：耿林莽的散文"在思想和感觉之间，游离对于文本创作指向的认知。这个认知，是从'意义'本身切入的。比如永恒的批判精神和生命的大时间观。这让他对现实或现世有着深切的体验兴趣。以现象介入本质，对朦胧的诗歌元素分解、提炼，从而成为与内心灵犀沟通的渠道。"因此，耿林莽的散文诗具有独特的理性光芒的烛照，而这种烛照的光芒，就是散文诗中的一种"诗意"。

以散文诗获得诺贝尔文学奖的泰戈尔说：

> 假如有人诘问：散文诗和自由体诗是什么玩意儿？它们应当如何写？那么，我的回答是：不知道。它们的诗意是不言自明的。[①]

"诗意"是诗的唯一！诗意，是散文诗所以成为散文诗的根本要素！耿林莽的散文诗，为什么一直让我看好，也最让我看好，就是因为他的散文诗有着让人玩味不尽的"诗意"，有着让我们灵魂发颤的"诗意"。

诗意，这可以类比为古人说的"风骨"。我很欣赏"风骨"这个词，它具有极其形象而丰富的涵盖力。刘虔先生也指出散文诗"更应该注意提升作品的风骨与品格"。何谓风骨？风骨即是风度、骨力、器识、气质 、气韵、气象、气概等等的总和，是作家思想、情感与生命精神、人格品位以及这些作用于外部世界而生成的一种艺术风貌。著名美学老人宗白华是这样解释"风骨"的，他指出："我认为'骨'和词是有关系的。但词是有概念内容的。词清楚了，他所表现的现实形象或对于形象的思理也清楚了。……但光有'骨'还不够，

① ［印度］泰戈尔《诗人的追述》，倪培耕等译，漓江出版社 1995 年版，第 140 页。

还必须从逻辑性走到艺术性，才能感动人。所以‘骨’之外还要有‘风’。‘风’可以动人，‘风’是从情感中来的。中国古典美学既重视思想——表现为‘骨’，又重视情感——表现为‘风’。”[①] 因此，宗先生认为，“一篇有风有骨的文章就是好文章”。我非常认同这样的通俗而精辟的概括。散文诗应该以思想取胜，以情感取胜，以自由精神取胜，同时也以辞采取胜。思想深邃，器识高爽，境界超逸，而方可风骨魁奇，风骨秀俊，风骨清举。

波特莱尔有一句至理名言，说散文诗“是以适应灵魂抒情性的动荡，梦幻的波动和意识的惊跳”的特殊文体。这是一句颠扑不破的至理名言，一百年不变，再过一百年也不变。散文诗作家，也只有在灵魂震颤的状态下写出自己的灵魂震颤，才能够具有让读者灵魂震颤的“诗意”。散文诗是诗。散文诗又是它自己。被誉为“新时期散文诗四大家”的许淇先生在《大家谈》里说：“散文诗不依附于诗歌。如今全世界的新诗人，已很少有人再去写十四行诗商籁体，也不讲究音节铿锵、韵律规整，现代诗都是自由体、无韵律，甚至许多诗人冲破诗歌分行的限定，写成散文诗，但散文诗决不是诗歌掺水，而是因为意象更繁复，多变人生的社会含量更厚重，心灵表达的层面的立体化、多维性，必然在结构上挣出分行诗的单向和简约。尤其是现在诗歌流行‘口水化’，像吐口水一样脱口而出，倒反不如散文诗更具有诗的内核和艺术创造。散文诗依附于‘诗的内核’而不是依附于诗歌。”著名作家王剑冰也说：“许多人熟悉了芭蕾舞，看惯了民族舞，猛一下会对现代舞有种排斥感。体悟进去，会发现现代舞的舞蹈语汇与思想，有一种诗性特征，其同散文诗便是一种同样的效果。如果说现代舞是芭蕾舞和民族舞的换代舞种，散文诗就是散文和诗歌的升级文本。”散文诗作家亚楠则认为：“我一直认为诗性是散文诗必须坚守的最后底线。也就是说，无论写什么，无论怎么写，散文诗都应该具有诗的灵魂。这当然是散文诗区别于其他文体的明显标志之一，也是散文诗属于诗歌范畴的一个重要理由。”总之，众口一词的说法是散文诗必须是诗的，属于诗的家族。笔者也一直以为，不管什么形式，首先是诗。无论是新诗（格律的或自由的）、旧体诗，还是散文诗，应该都是诗，都首先是诗，具备诗的要素与质量。泰戈

---

① 宗白华《美学散步》，人民出版社 1981 年版，第 47—48 页。

尔更是说得好极了：

> 我想重复一遍，问题是诗是否全然取决于它的形式？某些人的回答是肯定的，我的回答则是否定的。[①]

泰戈尔话强调了一个文学的基本事实，也是一个基本真理：诗的高下优劣不是取决于诗的形式。因而，也不存在什么形式的诗是诗，什么形式的诗高明的问题。泰戈尔又说：

> 我的诗并未因为用散文形式译出而有所失色。假若我是用诗的形式译出的话，那么可能会令人感到不足和不可取。[②]

泰戈尔结合自己的创作而深有体会地说：

> 我写了许多散文诗，在这些散文诗中我想要说的东西是其他任何形式不能表达的。它们使人感到简朴的、日常的生活的气息。它们可能没有富丽堂皇的外表，但它们并非因此而不美。我想，正是因为如此，这些散文诗应列于真正的诗作之中。[③]

泰戈尔的话，无非是在说着一个意思：散文诗就是诗，是一种“可能没有富丽堂皇的外表”的却“并非因此而不美”的诗。而且，散文诗与格律诗和自由诗比，更没有尊卑之分。既然散文诗就是诗，是诗的一种，是一种诗，那么，散文诗就得像诗那样来写，就应该具备诗的主要的元素，就要有诗歌所最需要具有的“诗味”。成功的散文诗作家都有这样的写作实践与创作经验，耿林莽如此，李耕如此，许淇如此，新生代的散文诗作家们也多如此。海南的散文诗作家倪俊宇就深有感触地说：“我就是像写诗一样写散文诗的。”他说：

---

① ［印度］泰戈尔《诗人的追述》，倪培耕等译，漓江出版社 1995 年版，第 137—138 页。

② ［印度］泰戈尔《诗人的追述》，倪培耕等译，漓江出版社 1995 年版，第 139 页。

③ ［印度］泰戈尔《诗人的追述》，倪培耕等译，漓江出版社 1995 年版，第 140 页。

“像写诗一样来写散文诗，重要的一点，是用写诗的目光从生活中发现、审视题材，选取到具有诗意的题材，也就是适合散文诗这种文体表现的题材。”散文诗原本就是诗，自然是诗的写法。然而，当下的新诗却口语化，甚至口水化，除了分行，其他什么也不讲。似乎只要分行了，什么样的口水都是诗。从而也似乎形成了这样一种奇怪的逻辑：写分行诗的人，就一定比写不分行诗的人高明与显贵。同理，旧体诗也只是一种形式，一种外壳，绝非掌握了旧体诗的平仄音韵、对仗用典之类的格律，就意味着你是个诗人。更不能说你用旧体诗的形式了，你写出来的就是诗，就是好诗。以耿林莽的散文诗为例，其散文诗比诗还要是诗，是诗中的精粹！耿林莽的散文诗具备了诗歌所应该具备的所有元素，特别是其作品中所表现出来的那种令人震颤的凛然风骨，那种当下文学作品中最为稀缺的悲天悯人的人文关怀。即便是讲技术，耿林莽的散文诗也是很有技术含量的，用先锋性来考量，也绝不逊色于当下的一流新诗。

散文诗绝非是一种什么高贵的文体。但是，散文诗却特别应和时代的脉搏，特别适合表现现代人艰难的生存状况与命运的悲欢。散文诗最突出、也最本质的美学特质即是一种大情怀、大悲悯、大欢喜的灵魂诉求。因此，散文诗美学，不仅应该从艺术，也必须从人性、从人生哲学的方面来解读散文诗作家的社会体验和历史感悟，而且应该以生命美学为底蕴，形成特别的“生命美学”的美学文本。

四

《山东文学》散文诗专辑，其中作品选分为四辑，《辑一：九柱擎天》《辑二：峰峦雄峙》《辑三：江山万里》《辑四：海阔天空》。从辑名看，编者就地取譬 ，能近取譬，具有丰富的内涵与寓意，也表现出编者的自信，表达了对散文诗境况、实力以及前景的形象评价。秦兆基先生在《大家谈》里说得好：“散文诗创作要有高原意识，就是要像喜马拉雅造山运动那样，每一个板块都往上挤，力求超越他者，超越自己。只有在散文诗高原之上，才能有希望出现顶峰。”此次散文诗的结集，就是这种景观，生动反映了《山东文学》的高原意识。而这散文诗作家与作品如同一个个的板块结集，正是散文诗造山运动的进行时。

请看看展示在我们面前的散文诗，看看这些熟悉与不熟悉的名字吧：耿林莽、许淇、桂兴华、韩嘉川、倪峻宇、王剑冰、李松璋、龚学敏、陈劲松、三色堇、庄伟杰、崔国发、安琪、扎西才让、章闻哲、陈茂慧、张泽雄、张延安、邓杰、王占斌、堆雪、亚楠、高艳国、语伞、夏寒、蔡旭、栾承舟、雪漪、冷雪、陈旭明、陈德银、王琪、宋长玥、岩峰、马东旭、王猛仁、张晶、丹菲、马启代、李明月、张敏华、亚男、阿土、何苗、青槐、海默、龚志华、海叶、胡有其、华盛、黄小培、姜华、落花生木树、靖培生、老秋、李皓、李邵平、李文毅、李跃平、李亚强、刘勇、鲁橹、王志彦、牧之、鲁绪刚、唐朝小雨、水湄、许岚、耿永红、心亦、徐威、王平、杨军、杨犁民、杨启刚、杨修华、杨华之、叶逢平、叶琛……应该说，这还并非散文诗队伍的全部，也只是当下散文诗创作的冰山一角。然而，正是他们这些散文诗的朝圣者们，已经或正在创造着散文诗不可遏止的势头与生生不息的奇迹，创造着散文诗让人刮目相看的现实与历史。这就是一种高峰赖以崛起的基点——高原吧。

苏珊·朗格认为："你愈是深入地研究艺术品的结构，你就会愈加清楚地发现艺术结构与生命结构的相似之处……使它的表现意义看上去像是直接包含在艺术品之中（这个意义就是我们自己的感性存在，也就是现实存在）。"①这些我熟悉或不熟悉的名字，认识或不认识的作家，他们有一个共同点，他们以与其生命结构、生命形式之间有着一种对应关系的散文诗，正在赢得或者已经赢得了越来越多的掌声，而成为文学角力场上的胜者。

但是，我们也绝不讳言，当下散文诗也存在着影响自身健康发展的不可小觑的问题。

秦兆基先生指出："而如今的散文诗坛，从众者多，自我复制者多。再说那时的散文诗人不苟作的习惯，'竞价一字之奇'，如《野草》，23 篇前后写了 3 年，而今有些散文诗人一年就能写几十篇。"

徐成淼先生也指出："散文诗一直被视为一种精美的文体，但人们常常忽略了另一个倾向，就是'伤于巧'。所谓'伤于巧'，就是过于绮靡，反而显出纤弱的一面来。散文诗这种现代文体，自域外传入本土之后，很快被传统

① ［美］苏珊·朗格《艺术问题》，中国社会科学出版 1983 年版，第 55 页。

文化融会，继而向着‘田园诗’一类的方向延伸。不少散文诗至今仍在低吟浅唱，很可能与此有关。”

箫风先生更是非常严肃地指出：“当前，散文诗创作的确存在缺乏精品意识的问题，粗制滥造、重复雷同、无病呻吟之作充斥网络和报刊，不仅败坏散文诗的声誉，而且影响散文诗文体地位的确立，必须对之保持警惕。……散文诗要赢得社会的认可和文坛的尊重，最终要靠作品说话。因此，必须拒绝平庸、拒绝媚俗，尽快拿出堪称‘精品’的散文诗文本来。没有精品就没有散文诗，就没有散文诗的地位和尊严。”散文诗作家方文竹也表达了同样的观点说：“目前散文诗的问题是‘相似性写作’。而散文诗的先锋、探索、实验、多元化追求等还远远不够！任何优秀的写作都是‘探索’写作。”

这些振聋发聩的“棒喝”，给当下散文诗作者与创作提了醒，也指出了路。散文诗只有在战胜自我、疗治痼疾中走出来。我非常认同他们的观点。

散文诗何去何从？写了一辈子散文诗的刘虔先生指出：散文诗“要力戒平庸。既要力戒无色无味无风无浪，搁浅于对事物表象的咏叹与描摹的平实；又要力戒只在个人一己私密的小圈子里无病呻吟，故作高深玄之又玄的呓语。力戒平庸，就是不要以‘小’为小。‘小感触’里应该有大胸襟大感悟大开掘，以小致大，寓大于小，举重若轻，才不致使自己的情感囿困于个人的屑小里。可以吟风弄月，但又不要止步于弄月吟风，还应该有黄钟大吕。可以在内心的幽深细微处开掘灵魂的富矿，但又不能全然沉溺于梦幻的密林走不出闭锁的自我。我们既要超越现实，又要回归现实。不要给散文诗画地为牢，以为只有描绘内宇宙的风丝云片涟漪波涛才是正道”。几乎是专攻散文诗写作的周庆荣先生深有体会地说：“写散文诗已逾三十年，早期的惟美和情感抒发虽然有岁月的意义，但随着年岁增长，我越来越要求自己对世界对外在不仅不能无动于衷，而且还要让自己的发现由于哲学的历史的连接，更兼自己的血性和责任，让文章有我的体温，让文字背后有重量。”非常看重散文诗写作社会性的皇泯则认为：“一个成功的散文诗人，往往扎根于自己赖以生存的那片原生态的土地，延伸的根茎，始终离不开那吮之不尽的营养。因此，只有对那片土地的真实表述，才能构建属于自己的‘个人话语空间’。无论是乡土散文诗人们对那山那人那狗的眷恋，还是打工散文诗人们适应生存环境的拼搏，都对根深蒂固的母语有一种情有独钟的依赖。无论是乡村的还是城市的，是过去时的还是现在时的，个体写作都不可能不反映诗歌的社会性。”散文诗创作与理论两个轮子一起转的崔国发先生则注重“美中生智”的状态，他说，“我看重的是：通过自己差异性写作，从司空见惯中摆脱出来，实现从物质到精神的自我裂变，进而使它们延展出思想的颗粒、生命的智慧与宏阔深厚的文化反思。因此，我总是对那些思想丰富、富有自由气息、探求真理与永葆清洁精神的作品表示敬意，对‘美中生智’的散文诗充满着殷切的期待。”散文诗作家马启代在《与徐敬亚在赤峰》的散文诗中写道：

——“活着，或死掉，都是一个问题”，你说，你一生都在逃离。/崛起的人呐那根斑驳的骨头我弃置燕山。/“活到份上才有崚嶒，如红到脊髓的石头”/“缺点是我优点的一部分”，一个自视优秀的人，笔下才有深壑和高原无处可逃，只有不停地给自己拆解镣铐。/“听，诗行里，有着铁质的呼啸”“大展之后，全是白活吗？”/什么时候，我们全成了一个制度的人质？一张口就是对自我的审判。我们不屑于手艺，但认真地书写着一份证词。/……在云端上喝酒、谈诗、骂娘，内心万里无云。“把自己写成一片阴影！”/“思想的确大于荣誉”，面对空下来的广场，我一个人正在太阳下发呆。

我以为，散文诗作家就应该是那些“正在太阳下发呆”的人群吧。

五

散文诗已经异军突起，无论你承认还是否认，无论你是盛赞还是鄙视，“一种文学文体影响着、垄断着全社会的时代已经不存在了，在这文学群雄逐鹿的时代，散文诗要产生像唐诗、宋词、元曲那样的影响，成为一个时代之代表的文学，那是不太可能的。但是，散文诗被其他文学文体压制甚至取代，则又万万不可能。从近些年散文诗创作抬头的情况来看，散文诗无疑也是参与逐鹿的文学群雄之一。”（喻子涵语）散文诗终将长成一棵大树，终将征服傲慢与偏见，终将出现泰戈尔与鲁迅那样的文学巨星。

秦兆基先生研究认为：“距离中国散文诗诞生百年大庆，越来越近了。

最早将散文诗引进中国的北大教授刘半农，一定不会想到自己戏拟的几首散文诗竟会成就如此之大的气候。”

刘虔先生以宏观的视野观察说：“经历近一个世纪的启动、开拓、颠簸、顽强生长与成功积累，散文诗已然进入最为繁盛的时期。无数作家作品超越性的生动呈现，让散文诗开始走出过往小格局里的小寂寞，俨然成为当今中国文坛一角不可小觑别具风采的景观。”

黄永健教授以比较文学研究的视域研究发现：耿林莽、李耕等继承鲁迅传统，与这些新生代的散文诗作家一道，“他们的创作不仅把散文诗这种新生的文体推向了读者，丰富了世界近现代文学宝库，也将散文诗文体不断推向成熟，使散文诗成为当代文学家族中不可忽视的一种文类存在”。

此时此刻，我们如何面对？王宗仁先生是鲁迅文学奖的得主，货真价实的得主。他在回忆与反思郭风、柯蓝两位散文诗先辈给我们留下什么，他很朴实地说：“八十年代我和郭风、柯蓝两位中国散文诗先辈有过交往，且在柯老领导的中国散文诗学会工作了一段时间。现在两位先辈已经远去，偶尔想起他们，回味最多的是该怎么写作……”是啊，“偶尔想起他们”，笔者多的则是检讨与忏悔。我在二十世纪九十年代初就得到柯蓝先生的直接关怀，介绍我入会，不久又提名我担任理事。1999年香港散文诗研讨会，我又走近了郭风先生。我与耿林莽先生相识于1994年，此后一直保持着书信与电话交往，成为精神知己。这些前辈们对我的散文诗研究寄予了厚望。可是我却逃避了，转向唐诗研究，只是与散文诗保持着若即若离的关系，就是因为我很灰心，对散文诗灰心，主要是为散文诗“寂寞开无主”的处境而灰心。

如今，看到散文诗气吞山河的阵容，看到这些执着而坚韧的散文诗群体，看到《山东文学》积极“造山”“造高原”的热情，看得我欢欣鼓舞，也看出了我的十分自信。我对《山东文学》的主编说：今天你们给散文诗长脸，不久的将来，散文诗定会为你们长脸的。

然而，此时此刻的我们，“回味最多的是该怎么写作”。单是从当下散文诗创作的数量与热闹看，不可谓不繁荣。散文诗坛确实不缺作品，甚至也不缺好作品，但是稀缺的是经久耐读的精品力作，是能够造成比较广泛影响的上乘之作。

散文诗何为？我在“回味”。我们都在“回味”。

谢克强《断章》评赏[①]

［按］ 著名诗人谢克强的《断章》，乃哲理性散文诗集。这些散文诗表现出一种人生与艺术共同飞升的人文境界和理性美度，展现出诗意饱满的艺术境界，成为一种具有丰富蕴涵的美学文本，让人于其中获得了一种精神澡雪而意趣飞升的审美快意。

谢克强的散文诗，属于哲理性散文诗，哲理性的散文诗不是轻易能够写好的。然而这类散文诗写的人最多，写得也最草率，因而也最破坏读者的胃口，而笔者则在克强的散文诗中寻找到了缺失已远的审美震惊。

克强的散文诗，主要集中在他的《断章》[②]里，虽然这些散文诗多写于新旧世纪交替时，如今读来依然能够让人获得一种异乎寻常的艺术生趣，其作品中所表现出的一种人生与艺术共同飞升的人文境界和理性美度，让我们在对其美文的充分欣享与感受中，领略到其所创造的诗意境界和生命美学的丰富蕴涵。

一、精神美色的价值取向

谢克强的散文诗，最重要的特点就是精神的活力和思想的深度。

真难以想象，像谢克强这个出生在二十世纪四十年代的诗人，竟有如此的青春活力，如此的精神热度和灵魂美色。读其散文诗，最最突出的感受是觉得其中充盈着一种磅礴之“气”，气血强旺，气血相生，血生气，气推血，血气方刚，血脉贲张。而正是这种气血所凝成的作品，显示出特殊的人性深度、情感浓度乃至哲学意蕴，而给笔者带来崭新的阅读经验和生命意义的反刍。

英国著名诗人柯尔律治说过：“从来没有一个伟大的诗人，同时而不是

① 原题为《思想汁液的独饮与苦酿——谢克强散文诗集〈断章〉评论》，《文艺新观察》2012 年第 2 期；另见《香港散文诗》2012 年第 4 期。

② 谢克强《断章》，解放军文艺出版社 2002 年版。文章中所引（包括序言）皆出自其中，页码不再一一标注。

一个渊深的哲学家。”[①] 笔者以为，即便不是伟大的诗人，要能够写出具有一定质量的诗来，也是应该是一个有比较深刻思想的人。而比较好的文学作品，自然更应该是具有一定的思想深度、具有相当的精神崇高感的了。

然而，当下文学创作，最令人忧患的是崇高感的缺位。在人本主义解体的当下，人文关怀失落，价值取向转移，审美趣味也转向低下化走向，现代人面临着理性和科学的挤逼和压抑，于是，谢克强生成了一种时代特有的焦躁，生成了一种急切而无奈的拷问，克强在《自序》中写道：

> “还写诗吗？”不止一次，我被人问及。是的，还在写。如果对朋友善意的关切我可以这样简单地回答的话，那么内心无奈的追问却不是一句话可以回答的。是的，我感到了刺痛，不是为我，而是为诗。如今我们正处在一个匆忙而迷乱的时代，实用感性文化已经势如惊涛裂岸，人们沉沦于对于外来刺激的被动接受之中，主体性则转化为选择流行方式的个人行为。这种文化环境与诗歌高度个性化实在是相悖的，包括诗人在内的这个社会的灵魂生活，都在渐渐淡去，诗歌自然也陷于危机之中，艰难地生存着。

在这个精神危机的时代，独立支撑而维护文学最后的尊严，谢克强的这种执着与坚持，也正显示出他的文学信仰和审美趣尚，表现出一个现代知识分子的精神修养。克强也想到过放弃，想到过逃避，但是，高度的历史使命感和社会责任感，以及对于民族文化未来走向的隐忧，使他选择了进攻，选择了独守，选择了用散文诗对终极关怀追问的形式。他说：每当有退却的念头来袭的时候，“我便成了我自己的鼓舞者”。虽然，“我知道，面对这个喧嚣的世界，诗人显得何等的无能和渺小。诗人拯救不了人类，也拯救不了自身，只能流行一行行情感的宣泄和思考的问号。于是我编选了这部散文诗，以期寻找灵魂的家园”（本书《自序》）。他也的确深知，文学在面对中的无能与无奈；但是，他还是企图通过革新散文诗的样式来表现他对社会、历史及人生的思考，真有

---

① 转引自谢克强《生命的盐》，《写作》1997 年第 12 期，第 8 页。

一种殉情殉职的悲壮感。

海德格尔认为：人在现实中总是痛苦的，他必须通过寻找精神家园来消解这种痛苦。当人们通过对时间、历史、自然和生命的思索而明了家园之所在时，也便获得了自由，变成了“诗性的存在”，因此也即是到达了与庸常的社会相对的“神性世界”。[1] 正是因为谢克强渴望自由，他的散文诗才多了些深刻而沉静的反思，有一首《沉默》，全部照录：

独坐窗前。/ 高昂的头低垂下来，呆滞的目光，如这夜一样深沉。我独坐沉沉的黑暗里。骤然，从夜的深处袭来一片毛茸茸的寂静，悄悄在我的身边弥漫。/ 寂静如水，渐渐淹没了我。// 不是礁石远离海岸的沉默。/ 不是火柴躺在火柴匣里的沉默。// 抬起头来。/ 蓦地，夜空闪着蓝光。啊，是我燃烧的烟头灼伤了夜。// 我闭上眼睛，淡淡吐了一串烟圈，谁能说我的沉默不是点燃的导火索在默默燃烧，将预示一个撼天震地的爆响呢？

散文诗塑造了一个“沉默”者的形象，一个思想者的形象，一个洞透生活真原面貌的敏感和清醒的独立思考的形象，那形象虽然处于“沉默”的静寂中，然而，却让人读出了激烈，读出了外在冷寂而五内如地火运行的鼎沸。这种“沉默”，源自人性的深刻痛苦，是基于当下，基于生存，基于生命状态的思考。“独坐窗前”，这是作家为争取人格独立与人性自足而设定的特定环境，是作者在一种急不可耐的寻找中发现的灵魂栖息地。这种“沉默”，与当下的浮躁、焦灼和迷茫形成强烈反差；而这种“沉默”，既隐藏着一种惶惶不安的灵魂悸动，也孕育着一触即发“爆响”的新生，是困惑与坚定的情感交织。“用心做灯吧，我默默地拒绝着寂寞。我知道，如果一任无际的荒漠逐渐扩大，它将会吞噬生命的绿洲啊！于是，我拿起追求的笔，以笔做犁，在无边无际的荒漠里播种光明的种子……”（《寂寞》）这是一种生命焦灼而激生出来的文体自觉，表现出作者重塑历史精神的渴望，也表现出创造新的文体的自信。

在散文诗创作上具有里程碑意义的印度伟大作家泰戈尔说：“艺术的主旨，

---

① ［德］海德格尔《海德格尔选集》，生活·读书·新知三联书店 1996 年版，第 237 页。

也在于表现人格，而不在于表现抽象的与分析性的事物，它必须运用绘画与音乐的语言。这已导致我们思想的混乱，即艺术的目的在于美的生产；然而艺术中的美只是手段，而不是它的完全的最终的意义。”[①] 此论明确告诉我们，表现人格是第一位的，是目的，是归宿，是根本，是最终极的意义，而所有的艺术形式只是手段。

所谓“人格”，首先是指个性的精神生活特征的总和，同时又是一种体现着社会共性的伦理学范畴。既不是孤立的“自我”，又不是抽象的“人格”，它有特定的个人精神生活的内容，是包括价值观、道德立场在内的总体特征和风格。良心是人的内在信念，是使人遵守道德的内在力量。所谓“表现”，表现人格，或者是人格表现，或者说是表现在作品中的艺术人格，也许就相当于中国美学里的“骨力”“气格”之类吧。中国艺术中的人格，是渗透着道德感的自我，又是体现了民族性格与华夏精神的大我，也就是中国知识分子所向来崇尚的理想人格。这种人格表现，或者说人格表现的理论，是中国美学的核心。以中国诗学理论观来看，文学作品中所映射出来的人格美色，是文学作品的最深邃而核心的层面。在某种意义上说，文学作品中人格境界的高低，决定了文学文本的优劣。海德格尔也在《艺术作品的本源》里说：“艺术家是作品的本源。”[②] 正因为谢克强的政治关注与社会焦虑，要比一般人来得强烈，其作品对思想深度的追求，也就相应地来得执着，而其在散文诗中所折射出来的人格精神也就相应地来得强烈。因此，克强在更深的层次上对人生内省和社会关注，也成为他散文诗写作中的人性自觉。正鉴于此，在文学成为追求市场效应的商业化行为，而作家不再把文学创作当作精神的必需和生命存在方式时，谢克强则表现出对社会转型、价值失范、方位不明的精神漂流时代的深入反思，而坚守散文诗创作的严肃性和神圣性。我们不妨一读他散文诗的题目吧：《信仰》《目标》《追求》《希望》《信念》《精神》《牺牲》《真理》《青春》《憧憬》《生命》《意志》《灯塔》《使命》等等，当然还有爱情、命运之类。谢克强就是用这些习见的寻常题目，赋予了特定的人格观念或哲学理性，做出了

① ［印度］泰戈尔《诗人的追求》，倪培耕等译，漓江出版社 1995 年版，第 94 页。

② ［美］李普曼《当代美学》，邓鹏译，光明日报出版社 1986 年版，第 385 页。

文学负载社会精神的自觉承担，生成了人文忧患的精神焦躁，表现出作家渴望深度、抵制浅薄的文学操守。谢克强的散文诗的触角已经掘进到现代人人性的层面了，深入到当下思想世界的多元之中，他尝试着以散文诗的样式，直击和解答当代中国的一些精神信仰的问题。而这种哲理性散文诗文本，则是作家生命气格的凝聚，是作家主体精神的升扬。

还是泰戈尔先生说："一切抽象的观念，在真正的艺术中都是格格不入的。这些抽象观念如果想让艺术接受，就必须披上人格化的外衣。这就是为什么诗歌力图选择有生命力品质的词汇的缘故——这些词汇不仅提供信息，而且已经为我们的心所接纳，并且没有由于在市场上过于频繁使用而陈腐不堪。"[①] 谢克强用散文诗表达了对于社会、人生见解的探索，从精神维度上看，他发扬了传统的追问精神，是对华夏历来优秀士人品格的承袭，关注现实政治，关注社稷兴亡、民族命运，进而关注人生、人性和人的生存状态、人的命运及生命价值，因而，他的散文诗写作状态，处于一种自觉承担时代命题的困惑中。而他的散文诗，则是具有了一定社会背景和伦理意义的个体精神生活的丰富内容。而从艺术层面看，他将其生存状态与理性思考以诗性转化，使其内心的情怀和人文精神完成了一种写作的价值追求和人性置换，而其散文诗的写作也就在这种嬗变和渐进中呈现出独特的风貌，其创作状态也就越发开放，越发自由。谢克强深有感悟地说："从我的创作实践中我也感到也许我们不缺乏对美的感悟能力以及对美的想象力，而是缺乏博大精深的思想。"（本书《自序》）

二、理性抉择的文体自觉

一个作家的创作理念是很重要的，关乎其作品的实际质量。是否明晰？是否自觉？是否现代？这是一个比较成熟的作家所首先需要解决的问题。

谢克强的散文诗《路》，采用的是断章式的写法，充分开展，八方辐射，其中第十六节写得满含哲意：

① ［印度］泰戈尔《诗人的追求》，倪培耕等译，漓江出版社 1995 年版，第 95 页。

风一程，雨一程，风风雨雨又一程，走着走着，当我把路走得愁肠百结时，这才发现前面已无路可走。/ 无路可走也好，我便走自己的路。可有些好心的人怕我迷路，总想给我找个向导，被我婉言谢绝了。有向导还有我的路么？ / 人生的路，在探索中，在寻觅里。

这是克强对人生的思考，何尝不能视为其对文学的思考呢？我们从中读出了具有独立人格的谢克强的精神状态。这又何尝不是他在文学中寻寻觅觅而另辟蹊径的形象写照呢？

我们还是从其《断章》的《自序》中摘要几段来分析吧，看看谢克强的创作理念：

曾经有人将散文诗比作“盆景”，以说明它是一种小巧玲珑的袖珍文体。如果不无偏见地说，至少这是一种错觉。……散文诗不能因小而小，因短而浅，而是褚小怀大，绠短汲深。

正是由于简单化描摹某些生活现象而缺乏深刻的人生哲理的发现，减弱了散文诗剖析生活的洞察力与穿透力，使散文诗失去了应有的美感，也使读者的味觉渐渐疲惫与迟钝。

我认为，散文诗的洞察力与穿透力，就在于诗象之后，诗情之中的那种灵魂深处射出的思想之光，诗的感染力除了情感因素之外，在很大程度更在于感觉内部所包含的思想之果核并由此闪射出辉煌之光，只有这种辉煌的思想之光，才能点亮暗夜里无数双渴求的眼睛和心灵。

综合谢克强的散文诗创作来读这些创作“感言”，我们对其散文诗的创作理念有一个总体认识，这就是他写作散文诗所具有的高度的负责精神。他的这种高度的负责精神主要表现在两个方面：

其一，表现为拯救的义勇。也就是说，谢克强的散文诗写作，首先是基于对散文诗现状的不满。自二十世纪八十年代以来，散文诗复兴，繁荣一时。然而，一方面散文诗成为了细小摆设，远离政治，远离社会人生；另一方面散文诗成为了“青春鼓点”，图解社会，贴附政治。此两种情况，都是散文诗创作的轻易性所造成的。而轻易性的散文诗创作，使散文诗成为肤浅的诵唱，琐碎的情感记录，面目呆滞，神情枯槁。笔者虽然也偶尔染指散文诗，同时也写作点散文诗理论，但是对散文诗的热闹和繁华却一直不能十分看好。我的第一篇散文诗理论文章[①]发表在九十年代，尖锐直言散文诗的弊端。新世纪后，我的散文诗理论文章没有多写，虽然耿林莽先生还对我寄予厚望，而我则似乎对散文诗越来越没有信心了，在我不多的文章里，有一篇文章也说到散文诗亟待自救的问题[②]，表现出对散文诗的现状的深深忧患和困惑。正因为基于这种忧患与困惑，克强的散文诗写作便也表现出强烈的文学责任感，他把散文诗当作一桩大的事业来做，以其散文诗创作的实践来救弊。

其二，表现为文体的自觉。散文诗并非是什么高贵的文体，却应该是一种很特殊写法的文体，用波特莱尔的话来说，散文诗最本质的特点就是它是用来表现灵魂的震颤的。换言之，散文诗是一种适合表现深刻思想和深沉情感的文体。笔者以为：散文诗还有一点尤其重要，就是其自由精神，是散文赋予它的自由精神，没有诗意的文字，或者光有诗意而没有散文的自由精神的，不能叫真正的散文诗。关于这一点，谢克强也是有深刻认识的，他在《自序》中说：散文诗的体裁形式"可以比诗更潇洒飘逸"。因此，原本以写诗为主业的谢克强写作散文诗，并非是诗歌写不下去了，除了是出于对散文诗现状的忧患外，更重要的一点就是出于对散文诗文体优势的看好。换言之，是其在生活与社会中所获得的感触与灵感，非散文诗这种文体而无法最有效地表达的需要。

正因为如此，克强的选择不仅仅是自觉的，还是睿智的。他的这种自诗而散文诗的寻找和走向，决定了他散文诗写法的诗性走向，决定了他的散文诗往往是从人性、从人生哲学的方面来解读社会和历史的视阈。谢克强采用散文诗的形式进入到精神高地，以生命美学为底蕴，表现其人文关怀，表现其在困顿迷茫中对心灵家园寻找的执意和自觉，人格的独立性和文化的自信心，促成了他散文诗所特有的"生命美学"的文本形态。

培根认为："大诗人与大艺术家，必须具有哲思的想象力——它就是以心眼所看到的'思想中的思想世界'。"文学当以处理人的精神和灵魂事务为

① 王志清《当代散文诗之审美观照》，《宁夏社会科学》1990 年第 5 期。

② 王志清《为真情招魂：散文诗最好方式的自救》，《西华大学学报》2006 年第 6 期。

最高价值，谢克强的散文诗即表现出这种文学价值观和追求。而其对灵魂检点、对文化精神反省的自觉，与其社会关怀的悯情，生成了他“哲思的想象力”，使其散文诗在与生命转换、与灵魂对接、与精神契合中，形成了作家的人性自觉和文体自觉，使其散文诗具有了诗性精神和哲思内核，成为“思想中的思想世界”。

《文心雕龙·体性》里“赞曰：才性异区，文体繁诡。辞为肌肤，志实骨髓。雅丽黼黻，淫巧朱紫。习亦凝真，功沿渐靡”[①]。刘勰在《体性篇》的结论中强调人的才能性情的决定性意义，同时，也十分看重文辞修饰的分寸，突出文学的表现性。因此，追求“散文诗的洞察力与穿透力”的谢克强，自然很注重散文诗的“诗象”，讲求“诗情之中的那种灵魂深处射出的思想之光”。因为其文体的高度自觉，决定了他的精神思考的文学本位的特征，使其“思考”的结果成为生命美学的文本范型，而不是哲学抑或是伦理的说教形态。

谢克强寻找到了散文诗，寻找到了散文诗的合适表现，寻找到了使其人格与精神在文学中转化、升华成为艺术象征的途径。他的《目标》是写寻觅的感受的，是写人生的寻觅，也是写文体的寻觅，作者在竭力铺排了许多的寻找之后，这样写道：

> 我听见月亮忧郁地低吟着，而太阳也憔悴了，痛苦煎熬着灵魂，它们怎么也知道我没有找到你呢？/但我深信，这个世界既然有我，就不该没有你。

三、审美“转化”的生动展示

还是那个泰戈尔说：“对于艺术来说，真理在没有获得生命的色与味之前，就如同没有煮熟的蔬菜，不适于搬上宴席。”[②] 哲理性的散文诗，很容易成为面目可憎的说教形态，成为没有经过“转化”的政治讲义。谢克强的哲理性的

---

① 刘勰撰，周振甫注《文心雕龙注释》，人民文学出版社 1981 年版，第 309 页。

② ［印度］泰戈尔《诗人的追求》，倪培耕等译，漓江出版社 1995 年版，第 95 页。

散文诗，具有理性美与精神美，是煮熟了的蔬菜，是“获得生命的色与味”的精神盛宴，是因为他将其精神思考和人性气格转化为艺术的形态了。

台湾著名诗人罗门在他的诗歌论文中认为：感受力（包括体认），转化力，与升华力，是诗歌的“创作之轮”。[①] 这几种所谓的“力”的展现，也可以视为诗歌创作的程序。罗门很重视“转化力”，他认为，“这种能力的强弱优劣，实际上在创作中决定了一个艺术工作者是否能够确实进入‘艺术家’的位置”。[②]1988 年，罗门应邀在台北市美术馆演讲时举例说：“譬如，你看到水平线，只凭肉眼来画表面说明性的那根线，而不将那根线从灵视中‘转化’为‘宇宙最后的一根弦’，或‘转化’为‘牵着日月来去的那根线’等新的‘造型’来看，则其中的差距便势必形成画家与画匠、艺术家与非艺术家不同的创作精神状态。”[③] 罗门的意思是，艺术家与一般人（包括非艺术家的“匠”）所不同的是，一般人是“肉眼”，而艺术家则是“灵视”，并具有了能够“转化”“造型”的技艺。应该说，罗门是个很有实力也很优秀的诗人，罗门的诗歌，偏于现代性的创造，具有极其强烈的现代感，有“现代主义的急先锋”之称谓。但是，他还不是一个卓越的理论家，他的“创作之轮”是他创作的经验总结，具有很突出的经验性，甚至很有实用的操作性，遗憾的是他的论述并不深入，甚至未能上升到理性的高度。不过，他认为，升华“多少具有一种真实而幽美的形而上性，能把作者内心从现实上获得的‘有’，推展为无限超越性的饱满的‘有’，而呈现出生命永恒存在的更具内涵力的新的‘造型’世界……”[④] 这倒也道出了诗歌创作中的神秘性特点。

积二十年多诗歌创作的经验，谢克强在其散文诗创作中，其诗歌创作中的精神意识特别的活跃，其转化与升华的“造型”也得心应手。我们以其《独饮》为例来作具体分析，全诗云：

又是周末。/ 窗外的树叶轻轻摇动月光。月光跳过窗玻璃，栖在桌上

① 罗门《罗门论文集》，中国社会科学出版社 1995 年版，第 18—22 页。

② 罗门《罗门论文集》，中国社会科学出版社 1995 年版，第 223 页。

③ 罗门《罗门论文集》，中国社会科学出版社 1995 年版，223 页。

④ 罗门《罗门论文集》，中国社会科学出版社 1995 年版，231—232 页。

的一只空杯里，被月光镀两的杯子寂寂空空，亦如我这个寂寂空空的周末。/倚着空杯，坐在夜的角落，我把昨天、今天以及明天的许多回忆与幻想，推出窗外，我便与这一只空杯一起共度周末。/这时，我的周末显得更加空旷了。

许是过于空寂，寂寂空空的杯子似耐不住寂寞，美丽的眸子穿透灵魂，亦如我刚刚审视昨天、今天以及明天的许多回忆与幻想，任无边的黑暗蚕食孤独。/这时，我看见杯子在月光下闪着柔光，漾开一层层的心事……/真想独饮成夜，并一口饮尽，而在这个空旷的周末，夜比酒浓，于是我将哲人们关于生活的许多箴言连同陈年的葡萄酒一起斟进杯子，顷刻，寂寂空空的杯子被酒与思想充满，我看见许多优秀的灵魂在杯中闪耀……

不要责问我什么，真的，不要。就让我同一只杯子一起共度周末。/小时候，很羡慕大人们喝酒，只觉他们喝酒的样子很神圣。如今，我的年龄终于也跋涉到了非喝酒的岁月。/于是，在夜的深处，我举起杯来，独饮一盏不灭的灯火，让那思想的汁液，滴滴融进我只影孤独的灵魂。

这首散文诗表现的是一种深邃的哲理，但是，是远离了简单的说教化的表现，从散文诗的本体看，笔者说两点意思：

其一，造型。也就是表现，就是构思和造型，就是客体主观化的程度与过程，这就意味着对于形象的提炼，此章散文诗充分显示出谢克强的艺术“造型”的能力，全篇三段，紧扣“独饮”行文，而文中又有潜在与显在的关联。第一自然段是渲染，独对寂寞，酒杯空空。“我把昨天、今天以及明天的许多回忆与幻想，推出窗外”，是一种情感孤独无助的挣扎，是一种主客体之间失衡后的一厢情愿。第二自然段，“我刚刚审视昨天、今天以及明天的许多回忆与幻想，任无边的黑暗蚕食孤独”，则是一种随任自然的放弃，或者说是一种漠然无援的无奈。第三自然段，“昨天、今天以及明天的许多回忆与幻想”的文字没有出现，但是，其意隐含于其中，由到了非喝酒不可的年龄与欲望来暗示的，同时也暗示着诗人已经到了“回忆与幻想”与外在情境融为一体的境界，实现了由个我到超我的蜕变，仿佛是禅定之后而思接千古的自由与顿悟，人与自然环境、主体和客体之间建立起新的平衡。

从形体上看，这种表述是充满了诗意的散文诗，具有散文诗的舒展与蓬松，具有散文诗的自由精神，任情伸展与跳宕，不断地铺垫，不断地推进，在推进中实现转化与升华。“由于卓越的‘转化力’，已经被视为是创作世界的‘天空发射站’，能将作品的生命，像‘天空梭’射向无限美的境域，不断地超越于升华。事实上‘转化’也是艺术家进入创造世界的‘运转站’。”[①]

其二是语言。语言的诗化，是诗歌发展的最重要、最核心的问题，也肯定是散文诗发展的核心的问题，是散文诗内容与题旨的物化体现。散文诗在自身的发展过程中，不断地从诗歌与散文中去吸取自己所需要的东西，以期不断地拉开自己与诗歌、散文之间的距离。以语言为例，当散文诗在诗歌与散文那里获得滋补之后，它便形成了它自己，形成了既有诗歌的凝练空灵又有散文的舒展蓬松的语言特点。谢克强长期从事诗歌创作，已经形成了一个比较成熟的抒情语言体系，而散文诗创作使其面临着一种新的抒情语言形象体系，同时，也决定了其在进行散文诗创作时，其语言向诗歌倾斜的必然性。

有人认为，散文诗分为偏向于诗歌的散文诗与偏向于散文的散文诗两类。如果此说成立，就语言而论，谢克强的散文诗则显然是偏于诗歌的散文诗，就是其语言诗歌化的倾向比较突出。其实，笔者并不同意什么“偏于”，而一直认为，散文诗就是散文诗，散文诗就是应该有散文诗的语言。散文诗的语言，与诗歌的语言具有一致性的地方，就是把形象的提炼放在首位。谢克强在采用散文诗创作的时候，不仅仅具有提炼形象的自觉，而且保持了诗歌的自身的语言特色。从散文诗自身的规律去看，这种提炼，使语言转化为散文诗的具体的意象，负载其具体思想和情感的意象。具体到这章《独饮》中，作者提炼出一个新鲜的形象，以负载思想与情感的意象转化而来的形象，这就是：饮为何物？——斟进杯里的是“哲人们关于生活的许多箴言连同陈年的葡萄酒”，“寂寂空空的杯子被酒与思想充满，我看见许多优秀的灵魂在杯中闪耀”；这就是：我何以须饮？——是孤独灵魂的渴望，是必须有“思想的汁液”来滋润的“醉”的需求与惬意。这是诗人对生活的独特的感受，这种对生活的准确概括与形象提纯的感受，投射了诗人内宇宙的光与影，使内在思考的无形之意，转化为外在的有形之象，能够唤起鲜明的美感形象与丰富联想，表现出一种深沉的忧心

① 罗门《罗门论文集》，中国社会科学出版社 1995 年版，第 231 页。

与悯情，凸显出诗人的那种遗世独立、横而不流的独立人格。因此，这首诗的成功，与其语言有着极大的关系，语言很空灵，形象感很幽美，个性也很强烈，而且具有了意境创造的“造型”功能，意在言外，言有尽而意有余，即是“把作者内心从现实上获得的‘有’，推展为无限超越性的饱满的‘有’，而呈现出生命永恒存在的更具内涵力的新的‘造型’世界”。

还是回到罗门的“转化”上去说，笔者以为，谢克强在这一点上做得很成功。没有转化力，诗人内心的感受世界就无法彻底而全面地展示出来，尤其是诗人对于社会人生的深刻思考不能形象而升华起来。散文诗如果没有深刻“感悟”的冲动，没有“转化”的过程，没有“升华”的结果，便只能是思想的美文，或者美文的思想，而不是散文诗。

谢克强的散文诗《空白》，在大量的关于“空白”的铺排后，猛一转化：“在这个宁静的夜晚，在这个远离泥土的七层楼上的一间小屋里，在布谷鸟清脆的啼鸣（这断断续续被我遗忘多年的小曲啊），当我再一次掀开那本经典的书时，顷刻，我沦为一片空白。”作者的思维非单向的直线，克强也正是因为擅长此“转化”的手段，往往在最后的关键处，来一个“鱼跃”，“腾”地升华了上去，实现了散文诗写作中难度最大，也至关重要的一种飞跃性的提升，把内心从现实上获得的“有”，推展为无限超越性的饱满的“有”。因为克强非常善于“感受”而尤其善于“转化”，掌握了散文诗升华上去的“最杰出的艺术本领”，故而其散文诗情理兼具，形象生动。

他的《顺着少女的眼睛看海》似乎是爱情题材的散文诗，写少女与海，少女的窈窕，风韵万方，海的汹涌，雪浪滔天。因为少女“跳进了黄昏的大海，溅起了海浪躁动我蓝色的思绪”，作者因此而获得了“转化”的契机，也“腾”地一跳，将题旨“升华”了上去：“是谁说女人如水，我说女人是大海的同义词。于是，我站起身来，朝黄昏的海里走去，真想夸父逐日般跳进少女的眼里……”他的《弄潮》《拾海》《海礁》等，都是这样的善于转化的写法。譬如《致》里，先写对大树的敬仰之情，最后则这样收束：“我是一棵无名的小树，我不想因你的高大而失去我渺小的独立。”又譬如《浪花》先写风的鼓动，收尾时也出人意料：“远来的风啊，你不死，我就永生。”再譬如《斧头》，先写斧头的木讷，但是，象征性地写它的丰富情感，“当它开始说话的时候，也就开始了有力的行动”；等等。他的爱情题材的散文诗如长篇的《二十二支烛火与一支恋曲》等，写得缠绵悱恻，感人至深，而往往为了抒情的需要，其语言也有些散文的叙述的成分，然而，总是纳入到抒情的轨道上来，也总是不时地“转化”而使诗意升扬起来，而不会成为理过其辞的教化。

谢克强“决意站在思想的高原上”，同时，他十分注重散文诗自身的文体要求，适应了散文诗的抒情本性。正因为他高度的文体自觉、顽强的抒情意识和高超的转化能力，他的散文诗能够不断地克服各种偏离诗化的可能，而表现出能够让人获得一种精神澡雪而飞升的艺术生趣。

罗长江《大地苍黄》评赏[1]

［按］ 《大地苍黄》长篇散文诗，通过对土地、时序与人伦关系作宏大叙事，展示中国腹地乡村的风物风土，展示传奇性故事所反映出来的特定地域的风情风韵，形成了地域文化的博览，凸显出思想的美色，具有美丽、沧桑与悲怆同一节律的情韵，暗合了现代人寻找精神家园的精神脉动。

湖南是个诗意化了的地理名词。湖南是个创造文学奇迹的地方。2011 年湖南省作协“重点作品创作扶持工程”所确定的重点扶持的 15 部作品中，罗长江的《大地苍黄》[2] 就是其中的一部。

《大地苍黄》是一部长篇叙事散文诗。作者罗长江不是个以散文诗写作而著称的作家，或者说，罗长江在文学上的影响主要不在散文诗上。然而，罗长江的《大地苍黄》以立体长卷式的全新文本，装点了散文诗寥落的天空，为散文诗长了脸，也使散文诗的呵护者与歧视者们看到了散文诗并不黯淡的前景。

总括起来说，罗长江的《大地苍黄》有三个看点。

---

① 原题为《让人豁然开眼的全新文本——罗长江散文诗长篇〈大地苍黄〉》，《西北军事文学》2014 年第 4 期。

② 罗长江《大地苍黄》，湖南人民出版社 2012 年版。

第一个看点是结构

《大地苍黄》的结构很特殊。整个作品共分《陌上梅花》《蓝印花布》《雷生与牛》《鸭客谣》《三姑娘》《雁来红》《血蝴蝶》等二十多个章节。这些章节，都是以“断章”与“片段”的形式出现的，章节与章节之间似乎没有什么连贯性，甚至也看不出什么逻辑性，是跳跃的、横列的、并置的，如蒙太奇，而又是块面的纵向层叠与递进，这就是罗长江的一种书写策略，是其所追求的一种诗性结构。

大地苍黄，苍黄大地，作者思接天地，接通了地气，也进入到自由之境，打开了畅想的空间，使得这些历史的、现实的、原生态的生活形态纷纷进入了作家当代意识的烛照，进入了诗性的文化的关怀。诗人突破了古今之囿，同时也疏离了具体现实和当下心灵，极其自由而流畅地驰骋着想象，忽古忽今，忽远忽近，忽虚忽实，忽浓忽淡，忽张忽弛，从容流转，娓娓道来，建构起张力饱满的文化空间，成为诗意饱满的生态情境。湘西故乡的那些已经逝去了的历史与故事，成为一方方美丽的块面，仿佛漫不经心地信手拈来，形成了美与美的块面的美的组合，大类于王维诗歌纯以物象并置的手法，表现出强劲的艺术张力。尤其是作者通过这种画面的并置与叠加，反映出湘西北地域的成长史、文明史、民族史、风俗史、精神史，也表现出诗人对生命价值的拷问，对精神高度的向往。

长篇散文诗《大地苍黄》的结构，在语言形式上的串联性表现，也是很醒目的。作者是用《竹枝词》来串联的，二十四个节气，从“立春”到“大寒”，串起这些相对独立的片断故事，成为有机的一体。譬如《当暮色渐蓝》一章，“二十四节气”是“谷雨”，有类似竹枝词的题记：“朝汲露水种南瓜，暮补篱笆就落霞。夫下河湾得手否，锅儿架起等鱼虾。”而每一个故事，则又有其自身的结构，再以《当暮色渐蓝》一章为例，其用《稻草人札记》之一，之二，之三，直到之八；又如《三姑娘》一章，则用《孟姜女小调》之一，之二，之三，直至之十二……这种标志性的语言串联形式，帮助诗章形成了结构上的跳跃性的衔接，形成了松散型的紧密。而《大地苍黄》中的多数章节，不用这样的语言衔接形式，而是纯任自然，仿佛生活原本就是这样的“无序”，也无开头无结局。诗人挥洒自如又十分节制，自然展示了湘西北历史记忆深处的美丽与苍凉，形成了一幅哀婉而深沉的风情风俗的立体长卷。

笔者以为，最能够反映罗长江创新精神的是《大地苍黄》的架构。这种结构，表现出作者掌控全局的认知能力，非常适合表现诗人汪洋恣肆的才情与胸襟，非常适合展示其高远而开阔的视野，非常适合比较自如地抒写和描画。画面与画面之间各不相关，又互相映照，还形成了互为依托和发明的全面展示，恰到好处地跳出了对于生活和历史的史实性的拘泥而局促的记录。天地苍黄，时序更迭，物是人非，全在无序中显现其整体的秩序，实现了向人心逻辑的艺术转换，而所有的这些自由而恣肆的呈示，跌宕有致，暗合天道人情的规律性。

第二个看点是情韵

《大地苍黄》，以极其鲜明的地域性、民间性的题材，来呈现出一个民族的悲欢与命运，通篇始终洋溢着浓郁而凝重、浑厚而深邃的情韵，具有扣动人心的饱满而浓郁的诗性精神，唤起了我们无尽的遐想和追问，从而感悟到生活真谛。

高友工在《中国语言文字对诗歌的影响》一文中指出："中国艺术的写实表层总免不了质化的过程，这实是艺术家的心是放在类性的层次。无论是用文字，还是用画笔，最后还是回到抽象的深层。最高的成就还是在传神以韵。"因此，"这个性质客观地看是'类'，主观地看是'情'；在物为'气'，在我为'意'；综合为一可以尊之为'神'"。[①] 笔者以为，《大地苍黄》的成功之处，就在于作者对审美物象的"质化"与"类性"的处理上。这是一个作家是否成熟的重要标志，也是一部作品是否具有"情韵"的主要手段。

1985年，湖南作家韩少功写了一篇纲领性论文《文学的"根"》，成为一件轰动中国文坛的大事件。他在文中提出："应该在立足现实的同时，对现实世界进行超越，去揭示一些决定民族发展和人类生存的谜。"作为湖南作家的罗长江，张家界的好山好水成全了他，让他在与这方奇山异水20多年的相守厮磨中，发生了脐连的关系，培养了他发现美的眼睛，启迪了他深抵美的灵

① 高友工《美典：中国文学艺术研究论集》，生活·读书·新知三联书店2008年版，第216页。

魂，并且生成了他解读美的敏锐以及呈现美的理性。因此，当要化解这种日渐日深的“情结”而付诸文学形式的时候，他必然摆脱不了“寻根”的集体无意识，也肯定不能没有那种文化归宗的意识和自觉。也因为如此，具有特殊的山水体验的罗长江，绝不会去表面性地罗列山水景观、风俗事件，而是描绘对中国农耕时代末期最真挚乡恋的美好反刍，将湘西北的人文地理、风俗世相提炼出饱含诗意与哲理的情韵，在饷人以美丽的同时引人对现实以深度、深沉的比照性思考。

概言之，罗长江的《大地苍黄》，通过对土地、时序与人伦关系作宏大叙事，展示中国腹地乡村的风物风土，展示传奇性故事所反映出来的特定地域的风情风韵。他的这种情、气、意、神一体的“类性”表达，处处充溢着湘西的灵性与精魂，让人感受到了诗人大悲悯的深情，形成了地域文化的博览，凸显出思想的美色，具有美丽、沧桑与悲怆同一节律的情韵。这种情韵，对抗了都市工业文明的喧嚣异化，暗合了现代人寻找精神家园的精神脉动，在某种程度上表现出在走向现代文明社会时的人文关怀的精神内核。

第三个看点是语言

《大地苍黄》读来令人神思摇曳，心情荡漾，这与作家的语言有着十分密切的关系。罗长江的语言具有明丽而深郁的质感，声情与辞情兼作，诗性灵光与激情澎湃相交织，形成其语言特有的诗美生机。他在《大地苍黄》的《自序》中写道：

> 身为湘人，“霸得蛮、不信狠”之性格于是暗暗作祟了。我想仿效中国近代“睁眼看世界”第一人的乡贤魏源公，也来“吃”一回“螃蟹”试试。我想致力于取材、语言、结构乃至文本当与人们惯常见到的散文诗或多或少有所不同。我将笔墨集中于湘西北一个村庄，触角伸展到风物、风土、风情、风韵等各个层面，恣意书写历史悲欢、岁月苍黄、民族和人物命运，试图提供散文诗完全可以冲破“小圈子”的藩篱而进入社会生活之丰厚、复杂和广阔场景的种种可能性。

此可见罗长江创作《大地苍黄》的初衷，他是有想法的，有预期的，甚至可以说是雄心勃勃的，非常想在中国当代散文诗领域走出一条属于自己的路。因此，他不仅仅在取材和结构上，而且在语言上，表现出特立独行的艺术个性和美学追求。

笔者一直以为，语言不仅是判定诗和非诗的重要依据，也是衡量是诗还是散文诗的主要刻度。罗长江很想让一般人视作“小把玩”的散文诗来“承载厚重的内容”，从语言诗学的角度看，即是让散文诗同样能够成为诗人的生命精神与审美信息量以最大承载的文学文本。因此，从语言上看，他必须揖别当下散文诗（或者是诗）的那种不忍卒读的“文胜于质”的拿腔拿调，特别是揖别那种以花腔语言来掩饰思想贫血的现象。罗长江的语言，深得张家界之山水之灵气，语言中充溢着湘西的灵性与精魂。《大地苍黄》这部全新的“长篇叙事散文诗”文本，还熔铸进了作者在其他艺术门类如美术、书法、摄影、音乐、戏曲中的经营与尝试，主要是表现出其绘画方面的别样才情。诗人怀着敬畏之心性，怀着一腔真诚之感动，却不动声色地述说着悲剧性的故事。这种述说，拿捏得非常具有分寸感，且又拿捏在历史与现实的结合点上，营造出一种让人心颤且心醉的情境，或者懊恼，或者惋惜，或者沉迷和哀怨，甚至是动容和扼腕。譬如《大地苍黄》中《鸭客谣》一章，写一个“鸭客”的悲剧，而悲剧的背景则放在“一个春水茫茫的日子”里展开。其中画面，看似信手涂鸦，清新平易，却有一种转折顿挫的蓄势，也生成了灵动婉丽而变化多姿的生动。又譬如《界上农事》章中“歌师傅”的一个片段，一个劳动中的欢乐场面：

> 高高的界上，敞天敞地。/ 只有宽广、浑厚、高亢的歌喉，才能生出“天似穹庐，笼盖四野”的覆盖感，也才具备“横扫千军如卷席”的穿透力啊。/ 蓊蓊郁郁的包谷林，如同烟波浩渺的湖水。/ 阵阵笑声，被包谷叶子拨弄得如同跳荡的浪花，拍打着界上的阳光。/ 阳光跳荡着，粼光闪闪。/ 歌谣俚曲是一尾尾美丽的鱼，游过去游过来。/ 在歌声的孵化下，一溜溜人影成了鱼，一团团卧石成了鱼，一只只飞鸟成了鱼，一道道山脊成了鱼……/ 白云是鳍，一拨一划着。/ 白云是鳃，一张一合着。/ 又大又轻是阳光的影子……

这种语言，仿佛是“文人画”的那种简洁与灵动，有一种洗尽铅华、直指人心的魅力，格外具有音画质感和诗意韵味，平易自然而不失清新浏亮，澄澈清晰而不失从容磊落。诗人所勾勒的，不仅是人物出现的背景，也是艺术固化了的具有象征意义的实质性内容。

《大地苍黄》中《当暮色渐蓝》一章，是写“稻草人”的悲剧，诗篇是这样开头的：

雨生百谷。撒豆成茵。/ 正是谷种如雨点一般溅落秧田的季节。/ 焐得发酵的谷种，从一双双茧手间溅落秧田的泥浆。/ 山那边，春光惊起一垅白鹭。/ 稻草人很近。西伯利亚很远——/ 寒流正在启程的路上。

谛听一粒粒胚芽成长过程中发出微响……/ 谛听一片片绿叶伸展过程中发出微响……/ 秧田里，一畦一畦秧芽如同唱诗班的孩童——/ 歌唱稼穑在春天里成长。/ 歌唱春天在梦想里成长。

诗人布罗茨基说：“一首诗的抒情性其实就是诗人营造的乌托邦，它能让读者意识到自身的心理潜能。”[①] 这其实是要求诗的语言应该具有一种特殊的作用于人心的内涵。诗所以为诗，是因为其语言对于读者能够“唤起相似的内心运动”，而不是以简单性的事实陈述让读者处于现实的认知中。罗长江的语言，“染于苍则苍，染于黄则黄”。轻盈与沉郁交替，于轻盈中见沉郁；艳丽与苍莽更迭，于艳丽中显苍莽。无论是痛切的吟哦，无论是醉美的描写，无论是不动声色的述说，无论是激情飞扬的抒情，都能够也善于唤起读者心理潜能的运动，以至于让人获得由表及里的深层次破译与解读。

虽然笔者至今仍未面识罗长江，却从《大地苍黄》中认识了作者“霸得蛮、不信狠”的艺术面目与追求，认识了作者的才情与创新精神。在散文诗，作为一种文学的“另类”而被打入文学的“另册”而不能让人“正眼看”时，这样为散文诗寻找出路的实验是何等的弥足珍贵呵！

---

① ［立陶宛］托马斯·温茨洛瓦《托马斯·温茨洛瓦诗选》，高兴译，青海人民出版社2011年版，第159页。

耿林莽《伐木者舞姿》评赏[①]

［按］ 笔者一直以为，散文诗是一种思想的诗。当下散文诗最致命的弱点就是思想的缺失。因此，笔者也特别喜欢耿林莽的散文诗，写过几篇有点影响的评论。耿老也视我为艺术的知音。《星星》诗刊有耿林莽散文诗发表，邀我作此导读。

要读懂耿林莽，并非易事。这是我读耿林莽的体会。

我读耿林莽，少说也有二十多年的历史了。耿林莽的散文诗不能轻易读懂，并非是朦胧。英国著名诗人艾略特说过：“最拙劣的朦胧形式，正是不能向自己表达自我的诗人采用的形式；当诗人没有话说时，也要试图使自己确信还有话说，这时便会出现那种最拙劣的形式。”此论非常精辟。耿林莽先生是个有话可说的诗人，随着年岁日长而话亦越多，他不是“试图使自己确信还有话说”，而其话题意关国是，悲天悯人，坚韧执着，拷问生存，思考越发积极而深入，忧心亦越发急切而深沉矣。然而，耿林莽先生又不愿直白道出，而多出以象喻性的表现，其诗旨往往不是直白的深邃。

故而，笔者以为，耿林莽之难懂，不是朦胧，而是深邃。深邃，也是很难读懂的。

组诗《伐木者舞姿》（外四章），是耿林莽先生的近作，是其九十岁高龄后的作品，仍然是耿林莽散文诗的鲜明而深刻的印记。如果说散文诗真有偏于诗或偏于散文之一说，耿林莽的散文诗无疑是偏于诗的。中国古典诗歌的经典作品，基本上是“言有尽而意无穷”的含蓄蕴藉，是一种“怀了孕的静默”，其中“说出来的话比不上不说出来的话，只影射着说不出来的话”[②]。

譬如《伐木者舞姿》就是一种象征性的表现，其实不朦胧。

---

① 原题为《朦胧乎深邃乎——耿林莽散文诗新作导读》，《星星》（散文诗）2016年第3期；收入此著，补引其散文诗原作，便于阅读。

② 钱锺书《钱锺书散文》，浙江文艺出版社1997年版，第539页。

一千年两千年古树，枯木朽株，依然在大路边上昂然而立，不肯退出，/ 伐木者，安在？ // 银月一钩，投注下幽幽的蓝和淡淡的白，刚好为我画出了伐木者隐约的身影。/ 伐木者的手臂，抡起巨斧，挥动着一弯优美的弧。一袭轻纱或是一只飞鸟，飘然掠过的蝙蝠，还是游走的云呢。/ 这时候，风之手蜕去你碎了的衣衫，旋舞三圈。多么动人的一种旋舞！舞者之衣，悄然垂落。/ 银月一钩，勾勒出你肩背的赤裸，紫铜色的肌肤，亮出了一粒粒汗雨的银珠。// 伐木者的手臂，抛出了一串优美的弧。一斧，一斧，节奏和力度，圆与半圆，因朦胧月色的渗映，雕塑感和神话的气息同时呈现。/ 仿佛，砍砍伐桂的吴刚，已走出月宫，来到了人间。

此章散文诗在首尾两处给了读者以明确的意向性提示，或者说规范、引领了读者的阅读与思考。诗人是这样开篇的："一千年两千年古树，枯木朽株，依然在大路边上昂然而立，不肯退出"，这显然是有寓意的。这象征什么？既然已经是"枯木朽株"，为什么依然还"不肯退出"，而且还"昂然而立"？作品即便是在完成后也没有明指。事实上，读者心中自有读者的喻指体。紧承出现"伐木者，安在？"之呼告。很有意思的是，承前用的是逗号，更显得急迫而直截，充满了对抗性。因为立于道旁，又因为不肯退出，还因为已是枯株，那唯一的办法就是寄希望于伐木者了。诗人以设问的形式，表达出呼唤"伐木者"出现的急切愿望。这是诗眼。中间部分则具体地描写"伐木者舞姿"，诗人不厌其烦地、十足耐心地精细工笔描绘，伐木者的身影、手臂、肩背，都是异样优美的，"多么动人的一种旋舞"！伐木者连皮肤，乃至汗珠，都是值得欣赏，值得颂美的。全文何以在伐木者身上十分使力呢？也是很有深意的。很显然，诗人在伐木者寄予了深厚的感情。开篇时以"伐木者，安在？"呼喊，卒章时以"已走出月宫，来到了人间"呼应。然而，伐木者则是诗人的一种幻觉，是神话中的人物，"一袭轻纱或是一只飞鸟，飘然掠过的蝙蝠，还是游走的云呢"。伐木者之来前加了一个"仿佛"，仿佛已经来到人间，其来只是个幻影，是作者的祈愿，也许已来，也许未知。诗之余味即在是与不是间，在希望与失望间。

《绝壁》写一种沉默：

勒马于悬崖：险！ / 再一步便是深渊。// 岩石之上，阳光轻抹，敷一层薄薄粉黛。经不住冷风一吹，依然是铁一般的阴暗。/ 鲜花是没有的，连野草也不长一根。/ 百孔千疮的一处处洞穴，没有虫子们出入。/ 绝壁。石头是不说话的，天打五雷轰，也不说。// 是怕说“错”了话，被推下崖壁会粉身碎骨！ // 绝壁下面，沟壑纵横。/ 不说话的人，站在那里，战战兢兢，不寒而栗。/ 不说话的人，站在那里，仰视崖顶，/ 那里有一株古木凌空，叶子们早已落尽，光秃秃的枯枝，困守着 / 沉默。// 绝壁，/ 绝壁之上，枯树无语，/ 绝壁之下，万籁无声。

沉默的深渊，沉默的悬崖，“铁一般的阴暗”的沉默，“连野草也不长一根”的沉默，“天打五雷轰，也不说”的沉默，“战战兢兢，不寒而栗”的沉默，“那里有一株古木凌空，叶子们早已落尽，光秃秃的枯枝，困守着 / 沉默”。诗人一味地渲染沉默，死一样的沉默，比死还要不能忍受的沉默。诗人所要诅咒的是造成沉默的环境，是环境的险恶。“凡是诗，都是诗人的感性和知性的经历的记载。”[①]

第三章《青衫湿：听雨》：

一切都是轻盈的：露珠，软语，水滴。蜻蜓翅膀，折柳枝的手。/ 剪烛西窗，池塘水满。《巴山夜雨》的雨珠，一直滴到今日，还没有滴完。/ 多雨的南方，荷叶杯中，还能品出 / 一点点古典的凉意么？ // 寻雨的少年，躺在那块紫色山崖的下面，闭上了眼睛。朦朦胧胧，仿佛已在雨声里行船。/ 雨打船篷，一滴一滴，水滴石穿。// 梦醒！ / 奇怪的是，一角青衫袖，怎么竟真的湿了？

这一章的情氛与一二章不同，写得很古典，很柔美，诗画之境如宋词，笔者自然联系到蒋捷的《虞美人·听雨》，“悲欢离合总无情，一任阶前点滴到天明”。耿林莽散文诗中似有一种淡淡的感伤，似梦非梦，低回掩抑、如泣

① 郑敏《诗歌与哲学是近邻——结构·解构诗论》，北京大学出版社 1999 年版，第 45 页。

如诉，仿佛是一种跌宕起伏的乡愁深情。叔本华《论天才》说：“优美的诗文，像彩虹一样只有在雨后阴暗的地方出现。惟其如此，文学的天才都喜欢忧郁的因素。”

耿林莽的《驼铃敲响》写道：

月光在铺一条丝绸路吗？/历史，苍老，/沙漠，遥远。//今夜，只有一半的月了？/那一半呢？/被风吹折，天狗吞了，还是/碎了玉盘？//驼铃敲响，孤独的音符，/风吹不断。一串串蹄印，撒在沙上，/能长出什么？//历史，寂寞，/沙漠，遥远。//还走下去吗，骆驼？/会走下去的。它说。//驼铃敲响，半个月亮。

诗人用“敲响”，那是拟人化的，是直觉化的，是象喻性的，此章散文诗无论是形式还是表现，还是结构、语言乃至韵律，就是一首新诗。诗中写道：“驼铃敲响，孤独的音符，/风吹不断。一串串蹄印，撒在沙上，/能长出什么？”诗人是在对自己说话，是对历史的追问，也是对自己的追问，是与自己的灵魂的对话，“能长出什么？”诗人没有说。“驼铃敲响，半个月亮。”为什么是敲响月亮，且敲响的是半个月亮呢？诗人也没有说。

第五章散文诗《守夜》也采用的象喻性描写：

从高处，夜的柔软的肩上，俯视：/一千只窗格中的一格，亮着淡淡的灯火。//发了黄的老照片背不出记忆，落满尘埃的草帽在提示。油纸伞记录下满天风雨，乌云们交头接耳，酝酿着持续。/一串红珠子失去抚摸，悄悄地散落了几颗。/斯蒂文斯的诗集摊在桌上，字迹模糊。十三种黑鸟一只也不曾留下，读诗的人也已经高飞远走。/这一切都是不可见的：猜想、梦幻、臆断……//万家灯火陆陆续续闭上了眼睛，你却，偏不。/一夜无人，却开着灯。那么淡淡的一点迷蒙，在等着/谁的归来呢？

散文诗中设计了一个“守夜”的人，自觉地站在“夜的柔软的肩上”，成为一个“守夜者”。诗人选择了黑夜，“黑夜思维是深沉的，警觉的，强韧的，反叛的，击刺的，破坏的。”[①]以守夜者自居，在黑夜里放牧思想，自由自在地奔跑灵魂。最后写道：“万家灯火陆陆续续闭上了眼睛，你却，偏不。/ 一夜无人，却开着灯。那么淡淡的一点迷蒙，在等着 / 谁的归来呢？”等待的是谁？等谁归来？为什么要这样坚执地等待？又为什么等待在夜里？诗人不说。诗是含蓄的，甚至是不可言传的。康德说过：“美应当是不可言传的东西，我们并不总是能够用语言表达我们所想的东西。”

英国现代抒情诗人鲁易斯曾这样讽刺说：“诗神的山坡上拥挤着很多诗人，皆披着天才抛弃了的衣裳。”鲁易斯揭示的是历代诗坛所存在的一种普遍性现象，当下之文坛亦然，诗人（包括散文诗作家）济济，大家都是诗人，都敢说自己是诗人。其实，他们顶多只是“披着天才抛弃了的衣裳”。笔者以为，“天才”诗人与“蹩脚”诗人之诗作，最大的区别即在于有没有鲜活的“诗意”与思想的深度。而诗意饱满的诗，常常是偏重于感性的，善于制造现代诗的陌生化效果而引发读者更新知觉，也同时增加读者感知的难度。耿林莽先生的这一组散文诗《伐木者舞姿》（外四章）就是这样的。因为是深邃的，耿林莽是不好读的。

导读，不是代替读者来读，因此，导读也不能简单地揭出其诗写了些什么，或者进一步说是怎么写的。是为导读。

① 林贤治《守夜者札记》，青岛出版社 1998 年版，第 86 页。

秦兆基《揉碎江南烟水——历史的重释》评赏[①]

［按］ 秦兆基先生已出版文史类著作二十余部，其散文诗不仅具有诗的意境，还具有学术厚度与思想锋芒。秦先生试图在这部散文诗集里重释历史，以高度的唯物史观与自觉的道德批判精神，来解读、评判、演绎历史，而使历史成为一种折射出人文精神与时代风云的历史。

秦兆基先生的散文诗集即将付梓，要我为序。

我极少给人写序，也怕给人写序。说假话自己过不去，说真话作者过不去。且序书分散我的精力，需得暂时走出盛唐来。

然而，秦先生非常坚持，用他的话说就是："非君莫属"。

怎么就是"非君莫属"的呢？思来想去，还真有些道理：

一则，我与秦先生相知甚深。我们已有二十多年的交情了，虽然见面次数不多，然沟通却是经常的，也是非常愉快的。我们对文坛很多问题的看法，包括对一些作家、作品的看法，大多所见略同。我最佩服的是秦先生越老思想越活跃，看问题也越深刻，笔耕不辍而不断有新作推出。

二则，秦先生待我不薄。二十年前，我学步散文诗，他便热情鼓励，在《唯实》上发表评论文章；不久，我有散文诗集出版，他写了万言评论为我壮行。以后我每有新著出版，几乎都有他的评论，发表于《文艺报》《东方丛刊》等报刊，给我很大的鼓励与鞭策，我在散文诗上还有点信心，不少是秦先生给的。

三则，我也写点散文诗与散文诗理论。我在散文诗上的自我定位是"票友"。自染指散文诗以来，我在散文诗上似也有了点小"影响"，主要反映在我的那些所谓的散文诗理论上。这些理论文字，虽是些被推着走的写作，但毕竟评论过一些作家作品，其中为耿林莽先生写得最多，却没有为秦先生的散文诗写点什么。

看来我还真需要在秦老的散文诗集出版前，写一些祝贺和推介的话了。

---

① 秦兆基《揉碎江南烟水——历史的重释》，苏州大学出版社 2016 年版，此乃书序；文章原题为《走进苏州的深邃里》。

二

秦兆基先生，是当代散文诗的一大功臣。虽然没有拿到鲁迅奖。

当下之序，多有美言过度之弊。我之此言不虚，一点也不过分。

秦兆基先生也偶尔写点散文诗，然而，其影响与贡献主要在散文诗理论上。他早就投入散文诗理论研究，且长期关注，不断推出新著，如《现当代抒情散文诗选讲》《散文诗写作》《中外散文诗经典作品评赏》《永久的询探》《错失沧海》等。

尤其令我感动不已的是，他提挈青年作者的热情长年不减，为他们写评作序，有求必应。这个工作当下做得最好的几个中，一是耿林莽，第二就是秦兆基了。

我觉得这种事情很费功夫，有时候也叫他"悠着点"，他却往往是淡然一笑说："人家求上门来的，总不能拒人于千里之外吧。"香港著名诗人文榕（《橄榄叶》主编）有散文诗集要出版，希望我给序书。我毫不犹豫地对她说："找秦兆基！秦先生最合适为您序书。"

秦先生其实不仅是个快枪手，而且是个多面手，文字功底好，知识面宽，尤擅汲取新的理论而化用活用，故而，他的文章有学术厚度，也有思想锋芒。这些年来，他新出的《苏州记忆》《文学苏州》《红楼流韵》《范仲淹》《走向教育源头》《诗的言说》等文史教育类的著作，都取得了颇好的社会效果。

他还在国内外的一些文学刊物上发表了不少散文诗。

以散文诗的题材而言，窃以为，秦先生非常适合写历史题材。

三

我一直以为，散文诗是思想的诗，是用诗来思想的，是诗的思想。散文诗就是将思想诗化，感性化，形象化。

我也一直以为，当下散文诗最缺失的就是思想。

然而，当下散文诗，最轻忽的也是思想，即不在思想上淬炼磨砺。

秦兆基先生是个很有思想的作家，有他的那些著述为证。他也是个善于表现思想的作家，以他的这部《揉碎江南烟水——历史的重释》为证。

以历史题材写散文诗，对这种题材的处理，秦先生正可谓扬己之长矣。

不是所有的人都会遭遇历史的沉重，可历史的缄默却一定要有人来负担。秦兆基先生轻松地驾驭历史，而沉重地驱策思想。

秦先生新出版的这本散文诗集，全书五十一章，每章长短不一，长则二千余言，短则五六百字。秦先生精选了五十一个古人，帝王将相，文臣武将，诗星艺匠，哲人画家，一个个皆与苏州有关，一个个都是一部传奇。而这五十一章散文诗，编织成一部苏州的人文历史，也筑成一座群星璀璨的古贤画廊。

钱锺书《管锥编》认为："史家追叙真人实事，每须遥体人情，悬想事势，设身局中，潜心腔内，忖之度之，以揣以摩，庶几入情合理，盖与小说、院本之臆造人物、虚构境地，不尽同而可相通，记言特其一端。"[①] 秦先生长年沉浸于苏州深厚的历史积淀里，以精神抚摸，以情感浇灌，与古人炯炯双眸相遇，与民族魂对话。这让我想起了谭元春《诗归序》的一段名言："夫真有性灵之言，常浮出纸上，决不与众言伍；而自出眼光之人，专其力，壹其思，以达于古人，觉古人亦有炯炯双眸，从纸上还瞩人，想亦非苟然而已。"

而何以才有"真性灵之言"？何以才能"不与众言伍"？尼采说："只有从现在的最高力量的立场出发，你才可以解释过去。"秦先生以此名言作为书的题记，也透露出他的写作意图与构思侧重。这种审美观照与创作自觉，也使秦先生具有了不俗的站位与高度。

四

清杭世骏《李太白集辑注序》云："作者不易，笺疏家尤难，何也？作者以才为主，而辅之以学，兴到笔随，第抽其平日之腹笥，而纵横曼衍，以极其所至，不必沾沾獭祭也。为之笺与疏者，必语语核其指归，而意象乃明，必字字还其根据，而证佐乃确。才不必言，夫必有什倍于作者之卷轴，而后可以从事焉。空陋者固不足以与乎此，粗疏者尤未可以轻试也。"此论是说笺注难，而我虽不是为秦著笺注，但是，要能够深入解读且精准到位，那也是件非常不

---

① 钱锺书《管锥编》，中华书局1979年版，第166页。

容易的事情，让我视为畏途而类比于笺注家的工作。

秦先生一会儿置身于五千年历史而际会风云，一会儿高踞于时代制高点而纵横推演；一会儿作为历史裁判而评说功罪，一会儿判若古人而同此悲欢；一会儿侧面切入而机智聚焦，一会儿正面开展而深沉叙说。笔者沉浸于秦先生所创设的各色形态的意境中而倾听其议论风生，实难捉住他的精神脉象，也不想作一一解说的笨功夫。

秦先生在接受箫风的采访中说：

> 散文诗整体结构的经营，是散文诗作由创作主体的内部语言转化为外部语言（文字），进入表述过程的第一步。常常是决定创作成功与否的一步。结构艺术是外在的，有形迹可寻。我从一些散文诗作品中概括出常用的四种类型：一是正面展开和侧面或反面切入；二是因流探源和由枝振叶；三是平行放射和叠加层进；四是即兴感悟和短章组联。结构方式还不止这些，比如还有意识流方式等。散文诗写作，选用哪种模式去组织题材，要根据自己的写作习惯和表达需要。古人云："文无定法，文成法立。定体则无，大体则有。"散文诗结构经营亦当作如是观。①

散文诗的结构是非常重要的，甚至可以说结构决定了一首散文诗的成败与优劣。秦先生在谈到散文诗的结构时做出了这样的总结。这里关于结构的几种类型，也在他自己的散文诗创作里得以具体的表现，我不想具体作一一的对应，让读者自己运用自己的脑髓而欣赏与评判吧。

序，充其量也只是一种导读也。

五

叶维廉《中国诗学》在谈诗歌创作时说："事实上一个很宏伟的思想往

① 箫风《散文诗研究要关注现实——秦兆基访谈录》，原载《文学报·散文诗研究》2013年1月17日。

往因为找不到适当的文字而无法落实，这种例子太多的。”[①]此论说的是语言的重要性。我曾经写过一篇文章，叫作《散文诗：语言决定命运》[②]。我认为，当下散文诗创作的同质化的问题突出，经典缺席，重要原因出在语言上。散文诗这种不具诗形的诗，似乎比诗更加需要重视其语言的诗性活力的培养。在这种意义上说，语言决定了散文诗的文体命运。

我在拙著《散文诗美学》中也指出：“从散文诗的语言审美看，散文诗应该有自己的语言抒情体系，应该有属于散文诗基本特质的语言的规定性。”

我是非常看重语言的，无论是创作还是理论。因此，我最想就教于秦先生的，或最希望与他探讨的也是语言，是此著中的语言。

美国当代著名历史学家海登·怀特也认为：每一部历史文本的表层下面，存在着一个“从本质上说是诗性的，而且具有语言的特性”的潜在深层结构[③]。所谓历史是“诗性”的，是说历史从根本上来说不能脱离想象这个动因；而所谓历史“具有语言的特性”，是说其本质上还是一种语言的阐释，带有一切语言构成物所共有的虚构性。他甚至认为，历史学家也是故事的编造者，他们是在用史事编故事。因此，历史在本质上，作为一种虚构的语言，与小说没有什么差别。秦先生深谙其道，其历史话语通过情节设置、视角转换、技巧安排等策略来进行文本叙述和阐述。秦先生作品中的“语言”已非一般性意义的“词汇”，不是以再现为主，而尽可能地弱化了语言的写实性，而强化语言的表现性，增加了语言的情感含量与美感因素，成为诗性的语言。

以秦先生的此著而具体来说诗性语言，譬如《张旭暮秋》（全篇）：

> 秋天，曛黄的太阳，没有太多的气力，洒落在古老宅第的方砖上。
>
> 张旭，转了一个大圈，顶戴着金吾长史的官衔，回到了故里。
>
> 西北风尘寥落，中原烽火连绵，昔日交往的亲朋、酒友，不知散落到哪里去了？鉴湖的贺知章，比自己还要老的老头，怕早已成为古人？山东李白还有“笔落惊鬼神”的佳句否？赋就《酒中八仙歌》的少陵野

---

① ［美］叶维廉《中国诗学》，生活·读书·新知三联书店 1992 年版，第 226 页。

② 王志清《散文诗：语言决定命运》，《文学报》2015 年 4 月 30 日。

③ 王治河《后现代主义辞典》，中央编译出版社 2004 年版，308 页。

老杜甫，当年还是年轻人，如今飘零到何方？

“张旭三杯草书圣，脱帽露顶王公前，挥毫落纸如云烟。”解下了峨冠博带，不用摧眉折腰，从容地放浪形骸，诗狂，酒狂，书更狂。

几案，铺就的纸，墨海，研好的徽墨，笔架山，悬挂的湖笔，像待发的三军，等着主帅的号令。三杯，只要三杯，一切就会催动。

长安酒楼，公子王孙、墨客骚人、酒徒豪客、胡姬美女，慕名而来竭诚学艺的，想要一睹大师风采的，只想看热闹的，远远地拢着，围成弧形。

弟子颜真卿送上蘸饱墨汁的笔，张旭如癫如狂，挥洒，挥洒……线条，飞动着，跳跃着，蛰伏着，奔走着，呼喊着，狂歌着，郁闷着，沉思着，放声大笑着，嚎啕大哭着。那不是字，是诗，是文章。不要把它看成是信息的载体，它就是信息的本身。不需要费心思去辨认，去详，去猜，那线条就会告诉你，书家的人生际遇：千里寄宦的乡情，浮生如梦的旷达，添香红袖的缠绵，功名无望的惆怅。字幅就是诗人的精神本传。

掷笔而起，疾走，狂叫，心中无可名状的悲苦不是这支笔所能传达的，就像是上阵的将军找不到称手的武器，环顾茫然。将自己化身为笔吧，散开盘在头顶的黑发，揪住了，用头发当着笔锋，身躯当作笔杆，头颅配合手腕转动，公主争道的担夫桀骜不驯、瞎拳弄掌的姿态，公孙大娘舞动剑器，兔起鹘落的风韵，从心中流到纸上。“书”成泣风雨，成就了书史上的绝世华章。

再现一次风华，在生命的暮秋。笔、纸、墨、酒，一应俱有，自己的儿孙、吴郡的乡绅。可是没有旧友，两度随着自己学艺的门徒颜真卿，如今何在？

三杯酒下去，书兴不来，张旭茫茫然。大唐老了，我老了，难道书艺也老了。

也以此著观非诗性语言。譬如《最会搞笑的太守——喜剧人物：朱买臣》是这样开篇的：

一次开放性、研究性的教学活动，——请学生在古代苏州的地方长官中，推选出泽被后世，至今最有影响力的一位。

经过了一番策划，学子们网上搜索，跑图书馆、名人馆查资料，耗时经月，一篇篇洋洋洒洒的论文，打造出来了。涉及的无非是文采风流，兴建山塘长堤的白居易，治水兴学，“雅化”苏州人文化基因的范仲淹，状元宰相，行为世范的文天祥，清廉自守、判案如神的况钟，还有以诗名世的韦应物、刘禹锡等等。却偏偏有几个逆向思维的学生，推出了汉代太守朱买臣。在一番质疑之后，他们表示要在大家面前详述己见。

他们提出评最有影响的政要得先定标准。拟议的标准有两点：一，现今的影响力最大，亦即文化内涵最丰富的。二，与政治、道德标准脱钩，不要空谈什么历史贡献。大家觉得言之成理，于是原则上达成一致。

主讲者推荐朱买臣为有第一影响力的苏州政要的理由如次：（其一、其二）……

笔者随意拈出两则例子，然却代表了两种语言倾向，为表现性语言，一为再现性语言。前者是表现性语言，这种语言超越了对于客观世界的一般性描绘，形成意义饱满的审美喻象，根据诗人的情感指向而演绎微妙玄秘的历史剧情，表现宏阔的情感事件，具有丰赡而深刻的内在意蕴，具有散文诗语言所特有的深度质感。而后者是再现性语言，平实自然，口语写实，属于一般性的书写语言，缺乏作家的匠心经营，尚未形成新质意象，尚未形成诗化的艺术外化象征，似乎不属于形象生动、个性鲜活的文学语言。

而秦先生的后类语言，似乎也影响了其散文诗的艺术纯净度。说得直白点就是，此著在语言上尚可多些锻炼。上文所举二例，前者全篇700余言，后者全篇的字数则是前者的双倍。在外在形态上，表现性语言似乎就凝练些，而再现性语言似乎就拖沓点。我不是信奉柯蓝先生每篇控制在三五百字内的戒律，而是觉得，语言的提纯与凝练，关系到对题材的消化，是散文诗创作中至关重要的问题，不仅决定了形象性的强弱，也决定了情感与思想含量的轻重。散文诗的语言，是散文诗作家情感内转的语言表现。散文诗作家最重要的任务就通过提纯与凝练，而让语言发生形态变异，强化其喻指暗示，生成诗性所特有的饱满弹性，具有真正诗才有的丰富性和不确定性，那是一种意义，一种形象，一种诗人的灵感，一种诗性的活性载体。

这是我个人的好恶，未必正确，不能强加给秦先生，更不能说“后者”语言就是秦先生散文诗的不足。许是秦先生以自然为上，表现其自然质朴的美学崇尚与追求。然而，我还是以为，诗的语言毕竟不同于散文白话，需要语言修辞，需要字字咀嚼而出，其最突出的要素是隽永。关于这一点，秦先生一定是与我同见的。

六

秦先生“逼”我就范，要我为序，其实完全是善意抬举我也。

然而，于我看来，这分明是给我出了一道难题，让我非常吃力地解读一个作家的心灵密码。

秦先生在《“梦”的诗意阐释——祈梦、留梦与造梦：张岱》一章里，写他是如何走向张岱的：

> 从“梦”的隧道走向你，将你的“梦忆”打造成驰道，驾着“梦”的马车，时而优游，时而顾还，时而驰骋。……顺着“梦”的驿道，以风为马，穿越三百多年的时空港奔向你，在“梦寻”建成的场圃里，把臂而行，指点湖上河山……沿着“梦”的栈桥，一步步走进“梦”的家园，在陋室里，见到白发萧然的你。

这就是秦先生的走向，这就是秦先生走向的途径与过程，形成了一种立体多维的走向。

《揉碎江南烟水——历史的重释》的正标题与副标题，都表达了同一个意思，不是照搬历史，不是重录历史，更不是当下，时髦的戏说与媚俗虚构的历史。这种历史，在于对历史时空的“揉碎”，在于对历史场景的在场性的“重释”。而对历史题材的处理，非常容易陷入历史观与价值观的矛盾之中，甚至被认为是历史进步与道德进步的二律背反。“历史观与价值观是统一的。……无论是黑格尔，还是马克思恩格斯，都认为恶是历史发展的动力的表现形式，而不是历史发展的动力本身。”[①] 秦先生重释历史，即是试图以高度的唯物史

① 熊元义《文艺理论终结与文艺理论自觉》，《武陵学刊》2014年第1期，第76—80页。

观与自觉的道德批判精神，来解读、评判、演绎历史，而使历史成为一种折射出人文精神与时代风云的历史。

因此，《揉碎江南烟水——历史的重释》中的历史，抑或也是一部诗人的精神史，是作家的文艺思想史。

我从秦先生所建构的意象与场景里走向历史，走向古贤，也走向了他。

那是怎样的一种精神与情感的跋涉啊！我走进了秦兆基的作品吗？也许南辕北辙而走向了歧途。

我总忐忑地感到，我没有读懂秦兆基，没有读懂《揉碎江南烟水——历史的重释》，甚至读歪了，误读了。虽我情知秦先生能够海涵，但毕竟我自己过意不去。

唯以此就教于秦先生，也就教于读者了。

如此而已。

王猛仁《平原书》评赏[①]

［**按**］ 王猛仁在散文诗上风风火火，创作力旺盛，作品甚夥。真不是穿凿，非常巧合的是名如其人，猛仁者猛而能仁，其散文诗形成了一种以柔情动人的写法，这与其情性、经历乃至所属地理文化是否有什么关系呢？

与王猛仁兄似乎见过一面，那是2008年在北京的中国现代文学馆的颁奖会上。他获创作奖，我捧理论杯。

王猛仁，不威猛，也不剽悍，外在敦实沉静，情性温良憨厚，属于“才不外露”的那种。我们之间甚至连一个招呼也没有打。此后，我们也没有什么来往，但我还是记住了他，也关注上了他。

---

① 王猛仁《平原书》，成都时代出版社2016年版。本序之原题为《猛而能仁的一种太极柔美》。

乙未年末，突然收到王猛仁的馈赠，《养拙堂文存》（文汇出版社 2015 年 12 月出版）九本，每本十五个印张左右。哇，好家伙，这才叫我领教了王猛仁的“猛”。书法、散文诗、旧体诗，一股脑地向你猛扑过来。

恕我眼拙，散文诗作家中精通十八般武艺者还真不多，散文诗作家中散文诗单产如此丰硕的也不多。近期又发现猛仁的散文诗在《星星》《莽原》《延河》等文学杂志频频出现。王猛仁啊王猛仁，真够“猛”的，散文诗的一员猛将。岂止是散文诗，于整个儿中国文坛也是少有的“猛”也。

丙申初秋，王猛仁将其《平原书》的付梓样稿发给我欣赏，全书 300 余页，且附有他自己的书法，做得非常的豪华，真让我赞之啧啧也。王猛仁又有散文诗新书要出版啦！

实在出乎我意料，猛仁兄竟要我为序。猛仁的前两本散文诗选，是耿林莽老序的；而著名散文诗双栖作家崔国发等也都给他写过评论。序猛仁的散文诗，他们最合适。

我再三婉拒，猛仁再三柔缠。我说：“还是耿、崔序书为好，如果您不好意思，我给他们打电话。”

猛仁说：“耿、崔二位多次评过我的散文诗，就想听听您的看法。耿老也很重视您的意见的。”

耿老很看重我的评论，这倒是真话。猛仁兄只是想听听我的看法，确实也有他的道理，并不是我在散文诗上有什么高明见地，更不是我有什么可以提升被序者的名望。

抵挡不住猛仁兄的柔韧之磨，我终于接受了这个序的差事。因此，我也就不能全是以欣赏的态度来读王猛仁了，而是进入了“研究”的层面。

不知道是不是我第一次这么说：王猛仁的诗风属于阴柔美的那种。猛仁的散文诗，即便是写大漠写戈壁写峭崄的那些，也是柔而且美的。不妨我们来一读他的新作《哈密漫笔》（散文诗九章）。

哈密，古称西漠、古戎地、昆莫；汉称伊吾，唐称伊州。在距今 7000 年前的原始社会新石器时代，哈密人的祖先便已在这里繁衍生息了。雄伟的天山，横贯哈密市全境，山北雪山草原风光，山南大漠风光。哈密的自然人文景观还有魔鬼城、哈密回王陵、盖斯墓等。哈密属于典型的大漠风光区域，那是唐代大量出产慷慨霸悍之边塞诗的地方啊。

然而，猛仁《哈密漫笔》组诗的基调则是柔美的。他笔下的巴里坤湖，“是一幅水墨，站在午后的风里，把一片蓝天，嵌入心中，摇响夕阳下的艳影”；“幽远，灵动，静谧，绝美”；“天山深处点燃生命壮丽的诗行，巴里坤草原酿造了甘甜的乳，滋润得花枝招展，蜂蝶飞舞，牛羊欢腾”（《巴里坤湖》）。他笔下的大戈壁，也只是略微多了些沧桑与苍凉，“戈壁。大漠。浩瀚的凉。/ 没有人，可以撼动越积越重的行囊。/ 白日与黑夜，干燥与冷酷，你不在乎，仅留下一轮孤独的月，一坛陈酿，画着颤抖的圆。……嵌入灵魂的传奇，是你精彩的浓缩，是私守大地的浴血残阳。/ 当满地的相思变成绿色的巨浪，当黑色的戈壁变成疾驰的履痕，我，在地球上划一个记号，让四周涂上一些色彩。/ 一晃如同千年，看不清天空的方向。/ 时间，播撒着沧桑，变，是永恒的拷问与遗忘。/ 我滴一滴血，在烈焰下，看它渗进沙粒。/ 这里，是我们人格标立，灵魂生根的地方。/ 苍翠中，一队队雁阵，雄壮般闪烁而过”（《戈壁深处》）。因为其审美创造的出发点是其“生命人文”的部分，戈壁则生成了一种沧桑而阴柔的主体语势。他在《一棵胡杨一首诗》中更是竭力褒赞这种人文精神：

> 千年不死，不倒，不朽。不知凭借怎样的力量，演绎一场生命的辉煌。/ 肩荷九千年的寂寞与苦守，面对六千多万年前的凄苦与悲哀，没有骄傲地炫耀神勇，没有低沉与退缩，抛一天之壮美，让每一个人潇洒地从你身边走过。/ 我斗胆认为它就是一种神奇，在我们各自的灵魂里，浓缩，驻扎，辉映。/ 尽管眼中不再闪动灿漫的红绿与青翠，但它总喜欢用褐色的荒原显示一种庄重，在岁月的琴弦上，奏响生命的壮歌。/ 冷落中积蓄快乐，孤寒中不染污浊。/ 伊吾，就是一棵棵胡杨，纤纤独行，穿越荆棘、峭壁与荒漠，熔在心灵的深处，永不止息。

也许可以写得更加奇崛剽悍，可是，因为是王猛仁的手笔，所以只是些并不十分浓郁的沧桑意味，以及也并不十分深邃的思想意蕴。其基调还是阴柔的，是柔美的一种，即便是《雄浑的土地》似也不“雄浑”，只是“金色的苍茫，洁白的羽翼，流着美好和蜜汁的土地”；“驼铃阵阵。/ 像绿茸茸的青草，湿润了我的耳朵和心脏”。因为，诗人深深感到“哈密有些抒情和散淡，哈密的月光是湿润的”。

猛仁在《我的笔也在行走》的后半部分写道：

伊吾把它的美藏在身体里了。/我用自己身体里云一样的丝绸，把西域的湖光山色和大漠风貌一层一层地紧紧地包裹着。/我知道，我的笔是乏力的，是单调的，不能轻易地解开我的胸襟，不能轻易地把它从心底里抽出来，归还给看上去比我的身体还要辽阔的天空。/满目的壮美和大爱，更容易让我想起我的爱人，想起我为她赞咏过描摹过的一个个精彩的句子。

“满目的壮美和大爱，更容易让我想起我的爱人”。习惯于爱情“表白”的王猛仁也在荒漠中看到了爱。这些文字最见真性情，也最是率性自由。猛仁以极其朴实的文笔书写具体的世俗关怀，以真情取胜，以自然取胜，以细节取胜，读来如行云流水之畅达，具有很强的情绪感染力。

一个优秀的散文诗作家，最要紧的莫过于找到了适合自己也属于自己的语言情调，而不是大呼小叫的造作，不是搔首弄姿的矫情，也不是写了一辈子也没有写出个自我来的信马由缰。正因为如此，我们才为猛仁点赞，为猛仁感到庆幸。

那么，王猛仁何以成为王猛仁的原因，这倒是我很想与猛仁兄探讨的，也是很想告诉读者的。

法国批评家丹纳有段著名的论断：“要了解作品，这里比别的场合更需要研究制造作品的民族，启发作品的风俗习惯，产生作品的环境。”[①] 虽然不能说有什么样的文化，就有什么样的诗人，但地理环境对诗人的影响是极其深刻的。笔者的研究，非常自觉地关注地理环境。笔者常以此观点来考论唐代诗人，几乎是“屡试不爽”的应验。故而，笔者认为，诗人的文化包括地理背景，它规范和引导了诗人的趣味和取向。那么，王猛仁的诗风与其文化地理环境的背景，有些什么关系，有多少关系呢？

王猛仁，周口人氏。周口，乃降圣仙乡，太昊伏羲氏在此建都，炎帝神

① ［法］丹纳《艺术哲学》，傅雷译，人民文学出版社 1986 年版，第 242 页。

农氏播种五谷，此地也是世界级历史文化名人老子聚徒讲学、传授大道之地。此地已成为海内外道教界、道教学术界心目中的圣地和公认的“道教祖庭”。老子道德经之核心即是“柔”，虚静无为，上善若水，他的“谦下贵柔”的学说，成为中国哲学的重要内核，极其深刻地影响着中国乃至世界人们的思维、思想和行为。因为中国的这种“柔”性文化，笔者便有了这样的一些思考：太极拳与老子文化是否有关？为什么太极拳的诞生地在河南，在距离周口不远的陈家沟呢？王猛仁是否也会太极拳而擅长太极之道呢？

我这样的解读和联系，抑或有些牵强附会，甚或有穿凿之嫌，但是，猛仁的散文诗是柔性的，这是事实。笔者不知道猛仁兄是否有这样的自我认定，是否也认同笔者的审美判断。王猛仁诗风，属于一种柔，一种外在温文而流丽的柔，一种大类于太极的柔。如果说散文诗风也可以用拳术的门类来比喻的话，猛仁兄之所长非少林拳，亦非武当功夫，更非凶猛的泰拳，而是内家拳，是以柔克刚、藏而不露的太极拳。

即便是笔者牵强吧，但是，作为文友，也真应该做一种“旁观者清”的提醒。笔者以为，猛仁兄当强化这种“柔”的意识，且当做这种“柔”的设计，而在“柔”上获得大的发展与成功。黑格尔认为，抒情性文学的“出发点就是诗人的内心和灵魂，较具体地说就是他的具体的情调和情境”[①]。诗就更是如此了。譬如说，猛仁擅长爱情题材，自然有其“具体的情调和情境”的。王猛仁在《星星访谈》中答问道：

> 没有孤独产生不了灵感，没有孤独成就不了诗人，没有孤独就演绎不了一场真实的爱情。……想想也是，一个专写爱情散文诗的男人，不可能没有知己吧？诗歌的，书法的，通俗的，政商两界的，我的朋友很多哦！但是，真正的知己，是坐禅入化，是阳光与水，是酣饮纵游、激情满怀的呀！我常常为了一点小小的孤独，不时洞见由来已久的向往和炫目而温暖的传奇。

---

① ［德］黑格尔《美学》（第三卷），商务印书馆1996年版，第192页。

我们没有必要去深究王猛仁的爱情经历，也没有必要考证其散文诗里所写的梦中情人又是谁。我们从他的这段自白里得知，其爱情诗中的爱情也主要是一种精神符号，是其追求美之心灵的揭秘与具象。他的爱情散文诗，重在抒写一种“美妙”而“微妙”的感觉，表现其在真情岁月中真情挣扎的心灵状态与轨迹。诚如十九世纪法国杰出的象征派大师波特莱尔所说的：写诗即需要深入到自己的内心中去，询问自己的灵魂，再现那些激起热情的回忆。散文诗成为王猛仁拷问灵魂而再现美好的一种特有的方式与形态。猛仁的新作《夜的花地》组诗，多是写那“激起热情的回忆”的情感片断，有着幽密与甜蜜的忧伤，有着希望与失望的嗔怨。“夜色已经干涸。/ 你离去的背景没有消失。/ 你特有的气息没有消散。/ 我愿从心底扯一缕浓重的乡音，放飞在无标题的风里，让她缠绵在那个季节，让她啜泣在你的怀里”。（《季风过后》）他对爱情的复活仍然存有幻想：“思念哽咽在喉。/ 你是我梦里哗哗作响的五月。是一朵泡在茶杯里的山茶花，在圆滑而世故的黑暗里，摇曳着，灿烂着，旋转着，复活。”（《一个人的童话》）然而，却似乎又陷入深度的失望：“所有美丽的错误，都淡然无痕。”（《午夜柔情》）即便如此也于心不甘地“站在风里，守候前世的一段情缘”（《荷韵》）。王猛仁的这些爱情散文诗，含蓄纯洁，缠绵悱恻，而又热烈烂漫，属于单相思的一种情执，甚至如李商隐的那种绮丽与朦胧。

王猛仁的爱情散文诗为他获得了很高的声誉，他也为人呼为“情圣”。也许他自己也非常在乎这种称谓与好评。诗人什么样的内心和灵魂，就有什么样的“出发点”。什么样的“出发点”，决定了诗人追求什么样的诗歌风格，选择什么样的语言书写，采取什么样的节奏思维，表现什么样的题材与思想。此选本中，猛仁集中自选了一批“题画”散文诗。以诗题画，这是一种诗歌创作题材。应该说，猛仁兄用散文诗来写这种题材是他的睿智，也获得了可喜的成功，尽管他也许未必是自觉的。他的这些题画散文诗，通常只有两三百字，极其简约而凝练，清新而隽永，不妨选其中两首来欣赏。其《塞北素韵——题同名国画》：

绿色漫过来了。/ 我把动人的手指伸向塞北，让草叶柔和的细雨透明的情怀书写为一种语言。/ 春色暗示着我，抚慰我绿色的向往，然后，轻轻触摸画家过早裸露的灵魂。/ 当其最后一抹夕阳涂尽，当其最后一颗星辰隐去，当其新春的信息第一个跳跃在山坳前，那时，你纵然沉醉不醒，仍有一种期许，早已翩然而至。/ 我徜徉在三月的风景里，任金色的阳光恣情地抚摸，任稚嫩的小鸟清脆地聒噪。/ 微风拂过，眼前荡起一片墨绿的惊慌，四周是天籁的回响，汇成一曲春染塞北的旋律，在无边的烟雾里流淌，流淌。

其《三清秋韵——题同名山水画》：

在没有到达以前，你是多么欢畅，现在我来了，你却变得缄默不言。/ 我知道你的美属于三清山，属于本真，属于渐渐堆积的诗。/ 我不想一下子捕获你。/ 我们需要凝视片刻。/ 站在你的山脚前，我在观景读景的同时更在读你。/ 那黛青色的山峦景秀和洁白的云朵将会进入我的记忆，那清冽的溪流也会流过我的内心。/ 在九月的背景里，在细雨过后，只见一片片红叶布满山中，布满四壁。/ 伫立在这样的时刻，我的幻想美丽绝伦。我准备穿云而过，在我还没有背上行囊，身后的山峦、溪水和峭壁，便是我跋涉的恋曲。/ 折一叶残枝在手，走向深处的记忆。

这些题画诗，表现的是一种“泊恬静以无欲”的境界，甚至是有些禅悦的禅境，仍然是其一如既往的柔性美，比其爱情诗还要曼妙可人，或者说这就是他的爱情诗，是他爱情诗的另一种写法。我们不知道其所题的画如何，我们也没有必要知道其所题的画如何。这是一种再创造，就像词牌对词的内容已没什么实质性意义了一样。猛仁兄不仅是中国作协的会员，还是中国书协的会员，我们以为，猛仁兄大可在书画这个题材上做大做强，让题画、题书法的散文诗，成为王猛仁散文诗的一个突出题材，一个艺术印记，一个绝活儿。让人一提到王猛仁，首先就想到他的题画散文诗。因为，猛仁兄具有这种审美准备与艺术气质；因为，我们于此类作品中看到了猛仁的潜力与前景。

写到这里，我们还是要回到地理文化上来说事的。周口，真是个好地方。非常羡慕猛仁兄身处这样一个诗的绝佳“情境”。周口，古属陈国，就是《诗经·陈风》出现的地方。《诗经·陈风·衡门》：“衡门之下，可以栖迟。泌之洋洋，可以乐饥。”朱熹《诗集传》认为“此隐居自乐而无求者之词”。而闻一多闻先生则认为此诗写的是爱情，“衡门之下”乃男女幽会之所，泌水之岸，乃男欢女爱之地。周口是个出产诗与爱情的地方。

而从题材上说，周口也得天独厚。战国末期，周口为楚都所在地。秦末农民起义，陈胜、吴广在此建立张楚政权。两汉时期，陈为皇子领地，繁荣昌盛，富甲一方。魏晋以来，以淮阳为中心历次设郡置府。周口历史上英杰辈出。为诗仙李白所顶礼的东晋太傅谢安以及谢灵运等，都出生在这里。这些题材，随便抓一个，就能够写出一厚本的散文诗。真可以好生开发！

笔者似乎是为猛仁而在考虑，从题材方面说，周口适合猛仁做的文章太多了。而且，笔者也非常希望看到猛仁兄在这些题材上的开发。笔者以为，将这些历史题材，提炼出发人联想的文学形象，提纯而发酵出可以折光心灵面影与时代辉光的诗意，表现精神上的一种深刻感悟和深度领略，那将是一种何等美好的前景啊！

王猛仁，“猛仁”何解？猛而能仁也。老子之贤棣文子云：“是以圣人之道，宽而栗，严而温，柔而直，猛而仁。”文子讲中庸至和，意思是太猛易折，太柔则卷，圣人正在刚柔之间，乃得道之本。从散文诗的控制艺术看，猛而仁，极有分寸感，即成为一种太极柔美。这也是猛仁的诗风，猛仁的擅长。猛仁兄擅长杏花春雨、香草美人；猛仁兄能否也来点金戈铁马、旌旗猎火呢？鉴于当下散文诗因“失血缺钙”而病弱不堪，笔者在多种场合呼吁，散文诗要张扬一些，威猛一些，甚至粗犷野蛮一些。法国著名哲学家与诗学家狄德罗说过：“诗需要一些壮大的、野蛮的、粗犷的气魄。”散文诗也是诗的一种，其柔软的情感体系里需要骨头，需要英风豪气，甚至需要野蛮、粗犷，而形成一种壮大气象。窃以为，猛仁兄大可“慷慨任气”而“磊落使才”，写出点猛而且刚的散文诗来的。散文诗鼻祖波特莱尔说过：诗除了自身外并无其他目的，写诗除了纯粹为写诗的快乐而外也不应有其他目的。而笔者这么要求王猛仁，是否就是将散文诗与散文诗写作变得功利了呢？

C

辑

袁瑞良《神州赋》评赏[①]

［按］ 袁瑞良乃当代赋作家之翘楚。其《神州赋》系列，十赋黄山、十赋黄河、十赋长江、十赋长城，联章协奏，壮大奇伟，弘扬了一种蒸蒸日上的盛世精神与时代气格，具有强烈而独特的体性悟道的理性美。笔者跟踪其创作，曾撰有专著《大风起兮：袁瑞良赋体文学研究》[②]。

国运兴盛，赋家云起，袁瑞良的出现，乃情理中的事。赋体文学，作为一种“没落”了的文学样式，在当下文坛轰然作响。在异军突起的赋坛上，袁瑞良以其不同凡响的赋作，高调奏响，迅即抢滩。特别是袁瑞良的《神州赋》鸿篇巨制，联章协奏，系列赋写黄山、黄河、长江、长城，笔者不敢说“在中国辞赋史上绝无仅有”，也不能说后无来者，说句俏皮话真可谓是“吉尼斯之最”。

袁瑞良的赋诚可谓出其类而拔其萃，其赋作一旦发表，各路文化名家即纷纷出场以研讨和捧场，冯其庸、徐中玉、钱谷融、吉狄马加、周瑞金、赵长天、刘梦溪、曾华鹏、陈祖芬、王臻中、赵本夫、苏童、叶兆言、周梅森、吴功正、许结、汪政等，还有北京方面的文化要人如：全国人大常委会原副委员长曹志，中国作家协会原党组书记金炳华，文化部原副部长郑欣淼，中国作协副主席陈建功等等。[③]

于是乎，笔者也终于未能免俗，也用通行的“现象”一词来概括袁瑞良的赋。

袁瑞良赋体文学本身之优劣具体表现在哪里呢？

袁瑞良赋体文学是否具有文学史的意义呢？

袁瑞良的赋放在当下赋体文学创作的热潮中考察有什么超越性的地方？

---

① 原题为《袁瑞良赋的美学特征》，《扬子江评论》2010年第5期。

② 王志清《大风起兮：袁瑞良赋体文学研究》，人民文学出版社2011年版。

③ 袁瑞良辞赋创作研讨会：上海2005年10月16日，上海2006年8月5日，南京2007年3月24日，北京2009年10月14日。

袁瑞良赋体文学能够为赋体乃至其他文学样式提供什么有意义的经验与参照吗?

一、壮大之美的美学取向

赋，乃中国特有的一种文体。人道是，这种宏阔的气象与结构，正是大汉帝国的盛世气象在文人心理结构上的反映。审美意识就好比文学创作的灵魂，辞赋内容和形式相得益彰。在我国文学发展史上，赋乃大汉文学的独特标志性文体，虽然肇始于先秦，变法于魏晋，但是，盛极于两汉，魏晋以后就逐渐衰微了。因此，清人程廷祚有“唐以后无赋”的说法[①]；近人章炳麟也认为“李白赋《明堂》，杜甫赋《三大礼》”后，“赋遂泯绝”[②]。深究这些论述，我们悟出了一个文学史现象：赋生盛世。赋体文学，乃盛世产物。这也同时告诉我们一个体式上的原则：赋体文学，是最正宗的美，是盛大巨硕之美，而这种大美，最适合表现盛世情怀、盛世气象。袁瑞良顺应了时代，也可以说是时代造就了袁瑞良。

辞赋写作的难度，当为中国文学各体之最。袁瑞良是一个“登高能赋”的学者式的官员，也许正是这种高难度的挑战性，最最吸引袁瑞良，强烈地刺激了具有挑战性格的袁瑞良，刺激了他通过赋体文学来展示自己的才情学识。而其关注时代、重视对话的现实精神和新型知识分子的批判立场，决定了他的赋之美学理想和文学创作，也必然是风雅兴寄的传统观念，是美刺的寓体形态，是赋体文学的选择。

袁瑞良，1950年7月出生，河北宽城人，国家一级作家，中国作家协会会员，江苏省作家协会理事，江苏省文联委员，主要从事赋体文学创作，已经出版辞赋作品六十余篇，其代表作为《神州赋》《阅江楼赋》《狼山赋》等。袁瑞良的《神州赋》黄山、黄河、长江、长城，是四个“十赋”的组合，共四十篇，由上海的文汇出版社分别在2005年、2006年、2007年陆续出版，外在包装极

① 程廷祚《骚赋论》，见《青溪集》（卷三），台北力行书局影印金陵丛书乙集。

② 章太炎撰，庞俊、郭诚永疏证《国故论衡·辨诗篇》，上海古籍出版社2003年4月第1版，第91页。

其精致，特形版式，传统线装，内页文字繁体竖排，宣纸印刷，与金声玉振、精工繁富的内容而相得益彰，收到了表里璧合的美学效果。

《神州赋》体大辞美，兴寄遥远，总括起来有三个突出的特点：一是宏大叙事，兴旨寄意，情志俱发；二是因物造端，铺排景物，万象在旁；三是错综古今，铺采摛文，文美辞丽。而这种赋体气象，主要是从其结构与语言上来反映的，而最突出的又是结构。袁瑞良的辞赋的最显著特征，就是结构上的铺排扬厉。以他的《十赋黄山》为例，其中排比景象就有三种形式。一是宏观排。黄山十赋先总赋，然后分写峰、松、云、雾、石、春、夏、秋、冬，为黄山之峰、之松、之云、之雾、之石、之春、之夏、之秋、之冬各写一赋。这种铺排的选择，是根据黄山的特点决定的，非如此排比，而不足以表现黄山瞬息万变的万千气象，不足以展示黄山万方仪态的绝佳姿色。二是中观排。《十赋》中几乎所有内容，在单独的篇章构架上，均采用铺排的形式。譬如其七《黄山春赋》，排比春雨、春草、春树、春花、春水、春鸟、春风，这是从物类上来排比的；又譬如《黄山松赋》写松，写松之志、松之性、松之形、松之神等等，是从情性上来排的；再譬如《黄山云赋》写云，写云之动、之静、之聚、之散，是从动态上来排的。如此等等，不一而足。三是微观排。

而袁先生的《十叹长江》，写法上似乎更加“程式化”，严格恪守着每赋十叹的原则，譬如《十叹长江：魂之雄》：“一雄于涓滴兮，敢奔大海。二雄于细流兮，敢抱千山。三雄于万里兮，行之汝如跬步。四雄于沟壑兮，旅之汝若坦途。五雄于百川兮，汝小而无妒。六雄于泉溪兮，汝大而无欺。七雄于沃野兮，汝直而不傲。八雄于冈峦兮，汝曲而不屈。九雄于青史兮，浩气长在。十雄于未来兮，光耀千秋。”通篇拟人化，采用象征性的写法。十雄排比而下，是对前九赋的总结，也是在此基础上的生发。因为善于描写形容，善于铺陈排比，故而情理兼具，气势恢宏。

袁瑞良的赋的最大创造，或者说他对赋体文学的最重要贡献，就是他极大地强化了赋体文学的威势无比的巨丽之美。他的《神州赋》以四个“十赋”的规模，横绝巨制，在中国赋史上实乃绝无仅有，让世人知道这种文体竟然如此海涵地负。晋人潘岳曾写过三千多言的《西征赋》，北朝庾信的《哀江南赋》连序也不过四千言，最长的是左思的《三都赋》，规模庞大，史无前例，以长大为能事，成为西晋辞赋繁缛之最，洋洋洒洒，娓娓道来，连序带赋，共有一万余字。而袁瑞良的《神州赋》四个“十赋”，浩浩瀚瀚近十万言，气象阔大，气势恢宏，包涵博大，结构宏伟，想象丰富，色彩烂漫，属于当代大题材、大手笔、大气派的精品佳作，是当世赋作中不容置疑的魁首和翘楚。

诚然，袁瑞良的赋篇幅长，容量也大，也的确有的赋作比较松散，甚至有的还有拼凑之嫌，还有生硬附会之感。关于这一点，他自己也有意识，譬如《十叹长江》，长江十叹当中，每叹十段，每段一叹，名为十叹，实是百叹。在笔者对袁瑞良的访谈中，他这样说：“容量的把握，很难。百叹的容量，有一百个着眼点，很广的想象与思考空间，很大的张扬舞台。但每叹十段、每段一叹的要求，又有很严的收放限制。张扬，不可破百，多一叹则不妥；收束，必须满百，少一叹则不足。这种要求，容易灵活，也容易呆板。恰到好处，把握起来比较难。写作时，常常要左顾右盼，看看超没超容量，想想够不够数量。有时要忍痛割爱，有时要生拼硬凑。总觉得束手束脚，难以舒张自如。”笔者常言，一个人的缺点，往往是其优点的延伸。作品也同理。袁瑞良追求宏大叙事，追求文体程式，自然也会带来负面影响，造成了有些赋作欠紧凑凝练的缺憾。

袁瑞良选择了赋体文学的创作，诚乃一定的思想深度与创造欲望、与赋体文学形式之创造间的强力互动。作家与存在精神以及艺术形态双重邂逅，是因为他非此形体不足以骋其才，不足以放飞其不可遏止的激情与无可限制的想象力。袁瑞良选择了赋，选择了擅长夸张的赋体文学为时代的造像，为社会历史进程写照，而其超功利的价值立场和人文关怀，不仅仅决定了其《神州赋》表现出卓特不凡的气势与实力，也决定了他赋体创作的体性悟道的精神美与理性美。

二、引领潮流的风气兴作

盛世中华，赋体文学，历经千年而古莲新华。赋乃一代之胜，当在两汉，当在魏晋。赋起于屈原，兴于两汉，鼎盛于魏晋南北朝。汉大赋竭力铺排，极尽侈丽，通过山崇水颂来表现大汉帝国的至尊声威。自建安始，骈赋取代了大赋而畅行，几乎所有的文人都写骈赋，几乎什么都可以入赋，赋之名品举不胜举，如王粲的《登搂赋》、曹植的《洛神赋》、江淹的《恨赋》、左思的《三都赋》、陶渊明的《闲情赋》、谢惠连的《雪赋》、谢庄的《月赋》、庾信的

《哀江南赋》等等，可谓情采并茂，意象隽永。据严可均所辑《全上古三代秦汉三国六朝文》和陈元龙所辑《历代赋汇》之统计，魏晋南北朝有赋1095篇（包括残篇），作家284人，其总数是今存汉赋的6倍。曹植和傅玄等人创作的赋超过了50篇。赋在唐宋已成余响，著名的赋有《阿房宫赋》《秋声赋》《赤壁赋》等。元明清以后，赋则为强弩之末，从目前的文献来看，元代辞赋约有5000篇，明代辞赋约15000余篇，清代辞赋约20000篇，然而可以点数的也"多乎哉，不多也"，如元好问的《秋望赋》、徐渭的《梅赋》、夏完淳的《大哀赋》、方苞的《七夕赋》、章炳麟的《哀东山赋》等。中国现代文坛上，连古典文学造诣极深的作家们，如鲁迅、闻一多、朱自清、梁实秋、郁达夫、郭沫若乃至钱锺书等，几乎没有一个有赋体创作的实践。有人认为，这是因为国家积贫积弱、国民积怯积懦，也与白话文运动的兴起有关。于是，辞赋这种文体也似乎就这么悄无声息地隐退了，退出了人们的视线，退出了历史舞台。

然而，二十世纪八九十年代以来，赋体文学却猛地火爆起来，可谓来势凶猛。2003年刘翔的天涯网《辞赋华章》专版，开启现代辞赋网络运动之先河，成为中国现代网络辞赋运动的策源地。于是，各地的各种辞赋网站如雨后春笋：2003年在香港注册成立了世界汉诗协会（设辞赋组）；2003年贺兴桐也在香港注册成立了中华辞赋协会；2005年潘承祥在香港注册中华辞赋网，并于2007年注册中华辞赋家联合会（桐城）；2006年张友茂创立中辞网，2007年又创办南昌滕王阁辞赋研究所（南昌）；2007年王铁在香港注册成立中国碑赋文化工程院，以及中国碑赋文化网（北京）；2008年周晓明注册建立中国骈文网；2008年东北也建成中国诗赋网（沈阳）。从某种意义上讲，中国目前的这些组织是属于民间的，辞赋家也大多是民间辞赋家。不过，这些辞赋势力，在民间潜生暗长，已成燎原之势。还要特别一提的是，2007年，黑龙江学者王泽生首先从理论高度提出"中华辞赋革新运动"，对辞赋创新发展产生了积极的影响。2007年《光明日报》的《百城赋》专区，更为辞赋的发展起到推波助澜的作用。在波澜壮阔的辞赋运动中，确实出现了不少很值得一提的新赋名家和名篇，如香港颜其麟《宜春赋》9000来字，远远超出潘岳3000多字长赋《西征赋》；如凭着一剧《潘金莲》而一举成名的魏明伦，已有《中华世纪坛赋》《盖世金牛赋》等，被誉为"国内骈赋第一快手"；如高志其的《香港回归赋》长达1500字，被誉为"新中国第一长赋"；如画家范曾《炎黄赋》

《莽神州赋》等，往往利用书法、绘画、雕刻包括邮票等载体，最大限度地扩大了辞赋的传播；如王金铃继引起世人瞩目的力作《奥运赋》之后又推出《廉政赋》；还有苦心经营中华辞赋网的潘承祥，代表作有《安庆赋》《桐城赋》等；贾玉宝的“华南三赋”，其中《海南赋》10 米魏碑书法长卷为亚洲博鳌收藏；锡东刀客乃网络赋的多产作家，其《博客文化赋》《中国电影百年赋》等别开生面；何开四的《中国农业赋》刊刻于北京中华世纪坛，其《中华钱币赋》现刻碑立于成都印钞公司，并被中国历史博物馆收藏，等等。

我们赘述当下辞赋创作的繁荣，无非是说明三点：

其一，袁瑞良的赋具有比较广泛的影响，为当下赋坛吹来一股清新的中国风，也增添了辞赋立足当下的自信心。在整个文化回归的背景之下，辞赋这一古老的艺术形式重新复活，日趋繁荣，重新走近广大人民群众，成为普通读者可以接受也乐意欣赏的鲜活文艺，而不再是少数专业人士赏玩的“高难度动作”。袁瑞良的辞赋不仅仅也能够像其他著名的辞赋家的作品那样多处刻石，甚至制作成为旅游品而深入民众之中，他的辞赋还能在主流媒体上发表，属于具有了“准入程序”的作品，譬如他在《光明日报》《文汇报》《文学报》等重要报刊上屡屡发表赋作，譬如中央电视台第十频道《子午书简》也配画解读、配音朗诵他的赋作，造成了广泛而深远的影响。特别是，袁瑞良的赋体文学作品，每一发表而往往能够形成巨大的冲击波，其赋体著作的出版，简直成为当代文坛的一大盛事。上海、南京、北京等地，纷纷举办其赋体文学的研讨会，文化界的众多大作家、大学者纷纷出场参加其赋的研讨。袁瑞良与其赋，已经成为当下文学竞技场的明星，让世人对辞赋文学另眼相看，也重新评估。

其二，袁瑞良的赋高标突出，出类拔萃。适逢盛世，赋体创作方兴未艾，出现了蓬勃繁荣的春天景象。然而，平心而论，赋的整体水准与个体水准也令人堪忧，特别是还没有出现可与两汉、魏晋名赋相抗衡而能够震古烁今的大赋名篇。而袁瑞良所提供的赋体文学则让我们看到了当下辞赋“藏之名山”的前景。袁赋根植于当代社会之中，取材宏阔，关注当下，贴近时代，渗透了当代政治、经济和文化的要素，充分发挥了辞赋“润色鸿业”的功用，用赋体的形式折射当代重大的政治或经济事件。袁瑞良这种当代辞赋创作的自觉与高度，体现了辞赋的现代精神，弥补了辞赋先天的弱势，因此，也表现出不同凡响的气派与境界。

其三，袁瑞良的辞赋，创新体制，属于“新赋”气格，富有典雅中和的国学气息，格调雄浑健朗。当下赋热，一味的粗放型热闹，鱼龙混杂，优劣不辨，不少辞赋，徒有其表，无艺术可言，也无思想可言。袁赋对古老的赋体文学加以“现代化”的改革，讲求四六骈俪，工整对仗，以浅近的文言为基础，夹杂活泼的现代语言，用语精致，笔势轻灵，尤长于构思，善于描写，擅长铺陈，往往四方写来，八面受敌，辗转反复，视域开阔，结构宏肆，竭尽构布与渲染之能事，且议论风发，题旨豁亮。故而，其辞赋多激昂之声，多雄壮之气，气势磅礴，浩荡排宕，不矫不饰，自然质性。因此，其赋既充盈着楚辞激越飞扬的神韵，又突显了汉赋恣肆铺排的气势，体现出唐宋古文的厚朴；既有“典雅”的一面，又不失流畅的平易；既于磅礴激情中奔涌着哲理和政论的磅礴气势，又在婉转多姿中尽展其风姿绰约。像这样精心构制的写法，使辞赋写作不会流于“简单化”“轻易性”的操作，为当下的辞赋创作提供了可资借鉴的经验。

袁瑞良对于当下辞赋繁荣的推动之功不言而喻矣。

三、取精用弘的睿智新变

赋在中国文人心目中的地位一向很高，在各家的别集中，赋往往排在最前面。历代辞赋家、辞赋评论家均众口一词地夸大辞赋的创作难度，大有“难于上青天”的吁嗟感叹。

古老辞赋，所以能够历久弥新，是其自身不断吐故纳新、与时俱进的结果。赋是汉代的一种新兴的独特的文体，是诗歌的散文化和散文的诗歌化的文体形态。辞赋起源于楚辞，自楚汉创体以降，辞赋体式屡经变化。两汉鼎盛之际，大赋应蓬勃上升的帝国之运而生，呈现出宏侈钜丽的大赋风貌。东汉中后期国势衰落，一变弘扬勃发而为低迷颓废，大赋式微，失去现实的根基，于是，赋体文学成为文人抒写胸怀的个体抒情，小赋兴起。三国六朝，形式主义猖獗，逐美风甚，辞赋骈俪化，到齐梁发展到顶峰。入唐以后，骈赋一分为二，分流为散体文赋和律赋。

在形式上，赋源于风骚，既有诗歌讲求押韵和形式整饬的特点，又有散文句型自由和议论风生的擅长，兼具诗歌与散文的表现功能，是两者的综合性文体，似乎无特别严格的格律限制的特点，它包括骚体赋、汉大赋、魏晋小赋、唐律赋、宋文赋等，而历代的铭、颂、箴、辞、序之类，也在赋体之列。

追溯赋体文学兴替更迭的流变与走向，让我们明了一个精神原理：辞赋之所以生命力恒久，是因为其自身随机变化，具有与时俱进的灵活性和时代性特点。赋体文学，在其发展过程中，不断地适应发展变化的社会环境和文学思潮，不断地吸收其他诗文体式的艺术经验，不断地根据历史特点，适应时代要求而常写常新。每个时代有每个时代的赋的形式，这是赋体文学自身发展给我们的启示。时代思维方式对于赋体写作的影响不容忽视，也不可忽视。时代的思维方式变化了，特别是在社会的整体思维方式发生了质变的时候，辞赋的内部，辞赋的思想深处，势必要受到巨大的影响，势必要随着时代的变化而变化，从节奏、语言到创造性思维的方式、审美取向、艺术追求、表现技巧、整体走向，乃至整个的赋的抒情性格。而当下有些赋作者，他们的辞赋之所以面目仿佛，形同槁木，所最最缺乏的正是一种时代思维，趋古泥古，以古为圭臬而亦步亦趋，而且还常常嗤笑那些在形式和语言上对赋体敢于突破的赋人和赋作。

袁瑞良因时而动，也用他的赋体创作的实践，诠释着一种与时俱进的时代思维，使得其赋以一种开放的姿态表现出崭新的文学形态。袁瑞良的辞赋，在形式上兼容诸体，是大赋与小赋的综合，并渗透了骚赋的元素，还具有文赋的倾向，既有骚体赋以诗为主的工丽，又有散体赋韵文错落的流畅，还借用了问对型的赋体，需要根据时代的特点进行“取精用弘”的抉择和融通。因为篇幅之限，我们仅能撷其赋之一段以欣赏，譬如《黄山松赋》里写松的段落：

松形奇而姿美，体俏而身姣。干若铜骨，皮似鳞甲，针似蓬发，枝若钩藤。或高而挺拔，逞冲霄之势；或低而茂密，结葱茏之姿。或状物而有物态；或拟人而具人形。若人之松，有迎客陪客送客望客盼客五者，貌若宾仪，分侍各处。远而望之，似松而非松；近而察之，是松亦非松。迎客松卓然而立，漫展长枝，若长袖司仪，倾舒双臂，恭迎天下来客，笑对五洲游人；陪客松玉体婷婷，若天姿少女，垂手侍立，笑伴宾朋；送客松道旁伸枝，若主人倚门，抱拳躬身，依依作别；望客松临崖望远，期挚友重逢；盼客松幽居于天都之侧，长枝若臂，似寂寞老者，挥袖以招游人。棵棵颔首，作神州礼仪之树。树树扬枝，洒华夏好客之情。彬彬之态，殷殷之情，凝之于斜阳古道；亲亲之声，谆谆之音，飘之于紫峦绿岭。观之者身临其畔，似还乡锦绣，陶然欲醉；若归巢游子，酣然欲梦。若兽之松，若龙若虎，若凤若凰，若麒麟若孔雀，嫣然一百兽松园。状若卧龙者，伏壁而卧，仰天而望；形似双龙者，临渊而戏，踏浪而嬉。忽腾于云涛之上，忽隐于雾海之中；势如黑虎者，伏爪而卧，口吐凶气，目寻杀机；若麒麟者，摇头晃尾，似狻猊耍娇娇之欢，如麒麟逞稚稚之气；若凤凰者，枝伸枝展。伸之如颈，展之如翼。风鼓翼动，欲擦地而飞。龙爪松主根如柱，深扎于岩内。侧根五支，裸露于岩外。其状若斑驳突凸之五爪，伸抓数米之后复扎于岩下。裸己而固其主，突显其忠耿之志。若物之松，若扇子，若竖琴，若蒲团，若探海，若宝塔，若辕门，皆与所喻之物形同而意合，甚有超于原物意韵之上者，予固态之物而有动态之状，令造物者所无法与之堪比。

赋所以成为赋，除了其题材巨硕、叙事宏大以及铺排磅礴等外，就是辞采的绚烂之至，而辞采落实到语言修辞的形态看，则主要是比喻，这种往往采用夸张性的比喻的辞采，又是赋体文学作家的想象力的突出体现。以袁瑞良的赋来看，也具有好用比喻和善用比喻的特点，这一点在《十赋黄山》中表现得尤其突出。这些譬喻虚拟性、夸张性很强，既是追求形似，更是追求神肖，真可谓辨腠理之微，抉玄秘之妙。这不仅仅体现了作者善于比类的创造性才能，更重要的是通过比喻来展开想象，起到刻画景象、抒发情感的作用。袁瑞良往往揣知其境遇，以我之心求无象于渺冥之间，极尽才思敏捷之所能，发想无端，想落天外，这种奇特的想象常随其情感的流动而变幻万千，带有一种随意生发且又意趣无穷的想象活力。

而从语言上看，袁瑞良则充分地利用了汉字的特性，在这种严格规范中自由舞步，其赋以四六言为基干，多以四六为节奏单元，而兼用其他，骈散相间，形式自由，句式既整饬而又错落，既对等而又参差，既谨严而又蓬松，既工稳而又灵活，随感情的起伏而起伏，随思想的变化而变化，形成了参差错落的韵律、跌宕舒展的动感。其赋以浅近的文言文为基干，极少有生冷词汇出现，更没有以堆砌难字僻词而自炫之心，增加口语，插入时语，有典而不唯典，用韵而宽用辙，文辞清丽，语态从容，流畅而不板滞，奔放而不淫厉，无拘无束，自由挥洒，为辞赋赢得了巨大的生命力。

袁瑞良的赋体文学，还有一个很重要的特征，就是理性色彩特别强烈，他根据时代的需要，强化了一种敷弘体理的赋体抒发。司马迁在《史记·太史公自序》中记载，孔子曾经说过："我欲载之空言，不如见之于行事之深切著明也。"[①]在孔子看来，以历史经验教训，来说明复杂的社会问题，要比理论上阐述，更为简明有力，由他修订的《春秋》，就体现了这种意识。而孔子的诗学理论，也贯穿了这种实用性的精神，这也就突出了文学中的理性成分和色彩。袁瑞良的赋深受孔子诗教思想的影响，这也与其长期在机关工作的职业经历有关，因感于时事，气血贲张，一触即发，便自觉不自觉地多兴议而盛论。换言之，坚守创作的严肃性和神圣性的袁瑞良，之所以选择赋体的形式，即是看中了辞赋"义在托讽"的原则与专长，也就是他坚信辞赋有回答人类的精神难题的义务，也坚信辞赋应该以处理人的精神和灵魂事务为最高价值。今人徐公持著文认为，汉赋除了具有宏大叙事的重要特点之外，还有一个让人容易忽略的特点就是"其中所含的批判精神"，他认为："批判精神是一个伟大时代文学不可或缺的成分，批判精神缺席，社会就易于堕落，文学也难得进步。实际上，秦汉文学中的批判精神不绝如缕。在此强力专制体制背景中，某些文士能够挣脱礼乐制度的束缚，坚持批判立场，甘冒风险，不计利害，批判社会，指陈弊端，体现出超拔流俗的文化精英意识和作风。"[②]坚持批判立场，也是孔子实用主义文学观的重要体现，是袁瑞良赋的最突出的特点。

南朝的范晔说："文患其事尽于形，情急于藻，义牵其旨，韵移其意。虽时有能者，大较都不免此累，政可类工巧图缋，竟无得也。常谓情志所托，故当以意为主，以文传意。以意为主，则其旨必见；以文传意，则其词不流；然后抽其芬芳，振其金石耳。"[③]虽然其所言之"意"乃意志、题旨的意思，但是，也含有"理"的理性成分，是为意识的层面，不仅强调了"意"的地位，也描画了"意"的表达。《文心雕龙·比兴》也说："至于扬班之伦、曹刘以下，图状山川，影写云物，莫不纤综比义，以敷其华，惊听回视，资此效绩。"

---

① 司马迁《史记》，中华书局 1982 年版，第 3297 页。

② 徐公持《"义尚光大"与"类多依采"——汉代礼乐制度下的文学精神和性格》，《文学遗产》2010 年第 1 期，第 10—11 页。

③ 沈约《宋书》，中华书局 1974 年版。

进而提出了“以切至为贵”的观点，否则，“若刻鹄类鹜，则无所取焉”。[①]也就是说，赋体文学不能一味追求“写物图貌”的生硬临摹，缺少动人意境和内在神韵，缺乏托讽的深意。袁瑞良大力追求“写物图貌”的归宿，莫不落实于“纤综比义，以敷其华”之上，然尤其注重于“意”的精思附会的表述，追求“情动而言形，理发而文见”[②]的效果。中国文化与生俱来的特性，以及创作中“比德”山水的思维定势，使袁瑞良的“比德”意识非常强烈，也使他创作中采用的“比德”形式非常自觉，赋中出现了大量的论说成分，篇有深旨，段有哲意，往往形成呼告而出的呐喊形态，也成为展示其人格风采的重要方式。因此，其赋的锋锐思想、忧心覃思，加强了作品讽喻和批判的成分，极大地拓进了其赋的思想深度，使其赋具有了丰富的精神内涵，具有震撼人心的理性美和精神美，这也成为其赋超出当下一般赋体水准的关键所在。虽然，其赋中也表现出理过其辞的遗憾，甚至有为论而论的生硬和赘累，但是，这对当下社会转型期的文学拒绝崇高、嘲弄真诚的浅薄走向，对颠覆人道主义而消解精神的技术倾向，不啻是一种挑战、一种针砭和一种反拨。

袁瑞良的《神州赋》叙事宏大，结构宏阔，旨意宏深，具有震撼人心的壮大阳刚之美。袁瑞良磅礴的创造活力，以及其奔放的激情、深邃的思想和富有浪漫色彩的情感，得以与长江、长城、黄山黄河相为表里，形成了行云流水般的抒情方式，形成了奔腾回旋的动态美感，塑造出雄绮伟丽的艺术形象，激活了一种以大为美的古老文体，也让我们寻找到了缺失已久的“荡气回肠”的阅读感受，生成了精神澡雪的快感惬意。

① 刘勰撰，周振甫注《文心雕龙注释》，人民文学出版社1981年版，第395页。

② 刘勰撰，周振甫注《文心雕龙注释》，人民文学出版社1981年版，第308页。

范曾《炎黄赋》评赏[①]

［按］ 范曾辞赋具有广泛的社会影响。其赋与他的诗文字画一样，铺张扬厉而纵横捭阖，剀切凌厉而古远绮丽。范曾充分利用了辞赋与传统文化的天然联系，睿智地将辞赋作品与现代工艺相结合，因此缩短了辞赋的大众接受距离。

当下的传统文化热，促成了辞赋文学的兴起。范曾的辞赋在当下的辞赋回暖中卓然特立，因为其特殊身份及社会背景等原因，又因为其辞赋的传统与现代融为一体的现代品格，其作品一旦问世，往往引起社会广泛关注，形成较大影响，无形中也引导了整个辞赋界的风气。笔者以为，辞赋对范曾具有深入骨髓的影响，范曾也具有辞赋创作的天赋。故而，在一次研讨会上提出了一个观点，也深为在场的范曾先生所欣赏：从辞赋视域看范曾，就是从最本质处看范曾，就是看范曾的最本质处。[②]

一、范曾辞赋的广义和狭义

辞赋，非诗非文，而又具有诗、文诸特点，是诗、文的综合体。辞赋的最重要特点，就是铺采摛文，堆金砌玉，因物造端，敷弘体理，情志俱发，真力弥满。这恰恰契合范曾个体的生命特质，是他具体的“这一个”的精神镜像之独写，也是他几乎所有文字的主要文风特征。观范曾的文字，便总让人往辞赋上联系。

范曾的辞赋，大致可以分为两大类，我们把范曾的冠以赋名的那些赋作

① 原题为《范曾辞赋的现代品格》，《名作欣赏》2010 年第 3 期；《范曾研究》2012 年第 1 期转载。

② 范氏家族十三代文脉绵瓞不绝。“范氏世家诗文”申报世界级“非遗”，联合国教科文组织特派对外联络专员爱莉斯 · 布斯姬翁 · 德让丽斯、迪第埃 · 麦勒希奥等人来南通考察，2009 年 3 月 15 日召开“范氏世家诗文恳谈会”。

称为“狭义赋”，而将其未著赋名而有赋格和赋形的作品，称为“广义赋”。

其一是“狭义赋”。此类文字是在题目上直接冠以“辞赋”的，这在范曾的作品中并不多见，充其量也不过七八篇，如《炎黄赋》《莽神州赋》《水泊梁山记》《崂泉铭》等。此类赋虽然不多，然而影响甚大（留待第二部分说）。这也是本文主要研究的对象。

其二是“广义赋”。范曾的文字类型众多，譬如书画纵论、序跋文字、题画小品、怀人纪事等等，一般人也不把范曾的这些文字当作辞赋来看。实际上这些作品完全可以作为辞赋来读，无论是“叙”还是“论”，皆能以真性情出之，且控纵裕如，多恣肆纵横，灵动飞扬，极有张力，铺陈而绵延，绮丽而古澹，完全是辞赋的气格和面貌。譬如《沙尘，我奉上永恒的诅咒》《大美之“大”》《岂曰无衣，与子同袍》《南通范氏诗文世家序》《临八大山人画集自序》《李潘之辨》《童心论》诸篇，作者不以辞赋而自规，意得手随，半文半白，气畅情酣，洋洋乎但写胸中之所感，沛沛然有万汇自肺腑流出。范曾的这类文字，短者两三百字长者三五万言，或向沙尘“奉上永恒的诅咒”，或畅论“大美之秩序”，或“与相爱的人共赴天涯”，或去“梵高的坟茔”参访，诗情挟带着文字，跳动跌宕，纵横捭阖，神气飞扬中尽显登高必赋者之风采。笔者在《范曾的“三恋”情结》里说，范曾的创作大凡有一种赋格，活跃着赋的因子，诗如赋写，文如赋写，甚至画也如赋写。[①]

总之，读范曾的几乎所有文章，均让人深感作者左右映带的文化涵摄力，深为其旺沛的气势所震慑。笔者以为，范曾的辞赋主要不在于有其形，而在于得其神，得辞赋铺张扬厉之气势，其艺术精神与辞赋文化血脉相通，主导着他的审美情趣，制约着他的审美发生，成为他艺术上追求仿佛于“赋”的抗壮大气的艺术品格。

二、范曾辞赋的有感而作与有为而作

当下辞赋文学兴起，其创作于形式上可谓应有尽有，凡辞赋史上所出现

① 王志清《范曾的“三恋”情结》，《华夏纪实》（香港）2009 年第 2 期。

的各种辞赋体例在当今均有人仿作。然而，范曾则不然，赋为我用，而不是我就范于赋。因此，范曾的辞赋创作，既是有感而发，更多是有为而作。

范曾辞赋创作（狭义类的），不排斥有感而发的性情之作，而主要是有为而成的应用性创作。譬如他的《炎黄赋》[①]，是应郑州市政府之邀而为。河南郑州在黄河之滨修建了人文初祖炎黄二帝坛，并塑造炎黄二帝之像，邀范曾作赋。范曾赋且书成，先是由能工巧匠碑刻。该碑刻材质为红砂岩板，高3.3米，长30米，全篇485个字雕刻完成后全部镶上金箔。再由著名作曲家李立夫作曲，2007年4月18日的落成大典上，著名歌唱家杨洪基领唱，2000名炎黄子孙共同吟诵。同时，《炎黄赋》的书法长卷被用作个性化邮票套装和连体明信片，制成“丁亥年黄帝故里拜祖大典”系列邮品。这种“综合性”的立体“包装”，使范曾的《炎黄赋》的价值远远超出了其赋之本身。而纯从《炎黄赋》内容上来看，赋者回溯五千年文明源流，着眼国运，关注民生，寄意深广，倾情殷远，兼“有感”与“有用”而为之。

范曾撰文并题写的《水泊梁山记》[②]创作于2002年，现在山东梁山风景区以大型摩崖石刻的形式落成，高7米，宽14米，距地面10余米，气势宏大，蔚为壮观。《水泊梁山记》依368字之数，步其先祖范仲淹《岳阳楼记》原韵，作者欲与古圣先贤相接脉与沟通，用意深邃。其文描述了水泊梁山河岳阔峻、草木萧森的雄奇景象，作者临泊怀古，心生慨叹，顿有“为天地大德之运行而忧思难忘”之怀抱。于是，俯仰今昔而立足当下，思接千古而寄意未来。末段归纳出“以德治天下，正兴国之本欤”之宏旨。此记古今一脉，既前承古代文化之精髓，又有鲜明的时代精神。

《崂泉铭》[③]是范曾应邀游崂山即兴而成。他根据每一个泉、潭的方位和形状、特点以及周围的环境，为崂山内“九水十八潭”逐一命名，赋予了北九

---

① 见2007年4月18日新华社讯，“丁亥年黄帝故里拜祖大典”暨炎黄二帝塑像、《炎黄赋》（范曾）石刻落成大典。

② 见2002年4月21日新华网，范曾撰文并题写的大型摩崖石刻《水泊梁山记》在山东梁山风景区落成。

③ 范曾《范曾书法精选》、《范曾书〈崂泉铭〉〈水泊梁山记〉》（全两册），荣宝斋出版社2003年版。

水游览区浑厚的文化底蕴，从而使每一个潭、泉更具有灵气和文化内涵。《崂泉铭》全文，共 499 字，让人领悟到“顺法自然”的哲学理念与山水灵秀结合在一起的文化内涵。如：“松风伴涛，千山似碧笏归主；朝霞送晖，万壑推圣泉依宗。或一线玉悬，越涧穿峡；或百丈帘垂，敲崖击石”；“崂山之泉，穷碧落而临无地，险岚云腾，幽谷烟笼，泉得神助，山随泉活，普天之下，未有如斯奇绝者”等，气息高古而典雅，情味醇厚而隽永。

这种辞赋创作的“有为性”，可见范曾的辞赋意识还是传统的“润色鸿业”观，深受其家学渊源的深刻影响。范曾的辞赋创作，自觉与当代的社会生活相结合，根植于当代社会之中，反映当代事物，反映地域文化，成为体现现代精神的现代赋。

这种“有为性”，使范曾的辞赋贴近社会，走入大众，因其了无成法，从心所欲，缩短了辞赋的大众接受距离，也弥补了辞赋对大众文化的隔离和疏远的先天弱势。

这种“有为性”，利用辞赋与传统文化的天然联系，多将辞赋作品与现代工艺相结合，利用书法、绘画、雕刻等理想的辞赋载体，最大限度地扩大了辞赋的传播，放大了辞赋服务社会现实的功利性价值，这也是其辞赋声名极盛的重要原因。

三、范曾辞赋表情形态的奔迸与曲郁

范曾的辞赋，给人的总体感受是“若决江河，沛然莫之能御”。范曾下笔，如同他的绘画一样，“当其下手风雨快，笔所未到气已吞”（苏东坡形容吴道子语）。他特别擅长铺陈，极尽渲染之能事，热情奔放，包容广泛，然而，又不是一味的直抒胸臆，不是火焰喷射的彪悍。

梁启超 1922 年在清华有一次很著名的演讲，即《中国韵文里头所表现的情感》，他把抒情法归为三类：第一，奔迸的表情法；第二，回荡的表情法；第三，含蓄蕴藉的表情法。梁公认为，前两种是“热的”，后一种是“温的”，前两种是“有光芒的火焰”，后一种是“拿灰盖着的炉炭”。[①]范曾之于赋（包括其他创作），其抒情法的总体是属于“热的”，是奔迸回荡的一种。然而，在遣兴抒怀时，表现上又往往出之以曲郁蕴藉的“温”，形成了范曾辞赋于吞吐激昂中的沉雄深郁。譬如范曾的《炎黄赋》[②]，通篇气势如虹，汪洋肆恣，波澜壮阔而顿挫吞吐，其开篇曰：“莽莽天宇，八万里云驰飙作；恢恢地轮，五千年治乱兴亡。邙砀脊脉，逶迤远连昆岗；河洛清波，浩荡奔注海澨。”赋从混沌初开落笔，广袤深远，先声夺人；进而抒发对远古祖先的追思，对民族精神的赞美，归纳和论证了我泱泱中华不断繁衍壮大而终归一统的主旨，思路缜密，论述深婉，故而意味深长，令人心旌摇曳而体味再三。

范曾的散文和论文，更是无法之法，突破了一般性论文的规范，但讲究文采、韵节，又有汪洋恣肆的形体特点，兼具诗歌与散文的性质，气势磅礴，思路纵横，情感激荡，情致飘逸洒脱，气息古雅醇厚，整体上的行文气质与赋同。范曾近年来论文力作合集《大丈夫之词》[③]辑录新作凡八篇。八篇文论所述人物多为真君子、大丈夫，与书名之所寄意正相吻合。譬如《大丈夫之词》，刘梦溪认为“从中可以体味到他的独特的语言符号”。[④]什么“语言符号”呢？范曾的“语言符号”就是纵横评述，铺张古今，笔致开张奔突，激越腾挪，而不失婉转细腻，丰盈醇厚。《大丈夫之词》论辛稼轩，开篇即思接古今、横贯时空，临风寄意，对话先贤，其间有机穿插辛氏沉郁悲壮又不乏生活情趣的长短句，兼及剖析词人心态处境，仿佛与稼轩同游。范曾于文章中对古今自然人事的诗化诠释，可谓稼轩之异代知音。著名作家李存葆读《大丈夫之词》后感叹道：“范曾将论文作美文写，滔滔乎言辞，崛崛乎气象，笔致如大江奔涌，读来令人忘倦。”此感觉与笔者同，即范曾将一般散文当作辞赋来写，且写出了辞赋的独有的特点。范曾曾经自我评价说：“人们喜爱我的画，是因为其中有着炎黄子孙的傲骨烈魄，每一个龙的传人，都可以从我的画中感受到这种咄

① 梁启超《梁启超全集》，北京出版社 1999 年版，第 3939—3940 页。

② 范曾《范曾诗文选集》，浙江古籍出版社 2008 年版，第 407 页。

③ 范曾《大丈夫之词》，北京大学出版社 2007 年版，

④ 刘梦溪《既见君子，乐且有仪——范曾教授受聘中国艺术研究院博导并文研所研究员大会迎辞》，见《范曾诗文选集》，浙江古籍出版社 2008 年版，第 486 页。

咄逼人的气势。”[①] 我们移用此论而观其文，同样充沛着如赋一样所特别不能或缺的“气”“势”“韵”的因素。

《毋忘众芳之所在——论二十世纪美的误区和古典主义的复归》[②] 是范曾一篇解析艺术之美的长文，是他呼喊古典主义“魂兮归来”的论美力作。范曾于文中对毕加索痛下贬语，直言痛陈后现代主义的种种诟病，指出区分艺术高下的唯一评判标准是好与坏，而非新与旧。这与范曾追寻“天地之大美”的艺术殉道者精神相通。文章风格壮美奔放而又婉转多姿，其势咄咄逼人。范曾相当看重艺术作品的“势”，他在论及“势”对散文的重要性时说：“它的沛呼六合的博大气象，使你有了一双超越时空的眼睛，生就一对高翔死水泥淖的翅膀。而散文的‘骨’，则在于作者摒弃俗念凡思，远离颠倒梦想。有气势、有风骨还不够，还得有文藻华彩、有排比骈俪。”[③] 可见他以势取胜的自觉，他的诗文感情激越，思想倾向明显，行文中涌动着哲理和政论的磅礴气势。

范曾的诗歌也是赋的路数，词旨宏大，气雄力厚。其长篇新诗《庄子显灵记》[④] 是长达三千行的长诗，诗文风大气淋漓、汪洋恣肆，思想周密精微、博雅丰赡。此诗也正体现了范曾创作“铺采摛文”的特点，具有类似赋的那种神韵和气格。

范曾举重若轻，他的辞赋既充盈着楚辞激越飞扬的神韵，又流露出汉赋辞藻富丽的风骨，而且还蕴含了唐宋文风古朴雄浑的气势。因为其思想内涵的深刻和论辩色彩的浓烈，其表情形态奔迸与曲郁并作，所有的笔墨都浸渍了诗人气质，是一种理想人格的体现，都是一种被画家诗化了的文化符号。

四、范曾辞赋的传统与现代

在传统文化中，辞赋文本相对于其他文学体裁来说解读难度更大一些。当代读者由于缺乏相关语言知识和文化背景知识，又因为辞赋语言与当代语言

---

① 范曾《范曾自述》，文化艺术出版社 2004 年版，第 13 页。

② 范曾《范曾诗文选集》，浙江古籍出版社 2008 年版，第 1 页。

③ 范曾《抱冲斋艺史丛谈》，中华书局 2003 年版，第 182 页。

④ 范曾《庄子显灵记》，作家出版社 2005 年版。

的脱节，制约了辞赋的创作和阅读。因此，辞赋的“现代化”对于辞赋的普及意义特别重大。而新起的新赋，以弱化辞赋的古雅醇厚品质为代价，以平俗易懂来赢得读者，被学界称之为“俗赋”，或“现代赋”。范曾的辞赋，属于亦古亦今的形态，从辞采和形式上看，似乎偏于古典；然而，从意识、题旨、气韵等方面看，则具有强烈的现代气息，是介于广义赋和狭义赋之间的具有现代品格的新赋。

辞赋乃文言文的语体，即便是当代辞赋，也讲究文言的典雅博丽。范曾虽一向恪守古文“家法”， 偏嗜文言，但在其辞赋创作中，选择了现代文言，甚至还选择了白话，或者在辞赋中夹杂白话。一方面，他以古文的典雅深秀融入现代白话文，为白话增添古雅的意趣；另一方面，他又将白话的灵通畅达贯注进入文言，形成了雅颀而恣肆的行文。譬如他的《莽神州赋》：

> 云浮千秋，江山万古，是一片心头的圣址和净土。有共工来破，有女娲来补，有历代志士仁人荡尘涤垢、驱陈除腐。哺我有天降雨露，饱我有垄亩禾黍，她是生我、养我、爱我、抚我的慈母。导水有大禹的锄，劈山有五丁的斧，论天地有众妙之门的太极图，撑天地有傲骨铮铮的大丈夫。道既存，德不孤，漫道古今风物殊。问北国的严霜皓雪，问江南的绿草平芜，问半壁海日，问晓霞暮雾，问戍卒嫠妇，问睿智顽鲁，问列宗列祖，五千年文明是乐是苦？天无语、地无语，但只见桃花尽日随流水，但只见寒雨连江夜入吴。永恒的逝水如斯，永恒的苍茫沉浮。君不见五千年轮番的寒暑，五千年不尽的荣枯，五千年的玉帛变鼙鼓。找平天下的圣贤，寻治家国的良图，无李白的如弦大道，有屈原的漫漫征途，深祷她国泰民富，深祷她天朗地苏。我们的笔顿之山安，导之泉注。曾几番击节长歌，风卷云舒；曾几番濯浪飞舟，天低吴楚； 这是一首浩荡悲怆的歌，是一首恢宏壮丽的赋，一首十亿朵莲花簇拥着、奉献给莽神州的歌赋，一首灵魂深处回旋的神州赋。[1]

---

① 范曾《范曾诗文选集》，浙江古籍出版社 2008 年版，第 405 页。

这可以视为范曾对辞赋体式改革的尝试，也见出其辞赋的现代性特征。此诗耶赋耶？此赋以白话为主，白话与文言相交融互补，赋中的不少地方干脆是新诗的语言表达，平易传达，流畅自然。通篇落实在一个“莽”上，追求气势，创设境界，理御于气而如天象之行，气载以理而如地势之运，理气并作，华朴杂糅，各致其极。而在文体形式上，句式随意短长，大体对称，也不严格押韵，抒情多采用铺陈排比，不太讲究四六骈俪、工整对仗和使事用典，改造了楚辞汉赋中的有益因素，收到了纵横恣肆、层层烘染的艺术效果。刘梦溪评论说：“他的学问的根底是史学，他所追寻的是人类精神的故乡。”[①]范曾站在历史的高度俯仰历史时空，其辞赋关注当下，贴近时代，追问天地人世，往往借助当代重大的政治或经济事件，渗透当代政治、经济和文化的要素，发挥辞赋的渲染铺陈功能，其气象雄浑，情感激越，文风骀荡，视域宽博，襟怀浩大。因此，范曾辞赋不仅没有减弱辞赋的艺术感染力，还形成了他特殊的现代风貌。

范曾在《骈赋发微》中对骈文的来龙去脉予以梳理，然后总结性地说：“总觉得凡足以传世者，必有浩荡庄严的意味在，必有凄楚沉痛的情愫在，必有剀切凌厉的判断在，必有美奂绮丽的幻想在。而要达到这山回路转、三致其意的境界，为文者当自有所感怀、有所激扬、有所铺陈、有所赋比，这就渐渐有了赋体散文之风神。而人类思维之左右相背，上穷下达、疏近导远，与夫比比皆是的宇宙对称律，必致骈俪面貌之或隐或现，而中国文字的音律对仗排比，更使这骈俪有了依托。”[②]此论虽在骈赋形式着力，却道出了范曾缘何钟情辞赋的深刻原因，表现了范曾对中国古典文化心向往之的回归愿望，也揭橥出范曾辞赋现代面貌生成的文化历史渊源。

---

① 刘梦溪《既见君子，乐且有仪——范曾教授受聘中国艺术研究院博导并文研所研究员大会迎辞》，见《范曾诗文选集》，浙江古籍出版社 2008 年版，第 486 页。

② 范曾《抱冲斋艺史丛谈》，中华书局 2003 年版，第 180 页。

谭杰《老君山赋》评赏[1]

［按］　谭杰先生擅长诗赋，且精书法。2010年老君山投巨资修复扩建，他应邀写成《老君山赋》，镌刻制作成大型照壁。此长赋“体物”生动，也“写志”警拔，铺叙议论，而意蕴厚重，情味高远，全在意胜也。

“赋欲不朽，全在意胜。”[2] 此论极其精辟，乃至理名言也。真正的好赋，须得意关宏旨。以谭杰的《老君山赋》观，笔者以为，其最出彩之点即在“意”上，意旨深刻，情味高远，而全在意胜也。

老君山位于洛阳市栾川县城东三公里，古号景室山，是八百里伏牛山主峰，相传乃老聃修炼得道的圣地。老聃俗称老子，乃人类哲父、道家始祖，其五千言之《道德经》，无论是形式和内容，都是诗，是哲理诗，是本质上与形态上的真正的诗，从此意义上说，老子是中国最早出现的、最伟大的诗人。十九世纪中叶，英国学者托马斯·卡莱尔在一次题为《作为诗人的英雄：但丁、莎士比亚》的演讲中说：“诗人是属于所有时代的英雄，他只要一产生，就可以为各个时代所占有。”具体谈到但丁的价值时，他认为：“这样一个人类灵魂已经进入到我们存在的深处；长期以来浇灌着一切优秀的人类事物的生命之根。”[3] 老子以其博大精深的诗，养育人类，浇灌文化，其虚怀若谷、宽容谦逊的襟怀，其恬淡素朴、助人为乐的思想，其以柔克刚、以弱胜强的睿智等等，数千年来对中华民族传统美德的形成产生了无与伦比的深刻影响，深入到民族魂里，民族的血液里，内化为我们民族的性格、智慧和文化襟怀。老子是属于所有时代的英雄。

《老君山赋》共一千五百余言，六个自然段，并附五言古体诗于其后。

① 《老君山赋》2010年勒石，以16米长、2.6米高的大照壁形式矗立于老君山。此评文原题为《〈老君山赋〉全在意胜》，《牡丹》文学月刊2010年第12期。

② 刘熙载《艺概》，上海古籍出版社1978年版，第98页。

③ ［英］托马斯·卡莱尔《论英雄和英雄崇拜》，张志民、段忠桥译，中国国际广播出版社1988年版，第79、100页。

赋的前半部分“体物”，赋写老君山的万方仪态。老君山，乃八百里伏牛山的主峰，山势雄伟，千峰竞秀，其境内拥有众多地质遗迹，例如独特的滑脱峰林地貌景观以及石林、马鬃岭等景观群。以赋的形式表现，自然当具有“铺采摛文”的“浏亮”而“体物”的优势。因此，赋家在第一自然段扣“巍乎”而总起：

巍乎！八百里伏牛，三鼎擎天。两千年经韵，五洲响传。大名赫赫，唐宗封冠。金殿煌煌，老庙聚仙。其脉茫茫兮，基连昆仑；其势渺渺兮，意接天山。其峰危危兮，峻赛五岳；其灵幽幽兮，魂统三关。白云悠悠，蹄尘漫漫系函谷；紫气冉冉，福光盈盈布百川。老子修道归隐地，千古灵秀一名山！

赋章起笔不凡，虚实相间，先对老君山的名望加以简述和追溯，然后正面写其脉、其基、其势、其峰、其灵，又用“白云”“紫气”来渲染和烘托，在动态中写山，写山的动态，突出了老君山灵动、渺茫的特点，也使其蒙上了神秘色彩。虽然是多层面的描写，但是，用语省净，凝练遒劲，语势排宕，整俪骈对，既概括，又形象。

因为赋体文学“体物”为主的需要，需要集中笔力来描绘物类、物象、物态，并追求辞藻的博富和绚丽，《老君山赋》在总写之后，第二、第三两个自然段，接着分写。第二自然段是从其所处的方位上来写老君山优形胜势的：

岭界南北兮，水分两川；南通汉江兮，北发伊源。东汇河洛兮，一脉中贯；呼啸入海兮，浩波荡烟。中鼎耸立兮，西华相伴；东景形胜兮，隐哲藏贤。下映江河兮，上辉星汉。道统九州兮，地标中天！无峰不奇兮，千姿竞岩；无水不秀兮，悬瀑卧潭。无涧不幽兮，行云悠闲；无石不名兮，掌故流传。无林不茂兮，枝稠叶繁；无花不媚兮，争春斗艳。无庙不供兮，肃穆庄严；无神不灵兮，香火连绵。其险也，如华山之猿履；其姿也，似黄岳之层峦。其朦也，犹庐山之弥雾；其高也，盖泰山之齐天！

第三自然段则从四季来写山的壮丽奇瑰：

至若春之来也，惠风和畅，天浴暖阳。彩蝶对舞，俊鸟穿翔。万木争荣，百花吐芳。鱼虾戏泳，泉溪流淌。四月初八兴庙会，车水马龙动山乡。夏之至也，日出东岭，朝岚浮荡。新雨成瀑，彩虹呈祥。石林夕照，落霞鎏光。幽谷追梦，玉兰送香。一步一景添游兴，醉入画图十里廊。秋之到也，红叶满目，凌风傲霜。野果缀枝，凝紫溢黄。大雁越顶，叫声悠扬。缆索往返，凌空徜徉。一步三株中草药，悬壶济世救四方。冬之临也，雪覆旷野，鸟兽潜藏。花遗枯枝，冰状苍凉。老滕无语，根孕梦乡。经歌溢宇，佛音绕梁。一洞五天堪奇景，远山近岭裹银装！

这两段在艺术表现手法上，主要以铺排夸张、描摹渲染的手段来叙事写物，诚可谓“写物图貌，蔚为雕画”。于是，赋家不禁由衷叹焉：

奇也！斯山来之有龙，去之有脉，自然也；凸之为峰，凹之为谷，自然也；春之向荣，秋之向枯，自然也；阳之居木，阴之居水，自然也。斯自然之景，可赏；自然之物，可取；自然之趣，可娱；自然之谐，可容。然则，弗如觅自然之道而法之以享天道之永久也。四海名山不乏景、物、趣、谐之妙，而独不可与斯山并论者何哉？道教之胜地者也！

这一个自然段，是总括性的，具有过渡性的作用。妙在赋家紧扣“自然”二字，不断出现“自然”，其中很有深意。老子《道德经》第二十五章云：“有物混成，先天地生。寂兮寥兮，独立而不改。周行而不殆，可以为天地母。吾不知其名，字之曰道。强为之名曰大，大曰逝，逝曰远，远曰反，故道大，天大，地大，王亦大。域中有四大，而王居其一焉。人法地，地法天，天法道，道法自然。”自然，乃老子思想的核心精髓；自然，乃老君山风景的本质特点。

赋体文学的最重要特点是“体物”而“写志”。《文心雕龙·诠赋》精辟地概括出赋的这种最本质的特征：“赋者，铺也；铺采摛文，体物写志也。”[1]

① 刘勰著，周振甫注《文心雕龙注释》，人民文学出版社 1981 年版，第 80 页。

纪昀评："'铺采摛文'，尽赋之体；'体物写志'，尽赋之旨。"[1]"体物"而"写志"，也是赋体文学写作的习惯性思维。也就是说，辞赋除了需要铺陈描绘事物形态风貌的"体物"，还是一种"写志"的载体，应该具有融体物写志为一体的本质属性。

于是，第五自然段"写志"，也是《老君山赋》的主旨所在，赋家水到渠成地将"意"和盘托出：

> 壮哉！亘古迄今，游人接踵以朝者，无四时之分也；天南地北，香客并肩而谒者，无贵贱之别也。熙熙嘻嘻而来，攘攘嚷嚷而去，许心中之夙愿，发感世之豪情，其快也如是，非它山可与媲美者焉！若夫，仕宦之临斯山也，近闻普度之经文，远聆救苦之钟声。思濬润笔之池水，身浴拂竹之清风。长仰耸天之老子，遥忆吐哺之周公。当有感于老子之言曰："圣人无常心，以百姓之心为心。"于是乎退而思焉：古之贤者常以黔首为本，识"舟水"之理，知"鱼渊"之辩，是谓明道也。吾侪今日当以何为？在其位，谋其政，正其行，廉其声，民意不可背向，进退不可失明。而或商贾之临斯山也，日寻亮宝之台宇，夜抚玉皇之辰星。朝拜灵官之真仙，暮谒方丈之高僧。遥望伊水之东逝，近伤秋花之凋零。当有感于老子之言曰："金玉满堂，莫之能守。富贵而骄，自遗其咎。"于是乎思而叹焉：人之于宇宙渺如尘埃也，人之于草木寿在朝暮也。人生富贵，三生之幸，然则，勿忘"甚爱必大费，多藏必厚亡"，取财不可以无道，富贵不可以独享也。抑或庶人之临斯山也，笑摸青牛之首颈，怅议连石之亲情。探看舍身之崖壁，追忆淋醋之丰功。敬焚祭祀之香火，祈求家国之太平。当有感于老子之言曰："上善若水，水善利万物而不争。"于是乎感而云焉：苍天在上，良心不负。尚勤尚俭，积善积福。莫存大富大贵之奢望，常怀朴淳仁厚之民俗！

辞赋具有"义在托讽"的原则与专长，故而，赋中"托讽"，这是赋的内容，

[1] 刘勰著，周振甫注《文心雕龙注释》，人民文学出版社 1981 年版，第 82 页。

也是赋的形式。也就是说，谭杰选择赋体，有其回答人类的精神难题的欲望，把处理人类精神和灵魂事务作为其文学活动的价值取向。笔者以为，汉赋除了具有宏大叙事的重要特点之外，还有一个让人容易忽略的特点就是“其中所含的批判精神”。著名学者徐公持认为：“批判精神是一伟大时代文学不可或缺的成分，批判精神缺席，社会就易于堕落，文学也难得进步。实际上，秦汉文学中的批判精神不绝如缕。在此强力专制体制背景中，某些文士能够挣脱礼乐制度的束缚，坚持批判立场，甘冒风险，不计利害，批判社会，指陈弊端，体现出超拔流俗的文化精英意识和作风。”①坚持批判立场，这是赋体文学的实用主义文学观的重要体现，也是《老君山赋》最突出的特点。强烈的社会责任感，使赋家具有了“写志”与“托讽”的高度自觉，谭杰承步赋体文学“归于讽谏”“曲终奏雅”的写作传统，不仅仅是借用赋体这一体裁来呈才效技，而以一个诗人的博大和睿智，凭借老君山之题而知性发挥，大题大做，进行着诗性而智性的审视和思考，并以此来实现其对社会历史、对生存环境、对前途命运的急切而焦躁的拷问，张扬着心忧天下、志怀高远的君子风范，字里行间激荡起颂美民族文化而针砭社会痼疾的浩然之气。因此，其题旨便有了高屋建瓴的精警和高峻；因此，其发唱便形成了震撼人心的深郁和清厉，这也正是谭杰先生创作的成功之处。

此段文字中，假想出三种类型的人，即“仕宦”“商贾”和“庶人”，巧妙地融入老子《道德经》中的三段警世名言，用“于是乎退而思焉”，“于是乎思而叹焉”，“于是乎感而云焉”，略加变化的语言，在变中坚持不变，不变中而有变，层次井然，逐层推进，铺叙议论，深入说理，加强了作品的理性因素的渗入。古人云：“夫情必依乎理，情得然后理真，情理交至，事尚不得耶。”②

赋到卒章时，再度奏雅：

> 呜呼！天下游客涉三江而蜂拥，越千山而鹜趋者，意在品山之逸趣，

① 徐公持《“义尚光大”与“类多依采”——汉代礼乐制度下的文学精神和性格》，《文学遗产》2010年第1期，第10—11页。

② 叶燮《原诗·内篇下》，《清诗话》（下册），上海古籍出版社1978年版，第587页。

问道而明心者也。坦然乎？可凌虚而吐纳百川；朗然哉？可旷怀以明志清心！玉在山而草木润，人思辨则世事明。山育人之懿德，人赋山以空灵。山因哲人之哲辨而千秋鼎盛，人以圣山之圣洁而万古留名！

面对灵仙之老君山，作家饱含情感地游思畅怀，思接千古，神游六合，而生“天地之心”，而生顶礼膜拜的崇敬之心。赋家顺应宇宙自然生生不息之大道，感悟天地之大美，参赞化育，赋予老君山以深刻的精神内涵、浩茫的历史厚度与丰富的当代意识，而成此淋漓元气的艺术形象。王逸在《鲁灵光殿赋》中提到，赋有“物以赋显，事以颂宣”的功效。也即《老君山》中所云：“山育人之懿德，人赋山以空灵。山因哲人之哲辨而千秋鼎盛，人以圣山之圣洁而万古留名！”

谭杰的《老君山赋》“体物”生动，同时，也“写志”警拔，更是因为其铺叙议论，而意蕴厚重，具有融体物写志为一体的本质属性，成为美学与思想深厚的经典奉献。古人云：“赋欲不朽，全在意胜。”诚哉斯言！

姜光斗《星槎文醇》评赏①

［按］　姜光斗教授乃唐诗专家，因为长时间担任行政工作，形成了他社会本位的文艺观，其诗词多涉及时政、民生之题材，诗风天然，不事雕琢，质朴平实而真情流露，仿佛率性之人，似乎自由之身。

但愿是戏言，姜光斗先生要我写序，看他的表情却很是正色。不久便收到了他发来的诗文稿。我深知姜先生其人，历来心口一致。看来真是推脱不了的，恭敬不如从命，师命难违。

① 《江海文库》，2009年内部出版。

无论如何我是不配给姜先生作序的。姜先生乃前辈学者，无论是学养，还是为人，均堪我师。虽未得其亲授，我还是认真视之为师的。

与姜先生处，绝对无须提防他暗中使坏，相反，往往你会受到他的暗中保护，暗中成全。二十世纪末，南通师专升为师范学院，人才青黄不接，学院四处招兵买马，在几次进言献策会上，姜先生美言我许多。于是，不才的我也成为人才，被刘一平院长约见，且邀来共谋发展大业。这还是听人家传的，姜先生没有亲口在我面前“摆功”。而我的王维研究才刚刚起步，姜先生就在台湾发表文章，其中又美言我许多。记得第一次参加王维研讨会还是姜先生领我去的，会议上我举目无相识，而姜先生则左右逢熟谙。如今，姜先生欲我序书，还实在不能当真以为自己在学术上有了点什么，这又是他在给我机会哟。

我常常自责自怨，怨自己的审美不能那么纯粹，审美中常常有“善”的干扰。为了寻找学理依据，还专门撰写了一部叫作《中国诗学德本精神研究》的书。因此，我的评论，我的评论的对象，我的评论的侧重，多在“德”与“品”之上。为姜先生作序，正好在这方面可以多说点了。

评论姜先生的诗文，最合适用“知人论世”的方法。以现代意义观，这种研究属于文学社会学的研究方法。“知人论世”的理论命题，最早见于《孟子·万章下》。孟子“知人论世”的原意，乃“尚友”目的。即通过阅读古人的诗书而达到与古人为友的精神交流，实现通透和评判社会政治的道德意义。后人将目的转移到“颂其诗，读其书”的古典文学研究本身，“知人论世”便成为重要的研究手段，成为一个文学阐释、文学研究的基本范式，并形成了中国古代文学研究的一种源远流长的传统。刘熙载在《艺概·诗概》中便说：“颂其诗，贵知其人。”鲁迅在《且介亭杂文二集·题未定》中更是强调：“我总以为倘要论文，最好是顾及全篇，并且顾及作者的全人，以及他所处的社会状态，这才较为确凿。”这种“知人论世”的解读方法，体现了儒家说诗的道德立场。中国人历来讲究道德、文章并称，追求文品与人品的高尚统一。文学作为揭示心路历程的一种精神产品，自然需要遵从文如其人的和谐与统一，特别是在文伪其人与人辱其文者多了的时候。

笔者以为，写序，最合适以“知人论世”的方法，而且经历的是双向逆反的循环阐释的全过程：由先“知其人”，而后才“颂其诗，读其书”；再经由“颂其诗，读其书”，于是更加“知其人”。不管是前者还是后者，均遵循一条作者、作品相一致的原则。戊子年，我编散文集《文心雕虫》（齐鲁书社 2008 年版），姜先生散文的风格特点，我在书的后记中已经评论。今他又将其多年来的诗词创作整理成集，名之为《雪泥鸿爪集》，取苏东坡《和子由渑池怀旧》中的诗意，意谓以诗词记录了一些他的人生轨迹。姜先生年已七十有五，然其能饭、能酒、能歌、能舞，且能著书立说，其诗词自然丰富多彩了。

我与姜先生的工作性质相同，主要是与王维、李白、杜甫打交道；我与姜先生不同的是，他不单纯是个教书匠，做过中文系的一把手，又曾兼职市政协副主席十五年。因此，他的社会责任感便尤其强烈，关心时事，关注民生，贴近社会现实，其诗也相对比较多地注重"政治"，以诗词来歌颂党建，赞美军队，写一些比较重要的社会活动，让我们从中读出社会的状貌与历史的变迁，读出他个人与现实和历史之间的联系。他的《一剪梅 · 市八届政协一次会议剪彩》两首其一写道：

三九偏逢春意饶，堂上灯摇，厅上人潮。热情参政逐浪高，风也飘飘，雨也悄悄。　　恰似云帆破巨涛，话语滔滔，心绪陶陶。跨越世纪快步跑，路虽迢迢，志却峤峤！

词写政治事件，却也意象丰满，诗意融融。

但是，又因为姜先生本质上是个学者，是个诗人，他热爱生活，纵情山水，多有触景生情之激发，或凭吊怀古，或赠酢唱和，或追忆故旧，或喜话衷肠，以真情实感动人，例如写作于 1983 年的《破阵子 · 重九与紫琅吟社诸公集会赋诗》：

空际白云自在，世间诸事难全。何必脍鲈莼羹味，浪迹浮萍亦团圆，人生如乘船。　　重九对菊把酒，付予歌笑琴弦。一刻偷闲如得意，数纪奔忙了夙缘，岂望美名传？

此中蕴含着他的人生哲思，引发人们对人情事理、时风世俗的人生思考。

因此，姜先生的诗是学者之诗而非政治家之诗。如果说其正直坦言的品格造就了他社会本位的文艺观，那么严肃的社会责任感和自觉的历史使命感则形成了他文学担当的品格。姜先生的诗词，语言流畅，文态亲和，纯任天然，不事雕琢，让我联想到唐代诗人中的元结和张籍。其《雪泥鸿爪集》中几乎没有“正宗”五律、七律，而多古体，韵也自由，旁近通押，且多单行独进，言尽则止，不凑足八句，不拘限格律，或即景抒情，或借物言志，或直抒胸襟。这并不意味其淡化了审美感受，更不是忽略文本独具的审美特性。比较而言，姜先生的词比诗还要活泼，质朴平实而真情流露，仿佛率性之人，似乎自由之身，这种形式的追求给读者一种做人处事的提示：真诚做人、坦荡生活、自由散淡。

传统的审美阅读，倡导“批文以入情”，“觇文辄见其心”，其实，这正是“知人论世”的逆向阐释的过程和结果。陈寅恪先生“诗文证史”，其研究方法独树一帜，笔者创语为“诗文证心”，即将诗文当作史料，作为中介，以考辨和实证作者的生平经历、性情品格，可知姜先生其人、可考其所处之世，而可“尚友”矣。

非序也，乃读且知姜先生之心迹焉。

金志仁《海萤轩诗词曲文稿》评赏①

［按］ 金志仁先生的词曲研究颇有造诣。其诗词创作取法高古，坚守传统，风格平和典雅。写罢此序后方知，同时作序的还有苏州大学教授吴企明与《名作欣赏》原主编张仁健。拙序与二序同列，多谢金先生抬爱。

笔者有缘，曾与金志仁教授共事，执鞭通大，研究上多有沟通，彼此视为学术知音。金先生年事渐高，退休在家而潜心诗学，平日偶尔遇见，也多学术切磋。

① 金志仁《海萤轩诗词曲文稿》，中华诗词出版社 2010 年 3 月版。

今先生有《海萤轩诗词曲稿》即将付梓，承情先生奉惠书稿，而有先睹之快。然出我意外者，金先生诚邀我为序。深知金先生之真笃，后学不忍坏其兴致而负其美意，恭敬不如从命，权当读后矣。

金先生少攻诗书，早植慧因，曾负笈南大，师从名师，冶铸镆铘。尽其平生之所有智能，旁搜远绍，触类旁通，溯其源而广其流，力探诗学之精微。先生晚年尤好吟诗词，多有妙品，醰醰而有唐宋之韵意。

诗品如人品，金先生为人谨重，温文尔雅，慢条斯理，出言吐语，多面带微笑，真可谓谦谦君子的风范。其诗词取法高古，中规中矩，堂堂正正，平整雅逸，坚守传统的醇正和朴雅。金先生长年沉醉于唐宋之风，形成了他诗词坚守传统、平和典雅的美学趣尚。

金先生《海萤轩诗词曲稿》一集，分诗、词、曲和古诗四个部分。虽约近百首，然体式题材富赡。金先生诗词的取材有两大方面，其一为花卉草木，其二乃世情人事。其笔下花卉草木如迎春花、君子兰、文竹、荷花、石榴花、紫荆、锦葵、萱草、牡丹、六月雪、兰花、腊梅、太阳花、玉兰花、桂花、绣球花、水仙花、杜鹃花、山茶花、菊花、桃花、槐花、紫芍药、枇杷树、竹、柳等，几乎囊括了常见的所有花草，他笔下的众多花卉，均寄托了人的品格，写法是传统的托物言志的比兴一路。《桂花》："自有金银色，难敌桃李霞。常居绿叶下，香郁始知花。"《春梅》："虽艳无俗态，冷香可证之。常见风摆柳，自幸无曲枝。"《兰花》："树得两三箭，满盆皆瘦生。但能芳馨远，不再论丰神。"《君子兰》："雍容华贵出天然，叶叶端庄色更妍。禀赋原自芝兰族，百花千卉宜君先。"这些作品缘情言志，有感而发，借比兴而曲显其情，曲达其意，往往言此而意彼。金先生近取身边物事，也有源自新闻报道的。虽然其性格决定了他深居简出，社会接触面不宽，但其耳聪目明，嗅觉灵敏，其集中《九八年特大洪水有感》《卖姜行》等作品，"近譬诸物，近取诸人，而诗道成焉"，诗人深忧悯患，关怀急切，作品凝练含蓄，内涵厚重，属于"有境界则自成高格"（王国维语）的篇目。

志仁教授，读书万卷，积学酌理，又因操千曲而观千剑，眼高手快，取精用宏，信手拈来而左右逢源。黄庭坚《答洪驹父书》云："自作语最难，老杜作诗，退之作文，无一字无来处。盖后人读书少，故谓韩、杜自作此语耳。古之能为文章者，真能陶冶万物，虽取古人之陈言入于翰墨，如灵丹一粒，点铁成金也。”金先生追求笔笔有来历、字字有根基的写法，仿佛江西诗派的点铁成金。且多艺术自信，首首作精品来做，力争不愧古人。故而，“新诗改罢自长吟”，有典雅畅达之趣，无佶屈聱牙之涩。

金先生的诗词曲，各具形式，各具特色。一般而言，其诗境界豁朗宽阔，其词绵长含蓄，其曲自然坦率。比较而言，笔者最喜欢他的词，绝句次之，五古又次之，七律似乎拘谨了点。

词与音乐有特别密切的关系，词的声律和章法、句法也格外细密，适合辗转反侧，逐层铺陈。张惠言说：“词之为体，要眇宜修。”王国维也认为：“词之为体，要眇宜修。能言诗之所不能言，而不能尽言诗之所能言。”词是最适合传达一种幽隐深微的情感的，也因此具有五七言诗所不可能达到的表达效果。金先生最擅词，与其精通乐曲有关，他有过在昆曲院编剧工作的经历。词曲的那种浅斟低唱的抒情形态，一板三眼，一唱三叹，似乎最适合金先生把玩和把握，他的《最高楼·咏菊》《绛都春·咏山茶》《霜花腴·冬天的绿叶》等，姿态横生，随物赋形，曲折感情，且能化实为虚，显得自然空灵，真个是声情并茂且寄味淡泊。他的《兰陵王·咏菊》，长于铺叙，按事情发生、发展的时空顺序来组织结构，晓畅而明白，且倒插曲叙，错综结合，将过去、现在、未来的时空场景交错叠映，描写、抒情、议论一体，菊与“我”浑然无间。此词似乎以议论为主，而并无理过其辞之虞。“难得，此高节。能恶境苦争，实属不易，又何责松柏难匹。愿青帝常驻，四时温热，丽日当空，风亦消，雨亦匿。”比较阐说，议论风生，诚见其高怀远瞩，旷达从容，率真神情，书生意气，而一无绮罗香泽之态。

诗词以意为先。刘勰云：“风雅之兴，志思蓄愤，而吟咏情性，以讽其上，此为情而造文也。”（《文心雕龙·情采》）诗因人之情动而辞发，而意志高下，乃品评诗词优劣的最主要标尺。金先生秉承传统的“有意而为”的文艺思想，坚持“言必中当世之过”的创作态度，前文所引如《九八年特大洪水有感》《卖姜行》诗即可见，也体现了民族诗歌传统中最具本质特性的忧患范式和忧郁诗美的趣味。

志仁者，矢志于仁也。仁者爱人，我最欣赏的是金先生的爱人之心，其恻隐之心贯穿诗词之始终，他的古诗《悲子鸡双息图》是其悯情代表作。此诗开篇便云：“诗圣杜工部，仁心处见之。”明显标出此诗受杜甫《缚鸡行》启发而作。此诗六十行，主要是写恻隐鸡心的心理活动。家眷购得两子鸡，准备第二天宰杀待客，先安排二子鸡安息在台阶旁。夜深人静时，诗人起观子鸡，“相偎复相依”，煞是可爱，然而，“恬然入梦”的子鸡，根本不能觉察明天即被“油煎复汤熬”。“余睹鸡眠图，悲生余心里”，诗人在心底里深深呼喊道：这些子鸡呀，你们何以能够“安然无虞”啊？“汝可知利刃”？诗又联想到曹植《野田黄雀行》里少年救黄雀的故事。最后，诗人慨然大叹：“余因念释迦，缘何避荤鲜。总为怜生灵，悲慈生大贤。物物常冲克，皆为自繁衍。内残复外残，不当然却然。当然忍心然，圣者泪泫然。造化有偏宠，人类得尊先。外物为我役，大千任安排。若能得繁昌，又不生伤害。不仅及自身，还及生物界。不当负造化，此日应能来。”每个人的内心中都有诗，诗是从心底里流淌出来的情愫，是诗人精神得以升华的结晶体。金先生慈悲为怀，肃然思考，发人深省。窃以为，为人处世，当以德性居首，乃天地之心，乃诗人之心也。道德之精微，天人之相与，诗歌是人类思想和情感的美妙产物，诗之心当建筑于德性之上也。

孟子听其言而观其人的论诗之诀，以人譬诗。文学乃人学也，一人之诗集，乃一人之心路历程。金先生有诗云：“历阅忧与患，仍保稚子心。”（《自题照片行年五十》）养心以德，养情以仁，易去浮暴之气，易成恬静之性。而恬静之性成，则诗词得运神行气之妙，血脉贯而气机通也。刘勰亦云：“沿波讨源，虽幽必显。世远莫见其面，觇文辄见其心。”（《文心雕龙·知音》）金先生师古而不泥古，平和典雅之风一直影响着他的审美取向，以做人之道而求其质，吸收各派之所长，去粗取精，其作品力求藏精辟于天然，纳灵秀于朴拙，稳而不俗、放而不淫，老而不枯、瘦而不瘪，其体势、风格出以自家的面目，形成了清新简淡、平实朴雅的鲜明个性。

嗟乎！诗笔有君子之德、哲人之智、诗人之魂者，难矣！笔者发此感慨，与金教授志仁先生共勉也！

何永康《咏慷集》评赏[①]

［按］　何永康先生的名气在文艺学上，在《红楼梦》研究上。近几年，他于旧体诗创作上倾力投入，亦声名鹊起。其《咏慷集》里旧体诗词各种形式一应俱有，且都有出彩表现，七绝尤佳。

近两年来，年届古稀的何永康，童心萌发，诗兴大发，以每天一首或者数首的速度写诗，连他自己都看不懂他自己，“没想到自己会写诗，而且是旧体诗”（《咏慷集·后记》）[②]。

捧读何先生特快专递送来的新著《咏慷集》，如晤旧友，其中几乎所有作品，我都早已在手机中读过。“挑灯拾得新鲜句，急报犹忧隔夜陈。”（《诗友情》）何先生常常深夜来诗，凌晨又来诗，每有新作，即便是还在修改中，也会用手机发来先享我。

何永康偏爱绝句，也擅长绝句。《咏慷集》中旧体诗词的什么形式都有，古风、歌行、律诗、词，都有很出彩的表现，笔者还是看好他的七绝，本文想就他的七绝来说点感想。

一

何永康先生的《咏慷集》中各类诗词形式俱全，有诗也有词，有律诗也有古风，有长件也有短制，精彩纷呈，琳琅满目，充分展示了他在古体诗词创作的游刃自如。何永康先生擅七绝，在他的古体诗词创作中，七绝占比最大，七绝 112 首，加上《平上去入集》[③]中的七绝，便是个很可观的数字。

何先生何以喜欢七绝？笔者从其诗集中撷得两首，以为可用以作正面的回答。

---

① 原题为《挑灯常拾新鲜句——何永康〈咏慷集〉评论》，《文教资料》2012 年第 6 期。

② 何永康《咏慷集》，广陵书社 2012 年版。

③ 何永康等《平上去入集》，广陵书社 2011 年版。

其一，五绝《吾爱绝句》曰：

绝句吾钟爱，凝神写自由。唐人精妙品，多在个中求。

作者在诗的类似于附记中写道：“唐人诗歌精品，多在绝句中，它比律诗自由，更为驰荡，更求凝练，收拾处着意转折和高扬。我喜欢它。”

其二，五绝《缘事抒情》曰：

无事情无本，吾诗有事情。一吟歌一事，说尽路难行。

作者在此诗的自注中还说：“诗不关事，必定疲软；以事入诗，情满青山。故我诗缘事而发，有病呻吟，不作望空而叹。”

何永康直言不讳他喜欢绝句。他的这种绝句形式的选择，出于绝句的形式自由，而何先生的绝句，常常信口而出，触景生情。在他看来，诗在生活，生活即诗，生活里充满了诗，充满了鲜活的诗的源泉。“笼内金丝雀，其鸣太可怜。田间呼布谷，句句是诗篇。”（五绝《土声土气》）他在此七绝的自注中说：“诗之语言，当来自生活原野，散发着泥土清芬，如布谷声声，激动田家心弦。”

何永康爱绝句，更是因为绝句的“一吟歌一事”的单纯，缘起于他的“吾诗有事情”的创作动因。这是杜甫、白居易的创作理念，是对儒家诗教传统的直接继承，也是对杜甫叙写时事精神的进一步发展，关心民生疾苦，重写实、尚通俗、强调讽喻。白居易在文学上积极倡导新乐府运动，其《与元九书》[①]中系统地表述了他的人生哲学和诗歌主张，“仆常痛诗道崩坏”，“上不以诗补察时政，下不以歌泄导人情”。“故仆所谓嘲风雪、弄花草而已。于时六义尽去矣”。因此他认为“文章合为时而著，歌诗合为事而作”，这才是诗歌创作的宗旨与旨归，诗歌要表现一种“救济人病，裨补时阙”的战斗精神，担负起“补察时政，泄导人情”的政治使命。何永康先生虽然没有明言其诗歌的救

---

① 白居易《白居易集》，中华书局1979年版，第959页。

济功能，但是，其七绝作品则是在这样的理论指导下创作的。在创作理念与方法上，何永康与杜甫、白居易相同，都是现实主义一派的，在表现方法上，不作隐讳，不加文饰，不事虚夸，形成了平易通俗，且音节和谐婉转的特色。

二

白居易在《策林》中说："大凡人之感于事，则必动于情，然后兴于嗟叹，发于吟咏，而形于歌诗矣。"①因此，他特别强调"其事核而实"的诗发有据，源于现实。在诗歌与现实的关系上，何永康与白居易也是一脉相承的。从诗歌发生的特性出发，是唯物反映论的思维，诗歌根植于现实生活，是现实生活的反映。

笔者在《当下旧体诗词悯情书写的价值理性》②中说过："旧体诗词创作要健康发展，重点需要解决的不是'怎么写'而是'写什么'的问题，是诗词的人文品格与价值理性的问题。"怎么写固然重要，写什么则尤其关键。写什么，反映了作者的思维、思想、个性、趣味、生活、状态、写作动机、心灵诉求乃至形式、方法等，而且，也决定了其写作能否得体与创新。明人王世贞《诗评》引焦竑语："龙标、陇西真七绝当家，足称联璧。"③而胡应麟《诗薮》则认为："七言绝，太白、江宁各有至处，大概李写景入神，王言情造极。王宫辞乐府，李不能为；李览胜纪行，王不能作。"④李白现存七绝 82 首，以行旅、送别、感怀为最多；王昌龄七绝 75 首，佳作则多在边塞、宫怨、送别。李白与王昌龄，虽然都是七绝的顶尖高手，但是，二人在取材上都有各自的擅长。这也告诉我们，题材的选择，对于一个诗人的诗风形成与诗格的高下，都具有直接的关系。可以这么说，何永康先生七绝的重要特色，主要表现在取材上，或者说是其七绝的题材使其创作个性更加彰显。

从题材上看，何永康先生最突出的特点就是擅长现实关怀的汲取。这与

① 白居易《白居易集》，中华书局 1979 年版，第 1370 页。

② 王志清《当下旧体诗词悯情书写的价值理性》，《武陵学刊》2012 年第 2 期，129—132 页。

③ 王世贞《诗评》，李云逸注《王昌龄诗注》，上海古籍出版社 1984 年版，第 200 页。

④ 胡应麟《诗薮》，上海古籍出版社 1979 年版，第 115 页。

他的生活密切相关，也是其深刻的史识与社会洞察力的反映。何先生的七绝，从题材上看，主要是四大类：

一是写香泉的。譬如《谢香泉邻家》《山野养鸡人》《夜宿香泉》《夜不闭户二十天》《湖边洗衣小伙》《戏答村姑》《看湖老妪》《小草情》《雉飞湖上》《春湖即景》《眠湖骤雨》等等。香泉的诗最多，香泉对何先生的创作触发最大，香泉七绝也是何先生作品中最出彩的部分，我曾与何先生直言：香泉当以何诗而名响天下也。

二是咏史（咏怀）。如《春日登鬼脸城》《诸葛留言同题七绝》《刘禹锡新叹》《乌江杂咏四首》《说史》《再说史》等此类作品虽然不多，然善于点化前人的诗句，用典巧妙妥帖，词意蕴藉而含蓄，诗味隽永而深厚，独出机杼，成一家风骨。

三是忆旧。除了回忆他的父母亲、三姨妈、二舅父外，即是《儿时风景七首》等写孩童记忆的，还有就是感念师恩的，如：《补答恩师曹老》《缅怀叶（子铭）先生》《怀章（培恒）老》等。这类诗趣味横生，情深意浓。

还有一些亲友之间的投赠诗，可以视为“其四”，如《题抗美沪上书展》《谢抗美书我“秋水”词》《丑年中秋和抗美》等以及《艺苑撷英七首》。

四类诗中，可圈可点者甚多，而笔者最看好，也最感兴趣的是他的第一类诗，以题材取胜，以题材形成其七绝的个性与特色。《蓝》诗云：“奇哉鸟矢蓝如靛，洒得荒原绿正酣。借问因何遗此色？牧童笑指满天蓝。”何先生什么都可以入诗，连见到鸟粪是绿的，也能够感发为诗。这是很令笔者最为敬佩的，因为笔者也学步古体，发现有的题材还真不好对付，尤其是不容易写出诗味来，而何永康则随手拈来，写得诗意盎然。他写香泉，主要是写作者在香泉的活动。而香泉的活动，又主要是垂钓。何先生以钓为乐事，最陶醉的是钓乐，有钓乐，无钓也乐；钓了大鲢鱼乐，钓了小毛花儿鱼也乐。譬如《冬日收竿惜别渔友》《寒露钓鲢谢幕》，还有《渔人爱》《渔人妒》《渔人憾》这类诗，很“生活”，写与乡民的交往和友情，远非白居易的闲适诗，但于闲适中表现其不能闲适的感怀，表现了他对日渐远去的单纯的人际关系的向往，对与城市反差极大的乡村生态的礼赞，对人生价值与社会问题的反思。

何永康的思想感情决定了他的创作原则，其创作原则决定了他的取材与写法，也决定了他喜擅七绝的形式选择。胡应麟以“李写景入神，王言情造极”

高度概括地评价了李白与王昌龄两人的宫怨诗，精辟地区分了两人抒写方式的不同。李白的七绝感情指向集中，情感力度强，涵义俊爽而明快；王昌龄的七绝诗旨含蓄，内涵丰富而多义，显得“深厚有余”。因此，偏于写景，或者偏于言情，不仅是个写法的问题，也是个内容、情感与风格的问题。

三

闻一多先生认为：“七绝当是诗的精华，诗中之诗，是唐诗发展的最高也是最后的形式。被人们欣赏的诗味更浓的词，也就是在绝句这个基础上结合其他的因素发展变化创新出来的。”[①]绝句之源，出于乐府，贵有风人之致。七绝兴发于六朝，也可以说成于六朝而兴于三唐。王世贞在《艺苑卮言》中评：“余谓七言绝句，王江陵与李太白争胜毫厘，俱是神品。”[②]王世贞又说：“五七言绝句，李青莲、王龙标最称擅场，为有唐绝唱。少陵虽工力悉敌，风韵殊不逮也。”我们也可以这么理解，就是说，唐人中能够把七绝写好的也不多，仅有王昌龄与李白，还有中唐的李益。香港学者邓中龙竭力推崇李益的“秀爽”，认为其不在王昌龄之下。同时也认为，杜甫百余首七绝中能够拿出来欣赏的也没有几首。[③]七绝非常不容易写，遑论写好了。不过，唐人中以一二首七绝而名满天下者，也大有人在，如王之涣、贺知章等。我们以为，盛唐乃至部分中唐的绝句，最能够体现唐诗既深入浅出而又风华秀丽的美学特征。这些七绝诗，纯是天籁之音，仿佛毫不费力地脱口而出，却创设出物我融合、神遇物化而天衣无缝的意境，言短而情长，语尽而意余，即所谓“近而不浮，远而不尽，然而可以言韵外之致耳”（苏轼《与李生论诗书》）。何永康钟情七绝，且大量创作，于羊肠小道上走马，而自取束缚，不涉俗路，在对古人与自然的师法中别有创获。

何永康的七绝，咏物的不多，也没有多少托物言志的，多“即事名篇”的做法。从写法上看，涉及意象的运用与归属。如果也像专家所分的，意象可

① 郑临川述评《闻一多论古典文学》，重庆出版社1984年版，第135页。

② 王世贞著，罗仲鼎校注《艺苑卮言校注》，齐鲁书社1992年版，第164页。

③ 邓中龙《唐代诗歌演变》，岳麓书社2005年版，第126—168页。

以分为自然意象、人事意象、想象意象三大类型，那么，何永康的七绝多人事意象。何永康性格和善，八面玲珑，擅长人际关系，善与人交，也乐于助人，而其诗多人事意象，也是情理之中的。人事意象在何永康的七绝中占有突出优势，也形成了何永康七绝的基本特征。

因为多人事意象，形成了何永康七绝的三个特征：

其一，因为多人事意象，其七绝特别善于捕捉刹那而加以艺术概括。七绝因为太过短小，如果没有缩龙成寸的本领，便举步维艰了。七绝《谢香泉邻家》云："伴我湖边独钓鳞，开荒种菜一孤邻。南瓜新摘蒙先馈，此地人稀人愈亲。"其诗撷取了一个以南瓜相馈的细节，表现人与人之间的情感与关系，深挚感人。七绝《小女孩与老乞丐》："老人举碗乞苍天，破碗求来一小钱。过路女孩忧碗冷，五毛纸币盖凄然。"写其女何一幼年时给乞丐施舍，何先生于自注中戏言：此盖有杜工部"大庇天下"的意味。他的《天价刀鱼》，属于"悯农"诗，诗云："一尾刀鱼一尾牛，有人愿买有人收。千秋渔市终何处？不在江湖在丽楼。"何先生的这类"悯农"诗，多"一吟歌一事"的精心构思，往往于要紧处直接劈入，由鱼而悯，由酒而悯，由茶而悯，缘起于"吾诗有事情"，然后在三四句，或者末句，秀出一语，于是风神远韵则陡然而出矣。

其二，因为多人事意象，其七绝常常精心设置人物活动的场景。何永康的七绝，近半数是写香泉的。他的《听芦花吐穗》是这样写的："怕听芦花吐穗音，露凝声碎白头吟。秋湖岁岁飞新雪，雪拥蓝竿独钓沉。"诗人用眼前的秋湖、秋露、秋风、秋芦，组成了一幅秋思的画面，怀想"去岁芦花大放时"与友人的唱和，诗人置身其中，旧情新景，妙合无垠，借景抒情印合了作者和友人之间的深情，读来尤感情致深长。王夫之说："情、景名为二，而实不可离，神于诗者，妙合无垠。巧者则有情中景，景中情。"[①] 何永康的这类七绝，情中有景而景中有情，自然意象的物理现象与诗人的心理现象之间，具有相同的张力结构，构成了异质同构的现象，也即西方现代心理学上的"格式塔"学理。譬如《游子吟》："二月还家柳未丝，春溪解冻绕竹篱。回乡莫食茴香豆，食了茴香怎别离？"还譬如《湖畔思弟子》："湖畔花残蜂蝶去，唯存蒂籽恋

---

① 王夫之《薑斋诗话笺注》，戴鸿森笺注，人民文学出版社 1981 年版，第 72 页。

其枝。渔丝入定无鱼水，竿上蜻蜓总不离。”诗人将内在的情志绾合于外在的景象，言外而意内，意爽而象秀。

其三，因为多人事意象，其七绝常常用新事物、新感情、新语言来处理人事，最突出的特点就是使诗幽默诙谐。何永康天生幽默诙谐，诗以幽默口吻出之，如同杨万里，形成了一种鲜明的特色。如《柳条灵》：“脊梁苦痛药难销，渔友多情送柳条。为问相赠何所用，笑云五柳不弯腰。”又如《诗化何一复信》：“老爸诗来鱼汛至，法南田野满云霞。春晖融入薰衣草，割把阳光带到家。”再如《旧宅拆迁怀土留念》：“旧巢拆后鸟无栖，犹记双亲苦啄泥。紧捂心窝藏故土，怀中日夜子规啼。”这些七绝，或诙谐自嘲，或超脱旷达，或妙用比兴，使得一般易于呆板的人意象生动起来，具有了幽默的智慧与品格，而绝不是简单的插科打诨、更不是庸俗的油腔滑调，实属妙制也。

何先生在《后记》中说：他是把诗当作日记来写的，“可视为我补写的‘日记’。既然是‘诗日记’，就得记录清楚，故往往在诗后加‘小注’，或长或短，以文辅诗，以免说半句留半句。当然，这些‘超微型散文’总得带点韵味，当尽力当‘诗’来写”。因此，何永康的七绝诗后常常加注，取决于他的那种“以免说半句留半句”的创作理念。这种在诗后加注，加比较长篇的注，是何先生七绝的写作特色，因为加小注，方便了读者，也使诗的内涵与意蕴得以揭示与提升，同时也强化了“诗”的记录功能。然而，诗歌毕竟不是记录，其主要功能与旨归都不能是记录。因而，何先生的有些七绝，却因为这种“记”的追求与缘故，而坐实了，直露了，而没有能够在“超以象外”的无限时空中给人留下无限的遐想与回味的余地。

总的说来，何永康在一定的意义上开拓了七绝的题材， 提高了七绝的表现能力，丰富了七绝的表现手法。其七绝主意，近于中唐风，而非王昌龄的“深情幽怨，意旨微茫”[1]，往往随手拈来的自然与自由，脱口而出，而超逸冲淡，深意隽永。

---

① 沈德潜《唐诗别裁集》（卷十九），上海古典出版社 1979 年版，第 645 页。

钟子美《崇云阁诗词钞》评赏[①]

［按］ 香港著名诗人钟子美，新诗、散文诗、旧体诗皆擅，尤以旧体诗为好。《崇云阁诗词钞》追慕唐风，博采众长，得风人之致而自铸情采，诗风含蓄委婉，典雅而疏放，属兴寄蕴藉之一路。

我与钟子美先生没有深交。依稀记得他的形象，儒雅温文，宽和涵容，似乎是不苟言笑也不善言表的那种。子美的咏花诗，给了我莫大的惊喜。真想不到后现代的香港竟有如斯古典的诗，真想不到执编自由诗的子美却能够从容游刃于最讲规矩的格律诗，真想不到外表羸弱谦恭的一介夫子，其诗竟如斯气血贲张而精神亢放。

一

子美咏花诗，基本上是七律，荷花十七首，梅花诗十二首，兰花十二首，菊花十五首，牡丹二首，桂花九首（一首七律，其余为词），七律五十九首。

以组诗的形式联咏，源起于阮籍吧。他总计平生之所作，总题为《咏怀》（八十二首），首开联唱的形式。后来著名的联唱有左思的《咏史》（八首），陈子昂的《感遇》（三十八首），张九龄《感遇》（十二首），李白《古风》五十九首，杜甫的《秋兴》（八首）以及元好问的《论诗绝句》（三十首）等。诗之联唱，将非一时一地的作品，以某种主题或体式连缀成组，扩大了诗歌的思想含量，也提升了诗歌的表现力。

子美以联咏的方式来咏花，既是子美的睿智，又是他自己与自己过不去的挑战。庞德说过："中国诗人从不直接谈出他的看法，而是通过意象表现一切。"[②] 庞德翻译李白、王维等人的二十来首诗，发现了中国唐人写诗的奥秘，

① 钟子美《崇云阁诗词钞》，大中华文化出版社 2013 年版；香港《文学评论》2013 年 10 月部分刊出。

② 转引自赵毅衡《意象派与中国古典诗歌》，《外国文学研究》1979 年第 4 期，第 3 页。

便创造了意象派。结果呢，二十世纪初欧美人的诗比当下中国人的诗（新诗或旧体诗）用意象还要自觉。子美咏花，以花为载体，以花为意象，不直言，不浅言，说明他精于“兴象”此道，也善于寄托的表达，形成了蕴藉的诗风。然而，自诗骚始，咏花诗作，车载斗量，而这些以花为意象为题材的写法早已司空见惯，其“幽旨”难“寄”也。

诗之载体何其多也，子美兄何必独独以“花”为媒呢？这有何深层次的原因呢？在《咏荷》（四首之二）诗中，子美对“千红入命芥园公”句之自注，可以让我们读出信息。其注曰：

> 清人李渔于《闲情偶寄》文中云其平生有“四命”：“各司一时：春以水仙、兰花为命，夏以莲为命，秋以秋海棠为命，冬以腊梅为命。无此四花，是无命也。一季缺一花，是夺予一季之命也。”李渔在南京有别墅“芥子园”。

李渔，号笠翁，是我们南通人，1611 年生于南通市如皋县，明末清初戏曲理论家、作家，有戏剧词曲专论和随笔、札记之类的小品，如《笠翁十种曲》《闲情偶记》等。李渔在诸多花中选其五种而名为“四命”，“四命”中又以“荷”为最。他解释说：“予之钟爱此花，非痂癖也。其色、其香、其茎、其叶，无一不异群葩，而予最取其善媚。……以‘水仙’二字呼之，可谓摹写殆尽。使吾得见命名者，必颓然下拜。”此文最后归纳说：“予四命之中，此命为最。无如酷好一生，竟不得半亩方塘为安身立命之地。仅凿斗大一池，植数茎以塞责，又时病其漏，望天乞水以救之。殆所谓不善养生而草菅其命者哉。”作者于此大有借物抒怀之慨。“殆所谓不善养生而草菅其命哉 ”一句，明写自己不善养殖生物而把它的生命当成儿戏，暗喻现实对人才的糟蹋和蹂躏。爱荷者，自爱也，荷乃命中之命也。子美以花为咏，将嗜花之深情，深蕴咏花诗中，其深意不言而喻。

钟子美爱花，赏采栽供，亦嗜花如命也。其所咏之花，梅、兰、菊、荷、桂及牡丹，这六种花，于子美似乎没有厚此薄彼的“最命”之分。这些花都是千古诗人用以“比德”的意象与题材，形成了特定的取兴与譬喻的寓意。随手拈来几首诗，就可见子美“善鸟香草，以配忠贞”（王逸《离骚序》）的做法。

撷芳摇桨趁晴天，菡萏流香载满船。粉蝶低回衣款款，风荷高举叶田田。素花素手交相映，苍盖苍云总可怜。谁擫渔光箫一管，藕湖深处不知年。

——《采荷》

花事斑斓入梦幽，独循空谷觅芳俦。溪裳风举轻还翠，云髻香生薄忽稠。抵死相知夫子曲，重逢共上雪芹楼。依稀犹记身前约，国不春深不出丘。

——《梦兰》

一从夫子定评章，独秀九原王者香。但有灵根怀洁抱，不因空谷敛奇芳。东坡丛棘明胸臆，南所孤忠荐庙堂。我亦诗巢藏紫箭，红尘蔽处唤春光。

——《咏兰》（五首其二）

敢为天下苦争春，铁骨凌寒岂惜身。一本孤高论曲直，万般磨难见精神。不邪坚冷吟成胆，如故余香碾作尘。从此国魂留后世，楚虽三户灭嬴秦。

——《咏梅》（三首其二）

中国古代几乎所有的诗论学派，都是主张含蓄蕴藉的，论诗要求诗歌具有温柔敦厚之诗旨，诗歌内容以含蓄委婉为上，反对直言发露。子美取法，得风人之致也。特别是他崇尚唐风，以唐诗为圭臬，走的是兴寄蕴藉之一路。阮籍《咏怀》诗联唱，向以“阙旨渊放，归趣难求”著称。同样联唱也同样崇尚蕴藉的子美，其诗也不是轻易可以读懂的，有些“归趣”甚至还是比较闪烁的，但是，我们所读到了子美所“花”中信息，也非牵强。于红尘滚滚的当下，爱花之甚切，爱花如命，是爱的一种精神，爱的是一种气质，爱的是一种品质，爱的是一种内涵。诗人交花之君子，三径自养，聊以弦歌，其独洁之好，其独善之求，令人动容。诗人所咏，疏放的行举，高洁的节操，洒脱的风度，阔远的胸襟，超迈的豪气，还有那种忧时伤世的气质，那是志士、文士乃至隐士的形象，也是他自己的形象，其蕴藉其中的文化内涵与精神气脉，昭然可遇也。

二

钟子美以花为咏，也是很能显示出子美不甘平庸的挑战性格的。

李渔作《芙蕖》，凡人之所言，我则不言。李渔笔下的荷，有其当令时的娇姿，然笔墨之侧重却是在荷谢后出水的莲蓬，乃至衰败的荷叶，重在实用价值，是为一般文人所不屑。作家的写作侧重是根据文章的立意而定。据说，岑参当年在长安遇到李白时，也时有暗地较劲的意思，与李白写同题诗。岑参也是极其喜欢写花的诗人，咏“花”诗占其存诗的几近四分之一。其写雪莲花的杂言古诗《优钵罗花》，抒发的则是自己空有怀抱而不能为君王分忧的惆怅：“夜掩朝开多异香，何不生彼中国兮生西方。移根在庭，媚我公堂。耻与众草之为伍，何亭亭而独芳。何不为人之所赏兮，深山穷谷委严霜。吾窃悲阳关道路长，曾不得献于君王。”自古以来，无论诗赋词曲，还是文章，其写花草鱼虫，总有深意在后，或者蕴藉其中，或者点透寓意。子美的写法也如此。

从立意与兴寄看，子美的咏花七律诗，或融情于景，或借事比喻，虽然不直言其事，而含蓄蕴藉，寄托遥深。子美诗通过花的意象所传达的情意指向，可以归纳为这样几点：

一是感伤往事、怀念旧情。

二是自叹运蹇，苦少良辰。

三是盛赞坚贞，独求孤洁。

从其所表达的主旨看，也没有什么超越前人的地方。然而，其诗气格沉雄，不失清逸。情韵高古，声调响亮。律法三唐，韵追魏晋。袁枚的“性灵说”认为作诗要有性情（个性）、有灵机（感悟）、有新意。其实，主要说的是“个性”，是诗人独特的性情。

子美的《赏菊》写道：

共携青眼上观音，千女着蓝花着金。砌句红黄称万岁，摄图紫白恐多心。悬崖菊瀑飞银珥，高髻云枝堕碧簪。独艳芳菲皆往矣，万模争宠足沉吟。

子美的《悲菊》复曰：

天末重阳别不同，香根移种画楼东。持螯宴夜无诗客，把盏销秋尽夏虫。球子佛头歌舞里，九华十样竹城中。滔滔江海流方孔，高洁标枝总是空。

写菊也，写人矣，写世事人情矣。诗人触类旁通，贴近现实，有感而发。《赏菊》“自解”道：“改革开放之前，曾多次往广州越秀山赏菊，菊比人美。而今金钱世界，菊不能专美矣。”

《悲菊》也有自解：“‘滔滔’句：方孔，钱眼也。”这些自解，给了我们于蕴藉中获得了意象能指的提示。诗人何悲？人心不古，物欲横流，高雅离人类远去也，古风难存矣。还有什么可以“赏”的呢？大煞风景，大扫雅兴！这种赏花的蕴意，古未见有，然却自然感发，在求“雅”的本质上与古人也是一致的。子美的《咏荷》（四首其四），以荷写秋瑾，也出人料想：

鉴湖秋决血痕深，哭向潇湘夜雨沉。千载鱼龙幽豁死，一朝菡萏远芳侵。遍燃江海红云炬，散落汀洲碧玉簪。廿四桥头重醉月，荷声歇处起雄吟。

荷，给我们的美学意蕴，不是“媚趣”，而是“骨力”，是刚健遒劲，是慷慨悲壮，是气骨凛然。“荷声歇处起雄吟”，更是发人想象，既出人意表，又深惬人意。

古人认为：诗之为高，在气格与意境，而不在“态色”。子美诗最值得激赏的是其格高其境奇也，如：

袂结寒江箬笠翁，深山雪白看梅红。迹消千翼冻云外，腊破一枝明月中。有句应倾酸子酒，无魂不属大唐风。几经彻骨擎香返，阔步高天气似虹。

——《访梅》

公子翩翩竟废然，秋风秋雨奈何天。难逢青帝三春眷，更着寒霜万里煎。铁血横流我梦碎，关山迟暮你行先。江楼檀板金樽在，长铗狂歌醉剩年。

——《友菊》

百代函关弥霸气，洛阳风物拒膚脂。金描重紫蜂迷处，玉砌柔香蝶醉时。一萼云翻四海富，万花浪逐五洲知。华堂艳压春非易，焦骨犹记涅槃姿。

——《牡丹诗》（二首其一）

阅读子美的这些诗，在我的脑海中跳出来的美学范畴的词汇是：气骨，慷慨，遒劲，悲悯等。殷璠在《河岳英灵集》中评论唐人的诗是“既多兴象，复备风骨”，将“兴象”与“风骨”具有不同的审美意蕴，彼此融会，合于一体。子美志深而笔长，故梗概而多气，“岂无豪气决西风，生抱孤枝死亦同”（《咏菊·其二》；“任他狂蝶逐春红，踽踽秋行向朔风”（《咏菊·其五》。他的这些作品风调高古，格力遒壮，其内在精神情志通过花之风姿外现，超乎尘俗，意气飞扬。如果说诗歌可以分为优美与壮美两大类的话，优美之诗讲究优游不迫，气韵清远冲淡，壮美之诗讲究沉着痛快，气格高古雄浑。子美的风格则是综合了两者的。

三

七律创作，限制太多，准句约篇，加以用事、对仗与平仄之约束，若非才厚情笃，则实难工密严整、和谐稳畅。李攀龙《唐诗选》序言指出：“七言律体，诸家所难，王维、李颀颇臻其妙，即子美篇什虽众，焉自放矣。”其实，即使如“颇臻其妙”的王、李，细观其诗，仍存在许多失黏失对、犯重字、不合格律的情况。子美咏花，近六十首七律，确实是一种挑战。

袁枚说：“不学古人，法无一可。竟似古人，何处著我。”（《续诗品》）子美七律以工部为骨干，融合王维的高格远韵，兼采中晚之姿致，博采众长，自铸情采。在七律的诸多规矩中，我们挑几个特别需要讲究的来对照研读，看子美对七律的熟练驾驭程度与其七律的艺术水准。

首先，看格律。格律里重要的看平仄律，这是当代人写七律难过的关。

子美精通四声，熟稔古韵，这在我们的诗文中已经领教。子美七律，喜欢首句入韵，譬如《咏菊》五首，我们将其首联都撷录出来看：

其一：餐英高士沉江后，便吊香魂即国魂。
其二：岂无豪气决西风，生抱孤枝死亦同。
其三：依稀玄圃忆空劳，浪荡江湖顾盼豪。
其四：呼枫邀柏共谋秋，苍绿红黄写大猷。
其五：任他狂蝶逐春红，踽踽秋行向朔风。

《咏菊》五首中，除了其一的首句是仄收而未入韵外，其余四首都是平声，平收入韵。看得出，诗人很喜欢首句入韵。岂止是此五首，我们列出他写菊的全部首句看：《忆菊》“屋后秋田欲绣金”，《梦菊》“影伴婵娟入醉囊”，《赏菊》“共携青眼上观音”，《访菊》“秋之为气在黄花”，《供菊》“信步山村采菊回”，《对菊》“和泪吟哦把酒卮”，《画菊》“华茂凝霜道不孤”，《种菊》“岁寒花萎寸心焦”，《悲菊》“天末重阳别不同”，《友菊》“公子翩翩竟废然”，所有的咏菊诗，均是首句入韵而作平收。应该说这是一种追求，首句原本可入韵亦可不入韵的，而子美则自觉不自觉地首句入韵平收，强化了诗的韵律节奏，增加了诗的旋律美，读起来效果真不一样，关于这一点，笔者也是深有会心的。

王力的《汉语诗律学》认为：五律中以首句不入韵为正例，七律中以首句入韵为正例。子美喜欢首句入韵，这就意味着其七律之格，不是“平起平收”式，就是“平起仄收”式。随手拈来一首即是，譬如《咏荷》（四首之二）：

单衣西子染香风，（平平平仄仄平平）
清景无垠六月中。（仄仄平平仄仄平）
一碧接天杨万里，（仄仄仄平平仄仄）
千红入命芥园公。（平平仄仄仄平平）
圆盘跳雨胭脂醉，（平平仄仄平平仄）

夕照回光翡翠融。（仄仄平平仄仄平）
墨泼丹青三两尺，（仄仄平平平仄仄）
斗居卧作水晶宫。（仄平仄仄仄平平）

子美七律，多“平起平收”，而“仄起平收”的相对较少，《梦梅》是一首：

数九庄周冷梦侵，（仄仄平平仄仄平）
循香涉雪上高岑。（平平仄仄仄平平）
玉龙毗决横天地，（㊣平仄仄平平仄）
琼瓣诗生冠古今。（平仄平平仄仄平）
忽作冰凝轻粉颊，（仄仄平平平仄仄）
又随花落美人襟。（仄平平仄仄平平）
寒魂骑鹤孤山去，（平平平仄平平仄）
云拥钱塘夜夜心。（仄仄平平仄仄平）

首句平收，与第二句映带连贯，一气直下，连贯流转，毫无滞碍，韵调浑融一气，真可谓水流云在，月到风来。加之诗人非常熟悉平仄粘对，声势稳顺，沉着痛快，全篇音韵浑融一体，既流动且严密，而无断裂之痕，充分发挥了七律表情达意的功能，加强作品的艺术力与感染力，诗篇更是音协韵和，气脉流畅，而不至于声情无法会合，更不会佶屈聱牙，而减低诗歌情感的表现。

其次，看对仗。西方语言学家雅各布森把对等规则看作是诗歌创作上的一个重要规律。他认为，对等在一种简单而明显的层次上，满足了人们对于对称和规律的天生欲望。对等是突出诗歌信息的重要手段。对偶对于诗歌的强化，可以从西方的意象的和弦理论来得到证明：“两个视觉意象形成一个视觉和弦，它们联合起来暗示一个不同于两者的新的意象。”[1]对仗，更是近体诗必要的技巧，也是其必要的条件。尤其是七律诗，对偶是否精彩，往往能决定一首诗之好坏。“对仗是和节奏息息相关的。节奏是在语音上重复，而对仗是在语意

① 休姆语，转引自赵毅衡《远游的诗神》，四川人民出版社 1985 年版，第 244 页。

和语音两层次上重复。……这在形式上和心理上都代表了很大的突破。”[①]高友工是这样赞美七律中的对仗的：“律诗利用不同层次的形式体现了一个理想的心理空间架构。所以律诗和草书是中国文字艺术发展中的双峰。律诗将时间性的节奏转化为空间性的图案，把时间性的语言所代表的现实世界提升为空间性的文字所象征的形象世界。而书法却创造了一种空间性的节奏，象征了一个动感世界。”[②]

七律整饬中丽，然也往往容易流于呆木板滞。沈德潜《说诗晬语》认为：“七言律，平叙易于径遂，雕镂失之佻巧。”不仅如此，沈德潜还认为：对仗之妙，在于情景互写；对仗以虚实对、流水对为上。子美无论是格调，还是格律，都有以杜甫为圭臬的追求，也下足了“新诗改罢自长吟”的苦吟功夫，其诗中对仗严整，理谐趣合：

铁血横流我梦碎，关山迟暮你行先。（《友菊》）
有雨纵航迷藕曲，无门报国拥花魁。（《忆荷》）
失嫁春风遗恨早，追邀秋月叹情残。（《哀荷》）
嶙峋走笔横天骨，烂漫流丹遍地春。（《画梅》）
遂效兰亭书骇世，更添工部句惊人。（《画梅》）
雪海横来君独俏，春江东去众无愁。（《参梅》）

子美求对，写来生动自然，而不露雕刻痕迹，其工妙之意，在于标识诗人心理活动的动力与方向。高友工《律诗的美学》里说：“（律诗）其二重结构创造出来一种复杂而又对称的、层叠的雕塑。这种新颖结构需要一种新的阅读程序。一般的读法是直线向前的，而对偶结构的阅读常常将读者的注意力引向一边，要求他注意对应的相邻诗行。向前推进的运动由于回看及旁观而中止，产生了一种回顾的、旁向的运动，徘徊于一个封闭的空间，形成一个圆圈。这种形式，或者更确切地说，这种阅读形式，能够用来对在诗中描述‘空间性’

① 高友工《美典：中国文学研究论集》，生活·读书·新知三联书店2008年版，第202页。
② 高友工《美典：中国文学研究论集》，生活·读书·新知三联书店2008年版，第206页。

与‘回环性’作出最充分的说明。”[1] 因此，对偶还不仅仅是个形式的问题，不仅强化了诗人的表现力，同时也为读者的再创造以更加阔达的留白。

第三，看用事。援引典故，诗家所尚。在一定的意义上说，用典是七律的必要条件。诗之高下，虽非以典之多少来恒定，然而无典则语意显露，内涵浅陋，且有失雅致。《咏菊》（五首其一）：

餐英高士沉江后，便吊香魂即国魂。见岭悠然谁伯仲，卷帘瘦剩两昆仑。血漂渭洛黄金甲，泪溅周公白雪门。史海夜浮长缱绻，一回霞影一花痕。

作者自注：（一）“餐英”句：餐英高士，指屈原。屈原《离骚》曰：“朝饮木兰之坠露兮，夕餐秋菊之落英。”（二）“见岭”句：见岭，指陶渊明诗：“采菊东篱下，悠然见南山。”（三）“卷帘”句：指李清照词：“人比黄花瘦。”（四）“血漂”句：黄金甲，指黄巢《菊花诗》：“冲天香阵透长安，满城尽带黄金甲。”（五）“泪溅”句：周公，指周恩来。周恩来逝世，北京全城尽白。

《咏荷》（四首其一）：

一粒鸿蒙大梦萌，熏风万里起红擎。河山半壁成香国，鸥鹭弥天没翠城。不染评章真巨擘，信芳衣袂是高情。何如衬得山塘月，朱子毫端别样明。

作者自注：（一）“不染”句：周敦颐《爱莲说》：“出淤泥而不染，濯清涟而不妖。”（二）“信芳”句：屈原《离骚》：“制芰荷以为衣兮，集芙蓉以为裳。不吾知其亦已兮，苟余情其信芳。”（三）“何如”二句：朱子，指朱自清。朱氏有《荷塘月色》散文名篇。

此二诗，用事取譬而不直言其事，崇尚大杜小李。其一，自注就有五处之多，

---

[1] 高友工《美典：中国文学研究论集》，生活·读书·新知三联书店2008年版，第245—246页。

让笔者自然想起李商隐《安定城楼》的写法。作者精选有关菊的典事，烹炼镕化，排列出来，言在意表。“史海夜浮长缱绻，一回霞影一花痕”，经此最后一点，归趣即在读史上，观花如读史也。此诗之妙，诗人用典使事，委婉深刻。其二，所用典故全是名篇，以诗入诗，虽然不如以经史诸子入诗典重调雅，但是，这些典事的介入，泯然无迹，委婉圆转。经过诗人深醇地酝酿，自成佳句，生动自然、清新有趣，旨在表达一种高尚节操，情感真挚，度量旷达。子美有比较好的国学功底，写七律可以大展此优势。

钟子美《余不焚诗》[①] 不足五百字，在此文末登出，也有助于读者“知人论世”而更好地理解子美其人其诗：

> 华夏诗国，数千年以降，以诗言志者，不知凡几；以诗成史者，亦不知凡几。志者，人各有之；史以诗成，有二。巨擘豪雄，屈、宋、李、杜、苏、黄、孟德、润之，等等，其诗可独成史也，此其一；碌碌无为，卑卑诗格如鄙人者，诗则小诗，史则小史，本不足论，然以千万家总其成而为史，百川汇海，洋洋亦复可观也，此其二。此余以为诗断不可焚之之谓也。余幼好诗而不得其门而入。弱冠自学，平仄难调，某夜以粤九音度之，霍然而通。然因病魔缠身，伤及资质，至今仅得“粗通”二字耳。二十世纪乃铁血世纪，理想主义旌头高卷云天，志士仁人，为之前仆后继，引刀为快，余幼时甚慕之。……及至转入银钱世界，人性蛇蝎，命途艰险，余半生浮沉交替，荣辱互见，中宵不寐，低回不已，感世事之无常，叹夙志之难酬，能不痛乎！由是余心泣血不止，余诗哀音不绝。此现代史之一页角也，后人读之，掩卷唏嘘之余，或可旁通他论。故诗虽为覆瓮垫碗之属，亦不可不留也。自古焚诗，愤世而自弃者有之，去芜存菁者有之。余不效颦者，为存余心之全史也。往者逝川，杳杳无痕，唯文字存，则波澜声色存焉。

寥寥不足五百字，将其身世经历、行止笑貌、思想识见、美学趣尚等，

---

① 钟子美《崇云阁诗词钞》代序。

一应托出，令人深深服膺作者的文言功力。

钟子美诗云：“无魂不属大唐风。”这是他对唐风的顶礼与追随，是对唐诗美学的本质的论定与评价，也是对他自己诗歌的期许与评估。

《华夏纪实报告文学选》评赏①

［按］ 此为香港《华夏纪实》创刊五年精品汇编之序。《华夏纪实》创刊五周年庆，著名作家评论家聚首香港，来自美国、荷兰、比利时、卢森堡、新加坡等地的有陈若曦、尤金、吴玲瑶、林湄、王威等；还有叶永烈、丁晓原、陈歆耕、王晖、陈慧瑛、南翔、项兆斌等。笔者撰文《报告文学写作的危机与拯救》纪实盛况，上海《文学报》（2010年11月27日）作为特稿发表。

秉天地人优势，创华夏纪实杂志，为香港广栽文学树；

承真善美宗旨，办报告文学论坛，助中华重塑民族魂。

《华夏纪实》五周年创刊纪念暨报告文学国际论坛前夕，准确地说是2010年10月23日的清晨，距庆典倒计时还有20天，我远在江苏南通，接到杂志主编、香港报告文学常务副主编王业隆的电话，他亲拟了这副对联而征求我的意见。

我连声说妙！

此联言简意赅，语意深到，概括精准，对仗工整，准确反映了《华夏纪实》的定位、宗旨、追求乃至现状、走势及收获。

说真的，我很欣赏王业隆的挚诚为人，我也欣赏王业隆办刊的胆魄和能耐，欣赏这份杂志的定位与品位。尤其是，在报告文学经历了迅速走红的繁荣过后

① 王彤主编《华夏纪实报告文学选》，华晖出版社2010年11月版。序文略加修改，发表于《中国政协报》。

而走向"寂寞开无主"的时候，《华夏纪实》则有"病树前头万木春"的生机勃发之气象。

我曾经借一个伟人的话来仿词造句戏言王业隆说："即便你一生其他什么事也没有做，单是创办了这份《华夏纪实》，就足以不朽了。"

其实，戏言当真，《华夏纪实》五年经历，走过风雨，走过阳光，累计发行30余期，发表文章600余篇，真是难为他王业隆了，真可谓"校长兼打钟"，事无巨细，什么都做，倾注了他全部的心血、智慧与精力。

诚然，即便是他王业隆再有神通，凭他一人之力，也是难能作为的。好在有一种共同的信仰和责任，聚集起一批胜友雅士来。在香港方面，有足智多谋的秦岛，有八面玲珑的孙重贵等；内地方面，则有著名的办刊专家、有《人民文学》原副主编周明前辈，有著名作家散文家陈慧瑛女士，有笔触老道、华章联翩的陈志鹏先生，连两腿残疾而在网络世界满天飞的周晓明也使出浑身解数相助。《华夏纪实》仰仗部分已经一飞冲天的作家，但也不轻忽羽毛未丰的作者，团结了一批坚持的作者和友情客串者。从报告文学的创作队伍看，有专业作家、学术研究者、社会考察家、教授、记者以及宣传部门的政府工作人员等诸种社会角色，如：邓友梅、张锲、周明、陈慧英、陈志鹏、何良、雷抒雁、孔庆东、杨羽仪、秦岛、李春雷、陈若曦、牛彦、王金铃、王铁、王晖、王志清、石金、徐亨、张英、招晓波、杨作乾、周治渭、刘学恩、罗正坤、郑永年、吴俊辉、安天仕、熊道辉、黄天源、罗正坤、周晓明、萧国华等等。

文才千种，书剑同归。靠什么来撑持一个新生的杂志，靠什么来维系他们之间的关系？靠的是古道热肠，是一腔热血，是侠义精神，是社会责任感，是历史使命意识。

市井碌碌，红尘滚滚，大千世界，万物并生。因为商品经济的冲击，文学刊物确实越来越难办了。新时期以来的"洛阳纸贵"的报告文学，曾经以高度的勃兴与繁荣而迅速确立了明星地位，在市场经济浪潮的冲击下，也一度走低。报告文学甚至采取"市场化"的用稿方式，饮鸩止渴[①]，败坏了自己，失信于民，尴尬地淡出公众视线。

---

① 见《中国青年报》2008年11月19日发表的批评《报告文学》杂志的文章《国家级刊物〈报告文学〉公开卖稿千字千元》。

于是，《华夏纪实》知难而上，顶风锐进，充分显示办刊者的挑战性格，显示出办刊者“救弊”的自信、动因和勇力。这是一班对社会对文学有着高度负责精神和使命感的热心人们，他们的创刊，缘起于文化回望与固守而生成的人文忧患，源起于知识精英的理性良知与批判立场，缘起于文学的社会使命感而致生的精神情结，缘起于对于现代社会人们心灵的感应与揭秘的渴望。

笔者一向嫉“俗”如仇！五年前，《华夏纪实》的第一期出刊之后，笔者就激情难抑地写了《远离低俗、媚俗的创刊尝试——香港〈华夏纪实〉创刊号读后》[①]的文章，除了表达衷心祝贺与充分肯定的意思，也是对当下文学刊物审美趣味低下化走向的顺势一击。今年，中宣部郑重其事地举起了“反三俗”的旗帜，大快我心。“反三俗”，首先要从报纸杂志等新闻媒体做起。如果把办刊单纯变成追求发行量的商业行为，一心只为获取商业利益，想尽办法刺激人们的感官，争夺眼球，不惜以损害人们的精神健康为代价，是与我们办刊的建设精神文明的目标相悖的。大行其道的低俗文化，不是文化“百花齐放”之一花，也不是人文价值的多元，而是社会观念的变异，是精神滑坡。那种庸俗、低俗和恶俗的文化产品，只能影响和引导人们去追慕享乐主义和腐朽的生活方式，背离高尚的目标和精神追求。作为一份健康的杂志，作为一个正直、正派、正义的刊物主持者，绝对不能趋“俗”若鹜而提高刊物的可读性。笔者以为，如若采用俗化的办法来办刊，不仅仅不符合中央精神，也的确是下下策也。

联系《华夏纪实》杂志，笔者以为，其五年来办刊最最值得总结的经验就是坚持“操守”。俗话有“逼良为娼”之说。然而，只要有了坚持，即便再“逼”，也不会为“娼”。笔者最最欣赏的也是《华夏纪实》的绝不为“娼”的坚持。想不到在香港也能够出现这样“坚持”的刊物。

笔者以为，报告文学最为重要的“操守”，就是坚持报告文学的“报告性”，就是坚持这种“报告”的纯粹性与高尚性。而《华夏纪实》中的报告文学，具有以新闻性为最高原则的报告文学的严肃性，决定了其中的报告文学，大多能够紧扣时代的脉搏，反映时代进步的心跳，迅速报告社会深刻变化的面影，及时对社会生活中富有思想、感情内容及为人们普遍关注的社会现象、事件与人

① 王志清《远离低俗、媚俗的创刊尝试——香港〈华夏纪实〉创刊号读后》，《华夏纪实》2005 年第 2 期，第 99—101 页。

物做真实艺术的报告与历史、文化发生精神对话，寻求一种指向重大命题的意蕴深度。以《华夏纪实》观，其所刊发的文章，不仅选材健康，而且情感健康，他们的视角，他们的选材，他们的处理材料的感情和态度乃至方法，完全来源于他们的社会价值观和文学审美的功利意识，而不是大写浅层次的生存方式，以捕捉奇闻异事来招徕读者，甚至表现一些卑微灵魂在卑微生活中的卑微满足。

如今，《华夏纪实》将其五年来刊发的报告文学精品汇编成册出版，浓缩精华，以飨国人。泱泱一集，无奇不有，琳琅满目，仪态万方，既有可读性，又不失其文化品位。

《华夏纪实》触角敏锐，敏感快捷，收入集子里的是一些思想深度与文学美度两全的文章。这些文章刊出之后，反响强烈，收效甚好，譬如陈志鹏的《历史新章从这里起笔》，编者按曰："……从社会发展的高度切入，以翔实的资料，犀利的笔锋，解剖一个个典型，拨开重重迷雾，不但揭示了城市拆迁改造的历史必然性与紧迫性，而且向国内城市，乃至国际社会提供了一套以人性化手法解决城市拆迁中的矛盾和问题的宝贵经验和成功典型。同时，作者成功地运用报告文学这一新型文体，通过系列典型人物和生动事例，回答了……国际关注的问题……"文章长达四万余言，以历史的眼光审视国内热火朝天的拆迁工程改造，叙事写人，皆见精神，谈天说地，寓刺于美，表现"人性与兽性的较量"，引人入胜。著名作家邓友梅先生阅后，"振奋不已"而有"不吐不快"之言要写，便写成《人性之歌》[①]赞美说："作者以马克思社会发展理论为指导，直面征地拆迁中的诸多矛盾，把自己的体验和感悟，形象而理性地作了诠释。它不是枯燥无味的说教，而是看得见、摸得着的鲜活形象。"邓先生认为：作者站在历史的平台上审视征地拆迁而发出的"农民失去土地怎么办"的追问，"这是惊世骇俗的呐喊，也是作者忧患意识的心灵剖白"。

在抓敏感性的题材，刊热门性的话题方面，《华夏纪实》表现出远见卓识，也反映了杂志主编的政治敏锐性，形成了《华夏纪实》的一大亮点。这些作品，在对新生事物做敏感的报告中，注重干预社会生活，表现时代精神，对社会生活中的矛盾进行较深的开掘与解析，具有相当的社会性深度，如《在挽救灵魂

---

① 《华夏纪实》（香港）总期第八（2006年9月），第20—21页。

的战场上》《振翮逐日》《香港人的爱心》《不信“码痴”唤不回》《好媳妇廉春苹》《霍东龄“四重奏”》《“振华轮”威震亚丁湾》《再做“开荒牛”》《中国“牛虻”》等等。尤其令人高兴的是，我们于其中已经看到不少报告文学作家运用多种文学创作手法和多副笔墨的娴熟，这些报告文学属于全景报告文学，根据生活原生态的全景观照，重视“报告”的辐射面，从全方位的角度，对社会生活进行宏观、全景式的多层次的摄取，规模巨大，气势恢宏，结构精致，呈现出时空立体交构的宏观的全景式。而其反映的内容也涉及了众多学科，诸如哲学、历史学、经济学、管理学、美学、心理学、伦理学、生态学等等，生动地展现了波澜壮阔、七彩斑斓的社会生活。

何良先生主持的访谈性质的报告文学，发表了几篇重量级的访谈文章，这种带有调查报告、社会科研性质的“报告”，拓宽了报告文学的视野，丰富了报告文学的内涵。他与国事顾问型的学者以及文化名人直接对话，深入到庙堂高处，重在出示数据，公示资料，揭解热点问题，引发读者参与其间的积极思辨。还有的以独特的视域来访谈“要人”，剖析现实，审视历史，瞩望未来，热切关注人生、人性和人的生存状态、人的命运及其生命价值，在报告中渗透进自己对社会历史和现实生活的独特理解，表现出对社会人生和宇宙万物的深度关怀和深切体验。

集子中之所选，秉承了美文的文学本位，注重作品形式，在排斥了文学中的虚构手段的前提下，在文学上提倡尝试，鼓励探索，各种形式、各种风格并存。在结构形态上，有借鉴意识流和电影蒙太奇表现手法的，或者偏于戏剧的结构的，譬如王彤的《“香港诗侠”大写真》等，打破了叙事的自然顺序，由讲究曲折情节的线形结构，转向追求场景画面的横断面板块式的团形结体；或者类似杂文入木三分的理性思辨，很典型的譬如蒲露的《画皮的启示》，洋洋两万余言，不是浮光掠影的扫描，不是浅表层次的述说，嬉笑怒骂，冷嘲热讽，充分发挥其议论特色，对社会实践做出正确的客观选择、明智的判断，强化了报告文学的理性色彩。或者如牛彦的《二十一世纪初中国作家处境》、子衿的《中国作家的困境当归咎于作家自己》、王晖的《20世纪末中国写实文学整体观》等，则偏于学术论文性质，已经不是一般性客观冷静地叙写故事，而是积极参与其间的鞭辟入里的直抒性论说。牛彦新作《21世纪初中国经济学家处境》，以无可辩驳的事实说话，让那些神话中的经济学家们走下神坛，也揭破了这些神圣光环掩饰的理论危机，揭露大胆，鞭挞也不留情面，且入骨三分。就泡沫学术一节论，描述了泡沫学术制作的全过程，让我们感到什么才叫作“触目惊心”。孙重贵还尝试了摄影报告文学，他的《世界聚焦香港》和《锦绣黔东南》，具有文字没有的现场感与视觉冲击力。

林林总总，不一而足，蔽之以一言，美不胜收。王业隆主编在与笔者的交谈中曾经谈到其择稿的原则：“新闻体裁要及时、历史题材要独有、社会题材要感人、政治题材要回避、企业题材要慎重。”笔者以为，这就是他们的“坚持”，是坚持的经验，也是坚持的艺术，是他们办刊的主导性和原则性。因此，他们不迁就，不媚俗，不从众，更别说是以庸俗低俗的趣味来哗众取宠，争夺眼球，因而也就确保了《华夏纪实》坚持“操守”的纯贞性。“美并不因为服务于广大人群的自由和改革而降低自己。”[①]“任何美都不会因为‘善’而遭受损失”；“实用不仅不会排斥崇高，而且会加强它”[②]。而这种坚持，主要体现在其选稿、用稿的原则上，坚持平民视域，坚持批判精神，坚持文体本位，不是那种“捡到篮子里的就是菜”的发稿，基本上是遵循着其发刊词中所规范的方向在运作，因此也赢得了市场，赢得了人心，赢得了越来越多的好评。

在此集编辑出版的过程中，主编非常希望我写一序言，多次提出，而我则推托再三，希望他们找一个学高望重者为之。今天，王业隆先生又一次敦促，已经距离庆典只有 20 天了，汇编也早已三校，到了没有退路之际。我也情知主编非虚荣之人，并非需要拉一大旗来提升自我，他有他的作品在那里。我终于仓促受命，鼓起勇气而写成这样一段文字，纯粹是因为，我是《华夏纪实》的见证人，看着她受孕、出生、牙牙学语一直到像模像样地成长的过程。也顺便借此“序”的机会衷心祝贺《华夏纪实》华诞吉庆，越发精彩，走向辉煌！

---

① ［法］雨果《论文学》，柳鸣九译，上海译文出版社 1980 年版，第 206 页

② ［法］雨果《论文学》，柳鸣九译，上海译文出版社 1980 年版，第 190、185 页。

王充闾《文明的征服》评赏[①]

［按］ 王充闾曾任辽宁省省委宣传部部长等职，擅长散文写作，有“南余北王”之称。他的散文直抵人性深度，凭借内心介入冲突而生成激情，进而化为饱满的生命意象和飘逸的诗思，实现了自由心性的充分抒发。充闾先生常有新著寄赠笔者，笔者评论其书的文章还在《社会科学辑刊》等发表。

解读王充闾的散文文本，是需要文学、历史乃至哲学与其他诸多门类的知识共同参与的情感与智识的活动。因为，我们所面对的是一个飘逸而自由的思想精灵，一个矫健而灵动的灵魂舞者，我们是在观赏一幕出演于历史与未来之间的广袤时空里的灵魂之舞呵。

王充闾认为：“历史，也是诗章，更是哲学，是天人合一的美学境界。”即达到或者说逐渐到达这样的文化散文的美学境界。法国美学家杜夫海纳有一段意味深长的话，他这样阐释自由境界：“在这个世界中，激情即是色彩，色彩即是激情，因为一切事物对一种不可能得到的公正都感到有难以忍受的需要。审美对象意味着——只有在有意味的条件下它才是美的——世界对主体性的某种关系，世界的一个维度；它不是向我提出有关世界的一种真理，而是对我打开作为真理泉源的世界。因为这个世界对我来说首先不完全是一个知识的对象，而是一个令人赞叹和感激的对象。”[②] 走近王充闾这个具体的审美对象，也意味着我们必须超越其大文化散文的语言层面而瞩目和到达在此之外的审美的自由世界，把王充闾也当作一种文本来读，人、本互读，领略其雄视明隽的大家气质，进而深入其诗性品格，体验其深厚的人文内涵。立体的王充闾，让我们选择了立体的解读。因此，任何简单地来探讨其散文的主题，探究其散文的表现艺术，或者对应性地把其归入某一流派，把他与写苦旅散文的余秋雨比较，与写哲学散文的周国平比较，那是连其文本风范都不可能领略的。

---

① 原题为《灵魂之舞的自由维度》，《南方论坛》2008 年第 5 期；王充闾《文明的征服》，辽宁教育出版社 2004 年版。文中凡引自此著的，不再一一标注页码。

② ［法］杜夫海纳《美学与哲学》，孙菲译，五洲出版社 1987 年版，第 26 页。

王充闾说："我以为，散文应体现一种深度追求，以对社会人生和宇宙万物的深度关怀和深切体验，抒发内心的真实情感，表露充满个性色彩的人格风范。我也试图在状写波诡云谲的历史烟云时，以一种清新雅致的美学追求和冷隽深邃的历史眼光，渗透对生活的独特理解。在美的观照与史的穿透中，寻求一种指向重大命题的意蕴深度，实现对审美视界的建构，对意味世界的探究。"这种生命的焦灼和文体的自觉，表现出作者重塑历史精神的渴望，也表现出创造新的文体的自信。他的散文可以概括在文化散文的范畴之中，但是，他在作品中所能达到的历史深度、情感深度乃至哲学意蕴，则以其强劲的文学魅力而给我们带来崭新阅读经验和生命意义的反刍。"因为文学创作说到底，是生命的转换，灵魂的对接，精神的契合。"① 这样的文体自觉，决定了他的文学本位，决定了他的焦躁、他的思考、他的表现，是通过文学的而不是哲学、历史抑或是伦理的层面，故而，王充闾认为："人的自由本性是人的不断向意义生成的生命活动。"② 他以焦躁的追求使其人性的自由本性得以充分的释放，形成了一种自由之舞的生命状态。

文化散文作家的站位，决定了他的视野，决定了他审视的维度，也决定了他精神的自由向度。对于王充闾来说，其散文的维度本身又是多维的。认真考察王充闾的站位，可以从两大方面来考察：一是外在的，一是内在的。外在维度的有历史、社会、自然及其文化的，而内在的则是其人性、人格和身份的维度。内与外的交叉，显示出复杂多元多层的立体交错的站位状态，形成了他写作文化散文的独特优势。王充闾集官员、作家、学者于一身，他首先是一个具有良好传统文化修养的学者，他曾读过私塾，也接受过现代学院教育，特别是他熟谙古代文学经典；但他更是一个现代知识分子，尤其是他具有人性反省、检讨的自觉；而他的文学天赋则又赋予了他文字的华彩以及从容不迫的飘逸。他有过教师、编辑乃至高官的丰富人生阅历，足迹曾遍及华夏欧美，遍访先贤胜地。这些得天独厚的条件成就了王充闾，仿佛命定了他必然会在文化大散文上卓突出来。"审美是从个体生命的内在存在中所产生的对意义的追问、反思，

① 王充闾《成功者的劫难》，春风文艺出版社 2003 年版，第 216 页。

② 潘知常《生命美学》，河南人民出版社 1991 年版，第 209 页。

是与个体生命的血肉、灵魂、操守、禀赋等性质交融一体的。”[①]因此，因为其内在维度的丰厚，王充闾进入外在“四维”而获得了灵魂舞蹈的空间和自由。

当下历史、文化散文的作家们太依赖历史史料的援助，而把那些本应是背景的史料，变成了文章的主体，充其量只是在用华丽的辞藻转述历史学家早就断定的史学结论，或者代替历史学家在行使诠释历史的话语权力和考据劳作，而唯独放弃了作为一个文学家的灵智的自由介入。这些作家对于历史的解读，不外乎王朝权力的解读，最多只是人格气节的欣赏，或者是关于悲情与沧桑之类的慨叹，不可能为读者提供充分的个人想象空间，获得饥渴心性上的审美照应，这也就造成了读者们对历史散文的逐渐冷漠，而生成了怕读、厌读、不读的心理。“如果一个散文作者也像历史学家那样试图以史料说话、并求历史的正解的话，那除了留下一堆漏洞和笑柄之外，我想不会有其他的收获。”[②]我们以为，历史文化散文的困境，不在于作家们缺乏历史知识，而在于他们并不拥有精神主体参与的深邃史识，因此容易被史料所左右，限制了自由心性的抒发和心灵力度的展示，陷入喋喋不休地阐解的泥潭，不可能真正地与历史、文化发生精神对话，不可能发现历史的个性，寻找到历史的人性珍藏。王充闾认为："散文是发现与开掘的艺术，最关紧要的是在叩问沧桑中撷取独到的精神发现。"王充闾的散文，往往是通过历史的个性化的人文解读，通过千年沧桑的焦躁叩问来建立起一种豪放大气、具有史学、哲学、美学力度的新散文。王充闾所以能够超越，是其灵魂的积极介入，是其精神主体的充分参与，是其生命本真的极端自由，因而形成了以人性、人格为中心轴而在历史、社会、自然及其文化的广袤里自由舞蹈的立体维度，使其进入极其广阔的精神视界和心灵空间，进入到更深层次的思考。因此，他在处理历史题材的时候，不像历史学家那样忙碌着对历史的发掘和考论，也不像其他历史文化散文作家那样重在描述历史的史学共性，他立足于生命本体，注重自由心性的抒发，倾向于精神发现和发掘，在历史和作家之间找到一种精神沟通，在与历史的对话中、在对千古灵魂的叩问中，解析文化悖论，寻找人性的出口和心灵轨迹，而抵达历史的人性深处，

① 潘知常《生命美学》，河南人民出版社 1991 年版，第 221 页。

② 谢有顺《不读“文化大散文”的理由》，《北京日报》2002 年 10 月 13 日。

尽可能多地发现历史中的人性和精神碎片。因此，王充闾理性地总结说："缺乏深沉的历史感与哲思，缺乏独特的精神见解，不能获得广阔的精神视界和深邃的心灵空间，进入更深层次的文化反省，就无所谓深刻，也不可能撄攫人心。"说到底，是他获得了一种高度的自由，成为一个广袤时空里的自由的灵魂舞者。

历史文明赋予他的私人解读的权力、睿智和诗性，于是，他的作品接通历史中秘密的心灵通道，因此也具有了超越历史与现实的时空局限的飞扬。王充闾因此也获得了进入广袤时空的自由，获得了抵达历史的人性深度。在交织着情感和理性的表达中，王充闾既入乎其内，又出乎其外。在历史隧道中与历史人物相遇而对话，在立体的维度中展开多视角，多侧面剖析，深切到历史、社会、人物的深层心理结构。他的历史散文正表现出他对人性本位、文学本位的处理重大题材的能力。如《文明的征服》《叩问沧桑》《土囊吟》等作品，是对曾经沧桑的久远历史的再度审视，是对文明与代价的再度追问，作者与历史、与当下构成了立体的对话关系，他对历史的反思和借鉴，并不像传统观念拘谨下的旧文人那样总是陷在循环论的历史框架内不能自拔。作家凝望历史的现代眼光自由地飞扬，在社会动乱、朝代更迭、狼烟风火的争斗和取代过程中飞扬，立体多维，从人性的解读来赋予废墟文化以其特殊意义，发掘出与当下相关的特殊价值。诚如王充闾所体悟的："远者如近，古者如今，活转来的经史诗文给了我们'当下'一个时空的定位，更给我们一个打开的不再遮蔽的视界，在这里，我们与传统相遭遇，又以今天的眼光看待它，于是，历史就不再是沉重的包袱，而为我们思考'当下'、思考自身提供了无限的可能性。此刻，无论是灵心慧眼的冥然会合，还是意象情趣的偶然生发，都借由对历史人事的叙咏，而寻求情志的感格、精神的辉映。这种情志包括了对古人的景仰、评骘、惋惜与悲歌，闪动着先哲的魂魄，贯穿着历史的神经和华夏文明的汩汩血脉。"譬如曾国藩、李鸿章这样非常难把握的人物，如何跳出史学家、社会学家、政治家的看法，而形成文学家的看法呢？如何做文学的解读？王充闾以一种悲悯心态去理解，在极端化的历史情境里，站在历史规定的情境中去理解，因而那些"复杂"的历史人物也同样鲜活生动而耐人寻味。《用破一生心》中用一个"苦"字概括了"中堂大人"的一生，深入到人性的层面深入解读。在曾国藩身上，智慧、修养和地位权力，应有尽有，唯一缺乏的是本色和天真。他的人性的扭曲，使他一生绝无乐趣可言。曾国藩通过“登龙入室，建立赫赫战功”而出人头地；又“通过内省功夫，跻身圣贤之域”而名垂万世。他不仅是清代汉族大臣中功勋、权势、地位等无出其右者，而且在学术造诣上也“冠冕一代”。因此拥有了“古今完人”的推崇和尊崇。但是，在曾国藩辉煌灿烂人生的后面，则掩埋着鲜为人知的另一面。他不仅官场上战战兢兢、如履薄冰，就是与夫人私房玩笑也要检讨“闺房失敬”。王充闾淋漓尽致地表现出一个人格分裂的曾国藩。文中不是简单的批判和否定，而是对其人的历史局限性给予了充分的理解，对其扭曲人格表示出一定的同情。对曾国藩的深入剖析，其典型意义在于，切入了一个被仕途扭曲变形的知识分子的内在本质，展现出中国古代知识分子追求仕途而自甘就范的奴性缩影，并引发了读者对于现实生活中这种性格悲剧的联想。我们以王充闾对曾国藩的解读个案，验证了他以人性为轴心的多维向度，而正因为其心性超越时空的自由，在多维向度的寻绎中极大限度地扩展了他心灵的维度。

王充闾的高明之处，在于其立体交错维度中的高度自由性。他走向那些昔日辉煌的古代文明时，获得了更大的思索空间，形成了作者从外观（外部世界）、远观（中外历史）到内观（心灵世界）以立体观照多维态势。作者“为着收取‘八面受敌’，纵横剖断之效……常常驰骋着无边的臆想”。广袤时空以横断面、纵剖面、纵横交错面全面展示，使其散文呈现出多声部的协奏形态。因此，当我们走进王充闾的散文天地，置身于一个丰满的有厚度的艺术世界，“那民族兴衰、人事嬗变的大规模过程在时空流转中的留痕，人格的悲喜剧在时间长河中所显示的超出个体生命的意义，存在与虚无、永恒与有限、成功与幻灭的不倦探寻，以及在终极毁灭中所获得的怆然之情和宇宙永恒感，都在新的境遇中展开，给我们远远超出生命长度的感慨”。

笔者始终认为，文学的最高境界便是飘逸。飘逸就是诗性，飘逸就有了性灵。飘逸是诗的本质，甚至是诗的形态，也是以抒情性为根本的散文的习性。文化大散文何以“飘逸”不起来？笔者以为，主要是它的背负太过沉重，它的表现太过泥实，它缺乏主体精神积极参与而生成的诗性。对此，王充闾也概括了四点：一曰背着太沉的文化包袱，缺乏“融化”的功夫；二曰预设前置概念，价值观念先行；三曰缺乏自由心性的抒发，缺乏灵魂的拷问；四曰形式呆板，篇幅臃肿。所有的这些，最根本的是“造成灵性萎缩”，“流于板滞”。因而，尽管有其纷呈与斑斓之表，却远离了文学，成为历史的翻版，成为哲学的玄言，充其量也只能算是文化随笔。那么，王充闾理想中的文化大散文是一个怎样的文本范式？何谓“文化大散文”？王充闾有这样具体的三点概括：其一，“应该高扬主体意识，让自我充分渗入对象领域，通过不断地质疑、探寻与追问，阐扬个性化的独立的批判精神”；其二，“应该洋溢着作家灵魂跃动的真情，闪耀着熠熠文采”，“力求在情感和理智两方面感染读者、征服读者”；其三，“应该坚守精神的向度，闪现理性的光辉，在对历史的描述中，进行灵魂烛照、文化反思”。

王充闾的散文之所以飘逸，首先因为它是诗性的。诗性在创作过程中的外在和内在的具体表现都产生于激情和想象，是作家激情的驱动和激情的文本转化。法国卡昂大学学者阿尼·贝克在对十八世纪法国著名文艺理论家巴脱的研究中指出：“激情不是一种直接情感，而是看到某种赫然作态的全新物质而引发的激动之情；‘是理性刚刚创造的一幅画面’，‘被理性突然推到活跃的灵魂面前、通体犹若火种的一种意象……激动的程度与被捕捉的灵魂的活跃的程度、知识面和细腻程度成正比’；激动以后随之而生的便是表达这种激情的愿望，因为这是灵魂的本性，灵魂的‘全部运动就是情感与表达的不断交替’。”[①] 对照此段论述来解读王充闾及其散文，我们发现这段比较深奥的理论变得非常亲切易懂。王充闾的创作的启动与过程，也正应和与验证了这段理论关于激情阐释。他在创作中也极其重视激情与想象，他说：“文学家与史学家都是凭借内心世界深深介入种种冲突从而激起无限波澜来打发日子、寻觅理性、诠释人生的人，都是通过搜索历史与现实在心中碰撞的回声，表现他们对人生命运的深情关注，体味跋涉在人生旅途中的独特感悟。”他的散文与最能够代表余秋雨实力和水准的散文一样，都是通过“游”来呈现内心，来表现对社会、历史、人生的思考的，而王充闾的散文侧重于“心游”，或者叫作“游心”，是得益于庄子的“无待无侍”。虽然其内心是焦躁激灵的，但是，其外表还是那样从容洒脱的，其散文文本往往表现出“行到水穷处，坐看云起时”的逍遥与自由。《青天一缕霞》是作者为萧红纪念而创作的散文，王充闾在北大的演讲中

① ［法］让·贝西埃主编《诗学史》，史忠义译，百花文艺出版社 2002 年版，第 403 页。

也以此文的创作为例来说明他是如何获得灵感与激情的。他说：“看云、做梦，也是我实现妙悟的方式。”“我曾从天空云朵的奇妙变化，想到了萧红的整个生命历程。”[①] 王充闾创作中的这种对于生命体验与心灵体验的方式，对于所观照对象在精神层面上的心灵体验，使他已经化入其所创造的一种独特的生命历程与情感经历中去了，以其心性滋润而获得诗性的散文自然也如云如梦地飘逸了。《终古凝眉》中对易安居士的写法虽然与写萧红不同，但是，其创作的发生、过程和风格上的飘逸是一致的。作者在文章中这样写道：“斜阳影里，八咏楼头。站在她长身玉立、瘦影茕独的雕像前，我久久地、久久地凝望着，沉思着。似乎渐渐地领悟了、或者说捕捉到了她那饱蕴着凄清之美的喷珠漱玉的词章的神髓。”面对放射着凄清之美的词人和词作，虽然对易安居士的这种审美化人生是只可想象而不能经验的，但王充闾也靠激情和想象而“全身心地投入”，仿佛已经不是一种沟通古今的对话，简直就是同其呼吸的生命本真，“激动的程度与被捕捉的灵魂的活跃的程度”化为饱满的生命意象和飘逸的诗思。《一夜芳邻》也同样是写女性的散文。勃朗特三姐妹的才华蜚声世界文坛。王充闾有机会到三姐妹生活的哈沃斯访问，面对三姐妹的故居和纪念馆，走在三姐妹曾经走过的石径上，作家的想象闪现为夜色如梦般的幻影。而作家在情感和理智两方面受到深深的感染，当他置身于“活跃的灵魂面前”，感受勃朗特三姐妹高贵内心所洋溢着的宗教般的温暖和撼人心魄的诗意的时候，作家的灵魂也震颤了，也飘逸了。因此，他的这些散文，并没有停留于记叙曾经发生过的史事的层面上，而是努力揭示作者对于具体生命形态的超越性理解。

笔者以为，相比较而言，王充闾的思辨能力高于他的描绘刻画的功夫。他的哲学、文艺理论水平，他的学术研究的深度，并不比许多专家浅薄。王充闾似乎对学术、文化的课题特别感兴趣，与其说他是“作家学者化”，不如说他是“学者作家化”更加妥帖，他本质上是学者，具有诗人气质的学者。他擅长也习惯于解决精神方面的问题，其散文具有深厚的哲学支撑，也具有浓郁的哲味学理。我们这样客观地评价他在哲学、历史乃至文艺理论上的水准，就是强调他的自觉文体、文化底气和创作实力。笔者在本文中比较多地引用了王充

① 王充闾《寂寞濠梁》，辽宁教育出版社2004年版，第287页。

闾的历史散文观，目的诚然是为了实现人、本的互读，同时也展示了王充闾创作的理性面目，而作家的这些生命感悟或心灵体验的创作自述，则成为我们探索其思想和灵感的高度自由而矫健的艺术密码。

王充闾在《文化大散文刍议》里说得好极了："在阐释历史的过程中，作家本人也在被阐释——读者通过作品中的独特感悟来发现和剖析阐释者。"我们对于王充闾散文及其散文观的解读，存在着原创义与新生义之间的对话。呵，这个在历史与现实的广袤时空里自由舞蹈的文学精灵，我们读懂你了吗？

原因《生当作人杰》评赏①

[按] 原因乃云南省作协副主席，擅长散文。《生当作人杰》是他用散文笔法写成的史志。因为是随笔，其内容斑驳多彩，广泛涉猎，或阐发人物心灵隐秘，或具象各种文化性格，或评估人物历史功过，或反思当下文化现象，或营造风情理趣境界，读来兴趣盎然，情味深长。

原因是一位很有特点的散文作家，早就因为散文而蜚声文坛。中国散文学会会长林非先生序其散文集《在生活的郊野》②说："我真钦佩原因先生善于变幻着色彩的文笔，像这样就能够把纷纭复杂的生活内涵，富于神韵地描摹出来。"

原因的《生当作人杰》③是一本史志类人物随笔。原因的散文，诗意饱满，是偏向散文诗的那一类，而史志类人物随笔，我是第一次拜读。因为吸收了散文的自由精神，原因用文学来沾溉史实，其史志类人物随笔也精致雅洁、洗练

① 原题为《诗情璧合史实的经营——原因随笔集〈生当作人杰〉评论》，《边疆文学·文艺评论》2010年第3期。

② 原因《在生活的郊野》，作家出版社1999年版。

③ 原因《生当作人杰》，云南民族出版社2009年版。

优美。

何谓“随笔”？宋人洪迈在《容斋随笔》里说：“予老去习懒，读书不多，意之所之，随即记录，因其后先，无复诠次，故目之曰随笔。”[①]这对“随笔”的表述，与当下随笔的概念不同。当下很时兴一种文化随笔。笔者以为，余秋雨的文化大散文，倒是很典型的随笔，与其叫它文化大散文，不如叫文化随笔。原因的随笔似乎不可能像老余那么随而便之，其随笔的“史志类人物”的这种界定，使他所操作的这种文体具有了十分严谨的史实性。原因也深知，他所把玩的这种文体，首先是史，然后才是文学。原因的《生当作人杰》把这种史志类的随笔体式把握得恰到好处。在他的笔下，这种艺文随笔，比起一般性的史志来，文学含量充分，人物造型生动，具有很强的可读性强；而比起纯文学的写作来，又讲究考证，恪守信度，突出了史志类文体的“实录”精神。因此，尽管原因自由开展，言说风发，且多结合诗词联语等与文学有关的内容，但是，所有的材料和组织，都服从于社会史实，服从于人物的塑造，服从于方志的写作宗旨，故而，其作品可信度高，深刻而精致，收到了很好的社会效应，其中不少篇目，大类于古代的《唐诗纪事》一类因诗述事的史实性很强的文学作品。

应该说，史实性是此著的一个很突出的特点。剑川是滇西有名的文献名邦，自古深受儒家文化的影响，文风素著，所以虽地处偏远，却诞生了多位文豪、政治家和军事家。原因的人物随笔，写的都是实有的历史人物的掌故轶事，这些掌故轶事，都具有严格意义上的历史真实性，具有很重要的历史认识价值和文学审美价值。原因在《后记》中说：“因为它主要参考1999年版的《剑川县志》和一些已注明或无法一一注明的资料和文章来撰写，没有戏说，未加‘演义’，力求忠实于史实。可惜由于时间和其他条件所限，我只写了剑川历史上的11个人。”剑川区区一个以白族为主要居住人口的小县城，略一统计，入传云南方志的人物就近160人，真是人才辈出，星汉灿烂。原因的《生当作人杰》写了剑川历史上的11个风云人物，成为一部简约的剑川历史人物志，一座风光独特的“满贤林”！自元末盘龙祖师段圭、明代冒死弹劾奸佞魏忠贤的

① 洪迈《容斋随笔》，上海古籍出版社1998年版，第1页。

杨栋朝以及跻身明王朝最高层的何可及，到有清一代，再到近现代，特别是近现代的剑川人物更是叱咤风云，如最先率云南士绅发布讨伐袁世凯复辟帝制檄文的赵藩，如与蔡锷结下深厚友谊，书写南京总统府字额和石林风景区“石林”两字的周钟岳，如我国白话文运动的先驱、爱国诗人赵式铭，如护国名将杨益谦，如赴法勤工俭学而参加旅欧中共组织创建的张伯简等等，这些剑川人，个个都是中国近现代史上名垂不朽。同样也是剑川人的中华人民共和国文化部副部长欧阳坚，他在序《生当作人杰》一书时说：“这样一个地处祖国西南边陲、人口不足 18 万、全县国土面积不过 2250 平方公里的少数民族聚居县份，竟有这么多历史文化遗存，能哺育出这么多的杰出人才，这种文化现象是值得研究的。同时，这也是剑川的优势资源和前辈们留下的宝贵财富。”

原因用随笔形式为这些人物立传，使这些别传性的文体具有了文学性，具有了文学的含量，使人物音容宛在而栩栩如生。然而，原因不屑于“戏说”，也未沾上“编造”的恶习。原因以一个学者的严谨，以对剑川、对文化、对读者极端负责的精神，去“气喘吁吁”地翻剑川那风情之山，去“满头大汗”地越剑川那史料之岭。虽然他生在剑川，长在剑川，即便是离开了剑川也梦牵魂绕地念着剑川，常归故里来亲近剑川，对剑川有着很特殊的感情，对剑川的一草一木真可谓耳熟能详，但是，为了完成好此次史志性人物随笔的写作，他故地重游，有目的地去采风，而且带去了身为摄影家的妻子，去剑川生活，回剑川实地采访，这是很难能可贵的，也是其《生当作人杰》具有信度的重要条件。

我国现代著名漫画家、散文家丰子恺曾说过：“随笔不可以随便写出，漫画不能够漫然下笔。”原因随笔的“不随便”，其中包含了两层含义，一是史实上考订和取舍。历史久远纷繁，现象错综复杂，史志人物随笔写作，实际上是材料取舍的艺术，其内容取舍的本身包含某种价值判断，这也是对史家历史鉴识能力的一种考验。因此，著名国学大师章学诚说：志书“抉择去取，自当师法史裁，不敢徇耳目玩好也。”[①] 我们从原因的随笔里看到的，不仅仅是文字的高水平，特别是其中表现出作者最直接的、感性思绪，反映了作者对人对事的敏锐观察、独特认知与深入思考，以及其沙里淘金的取舍视角。整体而

---

① 《章氏遗书》卷二十四《通志检存稿一》；见张树棻纂辑、朱士嘉校订《章实斋方志论文集》，山东省地方史志编纂委员会办公室 1983 年重印本，第 199 页

言，原因选材精妙，不求面面俱到，但求从最有代表性的侧面切入，深入刻画，使每一个人物的主题都非常鲜明，人物形象个性突出。

第二层意思，是艺术结撰。我国古代不少文人都有写随笔的传统，随笔也特别受欢迎。是因为写的人自由，读的人也自在。原因的“史志类人物随笔”，不是正襟危坐写出的文字，也不是书斋里炮制出来的故事，但是，不等于说就不需要伏案精心结撰，而可随兴随意而漫笔成书的。文学与史实的完美结合，才可能产生珠联璧合的随笔形态。用文学来沾溉史实，是原因的擅长，也是原因新的面对。这种兼得传记特写与评论之妙的随笔，不同于一般性的记事散文，也非人物报告文学的写法，原因有其写作的高度自觉，他在《后记》中说：“在写这本书时，我是尽可能地使用个性化叙述，不时彰显背景中的风雨阳光，适当嫁接有关信息的青枝绿叶，随心栽插几丛欲绽的诗情和哲理，尽可能地使之蓊郁丰茂，摇曳多姿。我愿它成为一片用文化说话的风景，一页传递心智和鸿鹄之志的乐谱，如满贤林的娇娆和妩媚。”此段语言本身就具有很浓的文学色彩，是很个性化的语言。正因为作者“尽可能地使用个性化叙述”，剑川成为了说话的风景；原因笔下的剑川英灵，也成为血肉丰满的呼之欲出的活的生命。

从艺术上看，《生当作人杰》写法上不拘一格，以记叙性为主，自由穿插议论说明、状物绘景笔等，其夹叙夹议，完全根据内容的需要，自然流走，率性生成。作者基本上采用的是朴实无华的实录文体，以洗练而雅致的笔法，阐发人物心灵隐秘，具象各种文化性格，评估人物历史功过，反思当下文化现象，营造风情理趣境界。因为是随笔，其内容斑驳多彩，名人逸事、地方风物、人文景观、社会见闻、生活体验、人生感受、读书心得、诗歌短评等，庞聚一体，广泛涉猎。而这些内容的选择和组织，又浸淫着作者的一种深情，让我们深切感受到的是洋溢在字里行间的一种感情，是作家满怀骄傲、满怀景仰、满怀追问的感情。全书的十一篇文章各自独立成篇，篇幅上虽然每篇万字左右，也是奉行的有话则长、无话则短的原则，而从行文结构来看，十一篇文章各不相同，甚至没有两篇同样的开头和结尾，作者精选了不同的切入点和横断面，生动描写了十一位不同时期的剑川籍杰出人物，表现出作者创造性的主观愿望和实际才能。

因为写作态度的严谨而不随便，又因为构思的灵活而自由，原因写法上虽然旁征博引，但不仅不让人感到烦琐累赘，反而起伏跌宕、引人入胜，呈现出一种缜密谨严而不失活泼腾挪的"曲径通幽"的结构美来。诚如著名散文、报告文学作家王宗仁在序原因的散文集《玲珑水仙》时说："我读他的散文，总会有这样一个感觉，他在有意也许无意吧，要给读者的心灵打开一扇能透色透亮透景的窗口。你随着他流动舒畅的文字有企盼有趣味地前行，他会突然峰回路转，把人引领到一个开阔的天地里。就在你赞叹不息时，他又收笔，转身，亮出另一个窗口。"其实，读原因的随笔也是有这样的同感的。

历史是将有价值的东西展示给人看，中国乃礼仪之邦，文明之国，这在很大的程度上有赖于历代志书对其相关内容的详尽记述。《生当作人杰》的出版，除了资政存史的作用外，还有就是作为随笔，也建立了一种诗情璧合史实的文学范式。

阿岚阿岚《静水深流》评赏[①]

［按］ 《静水深流》是一本女人味十足的散文集，不做作，不卖弄，平平淡淡的，漫不经心的，甚至是绝去了技巧的，是我喜欢的那种。笔者一直以为"散文就是散文"，此文也曾以此为题在报纸上发表。

阿岚阿岚的散文，属于原生态散文吧，不是文采飞扬的诗化状态，也不是拿腔拿调的那种美文。这种不做作，不卖弄，平平淡淡的，漫不经心的，甚至是绝去了技巧的，仿佛才是一种地地道道的散文，散散的文。这种散文，也比较对路我的散文观。

我以为，散文就应该是散文，而不是辞赋，更不是小说和诗歌。中国的第一篇文论中说："诗赋欲丽。"这是具有划时代意义的文学进入审美自觉的宣言。"丽"者，美也。意谓诗赋乃一种美文，结构精致，文辞华美。笔者以

① 阿岚阿岚《静水深流》，江苏文艺出版社 2013 年 4 月出版，此文跋于书后。

为，散文的美学取向则恰恰相反，如果散文也以“丽”取胜的话，则往往会流于“文胜于质”之弊。因此，散文的出现，文学意义的散文，则是为了与诗赋有个互补的吧？那些不适合用诗用赋来写的内容，即永散文，采用非诗赋的技法，形成自由散漫的文字形态。正因为如此，笔者以为，好散文最不能拿腔拿调！

看得出，《静水深流》作者的散文观，是属于原生态散文观的，从其取材看，是人间万象的原生态呈现，而非负载政治和思想的宏大叙事。这好几十篇散文，不外分两大类：一是写“我”，一是写人。无论写“我”还是写人，都有个很重要的特点，是写生活，写生活的享受和享受的生活，写生活中的鸡毛蒜皮的凡人小事，写充满人间烟火之气的吃喝拉撒睡。读罢散文真会自然发出一声慨叹：哦，生活原来就是这样子。

散文集的第三辑《城市的呼吸》，写的底层社会生活，都是些上不得台面的琐杂的事，都是些俗得不能再俗的人，张家长李家短，鸡零狗碎，油盐酱醋，谁家的老婆好吃懒做，谁家的男人精明势利，谁家的老年婚姻很幸福，谁家的学子求职颇艰难，谁谁谁最斤斤计较，谁谁谁最小市民习气等。这些就是现实生活，是组成生活的元素，是生活的躁动，是生活的万花筒。那些生活在最底层的小市民们，生活在都市的夹缝里，生活在喧哗的繁杂中，遭遇着生活的不公，甚至饱受着生活强加的不幸，生活得很累，很艰难。但是，他们却很乐观，很充实。这些小人物在作者的笔下活灵活现，呼之欲出。其笔下出现最多的是护工胡姐，为人勤快，幸福指数极高，边做护工赚钱，边在舞场享受跳舞之乐。阿岚阿岚用散文，散记人间万象和世道人心，生动地展示了生活的横断面，提供了真实而艺术的社会变型期间的社会生活的百态和图景。

读这些散文，有种杂花生树的亲切感，切近读者的心灵与日常现实，不仅展现了作者高超的处理日常现实生活的能力，而且让我们看到，作者很懂得生活，也很会寻根刨底，呈现生活原样。别林斯基非常欣赏一种文学高境，他借巴拉廷斯基的《吊歌德之死》中的诗句来形容：

> 他和大自然呼吸同一的生命，/懂得小溪的潺湲，/听出树叶的低语，/感觉小草的滋生；/他精通星辰的书，/大海波涛和他密谈。

诗中所赞的作家，是能够与自然共呼吸，同时也能够与自然成为知音和密友而深刻沟通的。看来，这就是作家所以卓绝的秘诀。同理，优秀的散文作家应该对生活怀着一颗敬畏之心，深入其间，真诚感化。笔者十分欣赏阿岚阿岚那种贴近生活的自觉和热忱，而且她有一种笔者很少有的雅兴，喜欢往乡下钻，不断地去寻找都市人渴望的僻静和闲适，寻找精神上的世外桃源，很浪漫，也很实际。那里“阳光慵懒，暖暖地笼罩着闲适的村庄，屋顶披着茅草的农舍，吃食的猪，散步的鸡，还有侧卧在屋前晒谷场上酣睡的小狗，一切都在亲和而慷慨的阳光沐浴之下。四野青色的麦地实在养眼，外加风，丝丝缕缕的，暖和，很受用”（《乡下温暖的记忆》）。作者散步于静谧的小街，“经过藤蔓罗叠、缜密无隙的那座二层屋宇，我的目光不免多多留意，春发的藤蔓果真有些无忌，疯长着喷薄的生的亮绿，在四周的屋檐下垂挂成流苏模样，那二楼被藤蔓紧箍着的窗户，幽深莫测，摇曳着强烈的清凉诱惑”（《雨街》）。作者甚至产生了“爱死在映山湖畔”的奢望。她在《在生活着的千年古镇过生活》中写道：“我在深心是热爱春天的，所以每一年，我都要抢在夏天来临前逃离南京。这一次，我们又选择了西塘……”因为，西塘所有的一切“早已在脑子里晒成了PS版”。因此，作者这样坚信：“我相信我的前世就生活在江南水乡的某个小镇。/ 那种灰墙黛瓦飞檐翘角的构筑是我脑子里的当然存在，每一次去小镇，只是印证了我的某些记忆，使它的轮廓更为清晰。……我在每个我能知道的小镇穿行，狗儿似的撒欢，又寻寻觅觅，径直窜下河埠头，或在某处老宅的残墙根儿，嗅我希望嗅到的说不清楚的味道——我的前世的味道。”（《碎片——关于小镇的记忆》）在作者眼中，那些僻静的小镇、多水多草的池塘，就是天堂，是人与人之间没有隔阂、更没有提防和攻讦的乐土。“对来锦溪，我原本没有抱多大的期望值。只是一念之间就来了，随便走，随便看。而这随便地一走，随便地一看，竟与这天堂圣地蓦然撞见。坐望参天的树，那水，那岸，还有眼前的这些历史遗存，我感受到一种极其古远朴素的生命气息。生活在这天堂圣地的匠人注定了一生都是幸福的天堂客，而能适时地发现这一幸福的我，比那些从这里漠然走过的游人，无疑灵性了许多，也就幸福了许多——虽然我的幸福只是匠人的冰山一角。”（《天堂》）阿岚阿岚《静水深流》集子中，反反复复出现的“西山”“西塘”“乌镇”，简直就是世外桃源的一种意象符号，作者的这种对于乡土闲适、纯朴、安静品性的认同，这种渴望慢生活的生活选择和生存惬意，暗合了现代人寻找精神家园的精神脉动，反映了作者对于现代喧闹的逃避，对抗了都市工业文明的喧嚣异化。

很擅长叙述的阿岚阿岚，以一个都市知识女性的观照，以四两拨千斤的太极功夫，从容不迫地，不温不火地，毫无拘束地娓娓道来这些生活在场的感受和感动。虽然不能用苏东坡说的那境界来形容，“行当所行，而止于不可不止”，却也是行止随心，写到兴头上，倾泼而出；意犹已尽，则戛然而止。似乎也不讲究什么结构段落，也不讲究起承转合，舒卷自如，简洁明快，收放有度，平易可亲。从题材选择、感情状态、感觉习性到想象路线、遣词造句乃至文章题目等，完全是“原生态”的，远离了外观上的华美圆熟，而以本色朴拙取胜。

别林斯基在《散文体哀歌》中说：“他如果在作品中力图使你们从他的观点来看生活，那时他已经不再是诗人，却是一个思想家，并且是一个恶劣的、用意不良的、该诅咒的思想家……”阿岚阿岚是智慧的，她不想临摹余秋雨，也不会仿制周国平，即便报纸副刊和流行杂志上青春美文、哲思小品“铺天盖地”而来。她没有积学之厚、腹笥之富的资本，也没有祖宗的勋业和自身的辉煌可以炫耀，她所炫耀的是夫妻感情，是她生活的情趣，是她对生活的解读，因此，阿岚阿岚以自己的笔墨写自己的感觉。阿岚阿岚擅长勾勒，素描的手法，写人写景，将生活转换为具有审美意义的文学因子。写人的如《琴芬》《老蔺》《樊姐》《赵宁及其女友》《小店里的老女人》等，三下两下地就活脱脱地在你面前刻画出一个个性十足的底层社会的人来，细腻、朴实、原生态。写感觉的如，“最令人称奇的是油爆蛏子，这菜我从未做过，蛏子入油锅，翻炒没几下，蛏子们就约好了似的哗啦啦地次第绽开，撑满了大半个锅底。这真是个美妙的瞬间”（《在生活着的千年古镇过生活》）。写景的如，“小雨点已在殷勤预告，啪嗒啪嗒敲打着沿街人家屋檐外延接出的石棉瓦，敲打着那些普通而粗壮的树木的宽枝阔叶。从树叶下经过，深浓氤氲的气息不由人作贪婪一吸，由是羡慕那绿树荫庇下低矮旧屋主人的福气。……世界好静。世界因天雨而静。那些自天而降的雨点，顽童一般，在着陆的瞬间，叭地摔成一分硬币大小的圆，此隐彼现，错落有致。也有投奔我来，不幸遭遇伞面的阻挡碰溅开去，足前踵后，掷地有声”（《雨街》）。作者信笔成趣，着手成春，文辞也雅，景淡如菊，却很精致，澄明透亮，洋溢着生命的愉悦。

我很看好阿岚阿岚散文的还有一点，就是写情性，敢写情性，重写情性，自然流露出其情性，绝不像有的所谓大家的散文，把自我裹得严严实实，仿佛是“套中人”，没有七情六欲。阿岚阿岚爱美，爱生活，爱清静，爱游乐，爱美食，也爱朋友，爱丈夫，爱女儿。《搜尽天下美食》把读者看得垂涎欲滴，写尽了能够写的那些可以寻着的美食，西塘的爆鳝面、甜糕，南浔的炒南瓜藤、螺蛳肉，周庄的阿婆菜炒鸡蛋，诸暨的香榧子、肉末干菜，绍兴的黄米饼等，这些文字，谈笑风生，性之所至，性情全出焉，给人的深刻感受是：活在浪漫里，活在真实里，活在幸福里。这或许就是“直指人心”的魅力吧。

散文是天底下最好写也最不好写的一种文体。原生态散文最难避免的是成为流水账，流于平面世俗，琐屑且轻软。《静水深流》似乎也没有完全跳出这种“定数”。从其散文集里的力作看，我们有理由相信作者完全可以处理好所有的进入其视野的题材。但是，由于作者过分依赖于感觉，缺少提纯，缺少当代意识的烛照，而制约或者是消弭了其文学的创造力，使集子中的有些作品缺乏了应有的鲜活与生气，疏离了具体现实和当下心灵，而停滞于浮面罗列风俗景观与杂碎事件，处于惯性或定势的重复中。

匆匆读罢《静水深流》，品味的是一盘色香味俱全的小炒，水准并不在慧骐兄之下。于是有了这些草草的品尝感受，就教于作者与读者也。

周建忠《故土难离情》评赏①

［按］ 周建忠乃著名楚辞专家，擅长旧体诗词，其散文着意表现艰辛的精神跋涉，为情而造文，将积郁于心而挥之不去的情感，以其理性的过滤与筛选而趋于“纯粹”，以追根溯源的方式讲述，真实而新鲜的情感自然流淌。

真正的好散文，是能够让你听到一种心花开放的声音，让你闻到一种心

---

① 原题为《情理相生而形意互发——周建忠散文之观感》，《江苏作家》2011年第2期。

果芬芳的味道，让你触摸到情感沧桑的韵律，而不是语言上的花里胡哨，甚至不在乎对于艺术上纯粹性的追求。读周建忠教授的散文，更坚定了我这样的感受。

建忠的散文集《故土难离情》[①]，中英文对照本，共收入散文三十一篇，题材宽泛，信手拈来，举凡怀友思亲、游观记胜、艺兰品茗、教学读书、唱和序跋、辑古钓陈、随感杂议等，他把散文的功能变得非常简单，什么事情都可以写，什么也都能够说得饶有趣味，甚至是碎枝末节，无需情节的媒介，也不用诗的语境媒介，只需如实道来，行动极其便捷。建忠的散文取材则多平易视角，凡人小事，生活百味，写身边发生的事，写自己身上的事。几乎所有的家长里短，都可能成为建忠情感生长的地方，都可以伸进他语言的触角，都可以为其情感找到生命的真实存在。

周建忠是个著名的楚辞学者，具有广阔的学术背景与深厚的文化造诣，其散文似乎也理应“大文化”起来，写点远离情感的“仿余式”的散文。但是，周建忠却没有走入当下“文化大散文”的误区中去，而是偏向了“性情散文”的传统。其散文书写着艰辛的精神跋涉，潜涌着强烈的生命情愫，也融注了对社会人生的深层感悟与真谛诠释。

刘勰《文心雕龙》认为：“繁采寡情，味之必厌。”因而，他提出了“为情而造文”的创作命题。散文，是文学体裁中最本色的文体，是文学创作中最接近于天然的形式。同样，没有比散文更容易看出作者情感的多寡虚实，更需要作者的真笃情感的投入的了。因此，只有至情至感的散文，才最有艺术感染力而不会让人味之生厌。建忠的那篇脍炙人口的《怀念姨娘情》，便是他以情取胜的代表作，其情感萌生于作者生命和生活的痛切体味。文章共用“天边的阵雨”“飘香的河豚”“繁华的街市”三个小标题来写一些冬天里的“童话”，细腻而生动地表现了大于且深于“母爱”的高尚情感，通过也向人们展示出作者的那种历久弥新“爱母”的魅力情感。建忠有足够的情感力量抵达深刻，有很多的感情呈现出裸露的状态，这让我太佩服他的真实与沉勇，阅读这样散文，笔者既有认同作者的激动，也有发现自我的愉悦。他的《大主任轶事》《散淡

① 周建忠《故土难离情》，南京大学出版社2010年版。

与融通》等，也旨在寄托和传达一种历久弥新的情谊，但绝非那种写实性的文字，作者“为情而造文”，将那种积郁在心而挥之不去的情感，经过其理性的过滤与筛选而趋于“纯粹”，以追根溯源的方式讲述，其肌肤纹理里也必然流淌着真实而新鲜的情感。他的这些散文，如《又是菜花黄》《故土难离情》《人生的选择》等，我写我心，所见所闻所感所思，全是他自己的，是他周建忠自己的情感的“大千世界”，是他在世路人生的切身体验中所表现出来的文化见解，是他的“这一个”的生命热力与人文精神。

《故土难离情》中的散文，多“独语”或者是“独白”式的叙事方式，作者很注重叙述故事时的“感觉”与节奏，专注于心灵面影的映照，如话家常的朴质。其中不少作品，甚至有些琐碎，如话多的唠家常的婆娘。但是，出语活泼，爽快嘣脆，容易与读者拉近距离，也很容易孳生诗性来。尤其是，其散文让感情与哲思同流，让读者在情感的感染里而又获得思想的浸渍。因此，他的观察点也与人不同，他所感兴趣的写作侧重也便与人两样了，他的《郢都与荆州》，是很短的两篇小文章，第一篇是《江风沉思》，作者先写其登上“江申轮”所看到的两岸美景，接下来（也是最后）写道：

> 但我最感兴趣的还不是两岸青山，一轮明月，万家灯火，而是喜在船尾看水：轮船匀速行驶，波浪、雪花、翻滚、跳跃，分向两边，远远地留下了一条金黄色的绢带；而那追逐船舷的浪花，好像总是不知疲倦似的，常常令我陷入沉思：严谨，永恒，热烈，奔放，执着，顽强，它使我想到了做人，想起了屈原性格的形成，想起了民族性格与江河大川的内在联系。

这种遐想，是由眼前习见景象生发出来的，是其现实心境的真实书写，符合作者的现实身份，也调动了读者的现实经验，参与自然联想。清代著名诗论家沈德潜认为“诗主性情，不主议论”，同时，他也指出：“议论须带情韵以行，勿近伧父面目耳。”（《说诗晬语》）意思是说，文学作品是需要通过形象来表达作者的思想，其中的议论也需要有形象性。散文也是这样的。很有讲坛发表欲的周建忠教授擅长议论，准确点说是擅长形象性的议论，因此，也特别喜欢在散文中发布议论。此编中也有些文章，如《文人品格论》《得失寸心知》《生死两重天》《返本与趋时》等，是偏重情意，偏重知识与理趣一类的，不仅仅不是“文化大散文”抑或“小女人散文”，简直就是一种“四不像”，我真佩服建忠文体“突破”的无畏。这些文字，回眸千古，关注当下，言之有物，感激生发，通过对神话传说、史料记载及残垣断壁等来感叹思考，发历史幽思，回荡起现实尘世的笑闹歌哭。这种对于抽象义理的表现，其实对思想和表达都是一个巨大的挑战。他的《婚恋二百喻》，更是形式的创新。文章分为：第一部《相恋》、第二部《结婚》、第三部《相持》、第四部《相伴》、第五部《尾声》。五个部分都是用“是”来排列，类似格言，又仿佛是诗歌的意象，给人以想象和思考来补足的空间，譬如第一部《相恋》：

A. 是风，是雾，是雨，是云，是烟，是霞，是光，是杨柳，是秋月，是春潮，是冬梅。

B. 是热烈，是兴奋，是迸发，是奔跑，是高效，是快乐，是轻松，是忘我。

C. 是痴，是呆，是傻，是迂，是笨，是糊涂，是荒唐，是简单。

D. 是惆怅，是朦胧，是悲秋，是思念，是渴望，是梦想。

E. 是随俗，是听从，是应付，是完成。

如果说这也是散文，真没有看到人家这么写过。这就是很典型的周建忠风格，言简斩截，跳跃跌宕，精警深刻，铺排了相恋的各种过程与结局，让人玩味再三，从中获得许多生活哲理。他经常以这种“原创”用他的手机发给诸多的朋友，笔者也是经常的受惠者，曾经以泰戈尔的“飞鸟”作赞。

周建忠教授真得感谢有散文这样的好文体，使其积郁在胸的感情有机会成为与读者最大可能交流的鲜活状态，还使他的丰富感情有了可能表现它的最佳形式。因此，他的感情即便是采用一种平铺直叙的表述时，也能够让读者获得亲切而真实的情感陶冶和思想启迪，乃至美的享受。《英国寻访记》与《印度游历记》，是记游文字，面对异域风情，有着自己文化背景和独特生活经历的作者，更表现出心驰神骋的极端自由。譬如其中“黑白泰姬陵”，到印度不去泰姬陵，就等于没有去过印度，就不能真正了解印度。周建忠的写法则是“非散文”的叙述，用“第一”“第二”，一直说了六点即“第六”，从当下说到历史，从爱情说到战争，从异国说到中国，从泰姬说到杨贵妃等，仿佛论文或者说明文的表述，说完了第一说第二，有什么说什么，想怎么说就怎么说，他只有条理性表达的责任，不受任何的限制，更没有任何的散文的语境，是他当时的真实所感与真实所想，绝对的自由，相当的大胆。诚如刘勰所言：“文质附乎性情”，“辩丽本于情性”。建忠在使用这种主体性很强的文体时，愈发注重作家主体意识的坦诚而自然地流走了。这些文字，已然不是十分讲究的既“文”且“丽”的“美文”，而是自然的生态，是自成一格的平易，是日常语言的逻辑与节奏的那种，追求实话实说的生活化了的自由的节奏。读这样的文字如见其人，甚至，比见其真人还要真实。一个优秀的散文作者最要紧的莫过于找到了适合自己也属于他自己的语言情调，而不是为了卖弄而大呼小叫的写作。

刘勰指出：“为情者要约而写真。”笔者一直以为，真正难写的文字，真正的好文字，应该是以很平常的语言而表达很深邃的意蕴。建忠绝去雕饰的平易性追求，形成了他散文书写的一种特别形态：利索，硬朗，明快，斩截，平实，本真，简约，明白，确凿，清净，鲜活，常行于所当行，常止于不可不止，读来如行云流水之畅达，很有情绪感染力。因此，他的作品里主要不是抒发，更不是不节制的挥霍，很少有景物甚至人物的描写，基本上是一种叙述，是一种对话式的交流，是对人生的深刻诠释和独特见解。似乎他不屑委婉，更是远离了一切掩饰，总是直来直去的简捷，没有一点迂回的想头，而凸显出其感情的锐度。

著名文艺批评家维·奥尔德曾说：“严格说来，艺术家的任务根本不是要揭示事物的什么特征，而是要对人的心灵做某些有价值的贡献。”而散文比其他任何文体都更容易坦诚流露作者的人格心性，更适合真实表现作家的爱憎忧喜，因此也更可能“对人的心灵做某些有价值的贡献”。然而，当下的不少散文，重辞采而轻情感，并没有多少有价值的内容负荷，给人一种单薄轻飘之感。笔者以为，读者真要想从文学作品中领悟到天地神道、人生真谛而发生情感共鸣，以至于从中找到了深刻的自我，不妨多读点创作主体真情投入的散文。

你想了解作为学术名人的周建忠吗？读一读他的散文吧，散文不失为一张心灵的履历表。

王育红《原来姹紫嫣红：我和我的大学生们》评赏[①]

［按］ 王育红与笔者同行，也是唐代文学的教授，其散文从肺腑流出，很见个人面目。他以散文写学生、写师生互动，情浓如醇，事关痛痒，而让我们受其喜怒哀乐的感染而跟着他一起喜怒哀乐。

初编古代文学学者散文集的时候，就发现王育红博士的散文极有个性。

自2007年接受南通大学古代文学学者散文的编辑任务以来，一气编辑出版了五本（《文心雕虫》《儒林心史》《学林广记》《人间闲话》《且说新语》）散文集。而每一本散文集里，育红散文的入编数，排名总在前二三位的。

育红的散文，是情感派的，很见情性，很见个人面目。我也曾经与他说过单独出版一本散文集的意思。想不到，他真的将其散文结集而呈于我面前了。

其散文集取名为《原来姹紫嫣红——我和我的大学生们》，即将出版，嘱我为序。我诚恳地对他说：“序人，楚辞专家周建忠教授最合适。”他却很坚定地说，即便是有周序，而王序也是必需的。

我与育红同在一个学科，且都攻唐代，共同语言也比较多，恭敬不如从命也。所好他要得不是太急，宽限一个月。于是，我在手头急需应酬的文字做完后，便移情育红的散文了。

也许是我阅读视域狭窄，像这样专门出版一本写学生、写师生互动的散文，极为少见，但见有“我的老师们”的散文集。因此，育红也有开风气之先的意义。

育红的散文集25万字，电脑显示；如果排版成书的话，少说也要400页，十二三个印张。作为散文集来说，似乎略略长了点。第一章《爱的教育》，第二章《课题内外》，第三章《论文谈艺》，第四章《考研路上》，第五章《毕业离歌》，第六章《我的班级》，第七章《学生的话》，第八章《我的故事》。这八章，从内容上说，前七章是写学生，写与学生的互动；而第八章则是写自我的。每一个部分，用“章”来标示，一般的散文集是用“辑”或“编”的。

① 王育红《原来姹紫嫣红：我和我的大学生们》，南京大学出版社2015年10月版。

育红是个极其严谨的人，他这样标示，一定是有其深意的。

文者，人之情性也。中国文论提倡为情造文，而反对为文造情。“情”是作家把握世界与建构艺术世界的思维形态与心灵方式。育红的这些文字多写他的喜怒哀乐，其情系学生的喜怒哀乐，以学生的喜怒哀乐为自己的喜怒哀乐。他与学生似乎特别的亲密，学生也与他特别亲近。他是个时刻把学生的冷暖挂在心上的老师，甚至可谓爱生如子的园丁。他认为：学生喜欢那种一上好课而不马上走的大学老师；他自知：关爱学生就是一种享受；他深感：爱，总是有回报的。他太喜欢与学生打成一片，做学生的知心朋友，沉浸于学生中而“忘乎所以”。他的这些散文，就是他的与学生交往或互动的真实记录。这些记录里洋溢着他为人之师的成就感，充满了他获得爱的回报的喜悦。而他又将这些喜悦写出来让我们来一起分享。

日常生活中，我最讨厌矫情，讨厌虚情假意。而于文学评论诸要素中，我更是向来以情感标准为首位的，以情感的真伪浓淡取文。我甚至偏激地认为，只要情感到位了，思想自然会深刻，而随便什么样的形式都会是好文章。著名美学家别林斯基曾说过：“无论在哪一种情况下，美都是从灵魂深处发出的。因为大自然的景象是不可能绝对的美，这美隐藏在创造或者观察它们的那个人的灵魂里。”我最欣赏育红散文的，就是其文字是从肺腑流出的，是自由流淌的那种，也即我手写我心的创作原则吧。因此，他无论是写学生还是写自我，或是写学生与自我，都情浓如醇，事关痛痒，而让我们受其喜怒哀乐的感染而跟着他一起喜怒哀乐。

《文心雕龙·体性》曰：“夫情动而言形，理发而文见，盖沿隐以至显，因内而符外者也。”这是刘勰对于“情”在文学中作用与过程的揭示，“情”不仅是文学发生的驱动，而且具有组织语言、使之由隐而显的表现功能。育红的散文所以感人，因为其是情感酿成的。育红长于将丰富的情感体验与复杂情感的关系，以真切而细腻的笔触来叙写。其叙事，总是很缠绵，很舒缓、很笃实，甚至有些琐细杂碎，是一种慢节奏，如同一条涓涓的潜流的涧水，而不是澎湃汹涌的那种。我们很有耐心地听他叙说，不紧不慢地，絮絮叨叨地，在这种叙说中不知不觉地进入了育红的心灵世界。

育红的散文很沉，阴郁质的，属于悲情类，即便是很开心的叙事，也总感到其中有一种沉郁情感的潜流，或者说有一个沉郁的内核。二十世纪九十年代初，我评论著名散文诗作家耿林莽时，就用了“沉郁内核”这个词，而获得了耿老的欣同。他在其多本书的自序中，不断引用我对他的这个评价。明李贽《读律肤说》云：“故性格清彻者，音调自然宣畅；性格舒徐者，音调自然疏缓；旷达者自然浩荡；雄迈者自然壮烈；沈郁者自然悲酸；古怪者自然奇绝。有是格，便有是调，皆情性自然之谓也。莫不有情，莫不有性，而可以一律求之哉？”清薛雪《一瓢诗话》云：“畅快人诗必潇洒，敦厚人诗必庄重，倜傥人诗必飘逸，疏爽人诗必流丽，寒涩人诗必枯瘠，丰腴人诗必华人赡，拂郁人诗必凄怨，磊落人诗必悲壮，豪迈人诗必不羁，清修人诗必峻洁，谨勅人诗必严整，猥鄙人诗必委靡。此天之所赋，气之所禀，非学之所至也。”正所谓慷慨者而多激越语，深情者而多缠绵词，超旷者而多清幽俊逸之文字也。一般而言，“文如其人”或“风格就是人”的命题，还是具有普遍意义的。育红是个什么性格的人呢？读者朋友或可读其散文而来反求矣。

育红是个苦出身，自小饱受苦难与凌辱。他自陕西的贫困县走出来，负笈金陵，在南京大学读完了硕士又读完了博士，如今又成为南通大学文学院的古代文学教授。育红的经历，原本就有很多感人的故事，这些故事原本就有丰富的文学要素。育红在其散文《愿你的生命里永远是春天》中写道：“岁月，镶嵌着层层伤痕，人生，竟如此无奈，青春已远远抛掷。过去的，浸透着相思，思念那永远不再的生命的春天。我用心嗅那花香，那烂漫显得苍老；我用神会那云彩，那美妙给我苍茫。生命之春，抛人而去。我怀着火的热情，却挥霍青春；我以水的激烈前行，却无所获。反省生命的春秋，难道又是一遭徒劳。我想把心钉在春天里，却听不见她的脚步声。”此书的第八章《我的故事》，就是叙写自己身世的，写其生平际遇。“岁有其物，物有其容；情以物迁，辞以情发。”（《文心雕龙·物色》）育红丰富而坎坷的经历，是其客观的感情依据；而这些过去的经验，对于现实感性对象的渗入，生成了一种特殊的情感关系或情感思维，本真地不加节制地流淌为催人泪下的故事。

王夫之认为：“关情是雅俗鸿沟，不关情者貌雅必俗。”[①] 王夫之力推“雅”，而又认为情关俗雅。育红散文是俗是雅，我不敢断言也。我只知道，他的散文乃是“关情”之作也。

---

① 《明诗评选》卷六王世懋《横塘春泛》评语。

三养斋文存·后记

“五岳寻仙不辞远，一生好入名山游。”我一生之所好，跋涉书山，可谓不辞遥远也。

读书如登山，读好书则如登名山。虽登名山，且不辞远甚，却未必得见好景，得寻仙人，“白云回望合，青霭入看无”。

此二著乃近二十年登山之部分心得，算是深一脚浅一脚走过来的踪迹吧。

非常庆幸，一路行来，还留得这些踪迹。

因此，我感激由衷，再次感谢为我伴行而记我行踪的所有编辑。

我与黄山书社合作，屡得眷顾。此二著里的文章虽皆二次发表，但重新结集，编辑工作仍然非常繁琐。责编不厌其烦，精益求精，且反复征求意见，直至双方满意，真个是感我至深也。

每每有书出版者，总在后记里写出一大堆需要感谢的人。我除了也有这种不能免俗之情外，更多的是不踏实地之失空感。

苏轼在《柳氏二外甥求笔迹》诗中云：“颓笔成山未足珍，读书万卷始通神。”我也读书不少，肯定没到通神之境；我也作文不少，肯定没有颓笔之山。面对读者而深感歉意，恳望苛评严责也。

来路不堪回首，好景在前，我仍在跋涉中。

第33个教师节　谨记于三养斋